Carl Hiaasen

Carl Hiaasen est né en Floride, où il a toujours vécu. Journaliste au *Miami Herald*, il a écrit de nombreux ouvrages, parmi lesquels *Strip-tease* (1996), adapté au cinéma avec Demi Moore dans le rôle principal, *Pêche en eau trouble* (1998), ou encore *Jackpot* (2000). Vantés par la critique, publiés dans une dizaine de pays, ses romans sont des best-sellers aux États-Unis.

MAL DE CHIEN

CARL HIAASEN

MAL DE CHIEN

Traduit de l'anglais (U.S.)
par Yves Sarda

DENOËL & D'AILLEURS

Titre original :
SOCK PUPPY

Éditeur original :
Alfred A. Knopf, Inc., New York

ISBN : 2-266-11906-0

POUR FENIA

Η ΜΟΝΑΔΙΚΗ ΜΟΥ ΑΓΑΠΗ

Ceci est une œuvre de fiction.

Tous les noms et les personnages sont soit inventés, soit utilisés fictivement.

À la connaissance de l'auteur, il n'existe pas de produit manufacturé sous licence telle que la Barbie Vampire Contorsionniste ni par conséquent d'infomercial de ladite poupée.

Toutefois, si les événements décrits dans ce roman sont imaginaires, les us dînatoires du bousier bovin commun sont, eux, authentiquement restitués.

1

Dans la matinée du 24 avril, une heure après le lever du jour, un dénommé Palmer Stoat descendit un spécimen rare de rhinocéros noir d'Afrique. Il fit feu d'une distance de treize mètres avec une Winchester .458 dont le recul le coucha à plat dos. Le rhinocéros fit volte-face, comme s'il allait charger, souffla deux fois et fléchit sur ses rotules. Sa tête vint reposer à l'ombre d'un bouquet de choux palmistes.

Palmer Stoat donna instruction à son guide, un certain Durgess, ancien vendeur d'aliments pour bétail, de sortir la caméra de son étui.

— Assurons-nous d'abord qu'il est bien mort, fit le nommé Durgess.

— Tu plaisantes ? J'ai fait mouche, t'as pas vu ?

Durgess prit la Winchester des mains de son client. Il s'approcha de la masse inanimée et lui taquina la croupe du canon de la carabine.

Stoat affichait un grand sourire en époussetant sa tenue kaki, achetée par correspondance.

— Eh, Bungalow Bill, vise-moi un peu ce carton !

Tandis que Durgess assemblait le matos vidéo, Stoat inspecta son tout dernier trophée, qui lui avait coûté trente mille dollars, munitions et pourboires exclus. En écartant le feuillage des choux palmistes de la tête du rhinocéros, il remarqua qu'un détail clochait.

— Vous êtes prêt ? fit Durgess, tout en essuyant l'objectif de la caméra.

— Eh, viens voir un peu par ici, fit Stoat, pointant un doigt accusateur.

— Ben, ouais, je vois.

— Tu peux m'expliquer ?

— Expliquer quoi ? C'est une corne, rétorqua Durgess.

Stoat tira dessus. Elle lui resta dans la main.

— Regardez ce que vous avez fait, dit Durgess.

— Elle est fausse, duplouc, fit Stoat en lui balançant le moulage plastique conique à la figure.

— L'autre est vraie, fit Durgess sur la défensive.

— L'autre, elle est riquiqui !

— Écoutez, ce n'est pas une idée de moi.

— On a collé une corne bidon sur mon rhinocéros à trente mille dollars. Et tu trouves ça normal ?

Durgess se fit craquer les phalanges avec nervosité.

— Vous avez fait quoi de la vraie, vous autres ? demanda Stoat.

— On l'a vendue. Retirée et vendue.

— Parfait.

— En Asie, ça vaut une fortune. C'est paraît-il un remède miracle pour la bite. Paraît que ça file la trique deux jours d'affilée, fit Durgess avec un haussement d'épaules sceptique. De toute façon, ça vaut plein de thunes, Mr Stoat. C'est programmé comme ça pour tous nos rhinos. Un Chinois de Panama City nous achète leurs cornes.

— Vous m'avez entubé, bande de salopards.

— Non, m'sieur. Un rhinocéros d'Afrique *jenna-wine,* c'est ce qui est marqué sur le catalogue et c'est ce que vous avez eu.

Pour l'examiner de plus près, Stoat s'agenouilla dans le maquis. La corne nasale du rhino, proprement sciée, avait laissé une abrasion ovale. La prothèse en plastique y avait été fixée avec un adhésif industriel. Trente centimètres plus haut sur le mufle de l'animal, la seconde corne, frontale, était la bonne mais, courte et verruqueuse d'aspect, de profil, elle ne faisait pas grande impression.

— L'idée, c'était d'avoir un trophée pour mon fumoir, fit Stoat à Durgess avec irritation.

— Et pour un trophée, c'est un trophée d'enfer, Mr Stoat, faut le reconnaître.

— À un mini détail près, fit Stoat en balançant la fausse corne à Durgess, qui la laissa choir sur le sol, à présent détrempé par les pertes du rhino.

— J'connais un taxidermiste qui fait des trucs en fibre de verre en extra. Il vous en posera une nouvelle. Tout le monde n'y verra que du feu. Ça passera pour du vrai.

— En fibre de verre ?

— Oui, m'sieur, fit Durgess.

— Tiens, tiens, et en acier chromé tu n'y as jamais pensé ? Y a qu'à copier le bouchon de radiateur d'une Cadillac ou d'une 450 SL et à le coller sur le pif de ce gros tas.

Durgess lança un regard maussade à Stoat. Ce dernier reprit la Winchester des mains du guide et la mit en bandoulière.

— Autre chose que je devrais savoir sur cet animal ?

— Non, m'sieur.

Car quel intérêt d'apprendre à Stoat que son rhinocéros-trophée était aussi affecté d'une double cataracte, ce qui expliquait que l'approche de deux hommes lourdement armés ne l'ait pas inquiété outre mesure ? Ajouté à cela, l'animal avait coulé des jours de hamster apprivoisé depuis sa naissance, en tant qu'attraction vedette d'un zoo routier, en Arizona.

— Range-moi cette caméra. J'ai pas envie que quelqu'un voie cet engin dans cet état. Tu vas contacter ton type à la fibre de verre vite fait ?

— Dès demain matin, promit Durgess.

Palmer Stoat respira mieux. Il flatta de la main le cuir rugueux du rhino en disant :

— Belle bête.

Et Durgess de penser : ah, si on me filait dix dollars chaque fois que j'entends ça.

Stoat sortit deux gros cigares et en offrit un à son fidèle guide.

— Un Cohiba, un vrai, annonça Stoat, faisant l'article.

Il l'alluma en faisant tout un cirque.

Durgess déclina son offre. Il grimaça, incommodé par l'âcre mélange de fumée de bâton de chaise et de pisse de rhino.

— Au fait, dis-moi une chose, p'tit bwana, fit Stoat.

Ça va, lâche-moi, connard, faillit répondre Durgess.

— Quel âge a cet animal d'après toi ?

— Ch'ais pas trop.

— M'a l'air bien jeune, persista Stoat.

— Ouais, fit Durgess, énumérant *in petto* : aveugle, apprivoisé, gras et à demi sénile — une vraie machine à tuer.

Palmer Stoat continua de s'ébaudir sur la carcasse, comme il s'imaginait qu'on l'attendait de tout chasseur triomphant. À dire vrai, c'était à lui-même que s'adressait son admiration, ni lui ni Durgess n'étaient dupes. Stoat flatta de plus belle le flanc du rhino, gratifiant son guide d'un :

— On y va, mon vieux. Je te paie une bière.

— Ça me botte, fit Durgess en sortant un talkie de la poche de sa veste de safari.

— Faut que j'appelle d'abord Asa pour qu'il rapplique avec le pick-up.

Palmer Stoat avait largement les moyens de se rendre en Afrique, mais pas le temps. C'est pourquoi il chassait le gros gibier dans les ranches-safari du coin, certains respectueux de la légalité, d'autres pas. Celui-ci, situé près d'Ocala, en Floride, portait le nom ronflant de Plantation du Veldt de la Jungle. Officiellement, il s'agissait d'une « réserve privée » ; officieusement, c'était un endroit où des gens fortunés venaient faire un carton sur des animaux sauvages, « exotiques ». Palmer Stoat s'y était déjà rendu à deux reprises, une fois pour un kérabau et l'autre pour un lion. Depuis Fort Lauderdale, ce n'était pas un si gros trajet, à peine plus de quatre heures. Les parties de chasse avaient lieu tôt le matin, si bien que d'habitude il était de retour chez lui pour dîner.

Dès qu'il fut sur l'Interstate, Stoat se mit à téléphoner. Il avait trois mobiles dans sa Range Rover car, professionnellement, ses services étaient très demandés.

Il appela Desie et lui décrivit son tableau de chasse.

— C'était top... classique, lui dit-il en tétant son cigare.

— Comment ça ? demanda sa femme.

— Rien que d'être dans la brousse au lever du soleil, et puis la brume, les brindilles qui craquent sous tes bottes. J'aimerais bien que tu m'accompagnes une fois.

— Qu'est-ce qu'il a fait ? demanda sa femme. Quand vous lui avez tiré dessus, je veux dire ?

— Ben...

— Il a chargé ?

— Non, Desie. Tout a été fini en une seconde chrono. Je l'ai eu du premier coup.

Desirata était la troisième femme de Palmer Stoat. Elle avait trente-deux ans, jouait au tennis à haute dose et s'offrait à l'occasion des idées de gauche. Les potes de Palmer l'avaient traitée une fois de chochotte écolo parce qu'elle n'était pas fan de la chasse. Tout dépend de quelle chasse vous parlez, avait dit Stoat avec un rire forcé.

— Je suppose que tu as tout filmé en vidéo, fit Desie à son mari. Histoire de fêter ton premier spécimen d'une espèce menacée et tout ça.

— Eh bien, non, pas de vidéo.

— Ah, au fait, le bureau de Dick a appelé.

Stoat baissa la vitre et balança d'une chiquenaude la cendre de son cigare cubain.

— Quand ça ?

— À quatre reprises, ajouta Desie. À partir de sept heures et demie du matin.

— La prochaine fois, laisse le répondeur.

— J'étais réveillée de toute façon.

— Qui c'était du bureau de Dick ? demanda Stoat.

— Une femme.

Voilà qui limitait les possibilités, songea Stoat. Dick Artemus, le gouverneur de Floride, adorait travailler avec des femmes.

— Tu veux que je fasse à dîner ? s'enquit Desie.

— Non, on va sortir fêter ça tous les deux. O.K. ?

— Super. Je me mettrai en fourrure.

— Tu es crevante, Desie.

Palmer Stoat téléphona à Tallahassee et laissa un message sur la boîte vocale de Lisa June Peterson, l'une des assistantes du gouverneur. Nombre de membres de l'équipe de Dick Artemus avaient un triple nom, vestige de leurs jours d'assoc' étudiante [1] à l'université d'État de Floride. Jusqu'ici, pas une d'entre elles n'avait accepté de coucher avec Palmer Stoat, mais la nouvelle administration était en place depuis peu. Bientôt elles s'apercevraient de l'intelligence, du pouvoir et du charisme de Palmer, l'un des deux ou trois lobbyistes les plus influents de l'État. Il n'y avait qu'en politique qu'un job pareil permettait de coucher ; aucune femme normale n'était impressionnée par le

1. Ici, allusion aux *sororities,* associations d'étudiantes universitaires, désignées par trois lettres grecques, Phi Kappa Alpha, Phi Beta Kappa, etc. *(N.d.T.)*

gagne-pain de Stoat ni ne s'y intéressait beaucoup.

Il prit l'autoroute à péage à Wildwood et s'arrêta peu après sur l'aire d'Okahumpka pour un déjeuner tardif : trois hamburgers entiers, deux portions de frites et un maxi-milkshake à la vanille. Il conduisait d'une main, s'empiffrant. Son Motorola digital se mit à sonner et Stoat vérifia l'identité de son correspondant. Il refusa rapidement l'appel. Le type à l'autre bout du fil était membre d'une commission de Miami, et Stoat avait pour principe inébranlable de ne jamais parler directement à l'un d'entre eux — ceux qui n'étaient pas déjà mis en examen faisaient l'objet d'une enquête, et d'autre part toutes les lignes téléphoniques de la mairie étaient sur écoute depuis belle lurette. Palmer Stoat avait besoin de tout sauf d'un nouveau passage devant un grand jury. Qui avait du temps à perdre pour une telle absurdité ?

Un peu au nord de Yeehaw Junction, un pick-up d'un noir sale apparut dans le rétro de la Rover. La camionnette s'approcha vite, puis colla à la roue de Stoat, mais à trois véhicules d'intervalle. Ce dernier, qui grignotait ses frites en bavassant au téléphone, n'y prit garde qu'une heure plus tard, environ. Bizarre, songea-t-il, en constatant que le pick-up était encore derrière lui. La circulation vers le sud était fluide — pourquoi cet imbécile ne le doublait-il pas ? Stoat poussa la Rover jusqu'à cent quarante sans distancer la camionnette. Stoat relâcha alors l'accélérateur graduellement jusqu'à redescendre à soixante-dix kilomètres/heure ; le pick-up noir demeurait toujours à trois voitures de distance comme s'il était relié par une barre de remorquage.

À l'instar de la plupart des individus de race blanche fortunés, détenteurs de 4 × 4 de luxe, Palmer Stoat vivait dans la hantise du vol de voiture à l'arraché. Il avait fini par comprendre que ce genre de véhicule était la cible de choix des gangs prédateurs de la drogue, black ou latinos ; à leurs yeux, une Range Rover était plus désirable, disait-on, qu'une Ferrari. Le reflet qui éblouissait le pare-brise du pick-up rendait impossible à Stoat de s'assurer de l'appartenance ethnique de celui qui le filait, mais à quoi bon courir un risque ? Stoat farfouilla dans la boîte à gants pour mettre la main sur le Glock semi-automatique, cadeau de Noël du président de l'Association des policiers bénévoles. Et le posa sur ses genoux. Devant lui, une caravane Airstream roulait tel un escargot, large comme une péniche du Mississippi et à peu près aussi nerveuse. Stoat la dépassa d'un coup d'accélérateur et se rabattit brusquement, mettant le camping-car en tampon entre lui et la camionnette. Il décida de quitter l'autoroute à la prochaine sortie, pour voir ce que ferait son « suiveur ».

L'Airstream emprunta la bretelle à la suite de Stoat, elle-même suivie du pick-up noir. Stoat se raidit au volant. La péagiste mata le flingue sur ses genoux sans faire d'allusion.

— On me file le train, l'informa Stoat.

— Ça vous fera huit dollars et soixante-dix cents, dit la péagiste.

— Appelez la police de la route.

— Oui, m'sieur. Huit dollars soixante-dix.

— Vous m'avez entendu ? demanda Stoat, en lui tendant un billet de cinquante dollars.

— Vous n'avez pas plus petit ?

— Si. Le pois que t'as dans la tête, fit Stoat. Maintenant, garde la monnaie et appelle la police de la route, bordel. Y a un barjo qui me colle au cul.

La péagiste ignora sa grossièreté et regarda la file de véhicules qui s'allongeait derrière la Range Rover.

— La camionnette noire derrière la caravane de tourisme, fit Stoat à voix basse.

— Quelle camionnette ? demanda la péagiste.

Palmer posa le Glock sur le tableau de bord et descendit de la Rover afin d'aller vérifier derrière l'Airstream. La voiture qui suivait était un break avec un fanion square dance attaché à l'antenne. Son poursuivant avait disparu.

— Fils de pute, marmonna Stoat.

Le conducteur de la caravane klaxonna. Ainsi qu'un autre automobiliste, plus loin dans la queue. Stoat remonta à bord de la Range Rover. La péagiste lui rendit la monnaie de son billet en lui disant sèchement :

— Vous voulez toujours que j'appelle la police de la route ?

— Non, merci.

— La C.I.A., peut-être ?

Stoat se fendit d'un sourire crispé. Cette petite futée ne savait pas à qui elle avait affaire.

— Félicitations, ma jolie, lui balança-t-il. Et bienvenue dans le monde froid et cruel du chômage.

Demain, il lui suffirait d'en toucher un mot à qui de droit à Tallahassee et l'affaire serait réglée.

Palmer Stoat s'arrêta dans une station Exxon où il fit le plein, pissa un coup avant de revenir vers l'autoroute à péage. Durant tout le trajet jusqu'à Fort Lauderdale, il ne cessa de consulter son rétroviseur — ça passait l'imagination de découvrir le nombre de camionnettes noires en circulation. Le monde entier aurait-il viré à la « beaufitude » ? Stoat avait les nerfs en pelote en arrivant chez lui.

On avait présenté l'idée de l'île aux Puffins au gouverneur, Dick Artemus, sous un jour attractif, et jusqu'ici il avait aimé ce qu'il avait entendu.

Une communauté en bord de mer, en prévision. Plage et promenade en planches entre tours de « condos ». Jardins publics, randonnées en kayak et itinéraire fléché dans la nature. Deux parcours de golf de championnat. Un balltrap. Un port de plaisance, un aérodrome et un héliport.

Mais il y avait un mais : Dick Artemus n'arrivait pas à localiser l'île aux Puffins sur la carte de Floride murale de son bureau.

Parce qu'elle ne porte pas encore ce nom, lui expliqua Lisa June Peterson, mais celui d'île aux Crapauds, et c'est là sur le Golfe, près de l'embouchure de la Suwannee.

— J'y suis déjà allé ? demanda Dick Artemus.

— Probablement pas.

— Ça veut dire quoi « puffin » ?

— C'est le nom d'un oiseau, répondit Lisa June Peterson.

— On en trouve sur l'île ? demanda le gouverneur. Ça risque d'être un problème ?

Lisa June Peterson, qui avait déjà étudié la question, rapporta que les puffins étaient des oiseaux de mer migrateurs qui préféraient le littoral atlantique.

— Mais il y a d'autres espèces d'oiseaux sur l'île, ajouta-t-elle.

— Par exemple ? fit Dick Artemus, le sourcil froncé. Des aigles ? Ne venez pas me dire qu'il y a de ces saletés d'aigles à tête blanche sur cette île, parce que ça va nous valoir une intervention fédérale.

— On effectue une étude cette semaine.

— Qui ça ?

— Une étude biologique. L'équipe de Clapley, précisa Lisa June Peterson.

Robert Clapley était le promoteur qui voulait rebaptiser l'île aux Crapauds et la diviser en parcelles. Il avait plus que généreusement contribué à la campagne de Dick Artemus au poste de gouverneur.

— On ne récolte pas de votes en bulldozérisant des nids d'aigle, observa le gouverneur avec gravité. On est tous d'accord là-dessus ?

— Mr Clapley prend toutes les précautions dictées par la raison.

— Bon, quoi d'autre, Lisa ? En cinquante mots maxi.

Dick Artemus était connu pour son degré d'attention amibien.

— Le budget transport inclut le financement d'un nouveau pont pour relier l'île au continent, dit son assistante. Il est passé devant le Sénat, mais Willie Vasquez-Washington est en train de jouer au con.

Willie Vasquez-Washington était le vice-président de la commission des Finances de la Chambre. Le gouverneur et lui avaient déjà eu maille à partir.

— Qu'est-ce qu'il veut cette fois ? fit Dick Artemus.

— On n'en est pas certains.

— Vous en avez référé à Palmer ?

— On n'arrête pas de se louper.

— Et je suppose que ce truc, cette île aux Puffins, ne marchera pas, fit le gouverneur, sans un pont flambant neuf.

— Celui qui existe est en bois et date d'une soixantaine d'années, reprit Lisa June Peterson. Il ne supportera pas le poids du moindre camion chargé de ciment, au dire de Roothaus.

Roger Roothaus était le P.-D.G. de l'entreprise de travaux publics qui voulait obtenir le marché et la conception du nouveau pont de l'île aux Crapauds. Il avait lui aussi généreusement contribué à la campagne de Dick Artemus au poste de gouverneur. En fait, presque tous ceux qui entendaient tirer profit de la mise en valeur de l'île aux Puffins avaient fait des dons en espèces pour l'élection du gouverneur. Dick Artemus trouvait ça tout à fait normal.

— Faites en sorte que Palmer règle ce problème de pont, dit-il.

— Bien.

— Autre chose ?

— Rien de capital. On escompte une certaine opposition au plan local, fit Lisa June Peterson.

Le gouverneur gémit.

— Il y a des gens qui *vivent* sur cette île ? Bon Dieu, personne ne m'en a soufflé mot.

— Deux cents personnes. Deux cent cinquante maxi.

— Merde, fit Dick Artemus.

— Ils font circuler une pétition.

— Je subodore que ce ne sont pas des golfeurs.

— Évidemment non, fit Lisa June Peterson.

Dick Artemus se leva et enfila son manteau.

— Je suis en retard, Lisa June. Voulez-vous bien faire part de tout ceci à Mr Stoat ?

— Au plus tôt, dit-elle.

Twilly avait passé la journée à l'école vétérinaire de l'université de Floride, qui avait la réputation d'être l'une des meilleures du pays. La plupart des parcs naturels et zoos réputés, y compris celui de Disney World, y envoyaient nécropsier leurs animaux morts. Twilly y avait apporté une buse à manteau rouge, apparemment tuée par une arme à feu. L'oiseau s'était abattu sur un coin de plage écarté, en un endroit du nom de Madeira Bay, dans le parc national des Everglades. Twilly avait enveloppé le corps disloqué dans du plastique bulle avant de le déposer sur une couche de neige carbonique dans une glacière. Il avait couvert le trajet de Flamingo à Gainesville en moins de sept heures. Il espérait que la balle était restée dans l'oiseau, car c'était une clé pour résoudre le délit.

Ce qui ne revenait pas exactement à le solutionner. Connaître le calibre de l'arme aurait eu son utilité ; quelque chose à se remémorer, au cas où le tireur revienne dans le parc naturel et soit assez bête pour se laisser traquer, capturer et attacher nu à un palétuvier un mois durant.

Twilly Spree n'était ni garde forestier ni spécialiste de la faune et de la flore, pas même ornithologue amateur. Mais un marginal de vingt-six ans, chômeur, qui avait laissé tomber la fac, ayant connu des problèmes psychologiques spectaculaires mais de courte durée. Soit dit en passant, il avait aussi hérité de plusieurs millions de dollars.

À l'école vétérinaire, Twilly tomba sur un

jeune médecin qui consentit à pratiquer une autopsie sur la buse, qui avait en fait succombé à une simple blessure par balle. Malheureusement, le projectile avait transpercé très proprement le poitrail de l'oiseau, sans laisser ni fragments ni indices, quelques plumes encroûtées de sang mises à part. Twilly remercia le jeune médecin d'avoir tout tenté. Il remplit un questionnaire pour le gouvernement américain, déclarant où et dans quelles circonstances il avait découvert l'oiseau mort. Au bas de la feuille, il signa du nom de « T.S. Eliot junior ». Puis Twilly remonta dans son pick-up noir et roula vers le sud. Il comptait retourner directement dans les Everglades, où il vivait avec un lynx à trois pattes sous une tente individuelle.

Sur l'autoroute à péage, un peu au sud de Kissimmee, Twilly se retrouva derrière une Range Rover gris perle. En temps normal, il n'aurait pas prêté attention à ce genre de véhicule, mais celui-ci portait une plaque fantaisie qui affichait en capitales vertes : COJONES. Au moment où Twilly déboîtait pour doubler, un emballage Burger King vola par la vitre du conducteur de la Rover. Il fut suivi d'un gobelet plastique et d'une serviette en papier roulée en boule, puis d'un second emballage.

Twilly freina en douceur et dirigea son pick-up vers le bas-côté. Puis guetta un trou dans le flot de la circulation. Alors il courut sur la chaussée et ramassa un par un chaque détritus, qu'il déposa dans la cabine de sa camionnette. Ensuite, au bout de peu de kilomètres, il rattrapa le porc en Range Rover ; Twilly lui colla à la roue et n'en démordit pas, passant en revue ses choix. Il pensa à ce que ses thérapeutes lui recommanderaient, ses anciens profs lui diraient, sa mère lui suggérerait. C'étaient incontestablement des personnes mûres et pleines de bon sens, mais leur avis se révélait souvent impraticable pour Twilly Spree. Leur vision du monde le laissait songeur, tout comme la sienne les laissait songeurs, eux.

Twilly n'apercevait du pollueur que ses épaules et le sommet de son crâne. Aux yeux de Twilly, il avait, semblait-il, une tête exceptionnellement grosse, mais il se pouvait que ce fut une illusion d'optique causée par le chapeau style western qui la coiffait. Twilly doutait fort qu'un authentique cow-boy se ferait surprendre au volant d'un 4 × 4 d'importation, de cinquante mille dollars, gris perle, avec des plaques fantaisie vantant la taille de ses testicules, en *espagnol.* Pas plus, songeait Twilly, qu'un vrai cowboy ne balancerait des emballages de fast-food par la vitre. Non, c'était là l'œuvre d'un connard lambda...

Soudain la Range Rover fit une queue de poisson à une caravane poussive, puis quitta abruptement l'autoroute à la sortie de Jeehaw Junction. Twilly le suivit jusqu'au péage où il emprunta la voie réservée aux véhicules ayant la monnaie et le planta là. Puis, empruntant la State Road 60 jusqu'à l'I-95, il fonça vers Fort

Pierce avec des pointes de vitesse imprudentes, où il reprit l'autoroute en direction du sud. Il se gara à l'ombre d'un passage supérieur, souleva le capot de son pick-up et attendit. Vingt minutes plus tard, la Range Rover passa devant lui et Twilly reprit sa filature. Cette fois, il demeura plus en arrière. S'il n'avait toujours pas de plan, il avait néanmoins une mission clairement définie. Quand le pollueur se débarrassa de son mégot de cigare par la portière, Twilly ne prit pas la peine de s'arrêter. Biodégradable, songea-t-il. Vers l'infini et au-delà.

2

Après trois verres de vin, Desie ne pouvait plus prétendre qu'elle suivait le récit de la chasse au rhinocéros clés en main de son mari. De l'autre côté de la table, elle approuvait Palmer Stoat comme si c'était un mime. Il parlait avec les mains, remuait les lèvres, mais rien de ce qu'il disait n'atteignait ses oreilles. Elle le voyait en deux dimensions comme l'image d'un poste de télé : un type d'âge mûr, au visage animé, au léger embonpoint, le cheveu rare et blond, le sourcil roussâtre, la peau blanchâtre, la lèvre retroussée, la joue couperosée de vermillon (abus de soleil ou d'alcool). Palmer était mou du cou, avec un menton taillé à la serpe par la chirurgie plastique, les cicatrices invisibles à la lumière tamisée. Il avait les dents bien rangées et détartrées, cependant son sourire conservait en permanence un soupçon de scepticisme. Desie avait toujours trouvé le nez de son mari trop petit par rapport à son visage ; un nez de fillette, à vrai dire, bien qu'il insistât que c'était celui qu'il tenait de naissance. Ses yeux bleus aussi semblaient minuscules, même s'ils étaient vifs et brillants de confiance en soi. Son visage, à l'aune de ceux d'ex-sportifs florissants, avait des rondeurs, limite bajoues, de bon aloi. Desie n'aurait pas qualifié Stoat de beau mec, mais il était séduisant au sens sudiste, estudiantin et sociable du terme ; il l'avait comblée de faveurs flatteuses et de petits soins constants. Par la suite, elle comprit que l'énergie inépuisable avec laquelle Palmer l'avait courtisée était moins la manifestation d'une amoureuse ardeur que celle d'un acharnement invétéré ; il poursuivait ainsi tous ses buts. Ils se fréquentèrent quatre semaines puis se marièrent sur l'île de Tortola. Desie supposait qu'elle était alors dans le brouillard et qu'il commençait à se dissiper. Qu'avait-elle donc fait ? Elle chassa cette affreuse question de son esprit et fut en mesure de réentendre la voix de son Palmer d'époux.

— Un barjo m'a filé, disait-il. Sur près de deux cents kilomètres.

— Pourquoi ?

Son mari eut un reniflement de mépris.

— Pour me voler, pardi, moi, le blanc comme neige.

— C'était un Black ? demanda Desie.

— Ou un Cubain. J'ai pas pu voir, répondit Stoat. Mais je vais te dire, ma choute, j'étais prêt à me le farcir ce fils de pute. J'avais mon Glock sur les genoux, *si señor*, prêt et paré à tirer.

— Sur l'autoroute, Palmer ?

— Je t'l'aurais vite refroidi, l'enculé.

— Comme ton rhino, fit Desie. Au fait, tu vas le faire empailler comme les autres ?

— Naturaliser, corrigea Stoat. Et rien que la tête.

— Charmant. On pourra l'accrocher au-dessus du lit.

— Quand on parle du loup, devine un peu ce qu'on fait avec de la corne de rhinocéros ?

— Qui, on ? demanda Desie.

— Les Asiatiques, tout ça...

Desie, qui le savait parfaitement, laissa Palmer lui débiter l'histoire. Il conclut sur la rumeur fantasque d'érections de quarante-huit heures, rapportée par Durgess.

— T'imagines ! s'esclaffa-t-il.

Desie secoua la tête.

— Qui aurait envie d'en avoir une comme ça ?

— *Toi*, peut-être, un de ces jours, fit-il en clignant de l'œil.

Desie chercha le serveur du regard. Le plat, ça venait ? Comment pouvait-on mettre si longtemps à préparer des pâtes ?

Stoat se servit un autre verre de vin.

— De la corne de rhinocéros, nom d'un petit vélo. Puis quoi après, hein ?

— C'est pour ça que les braconniers les massacrent, dit sa femme.

— Ah ouais ?

— C'est pour ça qu'ils sont menacés

d'extinction. Mon Dieu, Palmer, mais dans quel monde vis-tu ?

— Je travaille, moi, madame. Afin que tu puisses rester tranquillement à la maison à te peindre les ongles des doigts de pieds et apprendre tout ce qu'il faut savoir sur les espèces en voie de disparition en regardant Discovery Channel.

— Essaie plutôt le *New York Times,* fit Desie.

— Oh, pardonne-moi, fit Stoat, tout sarcasme dehors. *J'ai lu le journal aujourd'hui, oh boy*[1].

C'était là l'un des travers les plus agaçants de son mari : émailler la conversation de tous les jours des paroles d'une vieille chanson de rock. Palmer trouvait ça fin et peut-être cela aurait-il beaucoup moins embêté Desie s'il avait de temps en temps cité correctement lesdites paroles, ce qui n'arrivait jamais. Desie avait beau être bien plus jeune que lui, l'œuvre de Bob Dylan, des Beatles, des Stones et consorts n'avait pas de secrets pour elle. Étudiante en fac, elle avait bossé quinze jours dans un magasin de la chaîne Sam Goody.

— Alors qu'est-ce qu'il voulait, Dick Artemus ? dit-elle pour changer de sujet.

— Un nouveau pont, fit Stoat en mordant du

1. Premier exemple d'une longue série de chansons citées de façon erronée par Palmer Stoat ; l'original (des Beatles) dit « j'ai lu les nouvelles (*news*) aujourd'hui », que Palmer restitue en *newspaper* (journal).

bout des dents dans un petit pain au levain. Pas de quoi en faire un plat.

— Un pont pour où ?

— Une nulle part d'île qui porte un nom d'oiseau, sur le Golfe. Tu me passes le beurre ?

— Pourquoi le gouverneur aurait-il envie d'un pont pour nulle part ?

Son mari pouffa, postillonnant des miettes.

— Pourquoi le gouverneur a envie de *quoi que ce soit* ? C'est pas à moi de lui poser la question, ma chérie. Je prends ses appels et ma baguette magique.

— *A day in the life,* les Beatles, fit Desie.

— Gagné.

Une fois, condition mise à sa liberté surveillée, on avait ordonné à Twilly Spree de suivre un cours intitulé « Comment gérer son agressivité ». La classe était composée d'hommes et de femmes qu'on avait arrêtés après des déchaînements de violence, la plupart dans le cadre domestique. Des maris qui avaient tabassé leur épouse, des femmes qui avaient tabassé leur époux, jusqu'à une grand-mère qui avait tabassé son fils de soixante-deux ans pour avoir blasphémé pendant le dîner de Thanksgiving. Les autres camarades de cours de Twilly avaient été embringués qui dans des rixes de bar, qui dans des échauffourées liées au jeu, qui dans des bagarres de tribunes pendant des matches des Miami Dolphins. Trois avaient tiré sur des inconnus lors d'altercations entre automobilistes, dont deux avaient été blessés par des coups de feu en retour. Et puis il y avait Twilly.

Le prof du cours « Comment gérer son agressivité » se présenta comme psychothérapeute de formation. Le Dr Boston, c'était son nom. Le premier jour, il demanda à toute la classe de rédiger un court essai intitulé « Ce qui a le don de me faire sortir de mes gonds ». Pendant que ses élèves écrivaient, le Dr Boston parcourut la pile de dossiers que lui avait transmis le tribunal. Après avoir lu celui de Twilly Spree, il le mit à part sur un coin de son bureau.

— Mr Spree, dit-il d'une voix atone. Nous allons raconter notre histoire à tour de rôle. Verriez-vous un inconvénient à commencer ?

Twilly se leva et dit :

— Je n'ai pas fini mon devoir.

— Vous terminerez plus tard.

— C'est une question de concentration, monsieur. Je suis au beau milieu d'une phrase.

Le Dr Boston ne répliqua pas immédiatement. Sans le vouloir, il jeta un coup d'œil au dossier de Twilly.

— Très bien, faisons un compromis. Achevez votre phrase, puis vous vous adresserez à la classe.

Twilly se rassit et termina le passage par ces mots : *plongé jusqu'à la cheville dans le sang des imbéciles !* Après un instant de réflexion, il modifia en *plongé jusqu'à la cheville dans le sang évanescent des imbéciles !*

Il se colla son crayon derrière l'oreille et se leva.

— Fini ? Bien, dit le Dr Boston. Faites-nous part à présent de votre expérience, s'il vous plaît.

— Ça risque de prendre un bout de temps.

— Mr Spree, dites-nous simplement pourquoi vous êtes ici.

— J'ai fait sauter la banque de mon oncle.

Les camarades de classe de Twilly se redressèrent, se retournant sur leur siège.

— Une succursale, pas le siège social, précisa Twilly.

— Et pour quelle raison à votre avis ? demanda le Dr Boston.

— Ben, j'avais découvert certains trucs.

— Concernant votre oncle ?

— Un prêt qu'il avait consenti. Un très gros prêt à de très gros pourris.

— Avez-vous tenté d'en discuter avec lui ? insista Boston.

— De ce prêt ? Plusieurs fois. Ça ne l'intéressait pas trop.

— Et ça vous a mis en colère ?

— Non, ça m'a découragé.

Twilly tiqua, se prenant la nuque à pleines mains.

— Je me suis senti déçu, frustré, insulté, j'ai eu honte...

— Mais n'est-il pas plus juste de dire que vous étiez furieux, aussi ? Il faut l'être pas mal pour faire sauter une banque.

— Non, suffit d'être résolu. C'était mon cas.

Le Dr Boston sentit le regard amusé des autres participants, guettant sa réaction.

— Je crois que ce que j'entends là est une sorte de dénégation. Qu'est-ce qu'en pense la classe ?

— Je ne nie rien du tout, le coupa Twilly. J'ai acheté de la dynamite, j'ai allumé la mèche. J'en assume l'entière responsabilité.

— Y a eu des morts ? demanda l'un des élèves.

— Bien sûr que non, le rembarra Twilly. J'ai fait ça un dimanche, pendant la fermeture de la banque. C'est là que je veux en venir — si j'avais eu vraiment les boules, j'aurais agi un lundi matin en étant sûr que mon oncle se trouvait à l'intérieur à ce moment-là, merde.

Plusieurs de ses condisciples l'approuvèrent du chef.

— Mr Spree, reprit le Dr Boston, on peut être au comble de la fureur sans piquer une crise ou péter les plombs. La colère est un sentiment complexe qui peut être soit à fleur de peau soit profondément enfoui. Si profondément parfois que souvent on ne la reconnaît pas pour ce qu'elle est. Ce que je suis en train de suggérer, c'est qu'au niveau inconscient vous deviez être extrêmement remonté contre votre oncle et probablement pour des raisons qui n'ont rien à voir avec sa façon d'exercer son métier.

Twilly tiqua.

— D'après vous, ce n'est pas suffisant ?

— D'après moi...

— Prêter quatorze millions de dollars à une compagnie d'exploitation minière qui s'amuse à creuser des cratères dans le bassin du fleuve Amazone, qu'est-ce qu'il vous faut de plus ?

— À vous entendre, il semblerait que vous ayez eu des rapports difficiles avec votre oncle, dit le Dr Boston.

— Je le connais à peine. Il habite Chicago. C'est là que se trouve sa banque.

— Et quand vous étiez petit garçon ?

— Il m'a emmené une fois à un match de foot.

— Ah. Et quelque chose s'est passé, ce jour-là ?

— Ouais, fit Twilly. Une équipe a marqué davantage de points que l'autre, et puis on est rentrés.

Maintenant la classe ricanait sous cape et ce fut au tour du Dr Boston de devoir gérer son agressivité.

— Écoutez, c'est simple, fit Twilly. J'ai fait sauter le bâtiment pour lui provoquer une prise de conscience, O.K. ? Le faire réfléchir à l'orientation butée et âpre au gain qu'il donnait à son existence. Je lui ai tout exposé dans une lettre.

— Oui, la lettre figure au dossier, dit le Dr Boston. Mais j'ai remarqué que vous ne l'avez pas signée.

Twilly ouvrit les mains.

— Est-ce que j'ai l'air idiot ? La loi ne permet pas de faire sauter les institutions financières.

— Ni quoi que ce soit d'autre.

— Comme on me l'avait bien recommandé, marmonna Twilly.

— Toutefois à un niveau inconscient...

— Je n'ai pas d'inconscient, docteur. C'est ce que j'essaie de vous expliquer. Tout ce qui se passe dans mon cerveau a lieu en surface, comme un poêle chauffé à blanc : j'en vois, j'en sens, j'en goûte la chaleur.

Twilly se rassit en se massant les tempes du bout des doigts.

— Ne pas avoir d'inconscient ferait de vous une rareté biologique de l'espèce humaine, Mr Spree. Vous ne rêvez jamais en dormant ?

— Jamais.

— Soyez sérieux.

— Je suis sérieux, affirma Twilly.

— Jamais une seule fois ?

— Jamais de toute ma vie.

Un autre participant agita la main.

— Allez, vieux, t'as jamais cauchemardé ?

— Neûn, fit Twilly. Je ne rêve pas. Peut-être que si je rêvais, je ne serais pas ici en ce moment.

Il suça le bout de son crayon et se remit à travailler sur son essai, qu'il soumit au Dr Boston après le cours. Le Dr Boston n'admit pas avoir lu la composition de Twilly, mais dès le lendemain matin et tous les matins du mois suivant, un agent de sécurité du campus se posta, armé, au fond de la salle. Le Dr Boston ne donna plus jamais la parole à Twilly Spree. À la fin du semestre, Twilly reçut un certificat en bonne et due forme déclarant qu'il avait appris avec succès à gérer son agressivité et fut renvoyé devant son agent de probation, qui le félicita de ses progrès.

S'ils pouvaient seulement me voir aujourd'hui, pensait Twilly. En train de préparer un détournement de véhicule.

Primo, il avait suivi le pollueur jusque chez lui, l'un de ces îlots huppés du côté de Las Olas Boulevard, près de la plage.

Belle baraque qu'il avait ce type : un étage en stuc espagnol, à bardeaux et tuiles romaines avec de la vigne vierge sur les murs. La maison se trouvait au fond d'un cul-de-sac, ce qui ne laissait à Twilly aucune possibilité de rôder en toute sécurité dans son pick-up noir sale. Aussi dénicha-t-il un chantier de construction dans les environs — celui d'une demeure princière. L'architecture en était du pur Medellin pré-*Scarface,* tout en angles aigus, verre fumé et revêtements de marbre. La camionnette de Twilly se fondit harmonieusement parmi les pelleteuses et les bétonnières. Au crépuscule, il revint en flânant vers le gîte du pollueur et se coula, à l'affût, dans une haie d'épais ficus. Une B.M. décapotable était garée, décapotée, dans l'allée près de la Range Rover; Twilly supposa qu'elle devait appartenir à madame, à la petite amie ou au petit copain. Twilly sourit à cette idée.

Une heure plus tard, le pollueur parut sur le perron. Il se tint sous le porche en stuc dans la lumière ambrée et alluma un cigare. Quelques instants plus tard, une femme sortit lentement de la maison à reculons et ferma la porte derrière elle ; elle était cassée en deux, comme si elle disait au revoir à un petit enfant ou peut-être à un chien. Le pollueur et sa femelle traversèrent l'allée ; Twilly la vit s'éventer avec exagération, signifiant par là qu'elle n'appréciait guère la fumée du cigare. Cela provoqua un nouveau sourire chez Twilly qui se glissa hors de la haie et regagna en vitesse son pick-up. Ils allaient prendre la décapotable, se dit-il. Afin qu'elle puisse respirer de l'air pur.

Twilly suivit le couple jusqu'à un restaurant italien, situé sur une partie non touristique de Federal Highway, non loin du port de mer. C'était un choix magnifique pour ce que Twilly projetait. Le pollueur gara la décapotable en vraie tête de nœud qu'il était : à cheval sur deux places. Le but recherché était de protéger son luxueux véhicule d'importation contre les rayures et autres chtars que le tout-venant aurait pu lui infliger en se garant juste à côté. Être témoin de ce calcul égoïste mit Twilly aux anges. Il attendit dix minutes après l'entrée du fumeur de cigare et de sa moitié dans le restaurant, histoire qu'ils soient bien installés. Puis partit en croisade vite fait.

Tieuh était son nom de scène ; elle se trouvait déjà sur leur table, en train de faire tournoyer sa queue de cheval (achetée par correspondance) et de se dépiauter de son haut en dentelle quand une puanteur de haut fourneau la frappa en plein visage. Merde, songea-t-elle, un égout a pété ou quoi ?

Les trois types, tout sourire et tapant des mains, vêtus de combinaisons bleu foncé assorties, aux manches sales, riaient, fumaient et sirotaient leurs bières à six dollars en y allant de leur *Tiheu, c'est comça k'tu dis ? C'est quoi, ce nom, Tiheu ?* Et les trois d'agiter des billets de cinquante, bon Dieu de bois ; ils puaient comme du dégueulis de vautour, en psalmodiant son nom, son nom de scène, et en glissant des billets flambant neufs dans son string. Présentement, Tieuh avait une grande décision à prendre, un choix drastique à faire entre ces incroyables remugles de caniveau et cet argent incroyablement facile à gagner. Au prix d'une extrême concentration, elle ne respira plus que par la bouche, si bien qu'au bout d'un moment la puanteur lui parut bien moins insupportable et au fond, bof, c'étaient des types plutôt sympa. Des travailleurs manuels lambda. Ils s'excusèrent même d'empester la boîte. Après quelques danses sur la table, ils l'invitèrent à s'asseoir avec eux, car ils avaient une histoire de folie à lui raconter. Tieuh leur dit d'acc, je reviens dans une minute, et se précipita dans la loge. Dans son vestiaire, elle prit un mouchoir qu'elle aspergea d'un parfum français de luxe, cadeau superflu d'un client ayant flashé sur elle. En revenant à leur table, elle trouva une bouteille débouchée du champagne le plus cher du club, qui était presque potable. L'équipe en combinaison bleue dégueulasse portait un toast guimauve quelconque : tout en choquant leurs verres, ils implorèrent Tieuh de s'asseoir, *allez, quoi — assieds-toi, prends du mousseux.* Ils étaient pressés de lui dire ce qui s'était passé, tous les trois jacassant simultanément, élevant la voix, chacun essayant d'assurer la partie narrative. Tieuh, le tissu parfumé sous le nez, bien qu'amusée pour de bon, ne crut bien sûr pas un mot de ce qu'ils disaient, sauf ce qui concernait leurs occupations, qu'ils pouvaient difficilement embellir étant donné l'odeur.

— Comment ça se fait que tu crois pas qu'on nous a chouré notre chargement ! s'exclama l'un d'eux.

— Parce que c'est ridicule, fit Tieuh.

— En fait, c'était plutôt un troc, dit l'un de ses potes. Le jeune type nous a filé trois mille en liquide et les clés de son pick-up. En nous disant qu'il nous retrouverait ici dans une heure.

Tieuh en évasa ses sourcils. Cet inconnu complet, il vous tend trois mille dollars et il se tire dans un...

— Rien que des billets de cinquante, dit l'un des types en agitant une liasse. Mille chacun !

Et Tieuh, pouffant dans son mouchoir : « Vous déconnez un max, les mecs, la merde vous est montée au cerveau. »

— Non, m'dame, sans déc. On a beau sentir ce qu'on sent, on déconne pas.

Celui qui agitait le plus gros pacson parlait le plus fort.

— Ce qu'on t'a dit, fit-il, c'est la vérité, juré craché, c'est pour ça qu'on est ici ce soir à te regarder danser. Et si tu nous crois pas, Miss Tiheu, t'auras qu'à nous suivre dans le parking dans un quart d'heure quand le gars, il se repointera.

— Peut-être que je viendrai, dit Tieuh.

Mais occupée alors à égayer une table de cadres d'une compagnie de télé par câble, elle manqua l'arrivée de Twilly Spree à la boîte de strip-tease éclairée au néon, dans un camion-poubelle du comté grand modèle. Quand Twilly en descendit, l'un des types en bleu lui lança les clés du pick-up noir.

— Alors, les gars, vous avez claqué toute la thune que je vous ai filée ? leur demanda Twilly, le plus aimablement du monde.

— Non, mais pas loin.

— Et vous en avez eu pour votre argent, je parie.

— Ah ouais.

Twilly serra la main des trois éboueurs et prit congé.

— Attends, fiston, viens prendre une bière à

l'intérieur. Y a une dame qui veut faire ta connaissance.

— La prochaine fois, fit Twilly.

— Écoute, non, elle veut pas nous croire. Elle pense qu'on a dévalisé la salle de bingo ou je ne sais quoi. C'est pour ça qu'il faut que tu nous suives rien qu'une minute à l'intérieur et que tu lui dises que c'est pas des conneries et que tu nous as bien loué trois mille dollars notre camion à merde.

Twilly sourit.

— Je ne vois pas de quoi tu parles.

— Eh, mec, il est où le chargement ? Le camion, plus vide tu meurs.

— En effet, dit Twilly. Z'avez plus rien à vider à la décharge. Vous pouvez rentrer direct chez vous ce soir, les gars.

— Mais qu'est-ce que t'en as fait ?

— Vaut mieux que vous ne le sachiez pas.

— Ah bon Dieu, marmonna l'un des éboueurs à ses potes. Ce jeunot, il est barjo. Il a dû faire un truc dingue de chez dingue.

— Pas du tout, fit Twilly. Je crois que vous me donneriez raison. J'en suis sûr, même.

Là-dessus, il démarra, en pensant combien le Dr Boston avait eu tort. La colère, ça n'était pas si compliqué à gérer.

Palmer Stoat commanda une salade en *antipasto,* des petits pains à l'ail, des *fettucine* Alfredo plus un plat de boulettes de viande. Et, avant longtemps, Desie dut regarder ailleurs de peur d'être malade. Il s'attaquait avec un tel emportement à la nourriture qu'il en transpirait; la sueur lui coulait en fines gouttelettes sur les joues. Desie avait honte de se sentir si écœurée; c'était son mari, après tout. Ce n'était pas comme si sa personnalité avait changé du tout au tout après leur mariage. C'était le même homme à tous points de vue, deux ans plus tard. Desie culpabilisait de l'avoir épousé, culpabilisait d'avoir changé d'avis, culpabilisait à propos du rhinocéros qu'il avait tué le matin même.

— D'ici au buffet de crudités, lui disait Stoat. Il était aussi près que ça.

— Et t'avais besoin d'une lunette pour ça?

— Mieux vaut prévenir que guérir. C'est la devise de Durgess.

Stoat commanda un *tortoni* comme dessert. Avec sa fourchette, il sonda la glace aux éclats d'amandes, qu'il ratissa en un motif propret sur le pourtour de l'assiette. Assister à ce rituel fastidieux plongea Desie dans une mélancolie encore plus profonde. Plus tard, tandis que Palmer vérifiait l'addition, elle s'excusa et gagna les toilettes où, d'un Kleenex humide, elle s'enleva rouge à lèvres et maquillage. Sans savoir pourquoi, elle se sentit beaucoup mieux. Le temps qu'elle termine, son mari avait quitté le restaurant.

Desie sortit et manqua être assommée par l'odeur. Elle porta ses mains à sa bouche et chercha Palmer du regard. Il était dans le parking, sous un lampadaire. À mesure que Desie s'approchait de lui, l'odeur empirait et elle vit bientôt pourquoi : un tas d'ordures de trois mètres de haut. Desie estima qu'il devait peser plusieurs tonnes. Palmer Stoat, l'air lugubre, se tenait au pied du monticule fétide, les yeux fixés sur son faîte.

— Où est la voiture? demanda Desie en toussotant.

Palmer, les bras ballants, se mit à vagir comme un chaton perdu.

— Ne me dis pas que..., fit-elle, s'efforçant de ne pas vomir, vu la puanteur. Bon Dieu, Palmer, ma B.M. !

D'un pas hésitant, il contourna la dune fleurant le rance. Il leva le bras, pointant le doigt avec une stupéfaction scandalisée. Un nuage de mouches lui bourdonnait autour de la figure, mais il ne fit même pas mine de les chasser.

— Bordel de merde, s'écria Desie. Je t'avais pas dit de remettre la capote?

3

Twilly retourna à temps au restau italien pour jouir du spectacle. Sous la supervision amusée de plusieurs officiers de police, un détachement d'éboueurs armés de pelles et de râteaux s'était attelé à la tâche peu ragoûtante de déterrer la B.M.W. Twilly observa tout cela à travers ses jumelles du haut d'un pin voisin. Aucun signe de présence médiatique, ce qui était un véritable gâchis — l'incident aurait été du nanan pour les télés. Dominant les crissements rythmiques de l'opération, on entendait la voix du pollueur admonestant les ouvriers de la voirie, *faites attention, bordel, rayez pas la carrosserie!* Twilly trouvait ça d'un comique achevé, étant donné l'état de contamination avancé plus que probable de la B.M. Il imaginait le cuir vierge des sièges mûrissant déjà sous un riche filon à odeur de nectar de pelures d'oranges, de fromage blanc, de bouteilles d'Heineken, de marc de café, de coquilles d'œufs, de Kleenex froissés, d'épluchures de patates, de serviettes hygiéniques, de croûtes de pizzas, de têtes de poissons, de côtelettes de porc, de tubes de dentifrice percés, de couenne de bacon, de jus de viande coagulé, de litière pour chats et de cous de poulets. Twilly aurait aimé pouvoir infiltrer les rangs de l'équipe de nettoyage pour contempler de plus près cette vision d'horreur.

La femme/petite amie du pollueur faisait les cent pas, bras croisés, sous un lampadaire grésillant. Twilly ne pouvait distinguer son expression mais la vivacité de son pas suggérait son impatience. Il se demanda si elle se souciait vraiment de la voiture ; de toute façon, la compagnie d'assurances la lui remplacerait par une neuve. Twilly eut aussi une pensée pour les ouvriers qu'on avait dérangés si tard pour un boulot aussi bizarroïde. Il eut le sentiment que ça devait peut-être les faire bicher d'exhumer une voiture de sport rouge de sous un tas de détritus, tout en espérant qu'ils soient payés en heures sup.

C'était une opération de grande envergure et Twilly s'étonnait de ne pas en retirer une satisfaction équivalente. La réponse lui fut fournie avec une pointe d'amertume en observant le pollueur à la jumelle : il vit le bonhomme dépiauter un bonbon — sans doute une de ces pastilles de menthe offertes par le restau pour faciliter la digestion — et en froisser le papier qu'il laissa tomber négligemment par terre. Cet enfoiré débile n'avait rien pigé ! Il n'avait pas fait le lien entre son comportement de cochon sur l'autoroute et la malveillante dégradation de son automobile. Il s'imaginait probablement victime d'un acte de vandalisme isolé ; d'une farce.

J'aurais dû laisser un message, se disait Twilly, morose. J'aurais dû être clair comme de l'eau de roche. Il proféra un juron à voix basse et se laissa glisser prudemment le long du tronc. Le temps qu'il atteigne le parking, l'exhumation de la voiture était terminée. Il vit le pollueur et sa femme/petite amie s'en aller en taxi. La B.M.W. souillée était accrochée à une dépanneuse, dont le conducteur baraqué, affublé d'un masque chirurgical bleu layette, plaisantait avec les éboueurs qui chargeaient à la pelle les derniers déchets dans un conteneur à ordures.

Twilly demanda à l'un des flics ce qu'il était arrivé à la décapotable rouge.

— Quelqu'un a déversé un camion-poubelle dessus, déclara le représentant de l'ordre, en pouffant sans aménité.

— Bon Dieu, fit Twilly. Et pourquoi ?

— Putain qui sait. On vit dans une société de malades.

— En voyant toutes ces voitures de police, j'ai cru qu'il y avait eu un meurtre.

— Neûn, c'est juste une grosse légume qu'a laissé sa capote baissée, et pas dans le bon quartier.

— Il est connu ou quoi ?

— Jamais entendu parler de lui jusqu'à ce soir, fit le flic, mais c'est sûr qu'il est pistonné.

Autrement, je serais pas là, mais chez moi, en caleçon, en train de mater du basket. Reculez maintenant.

Le conducteur de la dépanneuse manœuvrait pour sortir du parking, guidé par le flic. Twilly n'insista pas pour obtenir le nom du pollueur ; il n'en avait de toute façon pas besoin. Il s'approcha de l'un des ouvriers de la voirie et lui demanda si la B.M. était foutue.

— Ouais, et c'est moche. Une belle bagnole comme ça.

— Complètement H.S., hein ? fit Twilly.

— On peut pas nettoyer l'intérieur après un truc pareil. S'agit au minimum — là, à vue de nez — de quatre tonnes d'ordures brutes.

Le type cessa de travailler et s'appuya sur le manche de sa pelle.

— Enfin, merde, une voiture de ce prix-là — pourquoi la saloper, alors qu'on peut la piquer ? L'imbécile qui laisse sa décapotable découverte, il a pas volé qu'on lui chourave sa caisse. Mais ça ? Ça pue grave, si vous voulez savoir. Se décarcasser pour esquinter une telle perfection. Ça pue super grave.

— Le monde marche sur la tête, fit Twilly Spree, pour sa propre défense.

Il était natif de Key West où son père était allé vendre du front de mer à vocation commerciale. P'tit Phil Spree était promoteur spécialisé. Tout ce qui ne donnait ni sur la mer ni sur le

Golfe ne l'intéressait pas. Il achetait et vendait de la plage jusqu'à ce qu'il ne reste plus de plage à vendre ni à acheter. Alors il pliait bagage avec sa famille et gagnait une autre ville où « La Côte est libre ! » exultait P'tit Phil à son habitude. La Floride possédait plus deux mille kilomètres de rivage et le jeune Twilly en vint à en savourer une bonne partie. Sa mère, qui évitait de se mettre au soleil, ne raffolait pas des tropiques. Mais comme P'tit Phil gagnait pas mal, Amy Spree ne mit pratiquement pas le nez dehors pendant dix-huit ans, soignant son teint et tâchant de s'inventer des passe-temps. Elle fit pousser des bonsaïs, commença un roman à l'eau de rose, apprit à jouer de la clarinette. Elle se mit au yoga, à la danse moderne et aux cocktails bien tassés. Pendant ce temps, Twilly battait les buissons, au sens littéral du terme. Il passait dans la nature le moindre moment de loisir. Ses parents n'imaginaient pas ce qu'il y fabriquait.

Twilly avait quatre ans quand P'tit Phil embarqua sa famille à Marco Island, célèbre pour ses plages frangées de dunes blanches. Le sable était constellé de coquillages tropicaux que Twilly ramassait et rangeait dans des boîtes à chaussures. D'habitude une baby-sitter l'accompagnait, engagée par sa mère pour s'assurer qu'il n'aille pas se noyer dans le golfe du Mexique. Des années plus tard, à quatorze ans, Twilly « emprunta » un break pour revenir à Marco Island, histoire de compléter sa collection. Il arriva tard le soir sous un véritable déluge et s'endormit dans la voiture. À son réveil, à l'aube, il prit conscience pour la première fois de sa vie de ce que faisait son père pour gagner la sienne. L'île avait subi une poussée de front de mer : ceinture de béton où les hôtels rivalisaient d'altitude avec les tours de « condos ». Twilly, les yeux baissés, arpenta la plage, sa boîte à chaussures sous le bras. Il espérait être le jouet d'un mirage, causé par la brume et les nuages ; mais dès qu'il levait la tête, les hôtels et les « condos » étaient toujours là, se dressant plus haut que jamais. Au lever du soleil, les immeubles projetèrent une ombre de pierre tombale sur le sable. Bientôt, Twilly se trouva englué dans une pénombre compacte — de la pénombre sur une plage, face au large, par temps clair ! Il tomba à genoux, frappant le sable des deux poings à s'en écorcher les phalanges.

Une touriste vint demander à Twilly d'arrêter son cirque car il perturbait ses enfants. La femme, en bikini stretch, avait l'accent de Nouvelle-Angleterre et les ongles des orteils magenta. Le nez tartiné de crème solaire, elle brandissait un best-seller d'Arthur Hailey en édition de poche. Twilly poussa un hurlement et boxa la plage de plus belle. La touriste le fusilla du regard par-dessus ses lunettes noires.

— Où est votre maman, jeune homme ? dit-elle.

Sur ce, Twilly fit volte-face et lui écrasa son pied nu sans discontinuer jusqu'à l'arrivée d'un vigile de l'hôtel, malabar qui le souleva de terre. P'tit Phil le rejoignit plus tard ce même jour avec avocats et chéquier. Pendant le voyage de retour, Twilly ne trouva rien à dire à son père. Au moment du coucher, Amy Spree entra dans la chambre de son fils et le découvrit occupé à monter un ongle d'orteil humain joliment peint dans la vitrine où il exposait ses coquillages. Le lendemain matin, elle l'emmena chez un psychologue pour la première fois. Twilly subit une batterie de tests, dont aucun ne pointa une violence antisociale pathologique. Malgré le soulagement d'Amy, son mari demeura sceptique. « Ce garçon ne tourne pas rond », répétait-il. Ou encore : « Ce garçon n'est pas fini. » Et parfois : « Ce garçon est à côté de la plaque. »

En fin de compte, Twilly tenta de parler à son père de Marco Island et autres crève-cœur. Il lui rappela que la Floride avait été sous les eaux pendant une éternité et s'y enfonçait à nouveau, lentement mais sûrement : la mer et le Golfe montaient chaque année pour reconquérir le précieux rivage que P'tit Phil et ses pareils bradaient à tour de bras. Et alors ? lui répliqua P'tit Phil. Les assurances contre les inondations ne sont pas faites pour les chiens. Non, papa, tu ne comprends pas, répondit Twilly. Et P'tit Phil de repartir, ben ouais, peut-être que je pige pas bien la géologie, mais la vente et les commissions, ça me connaît. Et si ce putain d'endroit se met à s'enfoncer et que je le vois de mes propres yeux, alors, toi, moi et ta mère, on fait nos paquets et on émigre en Californie du Sud, où on peut encore vivre de façon sympa en vendant du front de mer.

Alors Twilly lui fit mettons que je n'ai rien dit.

La veille des dix-huit ans de Twilly, P'tit Phil l'emmena d'un coup de voiture chez un banquier de Tampa qui lui expliqua qu'il allait hériter d'environ cinq millions de dollars d'un homme qu'il n'avait vu qu'une seule fois : le père de P'tit Phil, feu Grand Phil. Grand Phil Spree, après avoir fait fortune dans les mines de cuivre du Montana, avait pris sa retraite à soixante ans, fait le tour du monde et joué au golf. Peu de temps après, il tombait raide mort dans le sable d'un bunker, au seizième trou à Spyglass. Il laissait un tiers de son argent à P'tit Phil, un tiers en fonds en fidéicommis à son petit-fils Twilly et le dernier tiers à la National Rifle Association.

En quittant la banque, P'tit Phil prit son fils, bien plus grand que lui, par la taille et lui tint ce langage :

— C'est une chiée de blé à gérer pour un jeune. Mais je crois savoir ce que ton grand-père aurait aimé que tu fasses avec.

— Laisse-moi deviner. Acheter du front de mer ?

— T'es un malin, toi, fit P'tit Phil, aux anges.

Twilly se dégagea d'une secousse.

— Fonds commun de placement, annonça-t-il.

— Quoi ? s'exclama P'tit Phil, atterré.

— Ouaip.

— Où t'as entendu parler d'une telle stupidité ?

— Je l'ai lu.

— Regarde autour de toi, mon garçon. L'immobilier ne nous a pas réussi ?

P'tit Phil débita toutes les belles et bonnes choses de leur vie, de la piscine au hors-bord pour le ski nautique sans oublier l'appart d'été en temps partagé dans le Vermont.

— Le prix du sang, fit Twilly.

— Hein ?

— Ce que Grand-père m'a laissé est à moi. J'en ferai ce qu'il me plaira. Et ce sera des sicav.

Little Phil lui agrippa l'épaule.

— Voyons voir si je comprends bien. Je t'offre cinquante pour cent des parts d'un Ramada de deux cent vingt chambres, à Daytona, *côté plage*. Et tu préfères coller tout ton liquide sur cette roulette de folie, qu'on connaît aussi sous le nom de Bourse de New York ?

— Ouaip, fit Twilly.

— Bon, j'ai toujours su que t'étais à côté de la plaque. Là, ça se confirme, dit son père. Je t'ai précisé que le motel marche avec une licence de boissons ?

Quelques mois plus tard, P'tit Phil s'enfuyait avec une secrétaire d'une compagnie d'assurances à Santa Monica. En dépit de la répugnance de son fils à s'intégrer dans une structure, la mère de Twilly le supplia de s'inscrire à l'université d'État de Floride, à Tallahassee. Là, Twilly suivit un cursus d'anglais pendant trois semestres avant de tout laisser tomber et de se mettre en ménage avec une prof de poésie, qui terminait son doctorat sur T.S. Eliot. C'était une femme dynamique, intelligente qui se prit d'un intérêt passionné pour son nouveau petit ami en général, et son héritage en particulier. Elle l'encouragea à utiliser sa fortune pour accomplir de nobles et bonnes actions, à commencer par l'achat d'une nouvelle 280-Z, super chouette, pour son garage. En fin de compte, Twilly, sur son trente et un, fut présenté au chef du département d'anglais qui lui proposa de financer une chaire de poésie en résidence qui porterait en hommage le nom de feu le grand-père de Twilly, lui qui n'aurait pas fait la différence entre W.H. Auden et Harry Potter.

Twilly dit banco, et puis merde, mais le don ne fut jamais fait ; non pas que Twilly ait fait faux bond, mais parce que, entre-temps, il fut arrêté pour coups et blessures sur la personne d'un député. L'homme politique, un Démocrate du Sarasota County, avait été critiqué dans la presse pour avoir bloqué des réformes sur l'épuration de l'eau tout en acceptant au même moment des contributions occultes pour sa campagne de la part d'un ranch d'élevage qui déversait du fumier dans un estuaire. Twilly avait repéré le député dans un restaurant et l'avait suivi aux toilettes. Là, il l'avait poussé dans une cabine et chapitré une quarantaine de minutes sur l'immoralité de la pollution des eaux. Tout craintif, le député avait feint la contrition mais Twilly avait vu clair dans son jeu. Baissant calmement la fermeture Éclair de son jean, il compissa d'abondance les mocassins Bally de son interlocuteur en lui disant :

— Voilà ce que tes potes du ranch font à la Black Drum Bay. Qu'est-ce que t'en dis ?

Quand une version édulcorée de l'incident atteignit les salles de rédaction, le chef du département d'anglais décida qu'accepter une donation d'un fêlé doublé d'un délinquant créerait un fâcheux précédent. Il cessa tout contact avec Twilly Spree. Ce dernier s'y retrouva car, même s'il appréciait un bon poème, il sentait que la subversion était une bien plus noble cause. Ce point de vue ne fit que s'ancrer en lui au fil des années, plus il rencontra d'individus pareils à son père.

— Dick m'a dit que vous étiez l'homme de la situation, fit Robert Clapley en levant son bourbon et en opinant du bonnet.

— Dick exagère, rétorqua Palmer Stoat, bien rodé à la fausse modestie.

Ils partageaient un déjeuner tardif dans un country club lambrissé de noyer, dans la banlieue de Tampa. C'était le gouverneur qui l'avait organisé.

— Dick n'est pas le seul à chanter vos louanges, insista Clapley.

— Vous m'en voyez très flatté.

— Il vous a expliqué la situation ?

— Dans les grandes lignes, fit Stoat. Vous avez besoin d'un nouveau pont.

— Oui, m'sieur. Le financement a reçu l'aval du Sénat.

— Mais vous avez un problème à la Chambre des représentants.

— Oui, reconnut Clapley. Tout vient d'un nommé Willie Vasquez-Washington.

Palmer Stoat sourit.

— Quel est son but ? Auriez-vous une petite idée ? demanda Clapley.

— Suffit que je passe un coup de fil.

— Qui me coûtera combien ? demanda Clapley, pète-sec.

— Le coup de fil ? Rien. Régler votre problème, ça ira chercher dans les cent mille. Cinquante mille d'avance.

— Vraiment. Et qu'est-ce que touchera votre ami Willie ?

Stoat parut surpris.

— Pas un sou, Bob. Je peux vous appeler Bob ? Willie n'a pas besoin de votre argent, il a d'autres fers au feu — probablement quelques douceurs qu'il veut camoufler dans le budget. On va arranger ça, ne vous en faites pas.

— C'est le travail des groupes de pression ?

— Oui. C'est ça que vous payez.

— Donc, les cent mille...

— Représentent mes honoraires, dit Stoat, et vous faites une affaire.

— Vous savez, j'ai filé un bon paquet de fric pour la campagne de Dick. Mais je n'ai jamais rien vu de pareil jusqu'à présent.

— Faudra vous y faire, Bob.

Robert Clapley était nouveau en Floride et novice dans le bizness de promoteur. Palmer Stoat lui donna un cours accéléré sur ce qui se pratiquait ; la traçabilité des trois quarts du cash gravitant autour de Tallahassee faisait remonter à des individus ayant le même genre d'activités que Clapley.

— J'ai tenté de joindre Willie par mes propres moyens.

— Grosse erreur.

— C'est bien pour ça que je suis ici, Mr Stoat. Dick m'a dit que vous étiez l'homme de la situation.

Clapley sortit chéquier et stylo-plume.

— Je suis curieux — Vasquez-Willie, c'est quoi exactement, un bamboula ou un espingouin ?

— Un chouïa de tout ça, à en croire Willie. Il se surnomme lui-même Frère Arc-en-Ciel.

— Vous vous entendez bien tous les deux ? demanda Clapley en tendant le chèque de cinquante mille dollars à Stoat.

— Moi, je m'entends avec tout le monde, Bob. Je suis l'enfoiré le plus aimable du monde. Au fait, vous chassez ?

— Tout ce qui bouge.

— Alors, je connais l'endroit qu'il vous faut, fit Stoat. Ils ont tous les z'animaux de la création.

— Des grands félins ? J'ai fait de la place pour une peau sur le mur de ma bibliothèque, déclara Clapley. Un truc tacheté irait bien avec la tapisserie. Un guépard, peut-être.

— Vous n'avez qu'à nommer l'espèce, Bob. Cet endroit, on dirait l'enclos de Noé pour son arche. Ils ont de tout.

Robert Clapley commanda une autre tournée. La serveuse leur apporta leurs filets de bœuf que les deux hommes dégustèrent en silence. Au bout d'un moment, Clapley reprit la parole.

— Je remarque que vous ne posez pas beaucoup de questions.

Stoat releva la tête de son assiette.

— Mais je n'en ai pas *beaucoup,* fit-il tout en mastiquant.

— Voulez-vous savoir ce que je faisais avant de devenir promoteur ?

— Pas vraiment.

— J'étais dans l'import-export de matériel électronique.

— Électronique, répéta Stoat, entrant dans son jeu.

Clapley avait trente-cinq ans et portait ex-contrebandier yuppie écrit sur sa figure et le reste : l'or, le bronzage de haute mer, l'éclat de diamant dans l'oreille et la coupe de cheveux à deux cents dollars.

— Mais tout le monde disait que l'immobilier, c'était la voie royale à suivre, poursuivit Clapley. Alors, il y a deux, trois ans, j'ai commencé à rafler des terrains sur l'île aux Crapauds et voilà.

— Vous allez laisser tomber la partie crapaud, j'espère, remarqua Stoat. Et la changer par un papillon tropical ou autre chose.

— Un oiseau. Le puffin. La Société immobilière de l'île aux Puffins.

— J'aime bien. Ça sonne hyper classe. Et le gouverneur dit que ça sera splendide. Un nouveau Hilton Head, à l'entendre.

— Ça ne peut pas louper, fit Robert Clapley, pour peu que j'obtienne mon pont.

— Considérez que c'est chose faite, Bob.

— Oh, je n'y manquerai pas.

Palmer Stoat termina son bourbon.

— Au finish, j'ai pensé à une question, déclara-t-il.

Clapley en parut ravi.

— Allez-y, Mr Stoat.

— Vous comptez terminer cette pomme de terre au four ?

Sur l'île aux Crapauds, ce même après-midi, un dénommé Steven Brinkman fut convoqué dans une caravane F-2 où régnait le souk le plus complet. Brinkman, biologiste frais émoulu du troisième cycle de l'université de Cornell, avait été engagé à titre de « spécialiste de l'environnement », et ce pour un salaire annuel de quarante et un mille dollars, par la prestigieuse entreprise Roothaus & Fils, concepteurs de routes, ponts, parcours de golf, immeubles de bureaux, galeries marchandes, usines et autres quartiers résidentiels. Robert Clapley avait embauché Roothaus & Fils S.A. pour le projet de l'île aux Puffins, dont l'une des étapes cruciales était le bouclage en temps et en heure d'une étude biologique exhaustive. En l'absence d'un tel rapport, la mise en exploitation s'enliserait définitivement dans la paperasserie, à grands frais pour Clapley.

Brinkman avait pour tâche de dresser une liste des diverses espèces vivant sur l'îlot corallien : plantes, insectes, oiseaux, amphibiens, reptiles et mammifères. Ce boulot ne pouvait être effectué ni à la va-vite ni par-dessus la jambe car, de son côté, le gouvernement procéderait à une étude comparative. Steven Brinkman, en fait, s'était vu proposer une fois le poste de biologiste au sein du génie de l'armée américaine, mais avait opté pour le secteur privé, ses salaires plus élevés et ses plus grandes possibilités d'avancement. C'était le bon côté de la chose. Le mauvais côté, c'était de devoir répondre à des tarés décérébrés tels que Krimmler, qui aurait été aux anges en apprenant qu'il n'existait ni faune ni flore sur l'île aux Crapauds. Krimmler ne voyait ni beauté ni mystère dans la nature, uniquement des bâtons dans les roues bureaucratiques. Un vol de machaons ou bien le cri d'un écureuil lui flanquaient une trouille bleue pour plusieurs jours.

Présentement, Krimmler, un téléphone enfoncé dans l'oreille, s'éventait avec la liste de Brinkman. Krimmler était ingénieur, pas biologiste, et en référait directement à Roger Roothaus. C'était ce dernier que Krimmler avait au bout du fil.

— Et des alligators ? fit Krimmler, relayant la question à Brinkman.

Brinkman fit non de la tête.

— Des aigles à tête blanche ? Ou toute autre espèce d'aigles ?

— Non, fit Brinkman.

Et au téléphone, Krimmler de dire :

— Il en est sûr. Pas d'aigles. Vous voulez que je vous lise ce qu'il a noté ? Ouais. Non. O.K., je lui demande.

Krimmler expliqua alors à Brinkman :

— Tout ce qui nous préoccupe vraiment, c'est les espèces menacées.

— Je n'en ai pas encore découvert.

— Vous êtes affirmatif ? On ne veut pas de mauvaises surprises — genre dans six mois d'ici une saloperie de chenille à ventre rouge qui se trouve être la dernière représentante de son espèce. On n'a pas besoin de ça.

— Jusqu'à présent, je n'ai découvert aucune espèce en voie de disparition, répéta Brinkman.

Aux oreilles de Krimmler, c'était là une excellente nouvelle et il la communiqua d'un ton satisfait à son interlocuteur. La réponse de Roothaus le fit pouffer.

— Je sais, je sais, dit-il. C'est trop beau pour être vrai. Mais notre jeune ami m'affirme qu'il en est sûr.

— Jusqu'à présent, tenta de placer Brinkman. Aucune, jusqu'à présent.

Il y avait toujours une chance de tomber sur une chouette des terriers ou une tortue spermophile.

Krimmler releva les yeux.

— Mr Roothaus veut savoir si vous n'avez rien trouvé de bizarre et dont il faudrait s'occuper avant que les têtes de nœud écolos des Eaux et Forêts ne nous tombent sur le dos.

Brinkman prit une profonde inspiration, car il n'en fallait pas beaucoup pour faire démarrer Krimmler au quart de tour.

— Il y a bien ça.

Le biologiste tendit sa main droite.

Krimmler scruta de tous ses yeux.

— C'est quoi ça, merde ?

Puis dans l'appareil :

— Quittez pas, Rog'.

— Un crapaud, annonça Brinkman.

— Ça alors, moi qui croyais que c'était un bébé licorne ! *Je vois bien* que c'est un crapaud, vu ? Je sais à quoi ressemble un crapaud, merde. La seule question qui vaille, c'est quelle saloperie d'espèce de crapaud, Mr Brinkman ?

— Professeur. *Professeur* Brinkman.

Il y avait des choses qu'on ne pouvait pas

laisser passer même pour quarante et un mille dollars par an.

Krimmler le fusilla du regard. Il couvrit l'appareil de la main et chuchota :

— J'attends.

— *Bufo quercicus.*

— Traduction ?

— Un crapaud du chêne.

— Et puis ?

— C'est le plus petit crapaud vivant en Amérique du Nord.

— Ça, je veux bien le croire, dit Krimmler. Il figure sur la liste des espèces en voie de disparition ?

— Non, monsieur.

— Sur celle des espèces menacées ?

— Non.

— Sur une autre liste merdique ?

— Pas à ma connaissance.

— Alors, où est le problème ? fit-il, avant d'ajouter dans le téléphone : Eh, Roger, le jeune professeur Brinkman m'a apporté un adorable bébé crapaud... oui, c'est ce que j'essaie de savoir.

— Il n'y a aucun problème, en réalité, avec les crapauds du chêne. Sauf qu'il y en a des centaines un peu partout sur l'île. Je n'en ai jamais vu autant.

— C'est de là qu'elle doit tirer son nom.

— Oui, sans doute, fit Brinkman, tout penaud.

Dans sa paume, le crapaud était plus petit

qu'une pièce de vingt-cinq cents, tacheté de gris et de brun, avec une rayure dorsale orange. Le batracien cligna de ses yeux luisants et se mit à frétiller. Brinkman referma doucement la main sur lui.

— Sortez votre petit copain avant qu'il ne pisse sur mon beau lino, fit Krimmler. Je vous rejoins dans une seconde.

Brinkman ferma la porte derrière lui. Le soleil brillait si fort qu'il en eut les yeux humectés. Il s'agenouilla et déposa le crapaud miniature sur le sol. Il gagna aussitôt en sautillant l'ombre de la caravane.

Cinq minutes plus tard, Krimmler descendit les marches.

— Mr Roothaus m'a dit que vous faisiez du super boulot. Néanmoins ces crapauds l'inquiètent un peu.

— Ils sont tout à fait inoffensifs, affirma Brinkman.

— Pas nécessairement. Par les temps qui courent, il suffirait de peu pour un remake à la *snail-darter*[1]. Je veux dire, si un de ces verts à la noix décide de nous mettre vraiment des bâtons dans les roues...

— Je vous l'ai déjà dit, ce n'est pas une

1. Première application par la Cour suprême (en 1978) de la Loi sur les espèces menacées, datant de 1973. Le *snail-darter* est un petit poisson dont le seul habitat connu est la Little Tennessee River sur laquelle la construction d'un barrage était prévue. *(N.d.T.)*

espèce en voie de disparition, répéta Brinkman. Ils ne sont même pas jolis à photographier.

Krimmler haussa les épaules.

— Bref, on ne saurait être trop prudents. Où trouve-t-on exactement ces crapauds, professeur Brinkman ?

— Un peu partout sur l'île, comme je vous l'ai dit.

— Sur la terre ferme ou dans les marécages ?

— Sur la terre ferme, principalement, dit Brinkman.

— Parfait.

— Dans les bas-fonds boisés et les fourrés. Il y en a tellement qu'on ne pourra jamais les capturer tous.

— Je suis tout à fait d'accord avec vous, dit Krimmler. C'est pour ça qu'on va les enterrer.

4

Pendant son trajet vers l'aéroport, le type balança de sa Range Rover un gobelet plastique et l'emballage cellophane d'un rouleau raisin-cannelle Little Debbie, le tout à cent trente kilomètres/heure sur l'Interstate ; la circulation étant casse-cou, Twilly ne put s'arrêter pour récupérer ses ordures. À présent, il avait laissé tomber son pick-up noir dégueulasse et loué une Chevrolet Corsica d'un marron générique, dont seuls cinq cent mille exemplaires, au bas mot, sillonnaient les grands axes, en Floride du Sud, pendant la saison touristique. Twilly se réjouissait de passer inaperçu au volant ; pour sauver les apparences, il étala une carte routière à l'envers sur ses genoux. Il suivit le pollueur jusqu'au parking de l'aéroport, puis à pied jusqu'au terminal. Twilly n'aurait pas dû être surpris de voir le type accueilli avec affection à la porte Delta Airlines par une blonde aux formes rebondies, en baise-en-ville Gucci ; mais Twilly fut *surpris* et eut les boules. Pourquoi, il n'en savait rien. Il revint en voiture à la maison du pollueur et attendit que sa femme/petite amie bouge. Elle sortit en jupette de tennis, portant non pas une mais trois énormes raquettes. Twilly la regarda se glisser dans une B.M.W. noire que son mari/petit copain avait dû louer pour remplacer — temporairement, Twilly en était certain — la rouge qu'il avait détruite.

Après son départ, Twilly se faufila à travers la haie dans le jardin et examina le montant des fenêtres, munies d'une alarme, sans se sentir le moins du monde concerné. En se basant sur son observation du pollueur et de sa femme/petite amie, Twilly avait dans l'idée que l'alarme n'était pas branchée. Et bien entendu, ni l'un ni l'autre ne s'était souvenu de verrouiller la porte de la buanderie, que Twilly ouvrit d'un coup de coude. Ni sirènes, ni bips, ni sifflets ne se déclenchèrent. Twilly pénétra à l'intérieur de la maison, l'oreille tendue, guettant la venue d'une bonne, d'une cuisinière ou d'une nounou. Au-delà d'une porte, il apercevait la cuisine. Alors que rien ne bougeait, Twilly crut déceler une respiration.

— Y a quelqu'un ? appela-t-il.

Il avait une histoire toute prête : inspecteur du comté en tournée de vérification des volets anti-cyclone, il avait vu la porte entrouverte, s'était inquiété, etc. Pour l'occasion, Twilly avait mis une mince cravate unie et une chemisette blanche.

— Y a quelqu'un ? cria-t-il, plus fort cette fois.

Un énorme chien d'un noir de jais surgit en trottinant et lui harponna la cheville droite. C'était un labrador retriever, le plus gros que Twilly ait jamais vu, avec une tête d'ours. Twilly pesta contre lui-même de ne pas avoir imaginé un chien de salon aussi volumineux, qui collait si bien au profil du pollueur.

Il demeura immobile et imperturbable sous la prise du labrador.

— Méchant chien, lui dit-il, espérant vainement l'intimider par ce comportement. Non, non, essaya ensuite Twilly. Méchant garçon ! Méchant garçon !

Il n'avait jamais été attaqué par un chien qui ne grognait pas ni ne montrait pas même les dents. Il saisit le labrador par ses oreilles soyeuses.

— Bon, tu t'es exprimé. Lâche maintenant !

Le chien leva la tête vers lui sans animosité perceptible. Twilly s'attendait à souffrir davantage, mais le labrador en fait ne le mordait pas très profond ; au lieu de ça, il tenait bon avec une opiniâtreté impassible, comme si la peau de Twilly n'était qu'une vieille chaussette favorite.

Vraiment pas le temps de faire mumuse, moi, se dit Twilly. Se penchant sur le chien, il lui prit le milieu du corps en étau et le souleva du carrelage, la tête en bas, les oreilles à l'avenant, les pattes arrière vers la lune, jusqu'à ce qu'il lâche prise. Quand il reposa le labrador sur le sol, il constata qu'il avait l'air plus nauséeux que furieux. Twilly lui caressa le crâne. Aussitôt, le chien battit de la queue et fit le beau, en se roulant par terre. Dans le réfrigérateur, Twilly découvrit des tranches de viande froide, qu'il mit dans un plat sur le sol de la cuisine.

Puis il s'en fut rôder de par la maison. D'après une pile de courrier non décacheté dans le hall d'entrée, il détermina que le vrai nom du pollueur était Palmer Stoat et que la femme était son épouse, Desirata. Twilly gagna la chambre conjugale pour se faire une meilleure idée de leurs relations. Les Stoat avaient un lit à baldaquin en tulle à fanfreluches, ce que Twilly jugea excessif. Sur l'une des tables de nuit se trouvait un roman d'Anne Tyler et une pile de magazines : *Town & Country, Gourmet, Vanity Fair et Spin.* Twilly en déduisit que Mrs Stoat dormait de ce côté-là. Dans le tiroir du haut de la table de chevet, il découvrit un mégot de joint, un tube de vaseline, un paquet de barrettes en plastique et un tube de crème hydratante de luxe. Sur l'autre table de nuit, Twilly n'aperçut rien qui ressemblât à de la lecture, ce qui collait avec ses impressions du pollueur. Bien rangés à l'intérieur du tiroir, il y avait une boîte de préservatifs d'importation, une pince électrique à poils de nez, un revolver calibre .38 chargé, un appareil Polaroïd et un tas de photos que Palmer Stoat semblait avoir prises pendant ses ébats avec sa femme. Twilly jugea significatif que, sur tous les clichés, Stoat ait braqué, d'une seule main, l'objectif sur son propre corps nu et que le maximum que l'on pût voir de sa moitié, c'était un genou levé, le pâlichon hémisphère d'une fesse ou un enchevêtrement de poils auburn.

De la chambre, Twilly passa dans le fumoir, tabernacle de faune naturalisée. Le plus long mur était consacré à des têtes d'animaux empaillés : buffle du Cap, mouflon des Rocheuses, cerf à queue noire, wapiti, loup gris, lynx canadien. Un autre mur était dédié au gibier aquatique : tarpon, poisson épieu, paon de mer, *cobia* et un albula de la taille d'une banane. Au milieu du plancher de chêne, la peau d'un lion d'Afrique avec sa crinière — touche totalement déplorable, aux yeux de Twilly, qui parachevait le cliché du « grand chasseur blanc ».

Il s'installa au bureau de Stoat, sur lequel régnait un ordre saisissant. Deux photographies s'y dressaient dans des cadres en argent identiques ; l'un à gauche, l'autre à droite. L'une des photos montrait Desirata, agitant la main à la proue d'un voilier, en maillot de bain rose électrique, avec comme un coup de soleil sur le visage. L'eau à l'arrière-plan était trop brillante et trop claire pour la Floride ; Twilly supputa qu'il s'agissait des Bahamas ou d'un autre endroit des Caraïbes. L'autre photo sur le bureau était celle du gros labrador retriever, coiffé d'un bonnet à pompon rouge de Père Noël. L'expression patiente du chien fit rire Twilly aux éclats.

Il écouta les messages sur le répondeur de

Stoat et gribouilla quelques notes. Puis se releva pour inspecter le troisième mur de la pièce, occupé par une bibliothèque, dépourvue de livres, comme il fallait s'y attendre. Twilly découvrit trois minces volumes sur la philosophie du golf et un ouvrage pour table basse sur papier glacé, commémorant la première et dernière participation des Marlins de Floride au championnat de base-ball. Le fonds Palmer Stoat se réduisait à ça ; pas même les inévitables œuvres complètes, reliées cuir, de Faulkner ou Steinbeck, au mètre. On avait utilisé de l'exquis acajou des tropiques pour fabriquer la bibliothèque dont Stoat avait rempli les rayons — entre toutes les choses imaginables — de boîtes à cigares vides, exposées, on pouvait le présumer, pour impressionner d'autres fumeurs. Montecristo #1, Cohiba, Robusto « Empress of Cuba », Don Mateo, Partagas, Licenciados, H. Upmann, Bauzà — Twilly, sans rien connaître au pedigree des produits tabagiques, eut conscience que pour Stoat ces boîtes vides étaient des trophées au même titre que les têtes d'animaux. Bien en vue sur une étagère qui lui était réservée, trônait une autre preuve de la fixette du bonhomme : une fausse couverture encadrée du magazine *Cigar Aficionado* — un portrait format A4 de Stoat en smoking blanc tirant des bouffées d'un barreau de chaise. La légende bidon disait : « L'Homme de l'année. »

Twilly entendit du bruit à la porte et fit volte-face — le labrador en avait fini avec son casse-croûte.

— Hé, terreur, arrive ici, dit Twilly.

Le chien jeta un regard circulaire sur le fumoir aux poissons et mammifères naturalisés, puis alla voir ailleurs s'il y était. Twilly ne le comprenait que trop bien. L'échelle roulante de la bibliothèque lui fournit un accès pratique aux spécimens taxidermiques. Twilly glissa d'un « massacre » à l'autre, se servant de son canif pour les énucléer de leurs yeux de verre, qu'il arrangea en un parfait pentacle, pupilles tournées vers le ciel, sur le bloc-buvard de Palmer Stoat.

— Tu veux quoi, Willie ?

Palmer Stoat avait attendu qu'ils aient atteint le trou neuf avant d'attaquer le méfiant vice-président de la commission des Finances de la Chambre.

Et le représentant Willie Vasquez-Washington de répliquer :

— C'est quoi cette question idiote ?

Il étudiait le mètre vingt de distance qui lui restait à couvrir pour un double bogey.

— D'où tu sors que je veux quelque chose, d'abord ?

Stoat haussa les épaules.

— Prends ton temps, Willie. Je suis payé au compteur.

Mais il songeait à part lui qu'il avait bradé ce

boulot pour Robert Clapley, car cent mille dollars lui paraissaient des honoraires de plus en plus donnés pour se faire suer une journée entière sur un parcours de golf en compagnie de Willie Vasquez-Washington.

Lequel, après avoir raté son putt, demandait maintenant à Palmer Stoat :

— C'est à propos de ce foutu pont ?

Stoat se détourna, les yeux au ciel.

— C'est quoi le nom de cette île, déjà ?

— Putain, ça fait quelle différence, Willie ?

— Le gouverneur me l'a dit, mais j'ai oublié.

Ils gagnèrent en voiturette le tee onze. Stoat frappa le premier : la balle de son drive partit en slice dans les pins. Willie Vasquez-Washington, pour sa part, fit un coup plat qui atterrit à cinquante mètres du côté droit du fairway.

Tu veux quoi ?

Stoat était parfois trop direct, se disait Willie. La question lui avait paru si commune et si vénale, vu la façon dont il lui avait sorti ça.

— Ça n'est pas tant ce que je veux, Palmer, mais ce dont j'ai besoin. Il y a un quartier de ma circonscription qui a besoin d'un centre culturel, social et sportif. Un bel auditorium, tu vois. Plus une garderie. Et un gymnase digne de ce nom pour les nocturnes de basket.

— Combien ? demanda Stoat.

— Neuf millions, à prendre ou à laisser. Tout figurait dans le texte de la Chambre, déclara Willie Vasquez-Washington, mais pour une raison ou une autre les subventions se sont fait dégommer au Sénat. À mon avis, c'est encore un coup de ces petits Blancs du Panhandle.

— Un centre culturel, social et sportif, c'est une belle idée. Un petit bonus pour les gamins.

— Exactement ça. Un petit bonus pour les gamins.

Et aussi un petit bonus pour la femme de Willie, qui serait appointée directrice administrative dudit centre pour un salaire annuel de quarante-neuf mille cinq cents dollars, plus une maxi couverture maladie et un break de fonction. Et un autre petit bonus pour le meilleur ami de Willie, auquel appartenait la société qui obtiendrait le contrat de deux cent mille dollars pour crépir le nouveau bâtiment. Et encore un petit bonus pour le mari de la directrice de campagne de Willie, dont la compagnie de vigiles assurerait la sécurité du centre vingt-quatre heures sur vingt-quatre. Et, cerise sur le gâteau, un petit bonus pour le frère cadet de Willie, un parasite, propriétaire d'une épicerie en faillite à l'angle sud-ouest du site proposé pour l'édification de ce même centre, épicerie qui serait expropriée et rachetée par l'État, pour cinq à six fois minimum le prix que le frère de Willie l'avait payée.

Rien de tout ce qui précède ne serait exposé de façon explicite à Palmer Stoat, ce n'était pas nécessaire. Il n'avait ni besoin ni envie de connaître ces détails poisseux. Il supposait que tous les proches de parenté ou de cœur de Willie Vasquez allaient profiter de la construction du nouveau centre de neuf millions de dollars et il serait tombé des nues en apprenant le contraire. Le blé est l'élément nutritif essentiel de la politique. Il y a *toujours* quelqu'un pour s'en faire, même à partir des projets subventionnés aux intentions déclarées les plus nobles. Willie Vasquez-Washington et ses potes auraient leur nouveau centre culturel, social et sportif, le gouverneur et les siens auraient leur nouveau pont pour l'île aux Puffins. Un prêté pour un rendu, croyait Palmer Stoat. Il ferait en sorte que le projet de Willie soit inséré dans la prochaine version préliminaire du budget du Sénat et, de là, il passerait haut la main devant la commission interparlementaire et atterrirait sur le bureau du gouverneur. Et, nonobstant son intérêt personnel dans le projet immobilier Puffins, le gouverneur Dick Artemus n'opposerait jamais, au grand jamais, son veto au financement d'un centre dans un quartier défavorisé, peuplé de minorités, en particulier quand le représentant élu de cette circonscription pouvait se targuer haut et fort — comme Willie Vasquez-Washington à diverses reprises — d'être partie Afro-Américain, partie Hispanique, partie Haïtien, partie Chinois et même partie Miccosukee. Personne n'avait jamais exigé de Willie qu'il fournisse des certificats de la riche texture de son patrimoine génétique. Personne ne tenait à être celui qui poserait la question.

— Je réglerai tout ça demain, assura Stoat à Willie Vasquez-Washington. Écoute, je suis un peu en retard pour une réunion au Capitole.

— En retard ? De quoi tu parles ? Il nous reste encore huit trous à jouer.

Willie gesticulait armé d'un fer n° 3.

— Tu peux pas laisser tomber en plein fairway. En particulier quand j'y suis de vingt-six dollars !

— Garde ton argent, Willie, et la voiturette aussi. Je rentrerai à pied.

Stoat mit son sac de golf en bandoulière et prit une bière dans la glacière. Il fit un salut (jovial mais ferme) au vice-président de la commission des Finances de la Chambre, puis s'éloigna d'un pas traînant vers le pavillon du club.

— Hé, Palmer ! Encore une chose ! cria Willie Vasquez-Washington.

Stoat jura *in petto* et rebroussa chemin.

— C'est à propos du nom, fit Willie, baissant la voix.

— Quoi ?

— T'as fait attention à l'intitulé ? Sur la ligne budgétaire de la Chambre.

— Je ne lis pas le budget ligne à ligne, Willie. Pas plus que je ne lis le bottin de Miami, nom à nom. Donc tu veux bien éclairer ma lanterne, d'accord ?

— L'intitulé doit être le même dans la version du Sénat. Je n'ai rien d'autre à dire.

Stoat fut démangé de l'envie d'arracher à Willie son fer n° 3 et de le lui nouer autour de son cou, marbré de sueur.

— Quel intitulé, fit-il d'une petite voix,

veux-tu que j'inscrive sur le projet de loi du Sénat ?

— Le Centre polyvalent Willie Vasquez-Washington.

— Ce sera fait, dit Stoat, qui repartit vers le pavillon.

— Tu ne devrais pas le noter par écrit ?

— Non, je m'en souviendrai, fit Stoat, songeant : Centre *polyvalent*. Willie n'est pas polyvalent, il en vaut dix, c'est tout.

— Eh, Palmer, et ton nouveau pont ?

— Je te faxerai la teneur de l'avant-projet. Et autre chose, ce n'est pas *mon* pont.

Stoat s'éloignait d'un bon pas à présent ; à grandes enjambées calculées.

— Je voulais dire, il portera le nom de quelqu'un en particulier ? lui cria Willie. Si tu veux, je pourrais lui donner celui du gouverneur. Ou même le tien !

— Non merci ! gueula Stoat aimablement, en lui tournant obstinément le dos et sans s'arrêter.

— Sale morfale, grommela-t-il. Rien qu'un morfalou de plus, toujours prêt à en croquer.

La population de l'île aux Crapauds, qui se chiffrait à deux cent dix-sept personnes, était en déclin. On avait tenté à plusieurs reprises d'urbaniser l'endroit et nombre de ses derniers habitants étaient des victimes de ces essais malencontreux. Le maire, à titre officieux, en était Nils Fishback, ex-architecte paysagiste d'un ambitieux projet, promettant trois grands ensembles de condos avec vue sur la mer, six cent soixante unités au total, appelé les Tours de l'île aux Tarpons. (Tous ceux qui cherchaient à exploiter l'île aux Crapauds la rebaptisaient d'entrée. Outre l'île aux Tarpons, on l'avait fugitivement constituée en société sous les noms de l'île aux Brochets de mer, l'île aux Dauphins, l'île aux Hérons bleus, l'île aux Hérons blancs, l'île aux Petites Spatules, Key des Chevaliers des Sables, Cay des Chevaliers des Sables, l'île aux Chevaliers des Sables, les Rivages des Chevaliers des Sables. Les causes de ces fiascos en série variaient d'un projet à l'autre, mais leur triste histoire était disponible avec tous les détails dans les registres des faillites du Tribunal fédéral de Gainesville.)

La résistance à la dernière en date de ces opérations de réaménagement de l'île aux Crapauds était due à un petit noyau de propriétaires terriens aigris, jouant les protecteurs de l'environnement. En mesure de protestation, ils faisaient circuler une pétition exaltée citant Thoreau, mais leur dessein véritable était non pas de protéger les plages inviolées de l'île de la spoliation, mais d'extorquer davantage de fric aux promoteurs. Chez les propriétaires, on sentait fortement que Robert Clapley répugnait à les lâcher pour le rachat de leurs terrains, alors qu'il pouvait facilement se permettre de les surpayer, tout juste comme ses prédécesseurs avaient surpayé les précédents habitants de l'île aux Crapauds. La stratégie de la pétition avait toujours parfaitement fonctionné jusqu'ici, suscitant l'intérêt d'organismes de défense de l'environnement respectables, ralliant éditorialistes et chroniqueurs des grands médias à la cause de l'île aux Crapauds. Mis en pièces par de gros titres vengeurs, les promoteurs se dégonflaient en règle générale et doublaient leurs offres. Il n'y avait aucune raison de croire que Clapley ne ferait pas de même, pour accélérer la mise en œuvre de son luxueux complexe résidentiel.

Sa renommée et son âge certain accordaient de fait à Nils Fishback le premier rôle dans la campagne de pétition des anti-île aux Puffins. Il avait acquis trente-trois parcelles dans lesquelles il avait englouti les économies de toute une vie — décision peu avisée, comme la suite l'avait montré — dans l'euphorie de la première salve de battage publicitaire pour ce qui était alors l'île aux Tarpons. Fishback avait eu la fantaisie de s'échapper de Miami et de se retirer dans un coin de paradis de la Gulf Coast, entouré d'eau. Il prévoyait de se réserver quatre des parcelles les mieux situées et, grâce à ses gains de paysagiste du projet immobilier, de se bâtir une grande demeure de type plantation pour lui et son épouse. Malheureusement pour les Fishback, les Tours de l'île aux Tarpons capotèrent peu après la pose de la première dalle en béton, suite à l'incarcération inopinée de ses principaux bailleurs de fonds, deux jeunes messieurs et cousins de Barranquilla, Colombie. À ce stade-là, Fishback n'avait décoré que les trois cents mètres carrés sur lesquels on avait édifié le kiosque des ventes des Tours de l'île aux Tarpons — ce qui représentait, de l'aveu général, un labeur paysager des plus modestes, mais dont Nils Fishback n'attendait pas moins une compensation. On ne l'avait pas payé, pas plus que les autres sous-traitants. Pire : au terme de huit années et de trois autres échecs d'opérations spéculatives du même type sur l'île aux Crapauds, Fishback avait toujours sur les bras dix-sept parcelles arides sur les trente-trois de départ. Sa maison de rêve n'avait pas dépassé le stade des plans ; Fishback vivait seul dans la cahute des ventes à l'abandon de l'île aux Tarpons, l'un des rares actifs de la société pour lequel la D.E.A. ne manifesta aucun intérêt.

L'épouse de Fishback, qui avait depuis longtemps « laissé là toute espérance » avait décampé sur le continent, le lestant d'un capital malsain de solitude et de temps libre. Il connut une période d'ivrognerie dure, au cours de laquelle il omettait régulièrement de se raser, de prendre un bain, de recourir au fil dentaire ou de changer de vêtements. Il lui arrivait fréquemment de s'évanouir sur la plage plusieurs jours d'affilée et sa peau devenait alors aussi brune et craquelée qu'une noix. Un matin, alors que bourré, il urinait du haut du vieux pont de bois, Nils Fishback fut abordé par un jeune journaliste de proximité (facile à impressionner) d'un quotidien de St. Petersburg. La semaine suivante, un portrait de lui parut, chapeauté d'un titre qui l'instituait « Le Maire de l'île aux Crapauds ». Fishback avait beau ne garder aucun souvenir de l'interview ni des mensonges éhontés qu'il avait débités, il s'empara avec enthousiasme de cette nouvelle attribution haute en couleur. Il se laissa pousser la barbe, la décolorant jusqu'au blanc neigeux, et se mit à se balader le torse et les pieds nus, en arborant des bandanas de couleur vive. Habilement, Fishback se reconvertit en ermite, hargneux défenseur de la Nature, qui s'était établi sur cette île uniquement en raison de sa splendeur et non pour faire un gros coup immobilier. Il posa avec plaisir pour les photographes, faisant semblant de bécoter un des minuscules crapauds du chêne d'où l'endroit tirait son nom. Fishback se fendait toujours d'une phrase mélancolique ou d'un adage doux-amer sur l'agonie de la Floride d'antan. C'était pour cette raison qu'au fil des ans le *Washington Post, Newsweek,* C.N.B.C. et les chaînes de Ted Turner, pour ne rien dire des divers supports médiatiques locaux, l'avaient ardemment courtisé. De cette manière, il était devenu une célébrité excentrique régionale.

À dire vrai, Nils Fishback se foutait complètement de ce qu'il adviendrait de l'île aux Crapauds ou autres bestioles sautillantes qui la foulaient. Le plus beau spectacle de toute la Création qu'il puisse imaginer lui couper le souffle serait un chèque de banque de la société de Robert Clapley d'un montant de cinq cent dix mille dollars, à savoir le prix grotesque que réclamait Fishback pour ses dix-sept parcelles orphelines. Bien entendu, il en accepterait aux anges la moitié et aurait quitté l'île aux Crapauds avant le coucher du soleil. Si Nils feignit d'être horrifié quand l'équipe de Clapley se mit à attaquer au bulldozer l'habitat des crapauds, il n'en fut pas moins secrètement ravi. Il n'avait jamais raffolé des crapauds, surtout pendant la saison des amours où leurs stridulations haut perchées lui perçaient le crâne toute la nuit. Second point, plus important, l'assaut mécanisé des petits amphibiens par Clapley représentait de puissantes munitions, sur le plan relations publiques, pour la campagne de pétition — cet individu était un monstre, n'est-ce pas ? Écrabouiller ainsi d'innocentes créatures par milliers ! Fishback avait un plein Rolodex de contacts avec les médias, affecté précisément à de telles occasions. Il prendrait la tête des équipes télé, leur ferait franchir le vieux pont et par la route de la plage, les amènerait sur les lieux de l'hécatombe en leur indiquant où placer les caméras. La Société de l'île aux Puffins ne pouvait pas se permettre une publicité aussi délétère ! Nils Fishback préviendrait Robert Clapley environ une heure avant, le temps d'appeler la banque et d'obtenir un chèque pour le dépôt sous séquestre sur les terrains de Fishback.

Le seul problème qui taraudait ce dernier, c'était quand décrocher son téléphone. S'il attendait trop longtemps, le massacre des crapauds serait terminé et les gens de la télé n'auraient plus rien à filmer. D'un autre côté, une intervention trop précipitée n'enrayerait pas de façon notable l'infestation annuelle des crapauds, leur procréation printanière se produisant dans quelques semaines.

Fishback se leva et épousseta le fondement de son bermuda en lambeaux, taillé dans un vieux jean. Il tira deux bières de la glacière ; il en décapsula une et fourra l'autre sous son bras. Puis descendant tranquillement la colline, il gagna les arbres où l'un des gros bulldozers jaunes refaisait le plein. Fishback tendit la bière non décapsulée au conducteur.

— Z'en avez encore pour longtemps, les p'tits gars ? lui dit-il.

— Des années, papa, grogna le type. Faudra que tu t'habitues.

— Non, dit Fishback. Je parle de cette partie-ci.

Il agita sa main, osseuse et noueuse comme du bois flotté.

— Et d'enterrer tous ces crapauds.

Le regard du conducteur s'étrécit.

— De quoi tu parles ?

— Regarde tes bottes, duschmoll, elles sont pleines de tripes de crapaud, ou j'm'y connais pas.

Le conducteur recula, essuyant ses semelles sur les aiguilles de pin.

— T'es dingue, toi, dit-il au vieil homme.

Fishback poussa un soupir d'impatience.

— Très bien. Il n'y a pas d'heureux animaux sauteurs par ici. Pas un seul. Alors dis-moi simplement combien de temps ça prendra.

Le conducteur du bulldozer jeta un œil reconnaissant à la bière fraîche qu'il tenait en main. Et merde, songea-t-il, ce vieux schnock est inoffensif comme tout. C'est probablement le boucan qui le chiffonne.

— Une semaine, lui répondit-il. C'est ce que dit la feuille des travaux.

— Parfait, dit Fishback en pointant l'intérieur des bois. Il y a une mare d'eau douce à cinq cents mètres, par ce sentier. Ça ferait une bonne décharge, à mon avis.

— Ah ouais ? fit le conducteur intéressé.

Nils Fishback se fendit d'un clin d'œil complice.

— Ouais, une vraie mine à crapauds, mon pote.

5

La semaine qui suivit, une commission interparlementaire du corps législatif de Floride accepta d'affecter neuf millions deux de dollars à un projet immobilier de proximité, sis à Miami sud-ouest, appelé Centre polyvalent Willie Vasquez-Washington. La même commission consentit à ce que vingt-sept millions sept soient consacrés à la conception et à l'édification d'un pont de béton suspendu, à quatre voies, pour remplacer celui en bois, branlant et à deux voies, qui reliait l'île aux Crapauds au continent. Dick Artemus, le gouverneur, déclara apporter un soutien massif aux deux projets et salua à cette occasion « l'engagement unanime en faveur du progrès » des élus.

Quelques jours plus tard, au moment où le dernier des crapauds du chêne passait de vie à trépas, Nils Fishback et vingt-deux autres signataires de la pétition anti-île aux Puffins rencontrèrent Robert Clapley et ses avocats dans l'un des salons d'un restaurant cubain à la mode d'Ybor City. Ils arrivèrent à un accord, suivant lequel Clapley se porterait acquéreur des dix-sept terrains de Fishback à raison de dix-neuf mille dollars pièce, soit seize mille cinq cents dollars de plus que le prix déboursé par Fishback à l'origine. Les autres « protestataires » de l'île aux Crapauds reçurent, et acceptèrent avidement, des offres comparables. On les ramena chez eux en jet Gulfstream, et le lendemain matin Nils Fishback convoqua une conférence de presse au pied du vieux pont de bois. Devant la poignée de localiers présents, le « maire » annonça qu'il mettait un terme à la campagne de pétitions étant donné que la Société de l'île aux Puffins avait « cédé de fait à toutes nos exigences ». Brandissant une liasse de paperasses de format légal, Fishback révéla que Robert Clapley avait promis par écrit de préserver le caractère naturel de l'îlot corallien et accepté de financer la venue sur place de biologistes, botanistes et autres hydrologistes pour superviser toutes les phases de construction. En outre, Clapley avait avalisé un ambitieux programme de contrepartie aux termes duquel il s'engageait à replanter un hectare et demi de forêt pour chaque arpent sacrifié à l'aménagement. Ce que Nils Fishback se garda bien de confier aux journalistes, c'était que Clapley n'était pas contraint légalement de reboiser l'île aux Crapauds proprement dite, et que les nouveaux arbres pouvaient être plantés n'importe où en Floride — y compris dans le reculé Putnam County où ledit

Clapley possédait, comme par hasard, quatre cent cinquante hectares d'exploitation forestière, dont les arbres fraîchement abattus nécessitaient d'être remplacés.

L'architecte de cette arnaque à la contrepartie n'était nul autre que Palmer Stoat, qui avait eu une semaine très productive. Les potes du gouverneur auraient leur nouveau pont, Willie Vasquez-Washington aurait son nouveau centre culturel, social et sportif, et l'impertinente péagiste de Yee-haw Junction recevrait sa lettre de licenciement. Palmer Stoat revint en avion de Tallahassee chez lui et se rendit directement en voiture chez Swain, son bar à cigares préféré, pour fêter ça. Là, il se sentait important et plein de vigueur parmi les jeunes avocats au teint coloré, les financiers, les directeurs de galerie et les ex-athlètes pros. Stoat se régalait de les voir enseigner à leurs nouvelles petites amies à couper le bout — oh, avec moult précautions — d'un Bolivar de contrebande, invariable prélude érotique du yuppie des années quatre-vingt-dix. Stoat en voulait à sa femme de refuser de mettre les pieds chez Swain, car elle en aurait jeté, assise, les jambes croisées, pomponnée, dans l'une de ses robes de cocktail noires ajustées. Mais Desie déclarait que le cigare lui donnait la nausée. Elle lui faisait une guerre sans pitié pour l'empêcher de fumer à la maison — habitude qu'elle qualifiait d'infecte et de toxique. Pourtant, elle allumait un pétard chaque fois qu'ils faisaient l'amour — est-ce que Palmer s'en plaignait ? Non, m'dame, Tout ce qui t'aide à passer la nuit, disait-il gaiement. Alors Desie lui lançait tu pourrais pas la fermer pour une fois ? Et elle ne voulait le faire que comme ça, avec lui en selle, réduit au silence. Elle tolérait la routine du Polaroïd, mais Palmer bredouillait-il un seul mot, fini la bagatelle. C'était la règle de fer de Desie. Aussi avait-il appris à rester bouche cousue pendant quinze à vingt minutes dans la chambre à coucher, peut-être deux fois par semaine. Palmer pouvait gérer ça. Merde, elles étaient toutes un peu givrées, non ? Et puis il y avait les autres — celles du Capitole, en particulier — qui le laissaient parler tout son soûl, du début à la fin. Comme s'il commentait un concours hippique pendant qu'elles le chevauchaient.

Le barman lui servit un nouveau cognac.

— D'où il vient, celui-là ? demanda Stoat.

— Du monsieur au bout du bar.

Dans les clubs à cigares, il fallait noter que la clientèle n'était composée que de « messieurs » et de « mesdames ».

— Lequel ? insista Stoat.

— Celui avec les lunettes noires.

Un jeune type en chemise à motif tropical ; perroquets et palmes. Stoat ne le remit pas — hyper bronzé, cheveux longs décolorés par le soleil, barbe de deux jours, c'était probablement un matelot de Bahia-Mar ou du Pier 66, se dit Stoat, quidam qu'il avait dû rencontrer lors d'une fête sur un yacht.

Stoat leva son verre en formulant un merci du bout des lèvres. Le moussaillon à lunettes noires répondit d'un signe de tête désabusé. Stoat tourna son attention vers une brune effervescente qui, croyant fumer un faux havane de vingt et un centimètres, lui pratiquait une fellation en bonne et due forme. Même si cette fille pouvait difficilement passer pour une connaisseuse en cigares, ses gloussements rauques trahissaient un enthousiasme certain à apprendre. Stoat allait se présenter à elle quand le barman le tira par la manche et lui passa une serviette en papier pliée.

— Le jeune monsieur avec les lunettes noires a laissé ça pour vous, lui dit-il.

Palmer Stoat ouvrit le billet doux :

Mr Yi de Panama City vous a appelé pour vos « vitamines ». Et aussi Jorge de chez Ocean B.M.W. — ils auront une nouvelle décapotable, lundi. Cette fois, faites attention où vous la garez !

Stoat reposa la serviette en tremblant. Il fouilla le bar du regard : plus de matelot à l'horizon. Stoat ouvrit son mobile, composa le numéro sur liste rouge de son fumoir et tapa le code de son répondeur. Les deux premiers messages, enregistrés le matin même où il s'était envolé pour Tallahassee, étaient tels que le moussaillon les avait décrits dans son petit mot. Mr Yi — l'insaisissable relation de Durgess concernant la corne de rhino — avait fini par répondre à l'appel de Stoat. (À l'insu de Desie, Stoat entendait se procurer de cette poudre d'érection magique ; il machinait une partie fine récréative pendant son prochain voyage d'affaires.) Et le deuxième message était bien celui du vendeur de B.M.W., un jeune loup du nom de Jorge Hernandez.

De quoi avoir les jetons, songeait Stoat. Soit le matelot a piraté mon code, soit il a fureté chez moi. Stoat posa un billet de vingt sur le bar et courut chez lui. À peine franchie la porte d'entrée, il évitait le chien et se précipitait dans le fumoir. La pièce ne semblait pas mise à sac et aucun de ses effets personnels ne semblait avoir disparu ni avoir été déplacé.

Puis Palmer Stoat remarqua les yeux de verre polis, rangés en forme de pentacle. La figure géométrique était si parfaite qu'elle séduisait de façon occulte la manie obsessionnelle de Stoat pour l'ordre et la propreté. (La manifestation inverse de ce fétichisme était sa tendance compulsive à se débarrasser de toute source de souillure potentielle — le moindre débris, déchet ou détritus — sans égard pour les conséquences. Voilà ce qui faisait de Stoat le pollueur impénitent qu'il était.)

Aussi ne toucha-t-il pas au mystérieux pentacle. Il leva lentement les yeux vers les murs ; vers le lynx, le loup gris, le mouflon, le cerf à queue noire, le wapiti, le poisson épieu, le tarpon, le paon de mer, empaillés ou naturalisés.

Stoat eut beau les regarder tous fixement, ils ne lui rendirent pas son regard.

Twilly Spree avait pour habitude de tomber amoureux de toutes les femmes assez sympa pour coucher avec lui. L'une d'elles, nommée Mae, avait dix ans de plus que lui, des cheveux blond paille, raides comme des baguettes de tambour, et des taches de rousseur caramel, des joues aux chevilles. Elle était d'une famille fortunée et montrait un désintérêt sympathique pour l'héritage de Twilly. Il l'aurait probablement épousée si elle n'avait déjà été mariée à un homme d'affaires de Singapour. Mae entama une procédure de divorce trois jours après avoir rencontré Twilly, mais d'après les avocats il lui aurait fallu des années pour retrouver sa liberté, puisque son conjoint évitait les États-Unis et qu'on ne pouvait donc lui notifier les papiers. N'ayant rien d'autre à faire, Twilly prit un vol pour Singapour où il rencontra brièvement le mari de Mae, qui eut tôt fait de le faire tabasser, arrêter dans un bordel et expulser. À son retour en Floride, Twilly déclara en toute innocence à Mae : « Mais qu'est-ce que t'as bien pu trouver à un con de ce calibre ? »

Mae et Twilly vécurent cinq mois ensemble. Elle désirait, disait-elle, qu'il l'aide à devenir un esprit libre. Twilly avait entendu la même chose dans la bouche d'autres petites amies. Sans qu'il le lui demande, elle renonça à son club de bridge et à son pédicure du mercredi, se mit à la mandoline et aux broméliacées. Le père de Mae en conçut de l'inquiétude et descendit d'un coup d'avion de Sag Harbor pour jeter un coup d'œil à Twilly. Le père de Mae était un dirigeant de la Ford Motor Company à la retraite et quasiment le seul responsable du fiasco de la Mustang. Pour tester la personnalité de Twilly, il l'invita à un ball-trap et lui mit une Remington calibre 12 entre les mains. Twilly fit mouche sur tout ce qu'on envoya en l'air. Bon, fit le père de Mae, mais tu sais chasser ? Il emmena Twilly dans un élevage de cailles en Alabama et Twilly descendit les quatre premiers volatiles qu'on lâcha. Puis il posa le fusil dans l'herbe en déclarant : ça suffit comme ça. Et le père de Mae de répliquer : qu'est-ce que t'as, on s'est à peine échauffés ?

Et Twilly de répondre : je ne peux pas en manger plus de quatre, alors à quoi bon ?

À quoi bon ? tonna le père de Mae. C'est pas pour manger, mais pour le sport !

Ah, c'est donc ça ? fit Twilly.

Abattre quelque chose de beau et de rapide en plein vol, lui dit le père de Mae. C'est l'essentiel !

Ah, j'y vois clair à présent, fit Twilly.

Et ce soir-là, comme le charter King Air du père de Mae décollait d'un aéroport campagnard de Montgomery, quelqu'un embusqué dans les arbres avec un fusil semi-automatique poinçonna avec soin un X dans chaque aile, perçant les réservoirs de carburant et forçant l'appareil à atterrir en catastrophe. Le *sniper* ne fut jamais retrouvé, mais le père de Mae souleva ciel et terre auprès des autorités. Et s'il échoua en définitive à voir Twilly Spree passer au tribunal, il réussit à convaincre sa fille qu'elle s'était amourachée d'un fou criminel. La compagnie de Mae manqua un temps à Twilly. Il éprouvait toutefois de la satisfaction en sachant qu'il avait fait valoir son point de vue à son père, catégoriquement, et que le bonhomme avait fait le lien de cause à effet entre ses vantardises et les ailes de son avion, trouées comme du gruyère.

En fait, c'était là ce que Twilly visait : que ces salopards reçoivent le message cinq sur cinq. C'était le cas pour la plupart d'entre eux.

Mais pas pour son pollueur. Twilly décida qu'il avait fait preuve de trop de subtilité avec Palmer Stoat ; cet individu avait besoin qu'on lui épelle clairement les choses, et sans doute plutôt deux fois qu'une. Des jours entiers, Twilly le suivit à la trace et, où que Stoat aille, il continuait à balancer ses ordures par la portière. Twilly se lassait de faire le ménage derrière lui.

Un après-midi, Stoat et madame, en revenant du mariage d'un sénateur à Jacksonville, trouvèrent un petit mot glissé sous un essuie-glace de la Range Rover ainsi libellé : « Arrête de saloper la planète, ducon. » Stoat eut un haussement d'épaules perplexe et le montra à Desie. Puis il froissa le papier et le jeta sur l'asphalte du parking.

En prenant place au volant de son 4 × 4, Stoat fut atterré de le découvrir envahi de bousiers. Un escadron pullulant recouvrit ses chaussures tandis qu'une seconde vague montait à l'assaut de la colonne de direction. Un troisième bataillon s'était massé sur le tableau de bord, leurs carapaces d'un brun brillant cliquetant comme un roulement à billes.

En dépit des apparences, les bousiers sont des insectes inoffensifs, qui fournissent un unique, et inestimable, service au bas de l'échelle de la chaîne alimentaire ; à savoir, la consommation prodigieuse de déchets animaux. Si l'Égypte ancienne leur vouait un véritable culte, les éleveurs de bétail de notre temps les considèrent presque avec la même vénération. Il existe au total plus de sept mille espèces connues de bousiers, sans lesquelles la planète terre étoufferait littéralement sous les excréments. Cette donnée authentique n'aurait pas été appréciée comme il sied par Palmer Stoat, qui n'aurait su distinguer une coccinelle d'un cafard (dont il craignait que sa Range Rover ne fût infestée). Il glapit en se claquant les cuisses et s'éjecta du véhicule comme un boulet de canon.

Desie, qui attendait que son mari déverrouille la portière de son côté, observa sa sortie athlétique avec grand intérêt. En un éclair, elle dégaina son mobile, mais Palmer le lui arracha des mains. Pas les flics ! s'exclama-t-il. Je ne veux pas lire ça dans les journaux. Desie se demanda ce qui lui faisait penser qu'une telle absurdité méritait l'attention de la presse.

Utilisant son propre téléphone, Palmer Stoat fit venir un désinsectiseur, qui débarrassa la Range Rover de ses bousiers grâce à un aspirateur en forme de clystère — leur nombre avoisinait les trois mille, si quelqu'un avait daigné les compter. Aux oreilles de Desie, on aurait dit que le tuyau avalait des petits cailloux. Après consultation d'un manuel illustré, le désinsectiseur identifia correctement les intrus.

— Des quoi ? demanda Desie.

— Des bousiers communs des bovins.

— Ne me dites rien. Je crois deviner ce qui leur vaut leur nom, fit Desie pince-sans-rire.

— Tout à fait exact, reconnut le désinsectiseur.

Stoat fit la grimace.

— Qu'est-ce que vous dites ? Qu'ils bouffent de la *merde* ?

Mais il ne saisit toujours pas l'astuce.

Le lendemain après-midi, en route pour le practice, Stoat se débarrassa d'un emballage de Kentucky Fried Chicken. À ce moment-là, il était arrêté au pont basculant du Seventeenth Street Causeway à Fort Lauderdale. Stoat se pencha en travers du siège avant et, sans gêne aucune, balança la boîte par la vitre passager et par-dessus la rambarde du pont. Attendant trois voitures plus loin, Twilly Spree assista au méfait ; vit voltiger le carton, la serviette en papier et les pilons grignotés, le bol de coleslaw dégringoler vers le bas et tomber avec force éclaboussures dans l'Intracoastal Waterway. C'est alors que Twilly comprit que Palmer Stoat était soit d'une arrogance insondable, soit d'une débilité abyssale et que, dans tous les cas de figure, il avait besoin de leçons particulières.

Dans la matinée du 2 mai, la bonne entra dans la chambre et annonça que Bakchich, le chien, manquait à l'appel.

— Ah non, c'est pas possible, fit Stoat.

Desie enfila ses vêtements, chaussa des tennis et s'en alla en hâte fouiller le quartier. Elle revint en sanglotant et dit à son mari :

— Tout ça, c'est ta faute.

Il voulut la serrer dans ses bras, mais elle se dégagea violemment.

— Ma chérie, calme-toi, s'il te plaît, lui dit-il.

— Quelqu'un l'a pris...

— Tu n'en sais rien.

— ... et c'est ta faute.

— Desie, ça suffit.

C'était sa faute à *lui* si elle était autant sur les nerfs. À bien y repenser, il n'aurait pas dû lui montrer ce qu'on avait fait aux trophées de son fumoir. Pourtant, sur le coup, Stoat s'était demandé à demi si le vandale furtif n'était pas Desie en personne ; peut-être qu'elle avait pété un câble, rapport à lui. Elle n'était résolument pas fan de son hobby, la chasse au gros gibier

— il se souvint comme elle lui avait tenu grief d'avoir tué le rhinocéros. En vérité, il ne lui était pas difficile de se représenter sa femme perchée sur l'échelle de bibliothèque, maniant la fourchette à homard en argent — cadeau de mariage du Pari mutuel — pour retirer soigneusement les yeux factices de ses trophées de chasse.

Mais Desie ne pouvait pas avoir fait ça. Palmer Stoat le sut en voyant sa réaction devant le pentacle macabre sur le bureau et le mur aux animaux sans yeux. Desie avait pâli et quitté la pièce en courant. Plus tard, elle implora son mari d'engager des vigiles pour surveiller la maison ; elle ne s'y sentait plus en sécurité. T'inquiète pas, lui dit Stoat, c'est rien que des barjes du coin. Des gosses du quartier qui se livrent à une effraction pour se donner des sensations fortes. Mais intimement, il soupçonnait qu'à la fois l'épisode des yeux de verre et la profanation de la B.M.W. avaient quelque chose à voir avec ses activités de lobbyiste ; une tête de nœud de client mécontent, plus ou moins tordu... ou peut-être même un concurrent jaloux. Aussi Stoat fit-il changer les serrures de la maison, tous les numéros de téléphone, et dénicha-t-il un accro à l'électronique qui vint balayer l'endroit pour détecter des micros cachés. Pour faire bonne mesure, il soumit aussi la bonne, le jardinier et la cuisinière à mi-temps au sérum de vérité. Desie fit promettre à son mari de brancher désormais le système d'alarme chaque soir, ce qu'il avait fait fidèlement...

À l'exception de la veille au soir, où il s'était rendu à une collecte de fonds pour le parti républicain et s'était bourré la gueule au point qu'un taxi avait dû le ramener chez lui. Il était trois heures du matin, moment où Stoat avait des difficultés à reconnaître son propre domicile et encore plus à introduire sa nouvelle clé dans la porte ; quant à taper un code non séquentiel à cinq chiffres, ça requérait infiniment trop de dextérité.

Il n'arrivait pourtant pas à croire que quelqu'un ait pu se faufiler derrière lui et faire main basse sur le labrador. D'une part, Bakchich était une proie de poids — soixante-quatre kilos. On l'avait dressé, et pas gratuitement, à s'asseoir, aller chercher, se secouer, se coucher, se mettre au pied et à ne pas suivre joyeusement des inconnus. Enlever de force le chien, supputait Stoat, aurait nécessité plus d'un type costaud.

Desie lui remémora alors que Bakchich n'était pas au mieux de sa forme. Quelques jours plus tôt, on l'avait conduit en urgence dans une clinique après qu'il eut gobé d'un coup de langue cinq des yeux de verre disposés sur le bureau de Palmer. Stoat ne s'était aperçu de leur disparition qu'à l'arrivée du taxidermiste venu réparer les dégâts occasionnés à sa collection. Peu après, Bakchich était devenu amorphe et avait cessé de s'alimenter. Un examen aux rayons X chez le vétérinaire avait révélé que les globes de verre s'étaient logés à l'entrée de l'estomac du labrador qu'ils embouteillaient. Quatre d'entre eux furent extraits facilement au cours d'une laparotomie, mais le cinquième gicla dans l'appareil intestinal, hors de portée du chirurgien. Une autre opération serait nécessaire si Bakchich n'évacuait pas sous peu l'œil égaré. En attendant, le chien restait apathique, bourré d'antibiotiques puissants.

— Il va mourir si on ne le récupère pas, fit Desie, morose.

— Ne t'inquiète pas, on va le retrouver.

Stoat jura de faire imprimer des affichettes et de les distribuer dans le quartier.

— Et promets une récompense, ajouta Desie.

— Bien sûr.

— Une récompense *correcte,* Palmer, entendons-nous bien.

— Il va s'en sortir, ma chérie. La bonne a probablement oublié de bien fermer la porte et il est sorti en la poussant de la truffe, c'est tout. Il l'a déjà fait, tu te rappelles ? Il reviendra quand il se sentira mieux et qu'il aura faim, je te le prédis.

— Merci, Dr Doolittle, fit Desie.

Elle était encore contrariée que Palmer ait demandé au véto de lui rendre les yeux de verre que Bakchich avait avalés, afin qu'on puisse, une fois astiqués, les recoller sur leurs propriétaires.

— Bon Dieu, procure-t'en des neufs, avait-elle supplié.

— Ah non, merde, avait-il répondu. De cette

façon, l'histoire sera meilleure à raconter, avoue-le.

Les yeux récupérés par le biais de la chirurgie appartenaient respectivement au lynx canadien, au poisson épieu, au wapiti et au cerf à queue noire. Manquait celui du buffle du Cap, le trophée le plus prestigieux de Stoat, aussi était-il particulièrement désireux de le ravoir.

Desie, l'œil étincelant, fonça sur son mari.

— Si ce pauvre chien meurt quelque part dans la nature, je ne te le pardonnerai jamais.

— Et moi, je te répète que personne n'a volé Bakchich...

— Aucune importance, Palmer. C'est la faute de ton hobby à la con, de tes animaux empaillés à la con avec leurs faux yeux à la con, et ce sera ta faute si quelque chose arrive à mon gentil toutou.

À peine Desie eut-elle quitté le fumoir que Stoat téléphona à un imprimeur et lui commanda cinq cents prospectus où figurerait, outre une photo de Bakchich, la promesse d'une récompense de dix mille dollars en liquide à quiconque fournirait un renseignement permettant de le retrouver. Stoat n'avait aucune inquiétude, parce qu'il était raisonnablement convaincu qu'aucun de ses ennemis, même le plus dépourvu de cœur, n'irait jusqu'à chourer son chien chéri.

Le monde est malade, songeait Stoat, mais pas *à ce point*.

Twilly Spree avait suivi le taxi du pollueur, de la soirée jusque chez lui. Il se gara à l'extrémité du pâté de maisons et regarda Palmer Stoat remonter son allée en titubant. Le temps que ce dernier ait introduit la clé, il était à dix mètres de lui, dissimulé par le tronc d'un palmier de Malaisie. Non content de négliger de verrouiller la porte d'entrée derrière lui, Stoat ne la referma même pas à moitié. Il était encore dans les toilettes de l'entrée à s'escrimer sur sa braguette et à chanceler devant la cuvette que Twilly pénétrait dans la maison et en repartait avec le chien.

Avec le labrador jeté sur ses épaules, comme un pompier, Twilly trotta jusqu'à la voiture. Le chien n'essaya pas de le mordre et n'aboya pas une seule fois. C'était encourageant; le gros chien percevait de bonnes vibrations. Seuls ceux qui étaient intelligents en étaient capables, se dit Twilly.

Même après leur arrivée au motel, le labrador se tint tranquille. Il but de l'eau froide au robinet de la baignoire mais dédaigna un nonosse en cuir brut, parfaitement succulent.

— Qu'est-ce qu'il y a, vieux ? lui demanda Twilly.

C'était vrai qu'il parlait souvent aux animaux. Il ne voyait pas pourquoi il s'en priverait. Même au lynx avec lequel il avait partagé sa tente dans les marais. *Me mords pas, petit saligaud,* lui avait conseillé Twilly.

Le chien s'installa à ses pieds. Twilly flatta sa croupe luisante en lui disant :

— Tout va très bien se passer, mon pote.

Il ne pouvait se résoudre à appeler le chien par le nom porté sur son collier — Bakchich. Ce synonyme pittoresque de *pot-de-vin* était du Palmer Stoat tout craché, quand il faisait de l'esprit.

— À partir de maintenant, c'est McGuinn, dit Twilly au chien.

Le labrador leva la tête, qu'il avait aussi grosse qu'une enclume.

— À cause d'un grand guitariste, lui expliqua Twilly.

Le chien se déplia et s'étala sur le flanc. C'est alors que Twilly remarqua l'adhésif et le bandage sur une portion de ventre rasée. Il s'agenouilla près de l'animal et retira prudemment le pansement. Sous la gaze, il découvrit une incision chirurgicale toute fraîche, munie d'agrafes métalliques : Twilly en dénombra douze. Il remit l'adhésif en place et caressa doucement les côtes du chien. Ce dernier laissa échapper un de ces profonds soupirs propres aux labradors, sans paraître souffrir outre mesure.

Mais Twilly s'inquiétait de cette plaie, se demandant ce qui avait pu se détraquer chez une bête aussi balèze — la vésicule biliaire ? Mais les chiens en ont-ils une ? Je sais qu'ils se chopent de l'arthrite, des affections cardiaques, des maladies auto-immunes et des cancers — ça, c'est sûr, ils se chopent le cancer. Tout ça traversa l'esprit de Twilly ; puis vint une pub sur un presse-agrumes à la télévision et Twilly s'assit au bord du lit, les coudes sur les genoux avec McGuinn roupillant sur la moquette orange brûlée.

Ce chien-là avait une respiration imperceptible pour un animal de sa taille. Twilly dut se baisser très près pour l'entendre, le souffle d'un bébé dans son berceau.

Et Twilly de penser : on a dû droguer ce pauvre vieux à dose industrielle pour qu'il supporte l'opération. Ce qui expliquerait pourquoi il l'avait suivi si pacifiquement. Plus Twilly y pensait, plus il était certain de ce qu'il devait faire ensuite : revenir chez Palmer Stoat et trouver le médicament du chien. Risqué — follement risqué — mais il n'avait pas le choix. Il voulait qu'il n'arrive aucun mal à McGuinn, qui était innocent.

Son Palmer de maître, c'était une autre paire de manches.

Il se fit couillonner. Il y retourna le lendemain soir et arriva au moment même où Stoat s'en allait en voiture, une silhouette féminine visible près de lui dans la Range Rover. Twilly supposa que c'était sa femme et qu'ils se rendaient tous deux à un dîner tardif.

Mais il se trouva que c'était l'une des bonnes que le pollueur ramenait chez elle. Et donc Twilly commit une erreur qui changea tout.

Depuis son incursion précédente, les Stoat s'étaient montrés très scrupuleux sur le branchement de l'alarme. Mais Twilly se dit « et puis merde » — il entrerait en force, ferait main basse sur les comprimés du chien et ressortirait en courant. Il serait dedans-dehors, puis dans la rue en une minute chrono.

La porte de la cuisine, ce fut du tout cuit ; un tournevis fit l'affaire et, de façon surprenante, aucune alarme ne se déclencha. Twilly donna de la lumière et entama ses recherches. La cuisine était spacieuse, récemment rénovée, dans le style « désert » cher à Richard Neutra avec des rangements ocre et tout l'électroménager en inox. Voilà ce que des types comme Palmer Stoat font pour leurs jeunes épouses, songea Twilly ; cuisines et bijoux sont à peu près le point culminant de leur imagination.

Il trouva les médicaments du chien sur le comptoir près de la machine à café : deux petits flacons délivrés sur ordonnance et un tube de pommade, rien que des antibiotiques, que Twilly empocha. La laisse du labrador pendait à un crochet près de la porte et Twilly s'en empara aussi. Pour se payer de la peine de son raid audacieux, il prit une Sam Adams fraîche dans le réfrigérateur. En se retournant, il se trouva face à Desirata Stoat, armée du calibre .38 chromé qu'il avait vu dans la chambre à coucher.

— C'est vous le voleur de notre chien, dit-elle.

— Oui.

— Où est-il ?

— Sain et sauf.

— Je vous ai demandé *où,* fit-elle en armant le chien.

— Allez-y, tirez, et vous ne reverrez jamais McGuinn.

— Qui ça ?

— C'est son nouveau nom.

Twilly apprit à Mrs Stoat qu'il n'était pas au courant de l'opération qu'avait subie le chien — ce n'était pas une excuse, mais l'explication de sa présence.

— Je suis revenu chercher ses médicaments. Au fait, qu'est-ce qui lui est arrivé ?

— Vous ne le croiriez pas si je vous le disais, répondit la femme du pollueur. Mettez les mains sur la tête.

— Je regrette, Mrs Stoat, mais les choses ne se passent pas comme ça dans la réalité.

Et Twilly prit son temps pour écluser sa bière.

— Vous recyclez ? lui demanda-t-il.

Desie lui désigna un placard. À l'intérieur, il y avait une caisse en plastique où Twilly déposa la bouteille vide. Puis il se retourna et confisqua calmement le revolver à la femme du pollueur. Il en fit tomber les balles et leur fit rejoindre dans sa poche les médicaments du chien. Puis rangea le revolver dans le tiroir de l'argenterie.

Mrs Stoat baissa le nez et marmonna quelques mots inaudibles. Pieds nus, elle portait un long T-shirt blanc et des perles aux oreilles, et ça s'arrêtait là. Ses bras étaient aussi bronzés que ses jambes.

— C'est vous le barjo qui a lâché ces bestioles dans le 4 × 4 de mon mari ?

— Les bousiers, oui.

— Et laissé ces petits mots désagréables ? Et arraché les yeux à ses têtes d'animaux ?

— Oui, fit Twilly, ne voyant pas l'intérêt de lui rappeler le saccage de sa B.M. rouge.

— C'est affreux d'avoir fait tout ça, dit Desie.

— Assez infantile, j'en conviens, fit Twilly.

— Quelle mouche vous a piqué ?

— Il est évident que je purge ma bile. Comment Palmer le supporte ?

— Bien. Il a ramené la bonne chez elle avant d'aller prendre un cocktail chez Swain.

— Ah oui, le bar à cigares.

Twilly Spree l'avait ciblé à l'origine pour son lâcher d'insectes, jusqu'à ce qu'il découvre un pépin technique dans le système de ventilation. Il avait aussi reçu des avis scientifiques contradictoires quant à savoir si les bousiers boulotteraient les feuilles séchées de tabac cubain.

— C'est quoi votre nom ? demanda Desie.

Twilly éclata de rire en levant les yeux au ciel.

— Je vois, dit-elle. Vous avez kidnappé notre chien ?

— Celui de votre mari.

— Je viens avec vous.

Twilly pouffa, comme de bien entendu. Elle ne pouvait pas parler sérieusement.

— J'ai besoin de savoir de quoi il retourne,

fit-elle, parce que je ne crois pas qu'il s'agisse d'une question d'argent.

— S'il vous plaît.

— Je pense que ça à voir avec Palmer.

— Enchanté d'avoir fait votre connaissance, Mrs Stoat.

— Desie.

Elle suivit Twilly jusqu'à sa voiture de location et y monta d'un bond. Il lui demanda de descendre, mais elle refusa. Remontant les genoux sous son menton, elle les étreignit de ses bras.

— Je vais gueuler au meurtre. *Pire* qu'au meurtre, l'avertit-elle.

Twilly s'installa lourdement au volant. Quelle ironie puante du sort que la femme de Stoat se révèle une fêlée ! Une lumière s'alluma dans la maison de l'autre côté de la rue. Desie l'aperçut aussi et Twilly s'attendit à ce qu'elle se mette à hurler.

Au lieu de ça, elle déclara :

— Je vous explique la situation : je doute de tout depuis quelque temps. J'ai besoin de prendre du champ.

— Partez en croisière.

— Vous ne comprenez pas.

— Tout ira bien pour le chien. Je vous en donne ma parole.

— Je vous parle de Palmer, dit-elle. De Palmer et moi.

Twilly fut pris de court. Il ne vit pas quoi faire d'autre à part rouler.

— Je ne suis pas très fière de moi, disait-elle,

mais je l'ai épousé, au fond, pour être en sécurité. Ce qui est une façon sympa de dire que je l'ai épousé pour son fric. Peut-être que je ne l'ai pas compris à l'époque, ou peut-être bien que si.

— Desie ?

— Quoi ?

— Je ressemble à M. Courrier du Cœur ?

— Pardon — bon Dieu, vous avez raison. Écoutez-moi un peu blablater.

Twilly trouva son chemin jusqu'à l'Interstate. Il se faisait du souci pour McGuinn. Il se demandait combien de fois le chien devait prendre ses comprimés et si c'était l'heure de sa promenade.

— Je vous laisserai voir le chien, Mrs Stoat, comme ça vous saurez qu'il est entre de bonnes mains. Puis je vous reconduirai chez vous.

— Non, je vous en prie, fit Desie.

— Et voici ce que je veux que vous disiez à votre mari...

— Il y a un flic là-bas.

— Oui, je le vois.

— Vous faites du cent dix.

— Du cent cinq. Voilà ce que vous allez dire à Palmer : « Un dangereux bandit, abruti par la drogue, a kidnappé ton amour de toutou et il ne te le rendra pas tant que tu n'auras pas fait exactement tout ce qu'il dit. » Vous pourrez vous en tirer ?

Desie regardait distraitement par la vitre.

— Vous m'écoutez ? fit Twilly. Je veux que

vous disiez à votre mari que je suis un psychopathe violent et cyclothymique. Dites-lui que je suis capable de tout.

— Mais c'est faux.

Il fut tenté de lui énumérer la liste complète de ses méfaits, avant de songer que ça risquait de l'inciter à sauter de la voiture en marche, sous l'effet de la panique.

— J'ai fait sauter la banque de mon oncle, dit-il à titre d'exemple.

— Pourquoi ?

— Quelle importance ? Un attentat à la bombe, c'est un attentat à la bombe.

— Encore un effort, lui dit Desie. Je ne crois toujours pas que vous soyez dingue.

Twilly soupira.

— De quoi vous parlez, Palmer et vous — de politique ? De télévision ? De la répression au Tibet ?

— De shopping, fit Desie sans nulle trace de honte ni d'ironie. Il s'intéresse beaucoup aux voitures et aux vêtements. Bien que, d'après moi, ça ne doit pas beaucoup compter dans votre milieu.

— Je n'appartiens à aucun milieu.

— Et il joue un peu au golf, ajouta Desie, quand il ne chasse pas.

— Vous jouez au golf, vous aussi ?

— J'y ai joué en tout et pour tout deux fois dans ma vie. On est membres d'Otter Glen [1].

1. Littéralement, val des Loutres. *(N.d.T.)*

— Comme ça doit être agréable pour vous, fit Twilly. Ça vous est arrivé de voir des loutres par là-bas ?

— Neûn.

— Vous vous êtes déjà demandé pourquoi ?

— Pas vraiment, avoua Desirata Stoat.

Dans la chambre du motel, McGuinn-Bakchich fut heureux de la revoir. Twilly essaya de jouer au véto mais le chien recracha les comprimés à chaque coup. Ça virait au sketch. Pour finir, Desie écarta Twilly et prit les choses en main. Elle glissa l'un des gros cachets blancs sous la langue de McGuinn tout en lui massant la gorge. Le labrador l'avala avec sérénité. Quand Twilly tenta d'imiter la technique de Desie, le comprimé lui revint en pleine figure.

— Je dirais que ça tranche la question, fit-elle.

— Non, vous ne pouvez pas nous accompagner.

— Mais je suis la seule à pouvoir lui donner son médicament. Hier, il a failli arracher le pouce de Palmer.

— J'apprendrai, fit Twilly.

Après que Desie eut amené le chien à gober le second cachet, elle demanda à Twilly d'où venait son nouveau nom de baptême.

— D'un musicien que j'aime bien. Roger McGuinn.

— Vous êtes trop jeune pour aimer Roger McGuinn.

— Vous savez qui c'est ? fit Twilly, aux anges.

— Évidemment. Le maestro de la douze cordes. *Eight Miles High, Mr Spaceman,* etc.

— Fantastique ! s'exclama Twilly. Et *vous,* quel âge avez-vous ?

— L'âge qu'il faut, lui balança Desie avec le sourire entendu de la femme plus mûre.

Elle se garda bien de faire allusion à ses petits boulots d'été chez Sam Goody.

Twilly remarqua qu'elle caressait McGuinn d'une main et tordait un coin de son T-shirt de l'autre. Elle finit par en venir à la grande question.

— Dites-moi ce que vous attendez exactement de mon mari ?

— Je veux qu'il se conduise proprement.

— Qu'il... quoi ?

— C'est un cochon répugnant. Où qu'il aille, il laisse des ordures derrière lui.

— Alors, c'est ça ? fit Desie.

— Je veux qu'il imprime le message, c'est tout. Je veux lire de la honte dans ses yeux. Ça mis à part, j'en sais rien, merde.

Twilly arracha une mince couverture du lit et la lui lança.

— Couvrez-vous, Desie, je vous vois les fesses.

— Vous ne visez pas très haut, Mr Spaceman, lui dit-elle.

— Comment ça ?

— Vous savez qui est mon mari ? Vous avez

une petite idée de ce qu'il fait pour gagner sa vie ?

— Non, reconnut Twilly. Mais il y avait un message du bureau du gouverneur sur son répondeur l'autre soir.

— Tout à fait, vous y êtes — le gouverneur en personne. Et qui devait l'appeler pour cette histoire de pont ridicule.

— Quel pont ? demanda Twilly.

Desie s'assit en tailleur sur la moquette, la couverture sur les genoux.

— Il faut que je vous raconte certaines choses sur Palmer Stoat, dit-elle.

— Non, m'dame, je vous ramène chez vous.

Mais il n'en fit rien.

6

Twilly roula toute la nuit en compagnie de la femme et du chien. Ils atteignirent l'île aux Crapauds peu avant l'aube. Twilly se gara sur la plage et baissa les vitres.

— Qu'est-ce qu'on fabrique ici ? demanda Desie.

Twilly ferma les yeux. Et ne les rouvrit qu'en entendant le cri des mouettes et en sentant le soleil sur sa nuque. Le Golfe était d'un gris plombé, luisant. Au loin, il vit Desie fouler le ruban de sable blanc, la masse noire de McGuinn à ses côtés ; au-dessus d'eux, des oiseaux de mer rouspétaient. Twilly se leva et s'étira. Il se dépouilla de ses vêtements, piqua une tête dans l'eau glacée et nagea deux cents mètres au large. De là, il eut une perspective marine de l'île, de ses dimensions modestes tant en largeur qu'en altitude, de sa luxuriance verte enchevêtrée telle qu'elle avait pu apparaître, il y a de cela longtemps. Bien entendu, Twilly comprenait la terrible signification d'un nouveau pont. Il entendait presque d'ici s'élever la voix de son père, prise de vertige devant les perspectives d'avenir. Que cette côte broussailleuse soit dans le collimateur d'un promoteur ne scandalisait pas Twilly outre mesure. Son seul vrai étonnement venait de ce que personne ne l'ait bousillée plus tôt.

Il regagna le rivage à la brasse. Il enfila son jean aussi sec et s'assit dégoulinant sur le capot de la voiture de location.

À son retour, Desie lui dit :

— Bakchich a eu envie de sauter dans l'eau et de nager. Ça veut dire qu'il va mieux.

Twilly lui lança un regard de reproche.

— McGuinn, je veux dire, fit-elle. Alors, ça correspond à ce que vous attendiez ?

— C'est sympa.

— Vous croyez que le gouverneur Dick possède toute l'île ?

— Sinon lui, alors certains de ses potes.

— Combien de gens, demanda Desie, vous pensez qu'ils veulent entasser ici ? Au total.

— Je ne sais pas. Deux mille, minimum.

— Ce qui explique pourquoi ils ont besoin d'un plus grand pont.

— Eh oui. Pour les camions, bulldozers, pelleteuses, bétonnières, grues, camions-citernes, voitures et autres autocars pour le bingo.

Twilly fixa les nuages en clignant.

— Je fais juste des suppositions, Mrs Stoat. En me basant sur mon expérience.

— McGuinn a trouvé un homme évanoui sur

la plage, fit Desie. Il n'avait pas très bonne mine.

— Quand on est dans les pommes, c'est rarement le cas.

— Pas un clodo. Un type à l'aspect normal.

— Et vous voulez que j'aille lui jeter un coup d'œil, dit Twilly. C'est ça l'idée ?

Il se laissa glisser hors de la voiture, se dirigeant vers le rivage. Desie siffla le chien et les voilà partis. L'homme évanoui n'avait pas bougé de position — à plat dos, ses mains très blanches croisées sur la poitrine, d'un calme funéraire. La bouche grande ouverte, il ronflait comme un moteur diesel grillé. Une constellation de fientes de mouette lui décorait le front ; l'un de ses yeux était enflé, presque clos, et sa joue portait une vilaine égratignure, incrustée de sable. Non loin de lui gisaient une chaussure et une bouteille de vodka vide.

Battant de la queue, McGuinn inspecta l'homme inconscient pendant que Twilly Spree le secouait par l'épaule. Le type se réveilla en toussant. Il murmura « Non » quand Twilly lui demanda s'il voulait une ambulance.

À Desie, qui s'agenouilla près de lui, il expliqua :

— Je me suis soûlé et je suis tombé de bulldozer.

— Elle est bien bonne, celle-là.

— J'aimerais mieux que ça ne soit pas vrai.

L'homme essuya son front d'un revers de

manche. Et fit la grimace quand McGuinn flaira de sa truffe humide le côté enflé de sa figure.

— Vous vous appelez comment ? demanda Desie.

— Brinkman.

Aidé par Twilly, l'homme se redressa sur son séant.

— Le Dr Seven Brinkman, dit-il.

— Quel genre de docteur ?

Brinkman finit par remarquer que Desie ne portait rien d'autre que son long T-shirt et ses boucles d'oreilles en perles et en fut visiblement troublé. Le gros labrador aussi le rendait nerveux à flairer ses replis les plus persos.

— Vous êtes médecin ? insista Desie.

— Euh, non. Je suis... biologiste de terrain.

Twilly se raidit.

— Qu'est-ce que vous fichez sur l'île ?

— Je travaille ici.

— Pour qui ? demanda Twilly. Le génie militaire ? Les Eaux et Forêts ?

— Pas exactement, répondit Brinkman.

Twilly le prit par le bras, le remit d'aplomb et lui fit gravir une dune herbeuse.

— Faut qu'on parle, vous et moi.

Le Dr Brinkman n'était pas le seul à avoir passé une nuit agitée. Palmer Stoat, après s'être relaxé jusqu'à l'excès le plus débraillé chez Swain, avait improvisé une petite fête dans le salon privé du propriétaire avec deux bouteilles de Dom Pérignon, une boîte de H. Upmann en provenance directe d'un bateau venant de Varadero et une call-girl qui obligea Stoat à lui montrer sa carte d'électeur, parce qu'elle ne faisait commerce de ses charmes qu'avec des Républicains. La fibre idéologique de la fille ensorcela Stoat au point qu'il ne réussit pas à se concentrer correctement sur la baise. Bientôt, le pugilat incertain vira à la discussion philosophique qui se prolongea jusqu'au petit matin et laissa Stoat davantage sur les genoux qu'une nuit de rapports extraconjugaux routiniers. Il se traîna jusque chez lui avec une migraine carabinée et s'effondra dans l'une des chambres d'amis, pour ne pas alerter Desirata qui, supposait-il, sommeillait paisiblement en solo dans le lit conjugal.

Stoat dormit jusqu'à midi et s'éveilla, nanti d'une sévère gueule de bois, dans une maison silencieuse. Des pointes de lumière filtraient durement à travers les persiennes. Stoat enfouit sa tête dans l'oreiller et repensa à la prostituée volubile de chez Swain. Rencontrer quelqu'un animé d'un idéal politique authentique était rare dans le milieu de Stoat, qui avait conclu de longue date qu'il n'y avait aucune différence notable dans la manière dont Républicains ou Démocrates menaient les affaires, une fois au gouvernement. Le jeu restait le même : c'était copains, coquins et compagnie, plus qui avait la mainmise sur le blé. Les étiquettes politiques n'étaient qu'une façon de distinguer les équipes ;

les questions du jour n'étaient qu'écrans de fumée et pure farce. Personne ne croyait à rien sinon à s'accrocher au pouvoir, à n'importe quel prix. Aussi, au moment des élections, Palmer Stoat conseillait-il toujours à ses clients de couvrir largement leurs arrières, en faisant don de grosses sommes de tous les côtés. Cette stratégie était aussi immensément pragmatique que cynique. Stoat lui-même, qui était inscrit comme indépendant, n'avait pas mis les pieds dans un bureau de vote depuis quatorze ans. Il ne pouvait pas prendre le concept au sérieux ; il en savait trop.

Cependant, c'était rafraîchissant d'entendre la call-girl pérorer avec un tel sérieux sur l'échec des mesures antidiscriminatoires, les mérites de la prière dans les écoles publiques et les dangers de l'agression par la gauche libérale du Second Amendement. Aucune de ces questions n'affectait en rien l'existence de Palmer Stoat qui ne s'était pas forgé de véritable opinion à leur sujet, mais c'était divertissant de rencontrer quelqu'un qui en avait une, quelqu'un sans programme politique voilé.

S'il avait seulement été capable de la baiser. Erika, la callgirl. Ou était-ce Estelle ? Stoat songea avec bonne humeur : voilà la postulante rêvée pour une soirée vin fin et poudre de rhinocéros. Il fallait qu'il recontacte le mystérieux Mr Yi à Panama City.

La sonnerie du téléphone lui fendit le crâne comme un couteau de chasse. Il tendit le bras vers le combiné. La voix de sa femme lui brouilla les idées. Peut-être s'était-il trompé de maison ! Mais si c'était le cas, comment Desie l'avait-elle retrouvé ?

— Je ne voulais pas que tu t'inquiètes, lui disait-elle à l'autre bout du fil.

— Oui.

Stoat se redressa d'un bond et regarda la chambre autour de lui, soulagé de la reconnaître.

— Je peux tout t'expliquer, continuait Desie, une étrange nuance d'effroi dans la voix.

— D'accord.

— Mais pas maintenant, fit-elle.

— Bon.

— Tu ne me demandes pas si ça va ?

— Mais si, ma douce. J'ai failli perdre la boule, euh, à me demander où tu étais passée.

Il y eut un silence indéchiffrable sur la ligne. Puis Desie qui demandait, trop gentiment :

— Palmer ?

— Oui, mon chou.

— Tu ne savais même pas que j'étais partie, hein ?

— Mais si. C'est juste que... enfin, tu vois, je suis rentré tard et je me suis écroulé dans une des chambres d'amis...

— Seize heures.

— ... pour ne pas te réveiller.

— Seize heures, merde !

— Quoi ? fit Stoat.

— Ça fait tout ce temps.

— Nom de Dieu. Où ça ? Dis-moi ce qui est arrivé.

— Tu viens de te lever, c'est ça ? Incroyable.

À présent, Desie avait un ton dégoûté.

— T'étais si bourré que tu ne t'es même pas donné la peine de jeter un coup d'œil dans la chambre.

— Desie, je viens te chercher tout de suite. Dis-moi où.

Mais quand elle le lui dit, il crut qu'elle le faisait marcher.

— Une station Amoco à Bronson ? C'est où ça, bordel, Bronson ?

— Pas très loin de Gainesville, fit Desie. C'est là que tu dois envoyer l'avion me prendre.

— Attends un peu...

— J'ai pas besoin d'un jet, disons. Je suis sûr qu'un de tes gros clients pleins de thunes a un appareil qu'il peut mettre à ta disposition. Au fait, je t'ai dit qu'on m'avait kidnappée ?

Stoat se sentait nauséeux, fiévreux. Cafouillant avec le téléphone, il se laissa retomber sur l'oreiller.

— J'ai été *enlevée* en quelque sorte, expliquait Desie. C'est une longue histoire, bizarroïde, Palmer.

— O.K.

— Mais j'ai retrouvé Bakchich.

— Eh, ça, c'est super.

Stoat en avait presque oublié la disparition du chien.

— Et comment va mon gros pépère ?

— Bien. Mais il y a un léger problème.

Stoat grogna.

— Tu m'étonnes, là.

— Je te dirai tout quand on se reverra, fit Desie.

— À Bronson, fit Stoat, faiblard.

— Non, Gainesville. T'as pas oublié ?

— Non. Où je t'envoie un avion privé.

Une fois qu'ils eurent lesté de café noir le Dr Brinkman, ce dernier fut en mesure de se ressaisir et de leur faire faire une brève visite guidée de la future île aux Puffins.

Ici sera creusé le port de plaisance. Et ici sera situé le parcours de golf. Là, on débroussaillera pour l'aérodrome. Et partout ailleurs : terrains à bâtir.

— Des maisons particulières ? demanda Desie.

— Et tout sauf bon marché, dit Brinkman. Mais aussi des condos, des pavillons et même quelques locations à l'année. Des duplex et des triplex.

Twilly quitta la route pour l'ombre de quelques pins.

— Quelle est la construction la plus haute que prévoient leurs plans ? demanda-t-il à Brinkman.

— Quinze étages. Une à chaque bout de l'île.

— Les enculés, marmonna Twilly.

Desie fit une remarque à propos de la multitude de panneaux publicitaires délavés, écaillés, d'autres projets immobiliers passés. Brinkman déclara qu'ils avaient tous capoté.

— Mais ces nouveaux mecs ont des capitaux et un financement solides, ajouta-t-il. Cette fois, je pense que c'est une affaire qui roule.

— À condition qu'ils aient leur pont, fit Twilly.

— Évidemment.

— Et votre boulot ici, demanda Desie au biologiste, ça consiste en quoi exactement ?

Brinkman leur parla de l'étude de terrain.

— Avant tout, un inventaire complet de chaque plante, animal ou insecte de l'île, leur expliqua-t-il.

— Wouah, fit Desie.

Twilly eut un rictus de mépris.

— Wouah mon cul. S'il vous plaît, Dr Steve, voulez-vous expliquer à Mrs Stoat pourquoi elle ne devrait pas se laisser autant impressionner.

— Eh bien, parce que...

Brinkman avait l'air mal à l'aise.

— Parce que c'est vraiment la routine, une étude de ce genre. Plus bureaucratique que scientifique, si vous voulez la vérité. Bien sûr, ça nous confère une apparence responsable et soucieuse de l'environnement, or le but recherché n'est pas de déterminer quels animaux ou quels arbres préserver. C'est de s'assurer que les promoteurs ne tomberont pas sur un os style *snail darter*.

Desie regarda Twilly pour qu'il développe.

— Espèce en voie de disparition, lui dit-il. Ça serait le bouquet final, j'ai pas raison, Dr Steve ? Ça bloquerait tous les travaux.

Brinkman opina avec énergie.

— Et je subodore, continua Twilly, que vous avez terminé votre étude de terrain, cette semaine, et que vous n'êtes tombé sur rien qui ressemble de loin à un *snail darter* ou une chouette tachetée sur toute l'île. Rien d'aussi rare qui mettrait des bâtons dans les roues de l'attribution des permis de construire. Et je subodore aussi que c'est pour ça que vous vous êtes torché hier au soir, parce que, secrètement, vous espériez tomber sur quelque chose, n'importe quoi, pour bloquer ce projet — même un moucheron menacé de disparition. Parce que vous êtes probablement quelqu'un de bien au fond de vous et que vous savez exactement ce qui va se passer ici, une fois que ces salopards vont déclencher les travaux.

— C'est déjà commencé, dit Brinkman, d'une voix rauque de tristesse.

Il les emmena alors dans les parties boisées voir ce qu'il était advenu aux crapauds du chêne. McGuinn se mit aussitôt à creuser.

— Faites-le arrêter, implora Brinkman.

Desie fixa la laisse au cou du chien et le tira plus loin. Twilly Spree avança, donnant des coups de pied dans l'humus fraîchement baratté, suivant les marques en damier d'un gros engin de terrassement. Quand ils atteignirent l'endroit où les bulldozers étaient garés, Brinkman dit, en le montrant du doigt :

— C'est de celui-là que je suis tombé. J'essayais de faire démarrer ce foutu engin.

— Pourquoi ? demanda Desie.

— J'étais soûl.

— Ça, on a constaté.

— J'avais dans l'idée de détruire le panneau de Mr Clapley.

— C'est lui, le grand chef ? fit Twilly.

— Monsieur île aux Puffins en personne, dit Brinkman. Robert Clapley. Je ne l'ai jamais rencontré, mais il a planté un énorme panneau de ventes. Vous avez dû le voir en traversant le vieux pont. J'imagine que je me suis demandé de quoi il aurait l'air, réduit en miettes, cette saloperie de panneau.

— Je me vois bien me persuader de me demander la même chose, dit Twilly.

— Et les grenouilles ? s'enquit Desie.

McGuinn était à nouveau en chasse, la secouant de-ci de-là comme une marionnette.

— Crapauds, rectifia Steven Brinkman, en balayant l'espace d'un geste auguste. Ils les ont enterrés.

— Super, fit Twilly.

— Parce que les gars de Clapley, ils se sont mis en tête qu'ils pourraient poser un problème plus tard, quand les équipes commenceront à nettoyer l'île. Ils ont eu peur qu'un truc comme le Sierra Club foute le boxon dans les journaux, parce que les crapauds sont si petits et si nombreux. Alors les gars de Clapley, ils ont décidé de les ratiboiser au bulldozer d'avance, pour ne pas prendre de risque.

Desie observa Twilly attentivement.

— Il invente, non ? dit-elle.

— J'aimerais bien.

— Non, c'est trop affreux, dit-elle.

— Bon, moi, je ne vous ai rien dit, fit Brinkman. On ne s'est jamais parlé, O.K. ?

Il leur tourna le dos et se faufila lentement entre les pins. Il marchait, tête basse, s'arrêtant tous les deux, trois pas comme s'il cherchait quelque chose.

— J'en ai assez vu, dit Twilly à Desie.

— Vous croyez qu'il était net ? D'après moi, il est encore soûl.

— Lâchez le chien.

— Je ne veux pas.

Il lui arracha la laisse et la détacha du collier de McGuinn. Le labrador bondit sur un monticule d'humus fraîchement retourné et se mit à creuser avec exubérance, son derrière d'un noir luisant s'agitant en l'air. Au bout d'une minute environ, Twilly demanda à Desie de le rappeler, puis gagna l'endroit où McGuinn creusait et, du bout de sa chaussure, termina le trou. Puis il se baissa et ramassa une gélatine nacrée de crapauds réduits en purée.

— Venez voir, Mrs Stoat.

— Non, très peu pour moi.

— Vous vouliez une preuve, non ?

Mais elle courait déjà, McGuinn sur ses talons.

Plus tard, dans la voiture, Twilly dit à Desie qu'il était temps qu'elle rentre chez elle. Elle n'était pas prête à discuter. Il la déposa à une station-service de Bronson en lui donnant deux billets de cinquante dollars pour son petit déjeuner, des vêtements et le prix d'une course en taxi pour Gainesville. Pour lui éviter de se balader à moitié nue, Twilly lui acheta un imper en plastique à un distributeur automatique. L'imper était jaune vif, plié dans une pochette de la taille d'un paquet de Camel. Desie le déballa et, sans un mot, l'enfila.

Twilly l'escorta jusqu'à une cabine téléphonique et lui mit vingt-cinq cents dans la main droite.

— J'y vais, maintenant, dit-il.

— Je peux pas dire au revoir à Bak... à McGuinn, j'veux dire ?

— Vous vous êtes déjà dit au revoir tous les deux.

— Bon, tâchez de vous souvenir du truc que je vous ai montré pour lui donner ses cachets. Le truc du rosbif. Il l'aime bleu.

— On se débrouillera, dit Twilly.

— Et qu'il reste hors de l'eau tant que ses points de suture n'ont pas cicatrisé.

— Ne vous en faites pas, dit-il.

Desie surprit son propre reflet dans la porte au verre fêlé de la cabine téléphonique. Elle éclata d'un rire frêle.

— Mon Dieu, le look que je me paie. J'ai l'air d'un canari noyé.

Elle atermoyait parce qu'elle ne parvenait pas à voir clair dans son propre jeu ; parce qu'elle n'avait pas envie d'aller retrouver son riche et puissant mari. Mais de rester avec ce jeune délinquant à cran qui était entré chez elle par effraction et avait enlevé son chien. Bien sûr qu'elle en avait envie. Quelle épouse normale, bien rangée, équilibrée n'aurait pas éprouvé la même chose ?

— Vous êtes sérieux avec ça ? demanda-t-elle.

La question le laissa incrédule.

— Vous avez vu comme moi. Oui, merde, je suis sérieux.

— Mais vous finirez en prison.

— Ça dépend.

— Je ne connais même pas votre nom, fit Desie.

— Mais si, fit Twilly en souriant. Il est imprimé sur le reçu de location de la voiture, celui que vous avez barboté dans la boîte à gants, hier soir à Fort Pierce.

Elle rougit.

— Houps.

Au moment où Twilly se détournait, Desie le retint par le bras.

— Avant de rentrer, je veux être sûre, dit-elle. C'était pas une blague, là-bas ? Ils ont enfoui délibérément ces inoffensives petites...

— Ouais.

— Mon Dieu. Quel genre de gens feraient une chose pareille ?

— Demandez à votre mari, fit Twilly en se libérant.

7

L'avion était un Beech bimoteur. Quand Desie monta à bord, le pilote lui demanda :

— Où il est votre ami ?

Desie en fut toute troublée ; elle crut qu'il parlait de son ravisseur.

— Le chien, précisa le pilote. Mr Stoat m'a dit que vous voyageriez avec un chien.

— Il s'est trompé. Je suis toute seule.

L'avion décolla en direction de l'ouest. Desie s'attendait à ce qu'il vire au sud, mais non. Le soleil la faisait cligner, elle se pencha en avant et tenta de se faire entendre malgré le bruit de moteur.

— Où allez-vous ?

— J'ai encore une escale, dit le pilote pardessus son épaule. À Panama City.

— Pour quoi faire ? demanda Desie.

Mais il ne l'entendit pas.

Ce fut un vol inconfortable et un peu agité, de plus d'une heure, et Desie bouillait quand ils arrivèrent à destination. Palmer aurait dû venir la chercher avec l'avion ; c'est le moins qu'un mari puisse faire quand on vient de libérer sa femme kidnappée. Au minimum, il aurait dû donner comme directives au pilote de la ramener immédiatement à la maison, au lieu de lui faire subir un trajet supplémentaire des plus chahutés. Desie supposa que Palmer profitait de la disponibilité de l'avion pour récupérer l'une de ses grosses légumes de potes, et par là économiser une poignée de dollars sur un charter séparé. Elle se demanda qui voyagerait avec elle pendant le retour à Fort Lauderdale en espérant que ce n'était pas une enflure de maire ou de sénateur. Si certains des clients du lobbyiste Palmer étaient supportables à petite dose, Desie ne pouvait pas encadrer les hommes politiques avec lesquels son mari fraternisait avidement. Même Dick Artemus, le gouverneur au charisme indéniable, s'était arrangé pour provoquer de la répulsion chez Desie avec une blague raciste du plus mauvais goût, à peine venait-il de lui être présenté ; elle avait été à deux doigts de lui balancer son margarita à la figure, mais Palmer était intervenu, l'orientant vers un terrain neutre.

Mais nul autre passager ne monta à bord du Beechcraft à Panama City. Le pilote descendit brièvement et revint, une boîte Nike sous le bras, qu'il demanda à Desie de tenir pendant le vol.

— Qu'y a-t-il à l'intérieur ? fit-elle.

— J'en sais rien, m'dame, mais Mr Stoat m'a

demandé d'y faire très attention. Il m'a dit que ça avait beaucoup de valeur.

Par le hublot, Desie aperçut une Cadillac grise, garée sur le tarmac, non loin du terminal de Butler Aviation. Appuyé à la portière conducteur se tenait un Asiatique d'âge mur en polo framboise et pantalon marron luisant. Quand l'avion se mit à rouler sur la piste, l'Asiatique leva les yeux et fit un signe d'adieu, sans doute au pilote.

Desie attendit la fin du décollage pour ouvrir la boîte à chaussures. À l'intérieur, elle trouva un Tupperware rempli d'une belle poudre claire. Desie aurait penché pour du mélange pour cake, sans l'étrange odeur musquée qui s'en dégageait. Elle remit le couvercle en place, rangea le Tupperware dans la boîte et se demanda avec irritation si son mari s'adonnait maintenant au trafic de stupéfiants.

Palmer Stoat ne gagna pas Gainesville d'un coup d'avion pour accueillir Desie, car Robert Clapley l'avait appelé à l'improviste pour le féliciter d'avoir assuré le financement de construction du nouveau pont de l'île aux Crapauds. Au cours de la conversation, Clapley mentionna qu'il se rendait dans la ferme de l'un de ses amis, près du lac Okeechobee, pour y tirer des oiseaux en tout-terrain, et qu'il serait ravi si Stoat se joignait à lui.

— Ah et puis, j'ai le reste de la somme qui vous revient, ajouta-t-il.

Stoat prit l'Interstate jusqu'à l'U.S. 27 et se dirigea au nord vers Clewiston. Une heure plus tard, il localisa Clapley, posté dans un champ en friche, où l'on cultivait des tomates tout récemment encore. On avait fortement appâté le champ avec des graines et il ne restait plus aux deux chasseurs qu'à attendre l'apparition des tourterelles. Ça n'avait rien d'un exploit, mais ça tombait à pic pour Palmer Stoat car les effets de sa gueule de bois, œil glauque et courbatures, n'étaient pas encore dissipés. Clapley déploya un affût de toile spacieux et ouvrit une bouteille de scotch dispendieux. Avec l'emphase qui s'imposait, Stoat tira deux gros cigares d'une poche de sa veste de chasse. Les deux hommes burent, fumèrent et se racontèrent à qui mieux mieux des histoires de cul mensongères jusqu'à l'arrivée des volatiles. L'affût était assez vaste pour permettre aux deux chasseurs de faire feu simultanément, et en deux heures de temps ils tuèrent quarante et une tourterelles, dont peu à la volée, il faut le dire. Les autres étaient au sol à picorer du grain, oublieuses du danger, quand elles furent massacrées. Les deux hommes n'eurent même pas besoin d'un chien d'arrêt, puisque les tourterelles succombèrent à vingt mètres de l'affût démontable, là où le plus gros de l'appât avait été répandu.

Au crépuscule, ils cessèrent de tirer et ôtèrent leurs protège-oreilles. Clapley se mit en devoir de ramasser les petits corps ébouriffés en les laissant tomber dans une gibecière. Derrière lui, Stoat titubait sur ses jambes, son fusil calé, crosse en avant, contre l'épaule.

— Tu en veux combien de ces bestioles goûteuses ? demanda Clapley.

— Pas beaucoup, Bob. Juste pour ma femme et moi.

Plus tard, de retour chez lui, pendant qu'il dessoulait, Stoat s'aperçut que Robert Clapley avait oublié de lui remettre le chèque de cinquante mille dollars.

À l'arrivée de Desie, Palmer plumait les tourterelles dans la cuisine. Il se leva pour la serrer dans ses bras, mais elle l'esquiva vivement.

— Raconte-moi ce qui s'est passé, ma douce, dit-il. Pas de bobo ?

— Comme si ça t'intéressait.

Et il en alla ainsi pendant près d'une heure — Stoat s'excusant d'être rentré si bourré la veille au soir qu'il ne s'était pas rendu compte de la disparition de Desie ; de ne pas être venu la récupérer en avion à Gainesville ; de ne pas être allé l'attendre en personne à l'aéroport de Fort Lauderdale (bien qu'il eût envoyé un véhicule de grande remise avec chauffeur) ; de n'avoir fait aucune remarque sur son étrange accoutrement — bas de survêtement flottant et maillot de foot en résille orange de l'Université de Floride, achetés en vitesse dans une librairie du campus ; de ne pas s'être enquis plus tôt si le kidnappeur à côté de ses pompes l'avait violée ou tabassée ; et pour finir, s'excusant d'avoir empilé des tourterelles mortes sur la table de la cuisine.

Puis Desie lui dit :

— Tu ne m'interroges même pas sur Bakchich ?

Et Stoat de repartir à s'excuser, cette fois de ne pas s'inquiéter comme il le fallait du toutou de la famille.

— Où il est, mon chou ?

— Entre les mains du kidnappeur, annonça Desie.

— Oh, mais c'est dingue.

— Je te préviens, tu ne vas pas aimer.

— Combien il en veut ? demanda Stoat.

— Ce n'est pas après l'argent qu'il en a.

— Alors après quoi ?

Desie lui transmit alors ce que l'étrange et juvénile dognappeur lui avait demandé de dire. Elle passa sous silence le fait que c'était elle qui l'avait tuyauté sur le projet de l'île aux Puffins.

Une fois que Stoat eut écouté les exigences du kidnappeur, il gloussa.

— Ce type n'est pas un plaisantin, Palmer.

— Ah bon.

— Tu ferais mieux de faire ce qu'il te dit.

— Sinon quoi, fit Stoat. Il va tuer mon chien ? Mon chien à *moi* ?

— Il m'a dit que oui.

Stoat gloussa à nouveau et se remit à nettoyer les oiseaux.

— Écoute, Desie. Même le plus infâme salopard du monde ne ferait pas de mal à un labrador. Surtout, Bakchich — il fait craquer n'importe qui.

Malgré son état d'épuisement avancé, Desie ne pouvait s'empêcher de regarder son mari arracher méticuleusement le doux duvet gris et l'empiler en tas veloutés. Une fois déplumées, les tourterelles semblaient trop maigrelettes pour qu'on les mange. Leur bréchet était décharné et leur chair criblée de façon peu ragoûtante de trous violacés par le petit plomb des cartouches.

— Oh, j'ai failli oublier — et le paquet de Panama City ? dit-il.

— Sur la véranda, fit Desie. C'est quoi, au fait ?

— Des articles de papeterie.

— Dans un Tupperware ?

— Ah... ben, ouais, bafouilla son mari. Ça protège de l'humidité. C'est de la bonne qualité, à en-tête en relief.

— Arrête tes conneries, Palmer. C'est de la poudre.

— Tu l'as ouvert ?

— Ouais. Mon mari, dealer d'héro. Pas étonnant que tu n'aies pas voulu qu'on te l'envoie par la poste.

Stoat rejeta la tête en arrière et éclata de rire.

— De l'héroïne ? Tu crois que je passe de l'héroïne, maintenant ? Ah ça, c'est impayable !

— Alors, c'est quoi ? demanda Desie, furieuse. Qu'est-ce qu'il y a dans le Tupperware ? Dis-le-moi, Palmer.

Ce qu'il fit, ajoutant :

— Mais je voulais te faire la surprise.

Elle le dévisagea.

— De la poudre aphrodisiaque de rhinocéros.

— On ne les tue pas toujours pour leur corne, mon chou. C'est un mythe qui a la vie dure.

— Tu es incroyable, fit Desie.

— J'ai juste pensé que ça pourrait pimenter nos rapports. Eh, qu'est-ce que ça nous coûte d'essayer ?

Elle se leva sans un mot et alla dans la chambre.

— T'as pas faim ? lui cria Stoat, plein d'espoir. Marisa allume le barbecue.

Il lui fallut encore trois quarts d'heure pour en finir avec les têtes et la peau des volatiles. Ne désirant pas empuantir sa poubelle avec les entrailles, il les enveloppa dans du papier sulfurisé, emporta le paquet, traversa le jardin de derrière puis, franchissant la haie, il gagna la propriété bien briquée de ses voisins, les Clark, et jeta tout le bazar dans le bassin aux poissons rouges. Il se trouvait que Stoat savait que Ned et Susan Clark étaient partis en croisière jouer à Nassau.

Une fois rentré chez lui, Stoat renvoya la cuisinière, stocka les tourterelles au réfrigérateur, resta un long moment sous une douche chaude en se demandant quoi faire au sujet de Desirata. Il ne croyait pas à son histoire de kidnapping et y voyait la preuve que quelque chose ne tournait sérieusement pas rond, qu'elle déraillait. Peut-être s'était-elle enfuie avec un type sur un coup de tête, avant de se raviser. Ou peut-être avait-elle simplement paniqué et s'était-elle sauvée à toutes jambes. Maniaco-dépression, dédoublement de personnalité — Stoat avait entendu parler de ces maladies mais leurs symptômes lui demeuraient obscurs. On pouvait au moins tabler sur ça : les événements mouvementés des dernières vingt-quatre heures l'avaient conduit à soupçonner sa propre épouse, frustrée, d'avoir trempé dans la défiguration de ses trophées naturalisés, le saccage de la B.M.W. rouge et même dans l'infestation de son 4 × 4 de luxe par des insectes mange-merde.

Autant d'appels au secours, s'imagina Palmer Stoat. Il était évident que cette pauvre gosse avait quelques cases en moins.

Mais quelle que fût la nature de la bizarrerie de Desie, c'était dans ses salades à propos du chien que Stoat n'arrivait pas à voir clair. Qu'avait-elle fait de ce pauvre Bakchich et pourquoi ?

Il se sécha d'un coup de serviette et se faufila dans le lit. Il la sentit se tendre quand il lui glissa un bras autour de la taille.

— Ça va ? lui demanda-t-il.

— Je ne me suis jamais sentie mieux.

— Tu sens bon.

— Comparée à un tas de tourterelles crevées, j'espère bien.

— Tu es à cran, ma chérie, je sais. Je crois qu'on devrait parler.

— Eh bien, moi, je pense qu'on devrait appeler la police.

Desie savait qu'il n'en ferait rien, mais qu'il n'ait pas évoqué cette éventualité la chiffonnait. Quel est le mari attentionné qui n'envisage pas d'en référer aux autorités après l'effraction de son domicile par un individu qui prend le large avec sa femme ! Ça n'avait peut-être pas été un kidnapping *pour de vrai* (puisque l'idée de le suivre était venue de Desie), mais Palmer n'en savait rien.

— Ma chérie, impossible de mêler la police à ça, dit-il.

— Mais pourquoi ? Tu dis toi-même qu'il ne fera pas de mal au chien, alors qu'est-ce qu'on a à perdre ?

— Parce qu'on en parlera partout, à la télé et dans les journaux, voilà pourquoi. Mes clients se fient à moi parce que je garde profil bas et que je sais rester discret, lui expliqua-t-il. Ce serait un désastre, Desie. Je deviendrais un objet de risée générale. « UN DOGNAPPEUR PREND POUR CIBLE UN LOBBYISTE DE PREMIER PLAN. » Nom d'un petit scientologue, tu imagines les gros titres ?

D'un haut-le-corps, elle se dégagea de son étreinte.

— Franchement, poursuivit Stoat, comment

pourrais-je ramener ma fraise à Tallahassee ou à Washington ? Une histoire de ce genre, laisse-moi te le dire, est bonne pour finir en monologue de David Letterman. Essaie de comprendre que ça pourrait nuire grandement à mes affaires.

— Très bien, le coupa-t-elle.

— Ne t'inquiète pas. On va le récupérer notre toutou à nous.

— Alors tu feras ce que veut ce barjo. C'est le seul moyen, dit-elle.

Avec un soupir exagéré, Palmer roula sur le dos.

— Ce n'est pas le seul moyen. Fais-moi confiance.

Desie se tourna face à lui.

— Je t'en prie, fais ce qu'il te demande, c'est tout.

— Tu ne parles pas sérieusement.

— Ce n'est rien qu'un pont, Palmer, insista-t-elle. Un pont de rien du tout d'une petite île de rien du tout. Ils peuvent très bien faire sans.

— Tu ne sais pas de quoi tu parles. En plus, c'est déjà enclenché. Je ne pourrais pas l'arrêter même si je le voulais, et je ne le veux pas.

— Ne me mens pas. Pas là-dessus.

Stoat ravala sa salive, se demandant : et merde, qu'est-ce qu'elle veut dire par *là* ?

Desie lui répéta alors ce que le dognappeur lui avait demandé de dire :

— Ton pote Dick, le gouverneur — il n'a pas encore signé le projet de budget, non ?

Demande-lui de geler le financement du pont par son veto.

— D'accord, je vois, fit Stoat qui se redressa, tendant la main vers la lampe. Ma chérie, tu as perdu la boule, ça crève les yeux.

Elle ferma les siens, la joue contre l'oreiller.

— Sans ça, on ne reverra jamais le chien, fit-elle. Ce fou furieux l'a déjà rebaptisé, Palmer. Il l'appelle McGuinn.

— Ouais, et alors ?

Quelle imagination tordue elle a, se dit Stoat. Il ne s'en était jamais douté.

Desie se raidit à ses côtés.

— Alors tu penses que je divague ? C'est bien ce que tu viens de dire ?

Palmer pencha la tête et massa prudemment ses tempes endolories.

— Écoute, Desie, s'il te plaît, remettons cette conversation à demain. J'ai déjà eu une rude journée sans ça.

Sa femme roula sur le côté avec un grognement exaspéré.

Robert Clapley fêta les choses à sa manière bien particulière. Il regagna avec sa part de tourterelles le condo en front de mer que sa société possédait à Palm Beach. Il y cuisina les volatiles à la sauce au vin et les servit avec amour à Katya et Tish, auxquelles Clapley se référait, pas vraiment par caprice, comme à Barbie Un et Barbie Deux. Katya venait de Russie ; Tish de Tchékie. Elles faisaient un mètre quatre-vingts pour soixante-cinq kilos, à peu près. Clapley, qui ignorait leur nom de famille ou leur âge véritable, ne le leur demanda pas. Il les avait rencontrées, six mois plus tôt, à South Beach lors d'une fête nocturne d'un nabab de l'immobilier, allemand et bisexuel. Les deux filles racontèrent à Clapley qu'elles étaient mannequins, venues à Miami pour avoir de nouvelles opportunités de carrière. Travailler de façon régulière dans le milieu de la mode était difficile en Europe de l'Est et les tarifs minables, comparés à ceux qu'on obtenait en France ou aux States. Robert Clapley trouva Katya et Tish un peu « voyantes » pour le mannequinat haut de gamme, mais bien assez séduisantes pour lui. Le type qui donnait la fête, prenant Clapley à part, lui avait confié que c'était lui qui avait payé les billets d'avion de Katya et Tish et d'une demi-douzaine d'autres filles, désireuses à l'extrême de venir en Amérique. Le type les avait choisies parmi un assortiment d'une centaine sur une vidéo d'audition que lui avait postée une « agence » de Moscou.

— Mais ne vous y méprenez pas, Bob. Ces filles ne sont pas des prostituées de bas étage, avait assuré le type à Clapley.

Ah pour ça non, Katya et Tish n'étaient pas de bas étage. Au bout d'une semaine, Clapley les avait installées dans l'une de ses résidences temporaires, le condo du quinzième étage à Palm Beach, qui offrait un jacuzzi à sept buses, une installation stéréo Bose et une vue imprenable, à un million de dollars, sur l'Atlantique dans chaque pièce. Katya et Tish, aux anges, prouvèrent leur gratitude à Clapley avec une ardeur féroce. À l'occasion, elles se rendaient à de vraies séances d'essais, mais la plupart du temps occupaient leurs journées à nager, se dorer au soleil, faire du shopping et se gaver de soap-operas américains. Quand leurs visas vinrent à expiration, Katya et Tish affichèrent une mine déconfite. Elles s'en remirent à leur nouveau petit ami, Bob, qui suggéra qu'il serait en mesure de régler leurs problèmes avec le contrôle d'immigration en échange d'une faveur; pas petite, toutefois.

Robert Clapley était le benjamin de cinq enfants et le seul garçon. À un moment donné d'une enfance par ailleurs sans histoire, le jeune Bob avait conçu un intérêt peu naturel en somme pour les poupées Barbie que ses sœurs collectionnaient comme des billes. En fait, chez les Clapley, il y avait tant de Barbie, de maisons de Barbie et de garde-robes de Barbie que les sœurs de Robert ne semblaient jamais remarquer qu'une ou deux d'entre elles manquaient à l'appel et n'auraient jamais songé, en tout cas, à accuser leur gentil petit frère. L'attirance de Robert pour les Barbie était plus qu'un mouvement puéril de curiosité passagère; trois des plus voluptueuses icônes de trente centimètres de haut — Barbie Jeune Mariée, Barbie Cendrillon et Barbie Disco (plus tenues en rapport) — suivirent secrètement Clapley quand il s'en alla en fac à l'âge de dix-huit ans. Par la suite, transportant de la dope deux fois par mois de Cartagena à Bimini Sud, Clapley ne partait jamais sans Barbie Femme Active, sa préférée, zippée dans la poche fourrée de son cuir d'aviateur.

Qu'adorait-il tant chez ces poupées-là ? Leur plastique rembourrée et sans défaut, c'était certain. Chaque Barbie était d'une perfection à toute épreuve, à la vue et au toucher. Que l'obsession de Clapley ait une connotation sexuelle bizarroïde, aucun doute là-dessus, mais il aurait souligné le côté fantasmatique inoffensif de sa perversion. En effet, il traitait ses Barbie avec les plus grandes vénération et courtoisie, ne les déshabillant que le temps de changer (ou de repasser) leurs ravissantes tenues miniatures. Innocent ou pas, Robert Clapley avait la sagesse de garder son secret pour lui ; qui l'aurait compris ? Clapley lui-même était contrarié par cette fixette sur les poupées et, en prenant de l'âge, commença à douter qu'un jour il puisse la dépasser — jusqu'à sa rencontre avec Katya et Tish. Aussitôt son avenir s'illumina par ce double coup de foudre. Les sculpturales immigrantes représentaient pour Clapley l'occasion d'une avancée thérapeutique ; celle de transcender ses appétits du plastique à la plastique, du culte des Barbie à leur cul. En d'autres termes : de passer du petit garçon à l'homme.

Si grand était leur désir de rester aux États-Unis (et de jouir, vingt-quatre heures sur vingt-quatre, des privilèges de fitness club du condo haut perché de Robert Clapley) que Katya et

Tish ne restèrent pas totalement sourdes à sa proposition ambitieuse et tordue. Assortir leur couleur de cheveux, ce fut une peccadille ; la nuance de blond choisie par Clapley était celle d'une grande marque. La partie chirurgicale, cependant — à commencer par des implants mammaires de la même dimension — provoqua une certaine appréhension chez les deux filles.

Il n'y a pas d'inquiétude à avoir ! insistait Clapley. L'Amérique a les meilleurs plasticiens du monde !

Au bout du compte, Katya et Tish se laissèrent persuader, cajolées, flattées et gâtées comme elles l'étaient par leur hôte, jeune et enthousiaste. Quant à Clapley, il observait, sous le charme, leurs transformations concomitantes, chaque raffinement cosmétique le rapprochant de son rêve de Barbie en chair et en os, à demeure. Non, ça ne serait plus long à présent !

Il siégeait à la place d'honneur à table, sirotant un chardonnay en couvant d'un air radieux Katya et Tish qui mordaient à belles dents dans les petites carcasses roussies des oiseaux. Palmer Stoat me semble un type à même d'apprécier cette combine, songeait gaiement Clapley. Il me tarde de voir sa tête quand je lui présenterai les filles.

Et Stoat, comme tout homme qui venait de rencontrer Katya et Tish, se pencherait immanquablement vers son amphitryon en lui chuchotant : Bob, ce sont de vraies jumelles ?

Et Robert Clapley répondrait en souriant comme il le faisait toujours :

Non, mais ça ne saurait tarder.

La maison de Vecker Darby sauta et brûla pendant le sommeil de Twilly Spree. Ce dernier remarquerait sa photo deux jours plus tard dans le journal et dormirait du sommeil du juste, cette même nuit.

— Justice est faite, marmonnerait-il à McGuinn, dont le menton reposerait sur son genou. Justice est faite, mon garçon.

Le chien aurait un sommeil paisible, lui aussi.

Ils étaient garés dans un maquis de choux palmistes, en bordure d'une route de terre, non loin de Zolfo Springs, quand Vecker Darby entra dans leurs vies. Il était près de minuit. Desirata Stoat était sans doute chez elle à Fort Lauderdale avec sa tête de nœud de propre à rien de mari, et Twilly se retrouva à penser à elle. Il était assis dans la voiture de location avec un carton de pizza vide sur les genoux. McGuinn avait déjà englouti son souper, à savoir quatre rations débordantes d'aliments pour chien premier choix ; Desie avait donné des instructions précises à Twilly sur la marque à acheter. Ordre du véto, avait-elle dit. McGuinn, comme de bien entendu, dévora le tout en quinze secondes environ. Puis Twilly lui refila en douce les comprimés d'antibiotiques, chacun fourré dans une bouchée de rosbif bleu que le chien engouffra avidement.

Twilly, qui avait monté le son de la radio pour mieux profiter de Derek and the Dominoes, n'entendit pas tout d'abord le camion à plateau de Vecker Darby. Et à coup sûr, il ne le vit pas, car Vecker Darby roulait tous phares éteints. Twilly tambourinait sur le carton de pizza en se demandant après coup s'il ne s'était pas trop empressé de lâcher Mrs Stoat à Bronson. Non pas qu'elle courrait chez les flics ; il avait un fort sentiment qu'elle n'en ferait rien. Non, ce qui tracassait Twilly, c'est qu'elle lui manquait un peu. Elle était de bonne compagnie ; et, en plus, elle avait un joli rire. Le chien était fantastique, un vrai champion dans son genre, mais n'illuminait pas l'habitacle comme Desie Stoat.

Je me demande si je la reverrai un jour, songeait Twilly.

À la fin de la chanson, il éteignit la radio. C'est alors qu'il ouït le camion, tout près de là — plus précisément, le grincement hydraulique du plateau qu'on inclinait. McGuinn redressa son énorme tête noire et aboya. Chut ! lui murmura Twilly. Il se glissa hors de la voiture et, après un détour dans le maquis, eut une vue dégagée du camion et de ce que fabriquait son conducteur. L'inclinaison du plateau augmentant, la cargaison non arrimée se mit à glisser — tout un assortiment de tonneaux, bidons, fûts et autres conteneurs cylindriques dégringolèrent l'un après l'autre un talus moussu en pente douce jusqu'aux rives de la Peace River, où Twilly avait compté passer une nuit paisible et reposante.

Le conducteur, dont Twilly devait apprendre le nom dans le journal, ne se fatiguait pas à surveiller son ouvrage. Appuyé contre l'aile, il attendit en grillant une cigarette que la totalité du chargement ait pris le même chemin. Puis il rabaissa le plateau, grimpa dans la cabine et couvrit les huit kilomètres pour rentrer chez lui. Vecker Darby était encore sous la douche quand Twilly lui chourava son camion et revint à fond la caisse à la rivière pour récupérer les tonneaux, bidons, fûts et autres conteneurs cylindriques. Deux heures plus tard, au retour de Twilly, Vecker Darby dormait sur son fauteuil relax en skaï préféré, six boîtes de Coor vides à ses pieds, et Playboy Channel gueulant à la télé.

Il ne se réveilla pas quand l'on força l'une des fenêtres de la chambre et qu'on en découpa la moustiquaire ; il ne vit donc pas qu'un inconnu, vêtu de sa combinaison intégrale jaune canari (que Vecker Darby ne portait presque jamais mais conservait précieusement sous le siège de son camion, en cas de rencontre avec un inspecteur de l'E.P.A.[1]) introduisait l'extrémité tronquée d'une gouttière en plastique dans la maison.

Vecker Darby ne se réveilla pas davantage

1. Agence pour la protection de l'environnement.

pendant l'heure et demie qui suivit, durant laquelle plus de sept hectolitres de substances combustibles et corrosives furent directement transvasées des tonneaux, bidons, fûts et autres conteneurs cylindriques dans la maison. La soupe toxique qui en résulta comprenait des ingrédients tels que xylène, méthanol, toluène, benzène d'éthyle, oxyde d'éthylène et vulgaire formol, dont chacun aurait causé de graves et durables dommages à la Peace River. Les risques qu'encourait une résidence habitée étaient terribles également mais se révéleraient bien plus spectaculaires, sur le plan strictement visuel.

Ce qui finit par tirer Vecker Darby de son sommeil, ce furent les vapeurs toxiques. Il se réveilla en toussant violemment, très conscient que quelque chose ne tournait pas rond. Il avait la ferme intention de quitter les lieux, après avoir vidé sa vessie gorgée de bière. En théorie, il aurait survécu à son bref détour par les toilettes s'il n'avait pas (la faute à une habitude débile) allumé une Marlboro en chemin.

D'après la photo brute de décoffrage du *News Press* de Fort Myers, la maison de Vecker Darby semblait avoir brûlé jusqu'aux fondations. Ce dernier vivait seul dans une ancienne orangeraie, à des kilomètres de la ville, si bien que personne n'aperçut le brasier jusqu'à ce que le pilote d'un avion commercial le repère du ciel. Le temps que les pompiers arrivent, même le camion à plateau de la victime avait fondu, réduit à sa carcasse. L'article décrivait Vecker Darby comme le propriétaire d'une société privée d'enlèvement d'ordures, ayant pour clients des industriels, de Sarasota à Naples. Plus loin dans le même article, on indiquait que feu Darby avait écopé d'une amende de deux cent soixante-quinze dollars pour avoir déchargé en toute illégalité un lot de seringues hypodermiques usagées, pansements chirurgicaux et autres déchets hospitaliers contaminés dans un conteneur public, derrière un jardin d'enfants à Cape Coral.

Twilly Spree lut l'article consacré à Vecker Darby dans une cabine téléphonique de l'aire de service Indien Séminole, sur la voie express transversale, connue sous le nom d'Alligator Alley. Twilly attendait d'appeler Desie Stoat à l'heure prévue entre eux. Elle décrocha à la seconde sonnerie.

— Twilly ?

C'était la première fois qu'elle l'appelait par son nom et cela lui fit un effet bizarre, bien que pas désagréable.

— Ouais, c'est moi, fit Twilly. Vous pouvez parler ?

— Rien qu'un instant.

— Avez-vous transmis la menace à votre mari ?

— Oui.

— Et ?

— Il n'y croit pas, fit Desie.

— Il ne croit pas quoi — que je vais tuer son chien ?

Du côté de Desie lui parvint un soupir embarrassé.

— Palmer ne croit pas que vous ayez pris le chien, Twilly. Il ne croit pas qu'il y a eu kidnapping. Il ne croit même pas à *votre existence.* Il pense que j'ai pété les plombs et que j'ai tout inventé.

— Me dites pas ça.

— On a eu une dispute terrible. Il veut que j'aille voir un psy.

— Mais son chien a disparu ! fit Twilly. Qu'est-ce qu'il en fait ?

— Il pense que j'ai expédié Bakchich chez ma mère.

— Et merde, dans quel but ?

— Là-bas, en Géorgie !

— Vous avez épousé un crétin, conclut Twilly.

— Faut que j'y aille, dit Desie.

— Je vous rappellerai dans deux jours. En attendant, dites à votre mari de guetter une livraison par FedEx.

— Oh non. Qu'est-ce que vous allez faire, maintenant ?

— Faire en sorte qu'il me croie, fit Twilly.

8

Desirata Brock, native de Memphis, avait grandi à Atlanta. Sa mère était pédiatre et son père mécanicien chez Delta Air Lines. Desie suivit les cours de l'Université de Géorgie dans le but de devenir institutrice, mais en fut détournée en dernière année par ses fiançailles avec un basketteur professionnel du nom de Gorbak Didovlic qui plafonnait un poil au-dessus de deux mètres dix et ne parlait pas un mot d'anglais.

Dido, comme on disait à la N.B.A., était pivot de réserve débutant chez les Atlanta Hawks. Il avait repéré Desie sur un court de tennis et envoyé l'un de ses entraîneurs lui demander son numéro de téléphone. Dido eut la prévenance de faire suivre un interprète serbo-croate lors des deux premiers rendez-vous. Mais la troisième fois, Dido se présenta seul à l'appartement de Desie. Ils allèrent dîner, puis en boîte. Dido se montra étonnamment loquace et, bien que Desie ne comprît pas un traître mot de ce qu'il disait, elle crut déceler dans ses monologues aux consonances impénétrables une sorte d'innocence et de charme « immigrés ». Ce ne serait pas la dernière fois qu'elle se tromperait sur le compte d'un homme.

Peu après une heure du matin, Desie tapota le cadran de sa montre-bracelet pour signifier à Dido qu'il était temps de s'en aller. Il la ramena chez elle, la raccompagna jusqu'à sa porte et l'embrassa tendrement sur le sommet du crâne, seule partie de son corps à portée de ses lèvres sans devoir mettre genou à terre. Puis il posa ses énormes mains fines sur les épaules de Desie et se mit à lui parler à voix basse d'un ton ardent. Desie, épuisée, opinait en souriant avec tendresse et lui murmura des réponses passe-partout du genre « comme c'est gentil » ou « je vois ce que tu veux dire ». Mais en réalité, elle n'avait aucun indice de ce que Dido voulait dire, car le lendemain matin on lui livra une grosse bague de fiançailles en diamant avec un petit mot ; deux en fait — l'un d'eux, l'original, gribouillé par Dido au crayon sur un feuillet de bloc frappé du logo Reebok, l'autre, sa traduction laborieuse, à savoir : « Je suis si très heureux que tu sois devenir ma femme. Notre vie ensemble sera remplie de beaucoup plaisir et joie. Merci tout plein d'avoir dit oui. Ton amour le plus vrai, Gorbak. »

Desie fut abasourdie d'apprendre que Dido lui avait proposé de l'épouser et encore plus de découvrir qu'elle avait accepté. Mais c'était bien ce qui s'était passé, insista Dido, et Desie le crut sur parole ; ça lui paraissait romantique, original, au sens sitcom du terme. Elle abandonna la fac dans l'idée d'accompagner son nouveau fiancé pendant la tournée N.B.A. Elle s'imagina que voyager avec Dido serait une façon exaltante de visiter les plus grandes villes du pays ; en particulier, elle se promettait monts et merveilles de New York, Boston et Chicago. Mais par le truchement de son interprète serbe (que les Hawks fournissaient à plein temps à Dido), ce dernier expliqua à Desie qu'il n'était pas permis aux épouses et petites amies d'accompagner les joueurs. Il serait, cependant, « très beaucoup content » si elle assistait à tous les matches à domicile à Atlanta. « Mieux comme ça », ajouta l'interprète. « Ainsi, tu peux rester en cours et te bonifier. » Desie ne fut pas sûre à cent pour cent que c'était Dido qui parlait, tout en disant à l'interprète qu'elle allait réfléchir.

Au premier match de basket auquel elle assista, ce fut l'éclate. Le tant de janvier 1988. Un certain temps, Desie garda le talon du ticket d'entrée dans son antique boîte à couture. Les Hawks battirent les Chicago Bulls, 107 à 103. Dido joua la plus grande partie du troisième quart temps et bloqua quatre lancers. Desie alla s'asseoir tout près du terrain, parmi les autres épouses et petites amies. La plupart, comme elle, étaient jeunes et exceptionnellement mignonnes. À la mi-temps, les filles se racontèrent des potins en riant. Desie, qui ne suivait pas le basket pro, n'était donc pas consciente de l'importance énorme des enjeux que développait ce sport. L'une des épouses des Hawks montra du doigt l'un des joueurs de Chicago, prématurément chauve, qui pratiquait des *jump shots*, et annonça qu'il gagnait plus de cinq millions de dollars par an, compte non tenu du revenu de ses contrats publicitaires. Desie fut abasourdie. Elle se demanda à haute voix combien se faisait Dido et l'une des épouses des Hawks (qui mémorisait toutes les stats de l'équipe) se fit un plaisir de le lui apprendre. C'était une somme vraiment ahurissante pour un jeune homme de vingt-deux ans comme pour n'importe qui d'autre. Desie fit le calcul dans sa tête : le salaire de Dido se montait à dix mille cinq cents dollars *par match*.

— Tu vois cette bague à ton doigt ? fit l'épouse Hawk en soulevant la main gauche de Desie. Une nuit de boulot. Et encore, s'il l'a fait retailler.

Desie ne retourna pas à l'université. Dido l'installa dans un grand appartement dans le quartier de Buckhead, lui acheta une Firebird décapotable (deux nuits de boulot, au bas mot) et lui procura des leçons de tennis privées dans un country club du voisinage. Reebok lui fournit les chaussures gratuitement.

Les fiançailles durèrent trois mois moins un jour. Elles se terminèrent quand Desie, sur un coup de tête, décida d'aller surprendre Dido à Detroit, entre tous les lieux imaginables, pour son anniversaire, alors qu'il était en déplacement. Quand elle frappa à sa porte au Ritz-Carlton, une fille au cheveu noir corbeau, aux créoles chromées, en short cycliste en latex et sans haut, lui répondit. Tatouée sur le sein gauche de la fille, il y avait une tête de mort ricanante, coiffée d'un chapeau de cow-boy.

La visiteuse *topless* se révéla être une danseuse exotique locale qui parlait couramment le serbo-croate, en plus de l'anglais. L'un des joueurs des Pistons l'avait présentée à Dido lors d'une soirée de garçons. Desie bavarda poliment avec la fille jusqu'à ce que Dido revienne du match de basket. Malheureusement, il avait renvoyé un peu tôt son interprète dans ses foyers — se faisant le raisonnement qu'il n'en aurait pas l'usage avec une strip-teaseuse bilingue — si bien que Dido se trouva fort dépourvu devant le discours emporté que lui tint Desie. Il était certain que son humeur se passait de traduction. Dido avait compris qu'elle était en colère bien avant qu'elle ne balance sa bague de fiançailles en diamant dans les toilettes et ne tire la chasse.

Il tenta de renouer, une fois l'équipe rentrée à Atlanta, mais Desie refusa de le revoir. Elle quitta l'appartement de Buckhead et retourna vivre chez ses parents. Un jour où Dido se pointa à la maison, Desie l'attaqua au tuyau d'arrosage. Être rejeté lui donna des idées noires, ce qui affecta de façon délétère ses performances déjà limites sur le terrain de basket. Un soir malencontreux, où il remplaça un Moses

Malone terrassé par la grippe, Dido ne marqua que trois points, n'intercepta qu'un seul rebond, se laissa faucher le ballon à cinq reprises et fut exclu au milieu du troisième quart temps. Le lendemain matin, il fut cédé aux Golden Gate Warriors et Desie ne le revit jamais, même pas à la télévision.

Bah, tu te trouveras quelqu'un d'autre, lui assura sa mère. Tu as pris un mauvais départ, c'est tout.

Mais Desie ne semblait pas réussir à prendre le bon. Du temps de ses vingt ans, elle se fiança trois autres fois mais ne se maria jamais. Dans deux des cas, elle rendit les bagues sans aigreur aucune, mais en garda une. C'était celle que lui avait donnée l'un de ses fiancés, du nom d'Andrew Beck, dont Desie n'était pas loin d'être amoureuse. Andrew Beck produisait et réalisait des spots de pub pour des hommes politiques en campagne, mais avait des antécédents artistiques. Pendant des années, il s'était adonné sérieusement à la peinture et à la sculpture, manquant mourir de faim. Puis il était entré à la télévision et devenu riche, comme tous les fiancés de Desie. Elle se racontait que c'était une coïncidence, mais n'en pensait pas moins. En tout cas, elle éprouvait des sentiments forts pour Andrew, qui avait un côté créateur, rêveur et assez distant. Ce qui captivait Desie, qui n'avait jamais vécu avec un homme énigmatique, ne serait-ce que légèrement. Andrew ne supportait pas la politique et détestait en bloc sénateurs et membres du Congrès qui achetaient son talent à un prix aussi exorbitant pour modeler leur image. Desie apprit à admirer Andrew de détester son propre travail — seul un individu doté de grands principes reconnaissait ouvertement qu'il gâchait les dons qu'il tenait de Dieu en les mettant au service de quelque chose d'aussi creux, manipulateur et trompeur qu'un spot de trente secondes d'un candidat en campagne.

Le revers de la médaille de la franchise si louable d'Andrew Beck, c'était que, souvent déprimé, il broyait du noir. Desie se reprochait ce qui arriva ensuite. Elle avait persuadé Andrew d'aller voir un psychologue, qui le poussa à se trouver un exutoire pour tarir la source intérieure de son angoisse. Andrew opta pour le body-piercing et se lança avec zèle dans un programme d'automutilation. Il commença par se percer chaque lobe de trois petits trous, puis passa rapidement aux sourcils, à une joue et aux deux narines. Et ne s'arrêta pas en si bon chemin. Il arborait des clous et des piques (uniquement taillés dans l'argent le plus fin), et avant longtemps il était hérissé par tellement d'orifices, faits de main d'homme, que voyager en avion sur les lignes régulières devint impraticable, suite aux retards causés par les détecteurs de métaux. À chaque nouvel appendice, le visage d'Andrew devenait de plus en plus grotesque, bien que cela ne parût point déranger les politiques, ses clients ; on réclamait plus que jamais ses services professionnels. Desie, pour sa part, pouvait difficilement supporter de le regarder. Elle nourrissait l'espoir que c'était passager, même après qu'Andrew se fut fait percer la langue pour recevoir un hameçon à tarpon (de taille 4/0). Desie apprécia le symbole mais pas l'effet tactile. À vrai dire, faire l'amour avec Andrew tenait beaucoup trop de la course d'obstacles, ses ornements corporels s'accrochant à elle et la piquant aux moments les moins opportuns.

Mais elle tenait à lui, aussi persévéra-t-elle dans ses efforts, jusqu'au soir où il arriva avec une minuscule flèche de Cupidon de quatorze carats, épinglée aux replis de ses bourses. Alors Desie comprit qu'il n'y avait aucun moyen de sauver leur relation et retourna vivre chez ses parents. Elle conserva la bague de fiançailles, non pour des raisons sentimentales, mais par peur qu'Andrew Beck ne lui réserve un usage pervers autodécoratif.

Moins d'une semaine plus tard, Desie reçut un coup de téléphone de Palmer Stoat. Elle ne l'avait rencontré qu'une seule fois, pendant une séance de montage, au studio d'Andrew. Ce dernier avait tourné en vidéo des essais de spots de campagne pour un dénommé Dick Artemus, qui prévoyait de briguer le poste de gouverneur de Floride. Palmer Stoat, qui avait accompagné Artemus à Atlanta, était assis à ses côtés pendant le visionnage des spots « Votez pour Dick ». Desie se trouvait là pour éviter qu'Andrew n'agresse Artemus qu'il vomissait et ainsi ne foute en l'air un contrat de cent soixante-quinze mille dollars.

Au studio, Stoat entreprit de draguer Desie, jusqu'à ce qu'elle lui fasse clairement comprendre qu'elle était en main. Stoat se confondit en excuses, de façon convaincante ; mais même en ne pipant plus mot de tout l'après-midi, il avait du mal à détacher ses yeux d'elle. Desie ne devina jamais comment il avait appris aussi vite sa rupture avec Andrew Beck, mais Palmer ne perdit pas de temps en coups de fil, fleurs ou billets d'avion première classe. Au début, Desie le fit lanterner, mais au final son enthousiasme mielleux l'eut à l'usure — elle avait toujours été bonne poire face à la flatterie et aux petits soins, et sur ce plan Palmer était passé virtuose. Les parents de Desie semblaient l'adorer (ce qui aurait dû lui mettre la puce à l'oreille) et la pressaient de donner sa chance à ce jeune monsieur si aimable. Ce ne fut que plus tard, une fois mariée à Palmer et partie vivre à Fort Lauderdale, qu'il vint à l'esprit de Desie que ses parents avaient tout fait pour qu'elle leur débarrasse le plancher. (Deux jours après la noce, son père fit venir une équipe de charpentiers pour transformer sa chambre de jeune fille en salle de gym.)

Elle ne pouvait nier que Stoat la traitait bien ; la B.M., la maison donnant sur le canal, près de Las Olas, le shopping à n'en plus pouvoir. Et même si les rapports physiques entre Desie et son mari n'avaient rien d'acrobatique ni de brûlant, ils étaient la plupart du temps très agréables. Si, sur le plan morphologique, Palmer était un peu empâté au goût de Desie, il n'avait pas l'air du moins d'un sapin de Noël quand il retirait ses vêtements. Aucune des parties du corps pâlichon de Palmer n'était percée, épinglée ou cloutée, ce qui était du nanan pour sa jeune épouse. C'était sympa, à défaut de monter au septième ciel, de faire l'amour sans redouter de se piquer ou de s'écorcher.

Desie se sentait tellement libérée qu'au cours de leur nuit de noces à Tortola, elle fut en mesure de rester excitée — et de ne pas s'étrangler de rire — quand Palmer lui haleta à l'oreille :

— Viens, baby, mets-moi la bougie[1].

— Le feu, lui chuchota-t-elle gentiment.

— Quoi ?

— Ce sont les paroles, mon chou. La chanson, elle dit *Viens, baby, mets-moi le feu.*

— Impossible, j'ai vu ce type donner un concert à Dinner Key juste avant qu'il ne casse sa pipe...

— Palmer, fit Desie, changeant de sujet, je peux me mettre dessus maintenant ?

C'était trois mois avant qu'il ne fasse suivre le Polaroïd au lit. Desie accepta la chose sans l'approuver — le flash était gênant au même titre que les directives de Palmer. De plus, les

1. On aura reconnu le *Baby, light my fire* des Doors. *(N.d.T.)*

photos qui en résultaient étaient si floutées et si piètrement cadrées qu'elle n'arrivait pas à comprendre comment elles pouvaient titiller son mari. Est-ce que ça en faisait un obsédé grave ? Après avoir partagé la vie d'Andrew Beck, rien, sinon une massue moyenâgeuse ou une cotte de mailles, n'aurait paru biscornu à Desie.

Cependant, elle mit le holà sur les cigares. Palmer voulut en introduire un dans la chambre, avant et, si possible, pendant la baise.

— Oublie, lui dit Desie.

— La faute à ce salaud de Bill Clinton. Lui et ses pétasses tordues ont jeté le discrédit sur le cigare. Je te jure, Desie, tout ce que j'ai envie que tu fasses, c'est que t'en *fumes* un.

— La réponse est non, et ça n'a rien à voir avec le président.

— Alors avec quoi ?

Et Palmer Stoat d'énumérer à tout berzingue les noms de plusieurs starlettes fumeuses de cigares.

— Allez, quoi, c'est très érotique à mater, plaida-t-il.

— Ça donne l'air débile. Et je ne parle pas de la nausée qui va avec,

— Oh Desie, *je t'en prie.*

— Ça file le cancer, tu sais, dit-elle. Des tumeurs du voile du palais. Tu trouves *ça* érotique, Palmer ?

Il ne fit plus jamais allusion à une partie de baise au cigare. Et maintenant : de la corne de rhinocéros. Desie était consternée. En tuer un, c'était déjà assez moche, mais ça !

Il fallait avouer que Palmer et elle ne faisaient pas très souvent l'amour. Desie savait d'où venait son manque d'appétence — elle n'était satisfaite ni d'elle-même ni de son mariage ; n'était même plus si certaine que ça d'*aimer* encore *bien* son mari. Et elle était consciente qu'il semblait avoir, lui aussi, perdu tout intérêt à la chose. Peut-être avait-il des petites amies à Tallahassee ou à Washington, ou peut-être pas. Peut-être avait-il été honnête en affirmant que la seule raison de son achat de la poudre de rhino au marché noir, c'était de rallumer leur flamme.

Desie ne savait que faire. Sur le plan matériel, elle s'était assuré une vie bien confortable ; envisager de repartir de zéro la terrifiait. Mais le vide de son cœur la terrifiait aussi ; la terrifiait de plus en plus chaque jour. Elle ne se voyait pas en épouse acceptant la glaciation de sa vie maritale comme inévitable ; prétendant qu'elle n'existe pas, se distrayant de centres de remise en forme en voyages à l'étranger en passant par les projets d'amélioration de son intérieur.

Ou bien était-elle capable de l'accepter. Pour Desie, la solitude avait moins d'attraits qu'un mariage tout sauf torride. Certaines de ses amies avaient connu pire, nanties qu'elles étaient de maris qui se foutaient d'elles complètement. Palmer, lui, faisait des efforts ou du moins semblait les faire. Son désir de bénéficier d'une érection quarante-huit heures d'affilée était soit touchant, soit stupide, selon ses motifs véritables.

En tout cas, Desie était si exaspérée par la façon qu'il avait eue de ridiculiser son histoire de kidnapping qu'elle lui enjoignit d'aller dormir dans l'une des chambres d'amis.

— Je vais te trouver un psy. Le meilleur de la ville, lui dit Palmer Stoat. Fais-moi plaisir, Desie. Tu ne sais plus trop où tu en es.

— Je préfère rester comme ça pour le moment, répondit-elle en lui claquant fermement la porte au nez.

Tout à coup, McGuinn cessa de manger et devint léthargique. Twilly ne comprit pas d'abord pourquoi. Puis il découvrit un tas de comprimés d'antibiotiques, couverts de bouloches, sous la banquette arrière de la voiture. Pendant tout ce temps, le chien avait fait mine d'avaler l'ensemble — s'enfilant le rosbif-excipient et se débrouillant Dieu sait comment pour dissimuler les cachets crayeux sous sa langue. Et les recracher quand Twilly n'y prêtait pas attention.

Résultat, cet entêté de clebs avait dû se choper une infection postopératoire, songea Twilly. Il dénicha dans l'annuaire un cabinet vétérinaire proche. Une fois là, la réceptionniste sortit une planchette à pinces et lui posa quelques questions.

— Nom de l'animal ?

Twilly le lui donna.

— Race ?

— Labrador retriever.

— Âge ?

— Cinq ans, fit Twilly, au pif.

— Poids ?

— Soixante kilos. Peut-être plus.

— Châtré ?

— Vérifiez vous-même.

— Non, merci, fit la réceptionniste.

— Vous voyez ? Il a toutes ses couilles.

— Vous pouvez le faire se recoucher, Mr Spree ?

— Couché, mon garçon, fit Twilly, docilement.

— Aimeriez-vous qu'on le castre ?

— Ce n'est pas à moi qu'il faut poser la question, fit Twilly.

— On a un tarif spécial ce mois-ci pour les chats et les chiens, lui précisa la réceptionniste. Vingt-cinq dollars de rabais octroyés par les Amis des Bêtes.

— Vingt-cinq dollars par testicule ?

— Non, Mr Spree.

Twilly sentit les yeux du labrador levés vers lui.

— Ça ne joue que pour les chats et les chiens ?

— Oui.

— Dommage.

La réceptionniste ignora ce dernier trait. Une femme élancée, cheveux frisés et blouse rose, vint chercher McGuinn. Twilly la suivit dans une salle de consultation et, ensemble, ils hissèrent le chien sur une table en inox. Alors entra le vétérinaire, la soixantaine assez frêle, moustache roussâtre parsemée de gris et lunettes à grosse monture, peu loquace. Il écouta les battements de cœur de McGuinn, lui palpa l'abdomen et examina les points de suture.

Sans relever la tête, le véto demanda :

— Pourquoi l'a-t-on opéré ?

— Je n'en sais rien, fit Twilly.

Desie avait promis de le lui dire, mais n'en avait rien fait.

— Je ne comprends pas. Ce chien n'est pas à vous ?

— À vrai dire, je l'ai trouvé, il y a quelques jours.

— Alors comment connaissez-vous son nom ?

— Fallait bien que je l'appelle autrement que « mon garçon ».

Le vétérinaire se retourna et observa Twilly avec suspicion. Ce dernier inventa une histoire selon laquelle il avait découvert le labrador sur le bas-côté de l'Interstate 75, près de Sarasota. Il assura au vétérinaire qu'il avait passé une annonce dans le journal local, dans l'espoir de retrouver son propriétaire.

— Pas de timbre de vaccin antirabique ?

— Non, monsieur.

— Pas de collier ?

— Neûn, fit Twilly.

Collier et timbre étaient dans la voiture.

— Un chien comme celui-ci — ça paraît difficile à croire. Cet animal a un pedigree de champion.

— Je ne saurais me prononcer là-dessus.

Le vétérinaire caressa la truffe de McGuinn.

— Quelqu'un y tenait suffisamment pour le faire opérer. Ça n'a pas le sens commun qu'on l'abandonne ensuite. Pas pour moi, en tout cas.

Twilly haussa les épaules.

— L'être humain est difficile à cerner. Le fait est que, moi aussi, je tiens à lui. Autrement, je ne serais pas ici.

— Non, je suppose que non.

— Je me suis inquiété quand il a cessé de manger.

— Oui, c'est une bonne chose que vous l'ayez amené ici.

Le vétérinaire retroussa la babine supérieure de McGuinn et scruta ses gencives.

— Mr Spree, ça ne vous ferait rien d'attendre dans l'autre pièce ?

Twilly retourna à la réception et prit un siège en face de deux femmes à l'aspect maternel, chacune avec un chat obèse sur les genoux. Près de Twilly, un homme aux traits taillés à la serpe agrippait une valise de cuir brossé d'où dépassait par intermittence une petite tête hérissée — pas plus grosse qu'une pomme. Les yeux d'un marron liquide furetaient nerveusement aux quatre coins de la pièce, jusqu'à ce que l'homme lui murmure quelque chose et que la minuscule tête canine replonge hors de vue.

L'homme, remarquant que Twilly l'observait, remonta la valise contre sa poitrine en guise de protection. Puis, se levant brusquement, il mit trois chaises entre eux.

— Au fait, il s'appelle comment votre hamster ? lui dit Twilly, affable.

Le jeune homme s'empara d'un magazine vétérinaire et fit mine de se plonger dans sa lecture. Les autres propriétaires d'animaux de compagnie semblaient pareillement peu enclins à bavarder. Twilly supposa qu'ils trouvaient à redire à sa tenue — il était pieds et torse nus, vêtu seulement d'un vieux chino. Le reste de ses habits était à la laverie automatique de la rue.

— Ah bah, fit-il en croisant les bras.

Il s'endormit rapidement et, comme toujours, ne rêva pas. Il se réveilla et vit le visage de la femme frisottée, en blouse rose.

— Mr Spree ? Mr Spree ?

— Oui. Pardon.

— Le Dr Whitcomb désire vous voir immédiatement.

Twilly se leva si promptement qu'il en tituba.

— Quelque chose ne va pas ? demanda-t-il à la femme en rose.

— S'il vous plaît, suivez-moi.

Le chien avait précédé Desirata. C'était un cadeau de Dag Magnusson, président de la

Société des Phosphates Magnusson, qui connaissait le goût de Palmer Stoat pour la chasse. Dag Magnusson avait acheté le chien chez un éleveur de labradors champions de field-trial, d'Hibbing, Minnesota. Celui que sélectionna Dag Magnusson était le *nec plus ultra* de la portée et lui coûta mille cinq cents dollars. Stoat le baptisa Bakchich en manière de plaisanterie à usage interne, bien que le chien ne fût pas, *stricto sensu,* un pot-de-vin, mais plutôt une sorte de prime pour en avoir arrangé un.

Dag Magnusson avait eu recours à Stoat parce qu'une mine de sa société de Polk County était menacée de fermeture par l'E.P.A. suite à la pollution d'un lac municipal par des fuites de substances chimiques. Elles étaient si corrosives qu'elles éliminaient toute forme de vie d'une taille supérieure aux amibes et le gouvernement envisageait de faire payer aux Phosphates Magnusson une énorme amende à cinq ou six zéros, outre la fermeture de l'usine. Le cas était si épineux politiquement — et le lac si souillé olfactivement — qu'il serait impossible de persuader même le plus ripou des membres du Congrès d'intervenir.

Aussi Palmer Stoat tenta-t-il un autre angle d'attaque. Il mit Dag Magnusson en contact avec l'administrateur régional de l'E.P.A., dont le talon d'Achille, savait-on, était la pêche à la truite. Dag Magnusson invita ce dernier à l'accompagner sur un bras de rivière privé, à l'ouest du Montana, où cet heureux veinard chopa sa première arc-en-ciel de cinquante centimètres. Le poisson avait à peine cessé de frétiller que le représentant de l'E.P.A. se mettait à régler le différend avec les Phosphates Magnusson, qui acceptèrent en fin de compte de payer une pénalité de trois mille neuf cents dollars et de planter de grands panneaux d'avertissement sur les rives du lac empoisonné de Polk County. Dag Magnusson, enchanté du résultat, décida que Palmer Stoat méritait un petit quelque chose en sus du montant exorbitant de ses honoraires habituels.

D'où le chien. La femme de Stoat du moment (la seconde) protesta, mais en pure perte. Abbie, c'était son nom, ne fit preuve d'aucune patience pour le pipi ou le popo d'un chiot. Peu d'êtres humains sont capables de résister aux charmes pétulants d'un labrador retriever de six semaines, mais Abbie, si. Elle n'était résolument pas, de son propre aveu, une « amie des animaux ». D'après elle, la place de tout ce qui avait de la fourrure sur le dos était sur un portemanteau, pas sous la table de la salle à manger à léchouiller ses orteils dûment pédicurés. L'attitude d'Abbie envers le toutou était si glaciale et si pleine de ressentiment que son mari s'en alarma, lui que l'exubérance de son nouveau cabot amusait, toqué qu'il en était. Palmer Stoat avait mentalement effectué une compilation des raisons de divorcer d'Abbie et son aversion pour Bakchich sauta immédiatement en tête de liste (détrônant, temporairement, son aversion pour les rapports bucco-génitaux).

Au final, Stoat fut en mesure de retourner à son avantage, légalement parlant, l'antipathie de sa femme pour le toutou. Un soir, rentrant de Tallahassee, il surprit Abbie en train de corriger Bakchich avec un exemplaire roulé de *Elle*. L'éclat d'Abbie ne pouvait en rien blesser ni même traumatiser le chien, qui approchait de son premier anniversaire et pesait déjà plus de quarante-cinq kilos (et qui n'établit pas de rapport entre la fessée et la sandalette Rossetti corail qui était devenue son nouveau jouet pour se faire les dents). Bakchich crut qu'Abbie voulait jouer et, durant son attaque, continua à agiter sa queue en matraque, manifestant par là qu'il appréciait ce rare déploiement d'attention. Palmer Stoat surgit dans la buanderie et arracha le magazine féminin des mains de sa femme. Dans la semaine, il lui soumit les papiers du divorce. Abbie signa sans barguigner, plutôt que de devoir soutenir la terrible accusation de cruauté envers les animaux que son mari avait juré de rendre publique.

Après son départ, Stoat se mit en tête de faire un chien de chasse de son labrador au pedigree de champion. Bakchich se révéla excellent pour aller chercher mais pas pour rapporter. Il pouvait retrouver un colvert abattu parmi les bouquets de quenouilles les plus drus mais, invariablement, continuait à nager avec. Le temps que Stoat et ses compagnons de chasse rattrapent le chien, il restait trop peu à cuisiner du gibier à plume trempé comme une soupe. Stoat fit appel à une dizaine de dresseurs de labradors avant de renoncer ; les talents de chiens d'arrêt qui rendaient célèbre son lignage canin avaient, c'était évident, sauté une génération dans le cas de Bakchich. Stoat confia alors à son chien la tâche de garder la maison, pour laquelle il semblait bien adapté, étant donné sa taille intimidante et son poil, noir comme la nuit.

C'est ainsi que Bakchich devint le seigneur du château. Stoat était indéniablement très attaché à son chien et appréciait sa compagnie les rares soirs où il n'était pas en voyage ou à boire chez Swain. Il découvrit aussi avec délices que, contrairement à Abbie « la vaincue », la plupart des femmes adoraient câliner les gros chiens et étaient attirées par leurs maîtres. Bakchich (se vantait Palmer Stoat devant ses potes) se révéla un « maousse aimant à gonzesses ». Ça avait en tout cas marché avec Desie, qui avait craqué sur le chien séance tenante. Elle avait déduit avec une certaine naïveté que le caractère enjoué de Bakchich reflétait de manière positive celui de son maître. Un clébard aussi heureux, se fit-elle la réflexion, ne pouvait avoir été élevé que par un homme patient, affectueux et tout sauf égoïste. Desie croyait que l'animal familier d'un soupirant potentiel en disait autant sur lui que sa voiture, sa garde-robe ou sa collection de C.D. Bakchich étant un chien d'une gaieté tapageuse et d'une gentillesse à toute épreuve, il lui semblait impensable que Palmer Stoat puisse être un intrigant et une fouine de la pire espèce.

Même si Desie voyait son conjoint sous un éclairage plus sombre depuis leur mariage, son affection pour le chien n'avait fait que grandir. Et voilà qu'à présent Bakchich/McGuinn était captif d'un jeune homme à l'esprit dérangé qui pouvait, ou non, se révéler un fou dangereux, et que Desie ne réussissait pas à convaincre son époux que c'était la vérité. Plusieurs jours s'écoulèrent avant que l'enveloppe n'arrive via Federal Express, en fin d'après-midi. Desie se demanda ce que Twilly avait bien pu expédier à son incrédule de mari pour « faire en sorte qu'il le croie ». Une photo du chien, supposa-t-elle ; en situation de péril évident. Mais sous quelle forme — ligoté sur une voie de chemin de fer ? Attaché, un revolver braqué sur la tête ? Desie se rétractait devant les possibilités.

Le vol de Palmer en provenance de Tallahassee ayant du retard, il n'arriva chez lui que vers onze heures et demie, après que Desie se fut couchée. Elle l'entendit se rendre dans son fumoir, où elle avait laissé le paquet ; ouvrir le tiroir du haut de son bureau, où il conservait ses ciseaux plaqués or. Pendant quelques instants, elle n'entendit plus rien ; puis s'éleva un chevrotement bêlant qui n'avait rien de commun avec son mari, et pourtant si.

Desie se précipita dans le fumoir et le découvrit, se tenant à distance du bureau, qu'il montrait convulsivement avec les ciseaux.

— Qu'est-ce qu'il y a, Palmer ?

— Laaaaaeuhhh ! cria-t-il.

Desie s'avança pour voir ce que contenait l'enveloppe FedEx. Elle crut tout d'abord qu'il s'agissait d'une chaussette noire, fine, brillante, froissée. Mais ça n'aurait pas eu de sens. Desie ramassa la chose veloutée et, soudain, elle lui fut familière ; alors elle poussa un hurlement de son cru.

C'était l'oreille coupée d'un chien, d'un gros chien. Un gros labrador noir.

Desie lâcha la chose, qui vint atterrir comme une chauve-souris morte sur la moquette claire.

— Mon Dieu ! hoqueta-t-elle.

Son mari, tremblant et congestionné, fila dans la salle de bains. Desie, furieuse, cogna contre la porte.

— Alors tu me crois, maintenant ? lui cria-t-elle, plus fort que ses haut-le-cœur rugissants. Alors, Palmer, gros malin de mon cul ? Tu me crois maintenant, espèce de fils de pute ?

9

McGuinn manquait à Twilly. Son halètement, la tiédeur musquée que dégageait son pelage lui manquaient.

Ce n'est qu'un chien tout bête, songeait-il. J'ai passé toute mon enfance sans même un poisson rouge pour me tenir compagnie, alors pourquoi je flippe autant à propos d'un clébard ?

Depuis deux jours, Twilly Spree écumait en voiture les endroits qui lui semblaient tomber sous le sens : l'Okeechobee Road, à l'ouest du Comté de Dade, Sunrise Boulevard à Fort Lauderdale, Dixie Highway, à Miami-Nord, la Route N° 1 de Kendall Drive à Florida City. Et pendant tout ce temps, il était en manque de McGuinn.

Je m'ramollis, grommelait Twilly. Je baisse, pas de doute.

Le troisième jour, après avoir fini par trouver ce qu'il cherchait, il revint à la clinique vétérinaire. La dame en rose aux cheveux frisottés le réceptionna et l'accompagna au bureau du

Dr Whitcomb. Le vétérinaire, au téléphone, invita du geste Twilly à s'asseoir. La dame en rose ferma la porte en sortant.

À peine le Dr Whitcomb eut-il raccroché que Twilly lui disait :

— Eh bien ?

— Oui. Il faut que je vous montre.

Le véto prit un petit objet rond dans le tiroir du haut et le tendit à Twilly, qui le fit rouler dans sa paume. Voir l'objet aux rayons X était une chose, le tenir, c'était autre chose : tout le poids de la culpabilité.

C'était un œil de verre, provenant d'une tête d'animal empaillé.

— Comment votre chien a-t-il pu avaler une chose pareille ? disait le Dr Whitcomb. Vous n'avez aucune idée ?

— Ça me dépasse, mentit Twilly. Je vous l'ai déjà dit, je l'ai trouvé depuis quelques jours à peine.

— Les labradors, ça bouffe n'importe quoi, observa le véto.

— Oui.

Maintenant Twilly savait la vérité : c'était lui le responsable des maux du chien. S'il n'avait pas énucléé les animaux naturalisés de Palmer Stoat, McGuinn n'aurait pas déniché ni boulotté ces saloperies.

Twilly se demanda pourquoi Desie ne lui avait rien dit. Il aurait pu rendre le chien à Stoat s'il avait su la vérité sur l'opération. C'est pour le coup qu'il se sentit vraiment moche.

— Un œil de verre, disait le Dr Whitcomb, je vous demande un peu.

— Et il est resté coincé à l'intérieur?

— Pratiquement, oui. Mais très près de la sortie.

— Bon Dieu, fit Twilly. Il a fallu encore l'opérer, le pauvre?

— Non, Mr Spree, un laxatif a suffi.

La porte s'ouvrit à la volée et McGuinn s'introduisit dans le bureau, traînant sa laisse. Il en fit deux fois le tour, excité comme une puce, avant de venir enfouir sa truffe dans l'entrecuisse de Twilly, salutation commune aux labradors.

— Un laxatif très puissant, ajouta le Dr Whitcomb. Et à haute dose.

Twilly se surprit à serrer fortement le chien contre lui. Il sentit la langue de McGuinn, grosse comme celle d'une vache, lui badigeonner l'oreille droite de bave.

— Vous êtes sûr qu'il ira bien?

— Tout à fait bien, fit le Dr Whitcomb. Mais très bientôt il faudra lui retirer ces agrafes du ventre.

D'une liasse froissée et humide, Twilly détacha mille dollars en billets de cinquante qu'il tendit au vétérinaire.

— Non, Mr Spree, c'est beaucoup trop.

— Pas du tout.

— Mais...

— Ne discutez pas, prenez. Peut-être, la prochaine fois quelqu'un n'aura pas les moyens de payer, alors...

— C'est une bonne idée, merci, fit le Dr Whitcomb.

Il suivit Twilly et McGuinn sur le parking, où le chien pissa méthodiquement contre les pneus de cinq voitures dernier modèle, y compris celle du médecin.

— Je peux vous demander une faveur ? fit le vétérinaire. À propos de cet œil factice. Verriez-vous un inconvénient à ce que je le conserve pour ma collection, Mr Spree ?

— Ça dépend de la collection que vous faites, rétorqua Twilly.

— Des bizarreries que les chiens avalent, précisa le Dr Whitcomb. J'ai déjà des butoirs de porte, des boucles d'oreilles, des stylos-plume, des briquets, des clés de voiture. Une labrador — du nom de Rachel — a avalé un téléphone mobile ! Et le plus drôle de tout, c'est qu'il continuait à sonner dans son estomac ! C'est comme ça que ses propriétaires ont eu le fin mot de ce qui s'était passé.

Twilly prit dans sa chemise l'œil du buffle du Cap de Palmer Stoat. Et le lança au véto.

— Il est à vous, toubib.

Le Dr Whitcomb tripota le globe luisant d'un air amusé.

— Ce fou de chien. Comment pensez-vous qu'il ait mis la patte sur un truc pareil ?

Twilly haussa les épaules.

— Dingo, ce chien, fit-il.

Pourquoi ne pouvait-il s'empêcher de penser à Desie ?

À son cou, en particulier — à l'inclinaison neigeuse qui reliait son lobe emperlé à sa clavicule. Twilly avait un gros faible pour les cous féminins. La dernière fois qu'il en avait vu un d'aussi attirant que celui de Desie, ça avait failli lui coûter la vie.

Le cou en question était celui d'une certaine Lucy et Twilly ignorait tout de l'action combinée des produits pharmaceutiques, de l'alcool et des troubles cyclothymiques. Tout ce qu'il savait, c'était que Lucy avait sans conteste un cou fabuleux et qu'elle lui permettait d'y fourrer le nez à son aise. Elle fut aussi assez aimable pour le laisser coucher avec elle, ce qui signifia qu'il tomba amoureux vite fait et s'installa chez elle. Ils se connaissaient depuis seize jours.

Lucy, comme cela se révéla à l'usage, n'allait pas bien. Elle prenait des tas de remèdes en automédication et, pour faire passer le tout, avalait une rasade de gin de Bombay. Certains soirs, elle devenait une monstresse, violente, parano, à la gâchette facile. Twilly n'avait jamais connu de fille aussi folle des armes de poing. Lucy en possédait plusieurs, des semi-automatiques en majorité. « Mon père était dans la police », disait-elle en guise d'explication. Chaque fois que Twilly tombait sur l'une des armes à feu de Lucy, il l'emportait en cachette de la maison et l'expédiait dans une bouche d'égout du voisinage. Mais elle semblait en avoir toujours une autre sous la main ; où elle cachait tous ces flingues restait un mystère. Parfois elle tirait sur le téléphone, parfois sur la télévision. Une fois, elle avait shooté le moule à gaufres alors que Twilly préparait le petit déjeuner. Une autre fois, elle avait flingué son P.C. parce que l'un de ses dealers lui avait annoncé par e-mail qu'il était à court de Percocet. Ce fut le même après-midi qu'elle se précipita chez sa voisine et déquilla son ara écarlate pour l'avoir dérangée par ses caquètements pendant sa sieste (Lucy avait besoin de siestes à foison). La police emmena Lucy, mais elle ne fut pas poursuivie, car elle remboursa prestement la propriétaire affligée du volatile et consentit à suivre une psychothérapie de soutien. Les psys découvrirent en Lucy un modèle de normalité — attachante, lucide sur elle-même et repentante. Heureuse, aussi. L'une des patientes les plus heureuses qu'ils aient jamais vues. Mais bien entendu, ils n'étaient pas obligés de vivre avec elle.

Il faut porter au crédit de Lucy qu'elle n'avait jamais tenté de descendre Twilly, bien qu'à plusieurs occasions elle faillît le blesser par accident. Car, malgré sa vaste expérience du maniement des armes, elle était de façon surprenante une tireuse super naze. Cependant, au cours de ces quatorze semaines à faire dresser les cheveux sur la tête passées sous le même toit qu'elle, la peur de Twilly de se prendre une balle fut largement compensée par son appétit pour les bisous dans le cou. Ce fut là, comprit-il plus tard, un autre exemple accablant des déficiences de son jugement.

Twilly ne savait jamais quelle Lucy franchissait la porte d'entrée jusqu'à ce qu'il l'embrasse dans le cou, ce qu'il faisait toujours en premier. S'il s'agissait de Lucy la Gentille, elle se pressait contre lui en soupirant. S'il s'agissait de Lucy la Cyclothymique, elle le repoussait et traçait direct jusqu'à l'armoire à pharmacie, puis la bouteille de gin. Plus tard, un flingue chargé ou deux pouvaient entrer dans la danse. La plupart de ses petits amis se seraient tirés sagement après la première fusillade alcoolisée, mais Twilly resta. Il était épris de Lucy la Gentille. Il croyait dur comme fer qu'il réussirait à la guérir. Chaque fois que Lucy la Cyclothymique refaisait surface, Twilly se refusait à faire la seule chose de bon sens, à savoir s'enfuir comme un chat échaudé. Au lieu de ça, il prenait la scène de haut, tâchant d'apaiser, de cajoler et de *communiquer*. Il tentait toujours de faire redescendre Lucy sur terre en la raisonnant ; il désirait chèrement être celui qui la rattrapait quand elle tombait. C'est ainsi qu'il faillit perdre la vie.

Lucy travaillait dans un centre d'acupuncture, dont elle tenait la comptabilité. Un beau jour, le médecin releva une erreur — un écart mathématique minime résultant en une surestimation de trois dollars soixante des comptes fournisseurs. Le médecin en fit l'observation à Lucy, ce qu'elle jugea d'une injustice crasse ; elle arriva chez elle dans un état de rage pleurnicharde qui apprit à Twilly qu'elle s'était arrêtée en chemin pour prendre des cocktails et sniffer des lignes. Pour une fois, il eut la sagesse de ne pas fourrer son nez dans son cou. Lucy disparut dans la salle de bains et en ressortit cinq minutes plus tard, complètement nue, un flacon de comprimés vide entre les dents et un Beretta neuf millimètres dans la main droite. Twilly, se rappelant qu'elle était gauchère, recula prudemment pendant qu'elle faisait son numéro habituel à la Elvis, tirant dans la télé, la chaîne stéréo et même la machine à café. Cela nécessita moult balles, étant donné la maladresse insigne de Lucy ; il y avait cependant peu de risques que quelqu'un appelle la police, car Lucy avait eu la prévenance d'utiliser un silencieux.

Twilly était entraîné à compter les coups pour savoir quand le chargeur était vide. Son erreur, presque fatale, ce soir-là fut de supposer que Lucy était trop H.S. pour recharger. Après qu'elle se fut effondrée sur le lit, épuisée, Twilly attendit patiemment qu'elle ronflote. Puis, se glissant entre les draps, il l'entoura de ses bras et la tint comme un bébé, longtemps. Son souffle devint bientôt calme et régulier. À travers sa chemise, Twilly sentait la fraîcheur de l'acier du Beretta que Lucy continuait d'agripper à deux mains entre ses seins. Le bout du silencieux avait beau lui piquer dangereusement les côtes, Twilly n'avait pas peur. Il pensait que l'arme était vide ; il revoyait nettement Lucy presser sur la détente encore et encore, jusqu'à ce que le flingue n'émette plus qu'un clic mat. Il ignorait tout du chargeur de réserve qu'elle avait planqué dans une boîte de tampons sous le lavabo, dans la salle de bains.

C'était donc, de la part de Twilly, faire preuve d'insouciance que d'étreindre une psychotique inconsciente, l'esprit brouillé par la dope, sans lui confisquer son arme au préalable. Sa seconde erreur fut de succomber au pire moment possible à une poussée sauvage de désir. Coup de chance, Twilly, pour réconforter Lucy, avait fait en sorte que son menton à lui vienne reposer sur son épaule à elle. Il avait calculé qu'un léger mouvement de tête mettrait ses lèvres en contact direct avec son cou soyeux et nu et, ô merveille, cela se révéla vrai.

Et peut-être Twilly s'en fût-il tenu là — à savoir, s'il s'était contenté d'un bisou chaste et doux comme une plume —, n'aurait-il pas fini sur une civière aux urgences. Mais le cou de Lucy était tellement appétissant à voir que, flingue ou pas flingue, Twilly ne put résister et s'empêcher de l'embrasser. La sensation (ou peut-être le bruit de baisers trop ardents) tira Lucy de sa torpeur turbulente, pleine de gargouillis. Elle se raidit entre les bras de Twilly, ouvrit un œil injecté de sang, poussa un cri caverneux et effarouché. Puis elle pressa la détente et, sur ce, se rendormit.

La balle laboura la poitrine de Twilly, raclant

sa cage thoracique avec un bruit de percussion, avant de ressortir au-dessus de la clavicule. Le sang suinta si copieux et si noirâtre que Twilly redouta d'être mortellement blessé. Il arracha le drap de dessus du lit (non sans recoucher une Lucy totalement stone) et s'en garrotta le thorax. Puis il roula jusqu'à l'hôpital le plus proche, disant aux médecins qu'il s'était tiré dessus accidentellement en nettoyant son pistolet. Les rayons X montrèrent que la balle de Lucy avait failli sectionner la veine jugulaire — et zigouiller Twilly Spree dans le même mouvement —, la manquant d'à peine cinq centimètres.

Elle n'avait pas voulu le tuer ; elle avait paniqué, c'est tout, et était trop déchirée pour le reconnaître.

Twilly ne dit pas à Lucy ce qu'elle avait fait. Il ne retourna pas chez elle et ne la revit jamais. Plus d'une année s'était écoulée depuis l'incident et, depuis ce temps, Twilly avait évité tout contact labial avec quelque cou que ce soit, cette expérience étant liée de façon indélébile avec le canon d'un Beretta muni d'un silencieux. Même au plus fort de ses ébats amoureux, il localisait scrupuleusement ses baisers et bannissait tout projet d'incursions délicieuses dans la région de la nuque.

Et ce jusqu'à sa rencontre avec Desie. Twilly avait très envie de revoir l'intrigante Mrs Stoat, en dépit du risque immense d'être arrêté et jeté en prison. Il avait envie non seulement d'être auprès d'elle mais aussi de s'excuser d'avoir laissé les yeux de verre à la portée de McGuinn ; avait envie qu'elle sache les remords qu'il en éprouvait.

Le chien faisait le lien entre Desie et lui. Avoir le labrador avec lui regonflait le moral de Twilly et le dotait d'un semblant d'espoir. Desie était la femme d'un porc incurable, sans supplément d'âme, et alors ? Tout le monde commet des erreurs, songeait Twilly. Moi, le premier.

McGuinn sut sur-le-champ que quelque chose n'allait pas — il le flairait dans l'habitacle. Il remua sa truffe et les poils de ses jarrets se hérissèrent.

— Calmos, lui dit Twilly.

Mais le chien sauta d'un bond sur la banquette arrière dont il se mit à gratter frénétiquement le tissu.

— Arrête ça, lui dit Twilly.

McGuinn tentait de crever les coussins à coups de griffes pour atteindre le coffre.

— Non ! lui ordonna Twilly. Vilain garçon !

Il fut obligé pour finir de quitter la route et de se garer. Il attrapa le bout de la laisse de McGuinn et tira d'un coup sec.

— Tu veux aller voir ? O.K., très bien.

Twilly descendit, le chien en remorque.

— Tu vas aimer ça, mon vieux. Ça, je peux te le jurer.

Il ouvrit le coffre et McGuinn s'y précipita. Et fit machine arrière tout aussi vite, les pattes tournées en dehors, tel un élan sur une fine couche de glace. Il émit un jappement de chiot, mi-aboiement mi-gémissement.

— Je t'avais prévenu, mon couillon, dit Twilly.

À l'intérieur du coffre se trouvait la dépouille d'un labrador mort. Twilly l'avait découvert à la limite Miami Sud/Dade County, au carrefour de la 152e Rue et de la route N° 1. Une voiture l'avait heurté. Le chien était mort depuis moins de deux heures quand Twilly le repéra sur la bande médiane, l'enveloppa dans du plastique bulle et le déposa sur une couche improvisée de neige carbonique dans la voiture de location. Le chien n'était pas aussi costaud que McGuinn, mais Twilly se dit qu'il ferait l'affaire ; race et couleur du poil correspondaient.

Avant d'apercevoir le labrador noir, Twilly avait écumé trois cent cinquante bons kilomètres et dénombré trente-sept autres carcasses de chien — des corniauds, pour la plupart, mais aussi un golden retriever, deux setters irlandais, un labrador ivoire et deux Jack Russell pure race munis de colliers identiques en faux diamant. Ces derniers avaient péri côte à côte dans une zone scolaire, sur la très fréquentée Bayshore Drive de Coconut Grove. Twilly spécula qu'il aurait pu s'agir d'un double suicide si des chiens étaient capables d'un tel calcul. La preuve que leur maître était doté d'un cœur de pierre résidait dans le fait que les deux corps courts sur pattes des Jack Russell gisaient, pas ramassés, au beau milieu de la route; ils auraient facilement tenu dans un sac d'épicerie en papier kraft. Twilly prit vingt minutes pour enterrer les chiens entre les racines d'un très vieux banian. Avant ça, il avait relevé les numéros de leurs timbres antirabiques, afin qu'un jour ou l'autre — quand il en aurait le loisir — il puisse retrouver leur propriétaire — lui ou elle — et lui pourrir sa journée.

Le labrador écrasé ne portait ni timbre ni collier permettant de l'identifier. Twilly fut attristé en pensant qu'il pouvait s'agir d'un chien errant, mais il aurait été tout aussi déprimé de savoir que c'était le chouchou adoré de quelqu'un, le meilleur copain d'un enfant, le compagnon fidèle d'une veuve âgée. Un chien mort était un triste spectacle, point barre. Twilly ne se sentait pas trop le cœur de faire ce qu'il devait, mais l'animal avait dépassé de loin la capacité de souffrir et c'était pour une juste cause.

McGuinn allait et venait derrière la voiture. Il gémissait, l'oreille basse, et tous les trois, quatre pas, jetait avec appréhension un coup d'œil vers le coffre, comme s'il s'attendait à ce que son congénère trépassé lui saute à la gorge. Twilly le calma et le fit remonter à l'avant. En guise de précaution supplémentaire, Twilly attacha la laisse au volant. Puis il revint à l'arrière, ouvrit son couteau de poche, un magnifique Al Mar du Japon de six centimètres, dont la lame était assez vicelarde pour ébarber un sapin de Noël.

Twilly se réjouit que le chien mort eût les

yeux clos. Il caressa sa tête soyeuse en lui disant :

— Mieux vaut moi que ces saloperies de busards.

Il fourra ensuite l'oreille tranchée dans sa poche revolver et roula dans Miami jusqu'à ce qu'il aperçoive une camionnette FedEx sur la voie express Don Shula. Pour deux cents dollars de pourboire, le chauffeur fut ravi de s'arrêter pour se charger d'une livraison imprévue.

10

Le jacuzzi géant se trouvait à l'extérieur, sur le balcon tarabiscoté du condo avec vue sur la mer de Robert Clapley. Tous quatre se dévêtirent et se glissèrent dans l'eau — Clapley, Katya, Tish et Palmer Stoat, qui eut besoin de trois cognacs pour se détendre. Stoat avait honte de sa rondouillardise et un peu peur des deux Barbie ; il aurait mieux aimé que Clapley n'entre pas dans les détails.

— Des jumelles ! avait dit Clapley en pouffant.

— Sans blague.

— De vraies jumelles — à la Noël prochain !

— Elles parlent anglais, Bob ?

— Presque pas, merde, avait répliqué Clapley, et j'entends bien que ça dure.

À présent, l'une des deux Barbie tentait de chevaucher Stoat dans un tourbillon embaumé sous les étoiles des tropiques et ce dernier se surprit à jeter un coup d'œil sous ses seins plantureux, qui surnageaient, pour déceler des cicatrices de chirurgie plastique révélatrices. Peu à peu, le cognac exerça son effet calmant.

— À Moscou, disait Clapley, il existe une école qui leur enseigne à devenir des fellatrices de classe internationale.

— Des quoi ?

— Des artistes de la pipe, expliqua Clapley. Cette école existe pour de bon — tu entends ce que je dis ?

— Mais oui, je t'entends, répondit Stoat, songeant à part lui : on doit t'entendre d'ici à St. Augustine, ducon.

Robert Clapley avait le verbe haut quand il se trouvait sous la double influence de la coke et de l'alcool.

— J'aimerais bien assister aux examens de fin d'année ! fit-il avec un grognement salace. Et leur décerner personnellement des mentions...

— C'est laquelle, la Russe ? s'enquit Stoat.

Clapley désigna la Barbie qui s'efforçait de ceinturer Stoat de ses jambes.

— La tienne ! fit-il. Vieux chien lubrique.

— Et... elle... est... allée... dans... cette... « école » ?

— C'est elle qui m'a tout raconté. Pas vrai, Katya ? Montre à Mr Stoat ce qu'on t'a appris.

— Moi aussi ! s'écria Tish.

Sa vaste poitrine ouvrit un sillage digne d'un crevettier pendant qu'elle pataugeait à travers le baquet pour rejoindre sa future jumelle. Elles écartèrent les jambes de Stoat et s'insinuèrent entre elles en jouant joyeusement des coudes.

— Vraiment, Bob, fit-il.

— Je devrais aller chercher le caméscope ! s'esclaffa Robert Clapley.

— Pas si tu ne veux pas le voir réduit en miettes.

En temps normal, Stoat était plutôt beau joueur, mais pas ce soir. Desie lui prenait la tête ; et aussi l'oreille de chien coupée qu'on lui avait livrée par FedEx.

— T'as besoin de te relaxer, mecton, dit Clapley.

— Je suis passé rien que pour parler bizness, Bob. Je ne comptais pas prolonger la soirée.

— Merde, on peut bavarder plus tard. Combien de fois dans sa vie un type a la chance de se faire sucer par deux poupées simili-jumelles d'un mètre quatre-vingts ? Je devine que ça t'arrive pas toutes les semaines, Palmer, ce genre d'événement, alors ferme-la une bonne fois et profite. Faut que je passe deux, trois coups de bigo.

Clapley sortit du jacuzzi avec agilité. Stoat l'entendait parler au téléphone, sans arriver à l'apercevoir par-dessus la tête des deux Barbie, car sur chacune étaient empilés trente bons centimètres de crinière décolorée et brillante. Les filles tiraillèrent, caressèrent et titillèrent tant et si bien Palmer Stoat que, finalement, ne désirant pas jouer à l'hôte ingrat, il ferma les yeux et se soumit. Il goûta le moment, mais pas au point d'oublier le motif de sa venue.

Quand Clapley cessa sa téléphonite, les Barbie avaient fini leur ouvrage, déserté le baquet et étaient sous la douche. Stoat flottait sur le dos, jambes écartées, comme une grenouille. Il faisait mine de contempler les étoiles.

— Ça t'a plu ce sandwich gémellaire ? fit Clapley.

Stoat eut un petit sifflet connaisseur.

— Du sucre blond, comme dans la chanson [1].

— Oui, mon frère.

Clapley était trop beurré pour contester la citation.

— Écoute, je sais pourquoi tu es ici.

Stoat rectifia lentement sa position, fourrant ses genoux rosâtres sous lui. Comment Robert Clapley pouvait-il être au courant ! Était-il possible, se demandait Stoat, que le dognappeur, ce fou furieux, mutilateur d'oreille, ait contacté son client ?

— Je crois que je te dois encore un peu de fric, fit Clapley.

— Oui, plutôt, fit Stoat, fort soulagé.

Ils gagnèrent le fumoir, ceints tous deux de grandes serviettes-éponges avec mules assorties. Clapley s'installa derrière son bureau à plateau de verre et ouvrit son chéquier.

— Ça m'est complètement sorti de la tête, la dernière fois que tu es venu, dit-il.

— Il n'y a pas de mal, Bob.

1. Confusion sur la chanson des Rolling Stones, *Blond Sugar* pour *Brown Sugar*.

— Quel chiffre... au fait ?

— Cinquante mille, répliqua Stoat, songeant : connard. Tu le sais foutrement bien.

— Cinquante ? Mazette, ça fait une chiée de cartouches.

Clapley faisait allusion par là à la partie de chasse aux tourterelles. Ça, plus la récréation coquine avec les Barbie, visait à lui extorquer une ristourne, en conclut Stoat. Eh bien, mon p'tit Bobby, tu peux toujours te brosser.

Robert Clapley patienta quelques secondes, mais Stoat garda son air alléché.

— Bon, va pour cinquante, fit Clapley en s'efforçant de rester aimable.

Palmer Stoat se régala de le regarder rédiger le chèque. La déconfiture de Clapley était manifeste et Stoat ne voyait aucun inconvénient à la prolonger. Un principe important était en jeu ; une question de respect. Stoat se considérait comme un professionnel, et un lobbyiste pro ne tolérait pas qu'on le fasse lanterner pour ses honoraires, en tout cas pas un ex-contrebandier à figure de bébé, fétichiste des poupées Barbie. Stoat s'était rendu au condo de Clapley dans l'intention de l'avertir d'un écueil temporaire concernant le financement du pont de l'île aux Crapauds. Stoat s'était préparé à laisser Clapley lui retenir le solde de ses honoraires jusqu'à ce que la crise créée par ce dognappeur adepte de l'extorsion soit résolue. Mais Clapley avait tellement contrarié Stoat par sa radinerie saintenitouche — « ... quel chiffre... au fait ? » — que ce dernier avait changé d'avis à propos du fric. Il l'empocherait sans mot dire. En outre, si Desie le quittait — comme elle avait menacé de le faire si Palmer n'en passait pas par les exigences du dognappeur —, il aurait besoin de ces cinquante autres mille dollars (et plus encore) pour les avocats du divorce.

— Et voilà, fit Clapley, en recapuchonnant son Mont Blanc et faisant glisser le chèque vers Stoat.

— Merci, Bob, fit-il avec un sourire qu'on aurait pu prendre pour argent comptant.

Il ne se précipita pas sur le chèque qu'il laissa reposer sur le plateau de verre du bureau.

— Dick avait raison à ton sujet, fit Clapley.

— Dick a ses bons côtés.

— Bon, quand est-il censé signer le budget ?

— Dans une à deux semaines, je pense, fit Stoat.

— Fan-tas-ti-que. Plus vite on pourra démarrer le nouveau pont, plus vite je pourrai faire pousser des maisons témoins.

L'une des Barbie entra, chargée d'un plateau avec deux cognacs et deux gros cigares. Elle portait une guêpière rouge sang avec des balconnets en dentelle. Clapley siffla quand elle se pencha pour déposer les verres.

— Merci, *chérie,* fit-il d'un ton concupiscent. Puis se tournant vers Palmer Stoat : Au fait, ça t'a plu cette double bouffarde dans le jacuzzi ?

— Super, fit Stoat, qui songea : bordel,

combien de fois faudra-t-il que je me répète ? L'une des pipes les plus fabuleuses de tous les temps, Bob.

— Et tout ça parce qu'elle a bossé dur dans cette école. Tu sais ce qu'on dit, Palmer : « Quel terrible gâchis on peut faire avec une langue. »

Clapley cligna de l'œil à la Barbie qui se retirait et qui lui répondit par un bye-bye coquin de la main.

Une fois qu'elle eut refermé la porte, il dit :

— C'était Katya. Je rêve du jour où je ne pourrai plus les distinguer l'une de l'autre.

— Ça ne devrait plus tarder maintenant, fit Stoat, d'un air encourageant.

Ils sacrifièrent en silence au rituel en coupant le bout de leur cigare avant de l'allumer. Puis Robert Clapley leva son verre pour porter un toast.

— À l'île aux Puffins, dit-il.

— Amen, répondit Palmer Stoat.

— Et aux amis de bonne compagnie.

— Les meilleurs, Bob.

Ils sirotèrent le cognac tout en soufflant des ronds de fumée vers le plafond. Clapley raconta une blague salace sur un rabbin myope. Stoat en raconta une sur une majorette presbyte. Clapley releva son verre.

— Et qu'on refasse des affaires ensemble un de ces jours, toi et moi.

— Quand tu veux, fit Stoat, songeant : ça sera plus tôt que tu ne penses, ducon.

À peine Palmer parti à Palm Beach, Desie ouvrit le freezer et en sortit la poche en plastique contenant l'oreille de chien. Elle l'examina avec un mélange de répulsion et de curiosité scientifique. L'oreille ne lui parut pas assez grande pour être l'une de celles de Bakchich, mais elle n'en aurait pas juré. Qu'elle ait appartenu à un gros chien noir était indiscutable. S'il advenait que ce chien soit le sien, alors Twilly Spree était un sauvage, un monstre, et Desie s'était affreusement trompée sur son compte.

Sa propre responsabilité dans ce « crime » était une humiliation supplémentaire. Après tout, c'était elle qui avait raconté à Twilly ce qui se tramait sur l'île aux Crapauds ; c'était elle qui lui avait mis en tête l'idée folle de sauver l'endroit. Et pourquoi ? Parce qu'elle avait eu envie de voir le visage de son mari perdre de sa morgue, d'évaluer la réaction de Palmer quand l'une de ses superbes magouilles allait à vau-l'eau. Mais comment aurait-elle pu se douter que le jeune Twilly Spree pousserait le bouchon aussi loin ?

Desie remit l'oreille de chien au freezer — la dissimulant derrière deux litres de crème glacée rhum raisin — et alla se faire couler un bain chaud. À midi, la bonne frappa à la porte en disant qu'un « Mister Ezra Pound » était au téléphone. Desie demanda à la bonne de lui passer le mobile.

Elle entendit la voix de Twilly au bout du fil.

— Bon, alors il y croit maintenant ?

— Je dirais que oui, vu comment il a rendu son dîner. Où êtes-vous donc ?

— Pas très loin.

— Dites-moi, s'il vous plaît, que ce n'est pas l'oreille de Bakchich.

— Son nom, c'est McGuinn, vous vous souvenez ?

— Mais ce n'est pas son oreille, hein ? Mon Dieu, ne me dites pas que vous avez tranché l'oreille de ce pauvre chien. Pas à cause d'un tas de crapauds crevés.

— Non. Jamais je ne ferais une chose pareille, dit Twilly.

— Je le *savais.*

— Il ne s'agit pas de crapauds, mais de dévastation. Nous avons affaire à un crime impardonnable, d'une immoralité totale.

Twilly poussa un soupir de frustration.

— Ça vous arrive de lire les journaux, Mrs Stoat ? Vous ne voyez pas qui mène la danse ?

— On se calme, fit Desie.

La dernière chose qu'elle désirait, c'était bien de l'encourager.

— Et maintenant, j'ai une question à vous poser, fit Twilly. Pourquoi ne m'avez-vous pas dit la vérité sur votre chien ?

— Euh-oh, fit Desie.

Twilly lui narra sa visite chez le vétérinaire et la récupération déplaisante de l'œil de verre du buffle.

— Ce n'est pas votre faute. Il mangerait n'importe quoi, fit Desie.

— C'est *à coup sûr* ma faute.

— Il se porte comment à présent ? C'est ça, l'important.

— Ça a l'air d'aller, dit Twilly. Mais vous lui manquez.

— Il me manque à moi aussi.

— Il vous manque beaucoup ? demanda Twilly. Ce que je veux dire, c'est : vous avez envie de le revoir ?

— Oui !

— Comme ça vous pourrez compter ses oreilles. Et voir par vous-même que je ne débite pas les chiens en rondelles.

— Bien sûr que j'ai envie de le revoir.

Desie sortit de l'eau et enfila un peignoir, changeant le téléphone de main.

— Où êtes-vous en ce moment ? redemanda-t-elle à Twilly.

— Mais ne dites rien à votre enfoiré de mari, d'accord ? Il faut qu'il croie que c'est bien l'oreille de McGuinn, ou le plan tombe à l'eau. Vous me le promettez ? Parce que si Palmer découvre la vérité, vous comme lui pourrez dire adieu à votre chien. Je ne lui ferai pas de mal, Mrs Stoat. Je suis sûr que vous vous en doutez déjà. Mais je jure devant Dieu que vous ne le reverrez jamais.

Desie savait qu'il ne bluffait pas et que, assez furieux pour châtier son mari, il ne s'en tiendrait pas à l'enlèvement de son chien.

— Twilly, dit-elle, je ne lui dirai rien pour l'oreille. Écoutez, je vous ai fait confiance. À votre tour.

Toute ruisselante de son bain, elle gagna la cuisine à pas feutrés et prit un bloc-notes. Twilly l'obligea à relire ses indications, une fois qu'elle les eut jetées sur le papier.

— Vous voulez que je vous apporte quelque chose ? fit-elle.

Il y eut un blanc sur la ligne.

— Oui, un livre.

— De poésie ? demanda Desie, repensant à son utilisation d'Ezra Pound comme paravent.

— Je ne suis pas d'humeur. Mais un bouquin de John D. MacDonald, ça serait fantastique. Et des Tic Tac. À la menthe, si c'est pas trop vous demander.

Desie se surprit à sourire.

— Ça ira, fit-elle.

Quelque chose effleura ses orteils nus et elle sursauta — c'était seulement la bonne épongeant avec zèle le carrelage de la cuisine qu'elle trempait.

— Comment savez-vous que je manque à McGuinn ?

— Parfois, il a le blues, fit Twilly.

— Peut-être que c'est Palmer qui lui manque.

— Soyez sérieuse. À plus.

— Attendez. Pour en revenir à cette oreille — qu'est-ce que j'en fais ?

— Ce que vous voudrez, fit Twilly. Accrochez-la au sapin de Noël, pour ce que j'en ai à foutre. Ou clouez-la au mur avec le reste des animaux en morceaux de votre mari.

Desie se dit : Houlà, il est d'une humeur de chiottes.

— Simple curiosité, si ce n'est pas celle de Bakchich..., fit-elle.

— McGuinn !

— Pardon. Si ce n'est pas l'oreille de *McGuinn...*

— Ça n'est pas elle. Je croyais vous l'avoir dit.

— Oui, bien sûr, fit Desie. C'est pourquoi je ne peux pas m'empêcher d'être curieuse. On le serait à moins — quand un article de ce genre atterrit sur son paillasson. Mais je suis en train de me dire : « Ai-je vraiment envie d'en connaître la provenance ? »

— Non, conclut Twilly Spree. En aucun cas.

Dick Artemus connaissait Palmer Stoat depuis trois ans. Ils s'étaient rencontrés la première fois lors d'une partie de chasse à la caille, dans une plantation de Thomasville, Géorgie, de l'autre côté de la frontière, en venant de Tallahassee. À l'époque, Dick Artemus était maire de Jacksonville et aussi le propriétaire multimilliardaire de sept concessions Toyota, toutes prospères. Pour les raisons habituelles, il décida qu'il lui fallait devenir gouverneur de Floride et entreprit avec méthode de s'attirer les bonnes grâces de tous les acteurs politiques majeurs de l'État. L'un d'eux était Palmer Stoat, le lobbyiste bien connu, médiateur ès problèmes et forgeur de deals sous le manteau.

Stoat avait été partagé à l'idée de rencontrer Dick Artemus : il avait acquis récemment un 4 × 4 Toyota qui ne lui avait occasionné que des déboires. L'une des vitres actionnées électriquement fit long feu, le lecteur de C.D. s'enraya sur Cat Stevens et les quatre roues motrices ne fonctionnaient qu'en marche arrière. L'attention de Dick Artemus fut attirée sur ces inconvénients par l'une de leurs relations communes et, deux jours plus tard, un camion à plateau transportant un 4 × 4 flambant neuf s'arrêtait dans l'allée de Palmer. Le lendemain matin, Stoat affrétait un avion pour Thomasville.

Les cailles étaient très rapides mais il se débrouilla pour faire mouche sur quelques-unes. Une autre surprise agréable fut Dick Artemus, qui se révéla beau parleur, suffisamment charmant et présentable, avec sa denture d'une perfection obligée et sa crinière argentée. L'homme pouvait vraiment emporter le morceau, estima Palmer Stoat — Artemus avait dix centimètres de plus et était dix fois mieux physiquement que n'importe quel Démocrate.

Dans la profession de Stoat, il était malavisé de choisir son camp (parce que le flux et le reflux des courants politiques demeuraient imprévisibles), mais il s'arrangea, dans la discrétion, pour introduire Dick Artemus auprès des bailleurs de fonds de campagne les plus importants, dont la plupart, comme par hasard, étaient les clients de Stoat dans les domaines de l'industrie, la promotion immobilière et l'agriculture. Le nabab de l'automobile, présentant bien, les impressionna favorablement. En plein été, deux mois avant les primaires républicaines, Dick Artemus avait collecté plus de quatre millions de dollars de contributions, à l'origine d'une traçabilité parfaite et même légale pour la plupart. Il alla son chemin et remporta l'élection avec une confortable marge de deux cent mille voix.

Dick Artemus n'oublia jamais la valeur des conseils initiaux de Palmer Stoat parce que ce dernier fit en sorte qu'il ne l'oublie pas. D'ordinaire, c'était le lobbyiste qui avait besoin d'un service, mais il arrivait que ce soit le gouverneur qui passe un coup de fil. Les deux hommes mirent la pédale douce sur les week-ends de chasse, d'accord qu'ils étaient sur l'imprudence qu'il y aurait à se montrer ensemble. Stoat ne pouvait se payer le luxe de foutre en rogne les Démocrates tandis que Dick Artemus ne pouvait se payer celui d'être étiqueté comme comparse d'un lobbyiste mielleux et affairiste patenté. Leurs relations restèrent sur un plan amical, sinon intime. Quand (moins d'une année plus tard !) Palmer Stoat revendit sa Toyota pour une Range Rover neuve, Dick Artemus ravala diplomatiquement sa déception. Il devait se soucier de sa réélection ; et il aurait besoin des relations de Stoat.

Donc, le gouverneur répondit naturellement oui quand Palmer appela pour obtenir un rendez-vous seul à seul, ce qui était rare. Lisa June Peterson, l'assistante qui prit la communication, sut qu'il s'agissait d'une affaire sérieuse car Stoat ne flirta pas avec elle au téléphone en l'invitant à prendre un verre ou en lui demandant sa taille pour qu'il puisse lui rapporter une petite robe de son prochain voyage à Milan. Non, Palmer Stoat, à sa voix, était plus tendu et plus anxieux que Lisa June Peterson ne l'avait jamais ouï.

Dick Artemus organisa un de ses célèbres déjeuners privés à la résidence du gouverneur et s'assura que Palmer Stoat entre par la porte de service, pour qu'il ne soit vu ni des journalistes ni des visiteurs. Au menu figurait un sauté de bébés homards, dont la possession était tout à fait illégale, que la patrouille maritime de Key Largo avait confisqués à des braconniers et qu'un hélicoptère de fonction avait livrés à Tallahassee. (Quiconque posait des questions se voyait répondre que les crustacés en dessous de la taille réglementaire étaient destinés à la cuisine d'un orphelinat religieux et que, en certaines — et peu fréquentes — occasions, quand le gouverneur avait une obligation dînatoire prioritaire, par exemple, cet acte de charité chrétienne passait à l'as.)

Les homards étaient si coriaces que Palmer

Stoat renonça immédiatement à la fourchette et les attaqua avec ses doigts. Dick Artemus ne put s'empêcher de noter comment Stoat empilait délicatement les carapaces vides sur l'assiette à beurre, un déploiement de méticulosité qui contrastait étrangement avec sa dégoulinante façon de mâcher.

— Le pont, dit Stoat après son second verre de vin.

— Quel pont ?

— Celui de l'île aux Crapauds. Le projet Puffins.

Stoat avait un bébé homard fiché dans chaque joue. Couperosé et les yeux exorbités, ça le rendait semblable à un mérou.

— C'est quoi le problème, Palmer ? fit Dick Artemus. Le financement de ce pont figure au budget — c'est une affaire réglée.

— Eh bien, j'ai besoin que tu dérègles tout ça.

— C'est une blague ?

— Non, fit Stoat. Une question de vie ou de mort.

— Ce n'est pas une assez bonne raison, fit le gouverneur.

— Il faut que tu opposes ton veto à ce pont, Dick.

— Tu as complètement perdu la tête.

— Non, écoute-moi.

Palmer Stoat essuya ses mains luisantes de beurre sur la serviette en lin et éclusa le reste du vin. Alors, il exposa à Dick Artemus toute l'histoire : le chien disparu ; le fou furieux qui était entré chez lui par effraction, avait volé Bakchich et juré d'assassiner l'animal si Robert Clapley obtenait ce nouveau pont ; Desie qui menaçait, elle, de le quitter s'il ne faisait pas ce qu'exigeait le dognappeur ; le fait qu'il n'avait les moyens ni de s'offrir un autre divorce coûteux, ni de se permettre qu'un épisode aussi humiliant s'étale dans les journaux et à la télévision ; et pour finir, son amour pour ce grand concon de toutou dont il ne voulait pas la mort.

Le gouverneur lui répondit dans un murmure désappointé.

— C'est cet enfoiré de Willie Vasquez-Washington, hein ? Il veut autre chose de moi.

Palmer Stoat se leva de sa chaise.

— Tu crois que j'irais inventer un truc comme ça — un dognapping, bordel ! — comme paravent de la rapacité d'un suce-bite à deux balles comme Willie ? Il ne représente rien pour moi, Dick, c'est qu'une chiure de moustique sur le pare-brise de la vie, putain !

— O.K. Mets une sourdine.

Trois cents louveteaux visitaient le palais du gouverneur et Dick Artemus préférait épargner à leurs chastes oreilles les braiements obscènes de Stoat.

— C'est ma réputation qui est en jeu, continua Stoat. Mon mariage, ma situation financière, mon avenir tout entier...

— C'est quel genre de chien ? demanda le gouverneur.

— Un labrador noir.

Dick Artemus eut un sourire fondant de tendresse.

— Ah, ce sont des super chiens. J'en ai eu trois.

— Alors tu sais, dit Stoat.

— Ouais, ouais. J'adore ces chiens de chasse, Palmer, mais je n'aurais pas gelé un projet de travaux publics de vingt-huit millions de dollars pour l'un d'eux. Enfin, il y a amour et amour.

Le gouverneur leva les mains.

— Je ne parle pas d'*enterrer* le projet du pont, mon ami, fit Stoat. Tu n'auras qu'à signer de ton veto la ligne budgétaire, la semaine prochaine. Peut-être que Clapley hurlera et tempêtera un petit moment. *Idem* pour Roothaus. Mon fêlé de dognappeur lira dans les journaux que l'opération Puffins est soudainement mort-née, il libérera Bakchich et tout baignera pile poil.

— Bakchich ? fit Dick Artemus, narquois.

— C'est son nom — et une longue histoire. Bref, à peine je récupère mon chien, voici ce qu'il te restera à faire, Dick. Tu reconvoqueras le corps législatif au grand complet à Tallahassee pour une séance spéciale.

— Rien que pour un pont ? Tu ne parles pas sérieusement. La presse va me massacrer.

Dans son agitation, Stoat tendit la main vers une nouvelle bouteille de vin.

— Dick, pour citer les paroles immortelles de Jethro Tull, t'es parfois *bouché à l'armurerie*[1].

Le gouverneur jeta un coup d'œil à sa montre.

— Et si on arrêtait de tourner autour du pot, dit-il.

— D'accord, dit Stoat. Tu ne vas pas convoquer une séance spéciale pour une saleté de pont, mais pour *le scolaire*. Tu n'es pas content de la façon dont tes collègues de la Chambre et du Sénat ont taillé dans ton enveloppe pour l'éducation...

— Ce qui est la stricte vérité.

— ... par conséquent, tu les reconvoques à Tallahassee pour finir le boulot, dans l'intérêt de tous les enfants de Floride. Tu diras qu'ils méritent des salles de classe plus grandes, davantage de professeurs, plus de livres neufs, etc. Tu me suis ?

Le gouverneur eut un grand sourire.

— Laisse-moi deviner. Robert Clapley a l'intention de construire une école publique sur l'île aux Puffins.

— Je m'attends à le trouver ouvert à cette idée, oui.

— Mais les cars scolaires sont des véhicules pesant leur poids, n'est-ce pas ?

1. Nouvelle confusion : le *thick as a brick* devient *thick as a stick* dans sa bouche.

— En particulier quand ils sont pleins à craquer, c'est absolument vrai.

Palmer Stoat était ravi. Dick Artemus n'était pas encore un cas désespéré.

— On ne peut pas laisser un car, chargé d'innocents petits enfants, traverser la baie dans les deux sens sur un vieux pont branlant.

— Bien trop dangereux, approuva le gouverneur.

— Diablement risqué. Et comment peut-on chiffrer la sécurité d'un enfant ?

— Impossible, acheva Dick Artemus.

La voix de Stoat adopta les accents mélodramatiques propres à l'occasion.

— Essayez d'aller dire à Papa et Maman Tartempion que leur rejeton, le petit Jimmy, ne mérite pas un nouveau pont solide pour son premier trajet en car jusqu'à l'école primaire des Puffins. Voyez s'ils pensent que vingt-huit millions de dollars, c'est trop cher payé...

Les yeux du gouverneur étaient pleins de petites étoiles.

— Tu es un pur génie, Palmer.

— Pas si vite. On a encore des tonnes de coups de fil à passer.

Le gouverneur dressa un sourcil.

— Comment ça, on ?

— Et merde, Dick, tu *disais* que tu aimais les chiens.

C'est de la folie, songea Dick Artemus, de la dinguerie pure. Qu'il envisageât d'exécuter un plan pareil lui faisait mesurer combien il tenait désespérément à conserver Palmer Stoat dans son camp.

— Je suppose, fit le gouverneur, que Bob Clapley marche avec nous dans cette absurdité.

— Oh, Clapley, je m'en charge, fit Stoat avec un geste désinvolte de la main. Il se fout de la façon d'obtenir son pont tant qu'il l'obtient. Ne t'inquiète pas pour Clapley.

— Très bien, alors.

— En fait, je vais garder mes distances avec lui jusqu'à ce qu'on ait aplani tout ça.

— C'est toi le chef, Palmer.

Ils parlèrent alors basket, chasse et femmes jusqu'à la fin du dessert, une tarte maison à la noix de pécan, surmontée d'une boule de glace vanille. Stoat enfilait son manteau quand le gouverneur lui demanda :

— Ton givré de dognappeur — comment sais-tu qu'il ne te raconte pas des salades ?

— Parce qu'il m'a envoyé une saloperie d'oreille, voilà comment, dit Stoat. Une oreille de chien, vraie de vraie.

Le gouverneur tombait des nues.

— Du tien ?

— Je n'en suis pas sûr, mais c'est très possible, admit Stoat ; même si ce n'est pas celle de Bakchich, tu vois à quoi je suis confronté. Il a tranché ce machin sur un chien, *n'importe quel* chien, *n'importe où.* Point barre. Une véritable oreille, Dick, qu'il m'a envoyée via Federal

Express, putain. Donc, tu peux te faire une idée de ce à quoi on a affaire.

— Oui. Je vois le topo.

Le gouverneur avait l'air secoué. Il songea : *On ?* C'est encore reparti pour un tour ?

11

Palmer emmena Desie dans un restaurant de fruits de mer sur Las Olas Boulevard, où sa façon de se tenir à table la dérangea au point qu'elle avala à peine une bouchée. Il avait commandé deux douzaines d'huîtres et les goba avec une exubérance telle, toutes sifflantes dehors, qu'il avait, de dégoût, réduit les clients des tables voisines au silence. À présent, Palmer disposait les coquilles vides sur le pourtour de l'assiette en six piles identiques de quatre. Il n'arrêtait pas de bavarder, ne prenant apparemment pas conscience de la perversité de son rangement. Desie était aussi perplexe qu'embarrassée. N'était-ce pas là le même gros dégoûtant qui, en route pour le restau, avait balancé un gobelet de café vide et trois poignées de fatras publicitaire par la portière de la Range Rover? Si Desie ne connaissait pas l'appellation clinique du mal dont souffrait son mari, les symptômes ne faisaient pas dans la dentelle; tout ce qu'il ne pouvait manger, boire ou réorganiser se faisait éjecter.

— Tu ne m'écoutes pas, dit Palmer Stoat.

— Pardon.

— Qu'est-ce que tu regardes comme ça ?

— Rien.

— Il n'est pas bon, ton cabillaud ?

— Si, Palmer. Continue, raconte-moi ce que Dick t'a dit.

— Il m'a dit qu'il va le faire.

— Tu es sérieux ?

Desie avait supposé qu'il n'y avait aucune chance.

— Pour moi, il le fera, fit Stoat avec suffisance. Il va enterrer le pont.

— C'est fantastique.

— Ouais, enfin, ça me coûtera un max. Bob Clapley va vouloir mes couilles sur un plateau avant d'en avoir vu la fin et il ne sera pas le seul. Vingt-huit millions de dollars peuvent te valoir une armée d'ennemis, Desie.

— Qu'est-ce qui est le plus important à tes yeux — un parcours de golf stupide de plus ou sauver la vie de ton chien ?

— Ça va, ça va. Et quand le récupère-t-on, notre gros pépère ?

— Quand le veto contre le pont fera la une des journaux. Alors seulement, le kidnappeur relâchera Bakchich. Il m'a dit qu'il garderait le contact avec nous, entre-temps.

— Formidable, dit Stoat qui réclama l'addition d'un geste. Dommage que tu ne saches pas son nom.

— C'est un criminel, Palmer. Pas le genre à distribuer sa carte.

Desie ne comprenait pas pourquoi elle continuait à protéger Twilly Spree, mais il n'était plus temps de modifier sa version de l'histoire.

— Simple curiosité, dit Stoat. Faut que ce soit quelqu'un qui me connaisse. Quelqu'un à qui j'ai fichu les boules, quelque part en amont. Et à qui j'ai fichu *salement* les boules pour qu'il entre par effraction chez moi et chourave mon labrador.

— Quelle différence ? dit-elle. Tu m'as dit que tout était réglé. Le gouverneur Dick va faire ce que tu lui as demandé, puis on récupérera Bakchich et tout ce bin's sera derrière nous. Non ?

— Ça devrait marcher comme ça, répondit son mari. Puis, se tournant vers le serveur, il ajouta : Pouvez-vous veiller à ce que le plat de ma femme ne figure pas sur l'addition ? Son cabillaud était cramé par un trop long séjour au congélo, elle n'a pas réussi à le manger.

— Par pitié, fit Desie.

Pendant le trajet de retour, Palmer glissa sa main libre sous sa jupe.

— T'es fière de moi ? lui demanda-t-il.

— Oui, fit-elle en serrant involontairement les cuisses.

— Fière comment ?

Desie se sentit un poids sur le cœur. Elle

garda les yeux fixés droit devant elle, comme si elle s'intéressait à la circulation.

— Assez fière pour un petit tu-sais-quoi ?

— Palmer.

Mais elle était pétrie de culpabilité. Elle ferait bien sûr l'amour avec lui ce soir — après ce qu'il avait fait pour le chien, comment pourrait-elle lui dire non ?

— Ça va faire quinze jours sans, remarqua-t-il.

— Je sais. Quinze jours plutôt coton.

— Pour nous deux, ma chérie. Alors qu'en dis-tu ? Bougies au lilas, bouteille de vin français...

— M'a l'air tentant, dit Desie.

— ... et peut-être une cuillerée de poudre de rhino pour un petit extra super chaud.

— Non !

— Voyons, Desie.

— Pas question, Palmer. *Pas question !*

Elle retira la main de Palmer de sa culotte en lui disant de penser à conduire. Il fallut trois feux tricolores pour que Stoat se ressaisisse et se reconcentre sur l'opération sauvetage.

— Tu as raison, dit-il. Oublie la poudre, oublie même que je t'en ai parlé. Excuse-moi.

— Promets-moi que tu vas la jeter.

— Promis, mentit Stoat.

Il songeait déjà à l'intrigante call-girl qu'il avait rencontrée l'autre soir chez Swain, celle qui ne baisait qu'avec des Républicains. *Elle,* à coup sûr, n'aurait pas de scrupules gauchisants à propos d'aphrodisiaques concoctés à partir d'espèces en voie de disparition. Pas plus que Roberta, la blonde aux prodigieux implants et aux idées larges qui accompagnait à l'occasion Stoat dans ses voyages. Contre la promesse de nouveaux et meilleurs orgasmes, Roberta aurait tué le rhinocéros de ses propres mains.

Mais à sa femme, Stoat déclara :

— Je balancerai la poudre en me levant, dès demain matin.

— Merci.

Puis il ajouta avec un regard en biais :

— Est-ce que ça signifie que tu es toujours partante pour tout à l'heure ?

— Je suppose.

Desie tourna la tête, faisant mine de passer en revue les bikinis exposés dans la vitrine d'une boutique d'articles de plage. Elle sentit le retour arachnéen des doigts de Palmer entre ses cuisses. Où il les laissa à demeure après que le feu fut repassé au vert.

— Tu es telle... ment sublime..., ce soir, fit-il. Je suis impatient de voir les polas !

Pitié, songea Desie. Rebelote pour le numéro de l'appareil photo.

— Palmer, je ne suis vraiment pas d'humeur pour ça.

— Depuis quand ? Allez, chérie, apprends à lâcher prise.

Stoat s'arrêta dans une supérette où il acheta trois rouleaux de film polaroïd. Il déchira compulsivement les boîtes dans l'habitacle et les jeta, une fois vides, sur le parking. Desie descendit et les récupéra jusqu'à la dernière, à la grande consternation de son mari.

— Qu'est-ce qui te prend ? lui demanda-t-il.

— Occupe-toi de conduire, lui dit-elle. Et ramène-moi à la maison.

Qu'on en finisse une bonne fois pour toutes.

Ce soir-là, un policier arrêta Twilly Spree sur la route A1A dans la communauté des « pigeons venus du froid » de Lauderdale-sur-Mer. Twilly songea qu'il en connaissait le pourquoi : un nouvel incident avait eu lieu, dû à la mauvaise gestion de son agressivité, impliquant cette fois quatre étudiants, deux moyens de navigation privés et une grande quantité de bière ingurgitée.

C'était arrivé après que Twilly eut rendu la Chevrolet Corsica louée et transféré McGuinn dans son pick-up. Twilly s'occupait de ses oignons, patientant en pleine file après le pont-bascule de Commercial Boulevard, quand il remarqua deux scooters des mers sillonnant à tout berzingue l'Intracoastal Waterway. L'un d'eux était blanc à rayures bleu vif, l'autre blanc à rayures rouges, et chacun chevauché par un couple assorti — un jeune mâle frimeur tenait le guidon, une jeune nana en croupe derrière lui le ceinturant de ses bras. Ils sautaient dans le sillage des yachts, klaxonnaient après les voiliers, éclaboussaient les pêcheurs de mulets, autrement dit proclamaient haut et fort leur connerie alcoolisée à la face du monde. Des singeries pareilles dénotant un encéphalogramme plat étaient un tel lieu commun chez les conducteurs de ces engins qu'on les remarquait à peine et Twilly Spree n'y aurait pas prêté davantage attention si le pont n'eût été levé et lui-même bloqué aux premières loges. En outre, il y avait plus d'une chance sur deux que ces zozos et leur bruyant joujou s'écrasent contre la digue à quatre-vingts kilomètres/heure — et Twilly était toujours friand de voir les thèses de Darwin justifiées de manière aussi spectaculaire.

Les scooters des mers allaient et venaient, braillant comme des tronçonneuses en roue libre. Un pélican effrayé décolla d'un pilot, et aussitôt les deux jets-skis s'élancèrent à sa poursuite dans un tintamarre assourdissant. Twilly sauta à bas du pick-up et courut jusqu'à la balustrade du pont. McGuinn pointa sa truffe hors de la vitre en gémissant.

Tout fut terminé en moins d'une minute. L'oiseau vola d'abord au ras de l'eau, s'efforçant de prendre de la vitesse. Les conducteurs de scooters lui foncèrent dessus par-derrière ; leurs boîtes de bière reflétaient des éclats du soleil de l'après-midi. Les quatre ados tirèrent en même temps, alors que le pélican prenait son essor. Si trois des projectiles ratèrent leur cible, le quatrième frappa l'oiseau au creux de l'aile. La roue de brume dorée apprit à Twilly en explosant que la boîte de bière était pleine, aussi dure qu'une pierre. Le pélican s'abattit, en tourbillonnant avec gaucherie, sur le dos, le bec béant. Les jets-skieurs contournèrent une fois l'éclaboussure, puis s'éloignèrent à toute vitesse, en remontant l'Intracoastal dans un sillage d'écume. Ils étaient trop loin pour que Twilly voie s'ils riaient, mais il choisit de supposer que oui. Il regarda un taxi de rivière récupérer le pélican blessé, qui grêlait l'eau de son aile valide, tâchant de décoller.

Twilly remonta dans son pick-up, augmenta le volume de la radio et gratta McGuinn sous le menton en attendant que le pont s'abaisse. Alors il se dégagea de l'embouteillage et roula vers le nord comme un psychopathe en longeant le quai, à la recherche de la marina où les scootéristes avaient relâché. Au crépuscule, il finit par les retrouver, sur un quai public de Pompano Beach, occupés à hisser les jets-skis sur une remorque attelée à un coupé Cadillac Seville neuf, mais sali par la poussière d'un long trajet. Le véhicule dispendieux, immatriculé dans le Maryland, appartenait probablement au père de l'un des membres de la bande. Les ados, des étudiants, étaient, ça crevait les yeux, en vacances de Pâques et, ça les crevait encore plus, soûls comme des barriques. Les deux jeunes machos s'étaient consacrés sérieusement à la muscu et portaient des débardeurs résille pour mettre en valeur le résultat. Leurs copines, minces et brunes, sœurs peut-être, avaient l'épiderme bien trop cadavéreux pour les maillots brésiliens fluos qu'elles arboraient. Leurs fesses nues, fripées par la balade en scooter, ressemblaient à deux miches de pain mal cuit.

Le premier mouvement de Twilly fut d'emboutir la Cadillac assez fort pour lui faire dévaler la rampe à bateaux en marche arrière. De la sorte, voiture, jets-skis, argent liquide et autres valeurs sombreraient sans retour. Malheureusement, la Caddy surpassait substantiellement le poids du pick-up de Twilly, rendant l'effet de l'impact problématique. Si Twilly n'en avait rien à cirer de sa personne, il lui fallait prendre McGuinn en considération — la dernière chose dont la pauvre bête avait besoin, c'était bien du coup du lapin.

En outre, Twilly se fit le raisonnement suivant : qu'accomplirait cette destruction de biens sans importance? La compagnie d'assurances remplacerait luxueux coupé et jets-skis; et aucune leçon importante n'en serait tirée. Les scootéristes ne feraient pas le lien entre le vandalisme visant leurs possessions et la cruauté de leur attaque contre le pélican. Pour Twilly, c'était inacceptable. La vengeance, croyait-il, ne devait jamais être entachée d'ambiguïté.

Aussi attacha-t-il McGuinn à sa laisse et descendit-il du pick-up. Les deux étudiantes pompettes repérèrent l'énorme chien et trottinèrent vers lui, leurs sandales claquant sur l'asphalte. Elles s'agenouillèrent près de McGuinn, roucoulant et pouffant à l'envi, pendant qu'il léchait leurs visages marqués de coups de soleil et pleins de sel. Twilly avait tablé là-dessus : les labradors aimantent femmes et enfants.

Leurs copains de fac baraqués les suivirent d'un pas nonchalant avec l'air morose d'une jalousie naissante ; même bourrés comme ils l'étaient, ils vivaient mal le fait de ne plus être le pôle d'attraction. Tandis que les filles faisaient fête au chien, Twilly entreprit leurs Jules sur leurs scooters des mers super cool — à quelle vitesse ils montaient, le prix qu'ils coûtaient, le carburant qu'ils consommaient. Les deux mecs se débridèrent vite fait et se vantèrent que leurs jets-skis avaient été trafiqués pour aller beaucoup plus vite que les recommandations du fabricant. Twilly leur demanda s'il pouvait les voir de près. Il leur dit qu'il n'en avait jamais conduit, ajoutant que ça avait l'air d'enfer pour s'éclater. Et les petits copains de lui dire, tu parles, viens.

Twilly demanda aux deux filles si ça les gênait de surveiller le chien, et elles de répondre : Nous gêner ? On veut le ramener à Ocean City avec nous ! C'est quoi son nom au fait ?

Beowulf[1], dit Twilly.

Wouah, cooommme c'est chou, fit l'une d'elles.

En traversant le parking à la suite des petits copains vers la Cadillac et sa remorque, Twilly

1. Légendaire héros scandinave d'un vieux poème anglais. *(N.d.T.)*

leur demanda s'ils avaient une bière de rab dans la glacière. Et ce furent les derniers mots que leurs julies se souvinrent d'avoir surpris, jusqu'au retour de Twilly quelques minutes plus tard, qui saisit le chien par la laisse. Les étudiantes embrassèrent « Beowulf » et roucoulèrent des au revoir mamoureux. Puis elles se remirent debout en tanguant et jetèrent un coup d'œil à la ronde pour voir où étaient passés leurs petits amis. Twilly Spree baissa alors la voix et leur dit :

— J'ai vu ce que vous avez fait à ce pélican, bande de connards.

— Euh ? fit l'une des filles.

L'autre lui attrapa le coude en lui demandant :

— C'qu'il a dit ?

— Revenez jamais dans le coin, leur conseilla Twilly. J'ai bien dit jamais. Et maintenant allez prévenir les pompiers. Fissa.

Le coffre de la Cadillac était ouvert. Ainsi que la glacière, à l'intérieur. Les petits copains étaient étalés sur le sol et sur le dos, à angle droit l'un de l'autre, comme les aiguilles d'une horloge fracassée. Le premier avait une pommette fracturée qu'une ecchymose en formation trahissait. L'autre avait la mâchoire gravement désarticulée, elle aussi festonnée d'une vilaine meurtrissure à vif. Non loin gisaient deux boîtes de Budweiser cabossées, crachouillant leur mousse sur le macadam. Les filles fin soûles, pleurnichant comme des Madeleine, pêchèrent frénétiquement à mains nues des flopées de glaçons qu'elles tentèrent d'appliquer sur les bosses de leurs mecs tout aussi fin soûls. Les étudiantes, absorbées par leurs premiers secours, ne remarquèrent pas que les deux scooters des mers se consumaient de façon alarmante avant de s'enflammer bientôt.

Malgré l'attrait du spectacle, Twilly Spree ne s'attarda pas pour l'embrasement. Plus tard, quand les gyrophares bleus de la police apparurent dans son rétroviseur, il en conclut que les deux petites copines n'avaient pas été aussi ivres qu'il l'avait cru. Il s'imagina qu'elles avaient pris bonne note de son pick-up, mémorisant peut-être même son numéro minéralogique. Les événements prenaient une tournure déprimante, car Twilly ne pouvait pas se payer le luxe de retourner en prison. Pas maintenant, de toute façon; pas avec sa mission de l'île aux Crapauds encore inaccomplie. Le timing de son coup d'éclat contre les jeunes agresseurs du pélican ne pouvait pas tomber plus mal et il était furieux contre lui d'avoir perdu son sang-froid. Une fois de plus.

L'officier de police de Lauderdale-sur-Mer était jeune et poli, à peine plus âgé que Twilly. Il se tint à distance de la camionnette, matant dans la cabine, et braqua une lampe-torche très puissante sur McGuinn, qui se mit à aboyer spectaculairement. L'agent parut soulagé de voir un chien, non un individu baraqué au teint basané, occuper le siège à côté de Twilly. Il demanda à ce dernier de sortir du véhicule et de lui montrer son permis de conduire. Twilly obtempéra. Il aurait pu facilement désarmer et distancer le jeune flic, mais impossible pour lui d'abandonner McGuinn. Non, ils tomberaient ensemble, l'homme et la bête.

— J'ai remarqué, monsieur, que vous conduisiez par à-coups, dit le policier.

Twilly fut aux anges — un contrôle de routine !

— Ah oui, oui, je conduisais par à-coups !

— Il y a une raison à ça ?

— Oui, monsieur. J'ai fait tomber sans le vouloir une Liv-A-Snap sur mes genoux et le chien s'est jeté dessus.

Ce qui était l'absolue vérité.

— Je suis sûr que c'est à ce moment-là, poursuivit Twilly, que j'ai commencé à conduire par à-coups.

— C'est un gros chien que vous avez là, concéda le policier.

— Et d'une exubérance avec ça, ajouta Twilly. Je regrette qu'on vous ait fait faire du souci.

— Seriez contre un alcootest ?

— Pas du tout.

— Parce que, y a pas, je sens la bière.

— Mais je ne l'ai pas bue, elle s'est renversée sur moi, dit Twilly sans s'étendre.

Il passa l'alcootest haut la main. Le jeune policier vérifia par radio s'il n'existait pas de mandats exceptionnels lancés contre Twilly mais il était clean. L'agent de police revint au pick-up et l'examina rapidement avec sa torche électrique dont le faisceau vint se poser sur une vieille malle cabine dans le coffre.

— Seriez contre le fait que je jette un coup d'œil à l'intérieur ?

— J'aimerais mieux pas, dit Twilly.

— Z'avez quoi là-dedans ?

— Vous ne le croiriez jamais.

— Je peux appeler une voiture de la brigade canine, Mr Spree, si vous préférez la manière forte.

— La canine de Lauderdale-sur-Mer ! s'émerveilla Twilly. Qu'est-ce qu'on leur fait renifler ? Du Metamucil de contrebande ?

Une deuxième voiture de patrouille amena un berger allemand dressé, baptisé Spike. On ordonna à Twilly et McGuinn de reculer et d'observer. Twilly surprit le labrador qui levait vers lui un regard réprobateur.

— T'as raison, murmura Twilly au chien. Je suis un connard.

Le jeune flic abaissa le hayon et le berger allemand dressé sauta sur le plateau du pick-up. Un simple *sniff* à la malle cabine et Spike fit les yeux blancs — jappant, montrant les dents, grattant les serrures, tournant en rond.

— Dieu tout-puissant, fit le flic de la canine.

— J'ai trouvé cette malle dans une brocante, dit Twilly. On m'a dit qu'elle venait du *Queen Mary*.

Presque vrai.

— T'as quoi là-dedans, fiston, merde ?

Twilly soupira. Il s'approcha du pick-up.

— Je peux ? fit-il.

— Faites donc, dit le plus jeune flic.

Twilly détacha les courroies et souleva le couvercle de la malle. Quand Spike, le berger allemand renifleur de drogue, vit ce qu'il y avait à l'intérieur, il sauta par-dessus le hayon et bondit en gémissant dans le panier à salade de la voiture de patrouille de son maître. Les deux policiers dirigèrent leurs lampes sur le contenu de la malle cabine.

Le flic de la brigade canine tâcha de ne pas paraître choqué.

— C'est quoi, ce plan ?

— Il est mort, fit Twilly.

— Je suis tout ouïe,

— C'est juste de la neige, de la neige carbonique. Pas de la dope.

— Coopératif, le mec, fit le flic de la canine.

— Aucune loi ne m'interdit de posséder un chien mort, affirma Twilly, qui en était tout sauf certain.

Les représentants de l'ordre examinèrent le labrador tué par une voiture.

— Il est arrivé quoi à son oreille ? dit l'un d'eux.

— Un vautour, répondit Twilly.

— On peut savoir pourquoi vous vous baladez avec ce... cet article dans votre camionnette ? demanda le plus jeune flic.

— Parce que c'est un taré passablement tordu ? suggéra celui de la brigade canine.

— J'allais l'enterrer, leur expliqua Twilly.

— Où ça ?

— Sur la plage.

— Laissez-moi deviner. Parce que les labradors aiment l'eau ?

Twilly opina.

— Quelque chose comme ça.

Le plus jeune flic ne dit rien pendant qu'il collait une contravention à Twilly pour changement de couloir de présélection non autorisé. Et ne répondit pas davantage quand ce dernier lui demanda s'il ne lui était jamais arrivé de perdre un animal familier qu'il chérissait.

— Écoutez, ce n'est pas ce que vous croyez, insista Twilly. Il a été heurté par une voiture. Il mérite d'être enseveli décemment.

— Peu importe.

Le jeune policier lui tendit la contredanse.

— Vous pouvez payer par voie postale.

— Je ne vous reproche pas d'avoir des soupçons.

— Au cas où vous diriez la vérité, fit l'agent de la canine, ne vous amusez pas à enterrer cette charogne sur la plage publique.

— Pourquoi ? C'est interdit par la loi ?

— J'en sais rien et je m'en fous. Compris ?

Le plus jeune flic se baissa pour flatter l'encolure de McGuinn.

— Si jamais je t'arrête de nouveau dans cette camionnette, fit-il à Twilly, et que j'y trouve *deux* cadavres de chiens au lieu d'un, je t'abats sans sommation, ducon. Loi ou pas loi.

— Merci de votre franchise, fit Twilly.

Après le départ des policiers, il roula le long de la A1A jusqu'à Fort Lauderdale, où il se gara en face de Bahia Mar. Il déchargea la malle cabine de sa camionnette et la tira à reculons sur le sable. Il s'arrêta derrière le Yankee Clipper Hotel et creusa plus d'une heure à mains nues. Si personne ne vint lui demander ce qu'il fabriquait, un petit groupe de touristes curieux, dont nombre d'Européens, s'attroupa autour de la malle. Ils se comportaient comme au spectacle ; comme s'ils s'attendaient à un tour de magie ou à un musicien ambulant ! Twilly souleva le couvercle pour leur montrer le contenu avant de recouvrir le tout de sable. Ensuite, l'un des touristes, un barbu légèrement grisonnant, s'avança jusqu'à la tombe fraîchement creusée et dit une prière en danois. Bientôt, les autres l'imitèrent, chacun marmottant respectueusement dans sa langue d'origine. Twilly, profondément ému, étreignit le Danois, puis chacun des touristes, tour à tour. Alors, il ôta ses vêtements et plongea dans l'océan. En ressortant de l'eau, il était seul sur la plage.

Il récupéra Desie sur Federal Highway, à l'extrémité sud du New River Tunnel.

— Une super idée, vraiment, observa-t-elle en montant dans la camionnette. On m'a pris pour une pute en me voyant plantée là au coin.

Une dizaine de types se sont arrêtés pour me demander combien la pipe.

— Et vous leur avez répondu quoi ?

— Très drôle.

— Ben, fit Twilly, vous n'avez rien d'une pute.

— Trop aimable.

— Les sarcasmes volent bas.

— Excusez-moi, mais j'ai eu une journée merdique. Et aussi une nuit merdique, en y repensant. Où est mon chien ?

— En sécurité quelque part.

— On ne joue plus, Twilly, s'il vous plaît.

— Fallait que je sois sûr que vous étiez seule.

— La confiance règne. Vous regardez quoi comme ça ?

— Rien.

— Blue-jean, sandales et pull Donna Karan — c'est ça que les prostituées portent de nos jours ?

— Vous êtes superbe, dit Twilly. C'est pour ça que je vous regarde.

— Eh bien, arrêtez.

Gênée, elle tira ses cheveux en arrière, en queue de cheval qu'elle noua avec un « chouchou » bleu. Ce qui donnait un point de vue charmant sur sa nuque.

— Il y a quoi dans le sac à provisions, Mrs Stoat ?

Quand elle le lui montra, il eut un grand sourire. *The Dreadful Lemon Sky*[1] en poche, une boîte de Tic Tac, un pack géant de Liv-A-Snap et un C.D., *Back to Rio,* album solo de Roger McGuinn, celui-là même qui avait donné son nom au chien.

Twilly glissa le compact dans le lecteur du tableau de bord.

— C'est une belle surprise. Merci. Je suis extrêmement touché.

— Pas de quoi.

— Qu'est-ce qu'il y a ?

— Rien, renifla Desie. Tout.

Elle se mordit la lèvre.

— Bon, je me tais maintenant, fit Twilly.

Mais ils n'étaient pas à mi-chemin de Miami Beach qu'il remarqua que le pied gauche de Desie tapait en rythme avec le grand maestro de la guitare. Twilly songea : elle va assurer. Et c'était agréable de l'avoir assise près de lui, une fois encore.

Il avait réservé deux chambres avec vue sur la mer au Delano. Desie n'en revenait pas.

— Une pour le chien ? demanda-t-elle dans l'ascenseur.

— Il ronfle et il pète aussi, expliqua Twilly.

— Comment vous l'avez fait passer en douce à la réception ?

1. De John D. MacDonald, non traduit en français. Fait partie de la série de romans mettant en scène le privé floridien Travis McGee, chère à l'auteur qui en a préfacé la réédition en poche. Autre particularité de la série, chaque titre porte un nom de couleur. *(N.d.T.)*

— Jennifer Aniston est cliente ici.

— Arrêtez, fit Desie.

— Avec son mari, l'acteur. C'est quoi son nom déjà — Brad Depp ?

— Brad Pitt.

— C'est ça, fit Twilly. C'est le chien de Brad. Et Brad ne va nulle part sans lui. Ils sont inséparables.

— Et ils ont marché ?

— Il semblerait.

— Seigneur, fit Desie.

Si l'ascenseur avait une lumière rouge, les chambres étaient entièrement blanches, du sol au plafond. McGuinn fut si excité de revoir Desie qu'il arrosa le carrelage d'albâtre. Elle prit une serviette blanche dans la salle de bains blanche et s'agenouilla pour nettoyer le pipi de McGuinn. Le chien crut qu'elle voulait jouer — il s'accroupit à demi et se mit à aboyer comiquement.

— Chut ! lui intima Desie, mais bientôt elle riait en roulant sur le sol avec lui. Elle remarqua qu'on lui avait retiré les agrafes du ventre.

— Il se porte bien, fit Twilly.

— Il prend ses cachets ?

— *No problemo.*

— Avec son rosbif ?

— Non, il a pigé le truc. Maintenant, on fait ça avec des côtes de porc.

Desie alla au minibar, blanc lui aussi. Elle tendait la main vers un Coca light quand elle remarqua — une autre poche en plastique. Elle s'en empara, reconnut ce qu'elle contenait et la remit en place vite fait, entre les crackers et la barre de Toblerone.

— Bon Dieu, Twilly, suffoqua-t-elle.

Il se laissa choir sur le coin du lit. McGuinn trottina jusqu'à l'autre bout de la pièce et se positionna à titre d'essai près de la porte.

— Ça vient d'où ? demanda Desie.

— Du même endroit que l'oreille.

Desie referma le minibar.

— Ne vous en faites pas, dit Twilly. Je ne l'ai pas tué. Il était mort quand je l'ai trouvé.

— Sur la route ?

Desie parlait si doucement que Twilly l'entendait à peine.

— Vous l'avez trouvé sur la route ?

— Ouaip.

Ses yeux revinrent se poser sur le minibar.

— Quelle bizarre coïncidence, hein ? Un autre labrador noir.

— Aucune coïncidence là-dedans. J'en cherchais un. J'ai roulé à n'en plus finir.

Desie soupira.

— C'est bien ce que je craignais.

— Et qu'est-ce que j'étais censé faire, moi, merde ?

Twilly se leva du lit et se mit à arpenter la chambre.

— Et ça a marché, non ? Le Grand Chasseur blanc est tombé dans le panneau.

— Oui.

— Bon, alors arrêtez de me regarder avec cet

air « pauvre garçon, il est complètement siphonné ». Ce chien était déjà mort, d'accord ? Son oreille ne lui servait plus à rien !

Desie lui fit signe de s'asseoir. Elle le rejoignit sur le lit.

— Calmez-vous, bon sang. Je suis surprise, c'est tout, dit-elle. Je ne porte pas de jugement.

— Bien.

— C'est juste que... j'ai cru que l'oreille suffisait, enfin, je pensais que ça fonctionnait à merveille. Le gouverneur Dick a fait ce que vous vouliez, non ? Il a mis son veto au pont des Puffins.

— Eh bien, d'après mon expérience, ça ne fait jamais de mal... — Twilly bondit sur ses pieds à nouveau — ça ne fait jamais de mal d'ajouter un point d'exclamation.

— Très bien.

— Afin qu'il n'y ait pas d'ambiguïté, de confusion d'aucune sorte.

— Je comprends, fit Desie.

— Parfait. À présent, il nous faut une boîte à cigares.

— O.K.

— Une boîte à cigares très spéciale, précisa Twilly. Vous êtes prête à m'aider ou pas ?

— Ça ne vous ferait rien de vous déstresser, s'il vous plaît ? Bien sûr que je vous aiderai. Mais, d'abord...

— Quoi ?

— D'abord, je connais quelqu'un..., fit Desie

en se tournant vers la porte, qui a besoin d'une gentille et longue pro... me... na... de...

Les oreilles d'ébène de McGuinn se dressèrent comme un seul chien et sa queue se mit à fouetter le carrelage.

12

— J'ai parlé au gouverneur.

Bon Dieu, Palmer Stoat n'avait pas envie d'entendre ça de la bouche de Robert Clapley ; en tout cas pas en étant attaché à un tabouret de bar, bardé comme une volaille avec du fil électrique dans sa propre cuisine, le jour de congé de la bonne, toisé par un inconnu blond, armé d'un flingue à canon scié.

Et Robert Clapley, qui faisait les cent pas, en disant des choses comme :

— Palmer, t'es un enculé de la pire espèce. J'ai pas raison ?

Et ça, moins de deux heures après que Stoat eut téléphoné à Clapley pour lui annoncer que le gouverneur avait l'intention d'opposer son veto au financement du pont de l'île aux Puffins. Et Stoat de rejeter la faute sur Willie Vasquez-Washington — ce faux cul de négro/espingouin/peau-rouge ! — et Stoat d'affirmer que c'était Willie qui dénonçait l'accord conclu, cassant les couilles du gouverneur pour qu'il signe une connerie d'avenant au budget, garantissant à des corps de métier appartenant aux minorités le marché du nouveau stade de base-ball de Miami. Plâtriers haïtiens, placoplâtriers cubains, plombiers miccosukee — Dieu seul connaissait les exigences de Willie ! Et Stoat, de dire à Clapley : c'est de la politique raciale, Bob. De l'amateurisme. Rien à voir ni avec toi ni avec moi.

Et Clapley de péter les plombs (comme Stoat l'avait prévu), gueulant au téléphone à la trahison, au double jeu bas de gamme, à la vengeance. Et Stoat de s'escrimer pendant ce temps à apaiser son jeune client en lui disant qu'il avait un plan pour sauver le pont. Ça ne serait pas de la tarte, lui avait confié Stoat, mais il était quasiment sûr de réussir son coup. Et Stoat d'informer Clapley de la séance spéciale du corps législatif que Dick Artemus avait planifiée — pour gonfler le budget de l'éducation, avait expliqué Palmer. Il y aurait aussi des tonnes de blé qui circuleraient, donc, à foison pour le pont de Clapley. Tout ce qu'il aurait à faire, c'était bâtir une école primaire sur l'île aux Puffins.

— Et elle portera ton nom ! s'était exclamé Stoat, enthousiaste.

Un long silence s'était installé à l'autre bout du fil, qui aurait dû ficher la trouille à Stoat, mais non. Puis Robert Clapley avait répété, sur un ton d'un calme trompeur : *une école.*

Et comment, avait renchéri Stoat. Tu ne vois pas le topo, Bob ? Qui dit école dit car de ramassage scolaire, et un car de ce type ne peut pas traverser ce vieux pont de bois vermoulu qui mène dans l'île. Il leur faudra t'en construire un neuf. Impossible qu'ils disent non !

Nouveau silence côté Clapley, puis ce qui ressemblait à un grognement — et Stoat qui ne percevait toujours pas le climat inclément de la situation.

— Je pense que c'est parfaitement jouable, Bob. Je crois que je peux mettre ça sur pied.

Et Clapley, toujours monocorde :

— Pour combien ?

— Cinquante mille de plus devraient faire l'affaire.

— Cinquante mille de plus.

— Plus les frais. Il y aura des déplacements, avait ajouté Stoat. Et quelques dîners à prévoir.

— Je te rappelle, Palmer.

Tels avaient été les derniers mots de Robert Clapley à ce sujet, avant qu'il ne surgisse, sans s'être annoncé, chez Stoat. En compagnie du phénomène en costume pied-de-poule. Le type était court sur pattes, super baraqué, les cheveux gominés en piquants de façon grotesque — teints aussi, avec les extrémités des mèches blanc d'œuf. L'homme de main de Clapley avait l'air d'avoir un porc-épic blond cloué sur le crâne.

Stoat leur avait ouvert et ils étaient entrés. Avant que des salutations aient pu être échangées, le blond hérissé avait dégainé son pistolet à canon scié, ficelé Stoat au tabouret de bar qu'il avait ensuite traîné dans la cuisine. Une fois là, Robert Clapley fit les cent pas devant la baie vitrée, son éclat de diamant scintillant à son oreille chaque fois qu'il pivotait sur ses talons.

Il commença par s'adresser à Stoat en ces termes :

— Palmer, t'es un fouille-merde de classe internationale.

Et ainsi de suite, pour finir par :

— J'ai parlé au gouverneur.

— Ah.

Stoat ressentit comme un flottement au bas de la colonne. La perspective d'être tué à bout portant le glaçait, ce qui paraissait maintenant de l'ordre du vraisemblable. Il songea amèrement au Glock dans la boîte à gants de la Range Rover et au calibre .38 dans sa chambre, inutiles tous deux en cet instant de péril extrême.

— Dick m'a tout raconté, continua Clapley. Il m'a dit que l'idée du veto venait entièrement de toi, à cause de ta saleté de clebs qu'un mystérieux barjo a kidnappé. Y a-t-il une chance que ça soit vrai ? Bien sûr que non. Pas la moindre.

— Le type m'a expédié une oreille, dit Stoat.

— Tu m'en diras tant.

Robert Clapley approcha son visage bronzé de celui de Stoat. Il arborait un sourire moqueur. Palmer Stoat fut frappé — non, submergé — par l'eau de toilette de Clapley, qui sentait comme une salade de fruits qui aurait mal tourné.

— L'oreille du chien, Bob. Le type l'a coupée et il me l'a envoyée.

Clapley pouffa sans aménité et s'éloigna.

— Ouais, Dick m'a raconté tout ça, la livraison par FedEx, etc. Pour moi, c'est des craques. Des craques bourrées d'imagination, Palmer, mais des craques, tout de même. Et moi je maintiens que tu n'es rien qu'un fouille-merde de classe internationale qui invente des histoires pour me faire cracher cinquante billets de plus. Donne-moi une bonne raison s'il te plaît de ne pas me fier à mon flair.

Alors, comme mû par une impulsion, Porc-Épic Blond saisit les cheveux de Stoat à poignée, lui tira la tête en arrière, lui ouvrit la bouche de force, y glissa quelque chose de tiède et de doux, puis lui referma la bouche en lui maintenant les mâchoires. Cela fut exécuté, avec un effet d'écrou, en plaçant un pouce sous le menton remodelé plastiquement de Palmer Stoat et en lui fourrant un doigt dans chaque narine.

— Avant que je devienne promoteur, disait Robert Clapley, j'avais d'autres occupations — pas l'exportation de magnétoscopes, non plus, comme tu t'en es douté, j'en suis sûr. Mr Ganache ici présent faisait partie de mon personnel, Palmer. Je suis même sûr que tu te doutes de ce qu'il faisait pour moi, intitulé du job compris. Fais oui de la tête si tu piges.

Ce n'était pas facile avec Mr Ganache la lui maintenant en étau, mais Stoat se débrouilla pour opiner. Il tentait aussi désespérément de ne pas dégobiller, puisqu'il était vraisemblable qu'il s'étoufferait dans son propre vomi. Le réflexe nauséeux avait été déclenché par le frétillement du petit objet moelleux que Mr Ganache avait lâché dans la bouche de Stoat ; quand ce dernier finit par identifier l'étrange chatouillis à un mouvement ambulatoire — quelque chose qui lui trottinait sur la langue et flairait la paroi de sa joue droite, ses yeux bleus de poupée se bouffirent et avec un gémissement violent il se mit à secouer la tête.

Robert Clapley fit à Mr Ganache :

— Bof, lâche-le.

Et Mr Ganache de libérer la tête de Stoat, lui permettant de désemboîter ses mâchoires et d'expectorer (en plus de la cassolette de thon dont il avait déjeuné) un bébé rat vivant. Le rongeur était d'un rose pommelé, presque sans un poil, pas plus gros qu'une saucisse de Francfort. Il atterrit sans bobo sur le comptoir de la cuisine, près d'une bouteille de Tabasco, et s'esbigna discrètement.

Un peu plus tard, après que Stoat eut terminé de tousser et de cracher, Clapley lui posa une main sur la nuque.

— Une petite recette à l'ancienne mode, le coup du rat dans la bouche. Ça marchait autrefois, ça marche encore aujourd'hui.

— Ça te montre qu'on ne plaisante pas.

Première phrase de Mr Ganache. Il avait une voix trompeuse, aussi pateline que celle d'un chapelain. Et qui expédia une décharge glacée le long de la colonne vertébrale de Stoat.

— Je suppose que tu as maintenant quelque

chose à nous dire, Palmer. Tu vas m'aider à remplir les pièces manquantes du puzzle.

Et Stoat, qui n'avait jamais été confronté ni à la torture ni à la mort, se força à ravaler sa salive. Le goût de sa propre bile le fit grimacer ; il cracha copieusement sur le carrelage et lâcha d'une voix rauque :

— Le freezer. Jetez un œil au congélo.

Il accompagna sa phrase d'un mouvement de menton vers l'énorme frigo que Desie avait choisi pour la cuisine.

Mr Ganache ouvrit la porte, mata à l'intérieur, se retourna vers Clapley en haussant les épaules.

— Derrière la crème glacée ! lâcha Stoat, en priant que Desie n'ait pas changé cette saloperie de place ni ne l'ait balancée à la poubelle.

Et Mr Ganache de plonger la main dans le compartiment du freezer, de déplacer ci, de sortir ça — deux steaks, un sachet de petits pois surgelés, une pizza *do-it-yourself,* un carton de glace rhum raisin — qu'il laissa choir par terre. Puis, avec un « hum » à peine audible, de retirer du freezer le *doggy bag* transparent qui contenait l'oreille de labrador.

— Vous voyez bien ! s'écria Stoat.

Mr Ganache frappa l'oreille givrée contre sa paume. Il l'examina de près, la tint à la lumière comme si c'était une feuille d'automne ou un fragment de parchemin rare.

Puis il se tourna et dit :

— Ouais, c'est une vraie. Et alors quoi, putain ?

Mais Robert Clapley savait ce que signifiait l'oreille sectionnée au freezer. Ça signifiait que Palmer Stoat (tout fouille-merde qu'il fût) disait la vérité quant au dognapping. Clapley savait Stoat capable de moult ignominies, mais trancher l'oreille d'un chien n'en faisait pas partie. Un individu tel que Mr Ganache, lui, pourrait le faire sur un simple pari. Mais pas Stoat ; ni pour cinquante mille ni même cinq cent mille dollars. Il ne pourrait pas faire de mal à un toutou, pas plus au sien qu'à celui de quelqu'un d'autre.

Aussi Robert Clapley demanda-t-il à Mr Ganache de détacher Stoat, puis accorda au pauvre bougre, suant sang et eau, quelques instants pour se rafraîchir et s'habiller. Quand Stoat sortit enfin de la salle de bains — le visage humide et enflé —, Clapley lui fit signe de prendre un siège. Mr Ganache avait disparu.

— Et maintenant, Palmer, si on reprenait tout depuis le début, dit Clapley.

Stoat lui raconta alors toute l'histoire. À la suite de quoi, Clapley se balança en arrière, les bras croisés.

— Tu vois, c'est pour ça que j'aurai jamais de gosses. Jamais ! Parce que le monde est un endroit si malsain et si perverti. C'est un des trucs les plus tordus que j'aie jamais entendus, cette histoire d'oreille.

— Ouais, fit Stoat sans trop d'entrain.

Dans ses joues, il sentait encore le chatouillement du rat de Clapley. Et ce dernier de fulminer :

— Pour voler et mutiler le chien d'un mec, nom de Dieu, faut être un enculé et un barjo de première. Et tu n'as pas idée de qui c'est ?

— Non, Bob.

— Ni d'où il se trouve ?

— Neûn.

— Et ta femme ?

— Elle l'a rencontré. Il l'a chopée, elle aussi, dit Stoat, mais il l'a relâchée.

Robert Clapley tiqua.

— Je me demande pourquoi il a fait ça, la relâcher, je veux dire. Ça me dépasse.

Stoat, épuisé, ne désirait qu'une chose : que ce fumier lui débarrasse le plancher.

— Tu verrais un inconvénient à ce que j'en touche un mot à ta femme ?

— Elle est absente pour le moment.

— Peu importe quand, alors.

— Pourquoi ? demanda Stoat.

— Pour en savoir le plus possible sur ton dognappeur pas net. Histoire de savoir à qui je m'attaque.

— Tu t'y attaqueras *quand* ?

— Quand j'enverrai Mr Ganache à ses trousses, Palmer. Sois pas si teigne.

Clapley eut un sourire *ça va de soi*, tambourinant de ses phalanges la table de la cuisine.

— Quand j'enverrai Mr Ganache trouver ce salopard de cintré pour le buter.

Stoat opina comme si ce plan était non seulement logique, mais de pure routine — tout pour complaire à Clapley et hâter son départ. Ce qui le laisserait libre, lui, Stoat, de se soûler la gueule. Il était si secoué et lessivé qu'il avait du mal à se retenir de fuir la maison, ventre à terre. Et, merde, voilà maintenant que l'autre lui parlait de *meurtre*.

— Une chose que la vie m'a apprise, disait Clapley, c'est que des têtes de nœud dans son genre ne renoncent pas. Ils disent qu'ils vont le faire mais ne le font jamais. Supposons que Dick oppose son veto à mon pont et que ce pervers découpeur de toutou libère ton chien ou ce qu'il en reste. Que crois-tu qu'il se passera dès qu'il découvrira qu'on va construire le pont de toute manière ?

— O.K., je te suis, dit Stoat.

— Il inventera une autre combine de folie.

— Probablement.

— Non seulement très gênante pour moi, mais aussi dispendieuse.

— Pour ne pas dire haineuse, fit Stoat.

— Donc, le seul truc de bon sens à faire, Palmer, c'est de zigouiller cet enculé. Comme on disait au bon vieux temps.

— Tu en as touché un mot au gouverneur ?

— Mais bien sûr. Il m'a même proposé de me prêter son MAC-10.

Robert Clapley tambourinait impatiemment sur la table.

— Qu'est-ce qui te prend, bordel ? *Non,* je n'ai rien dit au gouverneur.

Clapley apprit à Stoat que lui aussi aimait les chiens du fond du cœur. Il marcherait dans la combine du veto afin que le labrador de Stoat puisse être sauvé mais aussi pour que Mr Ganache ait le loisir d'aligner ce dognappeur de malheur.

— Mais je ne construirai pas d'école primaire sur l'île aux Puffins, pas avec mon argent blanchi durement. Je l'ai dit clair et net à notre ami le gouverneur Dick et il m'a répondu de ne pas m'inquiéter de ça, que c'était de la frime, la ligne budgétaire pour l'école, et que personne ne s'en souviendrait ni n'irait vérifier, une fois que le pont serait debout.

— Le gouverneur a raison, dit Stoat. Tout le monde oubliera.

— Alors on va régler ce petit problème. Ce n'est pas ça qui me chiffonne, poursuivit Clapley, tu m'as déçu, Palmer. Après tout ce que j'ai fait pour toi, la chasse à la tourterelle, la baise à l'œil, et cetera...

— T'as raison, Bob. J'aurais dû t'en parler dès que c'est arrivé.

— Oh, ne rien me dire, c'était déjà assez décevant. Mais pour couronner le tout, tu as essayé de me blouser... ce qui nécessite des couilles en béton armé ! Non content de rejeter la faute du veto sur Willie l'Arc-en-Ciel, tu exploites l'épisode du chien dans ton propre intérêt — enfin, c'est d'une bassesse quasiment inimaginable.

— Pardon, fit Stoat, piteusement.

Il aurait dû prévoir un plan de repli ; aurait dû se douter que cette tête brûlée de Clapley contacterait le gouverneur directement ; aurait dû savoir que Dick Artemus ne tiendrait pas compte des instructions de Stoat et prendrait Clapley au téléphone, ce dernier étant un bailleur de fonds plaqué or, et Dick un minable obséquieux, toujours la main tendue.

— J'ai cru que tout ça c'était conneries et compagnie jusqu'à ce que j'aie vu l'oreille, fit Clapley en pointant un doigt solennel vers le freezer. Je pensais, et merde, Palmer a dû inventer tout ça, cette bizarrerie d'oreille de chien à la con. Une ligne d'honoraires de cinquante mille dollars, c'est ce que j'm'imaginais. Mais tu n'as rien inventé du tout.

— Je crains bien que non.

— Ce qui aggrave les choses. Et aggrave *ton cas,* dit Clapley. Ce qui te rend pire que le pire des fouille-merde. J'ai pas raison ?

Stoat, les yeux battus et l'oreille basse, dit :

— Qu'est-ce que tu attends de moi, Bob ?

— Que tu m'amuses pour cinquante mille dollars, répliqua Clapley sans hésitation. À commencer par un guépard pour mon mur. Je me rappelle que tu m'as parlé d'un endroit où je pourrais en flinguer un. D'un endroit, ici même en Floride, ce qui m'évitera de voler jusqu'à Trou du Cul du Monde, en Afrique ou ailleurs.

— Oui. Ça s'appelle la Plantation du Veldt de la Jungle.

— Là où tu t'es fait ton rhinocéros noir !

— Oui, dit Stoat.

— Qu'est-ce que tu dirais qu'on aille chasser le guépard là-bas ? À tes frais.

— Pas de problème, Bob, fit Stoat qui songea : plutôt facile. Un coup de fil à Durgess. Ça prendra un peu de temps à organiser, précisa-t-il à Clapley, surtout s'ils n'en ont pas en réserve. Faudra qu'ils en fassent venir un.

— D'Afrique ? Ça peut mettre des mois.

— Non, non. Ils les trouvent dans les zoos, les cirques, chez les collectionneurs privés. Deux jours par fret aérien. Trois, maxi.

— J'en veux un bon, fit Robert Clapley.

— Ça va de soi.

— Une peau de première.

— Garanti.

Stoat mourait d'envie d'un verre et d'un cigare chez Swain. Histoire de noyer et d'enfumer la puanteur de la peur et aussi l'arrière-goût du rongeur. Peut-être qu'Estella, la pute à Républicains, serait là pour écouter son récit horrifique.

— Un guépard, ce serait fantastique, vraiment fantastique, insistait Robert Clapley.

— Je t'appellerai sous peu avec tous les détails.

— Super. Bon, quoi d'autre ?

Stoat secoua la tête, à court d'idées.

— Que veux-tu d'autre ?

— Un machin pour les Barbie. Un truc spécial.

Stoat s'affala sous l'effet du soulagement.

— J'ai juste ce qu'il te faut.

Il ouvrit un placard et en sortit le Tupperware opaque ; il fit sauter le couvercle et montra à Clapley son contenu.

— C'est ce à quoi je pense ?

Clapley n'était pas enchanté.

— J'ai transbahuté toutes sortes de saloperies à une époque, mais j'y ai jamais touché. Question de principe, Palmer.

— C'est pas de la dope, Bob. Mais de la corne de rhinocéros. En poudre.

— Wouah, fit Clapley, qui se pencha plus près et toucha du petit doigt les fins granules. J'en ai entendu causer, dit-il.

— Les Barbie vont t'adorer pour ça. Et encore, et encore plus, et plus encore, fit Stoat avec un clin d'œil.

— Sans déc ?

— Des érections magiques, amigo. Je veux un rapport complet.

Stoat se félicita intérieurement de s'être souvenu de la poudre de rhino. À présent, Clapley et lui étaient redevenus potes, enfin presque. Clapley referma le Tupperware et le fourra comme un ballon de foot sous son bras. Palmer Stoat ressentit un flux libérateur en le raccompagnant jusqu'à la porte.

— Je fais quoi au juste de cette substance ? demandait Clapley. Je la sniffe, je la fume ou quoi ?

— Dilue-la dans du vin, lui conseilla Stoat. Tu bois du vin ? Saupoudres-en ton verre.

C'était ce que le Chinois de Panama City lui avait donné comme instruction.

— Mais combien ? Combien je dois en utiliser ? demanda Clapley.

Palmer Stoat ne connaissait pas la réponse ; il avait oublié de questionner Mr Yi sur le dosage. Aussi dit-il à Clapley :

— Normalement, je dirais une cuillerée, mais pour toi, deux. Une pour chaque Barbie.

Clapley éclata de rire.

— Ben, j'essaierai de pas faire de *jalouse*.

— Tout à fait !

Stoat riait lui aussi, maintenant.

— Bonne nuit, Palmer. Désolé que Mr Ganache t'ait flanqué la trouille, mais c'est important qu'il n'y ait pas de non-dit.

— À propos — Stoat jeta un regard soucieux par-dessus son épaule — j'ai failli oublier, Bob. Et cette saleté de rat ?

— Oh, garde-le, fit Clapley, toute amabilité dehors, cadeau !

Contrairement à l'opinion répandue, Lisa June Peterson ne couchait pas avec son patron. Bien entendu, Dick Artemus l'avait engagée avec cette idée derrière la tête. Son triple nom, ses longs cheveux blond paille, ses références impeccables de l'université d'État de Floride — elle incarnait tout ce que le nouveau gouverneur désirait trouver dans une jeune assistante. Mais les compétences inattendues et éblouissantes de

Lisa June avaient fait dévier ses visées lubriques : elles la rendaient trop précieuse pour en faire sa maîtresse. Dick Artemus n'était pas un individu brillant mais il appréciait le talent, en particulier celui qui le faisait paraître à son avantage. Lisa June, méticuleuse, l'esprit vif, de l'intuition, obtint rapidement le poste important d'administratrice en chef — chienne de garde du bureau du gouverneur. Personne n'obtenait d'audience privée avec Dick Artemus sans l'aval de Lisa June Peterson. Aucun coup de fil n'atteignait le bureau du gouverneur sans passer d'abord par celui de Lisa June. Et, par conséquent, c'était en grande partie grâce à elle que le bureau de Dick Artemus semblait fonctionner de façon parfaitement huilée.

Il aurait été déçu d'apprendre que la farouche efficacité protectrice de Lisa June Peterson n'avait rien à voir avec la loyauté. Elle était assidue et responsable de nature. Ce n'était pas l'insigne honneur de travailler pour un gouverneur qui l'avait attirée dans ce boulot, bien plutôt une curiosité aiguë et calculatrice. Lisa June désirait apprendre comment le gouvernement fonctionnait vraiment, qui détenait réellement le pouvoir et comment il l'avait obtenu. Elle regardait loin devant — bien après que Dick Artemus serait retourné à ses Jamborees Toyota sous la tente, à Jacksonville — vers le jour où elle-même pourrait jouer un rôle sérieux, utilisant à bon escient toutes les ficelles qu'elle avait apprises, tous les contacts qu'elles avaient noués en baby-sittant le gouverneur Dick...

— En quoi vous voyez-vous, mon chou ? lui demandait-il de temps à autre.

Et elle lui répondait :

— Un jour, j'aimerais bien être lobbyiste.

Dick Artemus faisait la grimace comme s'il venait de marcher dans une merde de chien, comme si le lobbying était le boulot le plus répugnant de l'univers. Lisa June Peterson était chaque fois tentée de lui balancer un sarcasme sur la renommée des préceptes éthiques du vendeur de voitures lambda...

Mais elle tenait sa langue et prenait les appels. Pour quelqu'un qui professait un mépris sans nom des lobbyistes, le nouveau gouverneur en comptait beaucoup parmi ses amis. Et ils formaient (Lisa June était la première à le reconnaître) une bande des plus purulentes. Neggy Keele, le peu reluisant éclaireur de la National Rifle Association à Tallahassee, venait instantanément à l'esprit. De même que Carl Bandsaw, le magouilleur tiré à quatre épingles qui représentait les planteurs de canne à sucre et les propriétaires de mines de phosphate. Enfin venait Palmer Stoat, suant et soufflant, le porc qui les couronnait tous. Aucune cause n'était trop répugnante pour Stoat — il était prêt à travailler à n'importe quoi et pour n'importe qui, si on y mettait le prix. Outre l'absence de conscience morale requise, Stoat était doté d'un ego monumental ; il était ouvertement fier de ce qu'il faisait. Il considérait comme prestigieux d'arranger des deals.

Les autres lobbyistes n'essayaient pas de coucher avec Lisa June Peterson, parce qu'ils supposaient qu'elle couchait avec le gouverneur. Dick Artemus ne faisait rien pour décourager cette rumeur, pas plus que Lisa June elle-même. Ça lui facilitait la vie de ne pas avoir à repousser les avances de tous ces zigotos ripoux. Palmer Stoat était le seul qui semblait passer outre. En fait, il lâchait souvent des allusions devant Lisa June, selon lesquelles le gouverneur et lui avaient « partagé » certaines conquêtes, comme s'il l'invitait à se joindre à un club très fermé. Elle déclinait la proposition fermement mais sans remontrance. En l'espace de deux ans, Dick Artemus lui-même, et fin soûl, n'avait fait qu'une fois des avances à Lisa June Peterson : tard, un soir, alors qu'elle était seule à son bureau. Il s'était approché d'elle par-derrière et lui avait saisi les seins à pleines mains. Lisa June n'avait ni protesté ni hurlé en se tortillant — elle avait simplement reposé le téléphone en disant :

— Vous avez exactement soixante secondes, gouverneur.

— Pour quoi faire ? avait demandé Dick Artemus, l'haleine aigre et alcoolisée.

— Pour les toucher, avait répondu Lisa June. Et vous feriez mieux d'en profiter un max, parce que c'est tout ce que vous obtiendrez jamais de moi. Ni pipe, ni branlette, ni rapport complet, rien de rien. C'est votre minute de gloire, gouverneur. Allez-y, pelotez.

Il avait reculé comme s'il venait de fourrer la main dans un nid de guêpes, puis trouvé refuge d'un pas chancelant dans les toilettes des cadres en attendant que Lisa June Peterson rentre chez elle. À l'énorme soulagement du gouverneur, elle ne fit plus jamais allusion à l'incident. Pas plus qu'elle ne se mêla ni ne commenta jamais ses nombreuses liaisons avec d'autres membres du personnel. Dick Artemus confondit le silence de Lisa June avec de la discrétion, quand, en vérité, c'était une absence d'intérêt pure et simple. La muflerie du gouverneur ne l'avait pas plus surprise ou accablée que celle des députés, des membres du cabinet ou encore (eh oui) des lobbyistes. Loin d'être déprimée par leur servilité collective, Lisa June Peterson y puisait une raison d'espérer. Il lui serait facile de contourner ces bouffons libidineux, facilement déboussolés, et en temps voulu elle le ferait.

En attendant ce jour, elle continuait à observer, écouter et s'instruire. Chaque matin, elle arrivait au travail à huit heures pile, impeccable, cordiale et toujours prête à tout — comme elle l'était ce matin, l'une des rares fois où Dick Artemus l'ait devancée à son poste. Il l'attendait, installé à son bureau, quand elle lui apporta une tasse de café. Il lui demanda de fermer la porte et de s'asseoir.

— J'ai un petit problème, Lisa June.

Il l'appelait toujours par ses deux prénoms.

— Oui, monsieur ?

— Il faut que je retrouve quelqu'un qui a disparu depuis un bail.

— J'appelle immédiatement le F.D.L.E., dit Lisa June.

À savoir l'équivalent du F.B.I. pour l'État de Floride.

Le gouverneur fit non de la tête.

— Neûn, il y a mieux à faire pour régler ça. Si je vous donne un nom, pouvez-vous m'obtenir des renseignements ?

— Certainement.

— Prenez tout le temps qu'il faudra. La journée entière, dit Dick Artemus. C'est vraiment important, Lisa June.

Il lui dit le nom de l'homme en question et ce qu'il avait fait. Elle eut l'air surprise.

— Je n'ai jamais entendu parler de lui, dit-elle.

— C'était avant votre époque, mon chou.

— Mais, tout de même...

— De l'histoire ancienne, fit le gouverneur. En quelle année êtes-vous née ?

— Mille neuf cent soixante-quinze.

Dick Artemus sourit.

— Seigneur, vous étiez encore en Pampers quand c'est arrivé.

Lisa June Peterson passa la matinée aux archives de l'État, sa pause-déjeuner au téléphone et l'après-midi à la « morgue » du *Tallahassee Democrat*. Elle regagna ce soir-là le bureau du gouverneur avec deux pleins cartons de dossiers et de coupures de presse.

— Rien que du vieux, annonça-t-elle. Bien trop vieux, tout ça. Il est peut-être mort à l'heure qu'il est.

— Oh, j'en doute fort. Qui pourrait nous l'apprendre ? demanda Dick Artemus. Qui saurait où il pourrait être passé ?

Lisa June tendit au gouverneur une feuille de papier. C'était la copie d'une lettre d'un policier de la route à son supérieur en chef, apparemment une demande de mutation de routine. Lisa June avait entouré à l'encre rouge le nom en bas de page.

— *Lui* probablement pourrait nous l'apprendre, dit-elle. Il est toujours en service.

— Bien, dit le gouverneur. Y a-t-il autre chose que je devrais savoir ?

— Oui, en effet.

Lisa June Peterson lui tendit la copie d'une autre lettre, signée, celle-ci, par l'homme en question.

Dick Artemus la lut et dit :

— Excellent. Vraiment excellent. Merci, Lisa June.

— Pas de quoi.

Elle rentra chez elle, prit une douche, sauta son dîner et se mit au lit ; elle ne ferma pas l'œil de la nuit. Elle ne cessait de penser au disparu, se demandant pourquoi Dick Artemus tenait à le retrouver après toutes ces années.

Un vendeur de voitures devenu gouverneur.

S'entendre qualifier ainsi mettait Dick Artemus sur le gril, car cela impliquait de façon hautaine que tous les vendeurs de voitures étaient d'hypocrites roublards, indignes de remplir une fonction publique. Au début, Dick Artemus se défendait en soulignant fièrement que ses concessions ne vendaient que des Toyota, les automobiles les plus populaires et les plus fiables de la planète. Un véhicule de qualité, disait-il. Classé au top par toutes les revues de consommateurs dignes de ce nom !

Mais les conseillers en communication du gouverneur lui affirmèrent que, par de tels propos, non seulement il passait pour mesquin, mais aussi pour se livrer à de l'autopromotion ; et d'autre part que les gens qui adoraient leur nouvelle Camry n'adoraient pas nécessairement le type qui la leur avait vendue. Ses conseillers en com dirent à Dick Artemus que ce qui pouvait le mieux assurer l'avenir de sa carrière politique, c'était de faire *oublier* à ses électeurs qu'il avait été vendeur de voitures (même si les Démocrates, eux, ne se priveraient pas de le lui rappeler). Prenez ça de haut, dirent à Dick Artemus ses conseillers en com. Agissez en gouverneur.

Aussi Dick Artemus s'était-il programmé consciencieusement de ne répondre ni aux blagues ni aux piques sur sa vie passée, bien que cela ne fût guère facile. Il avait sa fierté. En outre, il croyait qu'il n'aurait pas atteint la résidence du gouverneur sans tous ces étés floridiens caniculaires passés à suer sur des parcs automobiles. Là, on apprend à être compétent auprès des gens, disait Dick Artemus à son équipe. Là, on apprend à être sincère, flatteur et charmant. C'est là que l'on apprend à sourire jusqu'à en avoir des crampes dans les mâchoires et les gencives desséchées.

Être candidat à un poste officiel, c'était du gâteau, aimait à dire Dick Artemus, comparé à écouler cent sept camionnettes en une seule année (ce qu'il avait fait, seul comme un grand, en 1988). Même après avoir été élu, le nouveau gouverneur se surprit fréquemment à se rabattre sur ses techniques éprouvées de vente quand il traitait avec lobbyistes, parlementaires et autres électeurs récalcitrants. Le fin du fin en politique, n'était-ce pas la persuasion ? Et persuader des individus rétifs et soupçonneux de vivre au-dessus de leurs moyens, Dick Artemus avait-il fait autre chose toute sa vie, une fois adulte ?

Dick Artemus, qui se sentait dépourvu face à certaines facettes de sa fonction, demeurait confiant dans sa capacité de vendre n'importe quoi à n'importe qui. (Dans les interviews, il tenait à se définir comme « un homme du peuple de chez un homme du peuple », bien que la phrase provoquât des gémissements étouffés au sein de son équipe.) La foi ancrée du gouverneur en sa propre séduction engendrait maints rendez-vous privés à la résidence. En tête à tête, aimait-il à dire, c'est ainsi que je mène les affaires, moi. Et même les plus cyniques de ses assistants admettaient que Dick Artemus était sans pareil, en tête à tête. Il pourrait persuader les puces de laisser un chien tranquille, disaient-ils. Et convaincre les vautours d'abandonner une charogne.

Convaincre, c'était ce à quoi Dick Artemus s'attelait présentement. Dénouant sa cravate, retroussant ses manches, se détendant dans l'un des fauteuils de cuir de son bureau privé, où s'alignaient sur les étagères des livres qu'il n'avait jamais ouverts. Il s'entretenait en tête à tête avec un Noir, vêtu de l'uniforme gris de la police de la route de l'État. L'écusson, cousu sur l'une des épaulettes de l'uniforme, s'ornait d'une orange de Floride juteuse, agréable tache de couleur chargée de détourner l'attention d'un touriste des cent quatre-vingts dollars de contredanse pour excès de vitesse qu'on venait de lui coller.

Le flic black assis dans le bureau du gouverneur avait un beau visage carré et de larges épaules. On pouvait le classer quadra finissant ou quinqua débutant : on voyait des filaments d'argent dans ses cheveux coupés court.

— Eh bien ? fit Dick Artemus. Ça a beaucoup changé depuis le temps que vous travailliez ici ?

Il faisait référence à la résidence.

— Non, pas beaucoup, fit le policier de la route avec un sourire de politesse.

— Vous êtes lieutenant, à présent ?

— Oui, monsieur.

— Impressionnant, fit le gouverneur.

Les deux hommes savaient très bien pourquoi : la police de la route n'était pas connue pour promouvoir les minorités.

— Et votre femme ?

— Elle se porte bien, monsieur.

— Elle faisait partie de police de la route, elle aussi ?

— C'est exact.

— Elle n'a jamais rempilé ?

— Non, monsieur.

Dick Artemus opina pour bien montrer son approbation.

— Un dans la famille, ça suffit. C'est hyper dangereux d'être sur les routes.

Comme si le lieutenant avait besoin qu'on le lui rappelle.

— Ce qui explique pourquoi je vous ai demandé de faire un saut, Jim (comme s'il avait eu le choix), pour cet entretien privé, dit le gouverneur. J'ai un problème qui doit être réglé vite fait, bien fait. Une situation délicate à laquelle est mêlé un individu fortement instable — un dingue avéré, pour parler sans détour — qui est lâché... *quelque part*... dans la nature.

L'air sombre, Dick Artemus désigna la fenêtre.

Le policier de la route ne changea pas d'expression, mais le gouverneur sentit s'installer un certain inconfort; et une prudence soudaine vint brouiller le regard de son interlocuteur. Artemus perçut le tout sur-le-champ ; il avait été confronté au même genre de vibrations un bon millier de fois, précédemment, chez des clients de Toyota Land, U.S.A.

— Ce que je vais vous dire, fit le gouverneur en se penchant en avant, doit rester strictement confidentiel.

— Ça va de soi, dit le policier, qui s'appelait Jim Tile.

Et Dick Artemus lui narra l'histoire, presque toute l'histoire, du jeune homme qui avait enlevé le chien de Palmer Stoat et lui avait envoyé par FedEx l'une de ses oreilles, afin de stopper la construction d'un pont en un endroit appelé l'île aux Crapauds.

— Ou plutôt aux Puffins, le nom yuppie à la con que le promoteur lui a donné, ajouta le gouverneur. Mais je ne vous ai pas fait venir ici pour vous demander d'aller au secours du clebs d'un enculé de lobbyiste — on s'en occupe déjà. Le problème, c'est ce jeune homme qui est potentiellement capable... et j'ai beau ne pas être psy, je dirais qu'il est potentiellement capable de blesser ou même de tuer quelqu'un, si on tarde à le retrouver.

— Et ensuite ? demanda le policier black.

— On le fera soigner, bien entendu. Un traitement tout ce qu'il y a de pro, lieutenant Tile. C'est ce dont ce jeune homme a besoin.

— Vous connaissez son nom ?

— Neûn, répondit le gouverneur.

— Il ressemble à quoi ?

— On peut le savoir. Il a été vu dans un bar, Chez Swain, à Fort Lauderdale.

— Où est-il à l'heure actuelle ? Selon les meilleures probabilités ?

— Pas la moindre idée, mon ami.

Les questions frontales du policier amusaient Dick Artemus, que cette charade divertissait.

— Alors je ne peux pas faire grand-chose, dit Jim Tile.

— Tiens donc.

Le gouverneur souriait à présent. Mais son sourire n'était ni celui du vendeur ni celui du candidat. Bien plutôt, celui qui signifiait « bon, on arrête le baratin ».

— Écoutez, Jim, vous savez très bien ce que j'ai besoin que vous fassiez.

Le policier de la route regarda ailleurs, momentanément. Dick Artemus nota que les veines de son cou se raidissaient, saillant comme des câbles.

— Dites-moi un peu. Comment se porte notre ancien gouverneur en ce moment ? Et ne me demandez pas « lequel ? ». Vous *savez* très bien lequel. Celui qui est marteau. Clinton Tyree.

— Je n'en sais rien, monsieur. Ça fait au moins un an que je ne lui ai pas parlé, sinon plus.

— Mais vous savez où le trouver ?

— Non, monsieur, répondit Jim Tile.

Techniquement, c'était la vérité. Il savait *comment* trouver l'ex-gouverneur, mais pas *où*.

Dick Artemus se leva, étira les bras et gagna la fenêtre sans se presser.

— Les vieux de la vieille parlent encore de lui par ici. Il n'était pas en poste depuis — combien, deux ans ? — qu'il a disparu. Et pourtant, c'est celui dont ils parlent toujours : « Où il est ? », par-ci, « Qu'est-ce qu'il fait, maintenant ? », par-là. « On ne l'a toujours pas attrapé ? », « Vous croyez qu'il est toujours vivant ? » Bof, c'est toujours les plus barjos qui captivent l'imagination des foules, hein ? Comment ce vieux Clint se fait-il appeler par les temps qui courent ?

— Je n'en sais rien, dit le flic black. Moi, je l'appelle gouverneur.

Il dit ça d'un ton pince-sans-rire qui fit pivoter Dick Artemus sur lui-même. Et ce que ce dernier lut dans l'expression de Jim Tile était pire que la méfiance ou même l'antipathie. C'était une indifférence d'une froideur humiliante.

— Écoutez, Jim, vous étiez présent quand ça s'est passé. Vous étiez son garde du corps, bon Dieu.

— Et son ami.

— Vous parlez, fit le gouverneur, bien entendu, son ami. Quand je dis « marteau » ou « barjo », vous savez ce que je veux dire. Il y a la folie douce et la folie furieuse. Et ce gamin qui débite les labradors en tranches pour faire un acte politique, il est du genre furieux.

— Je suis certain que vous le retrouverez, monsieur, fit Jim Tile en se levant de fauteuil.

Il dépassait Dick Artemus, crinière et tout, de plusieurs centimètres.

Mais le gouverneur, passant à une technique de vente agressive, ne se le tint pas pour dit.

— Skunk, dit-il, je crois que c'est le nom qu'il se donne. Ou bien est-ce Skink ? Écoutez, lieutenant. J'ai procédé à des recherches à domicile. Parce que, comme tout le monde, j'étais curieux à force d'entendre tous ces blablas, toutes ces rumeurs. Vous savez qu'il n'a jamais posé pour son portrait ? Dans toute la résidence, il n'y a rien, ni photo ni plaque — nada — qui atteste qu'il ait vécu ici. Alors oui, quoi, merde, j'étais curieux.

— Je regrette, monsieur, fit Jim Tile, mais je dois y aller. J'donne dans vingt minutes en ville un cours à des chauffards arrêtés en état d'ivresse.

— Ça n'en prendra que cinq.

Dick Artemus, mine de rien, se faufila devant la porte.

— Ce pont de l'île aux Crapauds représente une ligne budgétaire de vingt-huit millions de dollars. Les gens qui ont obtenu ces contrats ont donné pas mal d'argent pendant ma campagne. Alors, il faut qu'on le construise ce satané pont, d'une façon ou d'une autre. Vous pouvez parier gros là-dessus. Maintenant — pour en revenir à ce jeune givré —, il détient le potentiel de faire quelques gros titres bien cradingues et ça, je m'en passerais facilement. Tout comme mes fidèles amis du futur complexe de l'île aux Puffins. Mais pire encore, j'ai le sentiment très net que par son comportement barjoïde, ce garçon a mis en péril sa propre sécurité. Cette info restera entre vous et moi, lieutenant. Tout ce que je dis, c'est ceci : certaines personnes impliquées dans ce projet ne sont pas des plus sympa. Suis-je fier d'avoir été élu gouverneur grâce à elles ?

Dick Artemus eut un petit rictus méprisant.

— C'est une tout autre question. Mais pour l'heure, je dois m'assurer que rien de fâcheux n'arrive à ce chien fou de dognappeur parce que, petit a, aucun homme jeune ne mérite de mourir pour une bêtise pareille et, petit b, ça ferait un gros titre vraiment cradingue. Un vrai cauchemar à la une, on peut tous tomber d'accord là-dessus ?

— Vous pensez vraiment qu'on irait jusqu'à l'assassiner ? demanda le policier de la route.

— Et comment. Et s'il est moitié aussi dingue que je le pense, il laissera pas tomber les choses tranquillement. Il fera de grosses vagues, comme tous ces timbrés d'écolos terroristes. Alors, l'île aux Puffins fera les premières pages et en deux temps, trois mouvements, un journaliste de mes deux remontera directo sur cette piste nauséabonde jusqu'à votre humble serviteur. Qui, soit dit en passant, espère être réélu dans deux ans.

— Je saisis votre problème, monsieur, dit Jim Tile.

— Bien.

— Mais il n'acceptera pas de le faire. À supposer que je le retrouve — même au bout d'une éternité, je ne crois pas qu'il accepte de vous aider.

— Et *moi,* je pense que vous vous trompez.

Dick Artemus marcha jusqu'à une console en érable où il prit une enveloppe kraft officielle. Adhésivement scellée.

— Veuillez remettre ceci à l'ancien gouverneur, s'il vous plaît. C'est tout ce que je vous demande, Jim. Assurez-vous que ce pli lui parviendra et vous serez libéré de ce foutoir. Il décidera ce qu'il décidera. Tout est écrit pour lui noir sur blanc.

Le gouverneur remit l'enveloppe au policier de la route.

— Ce n'est pas un ordre, lieutenant.

— Oui, je sais, monsieur. Je vais faire mon possible.

La réponse de Jim Tile dénotait un tel manque flagrant d'enthousiasme que Dick Artemus abandonna toute idée de corruption : l'offre de boulot qu'il était prêt à lui proposer. L'occasion pour le policier de quitter la route et de se la couler douce. De jeter aux orties son uniforme en polyester étouffant pour un beau costume. De retourner à la résidence du gouverneur assurer sa sécurité.

Mais Dick Artemus ne perdit pas son temps à appâter ainsi Jim Tile. Il reconnaissait un client duraille quand il en avait un sous le nez. Le lieutenant ferait ce qu'on lui demandait, mais agirait strictement selon son devoir. Rien de plus. Le bonhomme n'avait aucun intérêt à amarrer son avenir à l'étoile du gouverneur, à marcher main dans la main avec lui.

— La vérité, dit Dick Artemus, c'est que, après tout ce que j'ai entendu raconter, j'aimerais rencontrer votre légendaire ami en personne, un de ces jours. Dans d'autres circonstances, bien entendu.

— Je lui en ferai part, n'en doutez pas.

Après le départ du policier de la route, le gouverneur se versa un bon verre de bourbon et se carra sur son siège pour se remémorer des temps meilleurs, où le pire qu'il eût à faire, c'était de vendre un tissu à rayures cerise à des veuves sans défense pour les sièges de leur Corolla deux portes.

13

Estella, elle s'appelait.

— Un verre, ça te dirait ? demanda Palmer Stoat qui, se tournant vers le barman, commanda : un martini vodka pour mon invitée de marque.

La prostituée eut un sourire indulgent.

— Je me souviens de toi, moi aussi.

— Ça me fait bien plaisir, Estella.

— T'étais du genre bavard.

Elle portait une robe de cocktail violette et des bas assortis.

— Tu m'avais parlé d'une partie de pêche avec George Bush.

— Oui, c'est vrai, fit Stoat. Et tu m'as dit que c'était le président le plus sous-estimé depuis Hoover.

— Les médias lui ont craché à la gueule à Bush. Parce que c'était pas un baratineur, un beau gosse télégénique avec une bouche pleine de dents.

Le rouge à lèvres d'Estella était d'une nuance

ou deux plus sombre que sa robe. Elle avait une jolie peau et un maquillage léger. Ses cheveux, en revanche, déployaient un complet éventail de blonds.

— Je le lui aurais fait à l'œil, confia-t-elle, rien que pour lui dire : merci, monsieur le commandant en chef, pour la guerre du Golfe. Il leur a foutu une sacrée branlée à ces enfoirés d'Irakiens.

— En plus, c'est un type très sympa. Avec les pieds sur terre, ajouta Stoat.

Estella se glissa plus près au bar.

— Je l'ai vu perdre un tarpon de cinquante kilos sur le bateau, fit Stoat, la ligne s'est entortillée autour de l'hélice et basta. Il s'est montré rudement sport.

— Ça me surprend pas du tout, fit la prostituée qui arracha le cigare du bec de Stoat et en tira de mignonnes bouffées. Et Ronald Reagan ? Tu l'as jamais rencontré ? demanda-t-elle.

Aïe, aïe, aïe, songea Stoat. Il ne manquait plus que ça.

— Plusieurs fois, fit-il à Estella, comme si ça allait de soi. Impressionnant. Quel charisme.

Elle lui rendit le cigare, qu'elle lui glissa entre les lèvres.

— Raconte-moi des anecdotes, Palmer.

Il sentit sa petite main se nicher en confiance entre ses jambes. Merde à Robert Clapley et à Tête de Porc-Épic, songea Stoat. Merde au dognappeur et au pont de l'île aux Puffins. Et même Desie — où elle était passée aujourd'hui, bordel ? Bof, merde à elle aussi.

Parce que pour l'heure, Stoat était chez Swain, bourdonnant gentiment, dans un nuage familier de fumée bleue, d'alcool et de parfum. Il se pencha tout près de la call-girl et lui dit :

— Ronnie m'a raconté une fois une histoire cochonne.

Nouveau mensonge d'autoglorification. Reagan ne lui avait jamais dit un seul mot.

— Tu veux l'entendre ?

Estella chevauchait quasiment Palmer Stoat à présent, le tabouret de bar en équilibre précaire.

— Vas-y ! fit-elle, l'encourageant du lolo. Vas-y, toi, dis-moi tout !

Mais alors que Stoat s'efforçait de se rappeler la chute de la blague du perroquet borgne en chaleur, le barman (qui avait raconté le premier ladite blague à Stoat) lui effleura la manche en lui disant :

— Désolé de déranger, mais on vient d'apporter ça au courrier.

Ce qui ennuya grandement Stoat car la main d'Estella s'activait sur une partie de sa personne qui brûlait d'être activée. Stoat était prêt à congédier le barman du geste quand il remarqua ce qu'il tenait : une boîte à cigares. Même à travers la fumée, Stoat reconnut le label distinctif, le sceau officiel de la République de Cuba, et bien entendu ne put refréner son excitation.

Il s'arracha à la call-girl, dont les doigts s'escrimaient sur sa fermeture Éclair, et tendit la main en travers du bar pour s'emparer de la boîte à cigares, supposant qu'il s'agissait d'un cadeau d'un client reconnaissant. Songeant au grand nombre d'années où il avait tenté de mettre justement la main sur ce mélange particulier. Imaginant déjà la meilleure place où l'exposer dans sa bibliothèque, parmi ses autres trésors.

Stoat, saisissant la boîte à deux mains, remarqua primo que le sceau en était brisé et, secundo, qu'elle semblait trop légère.

Il la déposa sur le chêne verni du bar et souleva le couvercle — sous les yeux d'Estella qui avait niché son menton dans son épaule. Il ne trouva aucun cigare à l'intérieur, pas l'ombre d'un.

Simplement la patte d'un animal ; une patte de chien noir, à poils ras, sectionnée net jusqu'à l'os.

— C'est quoi, ça ? fit la prostituée tendant le cou pour mieux voir.

Stoat en resta muet de dégoût, le fou furieux avait une fois de plus violé son sanctuaire.

— Laisse-moi regarder, fit Estella qui, lâchant la languette de la fermeture Éclair de Stoat, tendit cette même main inquisitrice — elle avait les doigts agiles, Stoat devait le reconnaître — vers la boîte à cigares.

— Non, l'avertit-il trop tard.

Elle avait maintenant extrait de la boîte l'atroce curiosité, qu'elle tourna et retourna ;

suivant de ses ongles peints le contour des coussinets veloutés, et jouant avec l'ergot acéré.

— Palmer, c'est une blague ou quoi ? C'est pas pour de vrai.

Stoat se raccrocha lugubrement à son verre.

— Faut que j'y aille.

— Wouah.

Estella la prostituée caressa gentiment la patte comme si elle était vivante.

— Sûr qu'à la toucher, elle a l'air vraie, observa-t-elle.

— Remets-la en place, s'il te plaît. Dans la boîte.

— Bon Dieu, Palmer !

Avec une répulsion toute nouvelle, elle lâcha le truc poilu. Il tomba avec un plouf dans le cognac de Stoat, le moignon en premier. Des ongles de chien accrochèrent le bord du verre. Palmer Stoat rafla la boîte de cigares cubains et fila vers la porte.

Desie demanda à voir où il avait enterré le labrador mort.

— Vous ne me croyez pas, dit Twilly.

— Si, je vous crois.

— Non.

Alors, ils revinrent à Fort Lauderdale. McGuinn fit le voyage sur le plateau du pick-up. Le vent de la vitesse (cent dix kilomètres/heure) sur l'Interstate transformait ses oreilles en ailes de chauve-souris. Desie déclara qu'elle aurait bien aimé le prendre en photo. Chaque fois qu'elle se retournait pour regarder le chien, Twilly entrevoyait la ligne de son cou, ambrée par l'éclairage public au sodium. Il aima le fait qu'elle tienne à s'assurer par elle-même de l'existence de l'autre chien. Quoi d'étonnant — après tout, elle était mariée à un artiste ès foutaises compulsif. Pourquoi irait-elle croire sur parole le premier venu ?

La plage derrière le Yankee Clipper était quasiment déserte, plongée toute la nuit dans un crépuscule rosâtre par les lumières du vieil hôtel. La brise avait forci, et avec elle le bruit du ressac. Twilly mena Desie devant la fosse.

— Je suppose que vous voulez que je creuse ? fit-il.

— Ça ne sera pas nécessaire.

McGuinn flairait intensément le sable fraîchement remué.

— Dix dollars qu'il pisse dessus, fit Twilly.

McGuinn pencha la tête comme s'il comprenait et se mit à délimiter une zone de tir circulaire.

— Non !

Desie s'empara de la laisse et tira le chien loin de la sépulture.

— C'est tellement triste, dit-elle.

— Oui.

— Ça ne vous a pas fichu froid dans le dos ? De trancher l'oreille et la patte...

— L'heure avance, Mrs Stoat. Il est temps que vous rentriez chez vous.

— J'ai oublié mon sac au Delano.

— On vous le postera, fit Twilly.

— Avec mes clés de voiture et celles de la maison.

— Autre chose ?

— Oui. Mes pilules contraceptives.

Dire qu'il a fallu que je lui pose la question, songea Twilly. Il revint à Miami Beach en roupillant à moitié. Une fois dans la chambre d'hôtel, il se décida pour une douche bouillante, histoire de se réveiller avant de reprendre le volant. De la salle de bains, il cria à Desie :

— Téléphonez à votre mari que vous arrivez.

Quand Twilly sortit, il la trouva dans le lit blanc avec les couvertures blanches remontées jusqu'au cou.

— J'ai bien peur d'avoir mis du sable dans vos draps. Il est quelle heure ?

— Une heure et quart.

— Je crois que j'ai envie de rester.

— Je crois que j'ai envie que vous restiez.

— Vous n'êtes pas en état de conduire.

— C'est la seule raison ?

— Celle que je me donne, oui.

— D'accord, restez. Parce que je ne suis pas en état de conduire.

— Merci, fit Desie. Mais pas de sexe.

— Loin de moi cette idée.

Alors McGuinn sauta sur le lit et se mit à lécher le menton de Desie.

— Je pourrais exiger le même traitement, fit Twilly.

— Ce n'est qu'un chien, et vous, un délinquant doublé d'un frappadingue, rétorqua Desie.

— Poussez-vous.

C'est ainsi que tous trois passèrent la nuit, sous une couverture, au Delano; Desie au milieu, en sandwich. Elle se réveilla à l'aube au souffle rauque du chien, la grosse tête de McGuinn posée près d'elle sur l'oreiller. Desie essaya de se retourner, en vain — le visage de Twilly était enfoui au creux de son cou, ses lèvres doucement pressées sur sa peau. Elle l'ignorait, mais il rêvait.

Pour la première fois de sa vie.

Mr Ganache avait passé la journée à écouter ses cassettes 911. Il ne s'en lassait pas. Suite à une émission de télé nocturne, il avait acheté par correspondance le *Best of des Appels en urgence à vous figer le sang,* volumes 1-3. Lesdits appels avaient été enregistrés aux standards des services de police dans tout le pays et quelqu'un avait eu l'idée de génie d'en faire une compilation et de les vendre en C.D. et cassettes. On n'avait gommé que le mot commençant par *p* pour protéger les chastes oreilles des enfants qui auraient pu écouter.

INTERLOCUTRICE : 911 ? 911 ?

STANDARDISTE : Ici, la police. Vous avez une urgence ?

INTERLOCUTRICE : Ouais, y a mon frangin, y file des coups de couteau à mon autre frangin.

STANDARDISTE : Des coups de couteau, vous avez dit ?

INTERLOCUTRICE : Ouais, feriez mieux d'envoyer vite quelqu'un. Y a du sang plein les rideaux [bip]. Il est devenu dingue, faut qu'vous envoyez vite quelqu'un, avant qu'il nous bute tous.

STANDARDISTE : Vous pourriez me décrire l'arme, m'dame ?

INTERLOCUTRICE : Un couteau, bon Dieu. Un grand couteau de boucher [bip]. Avec un manche en bois et l'autre bout, il est vraiment pointu. Pigez le topo ?

STANDARDISTE : O.K., O.K., on se calme. Où est votre frère maintenant ?

INTERLOCUTRICE : Par terre. Où vous croyez qu'il est ? Par terre, il saigne à mort. On dirait un morceau de gruyère [bip], seulement, avec du ketchoupe.

STANDARDISTE : Non, le frère au couteau de boucher. Où il est ?

INTERLOCUTRICE : Dans la cuisine. À se taper encore une bière. Alors quoi, les mecs, vous venez ? Pasque sinon, autant me le dire de suite, qu'j'm'tranche la gorge tout net. Comme ça mon alcoolo d'frangin barjo, y s'donnera pas cette peine.

STANDARDISTE : Relax, maintenant, on vous envoie une voiture. Vous pouvez rester au téléphone ? Vous êtes en sécurité ?

INTERLOCUTRICE : En sécurité ? Ah, pour ça, ouais, bon Dieu. [bip] ! J'suis enfermée dans la salle de bains d'une caravane, autant dire Fort Knox, quoi [bip] ! J'suis à l'aise, Blaise. Non, mais ça vous prend souvent, les mecs ! Mais non, merde, je suis pas en sécurité. Suffit qu'un chat pète et toute la bicoque, elle dégringole...

STANDARDISTE : Tâchez de rester calme, m'dame.

INTERLOCUTRICE : Ah ! mon Dieu, c'est lui ! Je l'entends dehors ! Clete, tu t'en vas d'ici ! Tu me fous la paix sinon je dirai à maman ce que t'as fait à Lippy, j'le jure devant Dieu ! Non, ne... t'amuse pas à ouvrir cette porte ! Clete... nom de Dieu, j'ai les flics au téléphone — non ! Je t'ai dit non...

STANDARDISTE : C'est lui, m'dame ? C'est votre frère à qui vous parlez ?

INTERLOCUTRICE : Non [bip], c'est à Bruce Springsteen. Z'êtes débiles ou quoi — eh oh, Clete, arrête ces conneries tout de suite ! Non, non... pose ce machin, tu m'entends ? Lâche ça !!!

STANDARDISTE : M'dame ? Allô ? Ça va ?

Percevoir la peur dans une voix humaine rendait Mr Ganache euphorique. La rage, la panique, le désespoir — il y avait tout ça dans les appels à Police Secours, le cycle complet du désespoir, brut de décoffrage.

Papa casse tout.

Bébé est tombé dans la piscine.

M'man a avalé des cachets.

Y a un type que j'connais pas à la fenêtre de ma chambre.

Et malgré ça, quelqu'un arrive jusqu'au téléphone et appelle au secours.

Pour Mr Ganache, ça valait toutes les pièces de théâtre, tous les ouvrages de littérature, toutes les musiques. Il s'agissait de la vraie vie ; la vraie vie qui se dévidait. Il ne se lassait pas des cassettes 911. Il repiquait même ses préférées sur un fond de musique classique — Mahler pour les scènes de ménage, Tchaïkovski pour les arrêts cardiaques, etc.

Les cassettes d'appels en urgence lui lavaient la tête des embouteillages et il les écouta pendant toute la durée du trajet jusqu'à l'île aux Crapauds, le lendemain matin du jour où il avait malmené Palmer Stoat. Pour son long parcours vers le nord, Mr Ganache avait sélectionné le *Best of Alertes à l'incendie,* avec du Chostakovitch en accompagnement sonore.

STANDARDISTE : Il s'agit d'une urgence ?

INTERLOCUTEUR : Grouillez-vous ! La maison brûle ! Ça crame !

STANDARDISTE : Où êtes-vous, monsieur ?

INTERLOCUTEUR : À l'intérieur ! dans la maison !

STANDARDISTE : Où ça, à l'intérieur ?

INTERLOCUTEUR : La chambre, j'crois bien ! Grouillez, les mecs, ça crame de partout ! Tout crame !

STANDARDISTE : Les camions arrivent...

INTERLOCUTEUR : J'fumais sous le sapin d'Noël, t'vois...

STANDARDISTE : Monsieur, vous devez quitter votre habitation, immédiatement.

INTERLOCUTEUR : D'la coke, t'vois ? Et j'sais pas comment c'est arrivé, man, mais tout à coup, y a eu un éclair et l'arbre, y s'allume, classe, quoi. Puis après, tous les cadeaux, y flambent aussi et puis très vite, y a de la fumée partout...

STANDARDISTE : Monsieur, vous devez sortir de la maison immédiatement. Tout de suite.

INTERLOCUTEUR : Grouillez, c'est le principal. Et fissa ! Pasque j'ai aucune idée par où on *sort,* moi. Tu comprends ce que je dis. Je suis complètement paumé [bip, bip], O.K. ?

Les cassettes étaient comme une tapisserie auditive pour Mr Ganache. À partir d'un seul cri, il pouvait visualiser l'intérieur d'une maison, ses couloirs nus et ses chambres en désordre ; la moquette fanée et le mobilier fonctionnel, les tableaux trop grands et les photos de famille figées au garde-à-vous. Sans oublier les flammes orange qui léchaient les murs.

— Aïe, dit-il à haute voix en conduisant.

L'île aux Crapauds était l'endroit logique par où commencer à pourchasser l'homme qu'il était censé assassiner. Peut-être le bonhomme vivait-il ici ou du moins avait-il visité les lieux.

Pourquoi sinon aurait-il accordé deux balles d'attention au pont de Robert Clapley ?

Mr Ganache s'arrêta en premier chez Nils Fishback, « maire » autoproclamé de l'île et ancien adversaire politique de Clapley. Ce dernier avait dit à Mr Ganache que c'était Fishback qui aurait des infos de l'intérieur sur n'importe quel mécontent parmi les résidents.

— Foutez le camp de chez moi !

Fishback salua Mr Ganache par cette violente sortie.

— C'est Mr Clapley qui m'envoie.

— À quel sujet ? demanda Fishback. Tu la sors d'où, cette coiffure, duschmoll — t'es anglais ou quoi ?

Le vieux était planté sur sa pelouse, devant la maison. Il était pieds et torse nus ; un bandana jaune pisseux, noué autour du cou, était assorti à sa longue barbe et aux ongles de ses orteils. Il paraissait ne pas avoir pris de bain depuis un bail.

— Tu vois pas que j'suis occupé ? fit Fishback en montrant une fourgonnette de déménagement dans l'allée.

Deux costauds hissaient un grand canapé écossais le long du plan incliné de la fourgonnette.

— Ça ne vous prendra qu'une minute, insista Mr Ganache.

— J'ai pas une minute.

— Ce que vous n'avez pas, c'est des bonnes manières, répliqua Mr Ganache.

Interceptant les deux déménageurs, il leur conseilla de faire une pause d'une demi-heure. Puis agrippant Nils Fishback par l'un de ses coudes osseux, il l'entraîna dans la maison, lui lia pieds et poings avec une embrasse de rideau en Dacron et le poussa dans la première baignoire venue. Après une fouille rapide, Mr Ganache découvrit une savonnette antitranspiration Dial, neuve, qu'il enfonça dans la bouche de Fishback.

— Vous avez probablement envie de vomir, dit Mr Ganache, mais bien entendu vous êtes dans l'impossibilité de le faire.

Dans la baignoire, Fishback le fixait avec des yeux de cheval affolé.

— Voici ce que j'attends de vous, fit Mr Ganache.

Il le dominait, tenant négligemment une arme à la main.

— Il y a un individu qui cause des tas d'ennuis à Mr Clapley à propos du nouveau pont. Ce que j'ai besoin de savoir, « monsieur le maire », c'est qui serait susceptible de faire une chose pareille ? C'est quelqu'un qui vit sur l'île, d'après moi. Un enfoiré qui essaie d'extorquer plus de fric à mon bon ami Mr Clapley.

Nils Fishback faisait non de la tête avec emportement. Mr Ganache éclata de rire. On l'avait mis au courant de la vente foncière, fort lucrative, de Fishback.

— Oh, je sais bien qu'il ne s'agit pas de vous, fit-il au vieillard. À ce qu'on m'a dit, vous n'avez pas de raisons de vous plaindre. Vous vous êtes débrouillé en vrai bandit sur ce coup-là.

Maintenant Fishback opinait. Mr Ganache posa son arme sur le siège des toilettes et sortit un canif, à l'aide duquel il entreprit d'extraire la savonnette de la bouche de Fishback. Elle s'éjecta, enchâssée d'un dentier dispendieux en porcelaine. Immédiatement, le maire se remit debout en se tortillant et vomit dans son giron. Mr Ganache ouvrit la douche, ramassa son arme et quitta la salle de bains.

Quand Nils Fishback en émergea, il se comporta en hôte consommé, toute gracieuseté et hospitalité du Sud. Il fit du café frais et des beignets saupoudrés de sucre pour Mr Ganache en lui disant qu'une rumeur circulait dans l'île.

— À propos d'un gars qui travaille pour Roothaus, l'entreprise engagée par Clapley. Ce type serait — comment dit-on maintenant ? — *en rapport conflictuel* avec son boulot. Il se soûle la gueule le soir et se balade partout en disant que c'est un crime de première que Clapley se prépare à commettre contre cette île.

— Un crime ? fit Mr Ganache, amusé.

— Un crime contre la nature, qu'il dit ce jeune homme. Je crois qu'il est biologiste, quelque chose comme ça.

Nils Fishback prit le temps de remettre son dentier en place. Des copeaux de savon orange étaient visibles entre les dents de devant.

— Le genre écolo pur et dur, à ce que dit la rumeur.

— Mais il travaille pour Roothaus qui travaille pour Clapley, objecta Mr Ganache. Ah !

Ce dernier tricota des sourcils.

— Où est passée cette bonne vieille loyauté ? À propos, votre café est excellent.

— Merci, dit Fishback. Le nom du jeunot, c'est Brinkman ou Brickman. Un truc comme ça. On raconte qu'il est docteur en biologie.

— Merci du renseignement.

Fishback tripota avec appréhension sa barbe trempée.

— Faut garder à l'esprit que ce n'est qu'une rumeur. Je ne veux causer de tort à personne, moi, tout ça ne repose peut-être sur rien. On dit plein de conneries quand on est bourré.

Mr Ganache se leva et tendit sa tasse vide à Fishback.

— Bon, ces sortes de racontars, il faut les vérifier. Où vous déménagez, m'sieur le maire ?

— À Vegas.

— Wouah. Au pays de Cocagne.

— Non, c'est juste que j'ai des problèmes de sinus.

— Vous allez adorer, fit Mr Ganache avec un sourire encourageant.

Krimmler avait conseillé au Dr Steven Brinkman de mettre un frein à ses beuveries, mais ce n'était pas facile. Brinkman était déprimé les trois quarts du temps. Il avait quasiment terminé l'étude biologique de l'île aux Crapauds sans avoir répertorié une seule espèce menacée. Ce qui était une excellente nouvelle pour Roger Roothaus et Robert Clapley, mais pas pour la faune autochtone ; pas pour les balbuzards ni les ratons laveurs, pas pour les écureuils ni les petits-gris, pas pour les lézards ni les chevaliers des sables *western*. Parce que désormais, Brinkman le savait, rien ne pourrait enrayer le complexe des Puffins. Les ordures qui avaient écrabouillé au bulldozer les minuscules crapauds du chêne feraient de même avec toutes les créatures vivantes qu'ils trouveraient sur leur chemin, et aucune loi ni aucune autorité ne pourrait les en empêcher. Si bien que l'inventaire exhaustif et détaillé des oiseaux, mammifères, reptiles, amphibiens, insectes, sans oublier celui de la flore, de l'île aux Crapauds, dressé par le Dr Brinkman était en tout état de cause une liste mortifère, du moins était-ce ainsi que le jeune biologiste en était venu à le considérer.

Parfois, la nuit, il s'introduisait furtivement dans la caravane du chantier pour broyer du noir devant l'impressionnante maquette du projet Puffins — comme tout semblait boisé et verdoyant en miniature ! Mais Brinkman savait que les deux immenses parcours de golf créaient cette illusion — une coulée verte, bordée de maisons et de tours, d'une nuance chimique d'émeraude sans équivalent dans la nature. Et les gogos faisaient la queue pour acheter ! À l'occasion, Brinkman, s'accroupissant près de la maquette, se plongeait dans la contemplation caustique de « l'itinéraire fléché dans la nature » de Clapley, à savoir une piste de quatre cents mètres traversant un enchevêtrement de pins au nord de l'île. Puis il y avait le pittoresque ruisseau d'eau salée, pour kayaks et canoës. Sur la maquette, le ruisseau était peint en bleu ciel, mais en réalité (Brinkman ne l'ignorait pas) l'eau serait limoneuse et couleur de thé. Un banc de mulets y causerait un maximum d'effervescence. Entre-temps, l'équipe de Clapley nivellerait des centaines d'hectares pour les habitations, les parkings, l'aérodrome, l'héliport et ce satané stand de tir ; ils creuseraient l'estuaire encore intact pour le port de plaisance, le complexe de sports nautiques et les usines de dessalement. Le long de la plage se dresseraient les tours de quinze étages tant redoutées ; sur la maquette, chacune d'elles avait la taille d'un paquet de Marlboro.

Steven Brinkman était abattu par sa complicité dans le cataclysme à venir du projet Puffins et devant le tour que prenaient sa carrière et sa vocation, plus généralement. Va dans le privé, lui avait conseillé son vieux père. Son vieux père qui, après vingt-six ans passés dans le service forestier fédéral, n'avait rien de positif à dire sur le travail de fonctionnaire. S'il devait tout recommencer de zéro, maugréait-il, il sauterait sur ce boulot dans l'industrie du bois. Le privé, fiston, il n'y a que ça de vrai !

Et bien que ce fût le salaire confortable qui ait poussé Steven Brinkman à signer avec Roger Roothaus, il pensait aussi honnêtement qu'il pourrait faire entendre sa différence. Frais émoulu de l'université, il croyait naïvement possible de trouver un terrain d'entente entre les amoureux végétariens des petits lapins et la piraterie impitoyable des grandes entreprises. Il croyait que science et bon sens pouvaient rapprocher les deux camps, croyait de tout son cœur à l'avenir d'une « ingénierie de l'environnement ».

Alors, on le mit au travail : il lui fallut dénombrer les papillons, les crapauds et les mulots. Et très vite Brinkman se mit aussi à compter les jours qui le séparaient de son retour dans ses pénates. Il ne tenait pas à être sur l'île aux Crapauds quand démarrerait le grand nettoyage. Et il n'y reviendrait jamais par la suite pour voir si la maquette était ressemblante.

Pour son hébergement, Roothaus lui avait fourni un Winnebago d'occasion, mais Steven Brinkman l'utilisait rarement, préférant dormir à la belle étoile dans les bois condamnés. Là, il pouvait boire immodérément sans s'attirer l'ire de Krimmler. La plupart du temps, le soir, il allumait un feu de camp et écoutait R.E.M. sur le petit radiocassette, cadeau de sa sœur. Les insulaires avaient depuis longtemps catalogué Brinkman comme un gland et lui foutaient une paix royale.

Sa solitude en plein air était rarement troublée

par quelque chose de plus bruyant qu'une hulotte, aussi fut-il surpris de voir un inconnu râblé débarquer dans son campement. Les cheveux blonds de l'homme étaient hérissés de façon excentrique, mais ce fut son costume pied-de-poule qui mit Brinkman à cran, même après avoir descendu un demi-litre de vodka.

— Je cherche un chien, déclara l'inconnu d'une voix presque apaisante.

Brinkman se mit debout en vacillant.

— Z'êtes qui ?

— Je recherche un labrador retriever de couleur noire.

Brinkman haussa les épaules.

— Y a pas de chien ici.

— Avec peut-être une oreille coupée. Je suppose que ça ne vous dit rien non plus.

— Non...

En un éclair, le type le plaqua contre le tronc d'un pin.

— Je travaille pour Mr Robert Clapley, fit-il.

— Moi aussi, répondit Brinkman. Qu'est-ce qui vous prend ?

— Vous êtes Steven Brinkman ?

— Le Dr Brinkman. Ouais, et maintenant...

— Le fouteur de merde ?

Brinkman se débattit, cherchant à se libérer.

— Quoi ? Je suis biologiste de terrain.

L'homme aux cheveux hérissés le saisit à la gorge.

— Où est ce clébard, *docteur* ?

Brinkman bafouilla une protestation, mais

l'envoyé de Clapley le cueillit d'un coup de poing dans le bide.

— Et merde, tu sais pas de quoi je cause, fit le type avec dégoût.

Il dévasta à coups de pied le campement, en jurant.

— T'as pas ce clébard. T'es pas le bon.

— Non, fit Brinkman, à genoux, le souffle coupé.

— Mais t'es quand même un fouteur de merde. Et Mr Clapley, il aime pas les fouteurs de merde.

Le type sortit un pistolet.

— Et t'es bourré, par-dessus le marché. Pas bon, ça.

Brinkman leva ses mains pleines de terre, craintivement.

— J'ai vu un mec par ici, il y a deux jours. Avec un labrador noir.

— Continue, fit le type éjectant d'une chiquenaude un papillon de nuit de son revers.

— Sur la plage. Un mec de mon âge. Très bronzé. Il avait un gros labrador noir.

— Combien d'oreilles ?

— Deux, je crois.

Brinkman était plutôt sûr qu'autrement il s'en serait souvenu.

— Quoi d'autre, docteur ?

L'inconnu plaça le flingue sur la tempe de Brinkman. Ce dernier avait tellement bu qu'il ne pouvait même pas pisser dans son froc, ne pouvait pas établir le contact neurotransmetteur-vessie.

— Le mec conduisait un pick-up noir, fit-il. Et il y avait une femme avec lui.

— Elle ressemblait à quoi ?

— Elle était belle, fit Brinkman. Phénoménale.

La vodka se rappelait somptueusement à son bon souvenir.

Le type aux tifs hérissés le frappa avec la crosse de son pistolet.

— « Belle », ça couvre un large éventail, non ?

Brinkman tâcha de se ressaisir. Il sentait une bulle de sang tiède sourdre entre ses sourcils.

— C'était une brune, la petite trentaine, avec des cheveux longs comme...

Brinkman se servit de ses deux mains pour indiquer leur longueur.

— Le chien semblait à elle. Le labrador.

— Alors, ils avaient rien, enfin, d'un couple.

— C'est le chien de Mr Clapley ? Ces gens-là — ils le lui ont volé ?

Le type en costume pied-de-poule se fendit d'un sourire narquois.

— J'ai l'air de quelqu'un qui gaspille son temps à poursuivre des chiens perdus ? Sérieusement ? J'aurais besoin d'un flingue pour ça ? Tiens, soiffard de mes deux, bois un coup.

Il fourra la bouteille de Stoli dans la main de Steven Brinkman, qui prit une lampée en réfléchissant à ce que le blond venait de dire. C'était un tueur professionnel, bien entendu. Clapley l'avait envoyé sur l'île pour assassiner quelqu'un, au sujet d'un truc en rapport avec un chien. Brinkman, trop soûl pour trouver la chose autrement qu'hilarante, se mit à pouffer.

— La ferme. Donne-moi le nom de ce type, fit l'inconnu.

— Il ne me l'a pas dit.

À nouveau, Brinkman sentit le canon froid lui taquiner la tempe.

— Ils ne me l'ont pas dit. Ni l'un ni l'autre, fit-il au type aux tifs hérissés. Pourquoi je mentirais ?

— Je compte bien le découvrir.

Puis, comme ça lui arrivait souvent avec la vodka, Steven Brinkman connut ex abrupto une saute d'humeur. Il se rappela qu'il avait plutôt apprécié le jeune homme bronzé et sa compagne super canon au chien noir si affectueux. Ils lui avaient paru extrêmement sympathiques et horrifiés à juste titre par ce qui se passait sur l'île ; l'enfouissement des crapauds, par exemple. N'importe qui s'inquiéterait pas du sort des crapauds.

Et regarde-toi maintenant, songea Brinkman avec morosité, en train de les balancer lâchement à ce punk de tueur à gages. Exactement comme j'ai balancé le *Bufo quercicus* à Krimmler. Et toute l'île, pendant que j'y étais. Quel connard, quel dégonflé je fais ! s'affligeait Brinkman.

— Son nom, je compte jusqu'à six, fit le tueur.

— Six ? bredouilla Brinkman.

— C'est mon chiffre porte-bonheur. Avec trois aussi, ça marche bien, dit le tueur. Tu préfères jusqu'à trois ? Un... deux...

Brinkman enveloppa d'une main le canon du flingue.

— Écoutez, je ne connais pas le nom de ce type, mais je sais où il campe ce soir.

— Y aurait du progrès.

L'envoyé de Clapley rengaina l'arme dans son étui et fit signe à Brinkman de passer devant.

Le biologiste ramassa une lampe à gaz et s'enfonça dans les bois, tout sauf furtivement. Il était éméché à l'extrême, à peine capable de soulever ses pieds et encore moins de les diriger. Tout en avançant péniblement, rebondissant d'un tronc d'arbre à l'autre comme une boule de flipper, trébuchant dans les broussailles, Brinkman entendait l'inconnu blond jurer amèrement dans son dos. Sans nul doute, les branches de pin et les lianes épineuses faisaient payer un droit d'effilochage au costume pied-de-poule.

L'idée de Brinkman — on aurait pu difficilement la qualifier de plan — c'était de clopiner jusqu'à la première clairière venue, où il pourrait faire volte-face et assommer l'homme de main de Clapley avec la lampe. Seule de la bonne vodka avait pu insuffler à Brinkman une estimation aussi grandiose de ses propres forces et de sa propre agilité, mais la colère dans son cœur était pure et véritable. L'intrus aux tifs hérissés était devenu le symbole idéalement létal et grossier du projet Puffins et des maux attenants. Ne serait-il pas cool de mettre K.-O. ce salopard et de le livrer aux flics ? Et ensuite ? De se carrer sur son siège et de regarder Robert Clapley se contorsionner, en tentant de justifier auprès des médias de telles manigances — un truand stipendié, lâché dans la nature avec un flingue pour traquer les « fouteurs de merde » sur l'île ! Brinkman eut un grand sourire, quelque peu prématuré, en s'imaginant la une que ça ferait.

Il se retrouva soudain hors du couvert des pins et dans un large espace dégagé qu'emplit la lumière jaune pâle de la lampe. Brinkman aperçut des engins trapus, des sillons et des monticules de terre séchée — et sous ses bottes, une ondulation de terrain. Il reconnut l'endroit où il se trouvait, idéal pour ce qu'il prévoyait de faire. Il avala une goulée d'air frais et salé et pressa l'allure.

— Eh, ducon, fit l'envoyé de Clapley.

Le Dr Brinkman ne se retourna pas complètement, mais du coin de l'œil aperçut l'ombre — une silhouette tremblotante que projetait la lumière de la lampe sur la lame d'un bulldozer, comme celle d'une marionnette sur un mur.

— Eh, toi, tu trouves ça drôle ?

L'envoyé de Clapley, à grands pas rapides, se rapprochait de lui par-derrière. Le Dr Brinkman ralentit délibérément, s'efforçant de chasser les bourdonnements de sa tête, de jauger la proximité du tueur à son bruit de pas, sachant que le timing de sa grande tentative devait être absolument parfait... malheureusement, un timing parfait n'est pas un effet secondaire caractéristique d'une absorption massive de vodka.

Si bien que, quand Steven Brinkman pivota et balança la lourde lampe, l'homme de main de Clapley se trouvait encore à cinq mètres de lui et tout à fait hors d'atteinte. La force centrifuge fit effectuer à Brinkman un tour presque complet sur lui-même, rotation involontaire que stoppa la force de l'impact de la lampe, venant frapper le pneu d'une pelleteuse de quatre tonnes. Brinkman perçut un éclair d'un rose presque blanc, suivi d'un autre bleu vif; il entendit claquer un *pop* puis un autre, plus fort — la lampe qui explosait, suivie d'autre chose. Brinkman s'abattit dans l'obscurité, trouvant fascinant (tel que seul un homme ivre le pouvait) de sentir l'afflux humide de son propre sang, mais aucune souffrance de la blessure par balle. Il tenta de courir sans se relever, ses jambes tricotant en vain dans la terre jusqu'à ce qu'il perde le souffle.

Un silence choquant s'était abattu sur la clairière et Brinkman se réjouit un instant de la possibilité que l'envoyé de Clapley, le croyant mort, se soit enfui. Mais il entendit démarrer le bulldozer, pétaradant une fois avant qu'on le mette en prise. Alors il sut. Même le cerveau imbibé de vodka, il savait ce qui allait venir ; et qu'il aurait dû être terrifié jusqu'à la moelle. Mais Steven Brinkman se sentait surtout fatigué, si exténué, si frigorifié et si trempé que ce qu'il désirait avant tout, à cette heure, c'était dormir. N'importe où ferait l'affaire, n'importe où il pourrait s'étendre, ça serait épatant. Même un lieu enfoui profond dans le sol, parmi les minuscules crapauds réduits en bouillie par la main de l'homme.

14

Twilly rêvait de Marco Island. Rêvait qu'il était encore un jeune garçon, qu'il trottinait sur la plage d'une blancheur d'ossements, en appelant son père. Le long du rivage, aussi loin que sa vue portait, s'entassaient d'horribles tours d'habitation et de condos. Elles s'élevaient de façon surnaturelle jusqu'aux nuages, masquant le soleil, et projetaient d'immenses ombres glaciales sur le sable où courait le jeune Twilly, une boîte à chaussures remplie de coquillages marins sous le bras.

Dans son rêve, le premier de sa vie qu'il mémorisa, Twilly entendait P'tit Phil, quelque part derrière les tours : sa voix résonnait gaiement à tous les échos dans ce canyon de béton. Twilly courait toujours, cherchant un accès entre les immeubles. Mais il n'y avait ni passage, ni ruelle, ni interstice de lumière : chaque tour était contiguë à la suivante, formant une muraille à pic et sans faille — d'une hauteur infinie, d'une longueur infinie — qui faisait le blocus complet du rivage de l'île.

Twilly Spree courait sans discontinuer, en criant le nom de son père. Au-dessus de sa tête volaient des mouettes rieuses, des mouettes à bec annelé et des sternes *sandwich* ; autour de lui, bécasseaux, courlis et pluviers frôlaient ses jambes nues. Il remarqua que la marée montait singulièrement vite, aussi courut-il plus fort, en soulevant de légères éclaboussures. Dans son rêve, Twilly ne pouvait discerner le sens des paroles de son père ; le ton suggérait que P'tit Phil ne s'adressait pas à son fils perdu mais concluait un marché immobilier ; Twilly reconnaissait son entrain de façade et sa bienveillance forcée.

Le garçon courait toujours plus vite, car la plage disparaissait sous ses pas. L'eau salée atteignait ses chevilles — d'un froid choquant, trop froide pour qu'on y nage — et Twilly lâcha la boîte à chaussures afin de pouvoir tricoter des deux bras et se propulser plus rapidement. La brûlure du sel lui fit monter les larmes aux yeux et brouilla le rivage devant lui. Dans son rêve, Twilly se demandait comment la marée pouvait monter si rapidement, car aucune tempête ne la poussait dans le dos, pas le moindre souffle de vent. Au-delà, l'eau était aussi lisse et sans aspérités que du verre poli !

Pourtant, elle atteignait à présent les rotules de Twilly ; courir était devenu impossible. Le garçon était saisi par un froid paralysant, comme si on lui avait martelé une aiguille de glace à la base de la colonne vertébrale. Malgré sa vue brouillée, il distinguait les silhouettes en forme de W des oiseaux de mer virant, piquant et rasant follement l'écume. Il se demandait pourquoi les oiseaux ne s'envolaient pas simplement dans le ciel, avant de disparaître au loin, vers le golfe, mais au lieu de ça continuaient à s'écraser à l'aveuglette contre le bloc monolithique des immeubles ; commotions mates d'os et de plumes mêlés. En tourbillons torrentueux et fous, les oiseaux se fracassaient contre vitres, balcons, auvents et portes coulissantes ; et bientôt les façades des tours mastodontes furent maculées de haut en bas de traînées sanglantes. Twilly Spree n'entendait plus la voix de son père.

Dans son rêve, il fermait les yeux très fort pour ne plus voir mourir les oiseaux. Il ne remuait plus les jambes parce qu'il avait maintenant de l'eau jusqu'à la taille, une eau si froide qu'elle allait le tuer sûrement en l'affaire de quelques minutes. Twilly se demandait comment la mer pouvait être si insupportablement glacée — en Floride du Sud ! Par vingt-six degrés de latitude ! — quand soudain la réponse, si évidente, lui vint. L'eau était froide parce qu'il n'y avait plus de soleil pour la réchauffer, parce que ces saletés de gratte-ciel sur la plage en avaient effacé le moindre rayon, plongeant le golfe dans une ombre perpétuelle et malsaine. Ainsi s'était-il refroidi tant et plus. Bien entendu.

Twilly décida de se laisser flotter. Dans son rêve, l'eau lui arrivait aux aisselles et il luttait si farouchement pour retenir son souffle qu'il émettait d'étranges coassements comme une rainette. Inacceptable, non m'sieur ! Flotter — en voilà une idée qu'elle était géniale. Faire la planche, laisser la marée me rejeter au pied de l'un de ces immeubles, où je pourrai m'extirper de cette soupe glaciale. Et continuer à grimper aussi haut et aussi longtemps qu'il le faudra pour me sécher, grimper en maligne petite grenouille que je suis. Faudra bien que l'eau cesse de monter un jour, non ?

Dans son rêve, Twilly ouvrit les paupières qui lui picotaient et se mit à flotter, faisant le petit chien pour respirer. Il dériva jusqu'à un condo, haut de mille étages peut-être, et accrocha ses bras à la balustrade d'un balcon. Il y resta suspendu, espérant rassembler des forces. Ballottés tout autour de lui dans l'écume, les cadavres des oiseaux de mer, masses compactes fauves aux becs cassés, aux griffes jaunes raidies, au plumage ébouriffé, sali de sang...

Twilly lutta pour se hisser hors de l'eau froide et gagner la terrasse au sec. Il éleva son menton jusqu'à la balustrade, mais ne put aller plus haut, car sur le balcon se tenait son père, P'tit Phil, dans un large caleçon Jockey mouillé. Au creux de ses paumes tendues, on voyait des centaines de minuscules crapauds rayés, yeux exorbités et joues ballonnées, pépiant avec une stridence si excessive que Twilly Spree en eut mal aux tympans.

Et dans son rêve il poussa un cri. Il ferma les yeux, lâcha la balustrade et retomba dans les flots, le courant le faisant tourbillonner comme un morceau de bois détrempé. Quelque chose de doux lui effleura la joue et il le balaya de la main, croyant que c'était une mouette ou un chevalier des sables mort.

Mais non. C'était la main de Desie. Twilly ouvrit les yeux et eut du mal à croire où il se trouvait : au chaud, dans ses bras. Il entendait son cœur battre.

— Tout va bien, maintenant, lui dit-elle.

— Oui.

Il sentit un léger baiser sur le front.

— Vous tremblez.

— Alors, c'est ça qu'on appelle rêver, dit-il.

— Je vais aller vous chercher une autre couverture.

— Non, ne bougez pas.

— Très bien, fit Desie.

— Je ne veux pas que vous partiez.

— Très bien.

— *Plus jamais,* je veux dire, fit Twilly.

— Ah.

— Pensez-y. S'il vous plaît.

La maison était plongée dans l'ombre et le silence. Personne n'avait branché l'alarme. Palmer Stoat ouvrit la porte. Il appela Desie à haute voix et se mit à appuyer sur les interrupteurs électriques. Il alla voir dans la chambre à coucher, les chambres d'amis, passa sur la véranda, puis vérifia partout ailleurs. Sa femme n'était pas là et Stoat en fut marri. Il était désireux de lui montrer la dernière atrocité en date — la patte de chien dans la boîte de havanes. Il voulait la faire asseoir et se rappeler le moindre détail concernant le fou qui avait rapté Bakchich. Et il voulait qu'elle narre tout par le menu à ce sadique coiffé à la porc-épic, le truand de Robert Clapley, afin qu'il prenne en chasse le dognappeur.

Et le tue.

— Je veux qu'il crève.

Palmer Stoat se mirait dans la glace de la salle de bains. Les yeux cernés, il avait une gueule à faire peur : le visage marbré, les cheveux en bataille avec des mèches collées sur le front. Sous l'éclairage violent des ampoules du miroir, il distinguait même sur son menton la fossette luisante qui trahissait l'endroit où le plasticien lui avait fait un implant en caoutchouc.

— Je veux qu'il crève, répéta Stoat à haute voix, pour soupeser la gravité de la chose.

Il désirait *pour de bon* que cet homme soit tué... buté, refroidi, descendu, dégommé, effacé, peu importe comment les types comme Mr Ganache appelaient ça. Cet individu méritait de mourir, ce petit malin de mon cul, pour son interférence dans le deal du pont à vingt-huit millions de dollars, si habilement orchestré par lui, Palmer Stoat ; pour l'enlèvement de Bakchich d'un si bon naturel ; pour son utilisation de parties de chien sectionnées à seule fin d'extorsion ; pour avoir bousillé le mariage de Palmer... comment, Stoat ne savait trop. Mais, depuis sa rencontre avec le dognappeur, Desie agissait bizarrement. Exemple : il était dix heures et demie du soir et elle n'était pas rentrée ! Mrs Palmer Stoat, pas à la maison !

Il gagna le fumoir et s'installa sur son trône, parmi les poissons aux yeux de verre et les têtes d'animaux au regard ébahi. Il composa le numéro de la résidence du gouverneur et demanda à parler à Dick Artemus. Un « page » du nom de Sean — ah parfait ! Il fallait que ça soit Sean ! — informa Stoat que le gouverneur était allé se coucher de bonne heure et qu'on ne pouvait pas le déranger, ce qui signifiait que Dick Artemus était allé baiser Lisa June Peterson ou une autre de ses assistantes à triple nom universitaire. Palmer Stoat, qui avait sous les yeux la boîte à cigares posée sur son bureau, pensait que l'arrivée de la patte méritait une conversation avec le gouverneur de Floride en personne. Stoat sentait qu'il était vital pour Dick Artemus d'apprendre que le dognappeur maintenait la pression. Stoat sentait qu'il était nécessaire de rappeler au gouverneur Dick de bien mettre son veto au pont de l'île aux Puffins dès que possible et de s'assurer que la nouvelle atteigne les journaux afin que le dognappeur l'apprenne par ce biais.

Mais non — le diligent et protecteur jeune Sean ne voulut pas transférer l'appel à ce fornicateur d'ex-vendeur de Toyota !

— C'est quoi ton nom *in extenso,* fiston ? tonna Palmer Stoat au bout du fil.

— Sean David Gallagher.

— Et ça te plaît de travailler à la résidence du gouverneur ? Parce que je n'ai qu'à dire un seul mot de ton attitude butée et tu retournes illico au Red Lobster, à nettoyer au Windex la vitrine du buffet des crudités. Tu me suis, fiston ?

— Je ferai part de votre appel au gouverneur Artemus, Mr Stoat.

— C'est ça, mon vieux.

— Et je saluerai mon père de votre part.

— Ton père ? renifla Stoat. Et merde, c'est qui ton père ?

— Johnny Gallagher. Le speaker actuel de la Chambre.

— Ah bon.

Palmer Stoat marmonna quelques mots de conciliation et raccrocha. Putain, les gamins d'aujourd'hui, fulminait-il, peuvent même pas se dégotter un job sans le piston du paternel.

Stoat ouvrit la boîte à cigares et jeta un nouveau coup d'œil à la patte de chien.

— Nom de Dieu, la prochaine fois, ça sera quoi ? fit-il en refermant prestement le couvercle.

Il tâcha de se rappeler à quoi ce type ressemblait, ce soir-là chez Swain, quand il lui avait passé ce petit mot d'un goût douteux. Le bronzage, la chemise à fleurs... Stoat l'avait pris pour un moussaillon, le matelot d'un yacht. Mais sa figure ? Il était jeune, se souvenait Stoat. Mais le bar était enfumé, Stoat à moitié beurré, et le gamin portait des lunettes noires, alors... pas de pot avec le visage. Desie, c'était elle que le déplaisant Mr Ganache devait consulter. C'était elle qui avait passé du temps avec le dognappeur.

En imaginant Mr Ganache seul à seul avec Desie, Palmer Stoat se rétracta. Quelle trouille il lui avait fichu ce petit enfoiré ! Stoat se demanda si cette saleté de bébé rat était encore vivant — couinant et rampant, à moitié aveugle, dans son placard à céréales, sans doute ! Incroyable. Vraiment choquant. Être l'un des hommes les plus puissants de Floride et voir son univers, noble et resplendissant, réduit à un défilé de monstres pour tabloïds — démembreur de chien, fétichiste de poupées Barbie et punk sadique armé qui lui fourrait un rongeur dans le gosier !

Dieu merci, ils n'étaient pas au courant, tous ces gens qui craignaient Palmer Stoat, avaient besoin de lui et faisaient de la lèche au grand lobbyiste qu'il était. Tous ces individus éminents qui encombraient sa boîte vocale à Tallahassee... le maire d'Orlando, quémandant un coup de pouce habile de Stoat pour obtenir quarante-cinq millions de dollars en fonds fédéraux pour la voirie — Disney World, exigeant une nouvelle sortie sur l'Interstate 10; le P.-D.G. d'une société de machines à sous, implorant Stoat d'organiser un dîner privé avec le chef de la tribu des Indiens Séminoles; une membre du Congrès de West Palm Beach, mendiant des places aux meilleures loges pour le match d'ouverture à domicile des Marlins (pas pour elle, personnellement, mais pour cinq cadres d'une compagnie sucrière qui avaient persuadé leurs coupeurs de canne, jamaïquains et haïtiens, de faire des dons généreux — et bien au-dessus de leurs moyens, en fait — au compte de réélection de ladite membre du Congrès).

Tel était le monde de Palmer Stoat. Tels étaient *ceux* de son monde. Cette connerie barjoïde devait cesser. Et elle *cesserait,* dès que Tête de Porc-Épic aurait retrouvé l'ordure qui détenait le pauvre Bakchich.

Stoat ouvrit le tiroir supérieur de son bureau où il trouva une pile de ses Polaroïds de cul préférés. Il les avait pris à Paris, où Desie et lui avaient passé une semaine aux frais de la princesse, à savoir d'une multinationale minière. On ne voyait pas grand-chose de Desie sur les photos — une cuisse par-ci, une épaule par-là — mais ce fut suffisant pour donner à son mari un coup au cœur et une titillation au bas-ventre. Où elle était, merde?

Palmer Stoat remarqua que le voyant des messages clignotait sur son répondeur. Il appuya sur la touche *play* et se cala sur son siège. Le premier message était de Robert Clapley, pour une fois nerveux et essoufflé.

— C'est à propos de cette poudre de rhino, disait-il sur la bande. Appelle-moi dès que tu as ce message, Palmer !

Le deuxième appel, une demi-heure plus tard, était encore de Clapley.

— Palmer, t'es là ? Faut que je te parle. C'est les Barbie, elles sont... tu m'rappelles, O.K. ? À n'importe quelle heure, même tard.

Le troisième message sur le répondeur de Stoat était de Desie. En reconnaissant sa voix, il rebascula vite fait en avant et monta le son.

— Palmer, je vais bien. Je serai absente quelques jours. J'ai besoin de prendre du recul. Ne t'inquiète pas, s'il te plaît, euh... on en parle à mon retour, O.K. ?

Elle n'avait l'air ni bouleversée ni effrayée. Parfaitement calme au contraire. Mais l'enregistrement comportait un élément alarmant — un son à l'arrière-plan. Il intervenait juste avant que Desie ne lui dise au revoir.

Palmer Stoat se repassa le message trois fois pour en être bien sûr. Ce son lui était familier, impossible de s'y tromper : c'était un aboiement.

Et pas de n'importe quel chien. De Bakchich.

Stoat gémit en se pressant le front de ses phalanges charnues. Voilà maintenant que ce salopard de malade mental avait chopé sa femme !

Encore une fois.

Par une chaude matinée de fin avril où la brise soufflait, douze Japonais et Japonaises descendirent de leur autocar à air conditionné, garé sur le bas-côté d'une route à deux voies au nord de Key Largo. Les voyageurs, deux par deux, montèrent à bord de six canoës aux couleurs acidulées. Sous un ciel de porcelaine crémeux, ils se mirent à pagayer sur un cours d'eau sinueux du nom de Steamboat Creek en direction de Barnes Sound, où il était prévu qu'ils mangent le contenu de leurs boîtes repas avant de faire demi-tour. Le trajet complet devait s'effectuer en quatre heures, mais les joyeux canotiers furent portés disparus pendant trois jours. En définitive, on les retrouva se traînant sur la route 905 du comté en pleine nuit et, exception faite de quelques égratignures et piqûres d'insectes, ils étaient tous en bonne santé. Bizarrement, toutefois, ils refusèrent de révéler à la police ce qui leur était arrivé et évitèrent comme la peste les journalistes qui voulaient les interviewer.

C'étaient des employés de MatsibuCom, l'une des plus prolifiques sociétés du bâtiment de Tokyo. Le bois de charpente se faisant rare et d'un prix exorbitant au Japon, MatsibuCom importait annuellement des millions de stères des États-Unis ; plus précisément du Montana et de l'Idaho, où des montagnes entières mises en coupe claire avaient été rasées à l'état de monts chauves, dans le but de rehausser le front d'immeubles de Tokyo et, tout sauf incidemment, la marge bénéficiaire de MatsibuCom. Ayant réchappé de la crise des marchés asiatiques en relative bonne santé, la société récompensa une dizaine de ses cadres supérieurs par des vacances de groupe en Floride. Ils entameraient la semaine à l'inévitable Disney World avant de l'achever dans les Keys, au très classieux (et républicain, une sécurité) Ocean Reef Club. Ironie du sort, les cadres de MatsibuCom exprimèrent un intérêt pour des activités écolotouristiques, d'où la sortie en canoë de Steamboat Creek. Hommes et femmes furent prévenus qu'ils pouvaient croiser des lamantins, des serpents indigo, des aigles impériaux, et peut-être même l'insaisissable crocodile d'Amérique du Nord (qui vivait dans les lacs à mangroves et atteignait plus de quatre mètres de long). Plusieurs rouleaux de pellicule furent achetés par anticipation.

Quand les Japonais ne revinrent pas dans les temps de leur expédition, on lança des recherches intensives qui mirent à contribution U.L.M., hydroglisseurs, skiffs et autres voitures amphibies. Le gouverneur Dick Artemus dépêcha même deux hélicoptères d'État à la rescousse (une modeste contribution, à ses yeux, comparée à la gratuité d'adhésion qu'Ocean Reef lui avait octroyée, le jour de son entrée en fonction). Entre-temps, les officiels du tourisme floridien calculaient sombrement combien de millénaires il faudrait pour que leur industrie s'en relève, si jamais il se révélait qu'une dizaine de cadres étrangers avaient été dévorés par des crocodiles — ou avaient péri dans des circonstances tout aussi effroyables — pendant leurs vacances dans l'État du Soleil.

Les autorités s'en tinrent, publiquement, à la thèse que les honorables visiteurs du Japon s'étaient « égarés » dans le réseau des mangroves, même si les journalistes disposaient de nombre de témoignages d'habitants du coin, à la fois sceptiques et ravis d'être cités. S'il était à peu près aussi compliqué de naviguer sur Steamboat Creek que de rouler sur l'Interstate 95, c'était mille fois moins dangereux. La crainte d'un acte criminel grandit avec la découverte de mauvais augure des canoës disparus, criblés de balles et enfilés ensemble sur de la corde à ski nautique bleue. On les avait suspendus du haut du Card Sound Bridge pour qu'ils volettent et tournoient au-dessus de l'Intracoastal Waterway, comme des babioles à la queue d'un cerf-volant géant. Les plaisanciers s'arrêtèrent pour prendre des photos avant que la police ne survienne et qu'on ne coupe en hâte la corde. Le spectacle des bateaux troués de balles fit perdre tout espoir de retrouver sains et saufs les cadres de MatsibuCom. Il paraissait certain maintenant que soit des psychopathes, soit des terroristes les avaient kidnappés — ce qui était un scénario encore plus dévastateur, en termes de publicité, qu'une attaque de crocodiles. Une délégation à triste figure du consulat japonais de Miami arriva en jet privé à Ocean Reef, où on lui donna une suite de chambres avec vue sur la mer et des privilèges illimités pour les appels longue distance. Entre-temps, à Washington, une équipe de médecins légistes du F.B.I. avaient déjà bouclé leurs valises pour venir en Floride — n'attendant que le sinistre coup de fil annonçant qu'on avait localisé les corps en décomposition.

C'est alors que les dix canotiers japonais surprirent leur monde en réapparaissant, bien vivants, indemnes et muets. Le 30 avril au point du jour, les touristes des deux sexes de chez MatsibuCom étaient à bord d'un Gulfstream 5 charter, cinglant en quatrième vitesse vers Tokyo. La presse locale exploita jusqu'au trognon l'expédition écolo allée à vau-l'eau, mais en l'absence de témoignages de première main (et de cadavres) le fait divers disparut rapidement de la première page.

On avait mis le lieutenant Jim Tile au courant avant que les infos télés ne s'en mêlent ; la Police de la route de l'État avait expédié cinq de ses hommes et sa brigade canine de pointe se joindre aux recherches de ces visiteurs de marque. La découverte des canoës — et la manière grandiloquente dont on les avait sabotés et exposés à la queue leu leu — confirma les soupçons de Jim Tile sur l'incident de Steamboat Creek. Il espérait bien que les Japonais garderaient le silence, afin que nulle autre autorité ne fasse le lien. Il était évident que Dick Artemus ne l'avait pas fait. C'était à dessein que Jim

Tile n'avait pas exposé sa théorie sur le kidnapping des touristes écolos au gouverneur lors de leur brève rencontre à Tallahassee.

Cependant, cet après-midi-là, il composa le numéro de la boîte vocale que son ami — le gouverneur d'antan — et lui utilisaient habituellement pour échanger des messages. Il fut contrarié en découvrant que la ligne était déconnectée. Alors il prépara un sac pour la nuit, embrassa Brenda et roula sans s'arrêter vers le sud, couvrant toute la longueur de l'État. Le soleil s'était levé une heure plus tôt quand il arriva devant le poste de garde de l'Ocean Reef Club à Key Largo nord. Le *trooper* fut autorisé à pénétrer dans la propriété par un jeune vigile revêche, qui avait apparemment échoué au test rudimentaire de degré zéro de l'écriture requis pour intégrer les services de police réguliers. Le vigile accompagna Jim Tile à contrecœur jusqu'aux bureaux des dirigeants du club, où — quand il eut montré une lettre d'introduction du procureur général — on lui permit d'examiner un rouleau de pellicule retrouvé dans un sac d'appareil photo, abandonné par l'un des canotiers japonais.

Le technicien labo du bureau du shérif local, qui avait développé le film, en avait tiré une planche-contact noir et blanc ; il n'avait pas reconnu sa valeur de preuve, ce qui était compréhensible, car, sur trente-cinq des trente-six poses, régnait un doigt flou au premier plan — phénomène assez courant quand un appareil

35 mm se retrouvait entre les mains d'un touriste émotionnable. Or, aux yeux de Jim Tile, le doigt présent sur les clichés de Steamboat Creek n'était en rien l'auriculaire baladeur d'un biznessman japonais à frêle stature, mais bien plutôt l'index viandu, poilu, crochu et balafré d'un ermite anglo-américain de près de deux mètres, doté d'un féroce sens de l'humour.

La dernière photo de la série, la seule où le doigt ne figurait pas, ne présentait pas davantage d'intérêt pour Jim. Il se tourna vers le vigile mollasson et lui dit :

— Est-ce que le club peut mettre un bateau à ma disposition ? Un skiff ferait l'affaire.

— On en a un de quatre mètres à la marina. Mais j'peux pas vous laisser l'prendre tout seul. C'est contre le règlement.

Jim Tile plia la planche-contact et la glissa dans une enveloppe kraft, celle-là même que Dick Artemus lui avait remise à la résidence du gouverneur.

— Bon, elle est où cette marina ? demanda le policier au vigile.

— Vous n'avez pas l'autorisation.

— Je sais. C'est pour ça que tu vas venir avec moi.

C'était une plate munie d'un moteur horsbord de quinze chevaux. Le vigile, qui s'appelait Gale[1], mit le moteur en route au troisième

1. *Gale* signifie rafale, coup de vent. *(N.d.T.)*

essai. Sur son uniforme, qui ne lui allait pas, il enfila et boucla un gilet de sauvetage orange fluo en disant à Jim Tile de l'imiter.

— Le règlement, expliqua Gale.

— Très bien.

— T'sais nager ?

— Ouaip, fit Jim.

— Sans déc ? J'croyais que les Blacks savaient pas.

— T'es d'où, Gale ?

— Lake City.

— Lake City, en Floride ?

— Y en a une autre ?

— Et comme ça, t'as jamais rencontré de Black sachant nager ?

— Si, bien sûr, dans les étangs à poissons-chats et ainsi de suite. Mais moi, j'te cause de l'océan, mec. D'eau *salée*.

— Parce qu'il y a une différence ?

— Des masses de différence, fit le vigile, comme si ça tombait sous le sens. D'où les gilets de sauvetage.

Ils traversèrent Card Sound poussés par une brise soufflant du nord, la coque carrée de la plate frappant de plein fouet la crête des vagues. Gale pénétra dans l'embouchure de Steamboat Creek, à fond les manettes, mais ralentit en dessous du pont bas.

Il dit au policier, debout à l'avant :

— Tu vas loin ?

— Je te le dirai quand on y sera, Gale.

— C'est un .357 que t'as là ?

— Oui.

— J'ai pas encore mon permis de port d'arme. Mais chez moi, près du lit, j'ai un Smith .38.

— Bon choix, fit Jim Tile.

— J'crois qu'j'm'prendrai kek'chose d'plus costaud pour m'balader dans les rues.

— Tu vois cet aigle ? Là-haut, au sommet de cet arbre, fit le policier en le montrant du doigt.

— Cool ! s'exclama Gale, le vigile. Non, parce que pour ça, t'as b'soin d'un fusil à pompe, un vingt-deux minimum... Ouh, faut que j'm'arrête pour pisser un coup.

— Eh bien, arrête-toi, fit Jim Tile.

— J'm'suis bu au moins trois litres de Sanka ce matin et ma vessie, elle va péter.

— Où tu veux, quand tu veux, Gale.

Le vigile coupa le moteur et le bateau se propulsa à vide, et en silence, sur l'eau d'un vert laiteux. Gale retira le gilet de sauvetage et se tourna pudiquement pour uriner depuis la poupe. La légère embarcation tangua dans le courant, et au même instant une rafale de vent malvenue dispersa à rebours le jet doré de Gale, qui arrosa le devant de son uniforme. Il lâcha un cri d'orfraie et remonta maladroitement sa fermeture Éclair.

— Nom de Dieu. Ça le fait pas.

Il redémarra le moteur et faufila au ralenti l'avant du bateau entre les arbres, jusqu'à la berge. Il mit pied à terre, heurta une racine incrustée de bernacles et de manqua choir.

— J'reviens d'suite, dit-il au policier.

— Prends ton temps, Gale.

Pour échapper aux effets salissants de la brise, le vigile clopina vingt mètres dans les bois avant de choisir un endroit pour se débraguetter. Il était à mi-vessie — pissant copieusement, tel un étalon sauvage — quand il entendit le *tcheuf-tcheuf* du moteur. Gale tâcha de juguler sa puissante cascade, rangea son bazar et revint au pas de charge au bord de l'eau. Quand il y arriva, la plate avait disparu.

Jim Tile descendit Steamboat Creek à vitesse moyenne. Un banc de mulets s'égaya en traînées d'argent devant la proue. Dans son dos, il entendait Gale le vigile beugler d'une voix enrouée dans les mangroves. Il espéra que le jeune homme ne tenterait pas quelque chose de complètement idiot, partir à pied, par exemple.

Tout en suivant le fil de l'eau, le policier scrutait attentivement les berges des deux côtés. Il ne s'attendait pas à un signe évident ; une flottille de patrouilleurs avait fouillé le cours d'eau d'amont en aval pour ne rien trouver. Jim Tile savait que son ami aurait soin de ne pas laisser de traces. Le policier ôta le gilet de sauvetage et fouilla dans sa chemise, où il avait dissimulé l'enveloppe kraft. Il en sortit la planche-contact et examina à nouveau le cliché trente-six.

La photo avait été prise, l'appareil braqué sans but vers le bas, comme si on avait déclenché l'obturateur par mégarde. Le résultat avait beau être sous-ex et flou, Jim Tile y distinguait une étendue d'eau, une pousse de palétuvier à triple fourche et — coincée dans la racine en forme de trident — une boîte de boisson gazeuse. De Schweppes, on aurait dit.

De limonade Schweppes, entre toutes les marques.

Du moins, c'était *quelque chose*. Jim Tile se mit à fouiller du regard la ligne de flottaison en quête d'autres boîtes et en découvrit en veux-tu, en voilà : Coca, Coca light, Pepsi, Pepsi light, Mountain Dew, Dr Pepper, Orange Crush, Budweiser, Busch, Colt.45, Michelob — écœurant. Les gens sont de vrais porcs, songeait le policier de la route, d'aller saloper un endroit d'une beauté si intacte. Qui pouvait se montrer aussi irrespectueux, et sans la moindre excuse, de la création divine ? Jim Tile venait d'un quartier où fleurissait davantage le verre brisé que l'herbe sur le bitume, mais sa mère lui aurait fessé son postérieur noir maigrichon si elle l'avait surpris à balancer une boîte de soda ailleurs que dans une poubelle...

Le policier avait baissé la manette au point que la plate traçait à peine un sillage. Il louvoyait au fil du cours d'eau, cueillant au passage les boîtes flottantes quand il en voyait ; elles étaient faciles à repérer, étincelant au soleil. Mais pas de Schweppes. Jim Tile se sentit idiot de se raccrocher à un indice aussi mince — il n'ignorait pas que le mauvais temps charriait des épaves dans toutes ces voies d'eau. Et en cas de marée trop haute, le palétuvier en forme de trident serait submergé ; partant, invisible. Le policier chiffonna la planche-contact avant de la fourrer dans sa poche.

Il continua cependant à fouiller les rives, ramassant mécaniquement boîtes en fer-blanc, bouteilles et autres gobelets en carton. Bientôt, l'intérieur de la plate prit des airs de conteneur à ordures. Il négociait un large méandre quand quelque chose lui tira l'œil — ni une boîte de Schweppes ni une pousse de palétuvier à trois fourches, mais une trace de peinture jaune canari. Elle apparaissait tel un subtil vecteur au travers d'un bouquet de tiges tubulaires, à un mètre au-dessus du rivage, là où quelqu'un avait traîné quelque chose de lourd, peint de couleurs vives, parmi les arbres. Quelque chose ressemblant à un canoë.

Jim Tile attacha la proue, retroussa son pantalon et ôta ses chaussures. Il sauta légèrement de la plate et se fraya prudemment un passage dans l'enchevêtrement des arbres. Son pied gauche cogna quelque chose de lisse et métallique : la boîte de Schweppes verte de la photo, piégée sous la surface de l'eau dans la serre du palétuvier. Le policier poussa plus avant, la plante des pieds écorchée atrocement par les racines et les éclats de coquilles de mollusques. Il ne cessait de déraper et manqua deux fois se casser la figure. Jim Tile avait bien conscience d'être aussi discret qu'un troupeau de bisons pas futés, et pas un seul instant il n'entretint l'illusion qu'il pourrait surprendre le gouverneur. Ç'aurait été impossible, même en terrain sec.

Les arbres s'espacèrent et le policier découvrit une corniche rocheuse d'un blanc de craie qui l'amena au bord d'un lac peu profond, aux eaux à l'aspect tannique. Il comprit qu'il était tombé sur la réserve fédérale des crocodiles, constat qui le força à s'asseoir, à chasser d'une tape les araignées sur ses chevilles et à reconsidérer les limites concrètes de l'amitié.

Jim Tile mourait de soif, il était crevé, les vêtements déchirés — et pas très amateur de reptiles carnivores. Il se releva avec un rictus de détermination sinistre. Se balançant sur ses pieds endoloris, il mit ses mains en porte-voix :

— HÉ ! s'écria-t-il sur le lac. C'EST MOI !

Haut dans le ciel, un balbuzard solitaire lui répondit.

— JE SUIS TROP VIEUX POUR CES CONNERIES ! gueula Jim Tile.

Rien.

— TU M'ENTENDS ? SALOPERIES DE CROCOS — TU TROUVES ÇA DRÔLE ? JE SUIS MARIÉ, GOUVERNEUR ! J'AI DES RESPONSABILITÉS, MOI !

Le policier de la route hurlait à pleins poumons.

— SORS DE LÀ, MEC, ET JE PLAISANTE PAS ! JE SUIS SÉRIEUX COMME UN INFARCTUS ! SORS DE LÀ, PUTAIN !

Jim Tile reprit son souffle et se rassit. Il se croisa les bras sur les genoux et y posa la tête. Il aurait étranglé une religieuse pour une goutte de limonade tiède.

Alors, il y eut un premier coup de feu, suivi de deux, trois, quatre autres. Le policier se leva en souriant.

— Toujours fan de mélo, ce fils de pute, se dit-il.

L'homme à la recherche duquel on avait envoyé Jim Tile frisait la soixantaine à présent mais, carré d'épaules, se tenait formidablement droit. Sous le mince plastique de son bonnet de douche, sa caboche miroitait comme un œuf rose, tondu de frais. Il avait adopté le port du kilt et de pas grand-chose d'autre ; ce kilt était taillé dans un drapeau à damier de courses automobiles. Je l'ai comme qui dirait volé, fit l'homme. En revanche, il n'expliqua en rien la provenance de son arme, un AK-47.

Il avait laissé pousser sa barbe argentée en deux vrilles extravagantes, fleurissant sur chaque joue. Les entrelacs, pendant comme des plantes grimpantes sur le cuir de son vaste poitrail, en étaient tressés si inextricablement que Jim Tile se demanda si une femme ne s'en était pas chargée. Attaché par un ruban au bout de chaque natte, le gros bec recourbé d'un oiseau. Des vautours, d'après l'homme. Une belle paire d'enfoirés, ceux-là aussi. Ses sourcils broussailleux adoptaient un angle de désapprobation familier ; il s'était déniché quelque part un nouvel œil de verre, à l'iris cramoisi, aussi stupéfiant qu'une fleur d'hibiscus fraîchement éclose. Jim Tile en trouva l'effet désarmant, mais donnant un peu la chair de poule.

Le borgne en kilt avait joui autrefois d'une popularité et d'une célébrité au plan national, héros de guerre devenu croisé politique ; impétueux, incorruptible et bien sûr voué à l'échec. C'était Jim Tile qui avait conduit la limousine qui emmena pour finir cet homme loin de la résidence du gouverneur, loin de Tallahassee et d'une folie volcanique rampante. C'était Jim Tile qui l'avait conduit — son ami donquichottesque — dans un lieu sauvage et écarté, parfois dangereux, et avait essayé depuis plus de vingt ans de garder le contact, de veiller sur lui et de le retenir quand le besoin s'en faisait sentir.

Le policier de la route avait eu beau faire de son mieux, il y avait eu à l'occasion des crises inévitables. Coups de feu, incendie criminel, destruction gratuite de biens. Homicide volontaire même — oui, son ami avait tué une poignée d'individus depuis son départ de Tallahassee, Jim Tile en était certain. Il était également sûr que ces individus avaient dû très mal se comporter et, que dans tous les cas, Notre Seigneur était le mieux qualifié pour juger Clinton Tyree. Ce jour-là viendrait bien assez tôt. En attendant, Jim Tile resterait loyal jusqu'à l'imprudence à celui qu'on connaissait sous le nom de « Skink ».

— Comment va ta charmante épouse ?

— Très bien, répondit le policier.

— Tu l'aimes toujours comme une semelle, le steak ?

L'ex-gouverneur était penché sur un âtre grossièrement creusé, dont les flammes léchaient dangereusement les anglaises de sa barbe.

— Il y a quoi au menu, ce soir ? demanda Jim Tile.

La question s'imposait : les habitudes dînatoires de son ami étaient éclectiques à l'extrême.

— Filet de lama !

— Du lama ? fit le policier, songeur. Dois-je te poser la question ?

— Un cirque est venu en ville. Je le jure devant Dieu, là-haut à Naranja, un authentique forain.

— Hmm-hmm.

— Tu n'y es pas du tout, fit Skink. La pauvre bête s'est cassé les deux pattes de devant, en tombant de la glissière d'un camion. La fille qui en était proprio, elle n'a pas eu le cœur de l'abattre elle-même.

— Je vois le tableau.

— Alors je lui ai rendu ce service. Et puis tu sais que je n'aime pas que la viande se perde.

— Qu'est-ce qui pouvait bien t'amener dans ce cirque ? fit Jim Tile.

Skink y alla de son grand sourire charmeur, celui de sex-symbol qui lui avait valu d'être élu.

— L'amour, lieutenant. La romance n'a pas

duré, mais ça a été plutôt merveilleux pendant un moment.

— C'est elle qui t'a natté la barbe ?

— Oui, m'sieur. Tu aimes ? fit Skink en caressant ses tresses argentées luxuriantes. Les becs, c'est ma touche personnelle. Ils sont tout frais.

— J'ai remarqué.

— Je me suis un peu bagarré avec ces deux cocos-là. Ils prenaient un intérêt malsain à mon lama.

Jim Tile secoua la tête.

— Mais tu connais la loi sur les urubus. C'est une espèce protégée.

— Pas très efficace, cette mesure, si j'en juge par mon expérience.

Skink retourna les steaks et s'écarta de la poêle grésillante. Il essuya d'un coin de son kilt une projection de graisse chaude sur son œil de verre.

— T'es ici à cause des Japonais, hein ?

— Non, fit le policier. Mais je suis curieux de savoir.

— Tu sais pour qui ils travaillaient ? MatsibuCom, ces salopards de morfales qui déforestent à tout va et bousillent les rivières. Mais ils sont costauds, ces petits enfoirés, tout compte fait, même les femmes. Les canoës en fibre de verre, c'est plus lourd qu'on ne pense, Jim. Ils se les sont coltinés sur leurs épaules quatre bons kilomètres et à travers des fourrés, plus épais tu meurs.

— Qu'est-ce que tu leur as fait subir exactement, gouverneur ?

— Rien. On a parlé. On a fait de la rando. Une sacrée virée. On a grignoté des côtelettes de lama. Je leur ai montré aussi quelques trucs à voir. Un aigle impérial tout jeunot. Une éclosion de papillons. Des bébés crocos.

Skink haussa les épaules.

— Je crois que j'ai élargi leurs horizons.

— Ils n'ont pas raconté grand-chose à leur retour.

— J'espérais bien que non. Je leur ai souligné combien je prisais ma solitude. Au fait, tout ce qu'on aura comme rafraîchissement, c'est de cette bonne vieille H deux O. Ça te va ?

— Parfait, répondit Jim Tile, qui n'avait pas connu son ami aussi bavard depuis longtemps. C'est bien de te voir d'humeur civilisée.

— Les derniers feux de la passion, mon frère, fit Skink avec mélancolie. La Liane humaine — c'était son nom de cirque. Elle disait qu'elle avait des zones de souplesse dont les autres femmes ignoraient même l'existence. Elle me faisait rire, Jim. J'en suis arrivé au point où ça compte plus que... ben, que la chose, quoi. Ce qui veut dire que je deviens soit vraiment vieux, soit vraiment intelligent. Elle te fait rire, Brenda ?

— Tout le temps.

— Fantastique. Et si on la bouclait maintenant et qu'on mangeait ?

Cuit à point, le lama avait bon goût. Après le déjeuner, Skink ramassa son fusil d'assaut et entraîna le policier à vive allure le long d'une piste peu frayée, par-delà une arène de combat de coqs abandonnée, et lui fit traverser la County 905 pour rejoindre son camp de base. Il l'avait établi à l'ombre infestée de moustiques de la voûte d'une ancienne mangrove, à un jet de pierre de l'océan. Il n'y avait pas de tente, mais une authentique Dodge NASCAR[1], numéro 77, bleu et or, tapissée d'un pare-chocs à l'autre d'autocollants colorés : Purolator, Delco, Firestone, Rain-X, Autolite, Bose, Bell South, Outback Steak House, Sudafed, d'autres encore. Le gouverneur, surprenant le regard de Jim Tile, lui dit :

— Ça vient d'Homestead et de son obscénité de circuit automobile. Cinquante millions de dollars claqués aux frais du contribuable. La voiture vient de là aussi.

— Tu l'as piquée.

— Exact.

— À cause...

— Du bruit, Jim, atroce, bon Dieu. On pouvait l'entendre jusqu'à Card Sound. Ça me filait les pires migraines — tu sais comment je deviens.

Éberlué, le policier décrivit un cercle autour du véhicule volé.

1. Association nationale des courses de stock-car. *(N.d.T.)*

— C'est juste la carcasse, fit Skink. Ni bloc-moteur ni transistor.

— Alors comment tu t'es débrouillé ?

— Elle était sur un semi-remorque. L'équipe l'a garé derrière le Mutineer après la course — les imbéciles, quoique je pense qu'ils étaient assez malins pour gagner. Ils ont accroché le drapeau à damier à l'antenne de la C.B., Dieu bénisse leurs petits cœurs de ploucs.

Skink prit le temps d'admirer son nouveau kilt.

— Bref, c'est dans la bagnole que je dors en ce moment.

Le vol de voiture était une info supplémentaire dont Jim Tile se serait bien passé.

— Et le camion, il est où ? demanda-t-il, mal à l'aise.

— Plus loin sur le rivage, du côté de la marina abandonnée. C'est là que je range tous mes bouquins, sauf les Graham Greene. Ceux-là, je voyage avec.

Skink hissa son postérieur sur le capot luisant de la Dodge NASCAR. Il tortillait les becs de busards entre ses doigts.

— Donne-moi les mauvaises nouvelles, Jim.

Le policier le regarda bien en face.

— On veut que tu retrouves un type. Un gamin un peu fou qui a pris le maquis. Il semble qu'il fasse penser à un Clinton Tyree junior...

— À qui, il semble ?

— À notre gouverneur actuel, l'Honorable Dick Artemus.

Skink eut un reniflement de mépris.

— Jamais entendu parler de lui.

— Eh bien, lui, il a entendu parler de toi. Et il a envie de te rencontrer, un jour ou l'autre.

À ces mots, Skink se tordit.

— Bref, il veut que tu retrouves ce garçon, poursuivit le policier, il tente d'empêcher la construction d'un nouveau pont.

— Il a un nom, je suppose.

— Inconnu au bataillon.

— Et où il est prévu, ce pont ?

— Dans un endroit appelé l'île aux Crapauds, là-haut sur le golfe. Le gamin a enlevé le chien d'un type important, un connard, pote du gouverneur. Et voilà t'y pas que ledit copain reçoit des morceaux du clebs via Federal Express.

Skink arqua le sourcil.

— FedEx ? Ça peut coûter un paquet de fric, suivant la taille de l'animal.

— C'est un labrador, à ce qu'on m'a dit.

Jim Tile tendit la main vers le bidon d'eau de son ami et but une lampée.

— Le hic, c'est que le gouverneur Artemus tient beaucoup à ce que ce pont soit construit...

— Comme si j'en avais quelque chose à foutre...

— ... et qu'il veut que ce jeune type pas bien dans sa tête soit retrouvé et appréhendé dans les meilleurs délais. Ne me regarde pas comme ça, s'il te plaît.

— Je ne suis pas chasseur de primes, bordel, dit Skink.

— Je le sais bien.

— Et, par-dessus le marché, je ne pourrais pas faire la différence entre Dick Artemus et une hémorroïde d'éléphant. Je me contrefous de lui et je me contrefous de son pont, même si ce démembrement canin me fout mal à l'aise. Donc, fit Skink en se propulsant au bas du capot de la voiture de course, tu peux retourner à Tallahassee, mon grand ami black, et conseiller au gouverneur d'aller se faire mettre, souvent et sans lubrifiant, sur mon ordre.

— Pas si vite.

Le policier de la route pêcha sous sa chemise l'enveloppe kraft, poissée de sueur.

— Il m'a demandé de te donner ça. Il avait l'air de croire que ça pourrait te faire changer d'avis. J'ai bien peur qu'il n'ait raison.

— C'est quoi, merde ?

— Regarde toi-même.

— Tu y as jeté un coup d'œil ?

— Oui, répondit Jim Tile.

L'enveloppe contenait une simple feuille de papier sur laquelle l'Honorable Dick Artemus avait eu la sagesse de ne pas apposer sa signature. L'homme connu sous le nom de Skink relut la feuille deux fois, sans piper mot. Puis, relevant la tête, il dit :

— Ce salopard pourrait bluffer.

— Il pourrait.

— D'un autre côté...

Skink se tourna, et pendant quelques instants

son regard se fixa au-delà des mangroves, vers le bruit des vagues sur le corail.

— Nom de Dieu, Jim...

— Ouais.

— Je ne vois pas d'autre moyen que d'obtempérer.

— Pas possible de s'asseoir dessus, je suis d'accord.

— Bon, alors quoi ?

— Ramène-moi là où j'ai garé mon petit bateau, au diable Vauvert. J'irai jusqu'à Ocean Reef passer quelques coups de fil. Puis on se retrouvera ce soir, à l'extérieur de *La Dernière Chance*, disons, à dix heures.

— Très bien.

Pour une fois, Skink eut l'air vieux et épuisé. Il remit l'AK-47 en bandoulière et arrangea son bonnet de douche.

— J'ai comme un pressentiment que tu vas avoir une autre visite imprévue, aujourd'hui. Une racaille de Blanc au gros cul et au badge de location — Gale, de son nom. Il sera paumé, mort de soif et complètement crevé, et il criera au meurtre après un négro de flic barjo qui l'aura largué sur Steamboat Creek. À part ça, il est quasiment inoffensif.

— Je le mettrai sur le bon chemin.

— Je te revaudrai ça, gouverneur.

Pendant leur périple de retour, les deux amis tombèrent sur un crocodile adulte, un héron bleu dans la gueule. Le saurien s'étalait parmi les roseaux, en bordure d'un étang saumâtre, sa queue massive et ondulée bloquant le passage à Skink. Il s'arrêta pour l'observer, faisant signe au policier de l'imiter. L'idée d'utiliser leurs armes n'aurait effleuré aucun des deux hommes. Ils attendirent respectueusement que le grand reptile, postillonnant des plumes, ait achevé d'engloutir le magnifique échassier.

— Triste spectacle, murmura Skink. Mais beau aussi. Parce que ni toi ni moi, ni aucun autre des six milliards de bipèdes de notre engeance égoïste ne s'est interposé.

— À vrai dire, ça ne me serait jamais venu à l'esprit.

Jim Tile fut soulagé quand le crocodile dévala la rive boueuse et gagna le lac. Vingt minutes plus tard, les deux hommes rejoignaient la plate. Skink la maintint stable pendant que le policier y grimpait. Le moteur était froid et ne daigna démarrer qu'à la cinquième tentative. Skink dégagea en douceur la proue de la mangrove et lui donna une légère poussée.

— À ce soir, dit-il.

— Attends, une chose encore, dit Jim Tile.

Le moteur toussa et cala. Le bateau se mit à dériver lentement.

— Tu me diras ça plus tard, Jim, fit Skink.

— Non, il faut que je t'en parle tout de suite. D'après Artemus, quelqu'un d'autre recherche ce garçon. Quelqu'un de vraiment craignos.

— J'imagine.

— Bon, fallait que tu le saches, fit le flic en agitant la main. Dix heures pile ?

Skink opina lourdement.

— Pile poil.

Il se pencha et cueillit la boîte de Schweppes d'entre les racines. Il la lança dans la plate, où elle rejoignit les autres avec fracas.

Le policier de la route pouffa.

— Bien visé.

Il tira sur le cordon de démarrage et le moteur hors-bord reprit vie en hoquetant.

Skink se tenait sur la rive, tripotant ses becs d'urubus jumeaux.

— Je regrette, Jim. Vraiment.

— Quoi, gouverneur ?

— Ce qui va se passer, quoi que ce soit, dit-il. Je le regrette d'avance.

Puis il se détourna et s'enfonça entre les arbres en pataugeant.

15

Comme convenu, le gouverneur Dick Artemus opposa son veto, sur le budget de l'État, aux vingt-sept millions sept de dollars réservés « au pont de l'île aux Crapauds/Puffins et au projet d'amélioration routier ». Les autres fonds bloqués par le gouverneur incluaient : dix-sept millions et demi de dollars pour l'édification et la promotion d'un Hall of Fame Southern Bowler à Zolfo Springs ; quatorze millions deux pour le « test agronomique » d'une technique supprimant génétiquement l'opercule en forme de nombril des oranges dites « navel » ; deux millions six pour reconstruire Aqua Tremula, une attraction simulant un raz de marée, propriété de l'oncle d'un sénateur de l'État, détruite dans un incendie d'origine douteuse ; et enfin, trois cent soixante-quinze mille dollars pour entamer un programme de reproduction en captivité de la salamandre à ventre rose, espèce menacée d'extinction, dont seuls sept spécimens connus (tous de sexe mâle) survivaient.

En tout et pour tout, Dick Artemus eut recours à son droit de veto pour éliminer plus de soixante-quinze millions de dollars à l'emploi bidon. Exception faite du pont de l'île aux Crapauds, les autres propositions émanaient des Démocrates. Parmi les lignes budgétaires auxquelles le gouverneur n'avait *pas* opposé son veto, de nombreuses futilités étaient dues à l'initiative de ses camarades républicains, à savoir : vingt-quatre millions deux pour redessiner un parcours de golf privé à Sarasota, ostensiblement pour attirer un tournoi du P.G.A., mais en vérité pour embellir le trou neuf au bénéfice du président de la commission des Finances de la Chambre, qui possédait trois terrains de grande valeur, le long du quatorzième fairway ; huit millions quatre pour l'acquisition d'une plantation de tomates à l'abandon de Dade County Sud, estimée en voyant large à cinq cent soixante et un mille dollars, pour soi-disant étendre la zone tampon cruciale autour du parc national des Everglades, mais en fait pour enrichir les propriétaires absentéistes de l'exploitation agricole, qui avaient contribué magnanimement au Comité républicain de l'État ; dix-neuf millions un pour goudronner et élargir à six voies une route de gravier menant à cent cinquante-six hectares de prés à vaches dans Collier County, ledit pâturage étant le futur site (non encore annoncé) d'un centre commercial mammouth, dont les bailleurs de fonds comptaient dans leurs rangs les femme, sœur et nièce du speaker républicain de la Chambre.

Si aucun de ces projets (sur lesquels le gouverneur Dick Artemus ferma les yeux) n'eut l'honneur de la presse, ses veto, en revanche, oui. Desie en trouva la liste dans le *Sun-Sentinel* de Fort Lauderdale, sous le gros titre suivant :

LE GOUVERNEUR FAIT DES COUPES CLAIRES
D'UN MONTANT DE 75 MILLIONS DE DOLLARS
DANS LE BUDGET ET DÉCLARE LA GUERRE
AUX POLITIQUES QUI SE SUCRENT.

Desie lut l'article à Twilly à haute voix dans le pick-up.

— Soyez content, lui dit-elle. Vous avez réussi. Le pont est de l'histoire ancienne.

— On verra, fit Twilly, une main sur le volant, l'autre passée par la vitre, tâtant l'air.

Il opina quand Desie lui demanda s'il pensait encore à son rêve.

— Vous savez ce que dirait un psy ? Que vous avez lâché prise ou compris quelque chose.

— Tout est possible.

Twilly ne semblait ni mécontent ni énervé ; simplement absorbé.

— Vous m'avez demandé de rester, vous vous en souvenez ?

— Oui.

— Pourquoi ?

— Parce que j'avais peur.

— De quoi — de rêver encore ?

Twilly sourit.

— Non, pas de rêver.

Il régla le rétro pour surveiller McGuinn qui voyageait sur le plateau de la camionnette.

— Vous croyez qu'il est bien, là derrière ?

— Oh, il jouit de la vie, dit Desie.

— Je crois qu'il devrait voyager avec nous.

— Il est aux anges, Twilly.

— Et s'il se met à pleuvoir...

— C'est un labrador !

— Mais il relève de maladie. Il ne devrait pas être soumis aux intempéries.

Twilly se gara sur le bas-côté et fit monter McGuinn dans la cabine, entre Desie et lui, solution inconfortable qu'aggrava une rafale de flatulences canines.

— C'est ses croquettes, expliqua Desie. Celles au foie, c'est les pires.

Twilly fit la grimace. Il prit la sortie suivante et s'arrêta chez un concessionnaire Buick, où il revendit le pick-up contre un break Roadmaster neuf. La transaction dura exactement vingt et une minutes ; Twilly compensa la différence en liquide en épluchant une liasse qu'il sortit de sa veste en jean. Desie le regarda faire, intriguée.

— C'est le véhicule de tourisme le plus spacieux qu'on ait jamais construit aux États-Unis, annonça Twilly, installant McGuinn dans le compartiment à bagages caverneux. Maintenant, tu peux péter autant que tu veux, mon vieux.

Et les voilà repartis.

Desie faillit demander à Twilly d'où il sortait cet argent, mais quelle importance. Il aurait pillé une église qu'elle n'aurait toujours pas voulu retourner chez elle. Elle ne le comprenait pas mieux qu'elle ne se comprenait elle-même, mais se sentait inexplicablement à l'aise près de lui. Parfois, elle le surprenait à lui lancer un coup d'œil en biais — un genre de regard qu'aucun autre homme ne lui avait lancé, où se mêlaient désir à nu, curiosité perspicace et aussi de la tristesse. Elle finit par lui dire :

— Qu'est-ce qui peut bien vous trotter par la tête ?

— C'est fou ce que vous êtes belle.

— Pitié.

— D'accord. C'est fou ce que j'ai envie de coucher avec vous ?

— Non, Twilly. Il y a autre chose.

— Vous avez raison. J'oublie toujours combien je suis compliqué.

Il respira lentement et noua ses deux mains sur le haut du volant.

— Ce à quoi je pense, c'est à quel point *j'ai envie* d'avoir besoin de vous, fit-il.

— C'est une meilleure réponse, fit Desie. Moins flatteuse que les précédentes, mais un peu plus originale.

— Et si c'était la vérité ?

— Et si je ressentais la même chose ?

Twilly émit un petit sifflement.

— Tout à fait, dit-elle.

— Alors on est tous les deux à côté de la plaque.

— C'est bien parti pour.

Il se tut pendant plusieurs kilomètres. Puis déclara :

— Soyons clairs, j'ai *vraiment* envie de coucher avec vous.

— Oh, je sais, fit Desie, tâchant de ne pas trahir sa satisfaction.

— Quelles sont vos vues sur la question ?

— On en reparlera, dit-elle, quand qui vous savez dormira.

Elle jeta un regard vers l'arrière du break.

— Le chien ? fit Twilly.

— Le chien de *mon mari.* Je trouverai bizarre de faire ça devant lui — tromper son maître.

— Il se lèche bien le cul devant *nous.*

— Ce n'est pas une question de pudeur, mais de culpabilité. Et puis parlons d'autre chose, fit Desie, genre, où va-t-on donc ?

— Je n'en sais rien. Je suis cette voiture.

— Pourquoi ? fit Desie.

Il s'agissait d'une Lexus quatre portes bleu cobalt, immatriculée dans le Michigan.

— Pourquoi, si je peux me permettre ?

— Parce que je ne peux pas m'en empêcher, fit Twilly. Y a trente kilomètres de ça, la conductrice a balancé sa cigarette, allumée la cigarette. Avec des bois de pins des deux côtés de la route !

— Eh bien, c'est une idiote. Et après ?

— Par chance, elle a atterri dans une flaque d'eau. Autrement, il aurait pu y avoir un incendie.

Super, songea Desie, je voyage avec Smokey l'Ourson[1].

— Très bien, Twilly, elle a jeté sa clope, et dans quel but la suivons-nous..., fit Desie.

Il n'y avait qu'une seule personne dans l'habitacle de la Lexus, la conductrice nantie d'une crinière alarmante de cheveux bouclés et brillants. Elle semblait blablater dans un téléphone mobile.

— Ça vous arrive souvent — de pister de parfaits inconnus ?

— Les bois m'ont l'air sec.

— Twilly, il y a des tas d'individus débiles dans ce monde et on ne peut pas se mettre en rogne contre tous.

— Oui, m'man.

— S'il vous plaît, ne lui collez pas au pare-chocs.

Twilly montra du doigt.

— Vous avez vu ça ?

Desie avait vu : la bonne femme de la Lexus venait de balancer un nouveau mégot incandescent. Twilly serrait les poings sur le volant, les veines de son cou gonflées comme des câbles ; cependant ses traits n'exprimaient aucune colère. Ce qui effraya Desie fut le calme glacial de ses yeux. Elle l'entendit qui disait :

— Je parie que cette bagnole a un gros réservoir.

1. Le Bison futé de la prévention des incendies aux États-Unis. *(N.d.T.)*

— Twilly, vous ne pouvez pas vous conduire comme ça dans la vie.

Elle enfonçait ses ongles dans l'accoudoir. Ils frôlaient le pare-chocs arrière de la Lexus. Si cette imbécile freinait, ils mourraient tous.

— Vous croyez pouvoir *guérir* ces gens-là ? fit Desie. Vous croyez vraiment que vous pouvez leur apprendre quelque chose ?

— Considérez-moi comme un optimiste.

— Mais regardez-la, bon Dieu. Elle évolue dans un monde totalement différent du vôtre, un autre univers.

Twilly laissa peu à peu la Lexus prendre du champ.

— Je suis une spécialiste, vous n'avez pas oublié ? J'ai épousé l'un d'entre eux.

— Et vous n'explosez jamais ?

— Ça me rend dingue, Twilly. C'est pour ça que je suis ici avec vous, dit-elle. Mais vous me flanquez tellement la frousse que je vais mouiller ma culotte. Alors, laissez tomber, s'il vous plaît. Oubliez-la.

Twilly ne tenait pas en place. La conductrice de la Lexus ne se doutait de rien ; sa tête embroussaillée, nimbée de fumée, ballait et oscillait au gré de son bavardage téléphonique.

— S'il vous plaît, fit Desie en lui effleurant le poignet.

— D'accord.

Il leva le pied. La Lexus cobalt prit de l'avance, et une boîte de Sprite valsa par la vitre et alla rebondir dans les broussailles. Desie poussa un soupir de défaite : Twilly écrasa l'accélérateur et le break fit un bond en avant. Il lui recolla à la roue, cette fois en klaxonnant violemment.

— Bon Dieu, suffoqua Desie. Je distingue quasiment ses pellicules.

— Eh bien mais, je crois qu'elle va finir par savoir qu'on est là.

La conductrice de la Lexus se colletait anxieusement avec le rétro, qu'elle avait incliné vers le bas pour se maquiller au détriment de la visibilité.

— Le moment de vérité, annonça Twilly.

— Je vous en supplie, fit Desie.

Devant eux, l'idiote zigzaguait sur la route, dévorée d'anxiété.

— Avouez, dit Twilly à Desie, d'un air mélancolique, que ce serait d'enfer de voir cette bagnole prendre feu et cette nana-là faire des bonds de sauterelle tout autour, à la lueur des flammes, en stridulant dans sa saloperie de mobile...

— Ne faites pas ça, dit Desie.

— Mais vous pouvez imaginer, non ? Qu'une telle idée puisse vous venir — après ce qu'elle a fait ?

— Oui, je comprends. Moi aussi, je suis en colère.

Ce qui était vrai. Et la scène décrite par Twilly aurait eu quelque chose de satisfaisant, Desie devait bien l'admettre. Mais, bon sang, c'était barje...

La Lexus ralentit, et Twilly fit de même. La femme bouclée se rangea n'importe comment sur le bas-côté, faisant voler des gravillons. Le sang battait aux tempes de Desie qui avait la bouche sèche comme de la terre cuite. Elle sentit la voiture tressauter quand Twilly freina par à-coups. McGuinn se redressa, groggy, prévoyant une promenade.

Le Roadmaster vint se ranger le long de la Lexus. La conductrice était recroquevillée derrière le volant. Elle portait d'énormes lunettes de soleil rectangulaires, qui épargnèrent à Desie de lire la crainte dans ses yeux.

Twilly fusilla la femme du regard, puis se détourna brusquement. Desie le vit respirer bien à fond, tout en retenant, elle, son souffle.

Puis, à sa grande surprise, le break se remit à rouler.

— Une autre fois, peut-être, dit Twilly tranquillement.

Desie se pencha et l'embrassa.

— Parfait.

— Où est le C.D. de Tom Petty, mon chou ?

— Ici.

Elle ressentit l'accélération quand il lança la voiture vers l'Interstate à toute allure. Il démarra la musique.

— *Un pied dans la tombe,* entonna-t-il.

— *Et l'autre sur le champignon,* chanta Desirata Stoat, enchantée de la compagnie d'un homme qui connaissait les paroles exactes.

— Tout est de ta faute, dit Robert Clapley.

— Je te demande pardon.

— C'est toi qui m'as refilé cette merde.

— Primo, dit Palmer Stoat, c'était pour que tu l'utilises, *toi,* pas les filles. C'est comme ça que je comprends, moi, la corne de rhino en poudre, Bob. C'est un stimulant masculin. Deuzio, seul un crétin notoire la fume — on la mélange à ce qu'on boit. Comme une sucrette, tu vois ?

Ils se tenaient sur le seuil de la chambre à coucher du condo de Clapley à Palm Beach, qui empestait l'ail, le haschisch et la vieille sueur. L'endroit était dévasté. Le miroir, fêlé, était de travers et le matelas king-size gisait sur le sol ; les draps de soie étaient noués en un tas à l'aspect gluant. Au-dessus de la tête de lit, des empreintes partielles de mains, de pieds et de fesses graissaient les murs.

— Saloperie d'huile d'olive, grommela Robert Clapley. Quelle saloperie, la baise à l'huile d'olive, plutôt.

— Elles avaient pris quoi, à part la poudre de rhino ?

— Du hasch, de l'ecsta, Dieu sait quoi — fais-moi confiance, il te faudrait une combinaison d'astronaute pour aller dans leur salle de bains, fit Clapey avec un rire sans joie. Un connard qu'elles ont rencontré au centre de remise en forme leur a refilé des Quaalude pour se marrer. C'est quand la dernière fois que tu as vu un Quaalude, Palmer ? Impossible de trouver de cette merde, pas même dans un musée pharmaceutique.

Les deux hommes s'avancèrent jusqu'à la baie vitrée qui donnait sur le solarium, où Katya et Tish flottaient, orteils contre orteils, dans le jacuzzi, les yeux clos. Aujourd'hui, elles n'avaient plus rien de poupées Barbie et tout d'une paire de putes raides défoncées. En fait, elles avaient le teint si brouillé, étaient si bouffies et si peu appétissantes que Palmer Stoat plaignait Robert Clapley — enfin, presque. Après tout, ce même enfoiré l'avait traité de fouille-merde ; l'avait menacé en amenant ce psychopathe de Tête de Porc-Épic sous son propre toit. Il était donc impossible pour Stoat de sympathiser complètement avec Clapley, suite à sa mésaventure.

— Comment ça se passe maintenant, Bob ? Entre toi et les jumelles.

— Ça branle dans le mou, fit Clapley en serrant nerveusement la ceinture de son peignoir.

Stoat remarqua une croûte fraîche à l'un de ses lobes, là où autrefois il arborait un diamant.

— État des lieux. Les deux derniers jours, c'était la folie, le grand cirque, fit Clapley. À vrai dire, à moi, la corne de rhino m'a fait que dalle, à part gâter le goût d'un très bon bourbon. Mais les filles, Palmer, elles pensent que c'est du crack superconcentré...

— De toute façon, elles étaient déjà stones au départ.

— Le fait est, dit Clapley en levant la main, le fait est qu'elles pensent que c'est la poudre de rhino qui les a fait mouiller et planer comme jamais. Elles le *croient,* Palmer, et c'est à quatre-vingt-dix pour cent comme ça que ça marche avec la dope : faut y croire. En plus, laisse-moi te le rappeler, partenaire, ce ne sont pas des dames extrêmement raffinées. Elles viennent de s'évader d'un pays triste et froid où règnent le malheur et la pauvreté pour atterrir sous le soleil de notre belle Floride du Sud, autrement dit au paradis. Tout par ici est supposé être nouveau et excitant pour elles. Tout par ici est supposé être meilleur. Pas seulement la météo, mais les drogues, la baise et les fêtes. La totale, quoi.

À travers le verre fumé, Stoat observait les deux filles nues dans le baquet, leurs implants mammaires d'une rondeur improbable crevant l'eau comme des balises portuaires luisantes. Le soleil violent mettait à mal leurs traits ; paupières gonflées, lèvres gonflées. Leur chevelure trempée et embroussaillée évoquait des sargasses blondes — Stoat voyait à leurs racines noires qu'il était temps qu'on rafraîchisse leur teinture. Il entendit Clapley qui disait :

— Elles en veulent encore.

— Elles ont tout pris ?

Clapley opina d'un air funèbre.

— Et maintenant elles en reveulent.

— C'est extrêmement difficile de se procurer de cette merde, Bob.

— J'imagine.

— Non, tu n'imagines pas. Tu n'as pas idée.

— Le problème, c'est qu'elles sont censées se faire rectifier le menton, la semaine prochaine, fit

Robert Clapley. Je fais venir en première classe de São Paulo, en avion, le numéro un mondial du menton. Mais les filles — va piger ça — première chose ce matin, elles m'annoncent : plus de sexe, plus de chirurgie plastique, plus de garde-robe Barbie tant qu'on n'a pas de la poudre de rhino.

— Comme c'est adorable, dit Palmer Stoat, caressant son propre menton artificiellement remodelé. Tu veux un conseil, Bob ? Expulse direct ces deux ingrates vers leur mère patrie et vis ta vie.

Clapley prit l'air chagrin.

— Tu ne comprends pas. J'avais des projets pour ces deux-là. Et un planning.

— Bob, tu trouveras toujours de nouvelles Barbie pour grimper au ciel. Elles grouillent partout en Floride.

— Pas comme celles-là. Pas des jumelles.

— Mais ce ne sont pas de *vraies* jumelles, bon Dieu...

Robert Clapley saisit Stoat par le bras.

— J'ai trop investi là-dedans. Et pas seulement en temps et en argent, Palmer. C'est un projet important pour moi. *Elles* — il balança la tête vers le jacuzzi — sont importantes pour moi.

Un projet, rêvassa Stoat. Comme s'il s'agissait de customiser des Chevrolet.

— Pour Noël, disait Clapley. On est juste dans les temps pour que ça soit fini à Noël — l'ensemble, des pieds à la tête. On touche au but.

— Ce sont des putes, Bob. Elles feront tout ce que tu leur demanderas.

— Plus maintenant, dit Clapley en se détournant de la fenêtre. Pas sans poudre de rhino.

Palmer Stoat le suivit dans le salon.

— Je vais passer quelques coups de fil. Mais je ne peux rien promettre.

— Merci, fit Clapley en s'affalant dans un fauteuil rembourré.

— Mais je ne suis pas responsable de ce qui peut arriver. Elles risquent la mort à fumer ce truc. Elles peuvent tomber raides sous tes yeux. Où sont-elles allées pêcher une idée aussi saugrenue ?

— À la télé, probablement. Pour une raison ou une autre, elles ont tassé cette merde dans une pipe en verre. Elles l'ont aspirée en suçant le tuyau. Puis elles m'ont sucé, moi...

— Assez, je vois ça d'ici, dit Stoat.

— Là-dessus, le gars du fitness est arrivé, elles l'ont sucé et il les a sucées aussi..., fit Robert Clapley en grinçant des dents. Ah, c'était un vrai suçodrome des Tropiques, Palmer. Ne manquait plus que toi.

— Très peu pour moi. J'ai eu mon content d'excitation.

— Ah ouais, fit Clapley avec un regard à demi égrillard.

— C'est de ça qu'il faut que je te parle. Du dognappeur.

— Quoi encore ?

— Il m'a expédié une patte, fit Stoat, dans une boîte de havanes.

Clapley grogna.

— Pour faire la paire avec l'oreille ? Elle est raide, celle-là, mec.

— Et ce n'est pas tout, Bob. Il tient ma femme.

— Encore ? Je croyais que... tu m'avais bien dit qu'il l'avait relâchée ?

— Oui, fit Stoat. Mais il l'a reprise.

— Comment ça, bon Dieu ?

— Qui sait ? Le fait est qu'il la tient et qu'il la tient bien.

— Plus le chien ? demanda Clapley.

— Oui.

— Merde.

Clapley avait l'air exaspéré.

— Le monde va hyper mal, putain. Dingo, dingo, dingo.

— À ce propos, fit Palmer Stoat, ton charmant Mr Ganache — où peut-il bien être passé, Bob ?

— Sur l'île aux Puffins, aux dernières nouvelles. À la poursuite de ton barjo de dognappeur.

— Dis-lui de laisser tomber, s'il te plaît, fit Palmer Stoat.

— Et pourquoi ?

— Je ne veux pas qu'il s'approche de ma femme. Dis-lui de laisser tomber jusqu'à ce que ce découpeur de toutou en rondelles la libère.

— Et s'il ne la libère pas ?

— Il le fera, affirma Stoat, le gouverneur Dick a mis son veto à ton pont de vingt-huit millions de dollars. C'était dans tous les journaux ce matin.

Le veto était une épine enfoncée dans la chair de Clapley.

— T'as vraiment du pot d'être encore en vie, rappela-t-il à Palmer Stoat.

— Je sais, je sais. Le fait est, Bob, que ce dognappeur n'a rien réclamé d'autre que ce veto. Il va croire maintenant qu'il a gagné.

Clapley donnait des signes d'impatience.

— Et tu viens me dire que ce gland n'a qu'une parole. Un chtarbé grave qui t'expédie des morceaux du chien de ton cœur par la poste — c'est à lui que tu fais confiance. C'est à peu près ça ?

— Écoute, j'ai envie qu'il dégage du paysage autant que toi. Une fois Desie libre, Mr Ganache pourra faire son boulot, et toi poursuivre le projet Puffins. Rien que deux, trois jours, je ne te demande pas plus. Le temps qu'elle rentre saine et sauve à la maison.

— Le chien aussi ? demanda Robert Clapley. Ou ce qu'il restera du chien, devrais-je dire ?

Stoat ignora le sarcasme.

— Quand Mr Ganache se manifeste-t-il ?

— Dès qu'il a un résultat à communiquer.

— La prochaine fois qu'il appellera...

— Je lui ferai part de ce qui t'inquiète, tu peux en être sûr, dit Clapley. En attendant, renseigne-toi comment faire pour acheter une autre corne de rhinocéros.

Stoat opina.

— Si j'en trouve une, ça ne sera pas donné.

— Depuis quand la perfection, c'est donné ? fit Clapley avec un sourire las. Fais de ton mieux, Palmer.

Une altercation s'éleva à l'extérieur, sur la véranda. Clapley s'empressa de gagner la porte, Stoat sur les talons. Les deux Barbie se battaient dans le jacuzzi, se balançant des coups de poing et glapissant en deux langues gutturales dissonantes. Tandis que Clapley pataugeait sans succès dans le baquet d'eau chaude, Palmer Stoat ne put s'empêcher de repenser encore une fois au virage vers le bas, inquiétant et minable, qu'avait négocié son existence. Voilà qu'il était là sous un soleil de plomb, tel un eunuque, à tenir servilement le peignoir de soie d'un homme — son propre client ! — qui en avait bourré les deux poches de poupées. Et en sus des poupées, de minuscules miroirs à main, trousses de maquillage et brosses à cheveux, pour faire bonne mesure !

Stoat déposa la minuscule brosse pas plus grosse qu'un Chicklet au creux de sa main. Les poils en étaient d'une rare finesse ; quant à la poignée... était-ce Dieu possible ? Stoat cligna, ébahi. En nacre !

Lentement, il porta les yeux, au-delà du sordide amas de chair miaulant dans le jacuzzi, vers l'aigue-marine si calme de l'Atlantique. Mais où va-t-on dans ce pays ? se demandait Stoat, chagrin. Et moi, où vais-je ?

16

Non, Mr Ganache n'était pas un homme patient.

Et l'île aux Crapauds, c'était chiant ; nulle trace de cette tête de nœud de gamin qu'il était supposé assassiner.

Après moult recherches, Mr Ganache localisa un motel acceptable sur le continent. Ce dernier préféra ne pas appeler Robert Clapley, étant donné qu'il n'avait rien à lui signaler, si ce n'est le biologiste bourré qu'il avait flingué et enterré avec la pelleteuse. Pas de prime à en attendre.

Aussi Mr Ganache monta-t-il en voiture et revint-il à l'île aux Crapauds. Toute la matinée, il franchit le vieux pont dans les deux sens, une de ses compilations préférées de 911 sur le lecteur de cassettes : *Snipers sur les lieux de travail* aux accents de la *Symphonie n° 3 en ré majeur* de Tchaïkovski.

INTERLOCUTEUR : C'est Tim ! Tim, celui de la

rampe ! Il a pété les plombs, grave ! Il descend tous les surveillants, bon sang !

STANDARDISTE : Quel est votre nom de famille, Tim ?

INTERLOCUTEUR : Tim, c'est pas moi ! Tim, c'est celui qui tire !

STANDARDISTE : Vous dites qu'il a une arme ?

INTERLOCUTEUR : Oui, merde. Il en a CINQ de flingues, quoi ! Faut envoyer les flics, fissa !

STANDARDISTE : Monsieur ? Monsieur ?

INTERLOCUTEUR : Vous avez entendu ça ? Bon Dieu.

STANDARDISTE : C'était quoi cette fusillade ?

INTERLOCUTEUR : Ben, c'est pas le 4 juillet [bip] ! Vous avez déjà envoyé quelqu'un ?

STANDARDISTE : Oui, monsieur, des voitures sont en route. Pourriez-vous me fournir le signalement du suspect ?

INTERLOCUTEUR : Un mètre quatre-vingt-cinq environ, cent vingt kilos, cheveux bruns bouclés.

STANDARDISTE : C'est quoi son nom de famille ?

INTERLOCUTEUR : J'en sais rien, moi, merde. Il travaille même pas pour moi, vu ? Tim, c'est tout ce que je sais — Tim, de l'équipe de chargement de jour.

STANDARDISTE : Est-ce qu'il a — monsieur, vous êtes là, monsieur ?

INTERLOCUTEUR : Ouais, j'suis encore là. Z'entendez tous ces coups de feu ? Vous pigez pas ce qui s'passe ici ? C'est l'enfer qui se déchaîne [bip] ! Le mec, il va de bureau en bureau, et il dégomme les surveillants...

STANDARDISTE : Est-ce que ce Tim a des signes particuliers, des cicatrices ou des tatouages ?

INTERLOCUTEUR : Non, m'dame, mais y sera pas difficile à reconnaître. Y sera le seul avec cinq flingues dont le canon fume. En fait, y sera le seul à qui on pourra encore prendre le pouls, si les flics rappliquent pas vite fait... Oh, mon Dieu !

STANDARDISTE : Monsieur ?

INTERLOCUTEUR : Eh là, Timmy, mon garçon !... Ça boume, mon frère ?... Ouais, c'est moi... Oh, je suis juste venu piquer un roupillon dans le vieux placard à balais... Comment ça va ? T'as l'air vachement stressé, mec...

STANDARDISTE : Ne raccrochez pas, monsieur, s'il vous plaît. Monsieur ?

La panique imprégnant l'enregistrement requinquait Mr Ganache ; elle le reliait à un monde plus familier et atténuait temporairement l'isolement et l'ennui qu'il ressentait sur l'île aux Crapauds. Il passait et repassait le pont, se faisant le raisonnement qu'il n'y avait pas de meilleur moyen de contrôler les allées et venues. Ni voitures ni camions ne pouvaient échapper à sa vigilance tandis que toute embarcation qui s'approchait, en provenance du continent, serait visible depuis le pont bas.

Mais, malgré ses cassettes 911, Mr Ganache devait lutter contre l'ennui et l'impatience. Une partie de lui désirait plaquer le boulot pour Clapley, se ruer dans son appartement tout confort de South Beach où il pourrait se changer, enfiler un costume pied-de-poule propre, se taper des sushis sur Lincoln Road et puis mettre le cap sur les boîtes, pour rameuter des filles. Une seule ne suffisait jamais à Mr Ganache. Ah, ça, il était loin le temps des tête-à-tête. Deux partenaires, c'était bien, trois, encore mieux. Dans son appartement, Mr Ganache avait un lit fait sur mesure, le double de la taille standard. Avec, boulonnée aux poutres du plafond juste au-dessus, une poulie où était suspendu un harnais en peau d'iguane vert de premier choix. Un tapissier de Washington Avenue avait taillé le harnais en lézard aux mesures du torse mastoc de Mr Ganache ; travail lui aussi de premier choix et d'un prix raisonnable.

C'était ce que Mr Ganache rêvassait de faire — pendouiller du plafond parmi trois filles à longues jambes en train de gigoter, l'une d'elles armée d'une pince à glace en platine — quand un break transportant un gros chien le croisa à toute allure, traversant le pont pour se rendre sur l'île. Mr Ganache fit demi-tour en ricanant pour le suivre. Il voyait la tête du chien d'un noir d'encre dépasser par la vitre ; Mr Ganache aurait juré qu'il s'agissait d'un labrador. Et à quatre cents mètres, Mr Ganache ne dénombra qu'une seule oreille claquant au vent.

Bingo ! songea-t-il en appuyant sur le champignon avec impatience.

Le chien s'avéra être un labrador retriever

noir. Ses deux oreilles, cependant, étaient intactes — celle restée invisible à Mr Ganache était simplement retroussée. Le chien, qui s'appelait Howard, appartenait à Ann et Larry Dooling de Reston, Virginie. Ils ne ressemblaient pas au jeune couple qu'avait décrit à Mr Ganache le Dr Brinkman, cet infortuné débilos. Les Dooling avaient dans les soixante-cinq ans ; elle était retraitée du Smithsonian, lui du ministère du Commerce. Ils étaient venus en Floride chercher le soleil et dans l'île aux Crapauds en particulier, pour la plage, où Mr Ganache les avait abordés en faisant mine de chercher son chemin. Une fois qu'il eut déterminé qu'il s'agissait de touristes gogos et pas d'écolos terroristes ni de dognappeurs pratiquant l'extorsion, il tâcha de mettre fin à la conversation et de se casser.

Mais Larry Dooling lui colla une Budweiser bien fraîche dans la main en lui disant :

— On s'est tapé tout l'État pour dénicher une plage digne de ce nom. Par là, j'entends, paisible, calme.

— Les prospectus sont *très* mensongers, abonda Ann Dooling.

Pendant qu'Howard le chien flairait le dessus des chaussures de Mr Ganache, Larry Dooling énuméra les nombreuses plages floridiennes qui les avaient déçus au cours de leurs déplacements.

— Fort Lauderdale, bien entendu — je vous défie de trouver à vous y garer. Miami, on a évité. Vero, c'était O.K., mais impossible de nager à cause du panneau ATTENTION AUX REQUINS. À Palm Beach, c'était plein de méduses venimeuses. Et qu'est-ce qui nous a pris de tenter notre chance à Daytona, je ne le saurai jamais.

— N'oublie pas Clearwater, intervint Ann Dooling. Un vrai zoo — avec tous ces étudiants !

Les voix du couple vrillaient le crâne de Mr Ganache. Quand la femme lui fit pour la troisième fois une remarque sur sa coupe de cheveux « moderne », Mr Ganache s'immergea avec enthousiasme dans une nouvelle rêverie. Il s'imagina les Dooling se tordant de douleur sous la piqûre de méduses venimeuses ; s'imagina les écouter non sur une plage ensoleillée mais dans l'intimité et la pénombre fraîche de son appartement en Dolby stéréo.

Il s'imagina les Dooling vedettes d'une cassette 911.

— Il ne vous tient pas chaud ce costume ? demanda Ann Dooling.

Ah ça, une partie de lui avait envie de retirer le costume pied-de-poule pour que les Dooling zieutent son flingue ; avait envie de voir leur gueule quand il l'arracherait de l'étui et le braquerait sur leur front luisant, tartiné de beurre de coco — coupant enfin la chique aux jappements de ces charlots...

Mais on était en plein jour, et non loin de là des enfants jouaient au Frisbee sur le sable. Alors Mr Ganache jeta sa boîte de bière, se détourna et, dégoûté, regagna la voiture d'un pas lourd.

Il était au milieu du vieux pont quand il aperçut un second break arriver très vite dans l'autre sens : un Buick Roadmaster flambant neuf, une canadienne mère de tous les breaks, transportant un autre couple et un autre chien noir, la tête à la portière.

Mr Ganache freina par réflexe. Avant de songer : et puis *merde.* Je suis la proie toute désignée des touristes aujourd'hui. La dernière chose dont il avait besoin maintenant, c'était d'un tas de revues pornos et d'une bouteille de Meyer's. Aussi poursuivit-il sa route, loin de l'île aux Crapauds.

Demain, se disait Mr Ganache. Demain, je reviendrai jeter un coup d'œil à ce Roadmaster.

Au printemps 1966, deux frères partirent au Vietnam. L'un en revint en héros, l'autre en invalide. Doyle Tyree se trouvait dans une jeep de l'armée qui se renversa, à quinze kilomètres de Nha Trang. Le conducteur, un sergent, fut tué sur le coup. Doyle Tyree s'en tira avec une jambe cassée et de graves blessures à la tête ; il fut rapatrié en avion aux États-Unis pour un séjour de six semaines dans un hôpital militaire. L'accident de jeep (ce qui ne cessa plus de le ronger) n'était pas dû au feu de l'ennemi, mais à l'imprudence. Son sergent et lui avaient descendu une caisse de bière blonde de Hong-Kong et avaient décidé d'aller pêcher la carpe dans une rizière inondée — aller pêcher la carpe dans une zone de combat à la nuit tombée ! Et tout ça parce que Doyle Tyree avait la nostalgie de sa Floride natale et était fou d'inquiétude pour son petit frère, Clint, qui jouait les snipers quelque part dans le brouillard des hauts plateaux, parmi le Vietcong, les sangsues et les cobras.

Tous les garçons Tyree avaient grandi au bord d'un joli petit lac à bass, mais seuls Doyle et Clint ne se lassaient pas de l'endroit — après l'école, le samedi matin, et le dimanche aussi, à la sortie de l'église. Ce n'était pas tant la pêche que les heures bénies passées ensemble dans une paix que rien ne troublait — la brise inclinant les quenouilles, le soleil faisant miroiter l'eau lisse et luisante, les tortues sur le bois flotté, les alligators dans les nénuphars et le chant plaintif des alouettes descendant des pâturages. Doyle Tyree souffrait de la solitude et du mal du pays quand il suggéra à son sergent, ce soir-là, une partie de pêche à la carpe, ignorant même s'il y avait des carpes ou n'importe quelle autre saleté de poissons dans cette rizière ; sachant seulement qu'au crépuscule elle lui rappelait le lac de chez lui, là-bas. Aussi coupèrent-ils des tiges de bambou pour en faire des cannes à pêche et recourbèrent-ils des aiguilles à coudre pour en faire des hameçons ; pour appâter, ils firent main basse sur une miche de pain au mess et raflèrent leurs dernières bouteilles de bière — amère et chaude comme de la pisse, mais qu'est-ce qu'on en avait à foutre ? Puis ils partirent pour attraper des carpes balèzes, nom de Dieu. La route de terre n'était pas éclairée et pleine de nids-de-poule, mais en fin de compte, putain, c'est une chèvre qui fit le travail, la chèvre en maraude d'un paysan endormi. Quand le sergent fit une embardée pour l'éviter, la jeep se retourna (la spécialité de ces jeeps de l'armée), avant d'exécuter une série de tonneaux jusqu'à ce qu'une charrette tirée par des bœufs l'arrête aussi définitivement qu'un mur de béton.

Et Doyle Tyree se réveilla dans une chambre blanche et glaciale d'Atlanta, Géorgie, avec des broches dans le fémur, une plaque dans la tête et dans l'âme, un fardeau de honte et de culpabilité qui lui parut insupportable. Il demanda à retourner faire son devoir au Vietnam, ce qui était habituel chez des soldats blessés en de semblables circonstances, mais sa requête fut rejetée et on le libéra pour bons et loyaux services. Alors, il retourna en Floride attendre son héroïque petit frère. Ce ne fut qu'une fois Clint rentré sain et sauf de la jungle, une fois qu'ils se furent embrassés en riant et qu'ils eurent passé une matinée de brouillard sur le lac familial, ce fut alors seulement que Doyle Tyree se permit de craquer. Dans la semaine, il avait disparu, personne ne savait où.

Son frère ne le retrouva que plusieurs années plus tard. À cette époque-là, Clinton Tyree, devenu gouverneur, disposait de l'infrastructure complète des forces de l'ordre de l'État qui, à l'occasion, était sujette à des accès d'efficacité. Le frère du gouverneur, qui utilisait l'identité de son sergent mort au Vietnam, fut démasqué par un agent à l'œil acéré sur son écran, au cours d'un contrôle de routine d'empreintes digitales. Les données permirent de localiser Doyle Tyree dans une cellule de prison d'Orlando, où il effectuait une peine de trente jours pour intrusion dans une propriété privée. On l'avait arrêté après qu'il eut installé son sac de couchage et allumé son camping-gaz dans la tour du Château de Cendrillon, à Disney World — pour la trente-sixième fois en l'espace de deux ans. La police de Disney prit Doyle Tyree pour un alcoolo, mais en fait il n'avait plus avalé une seule goutte depuis cette fameuse nuit, aux environs de Nha Trang. On le tira de la prison d'Orlando, on le baigna, le rasa, l'habilla, et un avion gouvernemental l'emmena à Tallahassee.

Pour Clinton Tyree, leurs retrouvailles furent un crève-cœur. Doyle lui prit la main et, un instant, une étincelle parut briller dans ses yeux morts ; mais il ne prononça pas un seul mot au cours des quatre heures qu'ils passèrent ensemble dans la résidence du gouverneur ; il demeura assis, raide comme un piquet, au bord du canapé de cuir, en fixant sans la voir la feuille de menthe qui flottait dans son thé glacé. En fin de compte, Clinton Tyree lui dit :

— Bon Dieu, Doyle, qu'est-ce que je peux faire pour t'aider ?

Ce dernier prit un stylo-bille dans la poche-poitrine de son frère — un cadeau-souvenir cheap, marqué du sceau de l'État — et écrivit quelque chose en capitales minuscules sur son bras nu. Doyle Tyree appuya si fort qu'à chaque nouvelle lettre une goutte de sang noir sourdait de sa peau. Il écrivit ce qui suit : METS-MOI À L'ABRI QUELQUE PART.

Une semaine plus tard, il débuta un modeste travail de gardien de phare à Peregrine Bay, non loin d'Hobe Sound. La petite tour rayée de rouge, une attraction touristique du parc national de Peregrine Bay, n'avait pas servi depuis presque quarante ans et n'avait pas plus besoin d'un gardien à demeure qu'un quelconque mausolée. Mais c'était en effet un endroit sûr pour le frère *destroy* du gouverneur, dont la location, à raison de la modique somme de dix-sept mille trois cents dollars par an, fut le seul et unique acte de népotisme que commit Clinton Tyree.

Qui le nota scrupuleusement dans ses archives personnelles, avec une copie attachée des dossiers militaires et médicaux de Doyle Tyree. Y figurait aussi la lettre que Clinton en personne avait écrite au service des parcs et jardins, sollicitant poliment une place pour son frère.

La lettre en question était l'une des pièces que Lisa June Peterson avait montrées consciencieusement à son patron, Dick Artemus, gouverneur de la Floride en exercice, en rapportant les boîtes de documents sur Clinton Tyree. Lisa June Peterson lui avait aussi signalé que le nom de Doyle Tyree continuait d'émarger au budget de l'État — à son salaire de départ —, ce qui suggérait qu'il campait toujours au sommet du phare de Peregrine Bay.

Que Dick Artemus menaçait à présent de condamner et de démolir si Clinton Tyree refusait de se mettre aux trousses de ce fou de jeune extorqueur qui coupait les chiens en morceaux pour protester contre le projet Puffins.

C'était la quintessence du « je te tiens par les couilles » de la lettre non signée que le lieutenant Jim Tile avait remise à l'homme connu maintenant sous le nom de Skink :

« Votre pauvre déséquilibré de frère sera jeté à la rue si vous ne faites pas ce que je vous demande. Désolé, gouverneur Tyree, mais c'est un temps de vaches maigres pour l'administration », disait la lettre. « Si l'on ajoute à cela les restrictions dans le service des parcs et jardins — il n'y a simplement pas d'élasticité dans le budget, pas de fonds superflus pour payer le gardien quasiment invisible d'un phare depuis longtemps défunt. À moins que vous n'acceptiez de collaborer. »

Ce qu'il fit.

Le sujet de ses recherches — l'unique gouverneur de Floride à s'être démis de ses fonctions — intrigua Lisa June Peterson d'une façon qui ne lui ressemblait pas. Elle avait dévoré les vieilles coupures de presse qui retraçaient l'ascension et la chute de Clinton Tyree — de l'athlète vedette charismatique et du candidat ancien combattant décoré jusqu'au subversif funeste, paria dans son propre parti. Si la moitié des déclarations qu'on lui prêtait étaient exactes, rêvassait Lisa June, alors sa démission lui avait probablement sauvé la vie. On l'aurait certainement assassiné, sinon. Une chose était d'entonner le credo standard de la protection de l'environnement — bon Dieu, même les Républicains avaient appris à s'extasier sur les Everglades, avec des trémolos dans la voix ! —, mais une autre paire de manches de se répandre en invectives et de vitupérer la croissance dans un État propriété des banques, entrepreneurs et autres promoteurs qui l'exploitaient...

Un vrai suicide politique, s'émerveillait Lisa June Peterson. Le bonhomme aurait eu plus de succès en tentant de faire légaliser le L.S.D.

Pour quelqu'un avide d'étudier l'art de gouverner, le passage de Clinton Tyree à Tallahassee était aussi fascinant qu'il avait été bref. Il avait quasiment raison sur presque tout, songeait Lisa June Peterson, et pourtant il avait fait presque tout faux. Jurer aux conférences de presse. Se répandre en discours gauchisants où il citait Bob Dylan, John Lennon et Lenny Bruce. Se laisser aller physiquement, traînasser pieds nus et mal rasé dans le Capitole. Malgré sa popularité auprès des petites gens de Floride, Clinton Tyree n'avait eu aucune chance — absolument aucune — d'enrayer les rouages de la corruption ni de convertir le corps législatif à son éthique, toute de prévoyance et d'intégrité.

Il était inimaginable qu'une personne saine d'esprit ait fait même une tentative en ce sens.

Mais peut-être Tyree n'était-il pas sain d'esprit. Il n'y avait qu'à voir son frère, se disait Lisa June Peterson ; c'était peut-être de famille. Il n'y avait qu'à voir comment le gouverneur s'était tiré de la ville, fuyant le Capitole après que son cabinet l'eut trahi en fermant une réserve naturelle et en vendant le terrain en bord de mer à des promoteurs bien introduits. La disparition de Tyree fut si rapide et si absolue qu'on crut tout d'abord qu'il avait été kidnappé, assassiné, ou même qu'il s'était flingué — jusqu'à l'arrivée de sa lettre de démission, barrée d'une signature rageuse que vérifièrent les experts graphologues du F.B.I. Lisa June Peterson avait fait deux photocopies de cette missive historique ; la première pour Dick Artemus, l'autre pour son album souvenirs.

Pendant quelque temps, après la disparition de Clinton Tyree dans la nature, la presse s'était fait l'écho de ragots et avait fait le plein de spéculations. Puis plus rien. Aucun journaliste n'avait été capable de le retrouver pour l'interviewer ou le photographier. Au fil des années, son nom avait refait surface par intermittence dans les fichiers du F.D.L.E. — prétendues apparitions en rapport avec certains délits, dont quelques-uns étaient entachés de bizarrerie. Mais Lisa June Peterson n'avait trouvé aucune trace d'arrestation et en fait nulle preuve tangible impliquant l'ex-gouverneur. Cependant, la simple idée qu'il soit encore vivant à broyer du noir dans quelque ermitage broussailleux et sauvage était séduisante.

Je donnerais n'importe quoi pour le rencontrer, se disait Lisa June Peterson. J'aimerais découvrir s'il a vraiment disjoncté.

Jamais elle n'aurait deviné ce que visait son patron en lui faisant exécuter cette recherche. Elle ignorait que Dick Artemus était resté debout jusqu'à quatre heures du matin, une nuit, à fouiner dans les documents et autres coupures de presse jusqu'à ce qu'il tombe, tout excité, sur la tragique histoire de Doyle Tyree, frère de l'ex-gouverneur. Lisa June Peterson ignorait également tout du communiqué remis par son patron au policier d'État black et de la teneur glaçante de la menace.

Et elle était tout aussi inconsciente du branle-bas qu'elle avait déclenché : faire sortir un homme blessé et amer du fin fond des marais ; un homme dont elle n'avait jamais connu ni même imaginé le pareil.

— L'argent n'est pas un problème, dit Palmer Stoat au téléphone.

Durgess était à l'autre bout du fil.

— Il ne s'agit pas que d'argent. Mais de lourdes peines de prison.

— Le Chinois m'a raccroché au nez.

— Ben oui. Il n'aime pas qu'on l'appelle.

— Je n'ai besoin que d'une seule corne,

merde, reprit Stoat. Tu ne peux pas le joindre ? Lui dire que son prix sera le mien.

— Faut que vous compreniez, fit Durgess. Ça n'a pas été une bonne année pour le rhino bizness. Certains des gars qu'on employait d'habitude se sont fait poisser et ont fini en taule.

— Il sait qui je suis, le Chinois ? reprit Stoat. Il sait que je suis super bien introduit ?

— Vous avez tué le dernier rhinocéros qu'on avait sur le site, monsieur. C'était Mr Yi qui commerçait directement avec l'Afrique ; mais l'Afrique, c'est barré pour une paire de mois. L'Afrique, c'est devenu trop brûlant.

Palmer Stoat prit le temps d'allumer un H. Upmann, pour lui découvrir un goût métallique et trop sucré. Ce fut alors qu'il se rappela, avec écœurement, le bonbon contre la toux à la cerise qu'il s'était collé dans la joue. Il recracha violemment la pastille sur son bureau.

— Tu essaies de me faire croire, dit-il à Durgess, que pour la coquette somme de cinquante mille dollars ton intrépide Mr Yi est incapable de localiser une seule corne de rhinocéros sur toute la planète Terre ?

— Je n'ai pas dit ça, répondit Durgess. Un zoo privé en Argentine veut bien nous céder un vieux mâle tout perclus d'arthrite.

— Il a encore toutes ses cornes ?

— Y a intérêt, bordel, fit Durgess.

— Parfait. Tu peux l'avoir quand, au plus tôt ?

— On y travaille. Un mois ou dans ces eaux-là, on m'a dit.

— Trop long, dit Stoat.

— Je verrai ce que je peux faire.

— Eh, pendant que je te tiens, fit Stoat en tirant une nouvelle bouffée de son Upmann, ça avance la naturalisation de ma tête ? Tu t'es branché avec ton roi de la fibre de verre ?

— Il bosse dessus, dit Durgess. D'après lui, ça fera plus d'effet que la vraie, une fois terminé. Personne saura que c'est du faux, sauf vous et moi.

— Je suis impatient de voir ça, reprit Palmer Stoat. Et de voir cette bête magnifique sur mon mur.

— Je vous crois.

Stoat, qui ne perçut pas la moquerie dans le ton de Durgess, raccrocha, satisfait d'avoir poussé au cul le guide nonchalant. Stoat effrita minutieusement la cendre de son cigare et alla prendre une douche. Il emporta un mobile dans la salle de bains, au cas où Desie l'appellerait du pays des Otages, où que ça se...

La lumière s'éteignit au moment où Stoat avait la tête pleine de shampooing. Il tâtonna dans le noir, jurant et postillonnant du savon moussant, jusqu'à ce qu'il trouve les robinets de la douche. Quand il chercha à ouvrir la porte, elle lui résista. Il appuya une épaule contre la paroi de verre, sans obtenir de meilleur résultat.

En dépit de ses yeux qui lui piquaient, Stoat distingua une ombre mastoc de l'autre côté de la porte de la douche. Un cri s'étrangla dans sa gorge quand il songea : Mr Ganache, le retour. Qui d'autre ?

Puis le verre se désintégra, se fracassant sur le marbre italien importé, avec un écho à déchirer les tympans. La porte tomba en morceaux autour des pieds nus de Stoat. On n'entendit plus ensuite dans la salle de bains que le souffle de sa respiration oppressée. Il éprouvait une sensation cuisante à la jambe droite, où un filet tiède dégoulinait vers la cheville.

L'ombre ne se dressait plus en face à face ; maintenant assise sur la cuvette des toilettes, elle se vidait les boyaux, aucun doute n'était permis.

— Mr Ganache ? fit Palmer Stoat, d'une voix étouffée.

— Perdu, répondit l'ombre.

— Alors, qui êtes-vous ?

— C'est votre ami Dick qui m'envoie, fit l'homme d'ombre. Dick le gouverneur. S'agirait de la disparition d'un clebs.

— Oui !

— Et si vous me racontiez tout.

— Maintenant ? Ici ?

On ralluma la lumière. Palmer Stoat, clignant des yeux, porta une main à son front et de l'autre se couvrit les parties, ratatinées. Il y avait des éclats de verre partout ; ça tenait du miracle qu'il ait récolté si peu d'entailles.

— Je t'écoute, dit l'homme d'ombre. Grouille, soldat, le temps nous est compté.

Les yeux de Stoat s'accommodant, la silhouette baraquée sur la cuvette devint nette. L'homme avait les traits burinés et une barbe argentée, tressée de façon extravagante. Au bout de chaque natte était attaché un bec d'oiseau, jaune et taché comme un ancien parchemin. L'homme portait de vieilles bottes crottées et un imper orange crasseux. Il y avait, roulé en boule à ses pieds, un vêtement à damier qui évoquait un kilt. L'homme était aussi coiffé d'un bonnet de douche en plastique, bon marché, sous lequel brillait son crâne chauve. Son regard avait quelque chose d'étrange, mais Stoat ne put déterminer quoi.

— C'est quoi votre nom ? demanda ce dernier.

— Appelle-moi capitaine.

Le visiteur parlait d'une voix de basse, grondante comme l'approche du tonnerre.

— Va pour *capitaine.*

Stoat ne se sentait plus aussi terrifié, face au type assis où il l'était.

— Pourquoi ne pas avoir sonné à la porte ? fit-il. À quoi bon entrer par effraction chez moi ? Et à quoi bon exploser la porte vitrée de ma douche ?

— Pour te mettre dans de bonnes dispositions d'esprit, répliqua l'individu. Et puis j'étais d'humeur à faire un vacarme de tous les diables.

— C'est Dick Artemus qui vous envoie ?

— Tout comme.

— Pour quoi... pour récupérer mon chien ?

— Oui. Je suis de la fourrière.

Et l'homme d'aboyer sarcastiquement.

Palmer Stoat luttait pour conserver son calme. Étant donné les enjeux politiques, il n'était pas dénué de sens que le gouverneur Dick recrute son propre traqueur pour s'occuper du dognappeur — peut-être pas pour le tuer, mais certainement pour l'arrêter avant qu'il n'occasionne plus de dégâts. Mais d'où le gouverneur sortait-il donc une telle brute démente et casse-cou ? se demandait Stoat. Il ressemblait à Grizzly Adams[1] sous P.C.P.

— Vous êtes chasseur de primes ? s'enquit Stoat.

— Balai de chiottes, plutôt, répondit son visiteur. Et je commence par toi.

— Écoutez, je vais vous raconter toute l'histoire, mais d'abord laissez-moi me sécher et enfiler des vêtements. S'il vous plaît.

— Neûn. Tu bouges pas de là.

L'homme se leva et tendit la main vers le rouleau de papier hygiénique.

— Si je m'en réfère à mon expérience, dit-il en remontant son kilt à damier, les types nus comme des vers, avec le trouillomètre à zéro, ont tendance à se montrer plus ouverts, à avoir

1. Personnage dû à la plume de Charles E. Sellier, ayant donné lieu à une série télévisée et un film de cinéma, basés sur ses romans. Situé à la fin du XIXe siècle, le dénommé James Caspen Adams y prend le maquis ou plutôt la forêt et adopte un bébé grizzly, Ben, ce qui lui vaudra son surnom. *(N.d.T.)*

meilleure mémoire. Et maintenant, écoutons la triste saga de ton toutou.

Stoat comprit ce qui le gênait dans les yeux de l'homme : l'un disait merde à l'autre. Le gauche était artificiel et arborait un iris d'un brillant cramoisi. Stoat se demanda où l'on se procurait un article aussi effrayant et dans quel but.

— Alors tu commences, fit l'homme, ou tu restes là dans cette posture ridicule.

Palmer Stoat n'arrêta plus de parler, tout nu et ruisselant dans la cabine de douche, parmi le verre brisé. Il parla jusqu'à ce qu'il ne dégoutte plus et qu'il ait complètement séché. Il narra à l'inconnu borgne tout ce qu'il jugeait susceptible de l'aider dans sa chasse à l'homme — le type en pick-up noir qui l'avait filé; la B.M. décapotable de Desie vandalisée avec cruauté; l'entrée par effraction dans sa maison et la défiguration perverse de ses trophées naturalisés; l'essaim de bousiers lâché dans l'habitacle de son 4 × 4; l'enlèvement de Bakchich et les exigences écologistes qui en avaient découlé; le projet de complexe immobilier devant métamorphoser l'île aux Crapauds en île aux Puffins et l'ingénieux tour de passe-passe requis pour le financement d'un nouveau pont; le petit mot moqueur de l'inconnu aux lunettes de soleil, chez Swain, probablement le dognappeur en personne; l'oreille coupée livrée peu après par FedEx, suivie de la patte dans la boîte à cigares; l'acceptation du gouverneur de mettre son veto au pont; l'espoir de Stoat que ce fou dangereux libère son labrador bien-aimé d'un jour à l'autre à présent et aussi sa femme...

Arrivé là, l'homme à l'œil cramoisi interrompit sa litanie.

— Halte, mon vieux. Personne n'a parlé d'une femme prise en otage.

— Eh bien, il la tient, fit Stoat. J'en suis à presque cent pour cent sûr. C'est ce qui rend la situation si épineuse. Il vaudrait mieux que vous attendiez qu'il ait relâché Desie avant d'agir.

— Qu'est-ce qui te rend si sûr qu'elle veuille revenir ?

Palmer Stoat tiqua.

— Pourquoi elle ne voudrait pas ?

Puis, comme s'il avait réfléchi après coup :

— Vous ne connaissez pas ma femme.

— Non, mais je connais ce genre de situation.

L'homme tendit une serviette à Stoat en ajoutant :

— Montre-moi la pièce où tu gardes tes animaux empaillés.

Stoat drapa la serviette autour de sa taille et avança sur la pointe des pieds, évitant les éclats de verre. Il conduisit le barbu dans le fumoir au fond du couloir. Stoat entreprit de faire l'historique de chaque trophée, mais à peine avait-il eu le temps d'entamer l'épopée du lynx canadien que le « capitaine » lui ordonnait de la boucler.

— Tout ce qui m'intéresse, dit-il à Stoat, c'est ce qu'il a fait exactement dans cette pièce.

— Il leur a arraché les yeux et les a laissés sur mon bureau.

— Rien qu'aux mammifères ou aux poissons aussi ?

— À tous, fit Stoat en agitant la tête, la mine sombre. Chaque œil. Il les a disposés en... pentacle, d'après Desie.

— Sans blague ? fit le capitaine, tout sourire.

— Vous trouvez pas ça dément ?

— À dire vrai, ce garçon a du style, chapeau.

Lui aurait trouvé ça *mignon*, songea Palmer Stoat. Y a qu'à le voir avec son imper moisi, son bonnet de douche à deux balles loufoque et son œil de verre bizarroïde. Mais une fois encore, songea Stoat, quoi de mieux qu'un barjo pervers pour en retrouver un autre ?

— Tu as tué toutes ces bestioles pour quelle raison au juste ?

L'homme était devant le mur tout en longueur, évaluant la tête empaillée de buffle du Cap. Vu sa taille, il se trouvait presque nez à nez avec le grand ongulé à cornes.

— Tu les as descendues pour quoi exactement — pour le plaisir, pour la bouffe ou quoi ? redemanda-t-il, en tripotant les becs d'oiseaux au bout de ses nattes barbues.

— Pour le sport, répondit Stoat, sur ses gardes.

— Ah.

— On dirait bien que vous chassez vous aussi.

— À l'occasion, oui, fit l'homme.

— Où ça ?

— Sur la route, d'habitude. N'importe laquelle, mais fréquentée. Ce que je chasse est déjà mort. Tu comprends.

Seigneur, songea Palmer Stoat : un autre *professionnel* de la gâchette. Celui-là, il bute ses victimes sur la route, pendant qu'elles sont prises dans un embouteillage !

— Mais à certaines périodes de l'année, ajouta le visiteur, je capture un daim ou une dinde sauvage.

Stoat ressentit une vaguelette de soulagement, entrevit un semblant de terrain d'entente.

— Je me suis fait mon premier à queue blanche à dix-sept ans, fit-il spontanément, c'était un huit cors.

— Bel animal, fit le borgne.

— Ah pour ça, oui, il l'était. À partir de là, j'ai été accro à la chasse.

Stoat se lança dans un numéro appuyé du brav'gars d'chez nous, en prenant l'accent du Sud.

— Et voyez un peu maint'nant, merde. J'manque de place sur ce mur ! L'autre jour, je m'suis payé un rhino noir...

— Un rhino ! Toutes mes félicitations.

— Merci, cap'tain'. Mon tout premier. Un pied géant, c'était.

— Oh, je m'en doute. Tu l'as fait cuire ?

Stoat ne fut pas certain d'avoir bien entendu.

— J'fais monter sa tête, poursuivit-il, mais j'sais pas trop où j'vais l'suspendre c'machin...

— Pasque t'as plus d'place sur ta salop'rie d'mur !

— Oui, fit Stoat avec un petit rire crispé.

Ce gros fils de pute se foutait de sa gueule.

— Pose ton cul, lui dit l'homme en lui désignant son bureau.

Le cuir du fauteuil était frais contre le dos nu de Palmer Stoat ; il tenta de croiser ses cuisses flasques mais il s'était trop emmailloté dans la serviette de bain. Le borgne barbu contourna le bureau et vint se camper juste derrière le fauteuil. Stoat n'avait d'autre moyen de lorgner son interlocuteur qu'en penchant carrément la tête en arrière. Vu en contre-plongée, le visage du capitaine paraissait plutôt aimable.

— Alors comme ça, t'es un lobbyiste, fit-il à Stoat.

— Oui.

Ce dernier se mit à expliquer son rôle méconnu dans les machinations du gouvernement représentatif, mais le borgne flanqua un coup de poing si fort sur le bois ciré du bureau que les cadres de photos de Stoat se renversèrent.

— Je sais ce que tu fais, dit l'homme doucement. Je vous connais, toi et tes pareils.

Palmer Stoat nota mentalement d'appeler une agence immobilière dès le lendemain matin et de mettre sa maison sur le marché ; c'était devenu une chambre des tortures, chaque pièce ou presque ayant été violée par des intrus ayant un grain — primo le dognappeur, ensuite le sadique Mr Ganache et enfin ce cyclope chauve et zinzin...

— Je n'ai qu'une question à te poser, fit ce dernier à Stoat, elle se trouve où, cette île aux Crapauds ?

— Quelque part sur la Gulf Coast. Je ne sais pas trop où.

— Tu n'en es pas sûr ?

— Non... capitaine... je n'y suis jamais allé, fit Stoat.

— Magnifique ! Tu as bradé l'endroit, graissé les rouages en solo afin qu'on le « transforme » en paradis des golfeurs — c'est bien ce que tu m'as dit ?

Stoat opina faiblement. C'était exactement les mots qu'il avait employés.

— Un fabuleux paradis des golfeurs de plus. Tout juste ce dont le monde a besoin, fit le borgne. Et tu as fait tout ça sans avoir jamais mis les pieds ni posé les yeux sur cette île. Je ne me trompe pas ?

D'une voix si timorée qu'il la reconnaissait à peine, Palmer Soat répondit :

— C'est comme ça que ça marche. Je me suis occupé de l'aspect politique de la chose, c'est tout. Je n'ai rien à voir avec la chose en elle-même.

L'homme éclata d'un rire sec.

— La chose en elle-même ! Tu veux dire la monstruosité ?

Stoat avait du mal à déglutir. Il avait les muscles de la nuque douloureux à force de regarder vers le haut sous cet angle abrupt.

— Un client m'appelle au sujet d'un article de loi qui l'intéresse, dit-il. Alors je passe un coup de fil ou deux. Je peux aller jusqu'à inviter un sénateur et sa secrétaire à un bon dîner. Et ça s'arrête là. C'est comme ça que ça marche.

— Et on te paie combien pour ça ?

— Ça dépend, répondit Stoat.

— Pour le pont des Puffins ?

— On s'était mis d'accord pour cent mille dollars.

Palmer Stoat ne put s'en empêcher, vaniteux comme un paon qu'il était. Même dans une situation où sa vie était en danger, il ne résista pas à claironner ses honoraires exorbitants jusqu'à l'obscénité.

— Et ça ne te gêne pas de te regarder dans la glace, chaque matin ?

Stoat rougit.

— Incroyable, fit l'homme.

Il contourna à dessein le fauteuil de cuir et, d'une seule main, renversa sans effort le lourd bureau. Puis il expédia d'un coup de pied le fauteuil par terre, faisant choir Stoat sur son postérieur. La serviette se dénoua et Stoat tendait la main pour la rattraper quand le borgne la lui arracha et, théâtral, la balança comme une cape en travers des cornes du buffle naturalisé.

Puis il fit volte-face, dominant de toute sa hauteur Stoat qui, telle une otarie grassouillette, rampait en se tortillant sur la moquette.

— Je vais faire ce job pour ton pote Dick,

grogna l'homme, parce que je ne vois pas comment m'y soustraire.

— Merci, piaula le lobbyiste, se faisant tout petit.

— Quant à ton chien, s'il lui manque vraiment une oreille, une patte ou ne serait-ce qu'un ongle, je réglerai la chose comme il se doit avec le jeune type qui a fait ça.

Le capitaine s'offrit une pause contemplative.

— Quant à ta femme — c'est elle ? fit-il en braquant un doigt sur le cadre renversé sur le sol, sans attendre la réponse de Stoat. Si je la retrouve vivante, continua-t-il en arpentant la pièce, à présent, je la délivrerai. Ce qu'elle fera alors, c'est son affaire. Mais j'ai bien l'intention de lui conseiller d'envisager tous les choix à sa portée. J'ai bien l'intention de lui dire qu'elle peut faire sûrement mieux, beaucoup mieux, que de frayer avec tes lamentables semblables.

Palmer Stoat avait rampé dans un coin, sous une vitrine où s'entassaient des boîtes à cigares de collection. Le barbu s'approcha, les jambes nues, des traînées de crasse en dessous du kilt. Stoat se protégea la tête de ses bras. Il entendit le colosse fredonner. C'était une chanson d'un vieil album des Beach Boys que Palmer reconnut — *Ce serait pas super ?*, quelque chose comme ça[1].

1. Toujours en pleine confusion, Palmer Stoat se remémore *Wouldn't it be great* au lieu du *Wouldn't it be nice* de l'original, sur l'album *Pet Sounds* (1966). *(N.d.T.)*

Il risqua un œil et vit à quelques centimètres de sa figure les bottes boueuses de l'intrus. Palmer Stoat entendit l'homme qui disait :

— Ce que je devrais faire, c'est te dérouiller à mort. C'est ça qui me redonnerait le moral. Et qui me ferait repartir du bon pied, ah ça ! Mais je suppose que je ne vais pas le faire.

Le type mit un genou à terre, son œil valide fixant Stoat d'un regard perçant tandis que l'autre, l'orbe cramoisi, vagabondait à l'envi.

— Ne me faites pas de mal, fit Stoat, baissant les bras.

— C'est tellement tentant.

— Non, je vous en prie.

Le barbu fit osciller les deux becs sous le nez de Stoat.

— Des vautours, dit-il. Un jour que j'étais de mauvais poil.

Stoat ferma les yeux et les garda clos jusqu'à ce qu'il se retrouve seul. Il ne se releva pas pendant deux bonnes heures, bien après le départ de l'intrus. Il demeura tassé dans son coin, le menton posé sur ses genoux pâlichons, tâchant de se ressaisir. Chaque fois qu'il repensait aux derniers mots du capitaine, Palmer était pris de frissons.

Ton épouse est une femme très séduisante.

17

Le chien se payait du bon temps.

Le fait est, quand on est un labrador retriever — c'est qu'on est né pour le fun. Il est rare que votre mental loufoque et indépendant s'encombre de méditation transcendantale et jamais, au grand jamais, d'idées noires ; chaque jour, c'est le pied. Que demander d'autre à la vie ? Bouffer, c'est la fête. Pisser, un délice. Chier, la joie. Et se lécher les couilles ? La félicité suprême. Et où que l'on aille, plein d'humains crédules vous caressent, vous serrent dans leurs bras, tout à vos petits soins.

Donc, le chien s'éclatait un max à marauder en break avec Twilly Spree et Desirata Stoat. Son nouveau nom ? Super. McGuinn, c'était super. Bakchich, c'était bien aussi. À vrai dire, le chien n'en avait rien à battre de *comment* on l'appelait ; il aurait répondu à n'importe quel nom. « Viens voir ici, Face de Cul, c'est l'heure de la bouffe ! » — et il aurait galopé avec la même extase, sa queue en matraque frétillant tout autant. Il ne pouvait s'en empêcher. Les labradors sont mus par la philosophie que la vie est trop brève pour la passer à autre chose que s'amuser, faire des bêtises et se livrer à leurs pulsions charnelles spontanées.

Palmer Stoat lui manquait-il ? Impossible de le savoir, la mémoire canine est plus avide de sensations que sentimentale ; plus approvisionnée en odeurs et en sons qu'en émotions. Le cerveau de McGuinn porterait à jamais l'empreinte des cigares de Stoat, par exemple, et des cliquetis résultant de ses difficultés avec la porte d'entrée quand il rentrait tard, fin soûl. Tout comme il se rappelait ces aubes frisquettes dans l'affût aux canards, quand Stoat essayait encore d'en faire un retriever digne de ce nom — le volettement affolé des oiseaux, le *pan-pan-pan* des fusils, le timbre des voix d'hommes. Logés aussi dans la banque de données de la mémoire de McGuinn, on trouvait le moindre sentier qu'il avait parcouru, le moindre matou qu'il avait coursé jusqu'à un arbre, la moindre jambe qu'il avait essayé de tringler. Quant à savoir si la compagnie de son maître lui manquait pour de bon, qui aurait pu le dire ? Les labradors ont tendance à vivre l'instant présent, exclusivement, joyeusement, en oubliant tout le reste.

Et, pour le moment, McGuinn était heureux. Il avait toujours aimé Desie qui, chaleureuse, l'adorait et dont l'odeur était absolument grandiose. Quant au jeune costaud, celui qui l'avait emporté de chez Palmer Stoat sur ses épaules, il était amical, attentionné et, sur le plan fumet, tolérable. Quant à l'épisode morbide du chien dans la malle-cabine — eh bien, pour McGuinn, l'incident était déjà clos. Loin des yeux, loin du cœur. Tel était le credo du labrador.

Présentement, il était ravi d'être de retour sur l'île aux Crapauds, où il pouvait courir sur la longue plage, se faire les dents sur du bois flotté et bondir à volonté dans le ressac salé. Il sautait sans effort, dispersant les oiseaux de mer, avec à peine un soupçon de tiraillement du côté du ventre, là où on lui avait retiré les points de suture. Ses cabrioles au bord de l'eau étaient si pleines d'énergie que McGuinn s'épuisa tout seul et, à la fin de la journée, s'endormit comme une masse, à peine furent-ils de retour dans la chambre. Quelqu'un lui caressa le flanc et il sut, sans la regarder, que cette main délicieusement parfumée était celle de Desie. Le chien battit la queue de gratitude mais choisit de ne pas se relever — il n'était pas partant pour un autre cachet, car c'était Desie qui les lui administrait en règle générale.

Mais ça, c'était quoi ? On lui drapait quelque chose sur la tête — un morceau de tissu fleurant vaguement le savon. Le chien ouvrit un œil : le noir. Qu'est-ce qu'elle avait fait ? McGuinn était trop à plat pour enquêter. Comme tous les labradors, s'il était souvent désorienté par le comportement des humains, il ne perdait pas son temps à tenter de le démêler. Bientôt, des bruits peu familiers s'élevèrent du lit, des murmures entre

Desie et le jeune homme, mais dans l'immédiat McGuinn ne s'en souciait guère alors que, dormant profondément, il poursuivait les mouettes dans le ressac.

— J'en reviens pas, fit Twilly Spree. Vous lui avez bandé les yeux.

Desie remonta le drap sous son menton.

— C'est le chien de Palmer. Je regrette, mais ça me fait tout drôle.

Elle se rapprocha et Twilly glissa un bras autour d'elle.

— J'en déduis qu'il va nous falloir aussi être super discrets.

— De toute façon, il le faut. Mrs Stinson dort dans la chambre à côté, dit Desie.

Mrs Stinson était la propriétaire du seul bed-and-breakfast de l'île aux Crapauds. Elle leur avait déclaré sèchement *pas de chiens* et allait les envoyer promener quand Twilly avait sorti un billet de cent dollars et le lui avait proposé à titre de « surtaxe animalière ». Non seulement Mrs Stinson leur avait donné la plus jolie chambre de la maison mais elle avait servi à McGuinn une assiette de bœuf Stroganoff pour lui tout seul.

— Mrs Stinson est en bas en train de regarder le catch sur le câble.

— Il ne faut quand même pas faire de bruit, fit Desie. Maintenant je crois que vous devriez m'embrasser.

— Non, mais regardez-moi le chien.

— Je ne veux pas le regarder.

— Avec ce bandana violet.

— Mauve, fit Desie.

Twilly essayait de ne pas rire.

— Vous vous moquez de moi, fit Desie.

— Non, pas du tout. Je vous trouve géniale. Je crois que je pourrais chercher une éternité avant de trouver une autre femme qui culpabilise de faire des galipettes devant le chien de son mari.

— C'est très intuitif, les animaux. Alors vous voulez bien arrêter de vous moquer ?

— Je ne ris pas. Mais regardez-le seulement, dit Twilly. Si on avait un appareil photo.

— Suffit.

Desie tendit la main et éteignit la lampe. Puis elle grimpa sur Twilly, lui prit les mains et les posa sur ses seins.

— Maintenant, écoutez, fit-elle sans hausser le ton. Vous m'avez dit que vous vouliez faire l'amour.

— Oui.

McGuinn avait un air pas possible. Twilly faisait de son mieux pour ne pas se marrer.

— Vous avez remarqué que je suis en tenue d'Ève ? fit Desie.

— Ouaip.

— Et qu'est-ce que je fais ?

— Vous me chevauchez ?

— Exact. Et c'est bien vos mains sur mes lolos ?

— Oui.

— Et avez-vous remarqué, par hasard, où se trouve ma main ? fit Desie.

— Tout à fait.

— Alors on peut aller de l'avant, s'il vous plaît ? dit-elle. Parce que c'est encore l'une des nombreuses questions sans réponse de toute cette affaire, du fait que je me sois enfuie avec vous, Twilly — cette chose-là.

— La baise ?

Desie soupira.

— Oui. La baise. Dieu merci, je n'ai pas besoin de vous mettre les points sur les i sans arrêt.

Pour plaisanter, elle le serra entre ses cuisses sous les couvertures.

Il lui sourit.

— Rien de tel que de mettre un peu la pression, la première fois.

— Oh, mais vous pouvez faire face, fit Desie en serrant plus fort. Aucun doute là-dessus.

— Eh ! Gaffe aux ongles.

— Chut, fit-elle en l'embrassant sur la bouche.

Ils ne furent ni si discrets ni si silencieux. Après, Desie roula sur le côté et posa sa tête près de celle de Twilly sur les taies d'oreiller en lin, cousues main, de Mrs Stinson. Desie pouvait dire rien qu'au rythme fréquent qui soulevait et creusait la poitrine de Twilly qu'il ne somnolait pas, mais était speedé. Elle alluma la lampe et il éclata de rire.

— Quoi encore ?

Elle se redressa d'un bond et aperçut McGuinn assis bien réveillé au pied du lit. Sa queue dansant le be-bop, ses oreilles dressées, il semblait l'animal le plus heureux de la création, en dépit de son bandeau mauve ridicule.

— Bon Dieu, on l'a traumatisé pour le restant de ses jours, chuchota Twilly.

Desie pouffa. Twilly retira le bandana au chien et éteignit. Dans l'obscurité, la douceur syncopée de leurs respirations à tous deux, Desie et McGuinn, l'apaisa. Mais il ne s'endormit pas. À l'aube, il se leva, enfila jean et sweat-shirt. Desie remua quand elle l'entendit murmurer :

— C'est l'heure d'une petite balade.

Elle se redressa sur un coude.

— Reviens te coucher. Il n'en a pas besoin.

— Pas pour lui, pour moi.

Elle se releva pour de bon dans le lit, en glissant le drap découvrit ses seins.

— Tu vas où ?

— Au pont, dit Twilly.

— Pourquoi ?

— Tu viens ?

— Ça pince dehors, Twilly. Et je suis pompée.

Il se tourna vers McGuinn.

— Bon, et toi ?

Le chien fut sur pattes en un instant, tournant, euphorique, autour des jambes de Twilly. Une balade — il blaguait ou quoi ? Est-ce qu'il avait *même* besoin de le demander ?

Krimmler travaillait depuis dix-neuf ans pour Roger Roothaus. Il devait son engagement à sa réputation d'empaffé à toute épreuve. Quand Krimmler était sur place, la construction avançait prestement parce qu'il activait les choses. Plus vite un chantier était terminé, moins il coûtait d'argent au promoteur, et profit et renommée rejaillissaient d'autant sur l'entreprise Roothaus & Fils. Krimmler, qui avait en horreur retard et indolence, ne laissait rien — y compris, à l'occasion, la loi — barrer la route à ses bulldozers. À moins d'avoir reçu des instructions contraires de la bouche même de Roger Roothaus. Krimmler entamait chaque jour avec pour mission d'aplanir, enterrer ou excaver quelque chose de substantiel. Rien ne le réjouissait plus au fond de l'âme que le craquement sec d'un chêne abattu sous l'action d'une lame d'acier. Rien ne le plongeait davantage dans un brouillard de déprime que la vision d'engins de terrassement au repos.

L'origine de l'antipathie de Krimmler pour la nature, on pouvait l'attribuer à un événement survenu lors de ses six ans : au cours d'un pique-nique organisé par une église luthérienne, un tamia sauvage lui avait mordu les bourses. L'incident n'était pas fortuit — le frère aîné de Krimmler avait raflé l'animal effrayé sur un tronc flottant et l'avait lâché par malice dans le pantalon en velours de son cadet — et la morsure elle-même avait saigné très peu. Néanmoins, Krimmler en fut traumatisé à un degré tel qu'il développa une phobie pour le plein air et toutes les créatures afférentes. Dans son imaginaire, tout arbre non abattu se dressait comme la planque mystérieuse et musquée de tamias sauvages, amateurs de peau de couille, sans parler des serpents, ratons laveurs, araignées, et autres lynx... ni même des chauves-souris !

Le jeune Krimmler ne se sentait vraiment en sécurité qu'en ville, protégé par le béton, le verre et l'acier. Ce fut le réconfort qu'il y puisait — à l'ombre fraîche et stérile des gratte-ciel — qui le propulsa vers la carrière d'ingénieur. Krimmler se révéla idéalement taillé pour travailler avec des promoteurs : chaque nouveau centre commercial, lotissement, tour, parking ou entrepôt le rapprochant de son fantasme secret d'un monde sans arbres, sans nature sauvage ; un univers de brique et d'asphalte, d'un ordre parfait ; un univers, pour faire court, sans tamias. Il était inévitable que Krimmler atterrisse en Floride, où promoteurs et banquiers achetaient les politiques au gouvernement. L'État s'urbanisait plus vite que nul autre endroit de la planète, plus vite que nul autre lieu dans l'histoire générale de l'humanité.

Chaque jour, deux cent vingt-cinq hectares de forêt vierge disparaissaient sous l'avancée des bulldozers dans toute la Floride et Krimmler était ravi de se trouver en première ligne, fier d'y jouer son rôle.

Roger Roothaus avait reconnu en amont l'intérêt de placer un tel fanatique sur un site à titre de superviseur de projet. Aussi longtemps qu'un simple arbrisseau restait debout, Krimmler était impatient, irascible et sujet à une obsession énigmatique. Les chefs de travaux le détestaient parce qu'il ne dételait jamais et n'acceptait aucune excuse basique pour les retards. Aux yeux de Krimmler, ni l'orage ni la foudre n'étaient une raison valable pour stopper les travaux et courir se mettre à l'abri, mais bien plutôt l'occasion splendide de procéder à du déboisement non autorisé, dont on pourrait par la suite rejeter la faute sur l'inclémence de la météo. Il ne permettait à rien d'immobiliser ses engins, qu'il considérait avec la même tendresse paternelle que le général Patton éprouvait pour ses tanks.

Krimmler considérait chaque nouveau chantier comme une bataille, une étape dans une conquête martiale. Et il en était ainsi avec la station de l'île aux Puffins. Le sort des crapauds du chêne n'empêcha pas Krimmler de dormir ni ne lui procura une jouissance particulière ; ensevelir ces bestioles était simplement le moyen le plus pragmatique de régler le problème. Quant à la disparition soudaine de Brinkman, ce biologiste casse-couilles, Krimmler n'allait pas s'embêter à organiser une battue.

Je suis quoi, moi, merde, un baby-sitter ? avait-il dit à Roothaus en ronchonnant. Ce type picole comme un trou. Probable qu'il s'est bourré à la vodka et qu'il est tombé de ce bon vieux pont — à propos, c'est quoi toutes ces conneries que j'ai lues dans le journal...

— Aucun souci à se faire, lui avait assuré Roger Roothaus.

— Mais c'est vrai ? Le gouverneur a mis son veto au financement du pont !

— Un point de détail, avait affirmé Roger Roothaus. On le récupérera dans un mois ou deux. Les vingt-huit millions en totalité.

— Et qu'est-ce qui se passe en attendant ?

— On gèle tout un certain temps.

— Mais j'ai une équipe de géomètres qui arrive de Gainesville cette semaine...

— Du calme. C'est un truc politique, avait dit Roger Roothaus. Et une longue histoire, pas de quoi s'inquiéter. On doit juste tout geler un petit moment. Prends des vacances. Va à Cedar Key pêcher un peu.

— À d'autres, avait répondu Krimmler. On oublie le pont, j'ai encore plein de terrain à déblayer, j'ai les conducteurs tout prêts à...

— Non, pas maintenant.

Les mots de Roothaus avaient fait l'effet à Krimmler d'un coup de poing dans le ventre.

— Mr Clapley m'a dit de mettre une sourdine pour l'instant, O.K. ? Aucune activité sur place, il m'a dit. Il y a un léger problème, il s'en occupe... D'après lui, ça ne devrait pas être long.

— Quel genre de problème ? avait protesté Krimmler. Et merde, quel genre de problème peut arrêter tout le boulot ?

— Mr Clapey ne me l'a pas précisé. Mais c'est lui le chef, O.K. ? Il paie les factures. Donc, je ne veux pas de vagues.

Krimmler avait raccroché, fumasse. Il l'était encore en allant se coucher, seul dans le camping-car de luxe dans lequel il allait de chantier de chantier. Et il n'avait toujours pas décoléré le lendemain matin en se réveillant au chant des oiseaux-moqueurs perchés au faîte de ces saloperies de pins et entendant déguerpir un salopard d'écureuil sur le toit en alu de la caravane — un *écureuil,* autrement dit un petit cousin de merde du tamia, seulement plus effronté, plus gros et plus sale !

Démoralisé — il n'y avait pas d'autre façon de qualifier l'état de Krimmler après le coup de fil de Roothaus ; démoralisé dans la tranquillité laiteuse de l'île au matin, démoralisé sans le grondement et les grincements de vitesses de ses chères chargeuses, pelleteuses et autres bulldozers. Et quand les géomètres se pointèrent à sa caravane de chantier à sept heures pile (un petit miracle !), Krimmler ne put se résoudre à les renvoyer, simplement parce que des enfoirés de politiciens jouaient au con avec le deal du pont. Parce que le pont était absolument crucial pour le projet : sans lui, l'île aux Puffins resterait à jamais l'île aux Crapauds. Ça avait été suffisamment hérissé de difficultés (et très coûteux !) de transporter l'équipement de terrassement, un engin après l'autre, en lui faisant traverser le vieux pont de bois. Un camion chargé de ciment n'y arriverait jamais et, sans ciment, pas de station balnéaire, bon Dieu. Sans ciment, on n'a que dalle.

Alors pourquoi ne pas effectuer les relevés pour le pont en douce ? raisonna Krimmler. Quel mal cela pouvait-il faire ? Ce serait toujours une corvée de moins par la suite, un jour de retard de moins, une fois que Tallahassee aurait lâché le fric.

« Mettre une sourdine », et merde, songeait Krimmler. Roger me remerciera plus tard.

Aussi mena-t-il les géomètres jusqu'au vieux pont : assis sur le capot de la camionnette, il les regarda travailler — déplacer leur trépied, çà et là, s'échangeant des coordonnées, traçant des croix au spray orange sur le sol pour indiquer les endroits critiques. C'était fastidieux et chiant mais Krimmler resta dans le coin car c'était ça ou aller bouder dans son camping-car, à écouter ces salopards d'oiseaux et d'écureuils hydrophobes. Le relevé du pont était pour l'heure le seul semblant d'activité à se produire sur l'île aux Crapauds, et Krimmler ressentait le besoin impérieux d'y assister. Une fois les géomètres partis, ce serait tout avant... ben, Dieu seul savait avant combien de temps. Krimmler s'adjura de ne pas se faire de mauvais sang. Pour l'instant, perché sur le capot d'un pick-up F-150 Roothaus & Fils, il puisait des forces dans le cliquetis du trépied et le *frrtt* sifflant des bombes de peinture aérosol. Il ferma brièvement les paupières et s'imagina le nouveau pont étincelant, ancré au fond vaseux du golfe par des piliers de béton formidables, aussi gros que des troncs de séquoia, bon Dieu de bon Dieu...

— Salut tout le monde.

Krimmler se raidit, lorgnant l'intrus, l'œil méfiant.

— Vous êtes *qui,* vous ?

C'était un jeune homme, au cheveu décoloré par le soleil et au bronzage patiné. Il portait un sweat-shirt marine et un jean, mais pas de chaussures. Il avait les pieds couleur caramel.

— Rien qu'un touriste, répondit-il.

— Vous n'en avez pas le look.

— Ah bon. Alors de quoi j'ai l'air ?

Le jeune homme décocha un sourire à Krimmler qui le mit sur les dents.

— Je faisais simplement allusion, enfin, à votre bronzage, fit l'ingénieur. Un poil plus mat, vous parleriez jamaïcain. Alors que la plupart des touristes qu'on voit dans le coin sont blancs comme des cachets.

— Ben, je suis comme qui dirait un touriste à plein temps, fit le jeune homme, alors je prends le soleil en permanence. À quoi vous jouez, les gars ?

Il désigna du menton les géomètres.

— C'est pour cet énorme complexe de golf dont tout le monde parle ?

— Vous jouez au golf ? fit Krimmler.

— Où vous croyez que j'ai récolté mon hâle.

Devant l'assurance détachée du jeune homme, Krimmler pressentit qu'il pourrait bien vivre des revenus d'un fonds en fidéicommis ou peut-être de gains de la drogue en bas de laine. Krimmler cessa de lui parler comme à un casse-pieds dépenaillé et s'adressa à lui comme à un client potentiel et futur membre du country club de l'île aux Puffins.

— On construit deux parcours de championnat, expliqua Krimmler, l'un conçu par Jack Nicklaus, l'autre par Raymond Floyd.

Le jeune homme émit un petit sifflement et se retourna pour toiser l'île.

— Deux parcours de golf, s'émerveilla-t-il. Où vous allez les mettre ?

— Oh, il y a de l'espace à revendre, fit Krimmler, suffit de déplacer quelques arbres.

— Ah.

Le jeune homme jeta un nouveau coup d'œil derrière lui, avec ce léger sourire étrange.

— On proposera des condos, des pavillons mitoyens et des maisons particulières personnalisées, énuméra Krimmler. Les parcelles en bordure du fairway partent comme des petits pains. Si ça vous intéresse, vous trouverez de la doc en couleurs à la caravane des ventes.

— Raymond Floyd, vous avez dit ?

— Oui. Il se charge du parcours sud.

— Eh bien, vous m'impressionnez, fit le jeune homme. Et tout ça ?

— C'est pour le nouveau pont, fit Krimmler, Quatre voies. Dix-huit mètres de dégagement.

— Mais c'est pas de ce pont qu'on parle dans le journal ?

— Neûn.

— Celui auquel le gouverneur vient de mettre son veto ?

— Oubliez ce que vous avez lu, lui dit Krimmler. Le pont, c'est dans la poche. Le complexe, c'est aussi dans la poche. On n'attend plus que le feu vert.

— Vous m'en direz tant.

— C'est pour bientôt, ajouta Krimmler avec un clin d'œil. Très bientôt.

Entendant crier, il pivota et vit l'un des géomètres courser en râlant un gros chien noir. Le chien — Dieu sait comment — avait emmêlé sa laisse dans le trépied de l'instrument de mesure et le traînait derrière lui sur la chaussée telle une mante religieuse estropiée.

— Hé ! stop ! hurla Krimmler. Stop, nom de Dieu !

Le jeune homme bronzé s'éloigna de lui en courant. Il se lança aux trousses de cet abruti de chien et délivra le trépied qu'il rendit avec son théodolite Sokkia cassé au géomètre mou du genou. Krimmler arriva à temps pour entendre le jeune homme s'excuser et le voir glisser une liasse d'argent liquide dans la paume du géomètre. Puis il s'en alla, le chien noir à ses basques, et tous deux traversèrent le vieux pont de bois en direction de l'île.

— Hé ! les héla gaiement Krimmler. N'oubliez pas de faire un crochet par le bureau de vente et de prendre une brochure !

18

Quand Krimmler revint au camping-car, il s'alarma en voyant de la lumière aux fenêtres. S'approchant de la porte, il entendit des éclats de voix survoltées.

Elle me plante! La tarée... ah... la salope... oh... elle me plante!!!

Du calme. S'il vous plaît, tâchez de vous calmer.

Que je me calme? Avec une fourchette... ah... à fondue... dans le cul! AU SECOURS!

Monsieur, nos voitures vont arriver.

Non, Debbie, pas là! T'as promis, PAS LÀ! Arrrggghhh — bon Dieu, regarde c'qu't'as fait maintenant! Espèce de salope tarée, bordel!

Krimmler allait s'enfuir quand la porte s'ouvrit à la volée. En cinq sec, il fut plaqué, traîné à l'intérieur et hissé comme un sac d'engrais sur la moquette pourrie. Il s'attendait à voir le chaos, une harpie folle à lier avec une fourchette ensanglantée penchée sur son petit ami à l'agonie...

Mais la seule personne présente dans le Winnebago de Krimmler était un type blond à forte carrure et au crâne hérissé de bizarres piques à pointe blanche, obtenues à grand renfort de gel. Il portait un costume pied-de-poule et des chaussures en cuir marron avec des fermetures Éclair sur la cheville (Gerry and the Pacemakers auraient pu porter les mêmes en 1964 !).

L'intérieur de la caravane ne présentait nulle trace d'un meurtre sauvage à l'arme blanche. Les cris et les hurlements de la victime de Debbie la Dingue sortaient des haut-parleurs de la stéréo de Krimmler. L'inconnu au crâne hérissé baissa le volume et s'installa dans un fauteuil qu'il fit pivoter pour se retrouver face à Krimmler.

— Je travaille pour Mr Clapley, dit le type.

Il avait une voix d'une amabilité trompeuse.

— Moi aussi, je travaille pour Mr Clapley.

Krimmler entreprit de se relever du sol, mais le type hérissé sortit une arme de poing et lui fit signe de se tenir tranquille.

— Vous avez parlé à un type ce matin. Pieds nus, avec un chien, précisa l'inconnu. Là-bas, près du pont, vous vous souvenez ?

— Bien sûr.

— Je vous ai vus. C'était qui ?

Krimmler haussa les épaules.

— Rien qu'un touriste. Il cherchait des renseignements sur les nouveaux parcours de golf. Je l'ai envoyé au bureau de vente.

— Quoi d'autre ?

— Ça s'arrête là. Qu'est-ce que vous fabriquez chez moi ? Je peux me remettre debout maintenant ?

— Neûn, fit le type en costard pied-de-poule. Il vous a posé des questions sur le nouveau pont ?

Krimmler fit oui de la tête.

— Alors ?

— Je lui ai dit que c'était dans la poche.

— Pourquoi lui avoir dit ça ?

— Parce qu'il se comportait comme s'il avait de l'argent, fit Krimmler. Mr Clapley est encore dans le bizness de l'immobilier, hein ?

L'inconnu éjecta une cassette de la stéréo de Krimmler et la rangea dans une poche intérieure de sa veste, sans lâcher son arme de l'autre main. Krimmler se demanda pourquoi Robert Clapley employait une sombre brute pareille. Peut-être l'inconnu mentait-il sur ce point, même si, pour le moment, cela n'importait guère. Krimmler avait un respect indéfectible pour les armes à feu.

— Je n'avais jamais vu ce gars auparavant, informa-t-il l'inconnu hérissé. Il ne m'a pas dit son nom et je n'ai pas pensé à le lui demander.

— Il y a une femme avec lui ?

— Aucune idée.

— Hier, j'ai vu un couple dans un break Buick traverser le pont vers l'île, fit l'inconnu. Avec un chien dans la voiture.

— Tout est possible, fit Krimmler, qui avait

du mal à tenir en place. Écoutez, je vous ai dit tout ce que je sais.

— Bon, il se comporte en fouteur de merde. Ça ne vous a pas frappé ?

Le type alla prendre une bière dans le réfrigérateur de Krimmler.

— Ça n'a pas eu l'air de lui filer les boules quand vous lui avez parlé du nouveau pont ?

— D'après moi, non, fit Krimmler. Qu'est-ce qu'il en aurait à foutre de ce pont ?

L'homme armé resta muet quelques instants. Puis il dit :

— Super, l'installation stéréo que vous avez là, dans votre mignonne boîte à sardines.

— Ouais. Merci.

— On peut vraiment entendre les gens *perdre le souffle* sur ces cassettes. On les entend respirer mal, suffoquer, toutes ces conneries. C'est incroyable ce qui est possible avec une stéréo de première.

— Les haut-parleurs sont tout neufs, fit Krimmler. Ils viennent d'Allemagne.

Le type au crâne hérissé décapsula la bière et en avala une gorgée.

— Bon. Ce fouteur de merde au chien noir — où il séjournerait sur l'île ?

— S'il ne campe pas, alors il est probablement descendu au bed-and-breakfast de Mrs Stinson.

— Et c'est où, ça ?

Krimmler lui indiqua comment s'y rendre. Le

type rengaina son arme. Et dit à Krimmler qu'il pouvait se relever.

— Je peux savoir votre nom ?

— Ganache.

— Vous bossez vraiment pour Mr Clapley ?

— Oui. Demandez-lui.

L'inconnu se tourna vers la porte.

— La cassette que vous écoutiez, fit Krimmler, c'était pas du bidon ? C'était vous qui appeliez au secours ?

Le type éclata de rire — un gargouillis à donner le frisson qui fit regretter à Krimmler d'avoir posé la question.

— Elle est bien bonne, fit Mr Ganache. Celle-là, tu me la copieras.

— Écoutez, c'était sans arrière-pensée.

— Eh, oh, y a pas de mal. Je me marre parce que le mec sur cette cassette, il est mort. Plus mort que ça tu meurs, putain. Ce que t'as entendu c'est ses dernières paroles : *Espèce de salope tarée, bordel !* Le dernier souffle de vie qui ait franchi ses lèvres.

Mr Ganache pouffa encore un coup et sortit dans la nuit.

Il était neuf heures et demie. Lisa June Peterson était seule dans son bureau, qui jouxtait celui du gouverneur. Quand le téléphone sonna, elle supposa que c'était Douglas, l'avocat ès successions avec qui elle sortait. Chaque fois que Douglas appelait, il lui demandait d'entrée : Tu portes quoi, Lisa June ?

Aussi, ce soir, se sentant d'humeur badine, elle décrocha et lança :

— Pas de petite culotte !

Et une voix masculine, plus grave et plus âgée que celle de Douglas, lui répondit :

— Moi non plus, mon chou.

L'assistante en chef du gouverneur en eut le sifflet coupé.

— Ah, folle jeunesse, fit la voix.

Lisa June Peterson bafouilla une excuse.

— Je suis tellement... j'ai cru que vous étiez quelqu'un d'autre.

— Il y a des jours où je crois la même chose.

— Que puis-je faire pour vous ? demanda Lisa June.

— M'obtenir un rendez-vous avec le gouverneur.

— J'ai bien peur qu'il ne soit pas en ville, fit Lisa June, tâchant de se remettre, espérant passer pour cool et professionnelle.

— Bah, je finirai bien par le joindre, fit son interlocuteur.

Un je-ne-sais-quoi dans le ton de l'homme la troubla — pas de la menace, exactement, mais une détermination brutale.

— Peut-être puis-je vous aider, dit-elle.

— J'en doute fort.

— Je peux essayer de l'atteindre. Le gouverneur Artemus vous connaît-il ?

— Oui, apparemment, fit l'homme.

— Puis-je savoir votre nom ?

— Tyree. Je vous épelle ?

— Non.

Lisa June Peterson en était baba.

— C'est une blague ou quoi ?

— Tout sauf ça.

— Vous êtes le gouverneur Tyree — sans déconner ?

— Depuis quand les jeunes dames comme il faut se servent-elles de ce verbe dans une conversation formelle ? Je suis scandalisé au dernier degré.

Lisa June Peterson était déjà debout, ramassant son sac et ses clés de voiture.

— Où êtes-vous actuellement ? lui demanda-t-elle.

— Dans une cabine sur Monroe.

— Retrouvez-moi devant le Capitole. Dans dix minutes.

— Pourquoi ?

— J'ai un break Taurus. Je porte une robe bleue et des lunettes.

— Et pas de petite culotte, vous vous rappelez ?

Rien dans l'expérience de Lisa June Peterson ne la préparait au spectacle de Clinton Tyree. D'abord sa stature — celle d'une armoire à glace. Puis sa garde-robe — il était vêtu comme un laveur de carreaux : bottes, kilt fait maison et bonnet de douche. À l'instant où il montait en voiture, le plafonnier laissa entrevoir un crâne rasé, blanc comme un œuf, et l'éclat rubis d'un œil prothétique. Mais ce fut seulement quand ils furent assis, côte à côte, sur des parpaings renversés devant un feu de camp, que Lisa June Peterson put apprécier pleinement les nattes et les becs d'oiseaux blanchis qui les paraient.

— Des urubus, fit l'ancien gouverneur. Jour néfaste.

Son visage, brun et crevassé comme du cuir, était toujours fendu par le même sourire décoiffant dont Lisa June se souvenait depuis ses recherches dans les archives ; celui des premières photos de presse, avant que les choses tournent au vinaigre. Le sourire des débuts.

— C'est vraiment vous, dit-elle.

— Juste le châssis, mon chou.

Ils étaient dans un petit bois, hors la ville, près de l'aéroport municipal. L'ex-gouverneur dépeçait un renard mort qu'il avait ramassé sur l'Apalachee Parkway. Il lui dit qu'une moto l'avait heurté, qu'il le voyait à la forme de l'entaille sur le crâne de l'animal.

— Comment dois-je vous appeler ? demanda Lisa June Peterson.

— Laissez-moi y réfléchir. Vous avez faim ?

— J'avais faim.

Elle se détourna pendant qu'il s'attaquait aux flancs du renard, armé d'un petit couteau.

— C'est la première fois que je reviens à Tallahassee, fit-il.

— Où vivez-vous maintenant ?

— Vous savez ce qui est fameux ? L'opossum, préparé comme il convient.

— À l'occasion, je ne manquerai pas d'y goûter, dit Lisa June.

— Redites-moi ce que vous faites pour Mr Richard Artemus.

Ce qu'elle fit.

— Moi aussi, j'avais une « assistante en chef », dit Clinton Tyree. Elle a fait des efforts, de réels efforts. Mais j'étais un cas plutôt désespéré.

— Je suis au courant de tout.

— Comment ça ? Vous étiez à peine née.

Lisa June Peterson lui parla des recherches que le gouverneur Artemus lui avait demandé de faire, sans lui confier le projet qui lui avait trotté dans la tête au point de ne plus en fermer l'œil ; celui d'écrire un livre sur Clinton Tyree, le gouverneur de Floride perdu dans la nature.

— Votre patron vous a dit ce qu'il comptait faire de mes archives ?

Ce sourire, à nouveau.

— Non. À mon avis, pas.

— Dites-le-moi.

— Pauvre petite.

— Qu'est-ce que c'est ?

— Votre Dickie de gouverneur veut que je fasse une course pour lui, ma chérie, et pas du tout agréable. Si je n'obtempère pas, il jettera mon pauvre frère sans défense à la rue, où il mourrait de confusion, à coup sûr. Alors me voilà.

Lisa June ressentit une pointe de culpabilité.

— Doyle ?

Clinton Tyree leva un sourcil broussailleux.

— Oui, mon frère Doyle. Je suppose que ça devait figurer dans vos satanées recherches, ça aussi.

— Je suis vraiment navrée.

Tout en songeant : Dick Artemus est incapable de se livrer à un tel chantage de sang-froid.

L'ex-gouverneur piqua les tranches de renard sur la pointe d'une branche de chêne taillée au couteau qu'il tint au-dessus des flammes.

— La raison pour laquelle je venais le voir — votre patron — c'était pour lui faire savoir que la duplicité a de redoutables ramifications. Il faut qu'il se rende bien compte que je prends très au sérieux les termes de ce marché.

— N'est-il pas possible que vous ayez mal compris ? demanda Lisa June Peterson.

Clinton Tyree la toisa avec une lassitude extrême. Puis fouillant dans un sac à dos poussiéreux, il en sortit une enveloppe kraft pliée de travers et mouchetée de taches. Lisa June l'ouvrit et lut la lettre tapée à la machine que son meilleur ami, le lieutenant Jim Tile, avait remise à Clinton Tyree. Peu importait l'absence de signature au bas du document — Lisa June en reconnut le style ampoulé, les fautes d'orthographe cocasses, la phraséologie laborieuse, sans alinéa. L'auteur de cette missive menaçante ne pouvait être que l'honorable Richard Artemus, gouverneur de Floride.

— Mon Dieu.

Elle replia la lettre, accablée.

— J'ai du mal à le croire.

Clinton Tyree, la saisissant sous les bras, la souleva de terre et lui colla son visage sous le nez.

— Ce que, *moi*, j'ai du mal à croire, tonna-t-il, c'est que votre gland de patron ait autant de merde dans le citron pour venir jouer au con avec *moi*. Moi entre tous.

Si son œil cramoisi tressautait vers les étoiles, celui qui était valide restait fixe, plein de colère et de lucidité.

— Si jamais quelque chose de fâcheux arrive à mon frère, suite à toutes ces âneries, quelqu'un mourra de mâle mort, d'une mort lente, mettant en jeu moult orifices. Inutile de vous faire un dessin, n'est-ce pas ?

Lisa June Peterson opina. L'ex-gouverneur la reposa sur le sol.

— Goûtez un peu de cette patte de renard, fit-il.

— Non, merci.

— Je vous conseille de manger.

— Rien qu'une bouchée, peut-être.

— Les gens en parlant de moi disent Skink. Appelez-moi capitaine.

— O.K., fit Lisa June.

— Vous avez une bonne raison de rentrer chez vous ce soir ?

— Non, pas vraiment.

— Sensass, fit Clinton Tyree, entretenant le

feu de camp. Ça nous donne le temps de faire plus ample connaissance, vous et moi.

Le vol de Fort Lauderdale à Gainesville durait une heure quinze, plus de temps qu'il n'en fallait à Palmer Stoat pour réfléchir à une demi-journée de travail hautement productive. Un appel téléphonique de deux minutes lui avait fait gagner quarante mille dollars. Son interlocutrice était la présidente du Conseil du comté de Miami-Dade, qui avait eu l'obligeance de repousser à la toute fin de l'ordre du jour un point de première importance pour Palmer Stoat. Il s'agissait d'une motion garantissant la concession exclusive des beignets de bananes à l'Aéroport international de Miami à un individu du nom de Lester « Gros Louie » Buccione qui, à dessein de contourner les quotas réservés aux minorités, se faisait désormais passer pour Lestorino Luis Banderas, un Hispano-Américain.

Pour éviter la perspective peu ragoûtante de mise en concurrence, Lester/Lestorino avait eu recours aux services de lobbyiste de Palmer Stoat, dont la haute main sur les membres du conseil de Miami-Dade était bien connue. Une fois le créneau nécessaire établi et dénichée la majorité requise pour le vote, il ne restait plus à Stoat qu'à s'assurer que le « contrat bananier » vienne en dernier, afin qu'on n'en « débatte » pas avant minuit. Cette stratégie visait à réduire au minimum les interventions en réduisant l'assistance au minimum. Une assemblée clairsemée signifiait une opposition clairsemée, ce qui limitait d'autant l'éventualité qu'un conseiller tête en l'air ne devienne frileux et ne fasse tout foirer.

C'est là l'une des règles cardinales des « arrangements » en politique : plus tard intervient le vote, mieux c'est. Une réunion courante est si abrutissante que pas même la mouche du coche civique la plus résistante ne peut endurer l'intervalle entre deux coups de marteau. En général, les seuls à tenir jusqu'à des heures indues sont payés pour ça — avocats, lobbyistes, greffiers et une poignée de journalistes somnolents. Et les deals les plus véreux étant réservés pour la fin, quand les lieux sont le plus déserts, la compétition est féroce pour une place en queue de peloton.

Lester Buccione avait sauté de joie en apprenant que le contrat pour les beignets de bananes passerait bon dernier, dans une paix sépulcrale, et que, pour cette fleur, la présidente du Conseil du comté de Miami-Dade avait exigé simplement que l'un de ses bons à rien de cousins soit engagé comme caissier à mi-temps dans l'un des nouveaux kiosques de Lester. « Lestorin » était si enchanté du résultat qu'il avait promptement dépêché par coursier chez Palmer Stoat un chèque de banque de ses quarante mille dollars d'honoraires, ce qui avait divinement reprisé la confiance en lambeaux de ce dernier — rassuré par ces cinq chiffres que la planète n'avait pas dévié de son axe, que les lois naturelles de la chaîne alimentaire urbaine n'avaient pas été perverties, en dépit de la folie furieuse qui avait fait exploser l'univers personnel de Stoat.

Il froissait entre ses doigts le chèque de Lester Buccione, en savourant la tangibilité crissante, quand, tout à trac, sa femme disparue dans la nature avait téléphoné pour lui demander de fréter un avion pour Gainesville. Tout de suite ! Et Palmer Stoat de songer : Dieu merci, elle a enfin retrouvé son bon sens. Il prendrait l'avion pour aller la chercher, puis ils s'en iraient un certain temps, quelque part à l'écart et à l'abri du démembreur de chien dément, du cyclope chauve et lascif, du sadique Porc-Épic Blond, de Clapley le tripoteur de poupées...

L'avion atterrit à deux heures et demie. Stoat chercha Desie à l'intérieur du terminal, sans succès. L'un de ses mobiles sonna — Stoat en portait trois sur lui en permanence — et il le sortit en vitesse de sa poche. C'était Durgess en ligne : pas de chance jusque-là pour le rhino, mais bonnes nouvelles à propos du guépard de Robert Clapley ! Ils en avaient déniché un à Hambourg — qui l'eût cru ! — dans un zoo pour enfants. Le félin arriverait d'un jour à l'autre à la Plantation du Veldt de la Jungle, où on le mettrait en cage, on le toiletterait et on l'engraisserait en vue de la grande partie de chasse. Dès que vous serez prêts ! dit Durgess, plus guilleret que Stoat l'avait jamais entendu.

Je préviens Mr Clapley, répondit Stoat, et je te rappelle.

Il gagna le parking de l'aéroport et plissa les yeux sous le soleil, ne sachant trop où ni quoi chercher. On le klaxonna deux fois. Stoat se retourna et aperçut un break Buick blanc qui s'approchait lentement. Un homme était au volant : aucune trace de Desie. La voiture s'arrêta à hauteur de Palmer Stoat et la portière côté passager s'ouvrit à la volée. Stoat monta. Bakchich était couché sur la banquette arrière, un ballon de foot bleu et orange coincé sous ses pattes de devant. Sa queue battit joyeusement en voyant Stoat, mais il resta scotché au jouet. Palmer tendit la main et caressa la tête du chien.

— Vous ne pouvez pas faire mieux ? demanda le conducteur.

— Il pue, dit Stoat.

— Un peu oui, qu'il pue. Il a passé la matinée à courser les vaches. Allez-y, serrez-le contre vous.

Avec un costume à deux mille dollars sur le dos, jamais de la vie, se dit Stoat.

— C'était vous chez Swain, dit-il au conducteur. Où est ma femme, merde ?

Le break se mit à rouler.

— Vous m'entendez ?

— Patience, dit le conducteur.

Il avait l'air d'avoir vingt ans, portait un sweat-shirt bleu foncé, un jean délavé informe et des lunettes noires. Il avait le cheveu décoloré et hirsute, la peau brune d'un surfeur. Il conduisait pieds nus.

— Vous avez essayé de m'effrayer en me faisant croire que vous découpiez mon chien en rondelles. Quel malade ou quel genre de salopard ferait ça ?

— Le genre déterminé.

— D'où vous avez sorti cette oreille et cette patte ?

— Pas important, dit le jeune homme.

— Où est Desie ?

— Beurk, votre eau de toilette est...

— OÙ EST MA FEMME ?

Le Roadmaster roulait vers le nord, vers Starke, à cent vingt kilomètres/heure. Stoat, de colère, serrait mollement les poings, qui avaient l'air aussi menaçants que des pets-de-nonne.

— Où vous m'emmenez, merde ? C'est quoi votre nom ?

Stoat s'enhardit du fait que le dognappeur semblait désarmé.

— Tu sais que tu vas aller en taule, petit ? Et plus longtemps tu retiendras ma femme et mon chien, plus longtemps tu pourriras sous les verrous.

Le conducteur se contenta de dire :

— La blonde avec laquelle vous voyagez de temps en temps, celle avec le sac Gucci — Desie est au courant ?

— Quoi ! s'exclama Stoat, s'efforçant d'être indigné, tout en songeant : comment diable est-il au courant pour Roberta ?

— Celle avec qui je vous ai vu à l'aéroport de Lauderdale, celle qui vous chatouillait les amygdales avec la langue.

Stoat se dégonfla. Il se sentait vieux comme Mathusalem.

— D'accord. Tu as marqué un point.

— Vous avez faim ? demanda le conducteur.

Il fit un crochet par un McDonald's et commanda des milk-shakes au chocolat, des frites et des doubles cheeseburgers. En revenant sur la grand-route, il tendit le sac à Palmer Stoat en lui disant :

— Servez-vous.

La bouffe sentait génialement bon. Stoat revint à la vie et s'attaqua à l'un des cheeseburgers. Bakchich lâcha le ballon en mousse et se dressa pour mendier des miettes. Le conducteur avertit Stoat de ne pas nourrir le chien avec ce que contenait le sac McDo.

— Ordre du médecin, fit le jeune homme.

— C'est votre faute, d'abord, s'il est tombé malade, fit Stoat, ses joues veinées de bleu, gonflées de burger. C'est vous qui avez arraché les yeux en verre de mes trophées. C'est ce qu'il a avalé, ce gros cornichon — les yeux de mes animaux naturalisés.

— Ceux de vos trophées. Oui, je sais.

— Desie vous a dit le prix de l'opération, par hasard ?

Le conducteur tripotait les boutons de la stéréo. Stoat reconnut la musique ; un rock qu'il avait entendu quelquefois à la radio.

— Je vais vous dire quelque chose, fit le jeune homme. Ces enceintes sont vraiment pas dégueu.

— Pourquoi vous avez enlevé mon chien ?

Palmer Stoat s'essuya la bouche avec une serviette en papier.

— J'écoute. Ça doit pas être triste.

Il acheva d'engloutir le double cheeseburger, puis fit une boulette de l'emballage en papier beurre.

Le jeune homme haussa le sourcil sans quitter la route des yeux. Il dit à Stoat :

— Me dites pas que vous n'avez pas deviné.

— Deviné *quoi* ?

— Pourquoi je vous ai choisi. Comment toute cette désagréable histoire a commencé — franchement, vous ne savez pas ?

— Tout ce que je sais, fit Stoat avec un reniflement de dédain, c'est que vous êtes une sorte de psychopathe, que j'ai fait ce que vous vouliez, et que maintenant je suis venu récupérer ma femme et mon chien.

Il chercha à tâtons sur la portière la commande de la vitre.

— Ah, nom d'un petit bonhomme, fit le conducteur.

Stoat eut l'air agacé.

— Quoi encore ?

Le conducteur poussa un gémissement.

— J'arrive pas à y croire.

— À croire à quoi ? fit Palmer Stoat, à côté de la plaque.

Et qui balança négligemment le papier roulé en boule du cheeseburger par la portière de la voiture.

— À croire à quoi ? redemanda-t-il, une fraction de seconde avant que sa boîte crânienne ne détone et que le monde ne sombre dans un noir de four.

19

Dans son rêve suivant, Twilly Spree se trouvait dans les Everglades et il pleuvait des faucons. Encore une fois, il courait ; il courait le long du rivage du Cap Sable et les oiseaux tombaient de partout, tués en plein ciel. Dans son rêve, Desie courait, pieds nus, à ses côtés. Ils ramassaient les faucons ensanglantés sur le sable d'un blanc de sucre, espérant en découvrir un d'encore vivant ; un qu'ils pourraient sauver. McGuinn figurait aussi dans le rêve de Twilly, poursuivi en cercle par un lynx maigrichon à trois pattes — ça aurait pu être hilarant, s'il n'y avait eu tous ces oiseaux frappant la plage comme des bombes à plumes rousses. Dans son rêve, Twilly apercevait une tache à l'horizon et, en s'en rapprochant, la tache devenait la silhouette d'un homme planté au sommet d'une dune ; un homme qui pointait un long fusil vers le ciel. Sans réfléchir, Twilly continuait à courir, criant au tueur de faucons d'arrêter. L'homme abaissait son arme et pivotait pour voir qui venait. Il se raidissait et relevait le canon, en visant cette fois Twilly. Dans son rêve, ce dernier rentrait la tête dans les épaules et courait le plus vite possible vers le tueur de faucons. Il fut étonné d'entendre Desie gravir la dune derrière lui, courant encore plus vite. Twilly aperçut l'éclair de la bouche du fusil à l'instant où Desie lui posait la main sur l'épaule.

Sauf que ce n'était pas la main de Desie, mais celle de sa mère. Amy Spree réveillait son fils en le secouant gentiment, en lui disant :

— Mon Dieu, Twilly, tu rêvais ? Quand est-ce que ça a commencé ?

Twilly se redressa, glacé par une sueur froide.

— Il y a une semaine environ.

— De quoi rêves-tu ?

— De courses sur la plage.

— Après toutes ces années ! C'est merveilleux !

— Et d'oiseaux morts, fit Twilly.

— Oh mon Dieu. Tu veux boire quelque chose ?

— Non, merci, m'man.

— Ton amie prend le frais sur la véranda, fit Amy Spree.

— J'arrive.

— Et l'homme avec la taie d'oreiller sur la tête ?

— Oui, m'man ?

— Elle dit que c'est son mari.

— Vrai.

— Oh, Twilly. Et ensuite ?

Amy Spree était canon pour une femme de cinquante-cinq ans. Elle avait une peau blanche parfaite, des yeux timides vert océan et des cheveux élégamment striés de gris argent. Twilly trouvait ironique que sa mère, une fois divorcée, ait choisi Flagier Beach, étant donné à la fois son aversion pour le soleil des tropiques et ses liens passés avec un salaud, coureur de jupons, qui vendait des propriétés en bord de mer pour gagner sa vie. Mais d'après Amy Spree, les levers de soleil sur l'Atlantique (trop brefs pour infliger des rides faciales) l'apaisaient et elle ne nourrissait aucune amertume persistante à l'encontre de P'tit Phil (qu'elle écartait d'un « perturbé et insécurisé »). En outre, disait Amy Spree, la plage était l'endroit idéal pour pratiquer la danse, la clarinette et le yoga, qui tous nécessitaient la solitude.

Solitude que son fils venait troubler une fois par an, pour son anniversaire.

— Je ne sais jamais quoi t'apporter, dit Twilly.

— Arrête tes bêtises, glousa sa mère. Le plus beau cadeau du monde, c'est que tu viennes frapper à ma porte.

Ils étaient dans la cuisine. Amy Spree préparait une carafe de thé glacé sans sucre pour son fils, sa nouvelle amie et le mari de celle-ci, qui était bridé à un rocking-chair en osier blanc, élu autrefois par le père de Twilly comme son siège favori.

— Et un chien ? demanda Twilly à sa mère. Qu'est-ce que tu dirais d'un chien ?

— Ce chien-*là* ? fit Amy Spree en zieutant McGuinn, posté, affamé, devant la porte du réfrigérateur. Je ne crois pas, continua Amy Spree, je suis heureuse avec mes bonsaïs. Mais merci quand même.

Elle coiffa un chapeau de paille aussi large qu'un couvercle de poubelle. Puis alla porter un verre de thé glacé à Desirata Stoat, sur la véranda face à l'océan. Twilly sortit plus tard, tirant Palmer Stoat dans le rocking-chair, qu'il plaça près de Desie, avant de s'asseoir sur un banc en cèdre avec sa mère.

— Je ne suis pas curieuse de nature, fit Amy Spree.

— D'accord, fit Desie, vous méritez de savoir.

Elle regarda Twilly d'un air interrogatif, comme pour dire : on commence par où ?

Il haussa les épaules.

— Le mari de Mrs Stoat est un pollueur congénital, maman. Un grossier personnage qui dégueulasse tout et un individu incorrigible. Il semble que je ne puisse pas lui apprendre les bonnes manières.

Desie le coupa.

— Il y a une île sur la Gulf Coast. Les clients de mon mari ont l'intention d'en faire un complexe de golf résidentiel à coups de bulldozer. Une très jolie petite île.

La mère de Twilly opina.

— J'étais mariée à un homme du même type, fit-elle, rembrunie. J'étais jeune, j'ai suivi le mouvement.

Palmer Stoat émit un bruit de mécontentement. La taie d'oreiller lui rentrait et sortait de la bouche. Desie posa un pied sur le fauteuil et se mit à le balancer lentement.

— Qu'est-ce qu'il y a ? demanda-t-elle à son mari. Tu as soif ?

— Sa caboche lui fait mal. Je n'y suis pas allé de main morte, dit Twilly.

— Parce qu'il a balancé des déchets depuis la voiture, expliqua Desie à la mère de Twilly.

— Oh mon Dieu, fit Amy Spree. Il a toujours eu du mal à se contrôler quand il voit rouge. Depuis qu'il est tout petit garçon.

— C'est encore un petit garçon, fit Desie avec tendresse.

Amy Spree sourit.

— Suffit comme *ça,* dit Twilly.

Il arracha la taie d'oreiller de la tête de Palmer Stoat et le gaffeur de sa bouche.

— Dites bonjour à ma m'man, lui enjoignit Twilly.

— Bonjour, marmonna Stoat, clignant des yeux au soleil.

— Comment vous sentez-vous ? fit Amy Spree.

— Mal foutu.

Stoat avait les joues congestionnées et les lèvres mordillées. Sa tempe gauche s'ornait d'une bosse de la taille d'une prune.

— Mr Stoat, fit Twilly, parlez du pont à ma mère, s'il vous plaît.

Palmer Stoat clignait lentement tel un crapaud-buffle sortant d'hibernation. Desie continuait à le bercer du pied.

— Racontez-lui comment vous m'avez menti à propos du pont, fit Twilly, en prétendant que le gouverneur enterrait le pont et que l'île était sauvée. Maman, Mr Stoat ici présent est un ami intime du gouverneur Richard Artemus.

— Vraiment ? fit Amy Spree.

Stoat fusilla Twilly du regard, s'y efforça du moins.

— Vous parlez à tort et à travers.

Twilly leva les mains de dégoût.

— Vous m'avez dit que le pont était mort et enterré mais, ô ciel que vois-je et qui rencontré-je au cours de la même matinée sur l'île aux Crapauds ? Une équipe de géomètres, maman. Faisant un relevé topographique — surprise, surprise ! — pour le nouveau pont.

— Oh oh, fit Amy Spree.

— Sans lui, les clients de Mr Stoat ne peuvent pas construire leur station de luxe, parce qu'ils ne peuvent pas faire traverser l'eau à leurs camions de ciment.

— Oui, mon fils, je comprends.

McGuinn se radina sur la véranda. Il flaira les nœuds aux poignets de Palmer Stoat, puis fourra sa truffe, placidement, dans l'entrecuisse de son maître.

— Bakchich, non ! fit Stoat se cabrant dans le rocking-chair. Arrête ça, nom de Dieu !

Amy Spree détourna la tête, étouffant un rire. Sur la plage, devant la véranda, une demi-douzaine de jeunes surfeurs, torse nu, leur planche sous le bras, fixaient d'un air morose l'eau étale. Amy Spree se dit que la scène ferait un bon cliché, la photographie étant son dernier hobby. McGuinn descendit les marches au trot pour fraterniser.

— Bon, quoi maintenant ? fit Twilly en se frappant bruyamment les cuisses du plat de la main. C'est la question du jour, Desie. Je fais quoi de ton menteur et pollueur de mari, cet enfoiré grave ?

Desie regarda la mère de Twilly qui regarda Palmer Stoat. Ce dernier s'éclaircit la gorge et dit :

— Faut me donner une autre chance.

— C'est à moi que tu parles ou à ta femme ? fit Twilly.

— Aux deux.

— Palmer, dit Desie, je ne suis pas sûre d'avoir envie de rentrer à la maison.

— Ah, au nom du Ciel, souffla Stoat avec impatience. Tu as envie de quoi, Desie ?

— Franchement, j'en sais rien.

— Tu veux devenir Bonnie Parker, c'est ça ? Ou Patty Hearst, peut-être ? Tu veux finir en première page ?

— J'ai juste envie de...

— Très bien. Alors ne rentre pas, dit Palmer Stoat. Ne te donne surtout pas cette peine.

Amy Spree se leva.

— J'ai besoin d'un coup de main en bas, au garage, mon fils.

— Tranquille, m'man, dit Twilly. Ça va.

Amy Spree se rassit. Desie retira son pied du fauteuil et son mari cessa de se balancer.

— Fais ce que tu veux, dit-il à sa femme en montrant les dents. Je t'emmerde. Et j'emmerde ce connard de labrador. Plus rien à foutre de vous deux.

— Pas la peine de sombrer dans la vulgarité, dit la mère de Twilly.

— Je vous rappelle que je suis ligoté à cette saloperie de fauteuil, madame !

— Oh, je t'en prie, le coupa Desie. Comme si tu avais été un mari modèle ces deux dernières années.

Stoat émit un bruit de ballon qui se dégonflait.

— Tu vas avoir des nouvelles de mes avocats, Desirata. Et maintenant, l'un de vous, bande de givrés, ferait mieux de me détacher.

Il tordit le cou pour fixer Twilly Spree bien en face.

— Quant au pont de l'île aux Crapauds, petit, rien ni personne sur la planète bleue ne pourra en bloquer la construction. Tu peux garder ma femme et mon chien, mais ce pont verra le jour que ça te plaise ou non. C'est ce qu'on appelle une conclusion courue d'avance, petit — tu peux m'envoyer toutes les pattes, les oreilles et même les couilles de chien que tu veux. Alors, défais-moi ces cordes, sur-le-champ, avant que j'ameute le quartier, nom de Dieu.

Desie n'avait jamais vu son mari dans un tel état de fureur. Son visage était enflé comme une aubergine.

— Palmer, pourquoi a-t-il fallu que tu mentes ? lui dit-elle.

Avant que Stoat puisse l'incendier encore une fois, Twilly lui plaqua une nouvelle bande de gaffeur sur la bouche. La taie d'oreiller masqua ensuite des yeux pleins de haine.

— Ne sois pas trop dur avec cet homme, mon fils, dit Amy Spree.

Twilly transbahuta le rocking-chair à l'intérieur tandis que Desie sifflait McGuinn. Un peu plus tard, Amy Spree servit le dîner, des crevettes grillées accompagnées de riz nappé d'une sauce tomate basilic maison. Ils amenèrent Palmer Stoat à table mais il exprima clairement, par une série de grognements sarcastiques, qu'il n'avait pas particulièrement faim.

— Il y en a de reste, lui dit la mère de Twilly, si jamais vous changez d'avis. Et je m'excuse, mes enfants, de ne pas avoir de vin.

— M'man ne boit plus d'alcool, expliqua Twilly à Desie.

— Mais si j'avais su que vous veniez, j'aurais pris une bonne bouteille de merlot, dit Amy Spree.

— C'est parfait comme ça. Votre plat est fantastique, dit Desie.

— Et votre chien ?

— Il mangera plus tard, Mrs Spree. Il y a un sac plein de boustifaille dans la voiture.

Il y avait un cheesecake au chocolat comme dessert. Twilly s'en coupait une seconde tranche quand sa mère lui dit :

— Ton père m'a demandé de tes nouvelles.

— Tu lui parles encore ?

— Il appelle de temps en temps. Entre deux liaisons.

— Et comment ça marche le front de mer sur la côte ouest ? fit Twilly.

— C'est ce que je voulais t'annoncer. Il abandonne le bizness !

— J'y crois pas. Il arrête ou il prend sa retraite ?

— En fait, on lui a retiré sa licence de promoteur.

— En Californie ?

— Il n'est pas entré dans les détails scabreux.

Twilly restait incrédule.

— Faut pas étriper quelqu'un avant de perdre sa licence en Californie ?

— Je n'en ai pas cru mes oreilles non plus, mon fils. Tu sais ce qu'il vend, maintenant ? Des sets complets Home-Cinéma. Il m'a posté une brochure en couleurs, mais je n'y ai rien compris.

— Tu sais ce qui me gonfle, m'man ? Il aurait pu abandonner le boulot après la mort de

Grand Phil. Avec tout ce blé — p'pa n'avait plus besoin d'écouler un mètre de plage de plus. Il aurait pu se tirer aux Bahamas et aller à la pêche.

— Non, il ne pouvait pas, répondit Amy Spree, parce qu'il a ça dans le sang, Twilly. Vendre du front de mer, il a ça dans le sang.

— S'il te plaît, ne dis pas ça.

— Excusez-moi, intervint Desie, mais Palmer m'a l'air d'avoir envie d'aller au petit coin.

— Encore ? fit Twilly qui se leva avec irritation. Et merde, sa vessie est moins élastique que sa conscience.

Plus tard, Amy Spree les accompagna en bas, où son fils hissa le rocking-chair (avec Palmer Stoat se tortillant dans ses liens) dans le break.

— Qu'est-ce que tu vas faire de lui, Twilly ? Bon sang, penses-y. Tu as vingt-six ans.

— Tu veux la prendre cette photo, maman ? Il aime bien qu'on lui tire le portrait. Pas vrai, Palmer ?

De sous la taie d'oreiller parvint un reniflement de mépris.

— Avec un Polaroïd, en particulier, précisa Twilly.

Desie rougit. Du rocking-chair s'éleva un gémissement découragé.

— Je t'en prie, Twilly, ne fais rien que tu pourrais regretter, dit Amy Spree. (Puis se tournant vers Desie :) vous le tenez à l'œil, d'accord ? Il faut qu'il se colle au boulot et gère son agressivité une fois pour toutes.

Twilly se glissa derrière le volant, Desie à côté de lui et McGuinn tassé entre eux deux, bavant sur le tableau de bord.

— Je t'aime, mon fils, dit Amy Spree. Tiens, je t'ai enveloppé le reste du gâteau.

— Moi aussi, je t'aime, m'man. Bon anniversaire.

— Merci de t'en souvenir.

— Et je te rapporterai le rocking-chair.

— Il n'y a pas le feu.

— Peut-être l'an prochain, peut-être plus tôt, dit Twilly.

— Quand tu voudras, fit sa mère. Je sais que tu es occupé.

Des échos du veto du gouverneur, d'une façon ou d'une autre, atteignirent la Suisse. Robert Clapley ne sut que dire quand l'un des banquiers bailleurs de fonds de l'île aux Puffins l'appela en pleine nuit.

— Guèze gui ze passe afec le pont ?

En direct de Genève à deux heures et demie du matin — comme s'il n'avait jamais entendu parler des décalages horaires, ce salopard à sang hyper froid.

Clapley était pourtant bien réveillé, le cerveau en ébullition, quand le téléphone sonna. Toute la nuit, il avait cherché à joindre Palmer Stoat, car les Barbie lui avaient fait un plan pétasses, et tout ça pour une rallonge de poudre de rhino. Clapley, à son retour de Tampa, les avait retrouvées enfermées dans la salle de bains, où un ghetto blaster beuglait de la fusion dance derrière la porte. Une heure plus tard, les deux filles en sortaient, bras dessus bras dessous, en gloussant. Katya s'était teint les cheveux en rose électrique assorti à son débardeur et, du creux bronzé de ses seins, s'élançait, tatouée au henné, une vipère fer-de-lance, ses crocs dégouttant de venin. Par contraste, Tish s'était habillée en homme, fausse moustache comprise, ayant emprunté le costume Armani préféré de Clapley, le gris anthracite.

Il fut frappé d'horreur et d'impuissance. Les filles avaient l'air vulgaire et perverti — des anti-Barbie ! Elles lui annoncèrent qu'elles se rendaient dans une boîte de strip-tease près de l'aéroport pour une soirée à thème. Premier prix : mille dollars.

— Je vous en donnerai deux mille si vous restez ici avec moi, plaida Clapley.

— T'as de la corrrne ? fit Katya avec un clin d'œil cruel. Non ? Alors on va s'en payer une pincée.

Et elles avaient enfilé gaiement la porte.

Au téléphone, le banquier genevois, lui demandait :

— Die pont, Herr Clapley, dites zeulement. Guèze gui est arrifé ?

Et sans se lasser, Robert Clapley tenta de faire comprendre à cet entêté de tête de nœud qu'il n'y avait aucune raison de s'alarmer. Vrai. Faites-moi confiance. Le gouverneur est un ami intime à moi. Le veto n'était rien d'autre qu'une manœuvre. Le nouveau pont va se faire. L'île des Puffins, c'est dans la poche, putain.

— Alors, cool, Rolf, bon Dieu, fit Clapley, furax.

Il avait pris la communication uniquement parce qu'il avait cru que c'était peut-être cette enflure de Stoat, répondant pour finir à ses appels, ou encore la mondaine de Palm Beach County lui annonçant la garde à vue de Katya et Tish, les deux prunelles de ses yeux...

— Mais le chournal disait gue...

— Je vous le répète, Rolf, c'est juste politique. De la politique floridienne à la mords-moi le gland, c'est tout.

— Mais, fous foyez, Herr Clapley, afec une ligne de grédit aussi chénéreuse que zelle qu'on fous a octroyée...

— Ouais, je sais ce que fous afez hoquetroyée...

— Zent dix millions de dollars.

— Je suis parfaitement conscient du montant, Rolf.

— Des noufelles gomme zelles-zi, elles gausent natürlich du zouci. Z'est gompréhenzible, non ? Étant donné ze à goi nous zommes egzposés.

— Bien sûr. Alors, permettez-moi de vous le répéter encore une fois. Et sentez-vous libre de le communiquer à l'ensemble de vos associés à la banque : il n'y a aucune inquiétude à avoir. O.K. ? À vous de le dire.

— *Was ?* fit-on à l'autre bout du fil.

— À votre tour, dit Robert Clapley. Répétez après moi : IL N'Y A AUCUNE INQUIÉTUDE À AVOIR. Allez, Rolf, je veux vous entendre me le dire.

Le problème venait de ce que Clapley n'était pas habitué à traiter avec des banquiers, mais de dealer avec des trafiquants de dope — des criminels, soit, mais bien plus flexibles et pragmatiques quand ça tournait au vinaigre. Le dealer et contrebandier moyen vivait dans un univers grouillant de branleurs, de taxeurs et de nazes ; aucun jour de sa vie ne se déroulait exactement comme prévu. Il menait ses transactions de stupéfiants, d'armes ou d'argent liquide en prenant, c'était la routine, des risques insensés que le jeune Rolf de Genève n'aurait pu comprendre. S'exposer ? songea Robert Clapley. Ce ramolli du bulbe ne connaît pas le sens de ce verbe.

— Oh, Rolf ?

— Il n'y a augune inguiétude à afoir.

— Ça, c'est parlé, fit Clapley.

Il avait eu recours à des banquiers suisses uniquement parce que le projet Puffins était devenu trop gros pour le fric de la dope — du moins pour le genre de fric de la dope de Robert Clapley. Oh, l'île aux Crapauds, il aurait pu l'acheter tout seul, les doigts dans le nez. Cependant, il fallait du blé plus sérieux pour nettoyer l'endroit et le transformer en golf et complexe de loisirs de classe internationale. L'unique autre projet de Clapley, une tour d'habitation de seize étages, du côté de Brickell Avenue, à Miami, avait été entièrement financé grâce aux profits de la marijuana et de la cocaïne, que Clapley avait blanchis et s'était prêtés à lui-même par le biais d'une société de holding hollandaise bidon. Il aurait aimé avoir recours à la même arnaque pour l'île aux Puffins, mais n'avait pas une centaine de millions de dollars en liquide qui traînaient ; et les seules personnes dans ce cas n'avaient pas besoin de Robert Clapley pour les investir : il s'agissait de blanchisseurs de fonds colombiens aguerris qui, en matière d'immobilier, préféraient le commercial au résidentiel.

Ainsi donc Clapley s'était-il mis en quête de ses tout premiers partenaires réglos et était-il tombé sur les banquiers suisses qui, fort impressionnés par le bilan de la tour de Brickell Avenue, lui avaient accordé une ligne de crédit généreuse pour la mise en valeur et la commercialisation de son complexe de loisirs pittoresque et insulaire sur la Gulf Coast de Floride. Après ça, les banquiers avaient fichu une paix quasi royale à Clapley — si bien qu'il s'était endormi, bercé par son autosatisfaction.

Parce que, c'était évident, ils avaient gardé leur œil froid d'un bleu aryen braqué sur lui. Autrement, comment auraient-ils découvert que Dick Artemus avait mis son veto à ce foutu pont des Puffins ?

Pourtant, Clapley sentait que le jeune Rolf assumait mal son rôle d'inquisiteur coincé, désirant par-dessus tout rester stoïque et flegmatique dans la grande tradition bancaire helvétique...

— Sûrement que ce genre de léger cafouillage a déjà dû se produire.

— *Ja,* z'est tout le temps le gafouillage.

— Alors, il n'y a pas lieu de me faire un caca nerveux, fit Clapley. Et, Rolf ?

— *Ja.*

— Ne m'appelez plus à une heure aussi indécente. Il y a des dames avec moi.

— Oh.

— J'ai bien dit *des,* ajouta Clapley avec un petit rire suggestif.

— Che fous renoufelle mes egscuses, mein herr. Mais beut-on ezpérer gu'il n'y aura plus de zurprises ? Ze zerait une bonne chose.

— Oh, ze zerait *wunderbar,* fit Clapley d'un ton grondeur, ayant perçu une nouvelle raideur dans celui du jeune banquier et n'appréciant pas. Il est temps maintenant de nous dire au revoir. On frappe à ma porte.

— Ach, beut-être une de vos dames.

— Encore bonne nuit, Rolf.

Clapley enfila un peignoir de soie, quasiment assorti à son pyjama. Il se colla prestement à l'œilleton et poussa un gargouillis d'allégresse. Palmer Stoat !

Clapley ouvrit la porte avec brusquerie.

— Tu as ma poudre de rhino !

— Non, Bob. Mieux que ça.

Quand Stoat passa devant lui, Clapley inhala une chaude bouffée de mauvaise haleine et de transpiration. Le lobbyiste avait une mine épouvantable ; le visage marbré, la peau moite, une vilaine ecchymose violacée sur la tête.

— Il s'agit de l'île aux Crapauds, fit-il, en se dirigeant d'un pas lourd vers la cuisine. Où sont les futures jumelles ?

— À la messe, répondit Clapley.

— Quoi faire — une démonstration de leurs dons d'avaleuses d'hosties ?

Stoat sifflait comme s'il avait gravi les quinze étages à pied.

— Soit dit en passant, j'ai arrangé ta chasse au guépard.

— Super. Mais ce dont j'ai besoin pour l'instant, plus que d'oxygène, c'est de la corne d'un rhinocéros crevé.

Palmer Stoat agita une main à l'aspect poisseux.

— On s'en occupe, Bob. Sur la tombe de ma mère. Mais je ne suis pas venu te parler de ça.

Il sortit une boîte de jus d'orange en carton du réfrigérateur et une bouteille d'Absolut du placard à liqueurs. Il se prépara une vodka-orange hyper tassée et narra à Robert Clapley tout ce qu'il avait subi entre les griffes de ce fou furieux de dognappeur.

— Et pour couronner le tout, il a fait subir un lavage de cerveau à ma femme. Eh oui, il est allé jusque-là, Bob. Voilà les grandes nouvelles. J'ai conseillé à cet enculé — qui s'appelle Twilly, au fait —, je lui ai dit de garder Desie, de garder ce chien de malheur et d'arrêter de nous faire perdre notre temps. Le pont va se faire, je lui ai dit. L'île aux Crapauds, c'est de l'histoire ancienne. Alors, dégage, y a rien à voir !

Palmer Stoat fit claquer ses lèvres couleur foie de veau et sourit. Clapley eut un haussement d'épaules.

— Et c'est tout ?

Stoat étrécit ses yeux porcins et humides.

— Oui, Bob, et c'est beaucoup. Fin de l'extorsion. Ce mec n'a plus rien à quoi je tienne. Il ne peut plus ni nous arrêter ni nous nuire.

— Tu n'as raison qu'à moitié, comme d'habitude, fit Clapley.

— Non, Bob. Il est pitoyable.

— Vraiment.

— Il ne compte plus.

Palmer Stoat passa jugement.

— C'est une chiure de mouche. Un type d'autre part, comme dans la chanson.

— Un type de nulle part, tu veux dire [1].

— Qu'est-ce qu'il peut contre nous, maintenant ? Qu'est-ce qu'il lui reste ?

Stoat eut un sourire souffreteux.

— Il a brûlé toutes ses cartouches, Bob.

Robert Clapley se disait que Stoat avait vraiment l'air mal-en-point. Cela lui rappelait le jour où il avait failli avaler le bébé rat.

1. Nouvelle confusion sur une chanson des Beatles, *Nowhere Man* devient *Somewhere Man. (N.d.T.)*

— Conclusion, Palmer ?

— Vers l'infini et au-delà, telle est ma conclusion.

Stoat se versa une autre rasade de vodka.

— À partir de dorénavant, c'est en avant toute, à fond la caisse. Toi, tu construis ton pont et tu creuses ces jolis parcours de golf — moi, je divorce et j'achète un nouveau chien.

— Cet empaffé mental s'appelle Twilly, tu m'as dit ?

— Oublie-le, Bob. C'est à Desie qu'il prend la tête, maintenant.

Clapley tiqua.

— Non, Palmer, je ne peux pas l'oublier. Il s'est donné vachement de mal pour obtenir de toi ce qu'il voulait. Je m'attends à ce qu'il déconne encore, rapport au projet Puffins.

— Bon sang, que veux-tu qu'il fasse — qu'il se jette sous les bulldozers ? Laisse tomber, fit Stoat. C'est terminé, Bob. Rappelle ton Mr Ganache et renvoie-le chez Liquid ou au club x où tu l'as déniché.

— J'ai bien peur que ça ne soit impossible.

Stoat appliqua avec précaution le verre de vodka glacée sur la bosse de sa tête.

— Ce qui signifie que tu ne veux pas, hein ?

— Ce qui signifie que ce n'est pas possible, Palmer. Même si je le voulais, fit Clapley. Mr Ganache n'est plus en communication avec moi en ce moment. Il a des sautes d'humeur.

Palmer Stoat ferma les yeux. Une gouttelette cristalline de vodka dévala sa joue pâlotte.

— Il pourrait faire du mal à Desie ?

— Dans certaines circonstances, sûr et certain, dit Clapley. Et merde, t'as rencontré le bonhomme. C'est un primaire. Prends-toi une douche chaude, Palmer, tu te sentiras mieux. Ensuite, on partira à la recherche des jumelles.

Toute la nuit, il guetta en vain le break Buick. Il s'était garé dans un bouquet de pins, non loin du bed-and-breakfast de Mrs Stinson. Il passait et se repassait en boucle l'une de ses cassettes 911 préférées — une copie privée pirate, en vente nulle part à aucun prix, pas même sur Internet. Mr Ganache avait eu vent de cet enregistrement un après-midi qu'il était suspendu dans son harnais sur mesure en peau d'iguane aux poutres de son appartement de South Beach. L'une des trois femmes dans le lit, en dessous de lui, se trouva être par hasard une standardiste stagiaire de la police de Winnipeg, Canada, qui avait une amie qui avait un ami qui travaillait chez les pompiers de Duluth, Minnesota, où, d'après la rumeur, ce bizarre incident était arrivé.

Pour trois cents dollars, Mr Ganache s'était procuré l'enregistrement sur bande, brut de décoffrage, non monté. Il agrémenta l'échange téléphonique de l'Offertoire de Mozart en ré mineur, *Misericordias Domini*.

INTERLOCUTEUR : J'appelle en urgence !

STANDARDISTE : J'écoute.

INTERLOCUTEUR : Ma femme croit que je suis à Eau Claire !

STANDARDISTE : Pardon ?

INTERLOCUTEUR : Mais je suis à dix-huit mille pieds au-dessus de Duluth et je suis en train de tomber en quenouille, putain !

STANDARDISTE : Monsieur, ici, le service des pompiers de Duluth. Je vous prie de bien vouloir préciser la nature de votre urgence.

INTERLOCUTEUR : O.K., voilà. Je suis dans un avion qui va se crasher, putain ! On a perdu un moteur, les deux peut-être — wouah, merde ! —, on tombe et ma femme me croit à Eau Claire, dans le Wisconsin.

STANDARDISTE : Vous êtes à bord d'un avion ?

INTERLOCUTEUR : Oui ! Oui ! Je vous appelle d'un portable.

STANDARDISTE : Et vous êtes à Duluth ?

INTERLOCUTEUR : Non, mais chaque seconde qui passe, j'm'en rapproche. Oh ! bon Dieu de bon Dieu ! Ça tour... ça tour... ça tourne !

STANDARDISTE : Ne quittez pas, monsieur, tenez bon.

INTERLOCUTEUR : S'il vous plaît, faut que vous appeliez ma femme. Dites-lui que la boîte m'a expédié là-haut à la dernière minute. Dites-lui... chais pas, inventez un truc, je m'en tape... n'importe quoi !

STANDARDISTE : Monsieur, je... votre pilote a-t-il eu une crise cardiaque, monsieur ?

INTERLOCUTEUR : Non ! Je vous le passerais

bien, mais il est plutôt occupé en ce moment à essayer de nous tirer de cette descente en piqué... wouaaahhh... Sainte Vierge... wouaaahhh !!!

STANDARDISTE : C'est quel type d'avion ? Vous pouvez me donner un numéro de vol ?

INTERLOCUTEUR : J'en sais rien... ah ! bon Dieu, la tête me tourne, me tourne tellement, ah merde... je crois que je vois, euh, des champs de blé... ma femme s'appelle Miriam, O.K. ? Son numéro de téléphone commence par... euh, l'indicatif régional c'est le...

STANDARDISTE : Des champs de blé ? Quoi d'autre ? Vous apercevez déjà Duluth ?

INTERLOCUTEUR : Aaaaaiiiihhhhh...

STANDARDISTE : Monsieur, j'ai besoin de vous localiser sinon je ne peux pas envoyer des secours.

INTERLOCUTEUR : Trop tard pour les secours, bonhomme... wouaaahhh... vous z'avez qu'à... wouaahhh, merde, z'avez qu'à leur dire de chercher un trou gigantesque qui fume dans le sol. Ça sera nous... ah bordel, BORDEL DE MERDEEEEEEEE !...

STANDARDISTE : Monsieur, je dois vous mettre en attente, mais ne raccrochez pas. Monsieur ? Vous êtes là ?

Cet appel faisait bicher Mr Ganache — l'idée qu'un mari infidèle à bord d'un avion prêt à se crasher trouve le cran de faire le 911 pour couvrir ses arrières de trouduc ! Quelle futilité admirable ! Quel désespoir charmant !

Il se repassa la bande une bonne dizaine de fois. Tout y était, dix-huit mille pieds de panique à vous soulever les tripes. Tout y était sauf le choc fatal et l'explosion.

Trop tard pour les secours.

Putain, ce pauvre gland avait raison, songea Mr Ganache.

Le contact à Duluth de Mr Ganache avait joint une coupure de journal à la cassette. Le vol était effectué par une navette bimoteur en provenance de St. Paul. Il s'était écrasé dans un champ cultivé ; vingt et un morts, aucun survivant. Les autorités locales ne révélèrent pas le nom du passager qui avait passé le coup de fil depuis la cabine de pilotage, sous le prétexte que ça bouleverserait la famille. La cassette originale de 911 fut remise au Bureau national de la sécurité aérienne et placée sous scellés comme preuve dans l'enquête sur l'accident. La version expédiée à Mr Ganache était une copie de seconde génération de très bonne qualité.

Soudain, il trouva ce qui dramatiserait encore plus l'enregistrement : l'ajout en fond sonore d'une pièce symphonique, se terminant par un crescendo de cymbales — la simulation musicale d'un avion qui se disloque en s'écrasant au sol.

Monsieur ? Vous êtes là ?

Boum, bouououm, KA-BOUOUOUM ! CRASH !

— Ah, ouais, murmura Mr Ganache.

Il descendit de voiture pour s'étirer. Le jour allait se lever sur l'île aux Crapauds, et toujours aucun signe du fouteur de merde, de la femme, du chien noir ou du break Buick.

Mr Ganache descendit la rue jusqu'au bed-and-breakfast. Il gravit les marches de la véranda et frappa. Mrs Stinson lui dit de faire le tour jusqu'à la cuisine où elle confectionnait des muffins. À l'abri de la porte-moustiquaire, elle l'accueillit avec méfiance, examinant ses épis gominés avec une désapprobation non déguisée.

— Je cherche un type avec un chien noir, fit Mr Ganache.

— Z'êtes qui ?

— Il conduit un gros break. Y a peut-être une femme avec eux.

— Je vous ai demandé qui vous êtes.

— Ce type me doit de l'argent, fit Mr Ganache. Il en doit à tout le monde, alors si j'étais vous, je ferais gaffe.

Mrs Stinson le gratifia d'un sourire glacial de l'autre côté de la moustiquaire.

— Ben, il m'a payée rubis sur l'ongle. Et d'avance.

— Je t'en foutrais.

— Alors fichez le camp d'ici ou j'appelle les flics. Vous réglerez votre affaire tous les deux une autre fois parce que, chez moi, je permets pas qu'on se bagarre.

Mr Ganache posa une main contre la porte. Il s'arrangea pour que le geste paraisse naturel, comme s'il ne faisait que prendre appui.

— Il est ici en ce moment ? Ce chien est dangereux, soit dit en passant. Il a tué une petite fille à Clewiston. Il l'a égorgée. C'est l'autre raison pour laquelle ce type est en cavale. Il était là, hier au soir ?

— J'ignore où ils sont allés, m'sieur. Tout ce que je sais, c'est que la chambre est payée et que je fais des muffins, parce que le petit déjeuner est compris.

Mrs Stinson recula d'un pas, se positionnant (nota Mr Ganache) à proximité d'un téléphone mural.

— Quant au chien de ce monsieur, dit-elle, il est aussi inoffensif qu'un poisson rouge et guère plus malin. Alors, fichez-moi le camp et je ne plaisante pas.

— Vous ne le connaissez pas, m'dame. Ce type, il est grave.

— *Vous,* je ne vous connais pas, aboya Mrs Stinson. Et maintenant, filez ! Avec votre coiffure de tapette !

Mr Ganache allait balancer un coup de poing dans la moustiquaire quand il entendit une voiture tourner au coin. Il fit volte-face, les battements de son cœur s'accélérèrent car il crut que c'était le jeune fouteur de merde, revenant dans sa canadienne Buick.

Mais non. C'était une voiture de la police de la route, noir et marron.

— Qu'est-ce que vous dites de ça ! fit Mrs Stinson.

Mr Ganache s'éloigna discrètement de la

porte. Il regarda le véhicule de police passer devant la maison, un flic black en uniforme au volant. Dans le panier à salade, à l'arrière, on distinguait une silhouette d'homme, d'un prisonnier affalé en biais contre l'une des portières, comme s'il était évanoui. Mr Ganache n'en aurait pas juré, mais il lui sembla que le policier ralentit légèrement en passant devant le bed-and-breakfast.

Mr Ganache entendit Mrs Stinson glousser dans son dos :

— Ah ! Tu veux toujours bavasser, baratineur !

À peine la voiture de patrouille hors de vue, Mr Ganache quitta la véranda et se mit à marcher. Il avait une histoire toute prête, au cas où : sa voiture ne voulait plus démarrer. Il était allé au bed-and-breakfast pour utiliser le téléphone. Avant qu'il ait pu dire ouf, la vieille mégère l'avait agressé en délirant comme une folle furieuse...

Sur la route, Mr Ganache ne vit aucune trace du policier. Il atteignit sa voiture, continua à avancer; il fit le tour du pâté de maisons d'un pas détaché et revint. Deux précautions valent mieux qu'une, se dit-il. C'était probablement une fausse alerte. Probablement rien qu'un chauffard bourré que le policier d'État embarquait en taule. Ils sont à peu près bons qu'à ça, songea Mr Ganache, à alpaguer les alcoolos.

Il retira sa veste pied-de-poule et la déposa sur le siège avant. Puis, il passa derrière un pin pour pisser. Il refermait sa braguette quand il perçut du mouvement — en lisière des arbres, près de la voiture. Mr Ganache dégaina son flingue, glissa un œil de l'autre côté du tronc. Et vit un clodo accroupi au bord de la route.

Mr Ganache quitta l'abri de l'arbre à pas de loup. Le clodo lui tournait le dos ; il était balèze aussi, ce fils de pute. Quand il se leva, il dominait Mr Ganache d'une bonne tête. Il portait une sorte de jupette à carreaux noirs et blancs, il avait les jambes nues et aux pieds des chaussures de randonnée.

Mr Ganache, confiant, rengaina son flingue dans son holster. Il se sourit à lui-même en songeant : cette gonzesse ferait un malheur sur Ocean Drive.

Mais quand le clodo se retourna vers lui, Mr Ganache révisa son jugement.

— Tout doux, papa, fit-il en espérant que le type ait noté qu'il était armé.

Le clodo ne dit mot. Il portait un bonnet de douche mochard sur la tête et avait un œil de verre rouge en goguette qui avait l'air d'un cotillon. Une barbe grisonnante lui dégoulinait des joues en deux grosses nattes, chacune ornée d'un bec d'oiseau crochu. Dans l'un de ses battoirs, le clodo tenait un opossum par la queue, la gueule béante et la fourrure encroûtée de sang. Dans l'autre, un livre de poche.

— D'où tu sors ? fit Mr Ganache.

L'homme eut un large sourire, qui fit sursauter Mr Ganache. Il n'avait jamais vu de dents aussi parfaites, de loin plus blanches que les siennes.

— Jolie robe, fit Mr Ganache, testant le type.

— En fait, c'est un kilt. Fabrication maison.

— On t'appelle ?

— Aujourd'hui, on m'appelle pas, fit le clodo.

— J'espère que t'avais pas l'intention de piquer ma bagnole.

Nouveau sourire du clodo. Il fit non de la tête, d'une façon qui suggérait que le véhicule de Mr Ganache ne valait pas qu'on se donne la peine de le voler.

Ce dernier montra du doigt l'opossum en disant :

— Et ton petit copain, on l'appelle, lui ?

— Ouais : Déjeuner. Il a été touché par une moto de trial.

Mr Ganache se disait que le clodo semblait bizarrement à son aise alors qu'un parfait inconnu l'interrogeait, l'arme au poing.

— Tu n'as pas répondu à ma question, papa. D'où tu sors ?

Le clodo lui montra le livre.

— Vous devriez lire ça.

— C'est quoi ? demanda Mr Ganache.

— *Les Comédiens* de Graham Greene.

— Jamais entendu parler de lui.

— Ça lui aurait plu de vous rencontrer.

— Ça veut dire quoi *ça,* merde ?

Mr Ganache fit deux pas vers la voiture.

L'attitude du type lui foutait les boules, sa façon nonchalante de balancer l'opossum.

— Je vous le prêterai, fit le clodo.

Mr Ganache monta en voiture et mit le moteur en route. Le clodo se rapprocha.

— Reste où tu es, papa, fit Mr Ganache en brandissant le semi-automatique.

Le type s'immobilisa. Son drôle d'iris rouge était tourné vers le faîte des arbres, tandis que son œil valide fixait Mr Ganache avec une indifférence absolue, d'autant plus énervante.

Mr Ganache agita le canon du flingue en disant :

— Tu m'as jamais vu, compris ?

— Bien sûr.

— Ni la voiture.

— Bien.

— Tu mates quoi, putain ?

Et rebelote — le sourire de pub de dentifrice.

— Jolie coupe de cheveux, fit le clodo à Mr Ganache.

— Je devrais te buter, papa. Rien que pour ça, je devrais crever ta paillasse de S.D.F...

Mais le clodo en jupe à carreaux fabrication maison se détourna. Trimbalant son livre de poche et son opossum victime de la route, il se faufila lentement entre les pins, comme si Mr Ganache n'était pas là et ne lui braquait pas un flingue dans le dos, menaçant de le révolvériser en comptant jusqu'à six.

Mr Ganache démarra sur les chapeaux de

roues. Quel enculé de barjo ! songeait-il. Je déteste ce bled et je déteste ce boulot.

Une île bourrée à craquer de fouteurs de merde, bordel !

Mr Ganache alluma le lecteur de cassettes et appuya sur la touche REWIND.

Ça ne tardera plus, se remémora-t-il. Puis faudra que je rentre.

20

Les toutes premières fois que Twilly et Desie firent l'amour, McGuinn n'y prêta pas attention ; roulé en boule sur le sol, il roupillait. Puis une belle nuit — celle où ils libérèrent Palmer — le chien afficha soudain un intérêt exubérant pour ce qui se déroulait sur le matelas. Desie allait connaître ce qui promettait d'être un instant mémorable quand l'armature du lit fut violemment ébranlée, et Twilly poussa un gémissement tout sauf d'extase. Les ébats cessèrent et les ressorts se turent lugubrement. Desie sentit une haleine chaude, parfumée au foie, sur ses joues et un poids écrasant sur la poitrine. À la lueur vacillante de la télévision de la chambre du motel, elle vit que le labrador avait sauté sur le dos nu de Twilly et s'était planté là, ses soixante-quatre kilos dehors. Ce seul fait aurait suffi à distraire Twilly (qui était hyper concentré entre les bras de Desie), or le chien était d'autant plus impossible à ignorer qu'il avait agrippé Twilly à la nuque comme il l'aurait fait d'un vulgaire lièvre ne se doutant de rien.

— Vilain garçon, le réprimanda Twilly à travers ses dents serrées.

McGuinn ne le mordait pas fort, ne semblant ni en colère ni même agité. Cependant il était tendu.

— Méchant chien, fit Twilly en une nouvelle tentative.

— Il doit se sentir délaissé, murmura Desie.

— Tu suggères quoi ?

— Il te fait mal ?

— Ma concentration est mise à mal, rien d'autre, répondit Twilly.

Desie, lâchant la tête de lit, glissa ses bras autour des épaules de Twilly. Elle inséra ses doigts en les recourbant à l'intérieur des joues du labrador et tira gentiment. McGuinn, docile, relâcha sa prise. Les oreilles dressées de curiosité, le gros chien fixait Desie en dessous de lui. Elle entendait sa queue gifler joyeusement les cuisses de Twilly.

— Bon garçon, va, fit Twilly, la voix bâillonnée par le sein droit de Desie. Tu veux faire une petite pro... me... na... de ?

McGuinn dégringola du lit et fut d'un bond à la porte. Desie essuya avec un coin de drap la bave du chien sur le cou de Twilly, qui présentait aussi l'empreinte détaillée d'une denture canine.

— Pas de sang, constata Desie.

— Et pas de suçons ?

— Peut-être qu'il a fait un mauvais rêve.

— Ou bien un très beau.

Ils essayèrent encore un coup, plus tard, après la balade de McGuinn. Ils attendirent de l'entendre ronfler sur la moquette devant la télé. Cette fois, ce fut l'orgasme prometteur de Twilly qui fut contrecarré — le chien surgit de nulle part, coupant le souffle à Twilly et le séparant de Desie.

— Vilain garçon, fit Twilly d'un ton rauque, contrarié à l'extrême. T'es un vilain, très vilain garçon. Un vaurien, un pourri, un misérable.

— Il te remord la nuque !

— Pas de doute.

— Peut-être que je fais trop de bruit pendant qu'on le fait, hasarda Desie. Peut-être qu'il croit que tu me fais mal.

— Il n'a pas d'excuses, c'est plus un chiot.

Mais plus Desie s'acharnait à ouvrir de force les mâchoires du chien, plus sa prise devenait irrévocable. Pour McGuinn, c'était un nouveau jeu et les labradors adorent jouer.

— Bon, je compte prendre un peu de repos, fit Twilly. Si ce salopard débile ne me lâche pas demain matin, je le tue.

Et Twilly s'endormit, un labrador XXL rivé à son cou. Bientôt, le chien dormait itou, aussi paisiblement que s'il roupillait, sa balle en caoutchouc préférée dans la gueule. Desie demeura raide comme un piquet dans le lit, les écoutant jouir tous deux d'un profond sommeil réparateur. Elle songeait : alors voilà où j'en suis, à trente-deux ans et des poussières — je me retrouve entre un chien lubrique et mon kidnappeur d'amant dans une chambre de motel à vingt-neuf dollars de Fort Pierce, Floride. Quels choix intéressants que les miens ! Pleins feux, s.v.p. : d'abord sur le si peu digne de confiance Gorbak Didovlic, débutant pas si doué que ça de la N.B.A. ; puis sur le brillant Andrew Beck, producteur auto-*piercé* de spots politiques mensongers ; enfin sur Palmer Stoat, baratineur de première, mon mari d'une sournoiserie assommante qu'on a largué il y a deux heures à peine dans un restau Cracker Barrel près de l'Interstate 95.

Et pour couronner le tout, le jeune Twilly Spree qui, c'est probable, m'aimerait d'un amour fidèle et éternel, à sa façon adolescente et charmante, mais qui n'a d'autre ambition dans la vie que de semer la pagaille et d'autre avenir imaginable devant lui que de purger une peine de prison de trois à sept ans pour *félonie*[1]. L'homme de mes rêves !

Amusant ? Très. Maxi décharge d'adrénaline assurée. Mystérieusement riche et autres surprises à gogo. Et ensuite ? s'interrogeait Desie. Après, il disparaîtra, bien entendu.

Bon, restait toujours Palmer. Tout con et fourbe qu'il était, Desie avait néanmoins ressenti un pincement de pitié en le voyant ligoté et encapuchonné sur le rocking-chair. Et l'expres-

1. *Felony* ou infraction majeure, passible d'un emprisonnement de trois à sept ans. *(N.d.T.)*

sion sur son visage de moule à gaufre quand Twilly avait retiré la taie tachée de sueur et coupé ses liens — cet air de mépris malveillant, fabriqué à la toute spéciale intention de Desie. Regarde un peu comme j'assure !

Mais il la reprendrait aussitôt, son mari. Palmer avait besoin d'une femme intelligente, une femme qui s'accommodait de ses projets de voyage équivoques, de ses parties de chasse tout sauf sportives et de ses bizarreries au Polaroïd dans la chambre à coucher. Palmer savait que Desie était un atout et aussi le coût d'un divorce. Alors, sûr et certain, il la reprendrait.

C'était aussi la solution de facilité pour Desie, mais elle ne pouvait se résoudre à l'emprunter. Elle ne pourrait pas regarder son mari sans avoir en tête de minuscules crapauds rayés orange, réduits en bouillie au bulldozer.

Ses parents à Atlanta — ils seraient bien contents de l'avoir à la maison quelque temps. M'man était occupée par sa pratique de la médecine, mais P'pa allait bientôt prendre sa retraite chez Delta Airlines. Peut-être que je pourrais reprendre mes études à l'université de Géorgie, terminer mon diplôme d'enseignement.

Ouais, bon. Et après ça, j'irai vivre dans un bidonville des Appalaches et je ferai du bénévolat auprès des handicapés du savoir. Merde, je me la raconte ou quoi ?

Twilly s'ébroua quand Desie lui caressa le front.

— T'es réveillé ?

— Maintenant, oui, dit-il.

— Tu rêvais ?

— Chais pas. J'ai un chien noir géant sur le râble ?

— J'en ai bien peur.

— Alors, je ne rêvais pas, dit Twilly.

— J'étais couchée à me demander... où est-ce qu'on va ?

— Tu veux connaître l'itinéraire, c'est ça ?

— Le programme, plutôt, répondit-elle.

— Eh bien, primo, j'ai l'intention de foutre un merdier pas possible afin que le projet Puffins ne voie jamais le jour.

Desie le prit par le menton.

— Tu ne peux pas l'arrêter.

— Je peux essayer.

— Ils s'arrangeront pour que tu ne puisses pas. Palmer et le gouverneur. Je regrette, mais c'est un fait, affirma Desie. S'ils disent que le pont est chose faite, c'est qu'il l'est.

— Tu verras.

— Tu ne peux rien faire, Twilly, mis à part tuer quelqu'un.

— Je suis bien d'accord.

— Mon Dieu.

— Quoi ?

— Ne plaisante pas, fit Desie. Un truc comme ça ne vaut pas le prix d'une vie.

— Ah non ? Et la vie sur une île, ça vaut quoi ? Je serais curieux de le savoir.

Twilly tendit la main derrière sa tête et expédia une chiquenaude à McGuinn sur le bout de la truffe. Le chien se réveilla en sursaut avec un jappement et relâcha sa prise sur le cou de Twilly. Il bondit sur le sol et se mit à gratter de la patte le montant de la porte, avec un bel optimisme.

Twilly se hissa sur un avant-bras pour faire face à Desie.

— T'es déjà allée à Marco Island ? Tu ne peux pas t'imaginer comment on a esquinté cet endroit-là.

— Je sais, mon chéri, mais...

— Si tu l'avais vu enfant et que tu le voyais maintenant, tu dirais que c'est un crime. Tu dirais qu'on devrait exploser les couilles de celui qui a fait ça. Et tu aurais raison.

— Si tu cherches à me faire fuir en me flanquant la trouille, tu fais tout ce qu'il faut, dit Desie.

— Tu m'as posé une question.

Desie l'attira dans ses bras.

— Pardon. On peut reparler de ça demain matin.

Comme si ça pouvait se terminer autrement.

— Toute l'île, bordel, l'entendit-elle murmurer. Je ne peux pas laisser ça se reproduire.

Dick Artemus offrit un verre à Lisa June Peterson. Il en était à son troisième. Elle lui dit non merci.

— Vous roulez toujours en Taurus ? lui demanda-t-il.

— Oui, monsieur.

— Vous me fendez le cœur, Lisa June. Je peux vous avoir un coupé Camry tout neuf, à prix coûtant.

— Ça me va très bien comme ça. Merci quand même.

Le téléphone sur son bureau eut beau sonner avec insistance, Dick Artemus ne fit pas mine de vouloir décrocher.

— Dorothy est déjà partie ? Bon Dieu.

— Il est six heures et demie. Elle a des enfants, répondit Lisa June Peterson.

Elle se pencha en travers du bureau et pressa un bouton sur le socle du téléphone. La sonnerie se tut aussi sec.

Le gouverneur savourait son bourbon.

— Z'avez quoi pour moi ? fit-il avec un clin d'œil.

Super, il est à demi pété, songea Lisa June.

— Deux choses. En ce qui concerne cette séance spéciale — avant de diffuser le communiqué de presse, il faut que vous sachiez que Willie Vasquez-Washington est en train de piquer une grosse colère. Il déclare à qui veut l'entendre qu'il n'est pas question qu'il revienne en avion à Tallahassee la semaine prochaine ni qu'il interrompe ses vacances. Il ajoute qu'il va jouer le roi des casse-couilles si vous retraînez la Chambre et le Sénat en séance...

— Ce sont ses propres mots ? dit Dick Artemus en grimaçant. « Le roi des casse-couilles » ? Mais vous lui avez bien précisé qu'il s'agissait des établissements scolaires ? Du budget de l'enseignement ?

Lisa June Peterson expliqua patiemment au gouverneur dans les vap's que Willie Vasquez-Washington n'était pas un imbécile ; qu'il avait eu tôt fait de démêler le véritable motif de cette séance spéciale, à savoir déterrer le projet de pont de l'île aux Crapauds au profit des potes du gouverneur...

— Et merde, ce ne sont pas mes potes ! bredouilla Dick Artemus. Ni mes copains ni mes associés. Ce ne sont que des biznessmen tout ce qu'il y a de sérieux qui ont contribué financièrement à ma campagne. Ce bougre de Willie, c'est tout sauf un petit saint...

Lisa June Peterson apprit à son patron que si Willie Vasquez-Washington ignorait pourquoi (et se moquait de le savoir) le gouverneur avait opposé son veto au financement du pont de prime abord, il se promettait de lui faire chèrement payer d'avoir bousillé ses plans de voyage.

— Il va skier à Banff, précisa Lisa June. Et il y emmène toute sa famille.

Dick Artemus souffla comme un bœuf.

— Et *qui* paie ?

— Je peux le savoir.

— Neûn. Merde.

Le gouverneur gonfla les joues de dégoût.

— Vous savez, je n'ai jamais eu affaire à des conneries pareilles à Toyota Land. Quoi d'autre, Lisa June ? Allez-y.

— Clinton Tyree est venu vous rendre visite l'autre soir, pendant que vous étiez à Orlando.

Dick Artemus se redressa dans son fauteuil.

— Nom de Dieu. Qu'est-ce qu'il voulait ? Qu'est-ce qu'il a dit ?

— Qu'il ferait ce que vous lui avez demandé...

— Suuu-peeer !

— ... mais qu'il reviendra à Tallahassee vous tuer s'il arrive quoi que ce soit à son frère Doyle. Vous tuer à petit feu, m'a-t-il demandé de souligner.

— Ah, pauv' de moi.

Le gouverneur se força à glousser.

— Il a mentionné les accessoires suivants, énuméra Lisa June : une fourche, des menottes, un fût de deux cents litres de soude caustique et un serpent corail.

— Il a pété les plombs, dit le gouverneur.

— Mais il ne plaisantait pas.

— Ben, ne vous bilez pas, car il n'arrivera rien à Doyle le frangin, bon sang de bois.

Dick Artemus chercha distraitement la bouteille de bourbon.

— Pauv' Lisa June, qui s'demande sans doute où elle s'est fourrée avec ce boulot de dingo. D'vez avoir du mal à piger c'qui s'passe.

— Je sais ce qui se passe, dit Lisa June Peterson. Il m'a montré la lettre que vous lui avez écrite.

— Quelle lettre ? protesta Dick Artemus, puis

d'un air penaud : O.K., je n'ai rien dit. Ouais, je l'ai écrite. Vous voyez, parfois...

Il fixait avec une stupéfaction amorphe le fond de son verre.

— Parfois, quoi ? dit Lisa June.

— Parfois, dans ce monde, on est obligé de faire des choses qui ne sont pas sympa.

— Au nom d'un parcours de golf.

— Ne me lancez pas sur le sujet, ma chère. C'est un peu plus compliqué que ça.

Le gouverneur leva la tête et lui décocha un sourire paternel.

— Il y a un ordre naturel à prendre en considération. Une certaine façon dont fonctionnent les choses. Vous le savez bien, Lisa June. Il en a toujours été ainsi. Vous n'y pouvez rien changer, pas plus que moi ou ce vieux fou criminel d'ermite — Skink, c'est bien comme ça qu'il se fait appeler ? —, eh bien, il ne peut sûrement rien y changer, lui non plus.

Lisa June Peterson se leva, défroissant sa jupe.

— Merci pour ce laïus encourageant, gouverneur.

— Allez, ne me faites pas la tête. Rasseyez-vous. Dites-moi de quoi il a l'air. Racontez-moi ce qui s'est passé, je meurs d'envie de l'entendre.

Mais, Dick Artemus eût-il été sobre, Lisa June n'aurait pu se résoudre à lui faire part de ce qui avait eu lieu près du feu de camp — à savoir que l'ex-gouverneur l'avait tenue éveillée toute la nuit avec un monologue fiévreux ; qu'il lui avait narré de vraies histoires de la Floride d'antan, qu'il avait fulminé, lancé des incantations et beuglé aux étoiles, fait les cent pas en pleurant d'un œil tandis que l'autre flamboyait, rouge comme la braise ; qu'il avait peint des larmes sur son crâne chauve avec du sang de renard ; qu'il avait déchiré son étrange kilt à damier en escaladant un arbre et qu'il l'avait ravaudé avec trois épingles de nourrice qu'elle avait dénichées dans un recoin de son sac ; qu'il l'avait embrassée et qu'elle lui avait rendu son baiser.

Lisa June Peterson n'aurait pu se résoudre à confier à son patron qu'elle avait laissé Clinton Tyree ronflant, nu et en sueur, dans les bois, à quinze kilomètres du Capitole, ni qu'elle s'était précipitée chez elle dans l'intention de tout coucher sur le papier — tout ce qu'il avait dit et fait, et *dit* qu'il avait fait —, le réservant pour le livre qu'elle projetait d'écrire. Parce qu'une fois de retour à son appartement, douchée, une tasse de thé brûlant dans une main, un bloc dans l'autre, elle n'avait pas pu écrire un mot. Pas un seul.

— Il ne s'est pas passé grand-chose, dit Lisa June au gouverneur.

Dick Artemus se projeta en avant et planta ses coudes sur le bureau.

— Eh bien, à quoi il ressemble ? Il est grand, l'enfoiré, si l'on en croit les archives.

— Grand, oui, confirma Lisa June.

— Plus que moi ?

— Il fait vieux, ajouta Lisa June.

— Il *est* vieux. Quoi d'autre ?

— Et il a l'air triste.

— Mais c'est encore un original, je parie.

— J'ai vu plus original que lui dans le genre, dit Lisa June.

— Ah, vous êtes en pétard contre moi. Soyez pas comme ça.

Dick Artemus lui tendit les bras, implorant.

— J'allais pas expulser pour de bon le frère du bonhomme de ce phare, Lisa June. Franchement, vous me croyez capable d'un truc aussi merdique ?

— La lettre m'a suffi.

— Ah, bon Dieu.

Le gouverneur rafla son bourbon et s'adossa, le verre en équilibre sur ses genoux.

— Tout ce que je veux c'est qu'il retrouve ce jeune cinglé au chien. C'est tout.

— Oh, il le retrouvera, dit Lisa June Peterson. Et maintenant, comment comptez-vous traiter avec l'Honorable Représentant Vasquez-Washington ?

— Ce salopard de Willie.

Dick Artemus fut secoué d'un rire amer.

— Vous savez quoi faire, Lisa June. Appelez Palmer Stoat. Dites-lui d'arranger les choses.

— Oui, monsieur.

— Hé ! Vous avez quoi au genou ? fit le gouverneur, étirant le cou pour mieux voir.

— Une simple égratignure, dit Lisa June,

songeant : je savais bien que j'aurais dû mettre un collant aujourd'hui.

Dick Artemus était un incorrigible mateur de jambes.

— Aïe, fit-il. Comment ça vous est arrivé ?

— En grimpant à un arbre, répondit Lisa June Peterson.

— Faut que j'entende ça.

— Non, c'est inutile.

Le nom de la boîte de strip-tease était Chez Pube.

En graissant la patte au videur, Robert Clapley apprit à son grand désarroi que les Barbies avaient remporté haut la main la première place du concours amateur, raflé les mille dollars du prix en liquide et quitté les lieux avec un individu nommé Avalon Brown, qui se disait producteur de films indépendant en Jamaïque.

— J'en suis malade, fit Clapley à Palmer Stoat.

— Faut pas. C'est la meilleure chose qui pouvait t'arriver, lui dit Stoat, d'être débarrassé de ces deux salopes camées.

— La ferme, Palmer. J'ai besoin d'elles.

— Ouais, comme t'as besoin d'hémorroïdes.

Stoat était d'une humeur massacrante et ne tenait pas en place. Partout autour de lui, des filles sémillantes dansaient nues sur les tables et il ne pouvait s'empêcher de rêvasser à Desie et à son appareil Polaroïd.

Mais bien finies, ces nuits-là, tout comme son mariage.

— On s'en va, fit Clapley. Peut-être qu'elles sont retournées à l'appartement.

Palmer Stoat leva la main.

— Minute.

L'aboyeur présentait les participantes au dernier numéro, un concours de sosies de Pamela Anderson.

— Wouah, môman ! s'exclama Stoat d'une voix flûtée.

— Si j'avais un couteau à pamplemousse, fit Robert Clapley, je me ferai sauter les deux yeux.

— Bob, tu plaisantes ? Elles sont magnifiques.

— Grotesques, tu veux dire. Des bas morceaux, de la camelote.

— Comparées à tes jumelles si classe, fit Stoat avec malice, j'ai nommé la princesse Grace et lady Di, qui double-turlutent en ce moment même un pornographe rasta pour un demi-gramme de talc bolivien.

Clapley saisit Stoat au collet.

— Palmer, t'es un porc immonde.

— On est deux, Bob, alors calmos. Relax. Attends que je te procure de la corne de rhino et tu les récupéreras, tes précieuses Barbies.

Stoat se libéra de la poigne de Clapley.

— De toute façon, tu ne peux rien me faire qu'on ne m'ait déjà fait — à commencer par cette saloperie de rongeur avec lequel ton charmant Mr Ganache m'a bâillonné.

— Après que tu as tenté de m'arnaquer, lui rappela Clapley. En doublant la mise pour le deal du pont. En la triplant plutôt, je me trompe ?

— Admettons que j'aie été un petit peu gourmand. N'empêche...

Sur scène, treize Pamela Anderson dansaient, se trémoussaient du moins, sur la musique d'*Alerte à Malibu*. Palmer Stoat soupira, béat d'étonnement.

— On vit une époque incroyable, mec. Regarde-moi tout ça !

— Moi, je me casse.

— Vas-y. Je choperai un tax.

Les yeux de Stoat restaient rivés sur le spectacle « pneumatique » qui se déroulait sur scène. Juste ce qu'il lui fallait pour chasser Desie de ses pensées.

— Ne me rappelle plus tant que Dick, ce gouverneur de mes deux, n'aura pas signé les fonds pour le pont et que t'auras pas remis la main sur de la poudre de rhino. C'est les deux seules infos que j'attends de toi. Compris ?

Stoat grommela un vague assentiment.

— Bob, avant que tu te barres...

— Quoi encore, Palmer ?

— J'pourrais avoir un autre cubain ?

Robert Clapley plaqua un cigare sur la table.

— Fouille-merde, fit-il.

Fais de beaux rêves, Bob.

21

Par une nuit fraîche de mai, une camionnette anonyme livra une caisse en contre-plaqué à la Plantation du Veldt de la Jungle. La caisse avait été expédiée via un aérodrome privé d'Ocala, Floride, évitant ainsi au port de débarquement les inspections du service des douanes américaines, des Eaux et Forêts et des autres agences gouvernementales qui lui auraient manifesté un intérêt juridictionnel.

À la Plantation du Veldt de la Jungle, la caisse éraflée fut chargée sur un pick-up à plateau et transportée jusqu'à une grange sans ouvertures, connue sous l'appellation de Quarantaine Une. Moins d'une heure plus tard, Durgess, tiré de son lit, retrouvait à l'extérieur du bâtiment un dénommé Asa Lando, dont le job au ranch de chasse était superviseur du gibier.

— Ça craint comment ? demanda Durgess.

Asa Lando cracha dans la poussière.

Durgess tiqua.

— Très bien, allons voir.

La grange était divisée en huit boxes, solidement grillagés du sol aux poutres. Chacun d'eux était muni d'un ventilateur au plafond, d'un radiateur et d'une mangeoire en acier galvanisé. La livraison de Hambourg se trouvait dans le box numéro trois.

— Tu rigoles, hein, dit Durgess.

— J'aimerais bien.

Asa Lando savait qu'il était dans la merde. C'était lui qui était chargé de se procurer les animaux pour les parties de chasse.

— Primo, fit Durgess, c'est pas un guépard.

— Je sais...

— C'est un ocelot ou un serval. Et merde, il doit peser dans les quinze kilos à tout casser.

— Sans déc, Durge, dit Asa Lando. J'suis pas aveugle. Je sais que c'est pas un guépard. C'est pour ça que je t'ai fait venir.

— Deuzio, fit Durgess, il n'a que deux pattes, bordel.

— Je sais aussi compter, fit Asa, morose, poussant la sciure du bout de sa botte. Ça pourrait être pire.

Durgess le fusilla du regard.

— Comment ça, pire ? S'il était en bocal ?

— Écoute, c'est pas la première fois qu'on se trouve dans ce genre de pétrin, lui rappela Asa. On a plein de clients qui sont ravis de flinguer du gibier bancroche.

— Pas celui-là, rectifia Durgess.

Une fois, ils s'étaient débrouillés avec une bête sauvage à trois pattes, mais deux, c'était hors de question, s'agissant en l'occurrence d'un grand félin.

Les deux hommes fixaient, l'air morose, l'intérieur du box. Avec une agilité crâne, l'ocelot sautilla vers eux et vint se frotter le derrière au grillage.

— Je me demande ce qui a bien pu lui arriver, merde, fit Durgess.

— Terrell, le toubib, dit qu'y a des chances qu'il soit né comme ça — une patte devant, une patte derrière. Tout bien considéré, il se pète une forme terrible.

Durgess en convint sans enthousiasme excessif.

— Redis-moi déjà où tu l'as dégoté.

— Au Baby Zoo d'Onc'Wilhelm, fit Asa. Il fallait qu'on s'en débarrasse là-bas parce qu'il bouffait tous les perroquets. Me demande pas comment il s'y prenait pour les choper, mais j'crois qu'il a appris à sauter tout seul, l'enfoiré.

— Et on l'a payé combien ? fit Durgess, prêt à tout entendre.

— Cinq mille, moins le port.

— Seigneur.

— Cash à la livraison.

— Asa, mon pote, on a un sérieux problème.

Durgess lui expliqua que Palmer Stoat, l'un de leurs meilleurs clients, amenait une grosse légume, avec qui il était en affaires, au Veldt de la Jungle, pour faire un carton sur un guépard, mais un guépard cent pour cent made in Africa.

— C'est un gros coup, fit Durgess avec gravité. Y a un pacson de fric à la clé.

Asa mata le félin filiforme.

— Peut-être qu'on peut le remplumer un chouïa d'ici là.

— Ah ça, c'est sûr, dit Durgess. Et lui greffer deux fausses pattes pendant qu'on y est. Asa, bon Dieu, y a des fois où je me pose des questions sur toi.

Mais le superviseur du gibier n'était pas prêt à se tenir pour battu.

— À trois cents mètres, Durge, ces zozos reconnaissent pas un félin d'un autre. Tu te souviens de Gingival le Lion ?

Durgess eut un geste de dégoût. Connu précédemment comme Maximilien III, Gingival le Lion était la vedette d'un numéro d'animaux dressés dans un casino des environs de Reno, Nevada. L'âge venant et un goût invétéré pour les glaces aux pépites de chocolat avaient eu raison d'abord de ses canines, puis du reste de sa dentition ; si bien que ledit Max, mis en retraite forcée, avait été vendu à un détaillant de faune sauvage qui, à son tour, avait bradé l'animal à la Plantation du Veldt de la Jungle. Même Asa Lando en était resté baba quand ils l'avaient tiré de sa caisse. Durgess s'était dit qu'il allait leur rester sur les bras (ce ne serait pas la première fois) car qui débourserait une coquette somme pour abattre un lion sénile et édenté ?

Un crétin du nom de Nick Teeble, s'avéra-t-il. Il avait payé dix-huit mille dollars. Ce qui montrait à quel point le cadre cigarettier à la retraite était en manque d'une peau de lion pour la cheminée en pierre de son bungalow au Costa Rica. C'était Asa qui avait bien jugé le guignol qu'il était ; Asa, qui avait persuadé Durgess d'utiliser Gingival l'affaibli pour ce safari clés en main. Et Asa avait eu raison : Nick Teeble était inconscient autant qu'incompétent, mixte idéal pour le Veldt de la Jungle. Nick Teeble s'y était repris à sept fois pour descendre le lion, dont le peu d'inclination à courir ou même à interrompre sa sieste était dû à une surdité totale et irréversible, acquise à la suite de ses vingt et une années de représentation aux accents cuivrés d'une fanfare jouant fort et faux.

Durgess objecta à Asa Lando :

— C'est pas comparable. Teeble était un vrai neuneu.

— *Tous* nos clients sont des neuneus, souligna Asa Lando. Sûr que ce sont pas des chasseurs. Y veulent juste que c'qu'ils collent au mur soit bien gros et bien mort. À propos de neuneu, parlons un peu de ton Mr Stoat.

— Le type qu'il nous amène a participé à de vraies expéditions au gros gibier. Il ne gobera pas une combine à la Gingival, assura Durgess. Il ne marchera pas si on lui raconte qu'en tirant il a coupé deux pattes à ce félin.

Asa Lando répondit, sans rendre les armes :

— N'en sois pas si sûr.

— Hé, ce type veut un guépard, le mammifère terrestre le plus rapide du monde, je te rappelle. Et cette pauvre chose, là — Durgess montra l'ocelot de guingois —, pourrait pas dépasser le fauteuil roulant de ma mamy.

Comme s'il n'attendait que ça, le félin sautilla sur lui-même dans le sens des aiguilles d'une montre, dressa la queue et se soulagea à travers le grillage de sa cage, arrosant le pantalon des deux hommes.

— Nom de Dieu ! s'écria Asa Lando, s'éloignant d'un bond.

Durgess se détourna et sortit du bâtiment d'un pas découragé.

Roulant en silence, ils traversèrent le vieux pont en fin d'après-midi. Twilly Spree se dirigea vers la plage plutôt que vers le bed-and-breakfast, même s'ils avaient faim. Il espérait que le coucher de soleil remonterait le moral de Desie.

Mais un front orageux s'avançait et de gros nuages violacés bouchaient l'horizon. La grisaille s'abattit soudain sur le rivage et une brise fraîche, fleurant la pluie, souffla du golfe. Twilly et Desie se promenaient en se tenant distraitement la main. McGuinn bondissait devant eux, harcelant sternes et mouettes.

— Il va pleuvoir, dit Twilly.

— Super, fit Desie en respirant un bon coup.

— À chaque bout de cette plage, c'est là qu'ils veulent mettre leurs condos, dit Twilly, comme des presse-livres de quinze étages.

Appartements de luxe à partir de deux cent mille dollars !

La citation était extraite du nouveau panneau que Robert Clapley avait planté sur la route N° 19. Twilly l'avait remarqué le matin même en revenant sur l'île.

— J'ai une question, fit Desie. Tu n'as pas à me répondre si tu n'y tiens pas.

— O.K.

— Deux questions, en fait. Tu as déjà tué quelqu'un ?

Twilly songea à la maison de Vecker Darby qui avait explosé dans un nuage chimique avec ledit Darby, l'éboueur de produits toxiques mou du genou, à l'intérieur.

— Oui ou non ? insista Desie.

— Pas directement.

— C'est quoi, cette réponse ?

— Une réponse prudente, fit Twilly.

— Et tu le referais ? À cause des crapauds ? Mon chéri, on *arrête* quelqu'un pour avoir réduit des crapauds en bouillie, on ne l'assassine pas.

Twilly lui lâcha lentement la main.

— Ce n'est pas qu'une question de crapauds, Desie, et tu le sais très bien.

— Alors quoi — à cause des condos ? Pour deux horribles tours ? Tu te conduis comme si on allait bétonner toute la côte.

— On croirait entendre ton mari.

Desie s'arrêta net, la queue d'une vague vint lui lécher les pieds. Une rafale de vent découvrit son cou, son cou incroyablement ravissant, et Twilly dut refréner son envie de l'embrasser là.

— Tout est ma faute, dit-elle.

— Comment ça ?

— Je n'aurais jamais dû te parler de cette île ni de ce qu'on prévoyait d'en faire.

— Et pourquoi non ? C'est affreux ce qui est prévu.

— Oui, mais voilà que tu envisages de tuer des gens, ce qui n'est guère mieux, fit Desie. Pour ne pas dire un crime. Et je n'ai pas particulièrement envie de te voir aller prison. La prison ne ferait pas grand bien à notre relation, Twilly.

— S'il n'y avait pas le projet Puffins, il y en aurait un autre, dit-il. Si ce n'était pas cette île, c'en serait une autre. C'est ce qu'il faut que tu comprennes.

— Et si je n'étais pas, moi, avec toi sur cette plage, il y aurait quelqu'un d'autre. Oui ?

— Pas de ça, s'il te plaît.

Twilly tendit la main vers sa taille mais elle l'esquiva, retournant à la voiture (supposa-t-il).

— Desie !

— Pas maintenant, lui cria-t-elle par-dessus son épaule.

Dans l'autre direction, une explosion d'aboiements se déchaîna. Twilly crut d'abord qu'il s'agissait d'un autre chien, car il n'avait jamais entendu McGuinn faire un tel raffut.

Pourtant c'était bien lui. Twilly apercevait sa forme noire familière, au loin sur la plage, qui alternativement s'accroupissait et tournait en rond autour de quelqu'un sur le sable. Son comportement n'avait rien de joueur.

Twilly se mit à courir. Un épisode déplaisant de morsures de chien était la dernière chose dont il avait besoin — l'ambulance, les flics, les pleurs de la victime. Bien ma chance, songeait Twilly, lugubre. Comment pouvait-on provoquer la fureur d'un labrador? À moins de lui marteler le crâne avec une batte de base-ball, il supporte quasiment tout. Et pourtant, quelqu'un s'était débrouillé pour foutre en rogne cette bonne pâte de McGuinn. Un touriste débile, rageait Twilly, ou ses gamins tout aussi débiles que lui.

Il força l'allure, flanquant des coups de pied dans l'eau chaque fois qu'une vague venait mourir sur son passage. Sa course lui rappela ses deux rêves, oiseaux morts et panique en moins. Devant lui, sur la plage, McGuinn aboyait de plus belle. Twilly apercevait maintenant ce qui incommodait tant le labrador — un mec trapu et court sur pattes, en costard. Le type cherchait à frapper le chien, qui ne cessait de bondir hors de sa portée.

Qu'est-ce qui se passe maintenant? se demanda Twilly.

Tout en approchant, il rappela McGuinn qui, déchaîné, tourna à peine la tête en entendant la voix de Twilly. En revanche, l'inconnu réagit. Il cessa de tenter d'agripper le labrador et adopta une pose attentiste, calme et détaché.

Twilly se prépara au grabuge. Il cessa de courir et couvrit les vingt derniers mètres en marchant, histoire de reprendre son souffle et d'évaluer la situation. Aussitôt, McGuinn s'interposa entre Twilly et l'inconnu, visiblement pas un touriste. L'homme portait un costume pied-de-poule froissé et des bottines en cuir zippées. Teint en blond, sa coupe de cheveux aurait convenu à un ado boutonneux et morveux.

— Couché ! ordonna Twilly à McGuinn.

Mais le labrador continua à donner de l'aboi et à montrer les dents, son poil lustré hérissé comme les soies d'un sanglier. Twilly en fut impressionné. Tout comme Desie, il croyait que les animaux possédaient un sens inné du danger, et donc que l'instinct de McGuinn ne l'avait pas trompé quant à ce type qui faisait tache dans le décor.

— L'école de dressage, fit l'inconnu. Ou encore un de ces colliers électrifiés. Ça devrait faire l'affaire.

— Il vous a mordu ? demanda Twilly, d'un ton trahissant clairement que la santé de ce mec était le cadet de ses soucis.

— Nanh. On s'amusait, c'est tout. C'est quoi son nom ?

— Si vous vous amusiez, lui non, en tout cas, objecta Twilly à l'homme.

McGuinn se tapit. Il émettait un grondement sourd tout en haletant. Ses flancs restaient ramassés et tendus, comme s'il s'apprêtait à sauter sur l'inconnu.

— C'est quoi son nom ? redemanda le type.

Twilly le lui donna.

— Ça a un petit côté irlandais, observa l'homme, dont les yeux passaient sans cesse de Twilly au chien.

— Z'êtes irlandais ? fit-il à Twilly.

— Faudra que vous fassiez un effort.

L'inconnu joua les innocents.

— Qu'est-ce que vous voulez dire ? J'essaie juste d'être aimable.

— Arrête tes conneries, le coupa Twilly.

Le mauvais temps les rattrapait à la vitesse grand V. Une goutte de pluie froide frappa Twilly à la nuque. Le type aux tifs en épis en récolta une plus grosse sur le nez. Il l'essuya d'un revers de manche.

— La pluie va bousiller tes godasses, fit Twilly, en deux minutes chrono.

— Je suis assez grand pour m'inquiéter de ce que je porte aux pieds, rétorqua l'inconnu, n'en jetant pas moins un coup d'œil à ses chaussures de cuir marron.

Twilly savait qu'il pensait au prix qu'il les avait payées.

— McGuinn ! Ça suffit, dit Twilly en tapant fortement dans ses mains.

Le chien ne bougea pas d'un poil, ne voulant pas lâcher des yeux l'homme au costume sentant le moisi. Si le labrador avait peu retenu de sa courte période de dressage pour la chasse, une chose lui était restée gravée : une vigilance vis-à-vis des flingues. Un humain armé avait une façon très distincte de se déplacer. Le Palmer Stoat qui pataugeait dans les marais avec un calibre 20 en bandoulière était pratiquement d'une autre espèce que le Palmer Stoat qui chaque soir mettait McGuinn en laisse et le menait en douce poser sa crotte dans le jardin du voisin. Pour Stoat, et ses congénères et amis chasseurs, la transformation qui affectait leur allure, leur démarche, leur comportement et leur voix était si subtile qu'ils n'y prenaient pas garde, mais pour McGuinn, elle crevait les yeux. La vision de l'arme elle-même était superflue ; les humains qui en portaient une se trahissaient immanquablement. Même l'odeur de leur transpiration était modifiée — pas pire, car dans l'univers olfactif si riche des chiens il n'existait pas de mauvaise odeur ou quasiment. Elle était simplement différente.

Un instant, l'inconnu fit comme s'il voulait sympathiser. Il glissa une main sous sa veste et dit :

— Viens, mon garçon. J'ai là quelque chose que tu vas aimer...

McGuinn pencha la tête, se léchant les babines, sans lâcher de ses yeux bruns pleins d'espoir la main de l'inconnu qui ressortait de sous la veste avec...

Une arme. Comme de bien entendu.

Et maintenant, derrière lui, le labrador entendait le jeune homme lui intimer :

— Tout doux, mon garçon. Bouge pas !

Jamais McGuinn n'avait entendu un ordre

intimé d'un ton aussi pressant. Il décida par caprice d'y obéir.

Un autre individu se trimbalait avec un flingue sur l'île aux Crapauds : Krimmler. Il s'était mis à porter un .357 chargé après que l'homme de main barjo de Robert Clapley l'eut agressé dans son Winnebago.

Le pistolet accroissait la nervosité de Krimmler, qui n'avait déjà que trop de temps pour entretenir cette nervosité. Le chantier du complexe des Puffins demeurait en suspens et le calme, le luxe et la volupté qui régnaient à nouveau sur l'île mettaient à cran Krimmler qui ne tenait plus en place — c'était le son même de la Nature, regagnant peu à peu le terrain conquis par ses bulldozers bien-aimés. Un matin, il fut accablé en découvrant une pousse verte perçant les vieilles traces terreuses d'une chargeuse. Un bébé arbre ! songea Krimmler en le déracinant. Un bébé arbre qui, devenu grand sinon, abriterait une colonie de tamias rayés !

La tranquillité qui, autrefois, avait simplement contrarié Krimmler le transformait à présent en parano bon à enfermer. La nuit, il dormait avec le .357 sous son oreiller, persuadé à demi qu'il s'exploserait accidentellement l'oreille en cherchant l'arme à tâtons en cas d'urgence. Le jour, il le fourrait sous la ceinture de son pantalon, par-devant, persuadé à demi qu'il s'exploserait accidentellement les couilles si le danger survenait.

Krimmler ne s'explosa aucune partie du corps. En fait, il n'eut recours qu'une seule fois au .357 : il le délogea de sa ceinture et le fit dégringoler le long de la jambe droite de son pantalon informe. Il atterrit avec un choc sourd sur le plancher de la caravane de chantier où le clodo chauve, au drapeau à damier autour de la taille, le récupéra avec le sourire.

— Petit canaillou, fit le clodo à Krimmler.

— Rendez-moi ça ! s'exclama ce dernier.

Le clodo fit tomber les balles du barillet avant de rendre l'arme vide à l'ingénieur.

— Bon moyen pour te faire sauter ton engin, observa le clodo.

— Vous voulez quoi ?

— Je cherche un jeune homme, une femme et un chien. Un labrador noir.

— C'est quoi, ce bin's ! Ne me dites pas que vous travaillez pour Mr Clapley, vous aussi !

Le clodo chauve se mit à tripoter les longues nattes au look grunge de sa barbe. Une espèce de machin crochu était attaché à chaque bout.

— Il se pourrait qu'il lui manque une oreille au labrador, fit-il. D'autres parties aussi.

— Je vous répéterai ce que j'ai dit à l'autre type, fit Krimmler.

Le chasseur de primes était encore plus grand et plus mal habillé que Mr Ganache. Il avait aussi un œil artificiel, ce qui le faisait paraître plus déséquilibré encore.

— Je ne sais pas où il est, ce garçon, fit Krimmler, et son clébard non plus. S'il ne fait pas de camping sur la plage, il est probablement descendu au bed-and-breakfast. Ou peut-être qu'il a quitté l'île. Les touristes font ça quelquefois.

— Je ne travaille pas pour Clapley, précisa le clodo.

— J'en étais sûr, espèce de connard !

— Mais pour le gouverneur, Richard Artemus.

— C'est ça, fit Krimmler, et moi, je suis Tipper Gore.

— Une question, monsieur.

— Va te faire foutre, répondit Krimmler, mais avant ça, prends-toi un bain.

C'est alors que le clodo gifla Krimmler. Il le gifla à pleine main — Krimmler le vit venir. Il le gifla si fort que Krimmler en resta K.-O. trois quarts d'heure. À son réveil, il se retrouva perché tout nu à mi-hauteur d'un grand pin, calé tant bien que mal à la fourche de trois branches. L'écorce rugueuse était meurtrière pour ses aisselles et ses couilles. Sa mâchoire l'élançait suite à la baffe.

Le ciel s'était couvert et un vent froid s'était levé, soufflant de l'ouest. Krimmler se sentit osciller avec l'arbre. Sur une branche voisine trônait le clodo en kilt à damier. Il sirotait un soda et lisait (de son œil valide) un livre de poche.

Il leva la tête vers Krimmler et lui dit :

— Une question, monsieur.

— Tout ce que vous voulez, fit Krimmler, faiblement.

Il n'avait jamais été aussi terrifié. Le sommet des arbres grouillait sans doute de ces saloperies d'écureuils, aussi teigneux que des loups gris !

— Quel autre type ? demanda le clodo.

— Celui avec la cassette de *snuff*.

— Dites-m'en davantage.

Le clodo ferma son livre qu'il glissa dans la poche de son imper, avec sa boîte de soda vide.

— Il avait une cassette d'un pauvre abruti en train de crever. Planté par sa petite amie. En direct, au moment où ça se passait.

Krimmler était trop terrorisé pour regarder en bas, sujet qu'il était au vertige. Mais il avait peur aussi de regarder vers le haut, redoutant d'apercevoir un de ces écureuils ou même une colonie de tamias mutants. Aussi ferma-t-il les yeux très fort.

— De quoi il avait l'air, cet autre type ? fit le clodo.

— Petit, plein de muscles, en costard nul et les tifs à l'avenant.

— Blondasse ? s'enquit le clodo. Comme un hérisson ?

— C'est lui !

Krimmler se sentit soulagé. À présent le clodo savait qu'il disait la vérité et n'avait donc aucune raison pressante (autre qu'une répugnance insurmontable pour Krimmler) de le pousser en bas de l'arbre. Le clodo se dressa pour étirer les bras, faisant craquer la branche de pin sous son poids considérable. Le bruit fit rouvrir les yeux à Krimmler.

— C'est quoi le nom de ce type ? demanda le clodo.

— Ganache, répondit Krimmler.

Une goutte de pluie glacée mouilla sa cuisse nue, le faisant frissonner. Une autre lui glissa dans le dos.

— C'est son nom ou son prénom ?

— Mr Ganache, c'est comme ça qu'il s'est présenté.

— Qu'est-ce qu'il voulait au jeune homme et au chien ?

— Il m'a dit que Mr Clapley l'envoyait et que le gamin était un fouteur de merde. Je ne lui ai pas demandé ce qu'il entendait par là.

Le vent, qui se levait, froissait les aiguilles de pin. Krimmler griffa l'écorce de ses ongles.

— Vous pouvez me faire descendre d'ici, s'il vous plaît ?

— Je peux, fit le clodo en sautant sur une branche plus basse. Mais je crois pas que je veuille.

— Et pourquoi non, bon sang ! À quoi vous jouez !

— Faut que je me sauve. C'est l'heure du bain.

22

L'homme aux chaussures zippées fit :

— J'ai tué mon content de chiens.

— J'en doute pas, dit Twilly.

— De petits chats, aussi.

— Oh, je te crois.

— Et même une fois, le singe apprivoisé d'un connard. Bernardo, il s'appelait. Bernardo le babouin. Il s'est défait de son collier et il m'a sauté directos sur le crâne, continua le type. Et on dit que les singes sont malins ? Des conneries, tout ça. Les chiens sont plus malins.

— Ouais, fit Twilly.

— Mais je vais descendre celui-là, si tu t'avises de faire le mariole.

— Ben, c'est pas le mien.

— Qu'est-ce que tu dis ?

La pluie aplatissait les piquants de l'individu. De son bras droit tendu, il braquait le flingue sur le front du labrador.

— Tu t'en fous que je lui explose la truffe ?

— J'ai pas dit ça, rectifia Twilly. J'ai dit

qu'il ne m'appartenait pas. Son propriétaire, c'est le mec qui t'a envoyé ici.

— Faux !

L'homme émit un son semblable au *buzzer* d'un jeu télévisé.

— Il appartient à un connard de première bourre qui s'appelle Palmer Stoat.

— C'est pas lui qui t'a engagé ?

Le type gloussa et refit son bruit de *buzzer* sarcastique.

— Moi, je bosserais pour un empaffé pareil, où t'as vu ça ? Ah !

— C'est ce que j'ai cru, dit Twilly.

— C'est Mr Clapley qui m'a engagé.

— Ah.

— Pour liquider les fouteurs de merde. Bon, et si on bougeait de là. Appelle cette saleté de clebs et on y va, fit le type, avant qu'on soit trempés. Où elle est ta voiture ?

— Par là, fit Twilly, montrant la plage d'un signe de tête.

— Et la dame, ton amie ?

— Partie.

Et Twilly de songer : je l'espère, bon Dieu.

— On s'est engueulés. Elle s'est barrée.

— Dommage. J'avais un plan.

Twilly changea de sujet.

— Je peux te demander un truc ?

— Je m'appelle Mr Ganache.

C'est alors que Twilly prit conscience que le type aux chaussures zippées avait l'intention de le tuer. Il ne lui aurait pas dit son nom spontanément s'il n'avait pas su d'avance que Twilly ne serait jamais en mesure de le répéter.

— Je peux te demander un autre truc ?

— Tant que tu traînes pas les pieds, fit le type.

Ils avançaient le long du rivage balayé par le vent : Twilly, McGuinn sur ses talons, suivis de Mr Ganache à quelques pas derrière. Ce dernier prenait garde que le ressac ne mouille pas ses chaussures.

— Pourquoi tu braques ton flingue sur le chien et pas sur moi ? fit Twilly.

— Parce que j'ai vu comment t'as rappliqué ton cul par ici quand t'as cru que Médor était en danger. Tu tiens plus à ce clébard débile qu'à ta peau, répondit Mr Ganache. Alors je me dis que tu feras pas de conneries ni de folies tant que j'viserai la cervelle de Médor qui, j'en suis sûr, est pas plus grosse qu'un pois chiche.

Twilly gratta la tête de McGuinn. Le labrador frétilla de la queue, montrant qu'il appréciait. Il semblait avoir perdu tout intérêt pour l'humain à l'étrange odeur et au flingue.

— Et puis, fit Mr Ganache, ce sera cool de te regarder en train de regarder le chien crever. Parce que c'est ce qui va arriver. Je flinguerai Médor en premier.

— Et pourquoi ?

— Réfléchis deux secondes, mec. Je te bute en premier, le chien, il pète les plombs. Je le bute d'abord, qu'est-ce que tu vas foutre — me mordre les couilles ? J'en doute sérieusement.

— Un bon point pour toi, fit Twilly.

Il avait les jambes plombées et froid aux bras ; la température chutait à la vitesse grand V devant l'avancée du front. Les embruns salés piquaient, si bien que Twilly marchait les yeux baissés. Il voyait les empreintes de pieds de Desie sur le sable, allant dans la même direction.

— J'ai une cassette d'enfer où un chien attaque, poursuivait Mr Ganache. Un chow-chow du nom de Brutus. Son maître, au bigo, il hurle à l'aide et Brutus le chope par les burnes et veut plus le lâcher. L'opératrice du 911, elle dit au mec d'essayer vite de détourner son attention. Alors ce pauvre connard, il balance un pot de décaféiné sur Brutus, et la dernière chose qu'on entend sur la bande, c'est un cri qu'en finit pas. Le clébard, il lui a tout bouffé ! Tout le paquet, je veux dire.

— Aïe, fit Twilly.

— Tu devrais entendre ça.

— Comment tu t'es procuré la cassette d'un truc pareil ?

Et Twilly de songer : question plus pertinente, pourquoi ?

— J'ai mes fournisseurs, dit Mr Ganache. Putain, elle est où ta bagnole ? Je suis trempé.

— Plus très loin.

Twilly fut déconfit d'apercevoir le Roadmaster derrière une dune couverte de végétation, là où il l'avait garé. Il avait espéré que Desie, en voyant les clés sur le contact, serait retournée au bed-and-breakfast pour bouder, boucler son sac, etc.

Peut-être a-t-elle préféré s'y rendre à pied, se dit Twilly. L'important, c'est qu'elle soit ailleurs, en sécurité...

Mais non. Elle était allongée sur la banquette arrière. Mr Ganache cogna la vitre zébrée de pluie du canon de son arme. Desie se releva, intriguée, et colla son visage à la vitre. Mr Ganache lui montra le semi-automatique et lui intima de déverrouiller la portière. En la voyant hésiter, il saisit McGuinn par son collier, souleva le chien du sol et lui colla le flingue à la base du cou.

La portière s'ouvrit vite fait.

Mr Ganache était radieux.

— T'as vu, Médor. Elle aussi, elle t'aime.

Le policier de la route arriva au vieux pont avant de changer d'avis. Il fit faire demi-tour à sa voiture de patrouille et repartit chercher son ami. Une demi-heure plus tard, il le retrouva complètement nu sur une dune. Le gouverneur se dressait, le visage levé vers le ciel, les bras écartés — laissant la pluie le laver et le vent le fouetter.

Jim Tile klaxonna en faisant des appels de phares. L'homme qui se surnommait Skink scruta avec indignation à travers le déluge cinglant. Reconnaissant la voiture, il traversa le sable à grandes enjambées et s'installa à l'avant, dégoulinant d'abondance.

— Je croyais qu'on s'était dit au revoir, gronda-t-il en s'essorant la barbe.

— J'ai oublié de te donner quelque chose.

L'homme opina, l'air absent.

— Pour ta gouverne, ton Artemus de mes couilles avait raison. Ils ont envoyé quelqu'un après ce gamin. Celui au chien.

— Il a vingt-six ans, précisa Jim Tile.

— C'est quand même un gamin, fit Skink. Et il est ici, sur cette île, comme on l'avait pensé. Je crois que j'ai rencontré le type qu'on a envoyé pour le tuer.

— Alors je suis content d'être revenu.

— Tu ne peux pas rester.

— Je sais, fit le policier.

— Il faut que tu prennes Brenda en considération. Retraite, avantages médicaux et tout ça. Tu ne peux pas être mêlé à un merdier pareil.

— Rien ne m'interdit de retirer mon uniforme, gouverneur, pour quelques instants du moins.

— Rien si ce n'est le simple bon sens.

— Elles sont où tes fringues ?

— Accrochées dans un arbre, fit Skink. Qu'est-ce que tu m'as apporté, Jim ?

Le policier désigna le coffre du pouce.

— Tu veux bien me l'ouvrir ?

Skink sortit sous la pluie et gagna l'arrière de la voiture. Il revint avec le paquet que Jim Tile avait enveloppé dans du papier de boucherie.

Skink sourit, soupesant l'article d'une seule main.

— Vieille crapule. J'opterais pour un Smith & Wesson.

Le policier lui dit que l'arme était clean ; sans numéro de série.

— Un de mes agents l'a confisquée à une mule de coke dans Okaloosa County. Une opération de première, aussi — un Cubain de dix-huit ans qui conduisait une Land Rover jaune à quarante kilomètres/heure sur l'Interstate 10, à trois heures du matin. C'est miraculeux qu'on l'ait remarqué.

Skink emprunta un mouchoir pour essuyer la buée sur son œil de verre.

— Je pige pas. C'est bien toi qui m'as dit de ne pas apporter l'AK-47.

— C'est à croire que je deviens nerveux en vieillissant, dit le policier. Il y a autre chose dans la boîte à gants. Vas-y, prends.

Skink l'ouvrit et se rembrunit.

— Non, Jim, je déteste ces saloperies-là.

C'était un téléphone mobile.

— Je t'en prie, fais-moi plaisir, dit le policier. Ça améliorera grandement mon temps de réponse.

Skink s'empara du téléphone.

— Tu ferais mieux de te barrer, fit-il grincheux. Cette bagnole se remarque comme l'étron légendaire dans le bol de punch.

— Et pas toi ?

— Je vais m'habiller incessamment sous peu.

— Ah, alors là, tu te *fondras* pour de bon dans le paysage, dit Jim Tile.

Skink descendit de voiture, le lourd paquet marron sous le bras. Avant de refermer la portière, il se pencha dans l'habitacle et dit :

— Mes amitiés à ta femme.

— Gouverneur, fit le policier, si je n'ai aucune nouvelle de toi d'ici vingt-quatre heures, je reviendrai sur cette île de merde.

— Si tu n'en as pas dans huit, inutile de t'inquiéter.

Skink lui fit le V de la victoire. Puis, se détournant, il s'élança à travers les dunes balayées par le vent. Il courait en zigzag, tortillant du cul, et Jim Tile ne put s'empêcher d'éclater de rire.

Il regarda son ami disparaître dans la grisaille jaunâtre et brumeuse de l'orage. Puis il fit demi-tour et se dirigea vers le continent.

INTERLOCUTEUR : Au secours ! Au secours, mon Dieu, je vous en prie, ô mon Dieu, aidez-moi...

STANDARDISTE : Quel est votre problème, monsieur ?

INTERLOCUTEUR : Elle a mis le feu à mes cheveux ! Je brûle, ô mon Dieu, je vous en prie !

STANDARDISTE : Ne quittez pas, monsieur, tenez bon, un camion est en route. On vient à votre aide. Pouvez-vous vous rendre dans la salle de bains ? Tâchez d'y aller et de vous mettre sous la douche.

INTERLOCUTEUR : Je peux pas, je peux pas bouger... elle m'a attaché au lit. Elle... m'a attaché au lit avec, enfin — ô Seigneur, mes cheveux ! — la corde à linge. Aaagggggghh-hooooohhhh...

STANDARDISTE : Pouvez-vous rouler sur vous-même ? Monsieur ? Pouvez-vous vous retourner ?

INTERLOCUTEUR : Cindy, non ! Cindy, fais pas ça ! CINDY !

STANDARDISTE : Monsieur, si vous êtes attaché au lit, comment se fait-il...

INTERLOCUTEUR : Elle me tient le téléphone, cette salope, cette malade. Elle a composé le 911 et maintenant... aaahhhhhh... Arrête !... Elle se fait griller des marshmallows. Mes cheveux brûlent et elle, elle cuisine... arrête, bon Dieu, arrête, je flambe, Cindy !... Des marsh... mallows ! Seigneur... Cindy, salope, chtarbée, psychopathe...

Mr Ganache baissa le volume et dit :

— Voyez où ça mène, l'amour ? La femme de ce bonhomme, elle l'attache aux pieds du lit, elle fait semblant de vouloir lui niquer le crâne. Et au lieu de ça, elle lui allume les tifs au briquet et elle fait rôtir des marshmallows dans les flammes.

— C'était pour de vrai ? fit Desie.

— Mais oui, Virginie.

Mr Ganache éjecta la cassette du lecteur et lut l'étiquette :

— Tacoma, État de Washington. 10 mars

1994. Nom de la victime : Appleman. Appleman Junior.

— Il est mort ?

— Bien plus tard, l'informa Mr Ganache. Ça a pris six semaines. D'après le journal, les Appleman traversaient une crise conjugale grave. Le meilleur de tout, c'est qu'il a menti à la standardiste. Elle ne l'avait pas ligoté avec la corde à linge, mais avec un collant. Il était trop gêné pour l'avouer. Même en train de flamber ! Mais là où je veux en venir, c'est que les histoires d'amour, c'est la mort, putain ! Y a qu'à vous regarder tous les deux !

Twilly et Desie échangèrent un coup d'œil.

— Vous seriez pas ici en ce moment, prêts à mourir, ajouta Mr Ganache, si vous étiez pas tombés amoureux l'un de l'autre. Je t'en fiche mon billet.

Ils étaient tous dans le break, garé parmi les bulldozers au milieu des bois. Desie reconnut l'endroit grâce à la visite guidée de l'île du Dr Brinkman. La nuit était tombée et la pluie avait viré au crachin. La seule lumière était celle du plafonnier de l'habitacle, que Mr Ganache avait allumé pendant qu'il passait la cassette à ses prisonniers. Il se tenait à côté de Twilly Spree, à l'avant. Desie était assise à l'arrière avec McGuinn, qui avait enfoui bruyamment sa truffe dans un sac de croquettes, ignorant donc qu'on lui braquait un semi-automatique sur la tête.

— C'est quoi ton nom, poupée ?

— Peu importe.

Mr Ganache tenait son arme de la main droite, calée sur l'appui-tête. De son autre pogne, il farfouilla dans le sac de Desie jusqu'à ce qu'il trouve son permis de conduire. En voyant son nom, il lâcha :

— Merde.

Desie se recroquevilla à sa place.

— Personne ne m'a prévenu, je me demande pourquoi, musarda Mr Ganache. On m'a parlé du chien, pas de la femme !

— Son mari n'était pas au courant, dit Twilly.

— S'en foutait, c'est plus juste.

— Tu te trompes, fit Twilly.

Évidemment, le type aux bottines zippées ignora son intervention.

— Eh bien, « Mrs Stoat », j'avais un plan d'enfer pour ce soir. J'allais vous ramener sur le continent et brancher deux filles pour une partouze. Et vous initier à l'univers merveilleux du partenariat sexuel multiple.

Mr Ganache examinait la photo de Desie sur le permis.

— J't'aime bien avec cette frange décolorée. Ça te donne un look qui t'avantage.

Desie faillit balancer un commentaire au tueur sur ses sourcils platine.

— Ton prénom, il se prononce comment au juste ? demanda Mr Ganache. D'aise-aïe-jota. Quelque chose comme ça ?

— Desie, ça ira.

— Comme ce Cubain qui jouait dans le *Lucy Show*, autrefois[1] ?

— À peu près.

— Enlevez vos boucles d'oreilles, lui intima Mr Ganache. J'ai une amie italienne, à Miami, elle a l'air salement bonne avec ça. Presque aussi bonne que vous.

Desie retira les deux perles et les lui tendit.

— Tu es bien trop jolie pour ton goret pleurnichard de mari, conclut Mr Ganache. Et comme ça fait six jours que j'ai pas baisé, je me dis basta cosi. Je me dis vas-y petit.

Twilly se raidit.

— Ne sois pas bête. Clapley ne te paie pas pour violer les femmes de ses amis.

— Quel ami ? D'après Mr Clapley, Stoat n'est rien d'autre qu'un — je cite — « fouille-merde ». En plus de ça, poursuivit Mr Ganache, mon boulot c'est de nettoyer les fouteurs de merde. Et, Mrs Stoat, coucher avec un fouteur de merde, ça fait de vous une fouteuse de merde, aussi.

Desie fit mine de regarder dehors à travers la vitre embuée. Une larme roula lentement sur sa joue.

— Ma façon de voir les choses, pérora Mr Ganache, c'est un meurtre doublé d'un suicide. Le jules, jeune, au sang chaud. La femme

1. Le célèbre feuilleton télévisé des années cinquante *I Love Lucy*, interprété par le couple (à la vie comme à l'écran) Desi Arnaz et Lucille Ball. *(N.d.T.)*

mariée refuse de quitter son riche mari. Les amants se disputent. Le jules perd la boule. Il bute la gonzesse, il bute le toutou et, pour finir, il se bute. Bien entendu, on retrouve l'arme — Mr Ganache, ce disant, leur montra la sienne de la tête — sur le lieu du crime.

— Pas très original, dit Twilly.

— Le meurtre du chien fait toute la différence. C'est ça qui fera carburer les flics, poursuivit Mr Ganache. Quelle ordure pourrait faire du mal à un chien innocent ? À propos, avant que je te flingue, faut que je te pose une question : d'où t'as sorti cette oreille, celle que t'as expédiée à Stoat ? Bordel, ce qu'il a flippé !

Twilly se déplaça légèrement. Il arc-bouta son dos contre la portière et, mine de rien, sa main droite lâcha le volant.

— Vous faites vraiment collection de ces horribles cassettes ? fit Desie d'un ton acide.

— À la pelle, fit Mr Ganache avec un sourire féroce.

Pendant quelques instants, on n'entendit plus qu'un chœur de souffles entrecoupés dans la voiture ; les trois humains, Mr Ganache compris, étaient à cran. Twilly jeta un coup d'œil à McGuinn par-dessus le siège : il avait terminé de bouffer et s'attaquait maintenant au sac en papier kraft. Le labrador arborait son air bien trop familier de satisfaction postprandiale.

Mon Dieu, pria Twilly, faites qu'il ne pète pas. Ce punk psychopathe le buterait en un clin d'œil.

Mr Ganache parlait toujours :

— Celui qui découvrira vos corps, le premier truc qu'il fera, ce sera d'appeler Police Secours. Ça se pourrait que vous soyez plus que des squelettes, et il appellera le 911 quand même.

Mr Ganache marqua un temps pour goûter l'ironie de la chose.

— Et vous savez ce que je ferai, Mrs Stoat ? Je récupérerai la cassette de ce coup de fil, en souvenir de notre première et dernière nuit ensemble. Qu'est-ce que vous dites de ça ?

— Que vous êtes un monstre.

— « Cadavres en état de décomposition avancée. » C'est comme ça qu'on dit dans ce genre d'affaire.

— S'il vous plaît, ne tuez pas mon chien, fit Desie.

— Vous me faites marrer, dit Mr Ganache.

— Je ferai tout ce que vous voudrez. N'importe quoi.

Desie s'avança sur la banquette et pinça la manche humide du veston pied-de-poule de Mr Ganache.

— Vraiment *n'importe quoi,* Mrs Stoat ? Parce que j'ai une imagination très fertile.

— Oh oui, ça se voit à ta garde-robe, fit Twilly.

Il ferma son poing droit, calculant mentalement la distance qui le séparait du menton de Mr Ganache.

— Je vous en prie, c'est pas nécessaire de faire ça, disait Desie.

— Désolé, baby, fit Mr Ganache en haussant les épaules. Le clebs, il y passera en premier.

— Alors j'espère pour vous que vous êtes nécrophile, lui répondit-elle en tremblant. Parce que si vous tuez McGuinn, vous êtes bon pour la baise la plus nulle de toute votre vie. Je vous le promets.

Mr Ganache mit ses lèvres cireuses en cul-de-poule et devint pensif. Twilly voyait que la menace de Desie avait atteint son but : les fantasmes coquins du tueur étaient en lambeaux.

Il finit par concéder :

— O.K., je le laisserai partir.

Desie tiqua.

— Ici ? On ne peut pas le lâcher comme ça dans la nature.

— Et pourquoi pas, bordel ?

— Il a été malade, intervint Twilly. Il est sous médicaments.

— Mieux vaut être malade que mort.

— C'est un chien, pas une tortue. On ne peut pas le laisser livré à lui-même, protesta Desie. Il ne sait même pas chasser pour son propre compte — qu'est-ce qu'il mangera par ici ?

— Vous deux, pour commencer, répliqua Mr Ganache. Les chiens, ça aime la chair fraîche, d'après moi.

Desie blêmit. Mr Ganache observa de près sa réaction, la savourant. Twilly vit là une occasion à saisir. Il banda les muscles de son épaule, prit une profonde inspiration et...

Puis l'odeur le frappa, fétide, impossible à confondre. McGuinn !

Mr Ganache fronça le nez, le visage déformé par un rictus de gargouille.

— Beurk, qui a soulevé la cloche à fromage ? C'est *lui* qui a fait ça !

— De quoi tu parles ? fit Twilly, s'efforçant de respirer par la bouche.

— Je ne sens rien, moi, surenchérit Desie, dont les yeux, pourtant, s'emplissaient de larmes.

— Votre clebs, il a dégazé !

Mr Ganache s'était mis à genoux, jurant avec emportement et agitant le semi-automatique. McGuinn affichait cet œil mouillé de pure innocence, si adorable, que connaissent bien tous les propriétaires de labradors retrievers. Ce regard-là a évolué au fil des siècles jusqu'à devenir un trait essentiel de survie, charmant les humains exaspérés pour les induire au pardon.

Malheureusement, Mr Ganache était immunisé.

— Baisse les vitres, bordel ! fit-il en suffoquant à Twilly.

— J'peux pas. Elles sont actionnées électriquement et tu m'as pris les clés de la voiture.

Mr Ganache pêcha le trousseau dans sa poche et tordit la clé en l'enfonçant dans le contact sur la colonne de direction. Puis, se jetant en travers du giron de Twilly, il se mit à pousser comme un malade tous les boutons des vitres sur la portière. Il resta suffisamment longtemps dans cette posture pour suffoquer Twilly par des miasmes corporels qui, en comparaison, donnaient aux flatulences canines une odeur de fleur d'oranger.

Si Twilly avait pu inhaler une bouffée d'air pur, il serait parvenu vraisemblablement à contourner l'obstacle et à briser le cou de Mr Ganache, ou du moins son bras armé. Mais la puanteur faisandée que dégageait le costume pied-de-poule eut sur lui un effet paralysant ; le temps que Twilly s'en remette, Mr Ganache avait balancé le haut de son torse par-dessus le siège avant et planté le canon de son calibre entre les deux yeux calmes et candides de McGuinn.

— T'étais libre comme l'air, Médor. Fallait que tu partes d'abord et que tu pètes ensuite.

Desie poussa un cri et jeta ses deux bras autour du tronc qui servait de col au labrador.

Pendant un certain temps, personne ne bougea. Une brise à senteur de pin s'engouffra par les vitres ouvertes du Roadmaster. Twilly espéra que ça rafraîchirait les idées de Mr Ganache et apaiserait sa fureur.

Raté. Il arma le flingue.

— Retour au plan A.

Twilly plongea en travers du siège et balança son poing droit dans la cage thoracique de Mr Ganache, cible le plus à sa portée. Le coup porté en biais manqua d'efficacité — Twilly s'était attendu au frottement de l'os contre l'os, mais l'impact fut plus atténué, comme s'il avait tapé dans un coussin. Il ne pouvait pas se douter que Mr Ganache portait, outre sa veste, son holster et sa chemise à manches longues, un corset rembourré en peau de serpent à sonnette traitée.

La pièce avait été réalisée par le même tapissier magicien de Washington Avenue qui avait conçu le harnais S.M. en peau d'iguane pour Mr Ganache. Pourquoi ce dernier mettait un corset sous ses vêtements était une question que Twilly n'aurait jamais l'occasion de lui poser. Réponse : le tueur avait une tendance à la coquetterie, concernant son physique, qui le poussait à adopter des mesures d'amincissement artificiel de sa taille qui, ces derniers temps, avait montré un fâcheux penchant au pneu naissant — agaçante progression dont Mr Ganache rejetait amèrement le blâme sur le style de vie sédentaire et monotone d'un tueur à gages. C'était un métier qui ne nécessitait ni ne permettait beaucoup d'exercice physique ; voyages en avion, déplacements en voiture, planques interminables dans des chambres de motel ou des bars. Pour Mr Ganache, déjà mal dans sa peau vu sa petite taille, le spectacle d'une bedaine vergeturée qui prenait de l'ampleur était intolérable. Un corset, discrètement taillé à ses mesures, lui parut une bonne solution temporaire, en attendant du moins d'avoir le loisir de devenir membre d'un fitness club. Et comme il vivait à South Beach, un vulgaire corset ne pouvait pas faire l'affaire. Pourtant, Mr Ganache ne trouva rien d'autre en faisant les boutiques : corsets à usage médical amidonnés, blancs ou beiges ; pas de couleurs, modèle unique. Mr Ganache désirait quelque chose de plus *corsé*, qui ne ressemblât pas à une gaine de soutien pour lard en excédent et qu'il n'aurait point de honte à exhiber en se déshabillant devant ses conquêtes féminines, quelque chose d'assez intrigant pour détourner leur attention de sa panse gélatineuse.

La peau de serpent s'imposait. Avec de la peau de serpent, on gagnait à tous les coups sur Ocean Drive. Mr Ganache avait choisi du diamantin *eastern* parce que les femmes qui consentaient à le suivre chez lui étaient accros au danger et seraient par conséquent (ainsi raisonnait Mr Ganache) plus excitées par la dépouille d'un serpent venimeux que celle d'un boa ou d'un python. Et au fil du temps, le corset en peau de serpent à sonnette avait servi Mr Ganache à merveille, tant sur le plan relationnel qu'esthétique. Quand il ne le portait pas, il se sentait timide et ballonné — et, bizarrement, plus court sur pattes ! Sans son corset, Mr Ganache ne serait pas entré confortablement (ni n'aurait même tenté d'entrer) dans le costume pied-de-poule qui était son image de marque.

Twilly Spree ignorait ce qui précède. Tout ce qu'il savait, c'était qu'il avait filé au tueur à gages un coup de poing exceptionnel et que le type fléchit mais ne s'affala pas, ravala sa salive mais ne poussa pas de gueulante, fit la grimace mais ne tourna pas de l'œil à la façon de celui qui va tomber dans les pommes. Alors Twilly ceintura Mr Ganache avec l'énergie du désespoir, luttant pour le renverser sur le dos et lui prendre son arme. C'est alors qu'une bombe explosa dans le tympan droit de Twilly et que de petites étoiles chauffées à blanc s'allumèrent au fond de ses orbites. Il espéra que c'était le début d'un nouveau rêve, mais tel n'était pas le cas.

23

La brise était agréable. Et plus important encore pour McGuinn, elle avait bon *goût* ; celui d'un buffet d'amuse-gueule, vrai supplice de Tantale pour ses sens canins : à savoir, la piste âcre d'un sanglier, le fumet musqué d'une maman opossum, les effluves familiers d'un matou en chaleur — et une armada de nouvelles senteurs boisées intrigantes qui requéraient une incursion immédiate. La nuit faisait des invites à McGuinn et, une fois sa nourriture pour chien avalée, il ne voyait pas de raison de ne pas répondre à son appel.

Mais c'était compter sans Desie.

Desie qui le serrait contre elle ; et rien au monde n'est une source de plaisir plus délectable pour un labrador que l'affection roucoulante d'un être humain femelle. Elles avaient une odeur fantastique ! Aussi McGuinn était-il déchiré entre l'élan primitif de partir en chasse et de marquer son territoire, et d'autre part l'élan bien moins primitif d'être dorloté et caressé.

Le coup de feu trancha dans le vif — si bruyant qu'il le fit sursauter ; il déclencha néanmoins l'un des rares automatismes à s'être logés plus d'un jour ou deux dans les sables mouvants de sa mémoire. Un coup de feu signifiait pour McGuinn qu'il était censé courir ! Il s'en souvenait catégoriquement après toutes ces aubes à gelée blanche, passées dans les marais avec Palmer Stoat. Un coup de feu, ça voulait dire que des canards allaient tomber du ciel ! Des canards chauds, humides, goûteux ! Des canards à repérer au flair, à choper flottant sur l'eau et à emporter ventre à terre pour se faire avidement les dents dessus avant que des humains de sexe mâle n'arrivent en rouspétant et ne les lui arrachent de la gueule. Voilà ce qu'une fusillade inspirait à McGuinn.

Aussi bondit-il du break — hors des bras aimants de Desie, par une vitre ouverte (jappant quand il écorcha sa plaie chirurgicale contre le bouton de sécurité) — dans l'obscurité embrumée en quête de... canards ? Mais où ça ?

Mr Ganache le vit s'enfuir et dit :

— Voilà qui résout le problème du chien.

Il poussa le corps inanimé de Twilly Spree à l'extérieur du véhicule, referma la portière et rejoignit Desie sur la banquette arrière. Il envisagea de l'emmener dans le coffre à bagages, mais il était encombré de jouets en caoutchouc mâchouillés et tapissé de poils de labrador. Mr Ganache préférait baiser sans devoir se passer un coup d'aspirateur des pieds à la tête, après.

— Enlève tes fringues, fit-il en posant le flingue sur la tempe de Desie.

Elle retira mécaniquement sweat-shirt, jean et soutien-gorge. Mr Ganache se dépouilla de sa veste pied-de-poule et de sa main libre la plia soigneusement en carré.

— Glisse ça sous ta tête, dit-il à Desie.

— Et votre pantalon ?

Elle était si effrayée, si tétanisée de terreur, que sa propre voix lui parut résonner dans une grotte ; une partie reculée, inatteignable de sa conscience la pressait de temporiser, de faire durer, d'occuper ce monstre le plus longtemps possible.

Si horrible que les choses puissent tourner.

— Mon pantalon ? fit Mr Ganache.

— Il est mouillé.

— Ouais. Mais c'est de la *pluie.*

— Je sais, reprit Desie, mais c'est froid contre ma peau. Vous pourriez le retirer, s'il vous plaît ? La chemise aussi.

Couchée sur le dos, elle masquait ses seins de ses mains. Maintenant, c'était purement une question de survie ; on ne pouvait plus rien faire pour Twilly, qui était soit mort soit mourant. Desie le pleurerait plus tard, si elle en réchappait.

Mr Ganache s'assit en équilibre au bord du siège.

— Bouge pas, lui ordonna-t-il. Cligne même pas.

Il dézippa ses bottines et les plaça sous le siège. Puis il arracha son pantalon humide et l'étala sur l'un des appuis-tête. Puis ce fut le tour de son holster, enfin de sa chemise.

— C'est quoi, ça ? demanda Desie.

Même dans la pénombre, elle pouvait voir qu'il s'agissait d'un vêtement peu courant.

— Un gilet pare-balles, mentit Mr Ganache.

— C'est en serpent ?

— Sûr. Tu veux tâter ?

— Non.

— Il est mort. Vas-y, tâte.

Desie fit ce qu'on lui disait, effleurant du bout des doigts l'ondulation des écailles. Elle eut un frisson, causé non par la sensation mais par leur provenance.

— S'il vous plaît, enlevez ça aussi, dit-elle.

Tout en bataillant pour délacer son corset, Mr Ganache dit :

— Je crois que vous pigez pas, Mrs Stoat. On n'est pas en lune de miel, nom de Dieu, c'est ce que les flics appelleraient une agression sexuelle caractérisée. Et vous me rendez plus agressif à chaque minute, putain.

Quand il lui grimpa dessus, elle posa mécaniquement une main sur chacune de ses épaules, grasse et grumeleuse au toucher. Quelque chose de dur s'enfonça dans son cou et elle supposa à juste titre qu'il s'agissait du flingue.

— Ah merde, fit Mr Ganache.

— Quoi ?

— Y a une gouttière dans cette bagnole.

Desie leva les yeux et remarqua un trou dans le toit du Roadmaster de la taille d'une pièce de monnaie. Celui de la balle qui était partie de l'arme du tueur quand il l'avait abattue sur le crâne de Twilly Spree. À présent, la pluie dégouttait du trou sur le dos nu de Mr Ganache.

— Pile dans la raie du cul, précisa-t-il, avec amertume.

Il se redressa et boucha hâtivement la fuite avec un bon de rabais pour des croquettes Purina à goût de poulet. Puis se recoucha sur Desie en disant :

— Bon. *Enfin.*

Elle avait résolu de ne pas lutter ; Mr Ganache était trop musclé. Mais elle avait un autre plan : se paralyser de la tête aux pieds, afin de ne pas le sentir en elle. C'était une technique que Desie avait mise au point pendant ses fiançailles avec Andrew Beck le multi-*piercé.* Par la suite, cette autohypnose engourdissante avait prouvé son utilité avec Palmer Stoat, les nuits où ses pratiques au Polaroïd devenaient pénibles.

Son truc, c'était d'imaginer qu'elle vivait dans un corps d'emprunt, grâce auquel elle pouvait voir et parler, sans rien ressentir. Et dès le début, avec Mr Ganache, elle ne ressentit rien.

— Attends une seconde.

Sa poitrine se soulevait et s'abaissait, animée d'un rythme puissant, comme s'il pratiquait la méditation.

— Un peu de patience, dit-il.

Aux anges, Desie songea : ce connard n'arrive pas à bander !

Mais son soulagement céda la place à des idées noires, car elle prit conscience qu'il la tuerait de toute façon — probablement encore plus tôt, à présent, dans une crise de rage violente et de frustration.

— Aide-moi, tu veux, baby.

Il s'escrimait sur elle avec une sombre détermination. Les os de son bassin se cognaient contre les siens, son torse claquait contre ses seins, son menton creusait son front...

Desie repoussait des vagues de nausée — le type empestait la transpiration acide, l'eau de Cologne sirupeuse et les vêtements en mal de blanchissage, mélange qui supplantait allégrement l'odeur fraîche et piquante de la Buick neuve.

— Je suis... pas habitué... à ça, fit Mr Ganache, haletant gazeusement.

Son souffle chaud et fétide faisait frissonner Desie.

— Pas habitué à quoi... aux femmes ? dit-elle. Vous êtes bi ?

— Non ! Je suis pas habitué... à le faire... avec une seule femme. Je suis habitué à... plus.

— À combien de plus ?

— Deux... trois. Parfois quatre.

Il lui raconta ce qu'il aimait faire (et qu'on lui fasse) pendant qu'il était suspendu dans son harnais en peau de lézard.

— Wouah, fit Desie. Je ne peux pas grand-chose pour vous, chef.

Mr Ganache cessa de trimer et se redressa sur ses bras.

— Bien sûr que tu peux. Y a des tas de trucs que vous pouvez faire, Mrs Stoat.

Twilly reprit conscience, le visage dans la boue. En relevant la tête, il souffla de la terre par les narines.

Sa tête ! Il n'avait jamais eu aussi mal. Il essaya de cracher et faillit s'évanouir encore une fois. Son oreille gauche résonnait comme une alarme d'incendie. Tout un côté de son crâne était enflammé ; liquide et distendu.

Twilly songea : j'ai dû me faire flinguer pour finir. Il était fou de rage mais n'avait pas particulièrement peur, un problème récurrent dans son existence — la colère supplantant les craintes normales et bien fondées. Twilly était d'une insouciance malsaine vis-à-vis de sa propre sécurité.

Roulant sur le dos, il aperçut des étoiles. Elles disparurent derrière un fin rideau de nuages se déplaçant vite. Il faisait nuit et une averse drue tirait à sa fin. Twilly ignorait où il se trouvait et ce qu'il faisait là. Il explora son crâne de la main, localisa une grosse bosse à vif (mais pas de blessure par balle) et en ramena ses doigts tout poisseux ; il les tint devant son visage pour vérifier la couleur du sang ; plus il serait clair, mieux ça serait. Il découvrit alors qu'il n'y voyait plus de l'œil gauche.

— Et merde, maugréa-t-il.

De l'index, Twilly tâta prudemment son orbite et fut soulagé de découvrir le globe oculaire intact, extérieurement. Il se redressa lentement sur ses avant-bras, chancelant dans la boue détrempée. Au-dessus de sa tête, étoiles et nuages faisaient une ronde folle autour de la cime des arbres. Twilly attendit patiemment que le monde ralentisse. De son œil valide, il discernait des formes massives, immobiles, de part et d'autre de lui — à sa gauche, un bulldozer ; à sa droite, un break de la taille d'un bateau.

Y a du progrès, se dit-il.

Peu à peu, la résonance de la cloche de locomotive allant décroissant, Twilly perçut des bruits distincts — le vent dans les pins, un tintement incongru dans le sous-bois, presque celui des clochettes d'un traîneau...

Et à l'intérieur de la voiture, les échos d'une lutte étouffée.

Twilly tenta de se mettre debout, en prenant appui contre l'aile. Il remarqua qu'elle dansait le shimmy. Une fois sur pied, il eut le vertige, l'estomac barbouillé. Entre-temps, le tintement s'était rapproché, l'amenant à spéculer qu'il était dans sa tête ; quelque chose de cassé qui ballottait.

Mais le break se balançait — pas trop, mais suffisamment pour rendre fluctuant le fragile équilibre de Twilly. Il s'effondra lamentablement sur les genoux et s'affala contre la voiture, la joue écrasée sur la tôle froide. Cherchant une prise, il tomba sur une poignée.

Il s'y raccrocha comme un varappeur ivre jusqu'à ce que le verrou clique et la lourde portière s'ouvre en grand. Twilly lâcha prise et glissa mollement dans la boue. Il demeura allongé à cligner vers les cieux, les tympans écorchés par les clochettes du traîneau qui s'approchait. Mais où est la neige ? se demandait-il, dans une torpeur.

Quelques instants plus tard, Twilly vit le traîneau filer au-dessus de lui, sa masse noire effaçant momentanément étoiles et nuages. Il le respira aussi, il ne sentait pas Noël mais le grand chien mouillé. Dans l'habitacle s'éleva un cri de surprise et Twilly se rappela soudain où il se trouvait et ce qui se passait. Il se souvint de tout.

— Il croit que c'est un jeu, expliqua Desie.

— Fais-le partir !

— Il ne vous fera pas de mal.

— Fais-le descendre de sur mon dos, nom de Dieu, que je le bute.

Le chien chevauchait Mr Ganache comme si c'était un poney. Ce sale clebs mouillé ! Il avait planté ses crocs dans sa nuque — pas assez fort pour lui percer la peau, mais assez ferme pour affliger gravement Mr Ganache, qui n'aimait pas les animaux. (Il considérait la cassette du chow-chow dévoreur de testicules comme l'une des plus atroces de sa vaste collection.)

— J'ai déjà buté des chiens pour bien moins que ça, siffla-t-il entre ses dents à Desie.

— Il croit qu'on s'amuse.

— Tu veux dire qu'il a déjà déconné comme ça avant ? Pendant la baise ?

— Pour lui, c'est de la lutte. Il déteste rester en dehors.

Le poids et l'odeur additionnés de ces deux animaux, à savoir le labrador et Mr Ganache, rendaient l'usage de la parole quelque peu difficile à Desie.

— Qui lui a appris à ouvrir une portière ? fit Mr Ganache, narquois.

— Chais pas. C'est nouveau.

— Fais-le se tirer ! Putain, il pèse une tonne.

— McGuinn, descends de là ! fit Desie d'une voix faible.

Le chien maintint sa position. Ils entendaient sa queue cingler joyeusement le tissu des sièges.

— Et merde, il me bave dessus, partout ! s'écria Mr Ganache.

Desie vit un filet brillant de bave pendre de l'un de ses lobes. Éloignant le flingue du cou de Desie, il le glissa derrière sa propre tête, afin de fourrer le canon dans la mâchoire du labrador.

— Grosse erreur, fit Desie.

— Quoi ?

Ce clebs débile *devait* crever — primo, il avait interrompu les efforts acharnés de

Mr Ganache pour avoir une érection ; deuzio, il avait salopé ses cheveux de bave.

— Vous avez une petite idée de la dureté de la tête de ce chien ? fit Desie.

— Qu'est-ce que vous me racontez là, Mrs Stoat ? J'ai un calibre quarante-cinq.

— Je vous dis qu'il a la caboche dure comme un parpaing. La balle pourrait ricocher dessus et aller se loger chez vous ou chez moi. Faut réfléchir à ça, c'est tout.

Ce que fit Mr Ganache. Elle marquait un point. La bête était scotchée à sa colonne vertébrale, après tout. En plus, il tirerait à l'aveuglette et à revers, par-dessus son épaule. Très risqué.

— Merde, dit Mr Ganache.

La soirée ne se déroulait pas comme il l'avait espéré.

— D'habitude, il tient combien de temps ?

— Jusqu'à ce qu'il se lasse. Ou qu'il ait faim.

Prise de claustrophobie, Desie se sentait suffoquer.

— Il pète encore un coup, j'appuie sur la détente, ça fera pas un pli.

— C'est à *lui* qu'il faut dire ça, pas à moi, marmonna-t-elle.

Twilly Spree était à quatre pattes dans la bouillasse, scrutant la banquette arrière par la portière ouverte. À la lueur verdâtre du plafonnier, il voyait Desirata Stoat et son chien, Mr Ganache pris obscènement en sandwich entre les deux. Aucun d'eux n'aperçut Twilly qui n'écouta que d'une oreille la conversation tendue avant de s'enfiler comme une punaise d'eau sous le Roadmaster.

Barjo de clebs, il va la faire buter, se dit-il.

Avant longtemps, Mr Ganache péterait un câble et se mettrait à tirer. Le défi, c'était d'arriver à ce que McGuinn lâche le tueur, puis que ce même tueur lâche Desie.

— T'vas m'lâcher, saleté, connard ! T'vas m'lâcher ! s'exclamait Mr Ganache avec une fureur croissante.

Twilly s'humecta les lèvres et tenta de siffler. Aucun son ne sortit de ses lèvres — il tremblait trop dans le froid humide.

Il entendit Desie qui s'écriait :

— Mais qu'est-ce que vous faites !

Puis Mr Ganache :

— Je fais de mon mieux.

La voiture reprit son mouvement de balancier. Twilly se frotta vigoureusement les joues pour en chasser toute moiteur. Il s'évertuait à produire un sifflement à deux notes, spécifique ; celui qui appelait McGuinn à la soupe. Twilly mit la bouche en cul-de-poule et souffla. Cette fois, ça marcha.

Le break cessa de remuer. Il y eut un cri, une éclaboussure, un aboiement inquisiteur. Le chien avait lâché le tueur et était déjà sorti de la voiture, cherchant la source de l'appel à la soupe. Twilly pouvait suivre les tours et détours de McGuinn au tintement de son collier. Ce n'était l'affaire que de quelques secondes avant que le labrador, toujours le ventre creux, ne renifle la cachette de Twilly.

— Qui a fait ce bruit ? beugla Mr Ganache sur la banquette arrière.

— Quel bruit ? fit la voix de Desie. L'oiseau, vous voulez dire ?

— C'était pas un oiseau, bordel.

Twilly bissa : cette fois, en plus mélodieux et plus saugrenu. Il vit McGuinn raidir les pattes — tous les sens en alerte. Le chien brûlait.

Pas encore, s'il te plaît, songea Twilly. Il entendit qu'on bougeait au-dessus de lui : Mr Ganache qui dégringolait du break.

— C'est bien ça, disait le tueur, y a quelqu'un dehors. Un connard de fouteur de merde.

Twilly retint son souffle en voyant la truffe fureteuse de McGuinn apparaître sous le pare-chocs arrière. Le chien commença à gémir et à gratter le sol. Non ! songea Twilly. *Bouge plus !*

Enfin, les deux pieds pâlichons que Twilly attendait émergèrent de la voiture et entrèrent dans son champ de vision. Ils disparurent dans la boue quand le tueur se mit debout.

— Merde, fit Mr Ganache d'une voix rauque, c'est froid.

Du point de vue imprenable de Twilly, les chevilles osseuses et blanches ressemblaient à des pousses de tremble jumelles. Il plaqua une main autour de chacune et tira d'un coup sec. Le tueur s'effondra durement et bruyamment. McGuinn battit en retraite, hurlant à la lune, en pleine confusion.

Twilly s'extirpa en se tortillant de sous la voiture et se rua sur Mr Ganache, battant des bras et des jambes. Les éclaboussures de boue qui en résultaient giclèrent malencontreusement dans l'œil valide de Twilly, accélérant son déclin jusqu'à la cécité complète. Ses coups de poing sauvages grêlaient en pure perte les bras et les épaules musclés du tueur, qui se contenta de repousser Twilly de côté, de lever son arme et de tirer.

Cette fois Twilly en fut sûr et certain : il était touché. La balle le frappa au côté droit de la poitrine et le déquilla comme un pantin. Il ne tomba pas tant qu'il ne se replia sur lui-même.

Il entendait le vent souffler, Desie sangloter. Et cette étrange clochette de traîneau sonnailler entre les arbres. Et son propre cœur qui battait la chamade.

Twilly crut même ouïr le sang jaillir du trou entre ses côtes.

Et une drôle de voix, peut-être imaginaire.

— Dorénavant, je prends les choses en main, disait-elle, très profonde dans les graves.

— Quoi ? Tu parles, et ta sœur.

Ça, c'était celle de Mr Ganache, le tueur.

— Ce garçon vient avec moi.

— Ah putain, papa, j'aurais dû te buter, là-bas sur la route. Maintenant, fous-moi le camp d'ici.

— Courez, monsieur ! Allez chercher de l'aide ! Je vous en prie !

Ça, ça devait être Desie.

— La ferme, Mrs Stoat — le tueur, à nouveau —, je vais lui faire sauter la tête à ce vieux blaireau.

— Ce garçon est à moi, j'ai dit.

Cette voix de basse, d'un calme ahurissant.

— T'es givré ou quoi ? Je crois bien qu'oui, fit Mr Ganache. Basta comme ça. Un fouteur de merde de plus ou de moins, pour moi, c'est kif-kif.

Twilly se sentit glisser sur le côté comme s'il était sur un radeau dérivant, languissamment, vers l'aval. Si mourir c'était ça, c'était un moindre mal. Et si ce n'était qu'un rêve, il n'avait nullement le désir de se réveiller. Vingt-six ans de rêves non dépensés, on lui devait.

Sur une impulsion, il décida de siffler McGuinn — un chien était toujours un bon compagnon sur une rivière.

— *Ce garçon est à moi, j'ai dit.*

De qui il parle ? se demanda Twilly. Quel garçon ?

Il se demanda aussi pourquoi il ne s'entendait plus siffler, pourquoi tout à coup il n'entendait plus rien du tout.

24

— Tu veux quoi, Willie ?

La sempiternelle question. Palmer Stoat fit tinter les glaçons dans son verre, en attendant la réponse du vice-président de la commission des Finances de la Chambre.

— Toi et tes manières de rustre, fit Willie Vasquez-Washington. Je vais te dire ce que je veux, mec, ou plutôt ce que je ne veux pas. Je ne veux pas que l'Honorable Dick Artemus bousille mon séjour de ski de printemps, Palmer. J'ai envie d'être au Canada la semaine prochaine, pas à Tallahassee pour une « séance spéciale » de mes couilles.

— Écoute, Willie, c'est trop tard...

— Y a pas d'Écoute Willie qui tienne. Ça n'a rien à voir avec le budget de l'éducation, amigo, et tout avec le pont à la con de cette île de Blancs à la con. J'ai cru — non, tu me l'as dit, *toi* — que tout était aplani, il y a quelques semaines de ça. Et voilà t'y pas... — Willie Vasquez-Washington marqua une pause pour siroter son thé glacé Long Island — que ton Dick de gouverneur fout son veto sur la ligne budgétaire. Son propre bébé ! Pourquoi ?

Palmer Stoat répondit par son roulement d'yeux standard qui signifiait « ne fais pas semblant de vouloir le savoir ». Ils étaient assis au bar, chez Swain, le dernier endroit de la planète où Stoat avait envie de narrer par le menu la minable saga du dognapping. Après tout, c'était ici même que le fou furieux avait envoyé l'infâme patte fantôme. Le bruit courait que le barman avait baptisé un nouveau cocktail d'après l'incident, à la grande mortification de Stoat.

— Bon, ne me dis rien, fit Willie Vasquez-Washington. Mais tu sais quoi ? C'est pas mon problème, Palmer.

— Ah bon, et ton Centre, etc., du Ghetto ?

— Commence pas avec ça.

— Mille pardons. Centre *polyvalent,* fit Stoat. Neuf millions de dollars, c'était bien ça ?

— Lâche-moi !

— Écoute, moi, tout ce que j'en dis...

Le lobbyiste baissa la voix, ne désirant pas donner l'impression d'insulter un Afro-Haïtien-Hispano-Asiato-Indien d'Amérique ou toute autre combinaison (à supposer que Willie Vasquez-Washington dise au moins la vérité sur l'une des nombreuses minorités auxquelles il se vantait d'appartenir). En tout état de cause, la clientèle classe, friande de cigares, de chez Swain était irrémédiablement anglo-saxonne : la présence d'un individu de couleur (et aussi bien mis que le représentant Vasquez-Washington, en particulier) la fit presque autant sourciller que la patte de labrador sectionnée, en son temps.

— Willie, tout ce que je dis, poursuivit Palmer Stoat, c'est que le gouverneur a tenu sa part du marché. Il a été correct avec toi. Tu ne peux pas l'aider à se tirer de cette maudite galère ?

— Je regrette, mec.

— On ne peut pas y arriver sans toi.

— J'en suis bien conscient, fit Willie Vasquez-Washington, tambourinant le chêne du bar de ses ongles. À n'importe quel autre moment, Palmer, mais pas maintenant. Ça fait des années que j'ai prévu ces vacances-là.

Ce qui était une douce plaisanterie, et Stoat le savait. Le séjour était aux frais de la princesse, payé secrètement par un important centre de soins privé pour marquer sa gratitude à Willie Vasquez-Washington, dont l'intervention opportune avait fait avorter une enquête potentiellement embarrassante sur certaines pratiques médicales contestables ; à savoir, ledit centre encourageait ses standardistes payées au lance-pierre à prendre des décisions chirurgicales par téléphone pour des patients dans un état critique. Quelle aubaine (songeait Stoat avec une ironie désabusée) que Willie Vasquez-Washington joue au golf chaque samedi avec le commissaire aux assurances de l'État.

— Willie, qu'est-ce que tu dis de ça : on

viendra te chercher d'un coup d'avion pour le vote de l'île aux Crapauds et, aussi sec, on te ramènera à Banff, Nouvelle-Écosse. On se procurera un Lear.

Willie Vasquez-Washington zieuta Stoat comme s'il était un minable vermisseau.

— Et c'est toi qui es réputé d'une perspicacité sans pareille ? Laisse-moi te mettre les points sur les i, mon frère : je ne peux pas couper à la séance spéciale et aller au ski, comme je le veux. Pourquoi ça ? Parce qu'on me ferait la peau dans les journaux, et tout ça parce que la presse aura gobé les conneries du gouverneur. Elle pensera qu'on est tous rapatriés dans la capitale pour voter davantage de crédits pour ces pauvres écoliers. Parce que, tu vois, les journaux ne savent que couic sur votre magouille du pont. Alors, tu vois, je suis qu'un pauvre con coincé jusqu'au trognon, tu me suis ?

C'était maintenant au tour de Willie Vasquez-Washington de baisser le ton :

— Je suis coincé, mec. Faut que j'assiste à cette séance. Ce qui signifie pas de ski et que bobonne et les gosses vont l'avoir super mauvaise, ce qui veut dire — je te demande bien pardon ! — pas de nouveau pont pour l'Honorable Dick et ses amis.

Palmer Stoat fit calmement signe qu'on leur serve une autre tournée. Il tendit un authentique Montecristo Especial N° 2 à Willie Vasquez-Washington, qu'il alluma pour lui. Stoat était légèrement contrarié par cette impasse, mais pas immensément chagriné. Il était passé maître pour aplanir les difficultés créées par des têtes de nœud qui se la jouaient. Si Stoat espérait faire un jour la même chose à plein temps à Washington D.C., où se la jouer tenait du sport national, il se contentait, pour l'instant, d'affûter ses aptitudes dans le marigot de cupidité rapace, plus connu sous le nom de Floride. Moyens d'accès, influence, introductions faisaient le fonds de commerce des lobbyistes. Les meilleurs d'entre eux étaient rapides à la détente, pleins de ressources et de créativité ; des « solutionneurs » de crises. Et Palmer Stoat se considérait comme l'un des meilleurs dans sa partie. Un virtuose.

L'île aux Puffins ! Seigneur, quel sac de nœuds ! Il y avait perdu sa femme, son chien, et failli y laisser la vie, mais il ne permettrait pas que ça lui coûte sa réputation d'intermédiaire. Non, ce maudit arrangement serait conclu. Le pont serait subventionné. Et roulez bétonnières, les tours se dresseraient et les parcours de golf seraient gazonnés. Le gouverneur serait content, Robert Clapley serait content, tout le monde serait content — même cette vermine de Willie Vasquez-Washington. Et par la suite, tous déclareraient que rien n'aurait pu se faire sans l'intervention de Palmer Stoat, le magicien du lobbying.

Qui chuchotait présentement à travers un nuage bleuté et piquant au vice-président de la commission des Finances de la Chambre :

— Il veut te parler, Willie.

— Je croyais que c'était ton job.

— En tête à tête.

— Et pourquoi, merde ?

— Dick aime les contacts directs, fit Stoat.

— C'est surtout qu'un vendeur de Toyota.

— Il veut arranger ça avec toi, Willie. Et savoir ce qu'il peut faire pour redresser la situation.

— Avant le début de la séance, je parie.

Stoat opina, tel un conspirateur.

— Il y aura des fonds flottants la semaine prochaine. Comment ça roule dans ta circonscription, côté écoles ? Il t'en faudrait pas une de plus ?

— Mec, tu es sérieux ?

Willie Vasquez-Washington éclata d'un rire dur.

— Les banlieues résidentielles se raflent tous les nouveaux établissements.

— Pas nécessairement, fit Palmer Stoat. Il y a la part de gâteau de l'État, plus les subventions fédérales, la roue tourne. Écoute, tu y réfléchis.

— J'y crois pas à ces conneries.

Stoat sortit un stylo-plume, inscrivit quelques mots en capitales sur une serviette en papier. Et la fit glisser sur le bar vers Willie Vasquez-Washington, qui pouffa et transféra le cigare d'un coin de sa bouche à l'autre.

— O.K., O.K., je le rencontrerai. Où ?

— J'ai ma petite idée. Tu as déjà assisté à un vrai safari au gros gibier ?

— Pas depuis que j'ai retiré mon os de mes narines, enfoiré.

— Non, Willie, ça, tu vas adorer. Fais-moi confiance.

Stoat lui fit un clin d'œil et réclama l'addition du geste.

Le regard de Willie Vasquez-Washington retomba sur la serviette en papier, qu'il subtilisa discrètement et déposa dans un cendrier. En rentrant à Miami, il repensa aux mots que Palmer Stoat avait notés et se les représenta en lettres d'un mètre cinquante de haut, gravées sur une façade de marbre :

LYCÉE WILLIE VASQUEZ-WASHINGTON

Asa Lando pressa Durgess de vérifier la corne ; elle était de première qualité. Durgess ne pouvait en disconvenir. Cependant...

— Il a quel âge, ce rhino ? demanda-t-il.

— Franchement, j'en sais rien, dit Asa Lando. On m'a dit dix-neuf.

— Ah ouais ? Dans ce cas, moi, je suis encore en Pampers.

C'était bien le rhinocéros le plus antique que Durgess eût jamais vu ; encore plus vieux et faiblard que celui qu'il s'était procuré pour Palmer Stoat. Celui-ci pesait au bas mot deux cent cinquante kilos de plus, ce qui ne consolait guère Durgess. Le rhinocéros avait échoué à la Plantation du Veldt de la Jungle en provenance d'un parc à thème animalier des environs de Buenos Aires. Le parc avait mis le rhino « à la retraite » car il dormait en moyenne vingt et une heures sur vingt-quatre. Les touristes en venaient à supposer qu'il était en plâtre.

— Tu m'as dit que le blé faisait pas problème.

Durgess leva la main.

— Tu as raison. Je ne pose même pas la question.

— Il s'appelle El Jefe.

Asa Lando prononça *Jeffy* en prononçant la jota.

— Pourquoi tu m'as dit ça ? le coupa Durgess. Je ne veux pas savoir comment il s'appelle.

Le guide dormait mieux en prétendant que les animaux du Veldt de la Jungle étaient vraiment sauvages, histoire de ne pas faire des parties de chasse une mascarade absolue. Du gibier affublé d'un nom signifiait d'ordinaire du gibier apprivoisé, et Durgess lui-même ne pouvait alors plus s'illusionner qu'il y eût une pincée de sport dans le safari. Il n'y avait alors pas plus de suspense ni de danger qu'à traquer un hamster domestique.

— El Jeffy, ça veut dire « le patron » en espagnol, expliqua Asa Lando. Il avait aussi un nom américain, mais j'ai oublié lequel.

— Ta gueule. La ferme, point barre.

Durgess s'appuyait, morose, à la porte du box du rhino dans la Quarantaine Une. L'animal géant était sur les rotules et une litière de paille, la respiration sifflante et poussive, plongé dans un sommeil profond et potentiellement irréversible. Sa peau était criblée de taches rouges, comme si le rhino souffrait d'un eczéma suintant de souche exotique. Des taons bourdonnaient autour de ses oreilles parcheminées et sous ses paupières pleines de croûtes, plissées, ses yeux se réduisaient à deux fentes.

— Tu t'attendais à quoi, Durge ? fit Asa Lando. Il est resté enfermé dans une caisse, cinq jours entiers.

Avec le manche d'un balai-éponge, Durgess taquina prudemment le pachyderme narcoleptique. Sa peau grise et fripée se fronça mais aucune réaction cognitive ne sautait aux yeux.

— En plus, continua Asa Lando, tu m'as dit que ça n'avait pas d'importance tant que les cornes étaient O.K. Le premier rhinocéros venu, tu m'as dit.

Durgess fit craquer ses jointures.

— Je sais, Asa. Ce n'est pas ta faute.

— Au débotté, on ne peut pas espérer grand-chose. Pas avec des espèces menacées comme les rhinos ou les éléphants. On a plutôt intérêt à prendre ce qui se présente, Durge.

— Ça va.

Durgess voyait bien qu'El Jefe avait dû être autrefois un spécimen robuste, bien nourri et bien soigné. À présent, il était vieux, irrémédiablement vieux et physiquement esquinté par le long vol étouffant.

— Il court, ne serait-ce qu'un chouïa ? demanda Durgess.

Asa Lando fit non de la tête avec solennité.

— Bien, il *marche* ?

— Ça lui arrive, fit Asa Lando. Il l'a fait pour sortir de la caisse dans laquelle il a voyagé.

— Alléluia.

— Évidemment, c'était en pente.

— Bon, merde, fit Durgess avec impatience. Faut quand même bien qu'il se bouge pour becqueter. Vise-moi le gabarit de ce salopard.

Asa Lando s'éclaircit la gorge.

— Écoute, euh, on lui apportait toute la bouffe — des branches, des arbustes, tout ça quoi. Il se tenait quasiment planté toute la journée au même endroit, boulottant tout ce qu'on jetait devant lui. Installez-le à l'ombre d'un gros arbre, on m'a dit, et il ira nulle part ailleurs.

— J'en doute pas, fit Durgess.

— C'est comme ça que j'envisage l'organisation du coup de grâce. Sous un de ces chênes-verts géants.

— Les chênes, c'est pas ce qui manque, soupira Durgess.

Il songea : peut-être qu'on pourrait faire d'une pierre deux coups. Peut-être que le gros bonnet chasseur de Mr Stoat marcherait pour un rhinocéros d'Afrique *jenna-wine* au lieu d'un guépard ; même un rhino dormant debout était un spectacle impressionnant. Et la corne nasale d'El Jefe était de première — cinquante mille, Stoat avait dit qu'il pouvait obtenir pour une qui serait convenable. Durgess se demanda en passant si on ne pourrait pas entraîner le mystérieux Mr Yi dans une guerre des enchères...

— Faut que je passe un coup de fil, dit Durgess à Asa Lando.

— Encore une chose. Qui pourrait être utile.

— Quoi ?

— Il a piétiné un homme à mort, Durge.

— Sans déc !

— Y a six, sept ans. Un touriste super con, fit Asa Lando, qui lui a sauté sur le dos pour que sa femme le prenne en photo. Comme s'il chevauchait un étalon sauvage. D'après les Argentins, ce vieil El Jeffy a vu rouge et il lui a réduit la tête en bouillie comme un pamplemousse. C'était dans tous les journaux d'Amérique latine.

Durgess eut un sourire faux cul.

— Donc, c'est pas n'importe quel rhino qu'on tient là, Asa. C'est un rhino *tueur*. Un rhino tueur, célèbre au plan international.

— Tout juste, Auguste. Ça va nous aider ?

— Un peu, mon neveu, fit Durgess. Appelle-moi quand il se réveillera.

Mr Ganache n'en revenait pas : le clodo à l'œil cramoisi et à l'étrange jupette à damier s'était pointé au cœur de la nuit en plein bois. Et armé d'un pistolet !

— Ce garçon est à moi, j'ai dit.

Mr Ganache lui fit un clin d'œil égrillard.

— Tu donnes là-dedans, hein, papa ? T'es un chevalier de la croupe.

— Je prends la fille aussi.

Le clodo désigna de son flingue le break où se trouvait Desirata Stoat.

— « Le garçon », tu peux l'avoir, papa. De toute façon, il est en train de crever. Mais la dame, fit Mr Ganache, agitant son flingue à son tour, elle reste avec moi. Maintenant, tire-toi d'ici, bordel. Je compte jusqu'à six.

Le clodo montra ses dents éclatantes. Les nattes de sa barbe dégoulinaient suite à sa trotte sous la pluie ; des globes d'une perfection minuscule dégouttaient des becs d'urubus blanchis. Ce spectacle portait sur les nerfs de Mr Ganache tout comme le calme du bonhomme l'effrayait étrangement. D'être frigorifié et dévêtu mettait psychologiquement Mr Ganache à son désavantage dans la confrontation. De fait, il aurait dû se sentir sûr de lui, un revolver n'arrivant pas à la cheville de son fidèle semi-automatique. Pourtant, il suffisait d'avoir le pot de faire mouche dans le noir — et même un clodo pouvait avoir un coup de pot.

Mr Ganache choisit d'y aller sur la pointe des pieds, par crainte d'y laisser son zob.

— Tu peux prendre le chien, aussi, dit-il au clodo.

— Si j'étais assez affamé, Mr Ganache, je pourrais bien.

— Quel truc spécial te branche, côté cul, papa ?

Mr Ganache se releva sur un genou. Son pied fit un bruit de succion quand il l'extirpa de la boue. Il fut comme qui dirait flatté que le clodo connaisse son nom.

— C'est le gouverneur qui m'envoie, Mr Ganache. Je prends lc relais à partir de maintenant.

— Oooh ! Le gouverneur !

— Oui m'sieur. Pour ramener ce jeune homme.

— Eh bien, *moi,* c'est Mr Robert Clapley qui m'a envoyé ici, répliqua Mr Ganache. Pour faire exactement la même chose. Et d'après moi, Mr Clapley paie des masses plus que le gouverneur. Alors on est en bisbille, c'est ça ?

Un tintement provint des pins et l'ombre de McGuinn apparut à l'orée de la clairière. Le second coup de feu avait lancé le chien dans une nouvelle quête infructueuse de canards abattus et il n'était revenu que pour rencontrer un autre humain armé ; un humain d'une taille peu commune qui sentait l'opossum frit et la fumée de feu de bois. McGuinn se mit à saliver. Déroulant sa langue, il trottina vers l'inconnu pour l'accueillir à la mode habituelle des labradors.

Mr Ganache vit ce qui se profilait et raidit le bras, prêt à faire feu. C'était là l'occasion qu'il avait attendue : le clodo ne pourrait pas ignorer le chien. *Personne* ne pouvait ignorer ce casse-couilles de clebs maboul. À peine le clodo se laisserait-il distraire que Mr Ganache lui tirerait une balle en plein cœur.

De la voiture, Desie cria :

— McGuinn ! Ici, mon garçon !

Naturellement, le chien ne lui prêta pas attention. Se dirigeant vers l'inconnu, il sauta allégrement par-dessus Twilly Spree, baignant dans son sang, étalé sur le sol.

— Vilain garçon ! Reviens ici ! s'écria Desie, sans résultat.

McGuinn sentait que l'humain XXL au flingue ne recelait aucune menace, bien plutôt la promesse d'une bouchée d'opossum. Il était impératif de faire ami-ami...

Alors que le museau du chien disparaissait sous l'ourlet du kilt à damier du clodo, l'index de Mr Ganache se crispa sur la détente. Il attendait la réaction du clodo — qu'il recule sous l'effet de la surprise, proteste en poussant une gueulante, écarte le chien d'une poussée. Quelque chose. N'importe quoi.

Mais le clodo ne tressaillit même pas ; ne quitta pas Mr Ganache de son œil valide (ni de son .357). Il se borna à rester là, souriant de toutes ses dents, d'un sourire si lumineux qu'on aurait pu le voir par une nuit sans lune.

Souriant de toutes ses dents, tandis qu'une boule de poil de soixante-quatre kilos lui reniflait les parties ! Mr Ganache était écœuré.

— T'es un salopard et un malade, cracha-t-il au clodo.

Une voix s'éleva dans son dos :

— Écoutez-moi qui parle.

Il se retourna et aperçut Desie à la portière de

la voiture, revêtue de son corset en peau de serpent. Supposant que le clodo allait rester statufié devant Mrs Stoat, Mr Ganache décida de saisir sa chance.

— Vous êtes tous des malades, fit-il, hargneux.

Le temps d'articuler sa phrase et d'appuyer sur la détente, il lui arriva quelque chose d'inattendu. Le clodo lui tira dessus à deux reprises. La première balle lui cisailla la rotule droite, le faisant basculer en biais. La seconde, le cueillant en pleine chute, lui transperça la joue et ressortit par l'autre.

Affalé sur le sol, Mr Ganache sentit qu'on lui appuyait fermement une grosse botte sur la gorge et qu'on lui arrachait des doigts le semi-automatique. Il commença à s'étouffer violemment sur une motte de terre et glissait déjà dans le néant quand un poing énorme, l'attrapant par les cheveux, le remit d'aplomb d'une secousse. Alors, pris d'une quinte de toux éruptive, il réussit à recracher la motte.

Sauf que ce n'était pas de la terre. C'était une portion non négligeable de sa langue, déchiquetée par la deuxième balle du clodo. Ce fut en essayant de s'exprimer que Mr Ganache comprit la nature handicapante de sa blessure.

— Ttt m'ah essp'ossé mah angu, bo'dèh !

Le clodo prit Mr Ganache par la barbichette.

— Pas mal, chef. Tu aurais pu faire une star du rap.

— Fi' d'utteuh !

Le clodo souleva Mr Ganache par les aisselles et le balança, tête la première, dans la calandre de la Buick. Mr Ganache, nu et crotté, s'effondra en tas ; il aurait préféré demeurer là indéfiniment jusqu'à ce que la multitude de ses douleurs cuisantes s'atténuent. Mais le clodo ne l'entendait pas de cette oreille.

Twilly ne flottait plus au fil du courant d'une rivière. Il était couché à plat dos sur un hayon. La bonne nouvelle, c'est qu'il avait recouvré la vue, plus ou moins. Deux silhouettes le dominaient : Mrs Desirata Stoat et un inconnu, grand et chenu, avec deux tortillons argentés lui poussant de part et d'autre de la figure. L'inconnu sondait d'un doigt le trou gargouillant dans le thorax de Twilly.

— Tiens-toi tranquille, fiston, lui conseilla le type.

— Qui êtes-vous ?

— Tu m'appelleras capitaine, mais pour l'instant, tu la boucles.

— Tu as perdu du sang, mon chou, fit Desie.

Twilly opina tristement. Il n'aurait pas été autrement surpris qu'il ne lui en restât plus une seule goutte. Il arrivait à peine à soulever les paupières.

— Toi, ça va ? demanda-t-il à Desie. Il t'a fait mal ?

— Rien que trois à quatre mois dans un bain bouillant ne puisse guérir. Mais, non, il n'a pas eu ce qu'il voulait, précisa-t-elle. Grâce à toi, à McGuinn et à ce monsieur.

Twilly retint un ouf de soulagement.

— On a tiré des coups de feu. J'ai senti l'odeur.

— Je t'ai dit de te taire, petit, fit le capitaine. (Puis à Desie :) Vous avez un truc propre que je puisse utiliser pour lui ?

Elle récupéra son soutien-gorge dans la voiture. Avec un canif, le capitaine découpa un morceau de rembourrage dans l'un des bonnets. Il en plia la mousse pour en faire un tampon de fortune, qu'il introduisit doucement dans la blessure de Twilly.

— Dans mon imper, quelque part, dit le capitaine à Desie, y a un téléphone. Vous pouvez me le passer ?

Twilly ferma les yeux. Quelques instants plus tard, Desie lui prit les mains entre les siennes, d'une chaleur anormale. Il perdait pied ; glissait sous la surface. Il entendit les bips d'un clavier suivis de la moitié d'une conversation. La voix du capitaine entraîna Twilly dans un rêve, le troisième de sa vie. Il crut que ça pourrait bien être le dernier.

Jim, je te réveille ?

Dans son rêve, Twilly était sur une plage qui ressemblait énormément à l'île aux Crapauds. Il était midi pile.

Écoute, combien il y a d'hélicoptères au service du gouverneur en ce moment ?... Parce qu'il faut que j'en emprunte un. Le plus rapide de tous.

Dans son rêve, Twilly poursuivait un chien noir, lequel chien poursuivait un homme. Ils couraient tous à fond de train.

C'est le gamin, Jim... il est blessé à la poitrine. Ce serait sympa si on pouvait dégoter un médecin pour le vol.

Dans son rêve, Twilly s'arrangeait pour rattraper le chien, le dépassant dans une pointe de vitesse incroyable. Il gagnait rapidement du terrain sur le fuyard. En s'en rapprochant, Twilly s'aperçut qu'il portait un caleçon Jockey informe et un tricot de peau sans manches. Il avait l'air vieux et efflanqué, trop vieux pour se déplacer à une telle allure.

On est encore sur l'île. Il peut poser l'hélico sur la plage.

Twilly plaqua le type par-derrière. Il le fit rouler dans le sable et allait lui décocher un coup de poing quand il découvrit que c'était son père. Dans le rêve, P'tit Phil Spree regarda son fils en clignant des yeux et en gazouillant : La Côte est libre ! La Côte est libre !

J'ai chopé le mec qui a descendu le gamin... j'ai pas encore décidé, Jim, mais te prends pas ta mignonne petite tête.

Dans son rêve, le chien se mettait à aboyer et à tourner comme un fou sur lui-même ; en une incantation sauvage et frénétique. Twilly Spree s'arracha à son père et se remit debout d'un bond. Tout au long du rivage, aussi loin que portait son regard dans les deux directions, s'alignaient des bulldozers moutarde étincelants. Positionnés sur chaque dune ! Leurs lames luisant au soleil, les bulldozers se tenaient prêts, selon un angle d'attaque identique, comme une division de panzers.

— La Côte est libre ! roucoulait le père de Twilly.

La fille va très bien. Je m'attends à ce qu'elle veuille nous suivre en libellule... Elle me fait signe que oui. Il y a aussi un break qu'il faudra enlever vite fait d'ici.

Twilly courait à perdre haleine en direction de l'eau. Le chien noir le suivait en aboyant comme un dément. Le golfe était glacial et lisse comme un miroir. Quand le chien cessa enfin d'aboyer, Twilly entendit son père psalmodier comme un idiot sur la plage — et aussi le grondement redoutable des bulldozers, mâchouillant l'île. Dans son rêve, Twilly attendit que le chien le rejoigne ; ils s'élancèrent ensemble vers l'horizon. Le ciel au-dessus de l'eau était noir d'oiseaux, fuyant l'île à tire-d'aile, terrorisés par le vacarme des engins de terrassement. Plus il nageait vers le large, plus Twilly craignait que mouettes, sternes et becs-en-ciseaux ne se remettent à pleuvoir du ciel, éclaboussés de sang et disloqués. Si ça arrivait, il ne pourrait pas le supporter — il était trop faible, trop paumé. Si les oiseaux recommençaient à tomber, ce serait la fin, Twilly le savait. Sous une averse aussi mortifère, il se noierait. Il ne survivrait pas à son propre rêve.

Bonnes nouvelles. Je prendrai moi aussi cet hélico... j'ai une petite course à faire et tu vas m'aider, lieutenant... parce que tu ne voudrais manquer ça pour rien au monde, voilà pourquoi.

25

Ah, pour ça, Mr Ganache livra bataille.

Pas une grande bataille certes, mais, reprécisons-le, il avait une rotule en moins et quasiment plus de langue. Donc, la douleur était l'un des facteurs à prendre en compte. Il était en outre nu comme un ver, ce qui entachait sérieusement son style de combat si personnel. Néanmoins, il s'arrangea pour balancer quelques crochets du droit qui auraient sonné la plupart de ses adversaires et les auraient mis à genoux.

Mais les coups de poing de Mr Ganache n'avaient aucun effet perceptible sur le clodo en jupette à damier qui, au même instant, lui faisait dévaler la pente d'un monticule. Ledit monticule n'était pas de formation naturelle, car l'île aux Crapauds était aussi plate qu'une crêpe. Ce monticule avait été créé par des pelleteuses. C'était un amas d'humus, de broussailles et de souches d'arbres en à-pic ; les débris d'une incursion terrassière à travers les pinèdes. Le clodo avait chargé Mr Ganache sur son épaule, comme un sac de chaux, et descendait à toute allure le sol meuble du remblai. Il semblait pressé. Mr Ganache, qui le frappait comme un dément, lui porta au moins deux coups gigantesques — l'un dans les côtes, l'autre dans les reins. Aucun effet ; pas même un grognement d'encaissement. Le clodo ne faillait pas à sa mission. Mr Ganache le grêlait de coups en bredouillant des incohérences. Il savait que ça sentait mauvais, qu'on lui préparait quelque chose. Mais ignorait simplement quoi.

Arrivé en bas, le clodo se débarrassa de lui et se mit à remonter la pente.

Et maintenant quoi ? se dit Mr Ganache. Dans une dernière tentative pour filer une mandale sauvage au bonhomme, il se retrouva avec entre les mains la jupe à carreaux épinglée, qui s'avéra être l'un de ces drapeaux qu'on agite sur la ligne d'arrivée des courses automobiles. Mr Ganache s'en servit pour étancher le sang qui coulait de ses joues trouées. Son tronçon de langue lui piquait, lui faisant un mal de chien. Couché dans le paillis, il fit le tri de ses possibilités d'action : elles étaient limitées. Sa jambe droite estropiée étant inutilisable, s'échapper en courant, marchant ou rampant était exclu. Il lui faudrait se tortiller et encore se tortiller vite fait, à supposer que le clodo n'en ait pas fini avec lui.

Avec un effort chagrin, Mr Ganache roula sur lui-même. Les deux bras tendus, il plongea les doigts dans le terreau détrempé et se hissa jusqu'à ce que son menton rejoigne ses jointures. Progression totale : soixante centimètres, maxi.

Ça craint, se dit Mr Ganache. Un insecte lui chatouillait les fesses, il le chassa d'une tape maladroite. De l'autre côté du monticule, fait de la main de l'homme, provenait le halètement essoufflé d'un moteur, trop bruyant pour être celui d'une voiture. Il devenait de plus en plus fort. Mr Ganache tendit le cou, clignant dans la pénombre. Bien entendu, il savait ce qu'il entendait. Il avait conduit un de ces maudits engins lui-même, le soir où il s'était occupé de ce fouteur de merde de Brinkman. À présent, la machine se dressait directement au-dessus de sa tête, au sommet de la pente. Mr Ganache en reconnut le contour trapu et carré. Il respira les gaz d'échappement âcres. Une silhouette émergea de la cabine, puis repassa le bras à l'intérieur — pour relâcher le frein, sans doute.

— P'tain, gémit Mr Ganache.

Le bulldozer roula vers le bas dans une série de cahots métalliques. Mr Ganache tenta de se traîner hors de sa trajectoire et manqua réussir. Seule une moitié de son corps fut clouée sous la chenille ; la partie inférieure.

Donc, ses poumons fonctionnaient, ce qui était encourageant. Un autre signe positif était l'absence de douleur surprenante en dessous de la taille. Mr Ganache en conclut que le bulldozer, au lieu de lui écrabouiller le thorax, le lui avait enfoncé dans l'humus spongieux. Son souci le plus immédiat venait des vapeurs de gas-oil que l'engin lui crachait à la figure. Les yeux lui brûlaient et son estomac se révulsait — il était évident que les pots d'échappement avaient souffert dans la descente. Sous peu, le bulldozer manquerait de carburant et son moteur se couperait, mais Mr Ganache se demanda s'il pourrait rester conscient jusque-là, à force d'inhaler ce nuage nocif. Il se sentait à la fois somnolent et spasmodique.

Des chaussures de rando terreuses entrèrent dans son champ de vision. Le bulldozer hoqueta une dernière fois et se tut. Dans la fumée qui se dissipait, Mr Ganache se souleva sur ses avant-bras et aspira une goulée de brise fraîche. Le clodo s'était accroupi près de lui, son œil de verre étincelant sous les étoiles comme un rubis taillé.

— Tu vas crever ici, dit-il à Mr Ganache.

— Heung-heung.

— Mais si, Iggy. Fini pour toi.

Iggy ? Iggy Pop ? Cet enculé se fout de ma coupe de cheveux ! Mr Ganache bouillait intérieurement.

— T'es en train de crever pendant qu'on parle, poursuivit le clodo. Tu peux me faire confiance. J'en connais un bout en écrabouilleries routières. T'es reçu dix sur dix.

— Heung-heung.

— Au cas où tu l'aurais pas remarqué, t'as le cul coincé sous un Cat D6. Vingt tonnes de bon acier, précisa le clodo. J'sais pas comment on se réconcilie avec Dieu, mais c'est peut-être le moment propice pour dire à la jeune dame que tu regrettes de lui avoir voulu du mal. Tu veux que j'aille la chercher ?

— Chh'd'merdeuh, pôpô, fit Mr Ganache.

Le clodo se releva.

— C'est une attitude lamentable pour un type qui pisse le sang par les deux oreilles, dit-il. Maintenant, faut que tu m'excuses, Iggy. Mais je dois remettre la main sur un idiot de chien.

— CHH'D'MERDEUH !

La tête de Mr Ganache retomba. Il entendit bientôt le pas lourd du clodo se perdre dans les bois.

Quel sombre crétin, songea-t-il. Il aurait dû me buter ! Je serai loin d'ici au lever du jour !

Il se mit hâtivement en devoir de s'extirper de sous la chenille du bulldozer. La tâche était ardue. Cloué par ce poids sur l'estomac, Mr Ganache était forcé de lancer ses bras derrière lui et de s'en servir comme une tortue de ses pattes. Au bout de vingt minutes exténuantes, Mr Ganache abandonna, à bout de force. Il s'endormit alors que le défilé d'un mille-pattes lui chatouillait une omoplate. Il était trop las pour le chasser d'une tape.

Des heures plus tard, un hélicoptère le réveilla. Il faisait jour ; le ciel dégagé se teintait de rose. Mr Ganache, sans apercevoir l'hélico, perçut la percussion de fouet à œufs de ses pales quand il se posa dans les environs. Il souleva la tête et poussa une plainte inhumaine ; la souffrance ne le quittait plus. Une horrible douleur lui cisaillait les nerfs, lui happait les os. Il remarqua, avec désespoir, qu'il avait creusé frénétiquement pour un piètre résultat. Quelques pitoyables poignées de terre festonnaient chacune de ses jambes, sur lesquelles le Caterpillar D6 demeurait immuablement garé. Mr Ganache ne put se retirer d'un seul millimètre d'en dessous de lui. Après une troisième tentative, il abandonna.

Au lieu de songer à s'échapper, il se concentra à présent sur sa survie. Sur l'hélicoptère, bien entendu. Il redécollerait sous peu — l'accélération stridente des moteurs en informait Mr Ganache. Il scruta anxieusement le sol à sa portée, cherchant quelque chose, n'importe quoi pour attirer l'attention du pilote. Son regard se fixa sur une boule de tissu à l'aspect soyeux dans la boue. C'était la jupette de ce fou de clodo — le drapeau à damier, à présent taché à profusion du sang séché de Mr Ganache. Il s'en empara et en fit tomber la terre.

Avec un rugissement à fendre le crâne, un hélicoptère gris et noir surgit au-dessus de la cime des pins. Mr Ganache leva le drapeau à damier des deux mains. Et se mit à l'agiter follement, balançant le haut de son corps tel un essuie-glace. Mr Ganache expérimentait quelque chose d'entièrement nouveau : le désespoir. Il remuait le drapeau avec la ferveur d'un hooligan bourré à un match de foot, car il craignait que le pilote ne le distingue pas, crotté et enterré à demi sous un bulldozer qu'il était.

Il voyait juste. L'hélico fit le tour de la clairière une seule fois, sans effectuer de vol stationnaire. Il vira sur l'aile en direction du nord et son zonzon s'éloigna.

Le drapeau tomba des mains de Mr Ganache. Il fut saisi d'une angoisse d'une pureté fatale. À partir de la taille, vers le bas : il était mort. À partir de la taille, vers le haut : la moindre cellule était un charbon ardent. Sa tête était en rumeur, ses bras comme du ciment, sa gorge, du verre pilé sur son tronçon de langue croûteux. Des ruisselets écœurants dégoulinaient le long du duvet de ses deux joues jusqu'au menton de Mr Ganache — le sang chaud coulant de ses oreilles.

Ce fouteur de merde, ce salopard de clodo avait eu raison. C'était la fin.

Ou peut-être pas.

Mr Ganache remarqua un petit objet sur le sol, quelque chose d'impossible à repérer dans le noir. Il gisait à quelques mètres, hors d'atteinte, caché en partie par le feuillage d'un chou palmiste. C'était sombre, rectangulaire et en plastique apparemment, comme une télécommande de magnétoscope ou le chargeur d'un Glock.

Ou un téléphone mobile.

Mr Ganache le récupéra à l'aide d'une branche cassée. Dans le coaltar, il écrasa de toutes ses forces son index sur la touche ON.

L'appareil émit un bip guilleret en s'allumant d'une roseur pêche. Mr Ganache fixa les chiffres du clavier. Un sourire tristounet éclaira ses lèvres décolorées.

— J'ai de bonnes nouvelles, Bob, fit Palmer Stoat.

— Vaudrait mieux.

Ils se retrouvèrent à midi chez Pube ; cette fois dans un salon privé champagne, réservé aux danses full contact.

— Tu te rappelles l'autre nuit où on est venus ici ? Eh bien, j'ai obtenu un rancart avec l'un des sosies de Pamela Anderson.

— Tu es un porc, observa Robert Clapley sans joie.

— Retour à la case célibataire. Je passe à autre chose !

— C'est ça, tes nouvelles ?

— Non, fit Palmer Stoat. Les nouvelles sont mahousses.

Clapley avait l'air de ne pas avoir dormi depuis un an. Il tripotait, d'un air maussade, la chaîne en or qu'il portait autour du cou. Une danseuse s'approcha de leur table et se présenta : Cindi avec un *i*. Clapley lui fila dix dollars et la renvoya.

— Je gage que tu n'as pas retrouvé tes Barbies, dit Stoat.

— Elles m'ont appelé.

— Eh ! C'est un début.

— Depuis la résidence d'un certain Avalon Brown.

Robert Clapley prit une gorgée de bourbon.

Mr Brown cherche des bailleurs de fonds pour son nouveau projet cinéma. Katya et Tish pensaient que ça serait sympa de ma part de cracher au bassinet. Elles seraient, bien entendu, les vedettes du film.

— Dont le titre est...

— *Double Plaisir.*

— Ah, je vois. Un film Art et Essai, fit Palmer Stoat avec un sourire de commisération. Et combien as-tu accepté d'investir ?

— Cent mille dollars. Mr Avalon Brown me promet d'être coproducteur à part entière, dit Clapley. Pour le dixième de la somme, j'aurais pu le faire buter.

Stoat frissonna intérieurement. Le scandale d'un assassinat crapoteux pouvait tout faire capoter : le deal des Puffins, les chances de réélection de Dick Artemus, et (*last, but not least*), la propre carrière de Stoat.

Il posa une main consolatrice sur l'épaule de Clapley.

— Bob, pour la dernière fois, oublie ces deux traînées. Il faut que tu passes à autre chose, comme moi.

— J'peux pas.

— Bien sûr que si. Adhère au Club Palmer des chasseurs de chattes.

— Tu sais ce que j'ai dans mon froc ? fit Clapley.

— Des poupées ?
— Juste, Auguste.
— Combien ? demanda Stoat, accablé.
— Deux dans chaque poche.
— Ce sont des Barbies Vibromasseuses ?
— Je t'emmerde, Palmer. Les jumelles me manquent. Je veux qu'elles reviennent, dit Robert Clapley, repoussant d'un geste une autre danseuse. Elles disent que si je n'aide pas à financer le film, elles se couperont les cheveux et s'en iront à Kingston.
— Ah, Jamaïque, pays du soleil.
— Le siège international des Productions Avalon Brown.
— Laisse-les partir, dit Stoat. Je t'en supplie.
— Tu es sourd ou quoi ? J'empêcherai *ça*.
Clapley eut un rire cassant.
— Voilà pourquoi des types comme Mr Ganache existent — et prospèrent. À cause de situations pareilles.
— À ce propos, dit Stoat, voilà quelques-unes des bonnes nouvelles que je t'ai annoncées. Le problème empoisonnant que nous avions sur l'île aux Crapauds est complètement résolu. Le gamin qui avait fait main basse sur mon chien est à l'hôpital avec un trou de calibre 45 dans la poitrine.
— Formidable ! Ça veut dire que Mr Ganache est libre pour un autre boulot.
— Je n'ai aucune nouvelle de Mr Ganache. Je tiens l'info du gouverneur lui-même, dit Stoat. Et il ne s'est pas étendu sur les détails.

L'important, c'est que ce givré de jeunot ait été finalement rayé du paysage. Et puis, ah ouais, Desie et Bakchich sont O.K., eux aussi. Même si je m'en tape.

Robert Clapley se surprit à mater au-delà de Stoat une danseuse qui officiait dans le box voisin. Elle avait de longs cheveux dorés, le sein en obus et haut perché, la lèvre laquée et boudeuse.

— Presque ça, fit Clapley s'adressant strictement à lui-même, si seulement elle était plus grande.

— Nom d'un petit scientologue. Tu veux entendre la suite ou tu préfères continuer à jouer à la poupée ?

Palmer Stoat dégaina un Cohiba qu'il alluma avec panache. Il prit son temps avec délectation.

Sans quitter la fille des yeux, Clapley dit :

— Parle-moi du financement du pont. Dis-moi que tout est réglé.

— On y est presque, Bob. C'est dans la poche à quatre-vingt-dix-neuf pour cent.

— Et c'est qui le un pour cent ?

— Willie Vasquez-Washington.

— Encore !

— Ne crains rien. C'est quasiment fait.

Robert Clapley ricana.

— J'ai déjà entendu ça. Elle mesure combien, cette fille, à ton avis ? La blonde.

— Pfff, Bob, c'est dur à dire, attendu qu'elle a les pieds noués derrière les oreilles.

— Je suppose que tu as un autre plan.

— Oh oui et un bon.

— Raconte.

— On emmène Willie Arc-en-Ciel à la chasse. Toi, moi et le gouverneur Dick. Dans cette réserve privée dont je t'ai parlé, là-haut à Marion County, dit Stoat. On va chasser, picoler, fumer et se raconter des histoires. Et on fera ami-ami avec Willie, coûte que coûte.

Clapley se rembrunit.

— Holà. Pas question que ce petit enculé me fauche mon trophée de félin.

— Ça c'est l'autre chose que je suis venu t'apprendre. Durgess, mon guide, il m'a dit qu'on lui a envoyé au ranch un guépard naze. Un estropié total.

— Et c'est ça ta bonne nouvelle ?

— Non, Bob. La bonne nouvelle, c'est qu'ils ont eu un rhinocéros à la place. Une vraie terreur, ce rhino.

Stoat fit une pause pour ménager le suspense.

— Il a piétiné un type à mort, il y a de ça quelques années.

La tête de Robert Clapley ne fit qu'un tour. Il s'avança au bord du siège, tout frémissant.

— Et sa corne ?

— Énorme, chuchota Stoat. De la poudre d'étalon de première.

— Bon Dieu, formidable.

Clapley plongea les mains sous la table et dans ses poches. Stoat fit mine de n'avoir rien vu.

— À quand la chasse ? fit Clapley, le souffle court.

— Ce week-end. D'après Durgess, le plus tôt sera le mieux.

— Oui ! Elles reviendront vers moi maintenant, c'est sûr. Katya, Tish, je sais que oui.

Clapley rayonnait.

— Elles retourneront en courant à la maison pour de la bonne camelote — surtout quand elles sauront que je vais flinguer ce gros salopard moi-même. Un rhino tueur. T'imagines un peu ? Elles vont te larguer fissa le fumeur de marijuana.

— Dans ce cas, inutile de le faire assassiner, pas vrai ?

Stoat se rétractait chaque fois qu'il pensait à Tête de Porc-Épic, ce tueur fou.

Clapley haussa les épaules.

— Franchement, je préférerais claquer mon fric à autre chose. Mr Ganache n'est pas très bon marché.

Clapley rafla un cigare dans la poche de Stoat.

— Toi non plus, Palmer. Combien vont me coûter tous ces petits extra ? Rappelle-toi, tu me dois le guépard et des bricoles. Alors... combien ?

— Pas un sou, Bob. La chasse, c'est pour moi.

— Super sympa de ta part.

— Mais la corne, tu devras l'acheter séparément, précisa Stoat, au prix dont on a discuté. Ce sont les règles de la maison.

— Trop heureux de m'exécuter, fit Clapley. Oh, en parlant de ça, tes Cohiba sont des faux.

— Quoi ! Impossible.

— Observe leurs bagues, Palmer. Tu vois ces minuscules points noirs ? Ils sont censés être en relief, afin qu'on puisse les sentir au toucher. C'est comme ça qu'ils sortent de l'usine à La Havane. Mais ceux-là, les tiens — Clapley en agita un sous le nez de Stoat —, tu vois, les points sont lisses sous les doigts. Ce qui veut dire bidon avec un grand B.

— Impossible, râla Stoat. Pas à trois cents dollars la boîte à la Marina Hemingway. Impossible que ça soit des copies.

Il retira le cigare de ses lèvres et le déposa, sans aménité, au bord de la table. Puis se pencha tout près pour en examiner la bague.

Robert Clapley se leva pour prendre congé. Il tapota Stoat dans le dos en lui disant :

— T'en fais pas, vieux. Je vais nous en trouver des vrais de chez vrai, pour notre grande chasse au rhino.

Au même instant, à Tallahassee, une voiture de patrouille de la police de la route de Floride franchissait les grilles de fer forgé noir de la résidence du gouverneur. À la porte, un agent du F.D.L.E. en civil fit signe au lieutenant Jim Tile de passer. Mais non sans avoir lancé à ses deux compagnons un regard dur et sceptique. L'un d'eux était un chien noir. L'autre, un homme, qui n'était pas à proprement parler attifé pour déjeuner avec le chef de l'exécutif.

Lisa June Peterson les attendait.

— Sympa de vous revoir, dit Skink, en lui faisant la bise. Plus ravissante que jamais.

Les joues de Lisa June s'empourprèrent. Jim Tile jeta un coup d'œil laser à son ami, rayonnant d'innocence.

— J'ai obtenu qu'il se douche, fit le policier de la route, mais c'est à peu près tout.

— Il est très bien comme ça, dit Lisa June Peterson.

L'ancien gouverneur Clinton Tyree portait des chaussures de rando, son imper orange fluo avec pantalon assorti, un bonnet de douche neuf (agrémenté de marguerites) et un gilet en peau de chihuahua.

— Pour les grandes occasions, expliqua-t-il.

— Seigneur, fit Jim Tile.

— Et vraiment unique en son genre.

Lisa June ne souffla mot : ce gilet devait avoir une histoire et elle ne tenait certainement pas à l'entendre. Elle s'agenouilla pour gratter McGuinn sous le menton.

— Ah, le joli garçon que voilà.

— Bonnard comme chien, concéda Skink, mais à coup sûr pas une lumière.

Lisa June prit l'ancien gouverneur par le bras.

— Venez. Il vous attend.

— Oh, cette perspective me rend tout chose.

— Commence pas, fit Jim Tile. Tu m'as fait une promesse.

— Faites pas gaffe, mon chou, dit Skink à Lisa June. Il a les boules parce que j'ai paumé son mobile.

Elle les emmena à la salle à manger. Le déjeuner se composait d'une salade de cœurs de palmier, d'une bouillabaisse de conques, de médaillons de venaison et d'une tarte au citron vert des Keys.

— Un menu typiquement floridien, annonça Lisa June se fendant d'une révérence, spécial'men'en vot'e honneu', missié !

Skink se posta au bout de la longue table. Son policier d'ami lui fit remarquer sans ironie aucune :

— C'est la place du gouverneur, gouverneur.

— Ben oui, Jim, je m'en souviens.

— Ne fais pas ça.

— Ça quoi ?

— C'est bon, lieutenant, dit Lisa June. Le gouverneur Artemus a été briefé à fond.

— Avec tout le respect qui vous est dû, j'en doute fort.

Dick Artemus entra en coup de vent par une porte latérale ; pimpant, fringant et paré à charmer. Il avait le teint récuré de frais et coloré, le cheveu lustré et bien brossé, l'œil vert, clair et pétillant. Quand Clinton Tyree se leva, le gouverneur l'étreignit à la bonne franquette comme un jumeau perdu de vue depuis longtemps.

— Le seul et l'unique ! Vous ici, je n'en crois pas mes yeux !

Dick Artemus semblait carrément ému.

Posant un genou à terre, il saisit McGuinn affectueusement par son collier en émettant des *ooh lecholi chien-chien.*

— Eh, mon garçon, content de voir que tu as encore tes deux oreilles. Ce méchant homme ne t'a fait aucun mal en fin de compte !

Skink jeta un coup d'œil sceptique à Jim Tile.

— C'est un très grand honneur pour moi, dit Dick Artemus en se relevant.

— Et pourquoi ? demanda Skink.

— Parce que vous êtes une légende, gouverneur.

— Je ne suis qu'une saloperie de note en bas de page dans un livre d'histoire. Rien de plus.

— Que diriez-vous d'un verre de jus d'orange ? suggéra Lisa June Peterson.

— Merci. Bien tassé, avec de la pulpe, répondit Skink.

— Moi aussi ! s'exclama Dick Artemus. Le meilleur jus d'orange, c'est celui qu'on mâche. C'est quoi ces babioles de toute beauté aux extrémités de votre barbe — si je peux vous poser la question ?

— Des becs de busards.

— Ah ! J'aurais dit d'aigles.

Dick Artemus fit signe à l'un des serviteurs.

— Sean, un jus d'orange pour le gouverneur et une vodka-orange pour moi. Et vous autres ?

Jim Tile et Lisa June Peterson déclinèrent à l'unisson son invite.

— Alors, dites-moi, murmura Dick Artemus

à Skink, l'endroit vous paraît changé ? Le 700, Adams Street Nord.

— Non, à peu près pareil.

— Ça vous rappelle des souvenirs ?

— Une ruche plutôt.

Le gouverneur resta de marbre.

— Le gymnase existait-il de votre temps ? Vous aimeriez visiter ?

Skink regarda Lisa June.

— J'hallucine ou quoi ?

Il rejeta la tête en arrière et pouffa.

— Visiter !

Le déjeuner fut prétexte à parler de tout et de rien ; Dick Artemus était champion du monde dans cette catégorie. Le lieutenant Jim Tile, tendu comme une peau de tambour, acheva son repas aussi rapidement que le permettaient les bonnes manières. Il s'était opposé avec vigueur à une telle rencontre, étant donné l'imprévisibilité des réactions de Clinton Tyree, revenant à la résidence après tant d'années. Le policier de la route n'espérait pas non plus que l'ex-gouverneur se prenne de sympathie pour le gouverneur actuel, ni même lui montre une once de respect. Rien de bon ne pouvait sortir de cette visite. Jim Tile avait prévenu Lisa June Peterson, qui avait promis d'en avertir son patron.

Mais Dick Artemus n'était pas inquiet, car il se croyait le fils de pute le plus irrésistible de la planète. Il croyait pouvoir se faire aimer de *n'importe qui*. Et d'apprendre que le légendaire

Clinton Tyree désirait le rencontrer l'avait flatté à l'extrême.

— Dites-moi tout sur votre œil, minauda-t-il.

— Si vous me dites tout sur vos cheveux.

Lisa June vint à la rescousse :

— Le gouverneur Clinton Tyree a perdu son œil, il y a des années de ça, au cours d'un vol avec violence[1].

— En fait, il s'agissait plutôt d'une agression à l'ancienne mode, fit Skink, engloutissant une part de tarte meringuée. Je change d'œil de verre comme de sous-vêtement. Une amie à moi a trouvé celui-là à Belgrade.

Il tapa sur son iris cramoisi avec une dent de sa fourchette à dessert en argent.

— Elle m'a dit qu'elle avait persuadé un roi gitan de le lui donner et j'ai choisi de la croire. C'était plutôt le cirque son milieu.

Le gouverneur opinait comme s'il entendait tous les jours ce genre de propos. Son attention fut détournée par quelque chose qui fourrageait entre ses jambes — le labrador. Dick Artemus glissa cordialement au chien un morceau de pain au maïs.

— Parlons peu, parlons bien, fit-il. Je tiens d'abord à vous remercier, gouverneur, d'avoir retrouvé ce jeune homme à l'esprit dérangé.

— Malheureusement, quelqu'un d'autre l'a trouvé avant moi.

1. Cf. *Pêche en eau trouble,* du même auteur. *(N.d.T.)*

— Oui. Le lieutenant Tile me l'a notifié dès qu'il l'a su. Il m'a raconté aussi comment vous avez risqué votre vie pour que ce gosse s'en sorte vivant.

— Une promesse est une promesse.

Skink reposa sa fourchette qui tinta vivement.

— J'ai tenu la mienne.

— Oui, bien sûr.

Le gouverneur s'agita, mal à l'aise, avant de prétendre que c'était la faute du chien qui le poussait de la truffe sous la table. Lisa June Peterson ne fut pas dupe. Jim Tile, pas davantage.

— Vous avez déclaré que vous feriez suivre une thérapie à ce garçon.

— C'est vrai.

— Où ça ?

— Euh... eh bien, là où il le voudra, bafouilla Dick Artemus. Comment va-t-il, au fait ? Il a été gravement blessé ?

— Il s'en sortira. Il est costaud, dit Skink. Pourquoi tous ces flics devant sa chambre, à l'hôpital ?

— Simple mesure de protection, répondit le gouverneur, comme si cela allait de soi. Quelqu'un a tenté de l'assassiner, vous n'avez pas oublié ?

— Alors, il n'est pas en état d'arrestation ?

— Pas que je sache. Ça n'intéresse pas Mr Stoat de le poursuivre. D'après lui, un procès provoquerait une publicité malvenue, et je ne saurais qu'être d'accord.

— Très bien, fit Skink, plantant ses coudes sur la table. Et maintenant, que devient mon frère dans l'histoire ?

— Oui ?

Le gouverneur lança un regard anxieux en tapinois à Lisa June Peterson.

— Doyle, lui souffla-t-elle.

— Ah oui. Doyle Tyree ! s'exclama Dick Artemus, inondé de soulagement. Le gardien de phare. Mais certainement, il peut le rester aussi longtemps qu'il le désire. Hillsborough Inlet, c'est ça ?

— Peregrine Bay.

Skink se tourna une fois encore vers Lisa June Peterson.

— Verriez-vous un inconvénient, Jim et vous, à ce que je m'entretienne en privé avec le gouverneur ?

Lisa June tenta de soulever une objection et Jim Tile l'appuya d'un soupir plein de gravité. Mais Dick Artemus balaya le tout.

— Ils n'en voient aucun, bien entendu. Lisa June, que diriez-vous d'emmener cet amour de chien dehors, derrière la résidence, et de lui présenter certains de nos magnifiques pins de Leon County.

Dick Artemus, qui devait faire un discours une demi-heure plus tard, ne tenait pas à être vu avec de la bave de clebs sur la couture intérieure de son pantalon.

Une fois seuls, l'ancien gouverneur dit à l'actuel :

— Et que devient cette île ?

— Elle sera vraiment agréable quand ils auront fini.

— Elle l'est déjà, dit Skink. Vous êtes allé là-bas ?

Dick Artemus répondit que non.

— Écoutez, vous êtes bien placé pour savoir comment c'est.

Il vida son verre jusqu'aux glaçons, éclusant la vodka jusqu'à la dernière goutte.

— Ce type a signé quelques gros chèques pour ma campagne. En échange, il espère un peu de considération. De laxisme, on peut appeler ça comme ça, si vous y tenez. Et je dois dire, il a été réglo ou quasiment dans cette affaire Puffins. Le P.O.S., les permis, les études de la faune — tout paraît O.K. D'après mon équipe.

— Vous devriez au moins voir l'endroit avant de le laisser détruire.

— Gouverneur, je comprends très bien votre façon de voir.

— Vous comprenez que dalle, oui.

— Mais qu'est-ce que vous faites ? Eh, lâchez-moi !

Le rêve des bulldozers ne cessait de revenir en boucle, le chœur rugissant des engins chassait Twilly Spree de plus en plus loin du rivage, vers le large. Et se terminait ainsi : les mouettes tombaient du ciel, exactement comme Twilly l'avait redouté. Les oiseaux étaient rigides avant de toucher l'eau, ils dégringolaient comme des pierres, lui éclaboussant la tête. Il avait beau plonger pour y échapper, chaque fois qu'il refaisait surface pour reprendre souffle, un *tchac* écœurant lui cognait le crâne. Twilly n'eut bientôt plus la force de nager et se retrouva à sombrer dans un maelström glacial de cobalt et d'écume. Il avait l'impression que des serres le tiraient vers le bas, comme si la mort l'agrippait par ses jambes nues. Puis quelque chose de puissant s'emparait de lui et le tirait vers le haut, l'arrachant à ce tourbillon froid, le libérant de l'avidité de ses griffes.

Le chien noir ! Ça virait à un nanard de Disney, un mâtin courageux nageait à sa rescousse et le remontait à l'air libre...

Sauf que ce n'était pas un chien, mais Desie, un bras passé derrière sa nuque, qui le redressait pour retaper les oreillers. Ce que vit Twilly en premier quand il ouvrit les yeux, fut la dépression pâle à la base de son cou. Il se pencha pour l'embrasser, tentative qu'il paya (à en juger par la douleur) d'une déchirure dans la poitrine.

Desie souriait.

— On se sent mieux, on dirait.

— Beaucoup mieux, fit Twilly en suffoquant.

— Évite de parler, dit-elle, ou de me bécoter.

Elle lui planta un baiser sur le front ; ce qui n'était pas bon signe. Elles l'embrassaient toutes sur le front juste avant de lui faire leurs adieux.

— Pardon pour tout, lui dit-il.

— Pourquoi ? J'étais là parce que je l'ai bien voulu.

— Tu t'en vas ?

Elle opina.

— À Atlanta. Je vais rattraper le temps perdu avec mes parents.

— Je t'aime, dit Twilly le regard trouble, bien que ce fût la stricte vérité.

De même qu'il était vrai qu'il tomberait amoureux de la prochaine femme avec laquelle il coucherait, comme toujours.

— Je le sais, fit Desie Stoat.

— T'es à tomber.

— C'est le Demerol, mon chéri. J'suis à faire peur. Repose-toi, maintenant.

— Et ce type...

— Ah, lui ! s'exclama Desie en lui pinçant la cheville à travers la couverture. Tu ne devinerais jamais qui c'est !

Une fois qu'elle le lui eut dit, Twilly se comporta comme si on l'avait shooté à l'adrénaline pure. Il balança sa tête hors du lit et bafouilla :

— Je connais ce nom-là ! Ma mère m'en a parlé.

— Clinton Tyree ?

— Elle m'a raconté toute l'histoire ! Elle pensait que c'était un héros. Mon père, lui, disait qu'il était barje.

— Eh bien, il m'a draguée dans l'hélicoptère.

— Tu vois ? Ça prouve qu'il a toute sa tête.

Twilly lui décocha un sourire faiblard avant de s'effondrer à nouveau sur l'oreiller.

— Il a aussi exprimé la piètre opinion dans laquelle il tient mon mari. Il m'a dit qu'un exhibo pédophile valait mieux que lui.

Twilly pouffa. Une infirmière entra d'un air affairé pour tripoter la poche de son goutte-à-goutte. Elle lui dit de dormir et, en sortant, gratifia Desie d'un regard assassin.

— J'ai parlé à Palmer ce matin. Histoire de le rassurer sur mon sort, dit Desie. Il était gai comme un pinson. Il va chasser ce week-end avec le gouverneur Dick et — devine qui d'autre — Robert Clapley. À mon avis, ils fêtent l'île aux Puffins.

Twilly émit un grognement de curiosité.

— Chasser quoi ? Où ça ?

— Mon chou, même si je le savais, je ne te le dirais jamais.

Desie sourit tristement en lui effleurant la joue d'un doigt.

— Assassiner quelqu'un et toutes ces folies que tu dis — continue comme ça, champion, tu vas droit au casse-pipe à tombeau ouvert. Traite-moi de sale égoïste mais je ne veux pas être dans le coin quand ça t'arrivera.

Twilly Spree parla dans le coaltar.

— Aie confiance, dit-il.

Desie éclata d'un rire chagrin.

— La confiance, ce n'est pas ce qui me manque. C'est le bon sens dont je suis dangereusement à court.

Quand elle se leva pour s'en aller, Twilly vit qu'elle portait une nouvelle robe bain de soleil : vert océan avec des bretelles minces comme des spaghettis. Ça lui serra le cœur.

— J'ai besoin que tu me rendes un service, dit Desie. Tu pourrais garder McGuinn avec toi, le temps que je me retourne ? Ma mère fait une allergie mortelle aux chiens.

— Et pourquoi pas Palmer ?

— Hors de question. Ce divorce ne me rapportera peut-être pas grand-chose, Twilly, mais mon mari ne gardera pas McGuinn. S'il te plaît, tu peux t'en occuper ?

— Bien sûr.

Twilly aimait le chien, et l'idée de revoir Desie quand elle viendrait le récupérer lui souriait.

— Où il est en ce moment ?

— Avec le lieutenant Tile et tu sais qui. Le motel où je suis descendue n'accepte pas les animaux.

Desie ramassa son sac.

— J'ai un avion à prendre. Promets-moi encore une chose.

— Vas-y.

Posant un genou au bord du lit, elle se pencha pour l'embrasser ; un vrai baiser cette fois. Puis elle chuchota :

— Ne refais l'amour avec personne devant le chien. Il n'y comprendrait plus rien.

— Promis.

Espiègle, Twilly tenta de la retenir par les bretelles, mais elle lui glissa entre les doigts.

— Sois sage. Il y a quatre flics baraqués devant ta porte sans personne sur qui cogner.

Twilly esquissa un salut faiblard. Il pouvait à peine soulever le bras.

— Au revoir, mon chou, fit Desie.

— Attends. Et cet autre type, Ganache...

Le regard de Desie se durcit.

— Il a eu un drôle d'accident, fit-elle.

— Ça arrive.

Twilly eut soudainement très sommeil.

— Je t'aime, Desie.

— À plus, Superman.

INTERLOCUTEUR : O's'cou ! Sioup'ééé !

STANDARDISTE : C'est une urgence ?

INTERLOCUTEUR : Ouais, ché u'zuranzeuh ! Ch'ouis ch'ous une cha'o'prie d'bougozeur, azzhhh !

STANDARDISTE : « Bougozeur » ? Je regrette, monsieur, mais il faut vous exprimer plus clairement. Ici, la caserne des pompiers de Levy County, vous avez une urgence à nous signaler ?

INTERLOCUTEUR : Ouais ! O's'cou ! Meuh co'onne a breusée ! M'fuis pri fe tru gan agueu ! Fau mé'er !

STANDARDISTE : Vous parlez notre langue, monsieur ?

INTERLOCUTEUR : In meuh cou'é aah angue ! A'ec un f'ingeuh !

STANDARDISTE : Ne quittez pas, Mr Bougozeur,

je vous passe une personne à qui vous pourrez raconter tout ça...

INTERLOCUTEUR : Naaan ! O's'cou ! Sioup'ééé !

DEUXIÈME STANDARDISTE : *Diga. ¿ Dónde estàs ?*

INTERLOCUTEUR : Aaaaaggaahh !

DEUXIÈME STANDARDISTE : *¿ Tienes un emergencia ?*

INTERLOCUTEUR : Ooh puuu'aiinnn. Euh fè mou'ireuh.

DEUXIÈME STANDARDISTE : *Señor, por favor, no entiendo nada que estàs diciendo.*

INTERLOCUTEUR : O' s'cou... O' s'cou !

26

Vendeur de voitures, Dick Artemus avait affronté son content d'individus en pétard — des clients furieux, écumants, rouges comme des tomates, persuadés de s'être fait couillonner, tromper, piéger, rouler dans la farine, enculer autrement dit. On les aiguillait sur Dick Artemus et ses manières doucereuses, sa jovialité à toute épreuve, son chic étonnant pour faire que les crétins les plus affolés soient satisfaits d'eux-mêmes — et à vrai dire, de l'humanité en général ! Nonobstant qu'il s'était fait baiser royalement, aucun client ne ressortait en colère du bureau de Dick Artemus ; tous en émergeaient placides, si ce n'est rayonnants de sérénité. C'était un don qui émerveillait ses collègues vendeurs. Des comme Dick, on en comptait peut-être un par demi-siècle !

Gouverneur de Floride, ce talent inné pour raconter des bobards avait servi Dick Artemus à ravir. Même ses adversaires politiques les plus virulents concédaient qu'il était impossible de ne pas l'aimer bien, en tête à tête. D'où venait alors, se demandait piteusement Dick Artemus, que seul Clinton Tyree fût imperméable au magnétisme de sa personnalité ? Il ne l'aimait pas, le détestait en fait. Dick Artemus ne pouvait en conclure autre chose, vu que l'ex-gouverneur le serrait présentement à la gorge, le clouant au mur lambrissé de la salle à manger de la résidence. C'était arrivé si vite — on l'avait traîné à travers la table comme une poupée de chiffon parmi les restes de parts de tarte au citron vert des Keys — que Dick Artemus n'avait eu le temps de sonner ni Sean ni les gardes du corps.

Clinton Tyree tricotait des sourcils et son œil de verre se baladait à l'avenant ; sa poigne était si brutale que le gouverneur n'arrivait même plus à déglutir. C'est bien là le problème, se lamentait Dick Artemus *in petto.* Si seulement ce givré de mes deux relâchait la pression, peut-être que je pourrais négocier et me tirer de ce merdier.

Dans le pugilat, Clinton Tyree avait perdu son bonnet de douche et son crâne chauve resplendissant rehaussait l'aura menaçante du moment. Planté à quelques centimètres du nez barbouillé de meringue du gouverneur, il lui parla en ces termes :

— Tu mériterais que je t'éventre comme un maquereau.

Même battre des paupières était un exercice douloureux pour Dick Artemus tant son visage était pincé.

— Rien ni personne ne doit venir troubler la quiétude de mon frère. *Jamais,* chuchota l'ex-gouverneur d'une voix rauque.

Dick Artemus se débrouilla pour opiner, les articulations de sa mâchoire douloureusement entravées par le pouce et l'index de la brute.

— En quoi croyez-vous exactement, monsieur ?

— Euh ? fit Dick Artemus d'une voix flûtée.

— Votre vision des choses. C'est quoi, la vôtre — des lotissements, des centres commerciaux, des *trailer parks* à perte de vue ? Plus, encore plus, toujours plus ? Plus de monde, plus de bagnoles, plus de routes, plus de baraques ?

Le souffle de Clinton Tyree chauffait les joues du gouverneur.

— Plus, encore plus, toujours plus, fit-il. Plus, plus, plus, plus, plus, plus, plus...

Dick Artemus sentait ses pieds pendouiller — ce fou furieux le soulevait du sol d'une seule main par le cou. Le gouverneur laissa échapper un glapissement de terreur.

— Moi, ici, je faisais tache dans le paysage, Dick, disait Clinton Tyree. Mais toi ! T'es synchrone avec le lieu et l'époque. Vendre, c'est ce que tu fais de mieux et chaque pouce de ce sacré État est à vendre. Pareil que lorsque j'avais ton boulot, Dickie, sauf que les enjeux sont beaucoup plus élevés parce qu'il y a moins de bonnes parts de gâteau à se partager. Combien d'îles sont encore intactes ?

Clinton Tyree partit d'un rire mordant en laissant Dick Artemus glisser le long du mur. Il le toisa comme un fossoyeur.

— Je sais bien ce que je *devrais* te faire, dit-il. Mais ça pourrait mettre mes amis dans le pétrin, alors à la place...

Avant que le gouverneur ait pu faire ouf, il avait été dépouillé de son costume, de sa chemise et de sa cravate. Il gisait par terre, torse nu, avec cent vingt kilos de psychopathe borgne lui appuyant le genou sur sa colonne vertébrale.

— Et merde, vous faites quoi ? cria-t-il.

C'est alors qu'on lui tira rudement la tête en arrière au point qu'il put voir la lueur vermillon impitoyable de l'œil mort de Clinton Tyree.

— Chut maintenant, gouverneur Dick.

Artemus se tut alors et se concentra pour contrôler sa vessie, afin de sauvegarder autant sa dignité que le tapis de la résidence. Si Clinton Tyree n'avait pas l'intention de le tuer, alors que manigançait-il ? Dick Artemus frissonna en sentant qu'on lui défaisait son pantalon et qu'on le lui tirait sur les chevilles.

Ah Seigneur, tout juste comme dans *Délivrance,* se dit-il.

Contractant involontairement l'anus, il se découvrit soudain partagé face à l'éventualité d'être secouru à mi-sodomie — les gros titres risquaient d'être plus saignants que le forfait lui-même. L'unique gouverneur de Floride à se faire trombiner la rondelle par un ex-collègue sur le parquet de la résidence du gouverneur ! Je suis bon pour entrer dans les annales, songeait un Dick Artemus inconsolable, et pour plus qu'une note en bas de page.

Pire que la menace d'une humiliation publique, il y avait les retombées politiques potentielles. La Floride était-elle prête à réélire un chef de l'exécutif, humilié de la sorte ? Dick Artemus, à titre personnel, en doutait. Il se souvenait de ce que le public pensait du personnage incarné par Ned Beatty à la fin du film en question — on le plaignait, mais personne n'aurait fait la queue pour refaire du kayak avec lui.

Une pogne calleuse agrippa l'une des fesses du gouverneur qui se prépara au pire. Et puis : une sensation inattendue, comme une brindille sèche qui lui égratignerait la peau de haut en bas ou le jeu excitant d'ongles féminins — vif, et pourtant agréable. Dick Artemus demeura immobile, bizarrement calmé. Il se demandait ce que fabriquait ce frappa-dingue, à lui chevaucher les miches en fredonnant tranquillement.

Cette bizarre manière d'agir fut interrompue par une ouverture de porte et une voix de femme qui cria le nom de Clinton Tyree. Dick Artemus, en se démanchant le cou, aperçut Lisa June Peterson et le lieutenant Jim Tile qui, chacun s'étant emparé d'un bras de l'ex-gouverneur, entraînaient le fou souriant — et soumis — hors de la salle à manger.

Dick Artemus se remit debout en vacillant, remonta son pantalon et recoiffa ses cheveux ébouriffés. Pas un mot de ceci ne transpirerait — là-dessus on pouvait se fier à Lisa June et au policier de la route. Personne n'en saurait jamais rien ! Il regagna sa chambre en hâte pour enfiler une chemise repassée de frais et avertit son chauffeur qu'il était prêt. Dans la voiture, en route pour le Planters Club, Dick Artemus parcourut tranquillement ses notes pour son discours, comme si rien d'extraordinaire ne s'était produit. Ce ne fut que plus tard, après avoir quitté l'estrade sous une salve d'applaudissements polis, que Dick Artemus découvrit ce que Clinton Tyree lui avait fait. L'agent du F.D.L.E., qui montait la garde devant les toilettes pour hommes, entendant sangloter, en ouvrit la porte à la volée et surprit le gouverneur de Floride, son caleçon taché de sang sur les chevilles, tendant son postérieur laiteux vers le miroir. Il constatait par lui-même, avec morosité, l'étendue des dégâts, par-dessus son épaule.

— Monsieur ? fit l'agent.

— Tirez-vous ! ronchonna Dick Artemus. Dehors !

Mais l'agent avait déjà vu. Et lu aussi, même à l'envers dans la glace :

Les mots HONTE À TOI en croûtes roses sur le cul nu du gouverneur, où on les avait méticuleusement gravés avec un bec de busard.

— Cette fois, tu t'es surpassé, fit Jim Tile.

— Bon pour la prison ? demanda Skink.

— Ou l'asile.

— Vous plaisantez ? intervint Lisa June

Peterson. Personne n'ira en prison. Rien n'est arrivé.

Ils se dirigeaient vers l'hôpital dans la voiture de patrouille de Jim Tile. Le policier et Lisa June étaient à l'avant, McGuinn et l'ex-gouverneur, recroquevillés en deux tas odorants — l'un noir, l'autre orange fluo — à l'arrière, dans le panier à salade.

— Imaginez un instant que le gouverneur Artemus attaque en justice le gouverneur Tyree, disait Lisa June. Dès les premières fuites, Seigneur, la nouvelle sera en première page des journaux dans tout le pays — et pas de celles qu'on découpe pour l'album de famille, quand on s'appelle Dick Artemus.

— Pourquoi en faire un fromage ? s'éleva une voix à l'arrière. Il n'aura même pas de cicatrices.

— Je crois que tu ne saisis pas bien, fit Jim Tile.

— Dans deux semaines, son cul maigrichon sera comme neuf. Quoi ? Qu'ouïs-je ?

Skink releva la tête.

— Lisa June, poufferiez-vous ?

— Non.

— Mais si !

— Eh bien, c'était...

— Marrant ? lui souffla Skink.

— Pas du tout ce que je m'attendais à voir, répondit Lisa June Peterson, s'efforçant de reprendre son sérieux. Vous à califourchon sur lui, avec son popotin à l'air...

Repensant à la scène, Jim Tile fut obligé de pouffer à son tour.

— Quand pourrai-je rentrer chez moi ? fit-il.

— Dès qu'on aura récupéré le garçon, lui répondit-on à l'arrière.

Lisa June s'adressa aux deux :

— Si l'on vous pose des questions, voilà ce qui s'est passé aujourd'hui : le gouverneur Richard Artemus a déjeuné en privé avec l'ex-gouverneur Clinton Tyree. Le repas fut chaleureux et sans histoire. Les deux hommes ont discuté de — voyons voir — la pêche au bass, du passé historique de la Floride, de la restructuration du cabinet de l'État — et des exigences jalouses qui sont le lot du poste de chef de l'exécutif. L'entretien a duré moins d'une heure, à l'issue de laquelle l'ex-gouverneur Clinton Tyree a décliné de passer en revue les réaménagements de la résidence, en raison d'un engagement antérieur : rendre visite à un ami hospitalisé dans le secteur. Des objections ?

— Ça me paraît bien, fit Jim Tile.

— Ça paraîtra encore mieux au gouverneur Artemus, faites-moi confiance.

Skink se redressa dans le panier à salade.

— Mais qu'est-ce qui se passe pour ce pont ?

— N'y songe même pas, fit Jim Tile.

— Merde, simple curiosité.

— Ton boulot s'achève ici, gouverneur.

— Oh, on se calme, lieutenant.

— Ils réaffecteront le financement du pont, la semaine prochaine, au cours de la séance spéciale. Une fois cela fait, le projet Puffins aura le feu vert.

Skink s'affala en avant, agrippant de ses doigts bronzés le grillage métallique.

— Alors, le veto, c'était du flan. Ils ont menti au petit.

— Évidemment. Ils ont cru qu'il allait tuer votre copain, fit Lisa June en désignant de la tête le chien qui roupillait. C'était de l'extorsion, capitaine. Ils ne pouvaient pas céder.

— En plus, le pont représente une ligne budgétaire de vingt-huit millions de dollars.

— Ça aussi, oui.

— Et n'oublions pas que le gouverneur Couilles Molles est infiniment redevable au promoteur du projet Puffins.

— D'accord, fit Lisa June Peterson, mais le fait est que tout a marché. Le chien de Mr Stoat est sain et sauf. L'épouse de Mr Stoat l'est aussi. Et le jeune homme, Mr Spree, recevra toute l'aide médicale dont il a besoin...

Skink eut un reniflement de mépris.

— Par conséquent, l'île est foutue.

Un silence morose tomba sur les occupants de la voiture de patrouille. Jim Tile songeait : voici précisément ce que je craignais. Voilà le danger auquel on s'est exposé, en le tirant de ses marécages dans des conditions si dénuées de cœur.

— Gouverneur, où vas-tu emmener le gamin ? demanda le policier de la route.

— En sécurité. Ne t'en fais pas.

— Jusqu'à ce qu'il aille mieux ?

— Bien sûr.

— Et ensuite ? demanda Lisa June.

— Ensuite, il sera libre de foutre le feu au Capitole s'il en a envie. Je ne suis pas son père, rouspéta Skink, et encore moins son directeur de conscience.

Une fois de plus, il se roula en boule telle une chenille, son crâne chauve posé sur le siège. Le labrador se réveilla brièvement et lui lécha le front.

Au moment où Jim Tile tournait vers l'entrée de l'hôpital, Lisa June Peterson demanda :

— Vous êtes sûr de vous ? Il est transportable ?

Le policier lui expliqua que Twilly avait été blessé de part en part ; dégâts minimes au poumon droit, deux côtes cassées, ni veine ni artère touchées.

— Il a eu du pot, le bougre, dit Jim Tile. En tout cas, il sera plus en sécurité avec lui — il jeta un coup d'œil vers la banquette arrière — que nulle part ailleurs. On voulait la mort de ce jeune homme. Peut-être la veut-on encore.

— Et si ces agents de police, là-haut, refusent de le laisser sortir ?

— Miss Peterson, trois de ces policiers vont passer en commission le mois prochain pour une promotion éventuelle. Devinez qui est l'un des examinateurs ?

Jim Tile retira ses lunettes de soleil réfléchissantes et les glissa dans sa poche-poitrine.

— Je ne crois pas qu'ils feront beaucoup

d'histoires si Mr Spree décide d'aller voir ailleurs s'il y est.

— Tu es déjà allée là-bas ? fit la voix, à l'arrière.

— Pardon, gouverneur ?

— Je m'adresse à Lisa June, Jim. Chérie, tu es déjà allée sur l'île aux Crapauds ?

— Non.

— Tu pourrais aimer.

— Je suis sûre que oui, répondit-elle.

— Non, j'ai voulu dire que tu pourrais l'aimer *telle qu'elle est.* Sans les fairways ni les bassins pour les yachts, ni toute cette merde touristique.

Lisa June Peterson se retourna face à lui.

— J'ai parfaitement saisi ce que vous avez voulu dire, capitaine.

Jim Tile se gara à l'ombre et laissa les vitres arrière un poil entrouvertes, afin que le chien puisse avoir de l'air frais. Pendant qu'une infirmière changeait le bandage de Twilly Spree, tous les trois — Skink, Lisa June et Jim Tile — attendirent dans le couloir. Jim parla tranquillement aux quatre jeunes policiers d'État postés à la porte, puis les emmena dans le hall d'en bas prendre un café. Skink se laissa choir en tailleur sur le sol nu. Lisa June emprunta une chaise à la permanence des infirmières et vint s'asseoir près de lui.

Il la zieuta avec un amusement de vieil oncle.

— Alors, comme ça, tu vas rester peinarde à

Tallahassee. Apprendre les ficelles. Devenir une vedette.

L'ex-gouverneur lui fit un clin d'œil.

— J'écrirai peut-être un livre sur vous à la place.

— Je me régale avec Graham Greene. J'aimerais bien croire qu'il m'aurait trouvé intéressant, rêvassa Skink, ou moral à tout le moins.

— Moi, oui, dit Lisa June.

— Non, écrivez un bouquin sur le gouverneur Dick Couilles Molles — et publiez-le juste avant la prochaine élection. Ça lui filerait un bon coup de pied dans ses kumquats !

Le hurlement de mandrill de Skink fit tressaillir un malade d'âge mûr nanti d'une minerve et traînant un pied à perfusion dans le couloir. L'homme effectua un demi-tour tremblotant et se réfugia dans sa chambre à toute vapeur.

Lisa June Peterson baissa la voix.

— Écoutez, je pensais...

— Moi aussi, fit le capitaine, lui pinçant espièglement la cheville.

— Non, pas à *ça*.

— Eh bien, tu devrais. Ça te ferait du bien.

— Au nouveau pont, murmura Lisa June. Au projet Puffins.

— Ah ouais ?

— L'accord n'est pas verrouillé. Il y a encore une réunion.

Elle lui révéla qui y assisterait.

— Et Palmer Stoat, aussi, bien sûr. Il a monté tout le truc. C'est une partie de chasse.

Les sourcils en broussaille de Skink tressautèrent.

— Où ça ?

— C'est le problème. Ils se rendent dans un ranch privé en dehors d'Ocala. Il faut être invité pour entrer.

— Ma chérie, par pitié.

— Bon, disons que vous êtes entré, poursuivit Lisa June, j'ai pensé que vous pourriez leur parler de l'île aux Crapauds. Leur en parler comme vous m'avez parlé de la Floride, cette nuit-là, près du feu de camp. Qui sait, peut-être qu'ils accepteraient de revoir le projet à la baisse. De laisser une partie de la plage sauvage et au moins quelques arbres. Si vous pouviez juste mettre Dick dans votre camp...

— Oh, Lisa June...

— Écoutez ! Si vous arriviez à mettre Dick de votre côté, les autres suivraient peut-être. Il sait se montrer incroyablement persuasif, croyez-moi. Vous ne l'avez pas vu sous son meilleur jour.

— J'espère bien que non, fit Skink, jouant avec ses becs d'urubus. Lisa June, je viens de graver une insulte gravissime sur le postérieur de cet individu. Il ne sera *jamais* dans mon camp. Et tu le sais.

Le capitaine, se penchant en biais, lui baisa l'une de ses rotules.

— Mais merci du renseignement. Je suis sincère.

La porte de la chambre de Twilly Spree

s'ouvrit et tous deux se levèrent. Une infirmière au visage plaisant, avec des taches de rousseur, leur apprit que l'état de Mr Spree s'améliorait d'heure en heure.

Lisa June tira Skink par la manche.

— Il vaudrait mieux que je retourne au Capitole. Le patron a un après-midi chargé.

— Tu ne veux pas rencontrer le notoire dognappeur psychopathe.

— Vaut mieux pas. Je risque de le trouver sympathique.

Skink opina.

— Ça te brouillerait les idées, hein ?

— Ça me briserait le cœur, plutôt, dit-elle, si ça devait tourner mal.

Quand il l'enveloppa de ses grands bras, Lisa June se sentit emmitouflée et cachée ; en sécurité.

— Entre Jim et toi, lui dit-il, je n'ai jamais connu de bilieux pareils.

Du fin fond des plis froissés de son étreinte, il l'entendit demander :

— Mais ça ne mangerait pas de pain d'essayer, non ? De faire appel à leur bon sens, je veux dire. Qu'est-ce que ça coûterait ?

— C'est une partie de chasse, ma chérie. On ne peut pas parler à haute voix pendant qu'on chasse. Il faut vraiment garder le silence pour surprendre les nuisibles.

Skink lui appliqua ses lèvres sur le front.

— Désolé d'avoir gâché le déjeuner. Et si on disait partie remise ?

— Quand vous voudrez.

— Et maintenant, au revoir, Lisa June.

— Au revoir, gouverneur.

Ils baisèrent sur la peau de lion du fumoir sous le regard vitreux et morne de tous les poissons et bêtes sauvages que Palmer Stoat avait tués : le buffle du Cap, le loup gris, le lynx et ses toupets au bout des oreilles, le wapiti, le poisson épieu, le tarpon...

Après l'amour, Estella, la prostituée, politiquement de droite, de chez Swaim lui demanda :

— Elle te manque ?

— Me manquer ? Je l'ai foutue dehors ! proclama Stoat. Le chien, c'est une autre histoire. Bakchich, lui, était de bonne compagnie.

— Tu ne dis que des conneries.

— Tu veux boire autre chose ?

— Pourquoi pas, dit-elle.

Nus tous les deux, ils fumaient l'un des meilleurs havanes qui soient. Romeo y Julieta, c'était la marque. Palmer Stoat était ravi d'avoir trouvé une partenaire qui pouvait rester cigare allumé au bec pendant un rapport musclé. Plus tard, s'il arrivait à rebander, il prendrait des photos — de tous les deux en train de faire la chose, cigare à cigare, comme des cheminées d'usine se battant en duel !

Une fois resservie de scotch, Estella roula sur

le côté et caressa la crinière frisée de la peau de lion.

— T'as buté ce mignon-là toi-même ?

— Je te l'ai déjà dit, chérie. Je les ai tous tués.

Stoat flatta affectueusement la peau fauve comme le flanc d'un cheval de selle cher à son cœur.

— Ce fils de pute, il était duraille aussi. Il a fallu que je lui tire trois balles à bout portant.

Une seule aurait suffi si Stoat n'avait pas été renversé au passage par la meute de quatorze limiers affamés que Durgess avait lâchés pour acculer le félin à bout de forces. Stoat avait tiré deux balles perdues qui avaient frappé, respectivement, un merle malchanceux et un chou palmiste. Il ne communiqua pas ces détails colorés à une Estella aux anges.

— Parle-moi de l'Afrique, fit-elle, sa bouche peinte arrondie pour lancer une auréole de fumée bleue.

— L'Afrique, oui.

Tout ce qu'il savait ou presque de l'Afrique venait des émissions de télé spéciales de National Geographic.

— Où tu es allé pour buter ce lion — au Kenya ?

— C'est ça. Au Kenya.

Stoat se passa une langue desséchée sur les lèvres, l'humectant à la brillance miellée du Johnnie Walker.

— L'Afrique... c'est stupéfiant, hasarda-t-il. Incroyable.

— Ah, je donnerais n'importe quoi pour y aller un jour, dit Estella rêveusement, en secouant sa chevelure.

Son verre en équilibre dans une main, Stoat pivota prudemment sur le côté de façon à épouser la courbe du derrière d'Estella, comme une cuillère.

— C'est tellement grand, l'Afrique, fit-il avec calme.

— Oui, c'est grand, fit Estella, séductrice, en se cambrant, et Stoat se recula prestement pour ne pas embraser de son cigare ses boucles versicolores.

— Ça prendrait des années pour tout voir, chérie.

— On devrait y aller ensemble, Palmer. Toi, tu chasserais, et moi, je courrais les antiquaires, dit-elle. La baise te coûterait rien, non plus. Tu me paies mes billets d'avion, et le radada, c'est gratos.

Stoat fut tenté de dire oui. Dieu sait qu'il avait besoin d'évasion. Et dès que cette absurdité finale de séance spéciale serait terminée, la semaine prochaine... eh bien, pourquoi pas un safari-vacances en Afrique ? À son retour, les déménageurs auraient embarqué les affaires de Desie et la maison serait à nouveau toute à lui. Stoat pourrait alors la réorganiser en fonction de son célibat. (Il avait changé d'avis quant à un déménagement potentiel ; il lui faudrait des années pour retrouver un endroit avec une pièce aussi idéale pour ses trophées.)

— Laisse-moi voir comment je peux m'arranger avec mon planning, dit-il à Estella, entendant par là qu'il voulait d'abord soumettre ce projet africain à son premier choix d'une compagne de voyage à l'étranger, le sosie de Pamela Anderson de chez Pube. Sur le moment, Stoat n'arriva pas à se rappeler son prénom, tout en étant sûr de l'avoir noté sur une serviette en papier, rangée dans son portefeuille.

— Pourquoi ce vide ? fit Estella, pointant le doigt vers un espace manifeste sur le mur animalier.

— Pour mon rhinocéros noir. Je l'ai abattu il y a deux, trois semaines.

— Un rhinocéros !

— Une bête magnifique ! fit Palmer Stoat, tirant une prodigieuse bouffée. Tu jugeras par toi-même, une fois qu'il sera minéralisé.

— Tu es *retourné* en Afrique ? Quand ça ? demanda Estella. Comment ça se fait que tu ne m'aies rien dit ?

— Parce qu'on parle tout le temps politique, baby. De toute façon, c'était un voyage en saut de puce, deux, trois jours pas plus, ajouta-t-il dédaigneusement. Je crois que ça tombait le week-end de ton brunch Dan Quayle pour Président.

Elle se tourna face à lui en se tortillant sur la peau de lion.

— Dis-moi si je pige bien. Tu es allé

jusqu'au Kenya rien que pour le week-end ? Mon Dieu, tu dois vraiment adorer la chasse.

— Ah ça oui. Et j'y retourne pas plus tard que samedi prochain.

Il regretta aussitôt ce qu'il venait de dire.

Estella se redressa, excitée comme unc puce, les aspergeant de scotch tous les deux.

— Je peux venir, Palmer ? S'il te plaît ?

— Non, mon chou, c'est pour le bizness que j'y vais cette fois. J'emmène un client important. Je lui ai promis un rhino comme le mien.

— Oh, ça va. Je ne resterai pas dans vos pattes.

— Je regrette, ma chérie.

— Alors rapporte-moi un beau cadeau, d'accord ? Et pas des perles cheapos ni une jupe en fibre végétale. Une sculpture sur bois cool, ou bien — attends, je sais ! — une lance masaï.

— C'est comme si c'était fait.

Stoat songea à part lui : où dénicher *un machin* comme ça à Ocala, Floride ?

— Wouah. En import direct.

Estella leva ses cils frangés de mauve vers le long mur où s'alignaient têtes d'animaux empaillés et poissons minéralisés — les trophées de Stoat.

— Je n'ai jamais tiré au pistolet à amorces, Palmer, dit-elle, mais chaque année je donne un peu d'argent à la N.R.A. Je suis à cent pour cent derrière le Second Amendement.

— Moi aussi. Comme tu peux en juger.

Stoat désigna d'un geste désinvolte ses spécimens taxidermiques à l'œil éteint.

— Comme le dit la chanson, *le bonheur est un flingue chaud.*

Estella eut un sourire curieux.

— Je l'ai jamais entendue, celle-là, je crois bien [1].

1. Et pour cause, cf. les Beatles, *Happiness is a warm gun* (Le bonheur est un flingue tiède). *(N.d.T.)*

27

Krimmler n'arrivait pas à fermer l'œil.

Je ne dormirai plus jamais, aussi bien, songeait-il.

Et Roger Roothaus n'avait pas cru à l'histoire du « clodo perché » !

Il avait demandé à Krimmler s'il avait bu, lui avait suggéré de prendre des vacances et d'aller en Winnebago jusqu'à Cedar Key ou Destin.

— De toute façon, rien ne se passe sur l'île, avait dit Roger Roothaus. Tant que Mr Clapley ne nous dit pas le contraire. Alors, profites-en. C'est à mes frais.

Krimmler protesta, insistant qu'il allait bien. Un clodo a *vraiment* forcé ma caravane, il m'a tabassé, puis m'a hissé et abandonné en haut d'une de ces saloperies d'arbres, Roger ! J'ai dû me laisser couler tout doucement le long du tronc, sous une pluie aveuglante. J'ai bien failli casser ma pipe.

Je m'inquiète vraiment pour toi, mon gars, avait dit Roothaus.

Tu peux !

Pas un mot de tout ça à Mr Clapley, O.K. ?

Mais Clapley a envoyé un mec, lui aussi, un allumé qui a forcé ma porte et qui m'a roué de coups, lui aussi. Il avait des cassettes snuff...

Faut que je prenne un autre appel, l'avait coupé Roothaus. Tire-toi de ce caillou un bout de temps, Karl, et je ne plaisante pas.

Mais Krimmler n'avait nullement l'intention de quitter l'île aux Crapauds, parce qu'un général n'abandonne jamais un champ de bataille, pas même pour des vacances à la plage, tous frais payés. Donc, Krimmler chargea son .357 et, à croupetons dans son Winnebago, attendit de pied ferme la prochaine intrusion.

Des heures s'écoulèrent et personne ne vint ; mais les rumeurs de l'île pulsaient de façon menaçante à sa porte. La brise. Les oiseaux de mer. Le bruissement et le soupir des feuillages. Krimmler était un homme hanté. Assiégé par la nature, il possédait la volonté et l'armement pour repousser l'assaillant — mais pas les troupes. Il était vraiment seul.

Ah, entendre la pétarade familière d'un camion-poubelle surchargé, le vrombissement retentissant des tronçonneuses, le *ploinc* métallique à vous ébranler la colonne d'une sonnette d'abattage... de joie, l'âme de Krimmler en aurait fait la roue !

Mais les engins de terrassement qu'il aimait tant demeuraient muets, à l'abandon, et à chaque instant qui passait, cette maudite île reprenait du poil de la bête ; elle frémissait, s'épanouissait, revenait à la vie. Bouclé à l'intérieur de la caravane empestant l'humidité, Krimmler se mit à craindre pour sa santé mentale. Il était fustigé et tourmenté par le moindre cri de chevalier de sables, le moindre trille de raton laveur, le moindre glapissement d'écureuil enhardi (qu'il en était venu à redouter à l'égal des tamias). La tombée d'un crépuscule venteux ne parut qu'amplifier le tintamarre primitif à l'huis de Krimmler, et pour noyer ce raffut il balança un C.D. de Tom Jones sur le lecteur stéréo. Il alluma toutes les lumières, coinça un transat sous la poignée de porte, rampa sous les couvertures — et attendit un sommeil qui ne voulait pas venir.

Par-delà la fenêtre, l'île aux Crapauds se moquait de lui.

Krimmler se boucha les oreilles en songeant : peut-être que je ne dormirai plus jamais.

Il serra fort les paupières, ourdissant un plan. À l'aube, il réquisitionnerait l'un des bulldozers et se mettrait à faucher les arbres par pure mesure thérapeutique. Il sauterait dans un D6 et tracerait une large saignée dans une paisible pinède. Je vous emmerde, les écureuils. Vive demain. À cette idée, Krimmler sourit d'un air satisfait.

Au bout d'un certain temps, il se redressa, à l'écoute. Le Winnebago était plongé dans le silence, troublé seulement par l'égouttement régulier des branches mouillées sur le toit.

Krimmler s'empara en hâte du .357 et alla changer de C.D.

C'est alors qu'il entendit le cri, qui ne ressemblait à rien de ce qu'il avait ouï jusque-là. Ce fut d'abord un gémissement sourd et guttural, qui s'amplifia en un lent hurlement sinueux avant de décroître. Les avant-bras de Krimmler se couvrirent de chair de poule et sa langue devint de craie. Le cri était assez puissant pour être celui d'un grand félin, telle une panthère, mais le Dr Brinkman, ce neuneu d'intello, avait déclaré que toutes les panthères avaient été exterminées depuis longtemps ou chassées, loin du nord-ouest de la Floride. En fait (se rappelait Krimmler), Roger Roothaus l'avait formellement interrogé sur la possible présence de panthères sur l'île aux Crapauds, car ces animaux figuraient sur la liste des espèces protégées. Une simple petite crotte ne payant pas de mine... et Oncle Sam pouvait verrouiller l'opération Puffins, à tout jamais aussi bien.

À nouveau s'éleva ce hurlement surnaturel. Krimmler frissonna. Qu'est-ce que ça pouvait être, à part une panthère ? Cet enfoiré de Brinkman ! Il nous a menti, songea Krimmler — un crypto-écolo, je l'ai toujours soupçonné ! Ce qui expliquerait sa disparition imprévue ; il avait couru tout balancer aux fédés, probablement.

Krimmler ouvrit la porte du Winnebago à la volée et lança un regard furieux dans le brouillard bleu et le crachin. Le feulement semblait provenir de ce même bosquet dans les terres où il avait ordonné d'enterrer les crapauds. Le miaulement chevrotant était quasi humain, comme celui d'un individu à l'agonie.

Oooooooooooossssseeeeeeccccccccccc-couououourrrrrrrs !

Oui, presque humain, se disait Krimmler. Si on laisse vagabonder son imagination.

Il enfila un pantalon de toile et un coupe-vent. Faisant main basse sur le pistolet et une torche électrique, il s'enfonça dans la brume. Rien à foutre de cette balance, de ce soûlard de Brinkmann, où qu'il soit, bouillonnait Krimmler. Cette île de merde serait domptée ; nettoyée, draguée, asséchée, calibrée, aplanie, macadamisée, stuquée, peinte et régénérée en quelque chose doté d'une valeur humaine, tangible et durable — un golf et un complexe de loisirs de classe internationale.

Aux oreilles de Krimmler, le cri dans la nuit était un appel aux armes. Il ne tremblerait pas, ne battrait pas en retraite et ne permettrait pas que le projet Puffins soit barré par un félin puant, boiteux et infesté de tiques. Pas après tant de travail, d'argent dépensé et de conneries politiques.

Je tuerai cette sale bête moi-même, se jura Krimmler.

La plainte déchira à nouveau la nuit et Krimmler se porta dans sa direction avec un défi rageur. Cette panthère-là est plus que menacée, songea-t-il ; elle est condamnée, la salope.

Sa charge fut momentanément stoppée quand,

glissant sur une branche, il fracassa sa torche dans sa chute. Il se remit rapidement debout et reprit son avancée, se frayant un passage de son bras armé entre les silhouettes des arbres. Le cri du fauve l'amena dans la clairière où étaient garés les bulldozers écrabouilleurs de crapauds et, pris de frénésie, Krimmler se mit à tirer dès qu'il surgit du couvert.

— Viens ici, petit, petit ! exulta-t-il avec un regard de dément.

Ooooooooooooossssseeeeeecccccccccccc-couououououorrrrrrrs !

Outre celui de l'argent, le manque le plus criant qui faisait regretter à Robert Clapley le bizness de la drogue, c'était le manque de respect. Si l'on avait la réputation d'un contrebandier d'un certain poids, le débile moyen pas net n'envisageait pas de jouer au con avec vous.

Un débile comme Avalon Brown, par exemple — qui laissait Clapley cuire dans son jus pendant trois quarts d'heure dans le hall du Marlin Hotel pendant qu'il « traitait » à l'étage d'importantes affaires avec les deux Barbies.

Si Avalon Brown trouvait, bien évidemment, amusant de se montrer grossier envers un riche promoteur immobilier américain, il n'aurait jamais (Clapley en était certain) traité un gros importateur de cocaïne avec un manque de respect aussi imprudent. Plus Clapley attendait, plus ses pensées se tournaient vers Mr Ganache

— le genre d'individu qui pourrait apprendre les bonnes manières à Avalon Brown et serait ravi de le faire.

Clapley se demandait pourquoi Mr Ganache n'avait pas téléphoné de l'île aux Crapauds. Les flinguages, même s'ils ne sont pas fatals à la cible, se soldent habituellement par un rapport à la première personne depuis le terrain des opérations. Peut-être Mr Ganache boudait-il, spécula Clapley, parce que le dognappeur en avait réchappé. Mr Ganache prenait son travail très à cœur.

Pourtant, il ne devrait pas tarder à appeler, songeait Clapley. Attends de lui toucher un mot d'Avalon Brown — un fouille-merde de ce gabarit serait propre à égayer le moral de Mr Ganache ; le genre de mission qu'il était connu pour avoir accompli à l'œil.

— Bobby ?

Katya et Tish se tenaient dans le hall, distantes, sans pour autant paraître renfrognées. Nulle trace du rival jamaïcain de Stanley Kubrick.

— Bobby, Mr Brown aimerrait savoirre où est l'arrgent pour film,

— Mes avocats rédigent le contrat de coproduction. Allons déjeuner, fit Robert Clapley.

Alors qu'ils se dirigeaient nonchalamment vers le News Café, Clapley manqua être submergé par une vague de détresse. Les deux Barbies avaient un look de vampires. Elles s'étaient frisotté les cheveux qu'elles avaient teints en un noir d'onyx, se fonçant lèvres et paupières pour les assortir. Elles étaient drapées dans des châles de dentelle moisie sur des débardeurs diaphanes, portaient des pantalons de cuir collants et des nu-pieds à boucles, aussi lourds et bruyants que des remorqueurs. Criminel, se lamentait Clapley en silence. Ces deux filles étaient faites pour les minijupes et les talons aiguilles ; il était bien placé pour le savoir, merde. C'était lui leur concepteur. À grands frais, il avait remodelé Katya et Tish en parfaites images jumelles de l'icône de la beauté américaine. Et c'était là toute la gratitude qu'il en recevait : une rébellion. Des ongles de pieds peints en noir !

Par-dessus beignets et cappuccinos, il lança :

— Je vous ai manqué, les filles ?

— Bien sourre, Bobby, fit Tish.

— Vous avez réussi à vous fournir en poudre de rhino ?

Tish fit non de la tête, l'air pincé. Katya baissa les yeux.

— Pas de bol, hein ? fit Clapley avec un petit rire faussement compatissant.

— Rrrien que cocaïne. La coke, c'est la barrrbe, fit Katya, croquant dans un beignet aux raisins, toasté.

— La super barbe, renchérit Robert Clapley. C'est quoi ce nouveau look ? C'est pour le film ?

— C'est mode gothique, Bobby.

En guise d'explication, Tish montra du doigt le crucifix d'argent qu'elle portait autour du cou. Katya avait le même, remarqua Clapley.

— Gothique ? Tu veux dire chauves-souris, vampires et tout le bazar ?

— *Da,* fit Katya. Et l'adorration du sang.

— Et aussi bonnes boîtes pour danserrr, ajouta Tish.

Clapley ricana, caustique.

— L'adoration du sang sur fond de rave. Vous ne vous êtes pas gourées de ville.

Tout son corps transpirait, agité d'une anxiété libertine. Il lui fallut mobiliser tout son pouvoir de concentration pour ne pas renverser sa tasse de café. Entre-temps, les deux Barbies, vraies girouettes, se laissèrent distraire par un jeune type torse nu, en rollers, filant en marche arrière : queue de cheval de rigueur, lunettes de soleil Oakley et un cacatoès blanc sur l'épaule.

— Ho, les filles.

Robert Clapley se sentit comme un prof qui entend glousser au fond de sa salle de classe.

— Katya ! Tish !

Leurs sourires d'écolières dissipées s'évaporèrent.

— Vous en voulez toujours de la poudre de rhino ?

Tish lança un coup d'œil à Katya qui haussa un sourcil non épilé.

— Où ça ? demanda-t-elle avec suspicion.

— Au condo de Palm Beach.

— Quand ça ? Toi en avoirre maintenant ?

— Pas aujourd'hui, répondit Clapley. Après-demain.

— C'est pas des connerrries, Bobby ? T'as de la corrrne ?

— J'en aurai.

— Comment toi trrouver ? Où elle est ? demanda Katya.

Clapley souffrait rien que de les regarder, tant leur coiffure et leur maquillage étaient atroces. Pour couronner le tout, elles bâfraient comme des génisses affamées !

— Où toi trrouver corrrne ? insista Katya lourdement.

— Sur un vrai rhinocéros. Je l'abattrai moi-même.

Tish se figea, ses joues cireuses gonflées de beignet. Katya s'avança au bord de son siège, le bout de sa langue rose pointant entre ses dents comme celle d'un petit chat.

— Un rhinocéros noir. Un monstre, fit Robert Clapley. La partie de chasse est pour samedi matin.

— Toi, tu vas abattrrre rrrhino ? Pas une connerrrie ?

— Non.

— Et si toi le rrrates ?

— Alors c'est lui qui me tuera, sans doute. Comme l'autre homme qu'il a déjà tué, il y a quelques années de ça.

Clapley affecta de pousser un soupir tristounet.

— Une histoire vraiment horrible, ça a été. D'après le guide, c'est un animal extrêmement dangereux. Un vrai voyou.

Les deux Barbies le fixaient avec de grands yeux, clouées sur place. Un autre ado passa devant elles en rollers, jouant des miches moulées d'un short cycliste, mais les filles gardèrent l'œil rivé sur le « grand chasseur blanc ».

— Rassurez-vous, je ne le raterai pas, leur dit Clapley. Je ne rate jamais.

— Grrros fusil, *da* ?

— Le plus gros.

— Puis, aprrrès, tu rrrapporrtes corrrne !

— Uniquement si vous êtes là à m'attendre.

Les filles opinèrent avec un enthousiasme syncopé.

— Fantastique. Mais il ne faut le dire à personne, surtout pas à Mr Brown, les avertit Clapley. C'est très risqué ce que je fais pour vous. Je pourrais avoir beaucoup d'ennuis.

— O.K., Bobby.

— Sans parler de celui de me faire piétiner à mort.

Katya posa tendrement sa main sur celle de Clapley.

— On adorrre toi, Bobby, de fairrre choses aussi rrrisquées pourrr nous. Comme abattrrre un rrrhino aussi dangerrreux.

— Ne vous ai-je pas toujours donné tout ce que vous avez voulu ? Non ? Tish et toi, vous m'avez réclamé plus de corne et c'est le seul moyen de m'en procurer pour vous. En mettant ma vie en jeu.

— Merci, Bobby.

— Alors, je vous vois toutes les deux samedi soir ? Et en *blondes* ? S'il vous plaît ?

— Et en talons, aussi, fit Tish en riant bêtement.

— Ce serait fantastique.

Assez de ces foutaises gothiques, se dit Robert Clapley.

Son triomphe et ses désirs le rendaient extatique ; bientôt ses jumelles seraient de retour au bercail.

Dans le hall du Marlin, il les serra toutes deux contre lui en disant :

— Je fais confiance à Mr Avalon Brown : il a dû vous trouver une suite avec vue sur l'océan.

Tish interrogea Katya du regard, qui parut embarrassée.

— Ah non ? Eh bien, peut-être quand le film aura cassé la baraque.

Clapley, se penchant pour les baisers d'au revoir, grimaça aux effluves d'un parfum peu familier et écœurant.

— C'est quoi ça ? fit-il poliment d'une voix rauque.

— *Zombie,* ça s'appelle, répondit Katya. Calvin Klein, je crrrois.

— Agréable. Dites à Mr Brown que je lui téléphonerai.

— Prrrends garrde en tuant rrrhino, Bobby.

— Ne vous en faites pas pour moi, fit Clapley. Ah, j'allais oublier. Le Dr Mujera arrive par avion d'Amérique du Sud, la semaine prochaine. Juste pour vous rappeler la chose.

Il se tapota le menton du doigt.

— À supposer que ça vous intéresse encore, les filles.

— Peut-êtrrre, fit Katya, sur la réserve.

— *Da,* peut-êtrrre, dit Tish en écho.

— Rien que le top pour vous deux. O.K. ? C'est le numéro un mondial pour les mentons.

— Mais Mrrr Brrrown, il dit qu'il adorrre mentons à nous, comme ils sont aujourrrd'hui.

— Ah bon, fit Clapley, d'une voix flûtée.

— Bons mentons pour éclairrrage ci-né-ma, expliqua Tish.

— Il dit qu'arrrondis passent mieux, ajouta Katya. Pas pointus comme mannequins amérrricains.

— Le Dr Mujera a opéré de très nombreuses stars de cinéma.

— Pourrr de vrrai, Bobby ? Mentons de starrrs de cinéma ?

— J'en toucherai un mot personnellement à Mr Brown. Je crois que les qualifications du Dr Mujera l'enchanteront et au-delà.

Robert Clapley vérifia l'heure à sa montre.

— En fait, j'ai un peu de temps devant moi. Pourquoi vous ne téléphoneriez pas à Mr Brown dans sa chambre, les filles, en lui demandant de nous rejoindre pour boire un verre ?

— *Niet,* fit Katya. Sa masseuse est là.

— À deux heurrres, tous les jourrrs, précisa Tish.

— Sa masseuse ?

— Il dit que c'est bon pour strrress, expliqua Katya.

Clapley se fendit d'un sourire compréhensif.

— Mr Brown doit subir beaucoup de pression.

— À samedi, Bobby. On ferrra la fête comme avant, O.K. ?

— Il me tarde d'y être, baby.

— Et bonne chance avec ton rrrhino noirrre !

— Ne vous en faites pas pour moi, dit Robert Clapley à ses deux futures Barbies jumelles. Occupez-vous simplement de m'arranger votre magnifique chevelure.

Quand on l'installa dans la voiture de patrouille de la police de la route, Twilly Spree était bourré de calmants, ce qui se révéla une bonne chose puisque McGuinn lui bondit aussitôt sur la poitrine pour lui dire bonjour. Elle lui faisait toujours un mal de chien, mais pas au point de le faire s'évanouir.

La première halte fut pour une banque de Barnett, où il effectua un retrait en liquide qui se trouva équivaloir par hasard, quasi au dollar près, à trois ans de salaire de policier de la route du lieutenant Jim Tile. Même l'ancien gouverneur en resta baba.

— Mon héritage, fit Twilly, d'une voix pâteuse. Mon grand-père doit se retourner dans sa tombe.

La deuxième halte fut pour un concessionnaire General Motors, une fois quitté Tallahassee.

— Pourquoi ça ? demanda le capitaine.

— Il nous faut une voiture.

— Je vais partout à pied, la plupart du temps.

— Eh bien, pas moi, rétorqua Twilly. Pas avec un poumon troué.

Jim Tile avait l'air de bien s'amuser. Twilly sentit que Clinton Tyree était habitué à mener la danse.

— Je peux vous appeler gouverneur ?

— J'aimerais mieux pas.

— Mr Tyree, alors ? Ou bien Skink ?

— Ni l'un ni l'autre.

— Très bien, *capitaine,* fit Twilly. Je voulais simplement vous remercier de ce que vous avez fait sur l'île.

— Vraiment pas de quoi.

— Mais je me suis demandé comment il se faisait que vous vous trouviez là.

— Vacances de printemps, répondit Skink. Et maintenant, allons te procurer de quoi rouler.

McGuinn en tête, Twilly choisit un autre break Roadmaster, mastodonte, bleu marine, cette fois. Pendant qu'il remplissait la paperasse dans le box du vendeur, policier, capitaine et gros chien se baladèrent dans la salle d'exposition. Nul autre vendeur n'osa s'approcher d'eux. Plus tard, au parking, Jim Tile admira la nouvelle Buick. McGuinn était vautré à l'arrière, Twilly sur le siège passager avant et Skink au volant.

— Je ne tiens pas vraiment à savoir où vous allez tous les trois, fit le policier de la route, en revanche, gouverneur, j'exige de savoir ce que tu as fait de ce flingue que je t'ai donné.

— Il est dans le golfe du Mexique, Jim.

— Tu ne me mentirais pas ?

— Je l'ai jeté depuis l'hélico. Demande au petit.

Twilly opina. C'était vrai. Le pilote avait eu la sagesse de ne pas poser de questions.

— Quant au mobile, c'est une triste histoire, Jim. J'ai dû le laisser tomber dans les bois, fit Skink. Le grand État de Floride devrait t'en payer un neuf. Dis-le au gouverneur Dick de ma part.

Jim Tile contourna la voiture pour passer du côté de Twilly et se pencha à la vitre.

— Je suppose que vous savez avec qui vous vous embarquez.

— Oui, fit Twilly.

— C'est un ami très cher, fiston, mais pas forcément un modèle à imiter.

— Fin du communiqué de la Police de la route ! le coupa Skink.

Twilly haussa les épaules.

— Je ne recherche que la paix et le calme, lieutenant. J'ai mal à mon enveloppe corporelle de A à Z.

— Alors, mettez la pédale douce. Très douce, même.

Le policier revint côté conducteur. Il était clair que quelque chose le chiffonnait.

— Dis-moi, Jim, incroyable, hein, ce gabarit ! fit Skink.

— Depuis quand tu n'as plus conduit ?

— Un bon bout de temps.

— Ouais, et depuis quand tu as ton permis ?

— Vingt-deux ans, vingt-trois, peut-être. Pourquoi ?

Le capitaine promena ses doigts sur le volant. Twilly ne put s'empêcher de sourire.

— Je vais te dire ce que je vais faire, fit Jim Tile. Je vais m'en aller de ce pas afin de ne pas te voir sortir ce paquebot du parking. Sinon, je serais obligé de te faire arrêter sur le bas-côté et te filer une contredanse.

L'œil de Skink dansait avec malice.

— Je l'encadrerais, Jim.

— Rends-moi service, gouverneur. Ce jeune homme vient d'en voir des vertes et des pas mûres et il a bien failli y rester. Ne va pas lui souffler de nouvelles idées de génie.

— Il n'a plus de place dans sa tête pour ça. J'ai pas raison, petit ?

Et Twilly de renchérir, pince-sans-rire :

— J'ai tourné la page.

Le policier chaussa ses lunettes de soleil cerclées de métal.

— Autant parler à ce sacré clebs, marmonna-t-il.

Clinton Tyree tendit la main et lui tapota l'épaule. Jim Tile examinait d'un œil critique son Stetson, au bord déchiqueté par les grignotis de McGuinn.

— Gouverneur, je te le redis. Je suis trop vieux pour ces conneries.

— Oui, Jim. Et maintenant, rentre chez toi où ta charmante épouse t'attend.

— Je ne veux rien lire sur vous deux dans le journal, s'il te plaît.

Skink confisqua les lunettes noires de Jim, qu'il tordit pour les adapter à son visage.

— Ni vu ni connu ! C'est tout nous.

— Fais gaffe, point barre, s'il te plaît.

À peine fut-il parti qu'ils roulèrent jusqu'à l'Interstate. Twilly, sans jamais rêver, entrait et sortait d'un paradis codéiné. Près de Lake City, le capitaine le réveilla en gesticulant pour lui montrer un cochon mort sur le bas-côté de la route.

— On pourrait vivre là-dessus quinze jours !

Twilly se redressa en se frottant les yeux.

— Pourquoi vous vous arrêtez ?

— Y a pas de petits profits.

— Si vous adorez le bacon à ce point, je vous achèterai une franchise de Denny's, fit Twilly. Mais je veux bien être pendu si je vous laisse planquer deux cents kilos de porc dans mon break flambant neuf. Soit dit sans vouloir vous offenser, capitaine.

À l'arrière de la voiture, McGuinn ne cessait de bouger en gémissant.

— Faut qu'il pisse, probable, conclut Skink.

— Alors on est deux, dit Twilly.

— Non, trois.

Tout le monde descendit et s'avança vers la

lisière des bois. L'ex-gouverneur jeta un regard de convoitise par-dessus son épaule vers le cochon victime de la route. McGuinn alla le flairer rapidement avant de s'élancer sur la trace d'un lapin. Twilly décida de le laisser vagabonder quelques minutes.

Quand ils regagnèrent la voiture, le capitaine demanda à Twilly comment il se sentait.

— Raide défoncé, tout endolori.

Avec un grognement, Twilly se propulsa sur le capot.

— Et veinard, ajouta-t-il.

Skink appuya son pied sur l'un des pare-chocs. Retira son bonnet de douche et frictionna d'une jointure bronzée le duvet de son scalp.

— Nous avons quelques décisions à prendre, Maître Spree, dit-il.

— Ma mère a gardé toutes les coupures de journaux après votre disparition. Chaque fois qu'il y avait du nouveau, elle nous le lisait au petit dèj', se souvint Twilly. Ça faisait grimper mon père au mur. Mon père vendait du front de mer à tour de bras.

Skink émit un sifflement sarcastique.

— La grande classe. Plus, encore plus, toujours plus.

— Il disait que vous deviez être une espèce de communiste. Pour lui, quiconque était anti-promoteur était anti-américain.

— Alors, comme ça, ton cher papa était un patriote, hein ? Vie, liberté et quête des commissions immobilières.

— Pour ma mère, vous étiez simplement quelqu'un qui essayait de sauver un endroit qu'il adorait.

— Et qui a échoué spectaculairement.

— Un héros du peuple, elle disait.

Skink semblait amusé.

— Ta mère m'a tout l'air d'une romantique, à t'entendre.

Il se recoiffa dûment le crâne du bonnet de douche.

— T'étais en maternelle ou quoi ? En C.P. ? Tu peux pas te souvenir d'une époque aussi lointaine.

— Des années plus tard, elle parlait encore de vous, fit Twilly. Juste pour asticoter mon père, peut-être. Ou bien elle était en secret dans votre camp, peut-être. Elle avait voté pour vous, je le sais.

— Bon Dieu, on va s'arrêter là...

— Je crois qu'elle vous plairait bien, ma mère.

Skink arracha les lunettes noires et examina son reflet dans l'aile polie de la voiture neuve. Avec deux doigts, il repositionna son œil cramoisi, l'alignant plus ou moins avec le bon. Puis il fixa Twilly Spree en face et lui dit :

— Petit, je ne peux pas te dire quoi faire de ta vie — et merde, tu as vu ce que j'ai fait de la mienne. Mais laisse-moi te dire une chose : les gens comme toi et moi ne trouvent jamais la paix en ce monde. Il faut que quelqu'un pique sa colère sinon rien ne s'arrange. C'est ce à quoi on est destinés, toi et moi : à rester en pétard.

— On m'a fait suivre des cours pour ça, capitaine, dit Twilly. Ça ne m'a pas guéri.

— Des cours ?

— Afin que je gère mieux mon agressivité. Je ne plaisante absolument pas.

Skink s'esclaffa.

— Bon sang de bois, à quand des cours pour mieux gérer sa cupidité ? Tous ceux qui habitent cet État devraient les suivre. En cas d'échec, on te les ramènerait par la peau du cul à la frontière et on te les jetterait à la porte de la Floride.

— J'ai fait sauter la banque de mon oncle, dit Twilly.

— Et puis après ! s'exclama Skink. La colère n'a rien de honteux, petit. C'est parfois la seule réaction morale, saine et logique. Nom de Dieu, on prend pas de cours pour la supprimer ! On boit un coup ou on se chope une saloperie de balle. Ou on fait face et on se bat contre les salopards.

L'ex-gouverneur, menton renversé vers le ciel, tonna :

Connais-tu le pays où le cyprès et le myrte vert sont emblèmes de faits accomplis sous leur climat ;
Où la rage des vautours, l'amour de la tortue,
Tantôt en chagrin sont fondus,
et tantôt s'exaspèrent jusqu'à l'assassinat ?

Twilly fit observer tranquillement :

— Mais j'en suis déjà là, capitaine.

— Je sais, fiston.

Il baissa lentement la tête, ses tresses de barbe traînant par terre comme des filaments de mousse argentée. Les deux becs s'entrechoquèrent en pendouillant sur sa poitrine.

— Lord Byron ? demanda Twilly.

Skink opina, l'air ravi.

— *La Fiancée d'Abydos.*

Du pouce, Twilly testa sa plaie bandée. La douleur était supportable, même si l'effet des calmants se dissipait.

— Je suppose que vous êtes au courant de ce safari au gros gibier.

— Oui, m'sieur.

— Vous ne sauriez pas par hasard où c'est.

Skink avait une chance de couper court. Il en fut incapable.

— Je sais où, fit-il en lui répétant ce que Lisa June Peterson lui avait confié.

— Alors, qu'est-ce que vous en pensez ? demanda Twilly.

— Qu'une partie de chasse en conserve, c'est nul de chez nul.

— Ce n'est pas ce que je veux dire.

— Ah. Tu veux dire comme lieu d'embuscade potentiel ?

— Ben, j'arrête pas de penser à l'île aux Crapauds, dit Twilly, et à comment empêcher ce foutu pont.

L'œil flamboyant de Skink était fixé sur la

route, sur les voitures et les camions qui passaient en filochant.

— Regarde-moi ces enculés, dit-il doucement, comme s'il parlait tout seul. Où peuvent-ils bien aller ?

Twilly se laissa glisser du capot du break.

— Je vais vous dire où je vais, *moi*, gouverneur. À Ocala. Et en route, je compte faire halte chez un armurier de mes amis et lui acheter une carabine longue portée. Vous en voulez une ?

— Le recul fera des merveilles sur ton épaule.

— Ouais, un mal de tous les diables, j'imagine.

Twilly pêcha les clés de la voiture dans sa poche.

— Si vous voulez pas venir, je peux vous lâcher à Lake City.

— C'est comme ça que tu traites un « héros du peuple » ? Lake City ?

— Fait chaud dans le coin. Reprenons la route.

— J'ai loupé un épisode ? fit Skink. C'est quoi le plan ?

— Y en a pas encore.

Twilly Spree s'humecta les lèvres et siffla le chien.

28

Durgess se réchauffait les mains à une tasse de café pendant qu'Asa Lando faisait le plein du gros élévateur. Le soleil se lèverait dans trois heures.

— T'es sûr de ça ? demanda Durgess.

— Il n'a pas bougé de place depuis hier midi.

— Tu veux dire qu'il ne s'est pas réveillé.

— Non, Durge. Il n'a pas *bougé*.

— Mais il respire toujours, oui ?

— Bien sûr, fit Asa Lando. On m'a même dit qu'il a coulé un bronze.

— Alléluia.

— De fait, y a pas de risque. Jeffy ira nulle part.

Durgess versa son café dans la poussière et pénétra dans la Quarantaine Une. Asa Lando fit effectuer une marche arrière à l'élévateur en braquant. Le rhinocéros reposait sur son poitrail et ses rotules, posture que le vétérinaire avait qualifiée de « station sternale ». Le véto avait aussi estimé l'âge de l'animal à plus de trente ans et utilisé l'expression *gâtisme avancé* qu'Asa Lando avait traduit par « aux portes de la mort ». Le Temps imposait sa loi.

Durgess ouvrit le box et Asa Nando y fit pénétrer l'élévateur. Ils n'auraient su dire si le rhino dormait ou pas, mais Durgess gardait une carabine à portée de main. El Jefe ne manifesta aucune conscience de la progression de l'engin. Durgess crut le voir frémir d'une oreille quand Asa Lando glissa prudemment les bras métalliques sous son bas-ventre massif. La fourche s'éleva lentement et un soupir épuisé et gazeux s'échappa des naseaux garnis de soies de la bête. Hissées au-dessus de la litière de paille, la grosse tête armée de ses cornes s'affaissa et la queue filiforme frappa mollement un essaim de taons. Les pattes courtaudes pendaient, immobiles, comme quatre barils gris, éraflés.

— Vas-y mollo, maintenant, cria Durgess à Asa Lando qui reculait l'élévateur en direction du plateau du pick-up.

Durgess en était tout abasourdi : suspendu à deux mètres cinquante du sol, le rhinocéros avait la docilité d'une tortue de prisu. La fléchette d'un fusil hypodermique l'aurait fait sombrer dans le coma.

En guise de préparatifs pour sa fragile cargaison, Asa Lando avait rembourré le plateau du pick-up d'une double couche de matelas *king size* superposés. À l'instant où on l'y déposait, le pachyderme cligna des yeux à deux reprises (ce que Durgess interpréta avec un bel optimisme comme une manifestation de curiosité). Asa lui balança une brassée de branchages fraîchement coupés en disant :

— Allez, señor El Jeffy. C'est l'heure du petit dèj' !

Durgess avait choisi lui-même le lieu du massacre : un antique chêne-vert, couvert de mousse, qui se dressait, solitaire, au confluent bleu-vert de deux vastes pentes herbues, à deux kilomètres environ du pavillon du Veldt de la Jungle. Une centaine d'années plus tôt, la terre produisait des agrumes et du coton, mais de fil en aiguille, les gelées hivernales avaient précipité le passage à des cultures plus résistantes — pastèques, choux et courgettes. Ce furent les fils et petits-fils de ces premiers maraîchers qui abandonnèrent en définitive ces terres agricoles et cédèrent le tout à la Plantation du Veldt de la Jungle S.A., qui se révéla être détenue en copropriété par un cartel de fruits de mer basé à Tokyo et un styliste de maillots de bain de Miami Beach du nom de Minton Tweeze.

Dans le noir, il fallut une demi-heure à Durgess pour retrouver le chêne choisi — il conduisait lentement la camionnette à plateau afin de ne pas semer Asa Lando, qui suivait avec l'élévateur. Durgess gara le pick-up de manière que les phares illuminent la clairière qui entourait le tronc crevassé du vieil arbre. Avant le déchargement du rhino, Durgess lui passa l'extrémité d'une grosse corde à bestiaux autour du cou. Et attacha l'autre extrémité au crochet de remorquage de la camionnette.

— Pourquoi se donner tant de mal? fit Asa Lando.

— J'ai cinquante mille excellentes raisons.

Mais le rhinocéros ne fit absolument pas mine de vouloir se libérer; en fait, il n'effectua aucun mouvement. Quand Asa le déposa sur le sol, l'animal réadopta sa posture sternale habituelle, son comportement lymphatique demeurant inchangé. S'il était heureux de se retrouver au grand air, pas plus Durgess qu'Asa Lando n'aurait su le dire. Ils auraient aussi bien pu être occupés à changer une statue de place.

Mal à l'aise, Durgess examina le gibier dispendieux à la lueur jumelle des pinceaux des phares du pick-up.

— Asa, il ne m'a pas l'air très en forme.

— La vieillesse. C'est de ça qu'il est en train de crever.

— Tant qu'il tient le coup jusqu'au matin.

Durgess pencha la tête, portant un doigt jaune de nicotine à ses lèvres.

— T'as pas entendu un chien aboyer?

— Non, mais un sifflement, oui.

Asa Lando désigna du pouce le rhino.

— Rhume de poitrine. Terrell le véto m'a dit qu'il l'a sans doute chopé dans l'avion.

Durgess s'empressa d'éteindre sa cigarette.

— Nom de Dieu. Un rhino asthmatique, putain.

— Ça va ça vient, Durge. Pareil que l'arthrite.

— Assez parlé de ça. J'ai entendu un chien par là-bas, j'en jurerais.

Il mit sa main en cornet autour de son oreille qu'il tendit : rien. Asa Lando haussa les épaules.

— C'est comme je te dis, c'est Jeffy qui siffle du poitrail. Point barre.

Durgess s'approcha du fardeau somnolent et défit la corde. Il paraissait inutilement cruel de garder cet animal hors d'âge entravé, comme devait l'être toute proie (ce qui était dû à l'incompétence cynégétique des clients du Veldt de la Jungle, dont la plupart n'avaient aucune chance raisonnable d'atteindre une cible non attachée à un piquet).

Asa Lando sortit un appareil et prit une photo du rhinocéros pour la diffuser sur le site web du Veldt de la Jungle. Puis il hissa une balle de fourrage sous le nez de l'animal, qui accueillit son offrande par un reniflement râpeux.

— Ben, Durge, on est parés. Tout ce qu'on peut faire, c'est retourner au pavillon jusqu'à l'aube.

— Et dire nos prières, fit Durgess. Et s'il vient à crever, Asa ? Tu crois qu'il tombera sur le flanc ou bien qu'il restera... tu sais...

— Debout ? Bonne question.

— Parce que s'il ne s'affale pas, enfin je veux dire, s'il s'arrange pour rester sur les rotules...

Le visage d'Asa Lando s'éclaira.

— Ils s'en apercevront même pas ?

— Il y a de fortes chances. Cette foutue bête pourrait être raide crevée et...

— À cinquante mètres, comment ils pourraient le voir ?

— C'est ce que je dis, Asa. Ces bouffons ne se l'imagineront jamais. À condition que Jeffy ici présent ne s'effondre pas avant le premier coup de feu.

Durgess se rapprocha un peu, entra dans le faisceau de lumière blanche et de tournoiements d'insectes. Il scruta avec scepticisme le rhinocéros immobile.

— T'es toujours avec nous, vieux frère ?

— Oui, affirma Asa Lando. À moins que la flaque de pisse dans l'herbe ne vienne de *toi*.

Les chasseurs étaient arrivés la veille au soir et, nonobstant l'avis de Durgess, festoyèrent tard dans la nuit à coups de desserts riches et variés, de cognac et de cigares cubains. Il arrivait rarement au gouverneur de pouvoir faire un break et de se détendre sans craindre que ça ne finisse en entrefilet fielleux dans le journal — habituellement, il prenait soin de ne pas être vu en train de frayer sur un plan d'intimité avec des lobbyistes et des initiés du type Palmer Stoat ou des donateurs de campagne aussi louches que Robert Clapley. Or, dès son arrivée au Veldt de la Jungle, Dick Artemus s'était tenu en retrait et montré distant, sa circonspection intensifiée par un événement récent et inquiétant qui s'était produit à l'intérieur même de la résidence.

Cependant, le chef de l'exécutif s'était senti de plus en plus à son aise dans l'enclos privatif de la Plantation du Veldt de la Jungle, à boire du bon whisky en échangeant des histoires salaces, confortablement calé dans un fauteuil au cuir craquelé, près d'une cheminée en pierre. Le bon vieux temps avait dû ressembler à ça, songeait le gouverneur avec nostalgie, quand les affaires les plus importantes de l'État se traitaient loin des confins du Capitole d'une stérilité étouffante — transformées en force de loi par des hommes sportifs au cours de parties de poker enfumées, dans des saloons, des camps de pêche ou des pavillons de chasse ; dans des cadres conviviaux qui encourageaient le franc-parler et le maquignonnage éhonté, loin du regard inquisiteur de journalistes prompts à l'excès de zèle et du public mal informé.

Willie Vasquez-Washington, lui, se sentait beaucoup moins à son aise parmi les armoires à fusils en noyer et les têtes d'animaux empaillées, qui le toisaient d'un œil fixe tout en haut des murs du pavillon. Comme le gouverneur, Willie Vasquez-Washington avait lui aussi un sentiment de régression temporelle — jusqu'à une époque où un individu de sa couleur de peau n'aurait pas été le bienvenu à la Plantation du Veldt de la Jungle, sauf si, revêtu d'un gilet et d'un justaucorps bordeaux, il circulait porteur de plateaux d'huîtres d'Apalachicola (comme le jeune et efficace Ramon le faisait aujourd'hui). La compagnie séjournant au pavillon ne séduisait pas non plus outre mesure Willie Vasquez-Washington. Il n'avait pas encore succombé au célèbre charme de Dick Artemus, quant à Palmer Stoat, ma foi, il restait égal à lui-même — plein de sollicitude, aimablement transparent et à peu près aussi intéressant que du müesli froid. Robert Clapley n'avait pas fait non plus une impression favorable à Willie Vasquez-Washington que le jeune et suffisant promoteur de l'île aux Puffins avait accueilli d'une poignée de main d'une fermeté ostentatoire en grommelant :

« Alors, c'est toi le mec qui essaies de faire foirer le nouveau pont. »

Le vœu le plus cher de Willie Vasquez-Washington, c'était que le deal politique puisse être conclu le soir même, au cours d'un dîner bien arrosé, ce qui lui épargnerait la chasse au rhinocéros du lendemain. Se retrouver parmi des Blancs à moitié bourrés, puissamment armés, le rendait nerveux à l'extrême. Et comme Willie Vasquez-Washington n'était pas un accro de la nature, à tous les sens du terme, il n'avait pas spécialement envie de voir un pauvre animal se faire abattre par Clapley et ses pareils.

Aussi Willie Vasquez-Washington tenta-t-il à de multiples occasions d'attirer le gouverneur à l'écart, pour lui exposer sa proposition on ne peut plus simple : un nouveau lycée en échange d'un oui au financement du pont de l'île aux

Crapauds. Mais Dick Artemus, pris dans l'humeur badine des festivités de l'avant-chasse, se montra peu disposé à s'arracher des abords de l'âtre. Et Palmer Stoat ne se révéla pas non plus un médiateur d'un grand secours ; chaque fois que Willie Vasquez-Washington s'approchait de lui, il avait la bouche tellement pleine que sa réponse restait indéchiffrable. À la douce lumière du feu, la bouffissure moite de Stoat évoquait celle d'un énorme poisson-lune albinos. Le minimum de bonnes manières qu'il avait conservé à table pendant qu'il était sobre se détériora avec éclat sous le double effet à tiroir du Rémy Martin et des travers de porc. L'éruption de postillons malodorants résultant de la mastication de Stoat représentait non seulement un spectacle peu ragoûtant, visuellement parlant, mais encore (comme le soupçonnait Willie Vasquez-Washington) un risque pour la santé. La prudence commandait de battre en retraite, pour se mettre hors de portée et de péril.

À une heure du matin, Willie Vasquez-Washington abandonna la partie. Il monta se coucher au moment où Stoat et Clapley entonnaient cette chanson idiote :

On peut pas toujours faire ce qu'on veut dans la vie,
On peut pas, ben non, on peut pas faire ça, ben oui...

Entre Starke et Waldo, ils firent halte, sur la U.S. 301, dans un magasin nanti d'un drapeau confédéré cloué sur la porte. Twilly Spree y acheta une Remington 30.06, munie d'une lunette, et une boîte de balles. Clinton Tyree prit une paire de jumelles Zeiss à vision nocturne et un Colt .45 de l'armée, d'occasion, réservé à un usage à courte portée. Un « don » en liquide de cinq cents dollars à la nouvelle Moose Lodge aida à expédier la paperasserie et souffla au vendeur, saisi d'un excès soudain d'amabilité, de fermer les yeux sur le délai obligatoire de trois jours requis lors de tout achat d'armes de poing en Floride.

Skink et Twilly s'arrêtèrent pour faire emplettes de croquettes pour chien, de tenues de camouflage et autres bricoles dans la ville de McIntosh, à une trentaine de kilomètres d'Ocala. Là, dans un *diner*, une serveuse timide et bien en chair du nom de Beverly s'épanouit sous leurs yeux en une version sudiste et svelte de Rosie O'Donnell[1] — métamorphose que hâtèrent un pourboire de cent dollars et le cadeau d'un gilet en peau de chihuahua (modèle unique au monde) dont Skink, bon enfant, se dépouilla et qu'il lui offrit tout à trac. Beverly tira une chaise jusqu'à leur table et les régala d'anecdotes scandaleuses, nombreuses et variées, sur ce qui se passait dans la Plantation du Veldt de la Jungle et, plus important, leur

1. Célèbre animatrice de talk-show. *(N.d.T.)*

fournit des renseignements de première main sur la façon de s'y rendre. À la tombée de la nuit, Twilly et Skink étaient confortablement campés à l'extrémité nord de la propriété, étant venu à bout des barbelés de la clôture de trois mètres de haut avec une pince coupante. L'ex-gouverneur bâtit un petit foyer dans un fourré de choux palmistes à l'abri des regards, tandis que Twilly emmenait McGuinn reconnaître les environs. Le chien était comme un derviche tourneur au bout de sa laisse, tirant si fort dans des directions si différentes qu'il faillit disloquer l'épaule droite de Twilly, fragilisée à l'extrême. À leur retour au campement, Skink faisait cuire leur dîner au-dessus des flammes — pour Twilly, filet de bœuf et deux pommes de terre sous la cendre; pour lui, lapin braisé, queue d'alligator et mocassin d'eau frit, le tout ramassé, fraîchement tué, sur trois kilomètres d'asphalte giboyeux, au sud de Minacopy.

— Aucun signe de nos guerriers à l'horizon ? demanda Skink.

— Non, mais j'ai aperçu les lumières du pavillon principal au sommet d'une colline. À un kilomètre d'ici environ, d'après moi.

Twilly noua la laisse de McGuinn autour de l'une de ses chevilles et s'assit avec un bidon d'eau près du feu. Le chien, la tête posée sur ses pattes, fixait avec convoitise le steak grésillant.

— Toujours pas d'idée de génie ? fit Skink.

— À vrai dire, on devrait descendre ces enculés sans sommation.

— C'est toi qui décides, petit.

— Vous en pensez quoi ?

Twilly avait envie que le capitaine lui assure qu'il existait un autre biais pour sauver l'île aux Crapauds que le recours à l'assassinat.

Mais au lieu de ça, Skink lui dit :

— J'ai essayé tout le reste et regarde où ça m'a mené.

— Vous êtes fatigué, point barre.

— Tu n'en connais pas la moitié.

Ils mangèrent en silence et avec une certaine nervosité, la nuit descendant sur eux comme un linceul gris et humide. Même McGuinn se rapprocha du feu. Twilly songeait à Desie — elle lui manquait, mais il était content qu'elle ne soit pas avec eux.

— Je propose qu'on dorme là-dessus, fit Skink en croquant le dernier anneau du serpent.

Twilly secoua la tête.

— Je ne dormirai pas cette nuit.

— On pourrait se contenter de les enlever, je suppose.

— Ouais.

— Histoire de marquer politiquement le coup.

— Ah ouais, pile ce dont le monde a besoin, fit Twilly.

— En plus, une prise d'otages, c'est du boulot. Faut les nourrir, les emmener aux chiottes, laver leurs sous-vêtements afin qu'ils n'empuantissent pas la bagnole. Et écouter leurs jérémiades, Dieu de Dieu !

Skink éclata d'un rire méprisant.

— En plus, dit Twilly, si on les tue, on aura le F.B.I. à nos trousses. Une perspective qui ne m'enchante guère.

L'ex-gouverneur arracha son œil de verre et le lança à Twilly, qui l'observa à la lueur du feu. La chose apparaissait surréaliste et lointaine, tel un soleil rougeoyant.

— Ça vaut le bon vieux bandeau des familles, fit Skink, se tamponnant l'orbite vide.

Twilly lui rendit son œil prothétique.

— Qu'est-ce que vous croyez qu'ils vont chasser demain ?

— Ça sera gros et lent.

— Et une fois terminé, ils se réuniront au coin du feu, porteront un toast à l'animal abattu avant de revenir sérieusement au bizness. Boucler leur deal de rapaces et se serrer la main. Et cette magnifique petite île sur le golfe du Mexique sera foutue sans espoir de retour.

— C'est comme ça que ça se passe d'habitude.

— Je ne peux pas attendre tranquillement que ça se passe, capitaine.

Skink retira ses chaussures de rando et les plaça près de l'étui à jumelles. D'une poche de son imper, il sortit un joint, qu'il se colla au bec. Il approcha son visage des flammes jusqu'à ce que le bout du pétard s'allume.

— Moi non plus, fiston, dit-il. Je n'ai jamais pu. Tu veux une taffe ?

— Non merci, dit Twilly.

— Tu t'es déjà défoncé à la bave de crapaud ? demanda Skink[1].

— Non, non.

— Bien. N'essaie pas.

— Vaut mieux que je vous prévienne, dit Twilly. Je suis loin d'être un bon coup de fusil.

— Ça ne sera peut-être pas nécessaire, fit Skink en tirant à fond sur le joint. Toutes sortes d'emmerdes peuvent arriver à des imbéciles lâchés dans la nature.

— Un plan ne nous ferait quand même pas de mal.

— Oui, petit.

Twilly s'étendit, se servant de McGuinn comme oreiller. Le rythme régulier qui soulevait et abaissait la poitrine du chien était apaisant. Skink jeta de l'eau sur le feu et l'odeur de fumée boisée se mêla agréablement à celle de la marijuana.

— Quelle heure est-il, gouverneur ?

— Tard. Repose-toi un peu, puis on avisera.

— Ils ont plus d'armes que nous.

— Aucun doute là-dessus.

Le labrador s'ébroua légèrement sous la tête de Twilly, qui allongea la main pour gratter le chien sous le menton. L'une des pattes arrière de McGuinn se mit à remuer spasmodiquement.

— Il faut tenir compte de lui, aussi, dit Twilly.

1. Cf. *De l'orage dans l'air,* du même auteur. *(N.d.T.)*

— On n'a pas besoin de le faire suivre. On peut l'attacher à un arbre, où il sera en sécurité.

— Et qu'est-ce qui lui arrivera si on ne revient pas ?

Le capitaine poussa un gros soupir.

— Bonne question.

Twilly Spree s'endormit et fit un nouveau rêve. Il rêva cette fois qu'il tombait. Une balle lui avait troué la poitrine, et dans sa chute il répandait un panache sanglant. Loin en dessous de lui, des vagues vertes se fracassaient sur une longue plage blanche et tout autour de lui, dans le ciel, des oiseaux de mer tombaient à la même vitesse ; amas sans vie de plumes ployées et de becs tordus. Quelque part dans le ciel, on entendait le faible bruit d'un hélicoptère qui allait en s'estompant. Dans son rêve, Twilly tentait de saisir follement les mouettes qui cascadaient, avant de finir par en attraper une. Serrant l'oiseau disloqué sur son cœur, il plongea vers la plage en tourbillonnant dans le sens des aiguilles d'une montre. Il atterrit rudement sur le dos et perdit momentanément conscience. En recouvrant ses esprits, Twilly baissa les yeux et s'aperçut que la mouette, revenue à la vie, s'était envolée, le laissant les mains vides. Il faisait noir.

Et Clinton Tyree le dominait de toute sa hauteur. Il avait une paire de jumelles autour du cou. Il tenait dans ses bras, tel un paquetage rembourré, un McGuinn à l'air assagi.

— Qu'est-ce qu'il y a ? fit Twilly en relevant la tête.

— Un camion à plateau et un chariot élévateur. T'en croirais pas tes yeux.

Skink raviva le feu et fit du café. Sans un seul mot, ils enfilèrent leurs treillis de camouflage et déployèrent munitions et arsenal. Twilly ôta son collier au chien afin qu'il ne tinte pas.

— Eh, capitaine, j'ai quelque chose pour vous. Pas un plan, mais un poème.

— C'est un bon petit, ça.

— « J'aurais dû être une paire de pinces déchiquetées, filant comme une flèche au fond des mers muettes. »

De joie, l'ancien gouverneur de Floride applaudit des deux mains.

— *Bis!* l'encouragea-t-il. *Bis, bis, bis!*

Et son rire énorme frappait comme la grêle les grands arbres et les broussailles.

Durgess se réveilla une heure avant l'aube. Aucun des membres de la partie de chasse ne manifestant l'envie d'un copieux petit déjeuner, les quatre hommes se rassemblèrent tranquillement autour de la table pour avaler qui du café, qui de l'aspirine, qui de l'Imodium et, dans le cas de Robert Clapley, deux Bloody Mary. Willie Vasquez-Washington avait bien deviné que le kaki serait la couleur mode du jour. Il se demanda si Clapley, Stoat et le gouverneur Dick avaient acheté leur garde-robe, quasi identique, pour la chasse aux grands fauves lors d'une solderie (bien que le chapeau de cow-boy absurde de Palmer le distinguât quelque peu du troupeau).

Autour de la table, l'humeur était en demi-teinte ; on se cantonnait à de vagues plaisanteries de gueule de bois, en se renseignant du bout des lèvres sur les conditions météo. Durgess s'attabla pour leur expliquer l'organisation de la chasse. Comme le rhinocéros était réservé à Clapley, Durgess et lui marcheraient en tête. Asa Lando les suivrait à une vingtaine de mètres derrière, en compagnie du gouverneur, de Palmer Stoat et de Willie Vasquez-Washington. Dix mètres plus loin, fermant la marche, les deux gardes du corps du gouverneur.

L'armement fut le sujet de discussion suivant. Robert Clapley claironna qu'il était venu armé d'un Weatherby .460, « la Testarossa des fusils de chasse ».

— Tout à fait ce qu'il nous faut, affirma Durgess, songeant à part lui qu'un lance-pierre aurait largement fait l'affaire.

Pour ne pas être en reste, Stoat déclara qu'il emporterait sa Winchester Magnum .458.

— J'ai fait le même choix, lança Dick Artemus qui n'avait jamais tiré sur rien de plus gros ni de plus menaçant qu'une grouse.

Le gouverneur n'avait toujours pas étrenné la puissante Winchester qu'il avait reçue en pot-de-vin six ans plus tôt, quand il siégeait au conseil municipal de Jacksonville.

Même si c'était peine perdue d'élever une objection, Durgess s'y sentit tenu.

— Le fusil de Mr Clapley suffit amplement. Je serai armé, Asa aussi, au cas où l'animal nous donnerait du fil à retordre. Et les hommes du gouverneur également.

Les gardes du corps du F.D.L.E. avaient des fusils d'assaut Ruger, semi-automatiques et légers.

— Il a raison, approuva Clapley, peu désireux qu'un autre que lui dégomme en douce son trophée, le rhino.

— Un instant, dit Palmer Stoat à Durgess. Tu m'as bien dit que c'était un tueur ? Un voyou ?

— Oui, m'sieur.

— Alors — cela dit, sans vouloir te manquer de respect, Bob, pas plus qu'aux agents de sécurité de Dick — je tiens à assurer moi-même ma protection sur le terrain. Donc, j'emporte mon arme.

— Moi *idem*, renchérit le gouverneur. Plus on est de fous, plus on rit.

Durgess s'inclina sans commentaire. C'était toujours la même histoire avec ces têtes de nœud de la ville, toujours un concours à qui aurait la plus grosse. Un mec avait un flingue, fallait qu'ils en aient un, *tous* tant qu'ils étaient.

Le guide se tourna vers Willie Vasquez-Washington.

— Vous êtes un fan de Winchester, vous aussi ?

— De Nikkormat. Moi, je ne tire que des portraits.

— Cool.

Durgess avait refusé autrefois la proposition de servir de guide à des safaris-photos aux grands fauves en Afrique du Sud, parce qu'il avait entendu dire que les chasseurs donnaient de meilleurs pourboires que les photographes. Mais de temps en temps, lors de matinées comme celle-ci, Durgess regrettait de ne pas avoir accepté ce boulot.

— Y a un truc qui doit être très clair, dès maintenant, dit Robert Clapley, en ce qui concerne la corne — je l'embarque chez moi, mahousse et tout. *Aujourd'hui.*

Mais oui, gros dur, se dit Durgess. Dès qu'on aura vu la couleur de ton blé. Autrement, Mr Yi attend, la thune à la main.

— La corne ? Pour quoi faire, bon sang de bois ? demanda Willie Vasquez-Washington.

Palmer Stoat lui expliqua que la corne de rhinocéros réduite en poudre était vendue sous le manteau comme aphrodisiaque.

— Ça n'a pas filé plus la trique à Bob mais ses deux babouchkas blondes ont flashé grave sur le produit.

Willie Vasquez-Washington glousse d'étonnement.

— Elles ont tellement mouillé que Bob a dû les récupérer à la spatule sur les draps.

Stoat fit un clin d'œil malicieux à Clapley,

qui devint rouge comme son cocktail à la tomate.

Encore glauque, suite à la soirée de la veille, Dick Artemus releva résolument la tête de sa tasse de café.

— J'ai entendu parler de ça par un pote qui bosse au Q.G. de Toyota. Ces cornes sont pas données, d'après lui, en plus faut aller jusqu'à Hong-Kong ou Bangkok pour en trouver. Si on en met une pincée dans son saké, on bande plus longtemps que la saison de hockey, soi-disant.

— Certains types, oui, mais pas Bob, pépia Palmer Stoat.

Willie Vasquez-Washington n'en croyait pas ses oreilles — Clapley, il n'y avait pas photo, était plus excité à l'idée de se fournir en poudre « aphro-magique » que de traquer ce formidable rhinocéros d'Afrique. Les Blancs étaient vraiment pitoyables, pires que tout quand ils se bilaient pour leurs bites.

S'adressant à la tablée, Robert Clapley déclara :

— Palmer désapprouve mes deux bonnes amies, mais je le soupçonne d'être simplement jaloux. Elles ont des goûts un peu « spéciaux », c'est vrai — mais les talents qui vont avec.

Vaguelette de rires appréciateurs.

— Donc prévoyez une scie à métaux pour la corne.

Clapley donna l'instruction à Durgess d'un ton ferme.

— Oui, m'sieur.

— Vous savez ce qui est réputé filer la gaule ? Les testicules de taureau, offrit le gouverneur à titre d'info. Dans l'Ouest, on appelle ça les huîtres des Rocheuses. Vous vous voyez en train de bouffer des couilles de taureau au barbecue ?

Durgess se leva mollement, comme s'il était plombé.

— Vaut mieux qu'on y aille, dit-il aux autres. Je vais chercher Asa. Vous, les gars, nous rejoindrez devant.

— Avec nos fusils, précisa Palmer Stoat.

— Oui, m'sieur. Avec vos fusils, répéta Durgess, avec une résignation morne.

29

Ils trouvèrent un tertre jouissant d'une vue dégagée et plongeante sur le chêne imposant, drapé de mousse, qui se dressait, seul, à la jonction des deux pentes. Les deux hommes se couchèrent dans l'herbe haute pour attendre ; Twilly visait avec la Remington pendant que Skink balayait le paysage de ses jumelles. McGuinn avait du mal à rester assis entre eux, flairant l'air brumeux de l'aube. L'extrémité de sa laisse faisait le tour du poignet comac de Skink.

— Il est vivant ? demanda Twilly, clignant de l'œil à travers la lunette de sa carabine.

— Difficile à dire, répondit Skink.

Ils parlaient du rhinocéros noir.

— Regarde, là !

— Quoi ?

Skink, qui ne se servait — et pour cause — que d'un objectif sur deux, déclara :

— Il mange. Vois par toi-même.

Twilly régla les fils croisés du réticule et aperçut des jets de vapeur jumeaux s'élevant du mufle cornu de l'animal. De sa lèvre supérieure préhensile, il broutait sans conviction une balle de foin.

— Il a l'air d'avoir mille ans, dit Twilly.

Skink reprit d'une voix sombre.

— Si on doit faire un truc, quoi que ce soit, il faut que ça se passe avant qu'ils ne dessoudent ce pauvre bougre. Je ne veux pas assister à ça, compris ?

McGuinn glissa subrepticement vers la pente, mais Skink tira un bon coup et le remit sur le cul. Twilly pointa avec sa carabine.

— Les voilà, capitaine.

Les chasseurs arrivèrent en Chevrolet Suburban zébrée et se garèrent à environ deux cents mètres du chêne-vert. Comprenant huit hommes en tout, le groupe ne fit aucun effort pour se dissimuler. Le grand El Jefe, mastiquant sereinement au pied de l'arbre, semblait imperméable aux claquements de portières, au cliquetis des sécurités des fusils et aux voix mâles, tout sauf étouffées.

Devant le pick-up, ils tinrent un bref conciliabule — Skink aperçut l'éclair orange d'une allumette — avant que la chasse ne commence pour de bon. Deux hommes armés marchaient en tête. Twilly ne reconnut ni l'un ni l'autre, tout en sachant que l'un d'eux devait être Robert Clapley.

Quatre types suivaient, formant un second groupe. Twilly n'avait pas besoin d'une lunette pour repérer le mari de Desie. Il se souvenait du chapeau de cow-boy à large bord de Palmer Stoat depuis le premier jour, quand il avait poursuivi l'odieux pollueur sur l'autoroute à péage de Floride. Un autre indice le trahissait à son insu : son cigare tressautant; contre le vent ou sous le vent, il n'y avait qu'un charlot tel que Stoat pour fumer en chassant du gros gibier.

— Voilà notre homme, dit Skink.

Lui avait reconnu Stoat à son physique empâté, suite à la nuit où, ayant pénétré par effraction dans la maison du lobbyiste, il avait fait comme chez lui dans sa salle de bains. Le revoir à présent, en une circonstance aussi inexcusable, inclinait moins que jamais Skink à la pitié. Twilly Spree lui avait narré comment cette folie avait commencé — avec Stoat balançant joyeusement des emballages de hamburgers par la vitre de sa Range Rover. L'ex-gouverneur avait parfaitement compris la réaction exaspérée de Twilly, car on ne pouvait pas fermer les yeux sur un comportement aussi abominable. De l'avis de Skink, qu'il garda pour lui, Twilly avait fait preuve d'une retenue peu commune.

Dans le même contingent de chasseurs que Palmer Stoat, marchait le gouverneur, en chapeau Crocodile Dundee, ce qui lui donnait une allure fringante. Dick Artemus portait son arme d'une façon qui suggérait qu'il avait tout pratiqué sauf le tir. Un troisième homme, plus mince et au teint basané, n'était armé que d'un appareil photo muni d'un long téléobjectif. Le quatrième homme du groupe marchait devant avec un fusil prêt à l'usage ; il était plus âgé, musclé et vif en apparence, vêtu davantage comme un mécanicien que comme un chasseur.

Les deux derniers membres de cette expédition bigarrée demeuraient plusieurs longueurs en arrière, avec des fusils plus courts en bandoulière — des semi-automatiques, glissa sombrement Skink à Twilly. Ils portaient des jeans, des baskets et des coupe-vent bleu marine avec les lettres F.D.L.E. dans le dos.

— Les gardes du corps du gouverneur Dick, fit Skink, ils ont des Mini-14, si je ne me trompe.

Twilly n'aimait pas comment se présentaient les choses. Le soleil se levait derrière le tertre, ce qui signifiait que le capitaine et lui seraient dissimulés par son éclat aveuglant. Mais néanmoins...

Skink lui fila un coup de coude.

— À toi l'honneur, fiston. Je me fais vieux.

Tel un mille-pattes disloqué, la partie de chasse avançait timidement à la base des deux pentes herbues. Se rapprochant de leur proie, les deux hommes de tête changèrent leur mode de progression : ils adoptèrent une attitude courbée et furtive, s'arrêtant tous les deux, trois pas pour, accroupis, élaborer une stratégie. Celui qui montrait tout du doigt devait être le guide, supputa Twilly, et Robert Clapley, celui accoutré comme le mannequin d'un catalogue d'Eddie Bauer.

Vu de haut et à distance, le « safari » se

déployait comme la parodie d'une vraie partie de chasse. Chaque fois que le duo de tête faisait halte et se mettait à croupetons, les autres hommes à la traîne les imitaient. L'herbe rase n'offrait aux traqueurs de gibier ni protection ni affût, mais ni l'un ni l'autre ne s'imposaient. Le rhinocéros « tueur » continuait à ruminer, imperturbable.

— Si vous deviez en buter un, lequel ça serait ? demanda Twilly à Skink. Le gouverneur Dick Couilles Molles ?

— Ça serait gaspiller des munitions. Des connards de ce gabarit, on en fabrique à la chaîne. Il ne manquerait à personne.

— Stoat, alors ?

— Peut-être, mais uniquement pour me distraire. Tallahassee compte plus de lobbyistes que de termites, fit Skink.

— Ça ne nous laisse plus que Mr Clapley.

Twilly ferma un œil et cadra le promoteur dans le réticule. Les traits de Clapley semblaient figés par une concentration de prédateur. Twilly posa précautionneusement l'index sur la détente de la Remington.

— C'est son projet, ce pont à la con, fit Skink. Et c'est lui qui a engagé le truand qui a voulu te tuer.

Twilly expira lentement pour relaxer le bras qui allait tirer. Clapley et le guide n'étaient plus qu'à une quarantaine de mètres du rhino.

— D'autre part, disait Skink, ce serait peut-être plus productif de kidnapper ce salopard et de l'emmener dans les Glades, trois, quatre mois. Et que toi et moi, on le rééduque, ce trou du cul, sur la Shark River.

Twilly tourna la tête.

— Capitaine ?

— Ça pourrait être marrant. Une espèce de sortie de sciences nat' pour le jeune Bob ou encore un camp de vacances ! s'exalta Skink. Il serait un autre homme en rentrant chez lui — on ne le relâcherait, bien sûr, qu'après que les banques l'auraient obligé à rembourser ses prêts à la construction...

— Capitaine !

— C'est toi qui décides, petit.

— Je sais que c'est moi. Où est passé le clebs ?

— Le clebs ?

Skink se leva d'un bond et, anxieux, regarda autour de lui.

— Ah, nom de Dieu !

Tant d'odeurs alléchantes !

Pour McGuinn, cette matinée dans la nature, c'était la fête : le lever du soleil sur la crête d'une colline verdoyante où tout, semblait-il — feuilles, rochers, brins d'herbe et jusqu'à la rosée —, était imprégné de senteurs étrangement grisantes. Celles de gros animaux, concluait McGuinn de leurs muscs puissants ; de bêtes énormes même. Qu'est-ce que ça pouvait donc être ? Et dans quel genre d'endroit était-on ici ?

Si la plupart des odeurs à atteindre la colline étaient trop faibles pour mériter davantage qu'un reniflement hâtif ou un arrosage de pisse territorial, une piste en particulier planait, encore chaude, tranchant de son âcreté le léger brouillard. Ça démangeait McGuinn de filer sur sa trace.

Ce fumet n'était ni celui d'un chat domestique ni celui d'un autre chien. Assurément pas, non plus, celui d'un canard ni d'une mouette. Négatif aussi : daim, lapin, raton laveur, mouffette, rat musqué, souris, crapaud, tortue ou serpent. Cette nouvelle odeur animale et terreuse ne ressemblait à aucune de celles que le chien avait déjà rencontrées. Elle lui hérissait le poil et lui titillait la truffe, si lourde dans l'air qu'elle avait dû être émise par une créature aux proportions massives. McGuinn mourait d'envie de donner la chasse à ce béhémoth des premiers âges et de le mettre en pièces sans merci... ou du moins de le harceler un petit moment, avant de trouver autre chose à faire.

Au loin, un véhicule s'arrêta et déversa son contingent d'humains ; McGuinn détecta bientôt d'autres effluves — vapeurs d'essence, écran solaire, after-shave, café, fumée de cigare et huile à fusil. Mais c'était l'odeur de la bête mystérieuse qui l'appelait irrésistiblement. Le chien jeta un regard alentour et vit que personne ne faisait attention à lui. Le jeune homme, l'ami de

Desie, se préoccupait de braquer une arme vers le bas de la colline. Pareillement distrait, son compagnon de voyage, l'homme à face poilue qui fleurait le bois brûlé et l'opossum mort et au poignet duquel pendouillait cette maudite laisse.

McGuinn souleva imperceptiblement son postérieur de l'herbe, le recula en glissant de quelques centimètres, puis se rassit. Aucun des deux hommes ne leva la tête. Alors McGuinn se livra au même manège, à plusieurs reprises jusqu'à ce que le mou dans la laisse ait disparu et que tout ce qu'il lui reste à faire, c'était de ramasser ses muscles et d'exécuter La Botte — une manœuvre échappatoire ultra-rapide, à l'étourdie, que connaissent bien tous les propriétaires de labradors retrievers. Au cours de mainte promenade vespérale, McGuinn avait eu recours à la « botte » avec d'excellents effets, laissant Palmer Stoat ou Desie, les mains vides, cherchant à saisir l'air, tandis qu'il filait régler ses comptes avec un siamois insolent ou faire trempette dans la New River. Le chien était très conscient de son exceptionnelle vélocité et de l'impossibilité de fait pour les humains de le rattraper à la course.

Une fois qu'il s'était carapaté.

Aujourd'hui, ça se passa en douceur, presque banalement. McGuinn se précipita en avant, se libérant bêtement de la laisse qui glissa si proprement de la main de l'homme au visage poilu que ce dernier ne sentit rien. Quelques secondes plus tard, le chien fonçait comme un dératé, sans qu'on le remarque ni qu'on le poursuive. Il dévala la longue pente — oreilles déployées, langue pendante, museau velouté au ras de l'herbe — de plus en plus vite jusqu'à n'être plus qu'une traînée noire, dépassant les chasseurs médusés. Il entendit des clameurs, puis un ordre familier furieux — « Bakchich, non ! », dont il ne tint joyeusement aucun compte. Il filait toujours, la laisse lui battant les jarrets, la puissante fragrance exotique le tirant en avant comme un barracuda au bout d'un hameçon. Droit devant se dessinait un arbre moussu et noueux avec, à son pied, une bête à corne si énorme et si imperturbable que McGuinn crut d'abord qu'elle était en pierre.

Mais non, sentez-moi ça ! Un mixte piquant de relents digestifs au fourrage, remugle corporel aigre et merde fumante. Avec un hurlement d'autocongratulation, le chien chargea. Il décrivit un premier cercle dans un sens, puis un second dans l'autre, avant de se tapir en montrant les dents derrière les flancs cuirassés de l'animal gargantuesque. McGuinn s'attendait à ce que la bête pivote pour se défendre ; cependant, sa croupe imposante demeura immobile. McGuinn la contourna prudemment petit à petit pour faire face au mufle et, une fois là, initia une série de feintes de tête fougueuses, à droite, à gauche, mimant l'attaque. Pourtant, la créature ne se déroba pas, ne se rebiffa pas, ne sursauta même pas devant l'hystérie bien chorégraphiée de son persécuteur. Elle ne bougeait pas, se contentant de fixer le chien de ses yeux plissés, couverts de moucherons.

McGuinn était sidéré. Même la plus indolente et stupide des vaches laitières aurait eu la frousse maintenant ! Le chien recula pour reprendre haleine et faire le tri entre ses choix (qui, étant donné les facultés cognitives limitées d'un labrador, étaient modestes et peu nombreux). Il simula de baver nacré d'un air sinistre, simplement pour constater, éberlué, que le monstre se remettait à brouter sa balle de fourrage. Incroyable !

On s'approchait de lui à pas comptés, puis des humains chuchotèrent avec empressement. McGuinn savait ce que cela signifiait : fini de s'amuser. Bientôt quelqu'un ramasserait sa laisse par terre et tirerait sur le cordon d'étranglement. Le temps pressait. Dernière tentative : le chien gronda, les oreilles couchées, se coulant dans une sournoiserie de loup. Une fois encore, il encercla cette brute saisie de torpeur qui, ayant cessé de ruminer (nota McGuinn), montrait des joues moustachues de tiges trempées de rosée. Mais à présent le chien centrait son attention sur l'arrière de sa proie : un embryon de queue qui se balançait de façon attrayante.

Un saut, un éclair de crocs et McGuinn la tenait !

Aussitôt la bête se déchaîna, se retournant brusquement avec une puissance diabolique telle que le chien valsa au loin et atterrit contre le tronc du vieux et robuste chêne. Il se remit sur pattes tant bien que mal, se secouant vigoureusement de la tête à la queue. Dans un mélange de surprise et d'exultation, il observa que le monstre détalait — et sacrément vite, encore !

McGuinn se lança vivement à sa poursuite, poussé par un instinct primitif mais aussi par une joie sans mélange. Y avait-il une meilleure façon de passer une matinée de printemps que de courir en liberté à travers de frais herbages, aux trousses d'un arrière-train en fuite tandis que des humains mous du genou poussaient des protestations geignardes, en pure perte ?

Tous les chiens rêvent d'une pareille aventure.

Personne ne fut plus paniqué que Palmer Stoat en voyant débouler dans la ligne de tir un labrador noir qui ressemblait au sien — mais, nom de Dieu, c'était le sien ! — disparu depuis tant de jours pour refaire surface au pire moment possible dans le pire endroit possible. Stoat ressentit une vague de désespoir, en sachant que le chien ne dévalait pas la colline pour lui faire fête, mais bien plutôt pour débusquer le rhinocéros de Robert Clapley, perturbant ainsi le bon déroulement de la partie de chasse et, peut-être même, bousillant (encore une fois !) le deal Puffins.

Une malédiction, pas moins.

— Bakchich, non ! s'époumona Stoat, le cigare en bataille. Vilain chien !

À quelques mètres devant était campé Clapley, dont la grise mine était des plus explicites : il voulait tuer le chien, mais Durgess ne permettrait pas une chose pareille. En fait, le guide leur fit signe à tous de rester immobiles.

— Halte, donna consciencieusement comme instruction Asa Lando au groupe de Stoat.

Dick Artemus se pencha et murmura :

— Palmer, c'est ton con de chien ?

Willie Vasquez-Washington pouffa et se mit à mitrailler avec son appareil. Muets d'étonnement, guides et chasseurs regardèrent le labrador encercler et harceler le rhino ; même Asa Lando trouva difficile de ne pas s'en divertir. Ce chien était vraiment un phénomène !

Palmer Stoat coula un regard nerveux vers Clapley à croupetons, discutant avec Durgess, tout échauffé. Parmi ceux qui étaient présents, Stoat était seul à connaître l'obsession particulière de Clapley. Stoat était seul à savoir, sans avoir à le demander, qu'il avait emporté des poupées et probablement une brosse miniature à manche de nacre, dissimulées dans sa veste de chasse. Stoat était seul à connaître la source libidineuse des motivations de Clapley (qui n'avaient rien de sportif) et comprenait la vraie nature, abjecte, de sa panique. Plus de rhino, plus de corne ; plus de corne, plus de Barbies en chair et en os ! Face à une équation aussi lourde, un labrador folâtre ne faisait pas le poids.

Il vint trop tard à l'esprit de Stoat qu'il aurait dû prendre Bob à part, la veille au soir, et lui expliquer que le rhinocéros « tueur » ne lui échapperait pas, ne le pourrait pas, à cause de la clôture en barbelés infranchissable qui délimitait la Plantation du Veldt de la Jungle. Et même si l'info avait ôté un poil de prestige à la chasse, elle aurait aussi ramené l'anxiété maladive de Robert Clapley à un niveau plus sain, lui évitant de vouloir mettre en joue de son Weatherby une cible aussi anodine qu'un retriever enquiquinant. De l'endroit où Stoat était agenouillé, il apercevait Clapley tentant sans cesse de lever le canon de son arme que la main de Durgess rabaissait invariablement.

En désespoir de cause, Stoat beugla :

— Bakchich ! Viens ici !

Dick Artemus, se collant deux doigts dans la bouche, émit un sifflet qui évoqua le cri strident d'un ara tuberculeux. Le labrador fit la sourde oreille. Scrutant l'affrontement à travers un objectif de 500 mm, Willie Vasquez-Washington distinguait des détails stupéfiants : les taons vert électrique qui zonzonnaient autour du postérieur du rhino, les filaments de bave brillant aux babines du chien...

Et quand le labrador bondit soudain et chopa la queue du rhinocéros, ce fut Willie Vasquez-Washington qui s'exclama :

— Ah ! l'enfoiré ! Visez-moi un peu ce barje !

Palmer Stoat vit le rhino virer sur lui-même,

Bakchich tourbillonner dans les airs, Robert Clapley se débarrasser de Durgess et se remettre debout. Puis il vit détaler le rhino, son idiot de chien lui mordillant les jarrets. La bête traça d'abord dans un sens, puis dans un autre, escaladant jusqu'à mi-pente le versant le plus au nord avant de s'incliner devant la force de gravité. Avec un reniflement résolu, le rhino effectua un arc de cercle arrière et redévala la colline vers les trois groupes d'hommes, qu'il aurait pu facilement confondre avec des buissons ou des antilopes en train de paître (comme chacun sait, les représentants de son espèce ont la vue basse). Il choisit arbitrairement comme issue de secours l'espace de vingt mètres qui séparait les deux premiers groupes. Le chien le poursuivait en aboyant gaiement.

En raison de son gabarit de péniche et de son trot lymphatique en apparence, Stoat et Clapley sous-estimèrent de concert la rapidité de sa progression — mais pas les deux guides, dont la terreur superstitieuse devant la résurrection du pachyderme décrépit fut compensée par leur aversion pour une mort violente. Durgess, anticipant la phase suivante du fiasco, se plaqua au sol en râlant. Asa Lando tourna les talons et courut vers le chêne-vert. Le gouverneur Dick Artemus lui emboîta le pas, lâcha son fusil et toucha l'herbe, le cul en premier. Ses deux gardes du corps foncèrent sur lui, le saisirent rudement sous les aisselles et le traînèrent vers la camionnette zébrée. Entre-temps, Willie Vasquez-Washington rétropédalait en hâte, tout en prenant des photos.

Et Palmer Stoat, confronté à la charge d'un rhinocéros d'Afrique, épaula et le mit en joue. Une vingtaine de mètres plus loin, Robert Clapley fit la même chose. Les deux hommes étaient trop chargés d'adrénaline pour évaluer leur vulnérabilité respective dans la géométrie fatale d'un tir croisé. Tous deux étaient trop pris dans la chamade virile de l'instant pour esquiver un désastre annoncé.

Ça faisait des années que Stoat n'avait pas fait feu sur un animal plus ou moins ingambe ; et c'est tremblant d'excitation qu'il ajusta le front chenu du pataud rhino. Quant à Clapley, abattre ce dernier valait mieux qu'une pure manifestation de machisme en venant combler un fantasme qui le consumait nuit et jour. À travers la lunette du fusil (si peu nécessaire à une distance si rapprochée que c'en était risible), Clapley, le souffle coupé, béait d'admiration devant l'énorme corne de l'animal. Il se voyait déjà présentant ce totem incrusté de poils — dressé et intimidant — sur un oreiller de satin à ses Barbies jumelles, lovées, nues, parfumées et (espérait-il ardemment) blondes. Il s'imagina la gratitude qui illuminerait leurs traits quasi remodelés au grand complet. La semaine prochaine : le menton. À Noël : la perfection.

Alors que le rhinocéros fonçait dans un bruit de tonnerre en droite ligne entre eux deux, Clapley et Stoat ajustèrent leur tir, orientant leurs canons pour précéder sa trajectoire, comme ils l'auraient fait pour une tourterelle en vol. Sauf, bien sûr, qu'ils ne visaient pas au-dessus, mais à niveau.

— Cessez de tirer ! cria Durgess, strictement pour la forme.

Ce soir-là, en levant généreusement le coude dans un bar de McIntosh, ni Asa Lando ni lui ne seraient capables de dire lequel de ces deux imbéciles avait tiré le premier. À en juger par l'effet stéréo de la fusillade — et ses résultats instantanés —, il se pouvait que Robert Clapley et Palmer Stoat aient appuyé simultanément sur la détente. Tous deux manquèrent le rhinocéros, naturellement, et tous deux furent très rudement terrassés — Clapley, suite au recul commotionnant du Weatherby ; Stoat, à l'effet combiné du recul et de l'explosion.

Reconstituer une mésaventure d'une fraction de seconde n'était pas chose facile ; mais, avec un coup de main de Maître Jack Daniel's, Durgess et Asa Lando concluraient que la balle de Stoat avait dû frapper le tronc du chêne à l'instant où celle de Clapley avait frappé la Winchester de Stoat qui, comme un shrapnel, lui avait explosé plus ou moins entre les mains. À ce moment-là, le lobbyiste n'était pas encore mort, bien qu'il ait eu l'épaule droite gravement réduite en bouillie par les éclats de la crosse.

Du haut de son arbre, Asa Lando se rappelait avoir vu Stoat, sans chapeau, hébété, se remettre péniblement à genoux. Durgess, de son côté, se souvenait d'avoir aidé Robert Clapley à faire de même, si bien que les deux chasseurs s'étaient retrouvés face à face, tels des chiens de prairie rivaux. Mais les deux guides savaient très bien que Stoat ne fixait pas plus Clapley que ce dernier ne fixait Stoat ; les deux hommes scrutaient le paysage avec une vive attention à la recherche d'un rhinocéros fraîchement tué.

— Vous l'avez loupé, apprit Durgess à Clapley.

— Quoi ? fit ce dernier, la détonation lui résonnant encore dans les oreilles.

— Mr Stoat l'a loupé aussi, ajouta Durgess en guise de consolation.

— Quoi ?

Comme Durgess se levait pour localiser le rhino en fuite, il entendit des cris frénétiques tomber du haut du chêne vert : ceux d'Asa Lando, tentant de le prévenir. Le sol se mit à trembler sous les bottes de Durgess — ce dont il parlerait plus tard en ces termes :

Un vrai tremblement de terre, putain. Tu l'as senti, toi aussi, Asa ?

Le rhinocéros, revenu sur ses pas à l'improviste, chargeait la partie de chasse éparpillée, par l'arrière ; la proie devenait prédateur. Pas le temps de fuir. Asa braillait dans le chêne. Palmer Stoat cracha son débris de cigare et resta bouche bée. Durgess plongea vers Robert Clapley, mais ce dernier n'était plus là ; il crapahutait à quatre pattes vers son fusil. Durgess se roula en boule en désespoir de cause, s'attendant à être écrasé. Sous lui, la terre se détendait tel le ressort d'un trampoline démoniaque.

Durgess éprouva le passage du rhinocéros comme celui d'une locomotive à vapeur, avec son souffle sifflant d'asthmatique. Il ouvrit un œil à temps pour apercevoir une forme noire s'étirer brièvement en silhouette contre le ciel d'un rose crémeux et sentir les ongles du labrador lui érafler le front. Durgess décida qu'il n'était pas pressé de se relever, décision renforcée par les cris perçants de Clapley.

Le guide se souvenait d'être demeuré immobile jusqu'à ce qu'il entende approcher les pas lourds d'un homme et qu'il sente une ombre le recouvrir. Il se rappelait s'être redressé lentement, tout flageolant, s'attendant à voir Asa, mais se retrouvant face à une apparition barbue au sourire éblouissant et à l'œil d'un rouge en fusion, qui semblait arraché du crâne du Diable en personne.

— On est venus pour le chien, dit l'apparition.

Pendant qu'on le traînait à l'abri, le gouverneur perdit les croûtes encore tendres de son fessier. Le temps que ses gardes du corps atteignent avec lui la Suburban, il avait saigné dans son pantalon kaki — les mots HONTE À TOI lui barrant le cul de façon fantasmagorique, tels des stigmates. Si Willie Vasquez-Washington s'en aperçut, il n'en souffla mot. On les enfourna, Dick Artemus et lui, à l'arrière. Les agents du F.D.L.E. sautèrent à l'avant, verrouillèrent les portières, réclamant hélicoptère et ambulances par radio.

Pendant le trajet de retour au pavillon, le gouverneur parut épuisé et secoué, sa chevelure argent, taillée en à-pic, n'était plus qu'un résidu de tornade. Il était effondré sur le siège. Willie Vasquez-Washington, en revanche, se tenait raide comme un piquet, étalant une stupéfaction durable.

— Seigneur, fit-il. Vous avez vu ça !

— Willie ?

— Les pauvres types.

— Willie !

— Ouais ?

— Je n'étais pas là. Ni vous non plus.

Le gouverneur agrippa d'une main moite et froide le genou de Willie Vasquez-Washington.

— On est bien d'accord ?

Le vice-président de la commission des Finances de la Chambre se frotta la joue pensivement. De l'autre main, il effleura un bouton de son Nikkormat, qui lui pendait toujours au cou, et déclencha le rembobinage automatique. Le bourdonnement d'un essaim de guêpes n'aurait pas déstabilisé davantage Dick Artemus.

Il jeta un regard tristounet sur l'appareil.

— Vous avez pris de super photos, hein ?

Willie Vasquez-Washington opina.

— Tout un rouleau.

— Couleurs ou noir et blanc ?

— Oh, couleurs !

Dick Artemus se détourna et regarda droit devant lui. C'est alors qu'un chevreuil à queue blanche surgit d'entre les choux palmistes et enfila la piste devant la camionnette. L'agent qui conduisait appuya sur l'accélérateur tout en négociant une embardée pour éviter habilement l'animal.

— Bien joué ! l'acclama Willie Vasquez-Washington, bondissant sur le siège.

Le gouverneur, pour sa part, ne frémit ni ne cilla.

— Willie, fit-il, las.

— Ouais ?

— Qu'est-ce que vous voulez ?

Twilly Spree tenta de poursuivre McGuinn, mais il fut rattrapé par Clinton Tyree, qui le plaqua en lui chuchotant à l'oreille :

— Laisse les choses se faire, fiston.

Ce fut dit avec une sérénité si saisissante que Twilly comprit, enfin, ce qui faisait tenir l'individu — une foi indéfectible que la Nature réglait en fait tous les comptes, redressait tous les torts.

Alors, ils laissèrent agir le chien, puis regardèrent le rhinocéros entrer dans la danse. Il remonta jusqu'à mi-pente avant de repartir vers la partie de chasse, qui se débanda dans la plus folle confusion. Vue depuis le tertre, la débâcle se déroula avec l'inévitabilité et l'étrangeté d'un ralenti à donner le frisson — les deux imbéciles ajustant leur tir au moment où le rhinocéros, cerné, tentait une percée entre eux, triangulation de cible qui vira mortellement au linéaire. Et quand claquèrent les coups de feu, il fut patent que Palmer Stoat et Robert Clapley s'étaient arrangés pour se canarder mutuellement, grâce à leur tir croisé d'écervelés.

Skink et Twilly furent tout à fait surpris de voir ces deux zigues se remettre à genoux. Mais le furent beaucoup moins en voyant le rhino faire à nouveau volte-face, chargeant plein pot cette fois dans le dos des tireurs.

Skink retint son souffle.

— Bonne nuit, les petits, fit-il.

Clapley avançait bêtement, à l'aveuglette, dans l'herbe quand le rhinocéros le cueillit à fond de train. L'écho de ses cris gravit les pentes, se mêlant aux croassements grincheux des corbeaux. Telle une grenouille au bout d'un bâton, Clapley tentait avec la frénésie du désespoir de se dépêtrer de la corne du rhino (qui, avec ses quarante-neuf centimètres de long, pouvait passer à juste titre pour un splendide trophée). L'animal agitait la tête avec fureur, secouant et saignant Clapley à tout va, en continuant sur sa lancée.

Il courut droit sur Palmer Stoat, blessé, dont la Winchester était en pièces et les réflexes en capilotade. Stoat agita spasmodiquement un bras grassouillet, tentative d'intimidation de la bête (qui était, de toute façon, dans l'impossibilité de l'apercevoir, comme Skink le découvrit plus tard, le corps empalé de Robert Clapley obstruant son champ visuel). Avec McGuinn lui mordillant les jarrets, le rhinocéros — et ses deux cent cinquante tonnes, pas une de moins — aplatit Stoat aussi facilement qu'un camion de bière.

Twilly et Skink attendirent pour descendre la colline que la bête se soit essoufflée et que la Suburban zébrée ait emporté le gouverneur et ses gardes du corps. L'un des guides demeurait sur le sol, roulé en boule comme un tatou. Skink s'en occupa en premier tandis que Twilly s'acquittait de la formalité salissante d'examiner Palmer Stoat. Le lobbyiste avait les yeux grands ouverts, fixés sur un point d'un infini inatteignable. Ils rappelèrent à Twilly les orbes vitreux qu'il avait retirés aux têtes d'animaux de son fumoir.

Le rhinocéros, à bout de forces, avait regagné l'ombre du chêne-vert et s'était effondré sur les rotules. À trente mètres de distance, Skink et Twilly l'entendaient siffler et voyaient la sueur ruisseler sur son cuir épais. En travers de la proue de son mufle, Robert Clapley pendait, mou et contorsionné.

— Et le chien ? demanda Skink à Twilly.

À peine le béhémoth blindé avait-il cessé de jouer au fugitif que McGuinn, déjà ennuyé, était allé flairer ailleurs quelle sottise faire : à savoir, l'arbre. Un humain y était perché ! Le chien se campa avec décision sous le grand chêne et déclencha une série d'aboiements, ponctués de temps à autre par sa « botte ».

— Ça va bien, là-haut? demanda Twilly au type dans les branches.

— Plutôt. Mais vous êtes qui, vous, merde?

C'était l'autre guide de chasse, celui habillé en mécanicien.

— Personne. On est juste là pour le chien.

— Il est à vous? Vous avez vu ce qu'il a fait?

L'homme dans l'arbre était superbement énervé.

— Vous avez vu le bordel qu'il a foutu, votre clebs!

— Je sais, je sais. C'est un très vilain garçon.

Twilly siffla le signal de la bouffe. McGuinn, qui avait déjà perdu toute notion de l'heure, tomba dans le panneau. Tête et queue basses, l'air penaud, il avança en biais vers Twilly, dans une attitude de contrition bien mise au point. Ce dernier empoigna la laisse et la tint serré. Il ne désirait pas que le chien voie ce qu'il était arrivé à son ex-maître.

Skink rappliqua et salua McGuinn d'une embrassade jovialement bourrue. Le labrador, mâchouillant l'une des nattes de Skink, se mit à tirer dessus. Skink gloussait comme un écolier.

— Vaudrait mieux y aller, dit Twilly.

— Non, fiston. Pas tout de suite.

Il se releva, sortit le .45 et se dirigea à grands pas vers le rhinocéros dans une intention bien arrêtée.

— Qu’est-ce que vous fabriquez ? s’écria Twilly.

Dans le tumulte, il avait oublié sa Remington, là-haut sur le tertre.

— Non !

Au moment où Skink s’approchait du rhino, une voix dans l’arbre demanda :

— Z’êtes dingue ou quoi ?

— Chut, fit l’ancien gouverneur de Floride.

Le rhinocéros le sentit venir et lutta pour se remettre debout.

— Du calme, là. Du calme.

Skink avançait prudemment, toujours plus près. Il tendit peu à peu le bras, le canon bleu du colt braqué carrément sur la boîte crânienne de l’animal sauvage — ou du moins, c’est ce qu’il sembla à Twilly, resté en arrière. Il se demandait, morose, à quoi ça rimait que Skink liquide le vieux rhino à présent : peut-être pour lui épargner d’être abattu par quelqu’un d’autre, un flic ou un garde-chasse. Entre-temps, McGuinn se cabrait contre sa laisse, s’imaginant que l’homme fleurant l’opossum avait concocté un nouveau jeu amusant.

— Hé ! qu’est-ce que vous fabriquez ? cria à nouveau Twilly à Skink.

La vue du rhinocéros demeurait obstruée par l’objet bosselé accroché à sa trompe. El Jefe ne distinguait ni l’homme à la barbe argentée ni le flingue pointé sur lui, ce qui était aussi bien, quoique l’homme n’ait aucun mauvais dessein à son endroit.

En voyant Skink raidir le bras, Twilly se prépara au claquement du coup de feu. Mais rien ne vint, car Skink n'appliqua pas son arme sur le front de l'antique bête. Au lieu de ça, il la mit en contact avec l'œil droit de Robert Clapley qui ne cillait plus, pour s'assurer que cet enfoiré était bel et bien mort. Satisfait, il recula en abaissant l'arme. L'individu perché sauta de l'arbre et détala. McGuinn aboya avec indignation, ce qui fit s'activer le rhino une dernière fois. Poussant un grognement volcanique et d'un violent mouvement de tête, il se débarrassa à la volée du corps tout mou de Robert Clapley, qui alla s'affaler comme un sacco kaki.

Skink s'en approcha et le tâta de sa chaussure de rando. Twilly le vit se pencher et ramasser quelque chose sur le sol. Plus tard, remontant la pente à grandes enjambées, il retira l'objet de sa poche et le montra à Twilly.

— Qu'est-ce que tu dis de *ça* ? demanda-t-il.

C'était une poupée blonde voluptueuse, légère et court vêtue d'une tenue en daim, du style de celles de Maureen O'Sullivan dans les vieux films de Tarzan, ceux de Johnny Weissmuller. Une Barbie Jane.

— Tombée de la poche de Clapley, déclara Skink, tiquant, troublé. Une poupée de petite fille.

Twilly Spree opina.

Ce monde marche sur la tête.

30

Il fallait gravir un escalier en colimaçon pour accéder au sommet du phare. Et il en compta une à une les soixante-dix-sept marches. Il se retrouva devant une porte gondolée, peinte d'un rouge brique écaillé et dépourvue de poignée. L'ancien gouverneur de Floride tapa trois coups secs, patienta quelques instants avant de refrapper. Bientôt il perçut du mouvement de l'autre côté du battant ; davantage un frottement qu'un bruit de pas franc.

— Doyle ?

Pas de réponse.

— Doyle, c'est moi, Clint.

Il entendait la respiration de son frère.

— Ça va ?

La seule lumière tombant en biais dans le puits de pierre venait d'une rangée de meurtrières aux vitres encrassées. Jonchant le sol d'un mur à l'autre, des enveloppes, jaunies et non ouvertes. Des chèques de salaire de l'État de Floride. Ça faisait un bail que Clinton Tyree n'en avait pas vu.

Dans la pénombre, il remarqua une caisse d'oranges fraîches, trois jerricanes d'eau de quatre litres et, empilées tout près, comme des livres dans une bibliothèque, une vingtaine de boîtes de Riz Minute. C'était une odeur de riz qu'il sentait maintenant, de riz qui cuisait de l'autre côté de la porte.

— Doyle ?

Il mourait d'envie de revoir son frère.

— Je ne resterai pas. J'ai juste besoin de savoir que tu vas bien.

Clinton Tyree appuya son épaule contre le battant. La porte tint bon. Il entendit un nouveau remue-ménage : les pieds d'une chaise métallique qui raclaient un plancher de pin, un coussin bon marché qui protestait en sifflant qu'on s'assoit sur lui, emphatiquement. Son frère campait sur sa position.

— Les gardiens du parc m'ont dit que des gens t'apportent de la nourriture. C'est vrai, Doyle ?

Rien.

— Parce que si tu as besoin de quoi que ce soit, je te le fournirai. Ravitaillement, médicaments. Tout et n'importe quoi.

Des livres, des magazines, des tableaux, un magnétoscope, un piano à queue... et pourquoi pas une nouvelle vie pendant que j'y suis ? Nom de Dieu, se dit Clinton Tyree, de qui je me moque.

Il entendit qu'on faisait glisser la chaise plus près de la porte. Puis un cliquètement métallique, comme celui d'un briquet Zippo qu'on allumait ou d'un canif qu'on ouvrait. Puis il crut entendre murmurer.

— Doyle ?

Toujours pas un mot.

— La raison de ma venue... écoute, je voulais juste te dire que tu n'auras pas à quitter cet endroit si tu n'y tiens pas. On s'en est occupé. N'aie plus jamais peur, parce que tu es en sécurité, ici, O.K. ? Aussi longtemps que tu voudras. Je t'en donne ma parole.

Il y eut un autre déclic derrière la porte, puis deux pas affirmés. Clinton Tyree plaqua sa joue contre le bois rongé par le sel et sentit plus qu'il n'entendit son frère de l'autre côté, faisant la même chose.

— Doyle, je t'en prie, chuchota-t-il. S'il te plaît.

Il entendit qu'on poussait un verrou et il se recula. La porte s'entrebâilla et un bras en surgit lentement ; le bras d'un vieillard, blafard et étoilé de veines violettes. À la saignée, on voyait les stries estompées d'une vieille cicatrice. La main était grande, osseuse et comme à vif. Clinton Tyree la saisit et la serra de tout son cœur ; il découvrit que son frère avait encore de la force. Le poignet blême se tordit, luttant contre sa poigne, et c'est alors qu'il remarqua la nouvelle blessure de l'avant-bras, celle de lettres gravées dans la chair — *je t'ème* — fleurissant en gouttelettes brillantes comme des pétales de rose.

Puis Doyle Tyree retira sa main et ferma la porte au nez de son frère.

En redescendant, l'ancien gouverneur de Floride recompta toutes les soixante-dix-sept marches du phare. Arrivé en bas, il se mit à plat ventre et se faufila à travers une brèche dans le contre-plaqué qu'on avait cloué sur l'entrée pour tenir à l'écart vandales et touristes curieux.

Quittant la pénombre du phare, Clinton Tyree émergea, plissant des yeux comme un nouveau-né, dans la splendeur d'une matinée de printemps. Il se remit debout et offrit son visage sillonné de larmes à la brise fraîche soufflant de l'Atlantique. Il apercevait un tarpon explosant un banc de mulets au-delà de la digue.

Le contre-plaqué qui barricadait la tour était tapissé de notifications officielles, jaunies et racornies par le sel :

DÉFENSE D'ENTRER

FERMÉ AU PUBLIC JUSQU'À NOUVEL ORDRE

PROPRIÉTÉ DE L'ÉTAT — ACCÈS INTERDIT

Mais quelqu'un avait punaisé récemment sa carte sur le contre-plaqué. La punaise était luisante, pas rouillée, et la carte d'une blancheur d'amidon. Clinton Tyree en approcha son œil valide et sourit. Le sourire des débuts.

LISA JUNE PETERSON
Assistante en chef
Bureau du gouverneur

Il détacha la carte et la glissa sous l'élastique de son bonnet de douche. Puis il foula la plage par-delà dunes et ajoncs, traversa la rue jusqu'à la zone d'accueil des visiteurs de Peregrine Bay et les Planches, où le Roadmaster bleu marine était garé.

Palmer Stoat fut enterré avec son putter Ping préféré, un appareil photo Polaroïd et une boîte de Montecristo cubains #2s, qui causa un vrai sentiment de deuil chez les pros du cigare, présents à la cérémonie. Le service funèbre eut lieu dans une église presbytérienne de Tallahassee ; le pasteur fit l'éloge de Stoat, pilier de la société civile, champion du processus démocratique, chef de famille dévoué, aimant les animaux et ami fidèle aussi bien des puissants que des humbles. Parmi les assistants, on comptait une prostituée, le barman de nuit de chez Swain, un taxidermiste, trois membres du Congrès américain, un sénateur en retraite, six juges de district en exercice, trois douzaines de conseillers municipaux venus de toute la Floride, le vice-gouverneur, et quarante et un membres actuels du corps législatif (dont la plupart avaient été élus grâce à Palmer Stoat, qui leur avait trouvé un financement pour leur campagne, sans admirer pour autant leur programme politique). Parmi les expéditeurs de gerbes de fleurs somptueuses, on dénombrait les compagnies Philip Morris et Shell, l'entreprise Roothaus & Fils, les Phosphates Magnusson, la Coopérative citronnière de Lake County, l'U.S. Sucrière, les Constructions MatsibuCom de Tokyo, l'Immobilière de Port Marco, l'Union des Marchands de bois du Sud, la National Rifle Association, l'université Blue Key de Floride, les comités exécutifs du Parti républicain et du Parti démocrate. Le représentant Willie Vasquez-Washington et le gouverneur Richard Artemus expédièrent des messages de condoléances, l'un et l'autre étant dans l'impossibilité d'assister à la cérémonie.

— Notre chagrin d'aujourd'hui doit être atténué, termina le pasteur, en nous rappelant que Palmer a consacré son dernier jour sur cette terre à de joyeuses occupations sportives, en compagnie de Bob Clapley, son meilleur ami — arpentant en solitaires les grands espaces qu'ils aimaient tant.

L'enterrement avait lieu dans un cimetière voisin où, ça tombait bien, reposaient vingt et un des politiciens les plus ripoux de toute l'histoire de la Floride. (La plaisanterie qui circulait en ville, c'était que le fossoyeur du lieu avait davantage besoin d'une vrille que d'une pelle, ses clients ayant été des plus retors.) Les Stoat avaient assisté à l'enterrement de nombre de ces voleurs patentés, y compris certains dûment condamnés, aussi la disposition de l'endroit était-elle familière à Desie. Pour Palmer, elle choisit un carré sans ombre au sommet d'un monticule pelé donnant sur l'Interstate 10. Puisqu'il avait si souvent prédit (et avec quel enthousiasme) que la Floride serait un jour aussi grouillante que New York ou la Californie, elle s'imagina qu'il apprécierait ce point de vue routier, confortant son opinion.

Au bord de la fosse, d'autres paroles aimables furent prononcées. Desie, assise au premier rang avec ses parents et le seul cousin de Palmer, un podologue défroqué de Jacksonville, se retrouva à verser de vraies larmes de tristesse et de douleur — non à cause des éloges (qui n'étaient grosso modo qu'une fiction) mais de sa désaffection à l'égard de son mari et comment celle-ci avait contribué à sa mort prématurée. Même si Desie ne pouvait en rien se reprocher cet accident de chasse saugrenu, il était indiscutable que le dognapping avait précipité la fatale expédition au rhino — et que ledit dognapping avait été compliqué par son attirance pour Twilly Spree dont elle était devenue la complice.

Il était certain que Palmer n'aurait pas perdu la vie s'il avait, en amont, fait amende honorable et sauté en marche du deal Puffins. Mais il n'existait aucune chance que cela se produise, aucun espoir raisonnable que son mari se découvre soudain la fibre morale — et Desie aurait dû le savoir.

Elle éprouvait donc de la culpabilité. Et du chagrin, aussi, parce que, même sans aimer Palmer au sens romantique du terme, elle ne le détestait pas non plus. Il était ce qu'il était, et pas entièrement mauvais sinon elle ne l'aurait pas épousé. L'homme avait un côté agréable, avide de plaire qui, sans aller jusqu'à le faire qualifier de chaleureux, lui donnait suffisamment d'entrain pour qu'on le regrette et même qu'on le pleure. Mettre le Polaroïd dans le cercueil était une idée de Desie, une plaisanteric à usage intime. Ça aurait fait rire Palmer, se dit-elle, bien que sans nul doute il eût préféré les clichés de la chambre à coucher. Mais, ceux-là, elle les avait détruits.

Pendant qu'on descendait la bière, un murmure se répercuta comme une onde légère parmi les « endeuillés ». Desie entendit le halètement, avant même de sentir quelque chose d'humide et de velouté lui effleurer les doigts. En baissant les yeux, elle aperçut McGuinn, qui lui fourrait sa truffe dans la main. Le grand chien avait un ruban noir autour du cou et un jouet entre les dents, une grenouille avec une rayure orange sur le dos. Le batracien en caoutchouc coassait chaque fois que McGuinn le mordillait, à peu près toutes les dix secondes. Quelques personnes pouffèrent gentiment, reconnaissantes de cette distraction, mais le pasteur (occupé à arpenter la vallée de l'ombre de la mort) leva un regard glacial, dénué de la moindre trace d'amusement.

Pas un ami des chiens, en conclut Desie qui confisqua son jouet à McGuinn. Le labrador se coucha en boule à ses pieds et observa avec curiosité une autre grande boîte en bois disparaître dans le sol. Il supposa qu'il contenait un chien à oreille unique, comme celui qu'on avait enterré sur la plage. Mais si la mort était dans l'air, McGuinn ne pouvait pas la sentir à cause de toutes ces fleurs.

Entre-temps, la veuve de Palmer jeta un coup d'œil par-dessus son épaule, puis l'autre, dans l'expectative, scrutant les visages de l'assistance. Il n'était pas là. Elle ouvrit la main et regarda mieux le jouet en caoutchouc : il ressemblait davantage à un crapaud qu'à une grenouille. Le retournant dans sa paume, elle vit qu'on avait écrit au stylo-bille sur le ventre jaune pâle de la bestiole : *J'ai rêvé de toi !*

Et aussi le numéro d'une boîte postale d'Everglades City, non loin de Marco Island.

L'éternuement mit le feu à ses poumons.

Twilly Spree fit la grimace.

— Me tomber sur le poil comme ça, ça ne s'imposait vraiment pas.

— Oh que si, fit Skink. Je ne t'aurais jamais rattrapé en descente. T'es bien trop rapide pour un vieux birbe comme moi.

— Ouais, bon. Vous pesez combien déjà ?

— Je me suis juste dit que tu n'apprécierais pas qu'on refasse un carton sur toi, si peu de temps après le premier. Et ça avait toutes les chances de se produire là-bas avec ces deux glands tirant à tout va du canon. Ou bien c'est le rhino qui t'aurait aplati comme une crêpe.

— Bon, bon. Merci, fit Twilly, d'un ton sarcastique. Merci d'avoir sauté sur mes côtes cassées. J'avais oublié le bien que ça faisait.

Il repartit à éternuer, la douleur lui mettant les larmes aux yeux.

— J'ai une idée, fit Skink. Prends la prochaine bretelle de sortie.

Dans une station-service, ils débarrassèrent le break des poils de chien à coups d'aspirateur — il y en avait assez, remarqua Skink, pour fabriquer un nouveau labrador. Twilly fut guéri de ses éternuements. Ils roulaient vers le sud sur l'autoroute à péage, qu'on venait de rebaptiser Ronald Reagan (pour des raisons que personne ne pouvait expliquer de façon satisfaisante).

— Qu'on donne son nom à une aire de repos, *ça,* ça aurait du sens, râlait Skink. Mais à l'ensemble de l'autoroute ? Et merde, il faisait encore le cow-boy dans des films quand on l'a construite !

Twilly rétorqua qu'on pouvait bien dédier la route à Kathie Lee Gifford[1] si on montait le péage à cent dollars par véhicule.

— Pas encore assez cher. Va jusqu'à cinq cents, décréta Skink. Et le double pour chaque Winnebago.

1. Chanteuse de gospel devenue animatrice de talk-show ; mêlée à un scandale retentissant en 1996 (sa ligne de vêtements sortant d'ateliers d'enfants du tiers-monde, les fameux *sweat shops*), elle s'en tire avec les honneurs en devenant la porte-parole d'une plus grande justice sociale en ce domaine hypersensible. *(N.d.T.)*

La circulation était pourrie, comme d'habitude. Twilly connut une baisse de moral qui ne lui était que trop familière.

— Qu'allez-vous faire, maintenant? demanda-t-il au capitaine.

— Retourner aux Crocodile Lakes, je suppose. Ma résidence habituelle est un Dodge NASCAR douillet, mais bien ventilé. Et toi, où vas-tu ?

— Everglades City.

Skink haussa le sourcil.

— Quoi faire?

— Du positionnement stratégique, répondit Twilly. Ou peut-être juste taquiner le poisson rouge. Qui sait.

— Ah bon.

— Au fait, il y a quelque chose que je voulais vous demander : pendant toutes ces années, vous n'avez pas eu envie de quitter le pays ?

— Chaque jour.

— Pour aller où ? fit Twilly.

— Aux Bahamas. Les Turks et les Caicos. Et me trouver une chiure de mouche d'île, trop petite pour le Club Med. Une fois, j'ai acheté un billet pour les Grenadines et me suis rendu jusqu'à Miami International...

— Mais vous n'avez pas pu vous résoudre à monter à bord de l'avion.

— Non, impossible. Je me suis fait l'impression de quitter un ami à l'agonie en me faufilant par la porte de service.

— Je sais, fit Twilly.

Skink mit sa tête à la portière et rugit comme un ours blessé à mort.

— Floride de merde, fit-il.

Pendant une quinzaine de kilomètres, ils roulèrent en silence. Puis Twilly sentit la chaleur de son regard — et du coin de l'œil vit les becs de busards tournicoter dans le sens contraire d'une montre au bout de ses tresses brillantes.

— Fiston, dit Skink, je ne peux pas t'apprendre à gérer ta souffrance ni où trouver un havre de paix — même pour une seule nuit. J'espère simplement que tu auras plus de chance que moi.

— Je souhaite réussir moitié aussi bien que vous, gouverneur.

Skink eut un sourire las.

— Alors, je ne te donnerai qu'un seul conseil, dit-il ; si elle est assez folle pour t'écrire, réponds-lui.

— Ah ça, j'essaierai de me forcer. À propos, comment ça s'est passé avec votre frère ?

— Dire que tu avais eu la gentillesse de ne pas poser la question.

— Ouais, ben, ça fait presque deux cents kilomètres, répondit Twilly. Maintenant, je la pose.

— Ça s'est bien passé. On a bien parlé.

Et dans un certain sens, oui. Skink sortit les lunettes noires réfléchissantes de Jim Tile et en chaussa son nez.

— Tu bifurques par la Trail ?

Twilly opina.

— J'ai pensé que oui. Super direct.

— Et une super belle balade. Lâche-moi à Krome Avenue. J'irai en stop dans les Keys.

— Pas ques. Je veux voir cette soi-disant voiture de course.

Twilly tendit la main vers la stéréo.

— Neil Young, ça vous dit ?

— Parfait.

Alors ils passèrent en trombe devant la sortie pour la Tamiami Trail et restèrent sur l'autoroute Ronald Reagan. L'heure de pointe touchait à sa fin et ça bouchonnait furieusement. La question tacite qui bouillonnait comme de la nitroglycérine dans l'habitacle du Roadmaster Buick, c'était de savoir s'ils pourraient traverser Miami, s'ils réussiraient à quitter cette ville abandonnée de Dieu avant que quelqu'un ne fasse *quelque chose* qu'on ne pouvait simplement pas feindre d'ignorer...

Et on ne sait comment, ils y parvinrent, cinglant de l'avant à travers ce bouge turgide de Kendall Ouest en direction de Snapper Creek, Cutler Ridge, Homestead — jusqu'à ce que pour finir la route les amène, plus ou moins sains d'esprit, à Florida City. Ils fusillèrent du regard la prolifération excrémentielle des supérettes et des fast-foods jusqu'à ce qu'ils s'échappent par la Card Sound Road, bordée simplement de marécages et d'étendues de broussailles, faisant mettre à la proue de la Buick le cap sur Key Largo Nord ; les deux hommes respirèrent plus librement, Twilly fredonnait et Skink alla jusqu'à battre la mesure de ses chaussures de rando, quand soudain...

— Vous avez vu ça ? fit Twilly, en se raidissant au volant.

— Vu quoi ?

— La Firebird noire, devant.

— Et alors, fit Skink.

Mais il avait évidemment vu ce que Twilly avait vu : une bouteille de bière voler par la vitre avant, côté passager, effrayant un grand héron bleu qui décolla de la berge du canal.

— Connard, marmonna Twilly, serrant le volant de toutes ses forces.

Nouvelle bouteille de bière aéroportée, cette fois côté conducteur. Skink compta quatre têtes qui tressautaient à l'intérieur de la Firebird — deux couples, débutant de joyeuses vacances. Ils avaient l'air jeunes. La voiture était une location.

— Incroyable, fit Twilly.

Mais non, songea Skink, morose. Plus, encore plus, toujours plus...

Le déchet suivant en provenance de la Firebird fut un gobelet plastique, suivi d'un mégot allumé, qui ricocha dans l'herbe sèche et craquante du bas-côté de la route.

Skink jura. Twilly freina, passa la marche arrière et fit reculer le break jusqu'à l'endroit où la cigarette avait atterri. Il sauta de la voiture, écrasa du pied la petite flamme et continua à piétiner autour pendant une bonne minute. Ça avait l'air d'une excellente thérapie. Skink faillit se joindre à lui.

Quand Twilly reprit le volant, il appuya calmement sur le champignon ; Skink observa le compteur digital grimper jusqu'à cent quatre-vingts. La Firebird, qui n'était plus qu'une tache au loin sur l'asphalte, grossissait à vue d'œil.

— Je me demandais, fit Twilly, d'un ton parfaitement détaché, si vous étiez pressé de rentrer chez vous ?

Skink y réfléchit ; repensa à tout. À Palmer Stoat. À Dick Artemus. À Doyle. À Twilly. Au héron laborieux dont le souper avait été si grossièrement interrompu par une bouteille de bière.

Et il pensa aux deux couples dans la Firebird, riant et buvant, parfaitement inconscients que deux hommes débraillés et profondément perturbés leur collaient au pare-chocs. Comment expliquer autrement ce qui arriva ensuite — une boîte d'Altoids éjectée en toute insouciance par le toit ouvrant de la Firebird. Elle rebondit sur le pare-brise du break qui la poursuivait avant d'aller souiller l'eau.

Twilly eut un claquement de langue impatient.

— Alors, gouverneur ? On le fait ?

Il se dit : Oh et puis merde.

— C'est quand tu veux, petit.

Épilogue

Après le décès de ROBERT CLAPLEY, le groupe bancaire Swiss One basé à Zurich supprima toutes ses lignes de crédit à la Société immobilière de l'île aux Puffins, qui mit aussitôt la clé sous la porte. Suite à la faillite, lors d'une vente aux enchères organisée par la succession Clapley, ses vastes avoirs fonciers en front de mer sur l'île aux Crapauds furent cédés à un acheteur anonyme, qui la rebaptisa bientôt île Amy et fit de chaque parcelle une réserve naturelle. Aucun nouveau pont ne fut construit.

NORVA STINSON, unique et dernière propriétaire privée de l'île aux Crapauds, campa sur ses positions et refusa de vendre son minuscule bed-and-breakfast à l'Office de la Nature et de l'Environnement pour une somme inférieure à cinq cent soixante-quinze mille dollars — à savoir, six fois sa valeur estimée. Ses exigences poliment rejetées, Mrs Stinson vit toujours dans sa maison au jour d'aujourd'hui, tirant principalement sa subsistance de dons en boîtes de conserve d'un groupe religieux local.

Trois mois après l'effondrement du projet Puffins, des ornithologues amateurs en randonnée sur l'île aux Crapauds découvrirent un squelette d'homme. Les jambes en avaient été écrasées par un énorme poids et les os d'une main agrippaient un téléphone mobile Nokia. Les pathologistes du FBI identifièrent par la suite les restes comme étant ceux d'un certain DARIAN LEE GANACHE, condamné comme criminel, fiché comme délinquant sexuel, fréquentant le milieu de la nuit de South Beach. La cause du décès fut attribuée à des blessures par balles provenant de deux calibres .357 différents, dont un seul fut retrouvé.

La cassette Police Secours de l'appel à l'aide frénétique, quoique fortement inintelligible, de Mr Ganache a été incluse dans le volume 4 du *Best of des Appels en urgence à vous figer le sang* et largement vendu à la télévision et sur Internet. Le prix de la cassette est de neuf dollars quatre-vingt-quinze et celui du disque compact de treize dollars quatre-vingt-quinze, plus les frais de manutention et d'expédition.

Le corps de KARL KRIMMLER fut découvert dans les hauts-fonds d'un marécage d'eau saumâtre, au milieu des pinèdes de l'île aux Crapauds. Il était coincé dans la cabine d'un bulldozer Caterpillar D-6 qu'il avait précipité, pleins gaz, dans l'eau. Inexplicablement. Une autopsie détermina qu'il s'était noyé, le médecin légiste relevant un « nombre élevé de têtards parfaitement viables dans la trachée de la victime ». Dans le même marécage, des plongeurs de la police repêchèrent un pistolet Smith & Wesson, modèle .357, qu'on rattacha par la suite à la mort de Darian Lee Ganache. En raison du passé contrasté dudit Ganache, les inspecteurs en déduisirent que la mort des deux hommes s'expliquait par un sordide assassinat suivi d'un suicide.

Après la débâcle de la « partie de chasse » au rhinocéros, des agents fédéraux de l'Environnement firent une descente à la PLANTATION DU VELDT DE LA JUNGLE ; sur les lieux, ils découvrirent douze impalas, huit gazelles de Thompson, un cobra de Malaisie sans crocs, un jeune buffle du Cap, trois chimpanzés disparus d'un cirque, une troupe de babouins sous sédatifs puissants, une mule peinte en zèbre, et un sémillant ocelot à deux pattes. L'endroit fut fermé sans retard par le bureau du Procureur général des États-Unis, qui argua de violations multiples et variées à la Loi sur les Espèces menacées et autres décrets. Le rhinocéros connu sous le nom d'EL JEFE fut recapturé, sain et sauf, endormi et transporté dans une réserve du Kenya, non loin de l'endroit où il avait vu le jour, trente et un ans plus tôt. Sa corne frontale massive lui fut retirée sans douleur, afin que l'animal ne présente plus aucune valeur aux yeux des braconniers ou des chasseurs.

JOHN RANDOLPH DURGESS se réimplanta à l'ouest du Texas, où il devint guide d'une réserve de chasse privée de onze mille hectares, baptisée Les Pins du Serengeti. Il y fut tué et en partie dévoré par un couguar sauvage, qui avait sauté la clôture pour festoyer d'antilopes « dik-diks » d'importation.

ASA LANDO fut engagé comme gardien de zoo au Royaume des Animaux de Disney World, près d'Orlando. Deux mois plus tard, il fut renvoyé discrètement, suite à la disparition inexplicable du seul guépard mâle du parc à thème.

Double Plaisir, Double Souffrance, avec KATYA GOUDOUNOV et TISH KARPINSKI en vedette, fut distribué par Avalon Brown Productions directement en vidéo. Au bout de quelques semaines, la Société Mattel interdisait par référé aux deux stars du film d'« incarner, jouer, se vêtir, faire de la publicité ou de se présenter sous quelque forme que ce soit comme des poupées Barbie, symbole à marque déposée ; cette injonction s'étend, sans limitations expresses, à toute description orale ou visuelle de soi-disant Barbie Gothique, Barbie Zombie ou Barbie Vampire Contorsionniste ». Les deux filles reçurent des visites peu aimables des agents des services fédéraux d'immigration et de naturalisation et quittèrent peu après le territoire des États-Unis pour un congé longue durée aux Caraïbes.

ESTELLA HYDE, connue aussi des services de la Mondaine de Fort Lauderdale sous les noms de Crystal Barr, Raven McCollum et Raven Bush, devint trésorière bénévole du Chapitre des citoyens de Broward County pour Dan Quayle. Au cours d'un brunch destiné à recueillir des fonds au bénéfice de l'ancien vice-président, au Pier 66, elle rencontra et se lia d'amitié avec le gouverneur Dick Artemus qui, peu après, l'invita à Tallahassee pour être membre de la commission de service public.

Après avoir rendu sa licence de promoteur en Californie pour éviter une mise en examen, PHILIPP SPREE, Junior, s'installa à Beaufort, Caroline du Sud, où il se spécialisa dans la vente de front d'océan sur les îles coralliennes de basse altitude. Avant longtemps, P'tit Phil, autoconvaincu par son baratin hyper positif, se construisit une résidence sur pilotis au bord de l'Atlantique. C'est là qu'il périt un bel été en compagnie de sa quatrième épouse et de son architecte, quand le cyclone Barbara réduisit en bois d'allumettes son bungalow de plage.

AMY SPREE épousa son professeur de yoga et alla vivre à Cassadaga, Floride, où son fils lui rend visite chaque année sans faute, le jour de son anniversaire.

Le LIEUTENANT JIM TILE prit sa retraite de la Police de la route de Floride, ouvrit un camp de pêche et un *diner* près d'Apalachicola. Au Noël suivant, il reçut par la poste un paquet joliment emballé. À l'intérieur se trouvait un mobile Nokia tout neuf, nanti d'un numéro sur liste rouge de Key Largo Nord, préprogrammé. Si on le compose, on est accueilli par une boîte vocale qui vous régale *in extenso* du solo de guitare d'intro de *Fortunate Son* des Creedence Clearwater Revival.

LISA JUNE PETERSON démissionna de son poste d'assistante en chef du gouverneur Dick Artemus pour travailler comme lobbyiste du Groupe d'action pour une Eau limpide. Au printemps suivant, elle contribua à faire adopter une nouvelle loi antipollution qui se solda par une amende de cinq mille dollars par jour à l'encontre d'une usine de phosphates Magnusson, notoirement toxique, de Polk County. Résultat des courses, le propriétaire de la mine, Dag Magnusson, changea d'étiquette politique et jusqu'à la fin de ses jours arrosa avec amertume de milliers de dollars — contributions parfaitement illégales — les campagnes des candidats démocrates.

Dix mois après le fiasco cynégétique au Veldt de la Jungle, une cérémonie d'inauguration eut lieu à Miami sur le futur site du LYCÉE WILLIE VASQUEZ-WASHINGTON. Le gouverneur Dick Artemus assista à l'événement et posa sans se faire prier avec le récipiendaire, les deux hommes maniant des pelles peintes en doré, mitraillés par les photographes.

Le PHARE DE PEREGRINE BAY demeure fermé au public, quoique à l'occasion des marins, longeant la côte sud-est de la Floride, déclarent avoir aperçu les éclats d'une vive lumière au sommet de la tour rayée blanc et rouge. Les gardes-côtes n'en tiennent habituellement pas compte, attribuant ces témoignages à une illusion d'optique due au mauvais temps, le phare étant connu pour être désert et hors service.

Achevé d'imprimer sur les presses de

BUSSIÈRE

GROUPE CPI

à Saint-Amand-Montrond (Cher)
en avril 2003

POCKET - 12, avenue d'Italie - 75627 Paris Cedex 13
Tél. : 01-44-16-05-00

— N° d'imp. : 32524. —
Dépôt légal : mai 2003.

Imprimé en France